KB186638

밤의 문학 1

나나

초판 1쇄 인쇄일 2014년 4월 23일 • 초판 1쇄 발행일 2014년 4월 28일
지은이 에밀 졸라 • 옮긴이 정봉구
펴낸곳 (주)도서출판 예문 • 펴낸이 이주현
기획 김유진 • 편집 홍대욱 • 디자인 김지은 • 관리 윤영조 · 문혜경
등록번호 제307-2009-48호 • 등록일 1995년 3월 22일 • 전화 02-765-2306
팩스 02-765-9306 • 홈페이지 www.yemun.co.kr
주소 서울시 강북구 미아동 374-43 무송빌딩 4층

ISBN 978-89-5659-226-8 (04800)
세트번호 978-89-5659-225-1 (04800)

나나

에밀 졸라 지음 / 정봉구 옮김

일러두기

1 이 책의 번역본과 글은 1982년 정봉구 판으로, 다만 개정된 한글맞춤법 규정에 따라 일부 교정하였습니다.

2 우리말의 풍부함을 담은 옛 번역 표현들은 보존했습니다.

3 외래어 표기는 기본적으로 국립국어연구원의 〈외래어표기법 및 표기 용례〉를 따랐으며, 일부 고유명사는 발음대로 표기하였습니다.

'밤의 문학'을 펴내며

사랑은 이 세계를 사랑하는 것이 아니라 이 세계의 사랑이다.
—옥타비오 파스

문학 작품에는 삶과 사회가 담겨 있습니다. 인간의 성(性)을 다룬 문학 작품 또한 성 그 자체뿐만 아니라 그것을 담고 있는 삶과 사회를 반영합니다. 어쩌면 삶, 그리고 사회란 끊임없이 타자와 만남으로써 이루어지는 것이라고 할 수 있습니다. 그래서 위에 인용한 시인은 "존재는 에로티시즘"이라고 말합니다. 또한 "인류가 살아있는 한 에로티시즘은 모든 예술의 가장 풍요로운 원천으로 존재할 것"(장 콕토)이라고 합니다.

밤은 낮과 다르지만 어둠만은 아닙니다. 스피노자의 책들은 반대자들에 의해 '밤의 작품'이라 불렸지만 대낮처럼 밝은 지성의 힘을 오늘까지 발휘하고 있습니다. 음과 양은 대립하기도 하지만 서로를 도와주어 만물을 생성, 창조한다는 오랜 지혜와 마찬가지로 밤과 낮, 남성과 여성은 다르지만 서로를 도와 생산하고 창조합니다. 또한 밤은 "또 하나의 세계"(파스칼 키냐르)입니다.

'밤의 문학'은 우리 삶과 사회의 한가운데를 가로지르는 에로티시즘의 걸작들을 골라 나갑니다.

주요 등장인물

나나
여배우, 창녀. 노래도 연기도 못하지만 육체적 매력과 관능미로 바리에테 극장의 스타로 떠오른다. 여러 남자를 파멸시킨다. 이 소설의 연구자들은 프랑스 제2제정 시대의 탐욕스러운 소비자의 이미지를 덧붙인다.

뮈파 백작
나나에게 온몸과 영혼을 사로잡혀 신앙과 도덕적 신념을 저버리고, 전 재산을 탕진하며 파멸의 길을 간다.

조르주
나나의 소년 연인. 나나에게 버림받고 자살을 시도한 끝에 결국 죽는다.

사빈느
뮈파 백작 부인. 남편의 바람에 대한 맞바람으로 신문기자 포슈리와 정사를 벌인다.

필립
육군 장교, 조르주의 형. 나나에 빠진 동생 조르주 때문에 나나를 만났다가 나나에게 매혹되어 공금까지 횡령하고 구속된다.

사탱
나나가 뮈파 백작 등 남자들 보란 듯이 사랑을 나누는 동성애 상대

스테이네르
은행가. 돈으로 나나를 밀어주다 결국 파산한다.

방되브르 백작
나나의 연인. 나나 때문에 재산을 날리고 경마에 광분한 끝에 자살한다.

포슈리
신문기자, 사빈느의 정부

나나

에밀 졸라 지음 / 정봉구 옮김

nana

I

* Opus Nocturnes*

아홉 시가 되어도 바리에테 극장의 장내는 그대로 텅 비어 있었다. 겨우 몇몇 손님들이 희미하게 켜 놓은 샹들리에 불빛에 비쳐진 발코니석과 앞줄 특별석의 꽃자줏빛 벨벳 의자 사이에서 무료하니 기다리고 있을 뿐이었다. 붉은빛의 커다란 막은 어둠에 잠겨 있었다. 무대에선 달가닥 소리 하나 없이, 풋라이트도 아직 켜지지 않았고, 악사들의 보면대들만이 여기저기 흐트러져 있었다. 그러나 올려다보니 가스등에 파릇하게 비쳐진 둥근 천장에는, 하늘을 나는 나체의 선녀와 동자의 그림이 있었고, 그 둘레의 꼭대기 관람석에서는 쉴 새 없는 소요 속에서 사람을 부르는 소리와 웃음소리가 터져 나오고 있었다. 그리고 금칠로 창 테두리를 한 큼직한 둥근 창 밑으로는 보닛과 캡을 쓴 머리들이 즐비했다. 가끔 여자 안내원이 좌석표를 손에 들고 한 쌍의 남녀를 밀어대며 바쁘게 들어왔다. 그리고 그들을 앉혔다. 남자는 야회복 차림이었고, 여자는 날씬한 몸매로 상체를 꼿꼿이 세우고 서서히 장내를 훑어보았다.

그러자 두 사람의 청년이 아래층 특별석에 나타났다. 그들은 잠시 동안 선 채로 장내를 살펴보았다.

"내가 뭐라고 하더냐, 엑토르야?" 하고 나이가 들어 보이고 까만 콧수염을 짧게 기른 키 큰 청년이 외쳤다. "너무 일렀단 말야. 담배를 마저 피울 시간은 넉넉했었는데."

그때 소녀 안내원이 지나갔다.

"어머! 포슈리 선생님이네" 하고 그녀는 다정하게 말을 건넸다. "아직도 반 시간 후에나 시작할 것 같아요."

"그럼 왜 아홉 시라고 포스터에 썼지?" 하고 엑토르가 갸름하고 야윈 얼굴에 난처한 빛을 띠며 중얼거렸다. "오늘 아침에 이 연극에 나오는 클라리스는 나에게 여덟 시 정각에 시작한다고까지 다짐했단 말야."

잠시 동안 두 사람은 말을 멈추고 고개를 들어 좌석 안의 어둠 속을 살펴보았다. 그러나 초록빛 벽지 때문에 그곳은 한층 더 어두웠다. 아래층 뒷좌석은 완전히 어둠에 묻혀 있었고, 발코니석에는 벨벳 팔걸이에 몸을 실은 뚱뚱한 부인이 한 사람 있을 뿐이었다. 드높은 원기둥 사이에 있는 앞 좌석은 좌우 할 것 없이 다 비어 있었고, 긴 술이 장식된 장막이 드리워져 있었다. 흰빛과 금빛에 연한 초록빛으로 채색을 한 장내는 샹들리에의 약한 불빛 아래서 뽀얀 먼지로 가득 찬 것처럼 희미하게 어리어 보였다.

"뤼시를 앉힐 앞자리는 잡아놨나요?" 하고 엑토르가 물었다.

"응, 하지만 굉장히 힘들었는걸…… 그렇지만 뤼시가 그렇게 일찍 올 리야 없지!" 하고 상대편이 대답했다.

그는 가벼운 하품을 눌러 삼키고 잠깐 동안 말이 없더니 계속했다.

"너는 오늘 운이 좋았어, 들어오기 힘든 이 연극의 초연에 오게 됐으니까…… 금발의 베누스(로마 신화에 나오는 미와 사랑의 여신,

영어로 비너스—역주)는 금년의 빅 뉴스가 될 거다. 벌써 6개월 전부터 화제에 오르고 있었으니까 말야. 쌍! 그 음악이란 것이 별것이라니까!…… 보르드나브란 녀석, 빈틈없는 놈이라구. 이것을 만국박람회 때 내놓을 심산으로 이제까지 보류해 두었었지 뭐냐."

엑토르는 얌전하게 듣고 있다가 질문을 던졌다.

"나나라는 샛별이 베누스 역을 한다는데, 형은 그 여자를 알고 있나요?"

"허, 또 시작이구나!" 하고 팔을 휘두르며 포슈리는 외쳤다.

"오늘 아침부터 나나 얘기에 치여 죽을 지경이구나. 스무 명도 더 사람을 만났는데, 그때마다 여기서도 나나, 저기서도 나나 하고 야단들이더라. 낸들 어떻게 그녀를 알겠냐! 파리 장안의 계집애들을 전부 다 알고 있는 것도 아닌데…… 나나란 보르드나브가 꾸며낸 여자란 말야. 아마 볼 만할 게다!"

그는 조용해졌다. 그러나 텅 빈 장내, 희미한 샹들리에, 수군거리는 얘기 소리와 덜컹거리는 문소리로 가득 찬 교회당같이 썰렁한 기운, 그런 것들이 그를 자극했다.

"아, 안 되겠다" 하고 그는 갑자기 뇌까렸다. "여기선 좀이 쑤셔 못 배기겠구나. 난 나갔다 오겠다…… 아래로 가면 아마 보르드나브를 만나게 될 거야. 그 사람이라면 왜 늦는지 자세한 얘기를 해줄 테지."

아래는 대리석을 깐 널따란 현관에 매표구가 마련되어, 관객들이 나타나기 시작했다. 활짝 열린 세 개의 철책 문으로는 활기찬 생의 흐름이 엿보이고, 4월의 아름다운 밤하늘 아래, 큰길은 넘실대며 휘황하기만 했다. 차 구르는 소리가 급격히 멎고 문이 쾅 하고 닫히면 손님들이 두서넛씩 떼를 지어 들어왔다. 그리고 매표구 앞에 멈추어 섰다간 정면에 있는 두 개의 계단으로 올라갔다. 계단에서 여자들은 상체를 비칠거리며 약간 처진다. 이 현관은 제정시대 풍의 궁상스런 장식을 해놓았기 때문에, 마치 두꺼운 마분지로 만들어놓은 사원의 주랑처럼 보였다. 또 그 희끄무레하게 드러난 벽에는 큼직한 노란 포스터가 여기저기 붙어 있었는데, 거기에는 검은 글자로 크게 쓴 나나의 이름이 눈부신 가스등의 불빛을 받아서 두드러지게 돋보였다.

지나가다가 이끌린 듯이 그 포스터를 읽고 있는 남자들, 문을 가로막고 서서 얘기를 주고받는 사람들, 그런 가운데 매표구 옆에서 면도 자리가 뚜렷한 넓적한 얼굴의 육중한 사나이가, 자리를 잡으려고 버티고 있는 사람들에게 사납게 대꾸하고 있었다.

"저기 보르드나브가 있군" 하고 계단을 내려가며 포슈리가 말했다.

그러자 지배인 쪽이 먼저 그를 알아보고서, "여어, 당신 친절하시더군!" 하고 멀리서 소리쳐 왔다. "그것이 그래 기사를 써주었다는 것이요⋯⋯ 오늘 아침에 〈피가로〉 신문을 다 뒤져도 아무것도 없습니다."

"좀 기다리시구료" 하고 포슈리가 대답했다. "나나에 관한 얘기를 쓰기 전에 그 여자를 알아야 할 것 아뇨⋯⋯ 게다가 난 아무런 약속도 안 하지 않았소."

그러고는 그 얘기를 걷어치우고서, 파리로 공부를 마치러 온 사촌인 청년 엑토르 드 라 팔르와즈를 소개했다. 지배인은 썩 한눈으로 청년을 저울질했다. 그러나 엑토르는 감동의 눈초리로 상대를 우러러보았다. 이 사람이 바로 그 보르드나브란 말인가. 여자들을 죄수 취급하는 흥행사. 언제나 머리 속엔 광고일로 김이 서리고, 고함을 치고, 침을 퉤퉤 뱉고, 넓적다리를 두드리며, 냉소적인 헌병 같은 기질의 사나이! 엑토르는 무엇인가 상냥스러운 말을 한 마디 해야만 되겠다고 느꼈다.

"선생님 극장은……" 하고 그는 맑은 목소리로 얘기하기 시작했다.

보르드나브는 아주 솔직하게 털어놓는 것처럼 노골적인 말로써 태연하게 가로막았다.

"갈보집이라고 하시오."

그러자 포슈리가 맞았다는 식으로 웃어댔다. 라 팔르와즈는 넋을 잃고 치하의 말이 목구멍에 걸린 채, 그래도 알았다는 표정을 지었다. 지배인은 벌써 한 연극 평론가에게 달려가서 악수를 하고 있었다. 그의 붓이 커다란 영향력을 가지고 있기 때문이었다. 지배인이 되돌아왔을 때, 라 팔르와즈는 안정을 되찾았다. 너무 당황하고 있다가, 촌놈 취급을 당할 일이 두려웠다. 그래서 무엇인가 근사한 말을 하려고 생각하며 다시 또 시작했다.

"소문에 들으니, 나나는 사람을 녹이는 것 같은 목소리라던데요."

"그 여자!" 하고 지배인은 어깨를 들먹이며 말했다. "쇳소리라우!"

청년은 황망히 덧붙였다.

"게다가 뛰어난 배우라면서요."

"그게!…… 꿔다 놓은 보릿자루라오. 도무지 손발조차 못 떼어 놓는다니까."

라 팔르와즈는 약간 낯을 붉혔다. 도무지 무슨 소리인지 영문을 몰라 그는 중얼거리듯이 말했다.

"하여간 난 오늘 밤의 첫 공연만은 놓치지 않으려고 했어요. 알고 있었으니까요. 선생님의 극장……"

"갈보집이라니까" 하며 어디까지나 고집스럽고, 확신에 가득 찬 사람인 양 보르드나브는 다시 또 가로막았다.

아주 의젓하게 포슈리는 들어오는 여자들을 바라보고 있다가, 웃어야 할지 화를 내야 할지 몰라 멍하니 있는 사촌에게 구원을 폈다.

"거, 보르드나브 씨가 좋아하는 대로 해드리려무나. 극장도 불러 달라는 대로 불러주고, 그것이 더 좋다는 데야…… 그런데 말일세, 자네, 우리를 농락하지 말게. 만약에 나나가 노래도 연극도 신통치 않다면야 자네는 망하고 말 것 아닌가. 그뿐이지. 무엇보다도 그것을 나도 걱정하네."

"망한다고, 망해?" 하며 지배인은 얼굴을 시뻘겋게 하고서는 소리쳤다. "여자에게 연극이나 노래가 필요하단 말인가? 하, 참 도련님아, 자네도 꽤 천치네그려…… 나나에겐 다른 것이 있어요. 그렇구말구! 모든 것에 대치될 그 무엇이 말야. 나는 냄새로 알았다니까. 그 여자에게선 강하게 풍겨 나오는 것이 있다니까. 들어맞지 않는다면 이 코도 마지막이지…… 보고만 있으라고, 보고만 있으라니까. 그애가 무대에 나타나기만 해도, 만장이 물을 끼얹은 듯할 테니."

추켜든 그의 굵은 손은 흥분으로 떨리고 있었다. 그리고 훅하니 한숨을 쉬고선 목소리를 낮추어 혼잣소리로 중얼거렸다.

"그렇구 말구, 그애는 꽤 해낼 거야. 쌍! 그렇지, 상당히 해내구 말구…… 하, 잡것! 잡것 같으니라구!"

이윽고 그는 포슈리의 요청에 따라 상세한 얘기를 시작했다. 그 노골적인 얘기에 엑토르 드 라 팔르와즈는 얼떨떨했을 정도였다. 그 남자는 전부터 나나를 알고 있었다. 그리고 한번씩 써먹어 보려고 했다. 마침 베누스 역을 맡을 여자가 필요했다. 그는 한 여자를 오랫동안 끼고 망설이는 성미가 아니었다. 금방 손님 앞에 내놓는 것이 그의 방식이었다. 그런데 난처하게 도 이 큰아기가 나타나기만 하면, 가건물 안은 온통 아우성이 었다. 기성 스타인 로즈 미뇽은 연기도 훌륭하고 뛰어난 가수 였으나 라이벌의 출현으로 심술을 내고 날마다 그만두겠다고 협박이었다. 선전 관계로도 한바탕 소동이 났다. 결국 두 사람 의 여배우 이름을 똑같은 크기의 글자로 써내기로 했다. 그는 투정받는 것을 좋아하지 않았다. 시몬이건 클라리스건 이른바 계집이란 것들이 고분고분하게 굴지 않을 때엔 엉덩이를 걷어 차 주었다. 그렇게라도 안 하곤 살 수가 없었다. 그는 그 계집 들을 팔아 치우고 있으며, 그들의 값어치도 다 알고 있었다. 갈 보년들이라는 것이었다.

"잠깐" 하고 그는 하던 얘기를 중단하면서 말했다. "미뇽과 스 테이네르로군. 여전히 붙어다니는데. 알고 있겠지만 스테이네 르는 로즈가 귀찮아지기 시작했단 말일세. 바싹 뒤따라다니는 거라네."

극장의 추녀 밑에 있는 가스등은 보도 위를 환히 밝히고 있었 다. 선명하게 윤곽을 드러내고 있는 두 그루의 조그만 나무, 강 렬한 불빛에 하얗게 빛나는 둥근 기둥, 거기 붙어 있는 포스터 가 대낮과 같이 멀리서도 읽을 수 있었다. 그리고 그 건너 큰길 의 짙은 어둠 속에는 군데군데 가로등이 켜져 있고 사람들의 물결이 그대로 계속되고 있었다. 대다수의 남자들은 곧바로 입장하지 않고 담배를 피우며 밖에 서서 얘기를 하고 있었다. 그리고 가스등에 비쳐진 파릇한 그들의 모습이 아스팔트 위에 짧다란 검은 그림자를 떨어뜨리고 있었다.

장터의 역사 같은 네모진 얼굴을 한 거구의 사나이 미뇽이 사 람들을 헤치고 통로를 내며 나타났다. 그의 팔에는 은행가 스 테이네르가 끌려오듯 매달려 있었다. 스테이네르는 벌써 배도 나오고 희끗희끗한 수염으로 뒤덮인 둥근 얼굴의 아주 작은 사나이였다.

"아 참, 선생님은 어제 내 방에서 그애를 만나보셨죠" 하고 보르드나브가 은행가에게 말했다.

"아, 그것이 그 여자였군, 내 그러려니 했어. 하지만 그애가 들어올 때, 난 나가는 중이었으니까 힐끔 봤을 뿐이었소."

미뇽은 눈을 내리깔고 굵다란 다이아 반지를 초조하게 돌리며 귀를 기울이고 있었다. 나나 얘기라는 것을 알고 있는 것이다. 보르드나브가 그 샛별 여배우를 소개해 나감에 따라 은행가의 눈이 이상하게 빛나는 것을 보자, 미뇽은 견디다 못해 중간에 끼어들었다.

"내버려 두시지요, 그따위 화냥년! 관객들이 깨끗이 해치울 테니까…… 스테이네르 씨, 우리 집사람이 무대 화장실에서 선생을 기다리고 있어요."

그는 스테이네르를 데리고 가려 했다. 그러나 스테이네르는 보르드나브 곁에서 떠나려고 하지 않았다. 그들 앞 매표구에 선 늘어선 입장객의 줄이 헝클어지고 소동이 벌어졌다. 그런 속에서 나나라는 두 마디는 유별나게 퍼져 오기만 했다. 포스터 앞에 서서 천천히 그 이름을 소리내 보는 사람, 지나가며 질문하는 투로 내뱉어 보는 사람 등이 있는가 하면, 여자들은 호기심에 찬 미소를 지니며 놀란 표정으로 그 이름을 조용히 되풀이했다. 아무도 나나를 몰랐다. 나나란 어디에서 떨어져 온 여자냐? 별의별 얘기가 다 떠돌고, 귀에서 또 귀로 허튼소리가 속삭여졌다. 이 이름은 그야말로 하나의 애무라고나 할까, 모든 사람들의 입에 다정하게 오르내리는 짤막한 이름이었다. 나나, 하고 소리만 내봐도 사람들의 마음은 들뜨고 즐거움이 번졌다. 호기심에 열띤 마음이 사람들을 사로잡았다. 광기의 발작과도 같이 격렬한 이 파리의 호기심. 나나를 보고자 하는 마음. 어떤 여자는 드레스 자락을 찢기고, 어떤 남자는 모자를 잃어버렸다.

"아! 그렇게 질문들만 하시면 어디 견딜 수 있습니까" 하고 보르드나브는 스무남은 명의 사람들에게 질문 공세를 받으며 외쳤다. "이제 곧 보시게 될 것입니다…… 잠깐 실례합니다. 저쪽에서 나를 부르고 있습니다."

그는 관객들을 들뜨게 한 것에 만족하며 사라졌다. 미뇽은 어깨를 들먹이고는 로즈가 제1막의 의상을 보이기 위해 기다리고 있다는 것을 스테이네르에게 일러 주었다.

"저 봐요, 뤼시가 저기 마차에서 내리고 있네요" 하고 라 팔르와즈가 포슈리에게 말했다.

과연 그것은 뤼시 스튜와였다. 마흔가량의 자그마한 못생긴 여자로, 지나치게 긴 목과 야윈 얼굴에 입술이 두툼했다. 그러나 두드러지게 발랄하고 애교에 넘치기 때문에 굉장히 매력적이었다. 그녀는 카롤린 에케 모녀를 동반하고 있었다. 카롤린은 찬바람이 도는 미모의 소유자였고 어머니는 너무 점잔을 차려대어 박제 같은 느낌을 풍겼다.

"우리들과 함께 가요. 자리를 맡아놨으니" 하고 그녀가 포슈리에게 말했다.

"아니, 사양하겠소. 거기선 전혀 안 보인단 말야! 나는 좌석을 잡아놨소. 아래층 특별석 편이 더 좋단 말야."

뤼시는 화를 벌컥 냈다. 자기하고 함께 있는 것을 사람들에게 보이고 싶지 않아서 그러는가 보다고 생각한 것이다. 그러나 금방 마음을 가라앉히고 다른 얘기로 옮겼다.

"어째서 당신은 나나를 알고 있다는 말을 안 하셨죠?"

"나나라니, 아직 난 본 일도 없는데."

"정말이에요? 당신이 함께 잤다고 하던데요."

그때 두 사람 앞에 서 있던 미뇽이 입에 손가락을 대며 그들에게 조용하라는 신호를 했다. 뤼시가 왜 그러느냐고 묻자, 그는 지나가는 청년을 가리키며 소곤거렸다.

"나나의 정부요."

모두들 그 청년을 바라보았다. 상냥스런 남자였다. 포슈리는 그 사람을 알고 있었다. 그건 다그네였다. 여자 상대로 30만 프랑이나 되는 돈을 날려 버리고, 지금은 주식에 집적거리며 가끔 여자들에게 꽃다발을 사주거나 식사를 대접하거나 하는 남자였다. 뤼시는 고운 눈을 가진 남자라고 생각했다.

"아, 저기 블랑슈가 있네요" 하고 뤼시가 소리쳤다. "저 사람이에요. 당신이 나나하고 잤다고 한 여자가."

귀여운 얼굴에 분칠을 한 금발머리의 통통한 여자, 블랑슈 드 시브리가 의젓한 체구의 점잖고 늘씬한 남자와 동반하여 들어오고 있었다.

"크사베 드 방되브르 백작이야" 하고 포슈리가 라 팔르와즈의 귓전에 대고 속삭였다.

백작이 신문기자와 악수를 나누는 동안, 블랑슈와 뤼시는 성급하게 서로들 무엇인가 변명 같은 얘기를 지껄여댔다. 그녀들은 주름잡힌 푸른 치마와 연분홍 치마로 온통 길을 가로막으며, 날카로운 목소리로 나나의 이름을 되풀이했기 때문에 사람들은 귀를 기울였다. 방되브르 백작이 블랑슈를 데리고 갔다. 그러나 지금은 나나의 이름이 부푼 기대 속에 한층 높은 소리로 메아리처럼 현관 홀 네 귀퉁이를 울리고 있었다. 그러나 저러나 아직도 멀었단 말인가? 남자들은 회중시계를 끄집어냈다. 늦게 오는 사람들은 마차가 멈추기도 전에 뛰어내리고 있었다. 밖에서 서성거리고 있던 사람들도 보도를 떠나고 있었다. 그러자 사람의 그림자가 사라진 가스등의 불빛 속으로 극장 안을 기웃거리며 행인 무리가 서서히 가로질러 가는 것이 보였다. 한 익살꾼이 휘파람을 불며 가까이 오더니 입구의 포스터 앞에 섰다. 그리고는 "여어! 나나!" 하며 쉰 목소리로 외치고는 엉덩이를 씰룩거리며 구두를 찍찍 끌고 가버렸다. 웃음보들이 터졌다. 남자들은 재치 있는 흉내로 되풀이했다. "나나, 여어! 나나!" 사람들이 밀려들고 매표구에선 소요까지 일었다. 나나를 부르며 나나를 찾는 부르짖음이 차츰 커갔다. 군중을 사로잡는 저 미친 듯한 거친 흥분이었다.

그러나 이 소요보다도 한층 드높이 개막을 알리는 벨이 울렸다. "벨이 울렸다, 벨이 울려" 하고 떠드는 소요가 큰길까지 퍼졌다. 서로 먼저 들어가려고 밀치락뒤치락 했다. 매표원들의 수가 늘었다. 미뇽은 간신히 스테이네르를 붙잡았지만, 어쩐지 불안한 표정이었다. 스테이네르가 로즈의 의상을 보러 가지 않기 때문이었다. 첫 벨이 울리자 라 팔르와즈는 개막에 늦지 않으려고 포슈리를 잡아끌듯이 하며 군중들 속으로 헤치고 들었다. 이처럼 황망한 관객들의 모습을 보고 뤼시 스튜와는 골을 냈다.

"상스러운 사람들 다 보겠군, 여성들을 밀치다니!" 그녀는 카롤린 에케랑 그 어머니와 함께 마지막으로 처졌다. 현관 홀은 텅 비었다. 그러나 바깥 큰길은 그대로 와글거리고만 있었다.

"그 사람들의 연극이 언제나 재미있는 것도 아닌데 왜들 이 야단이람!" 하고 뤼시는 계단을 올라가면서 중얼중얼 되풀이했다.

장내로 돌아오자, 포슈리와 라 팔르와즈는 의자 앞에 서서 다시 한 번 둘러보았다. 이젠 장내가 환하게 밝았다. 돋우어 놓은 가스등의 불꽃으로 샹들리에는 타오르고, 노랗고 붉은 불빛이 둥근 천장으로부터 땅바닥으로 내리비쳤다. 꽃자줏빛 벨벳 좌석 위에 그 불빛이 옻칠의 무늬처럼 물결치는가 하면 엷은 초록빛 장식은 짙은 빛으로 번쩍이는 천장의 그림 밑에서 그것들을 부드럽게 하고 있었다. 풋라이트가 켜져 막을 환하게 밝혔다. 묵직한 진홍빛 막은 이야기 속의 궁전을 연상시킬 만큼 호화로웠고 금박이 갈라진 틈으로 드러나 보이는 곰팡난 둘레의 담벽과는 아주 대조적이었다. 벌써 장내는 무더웠다. 보면대 앞에선 악사들이 악기의 음정을 맞추어보기 시작했다. 플루트의 가벼운 선율, 호른의 한숨짓는 듯한 소리, 바이올린의 경쾌한 가락 등이 점차로 높아 가는 소요 속에서 울려나왔다. 와자지껄하며 관객들이 좌석으로 밀려들고, 밀치락거리며 자리에 앉았다. 복도는 말할 수 없이 혼잡했고, 문이란 문은 끊일 새 없는 인파로 붐비기만 했다. 서로를 부르는 소리와 옷 스치는 소리가 들리고, 치마와 모자들이 줄지어 가는 데 섞여 연미복이랑 프록코트의 검정빛도 보였다. 그러는 사이에 빈 좌석은 차츰 메워져 갔다. 부인복의 새하얀 빛이 돋보였다. 그리고 아름다운 옆모습 머리가 구부리는 순간 그 머리에 꽂은 보석이 번쩍하고 빛나기도 했다. 어떤 좌석에선 잠깐 엿보이는 어깨가 하얀 비단과 같았다. 군중들의 밀치락거리는 꼴을 눈으로 더듬어 보며 천연스럽게 나른한 모양으로 부채질을 하는 여자도 있었다. 한편 아래층 특별석에선, 조끼 앞자락을 풀어 젖히고 단추구멍에 치자꽃을 꽂은 젊은이들이 일어서서 장갑 낀 손끝으로 오페라 망원경을 이리저리 돌리고 있었다.

　그러는 사이에 두 사람의 사촌 형 아우는 아는 얼굴들을 찾아냈다. 미뇽과 스테이네르가 일층 좌석에서 벨벳 팔걸이에 손목을 걸치고 나란히 있었다. 블랑슈 드 시브리는 일층 앞 좌석을 혼자서 차지하고 있는 것 같았다. 그러나 라 팔르와즈는 누구보다도 먼저 두 줄 앞 자리에 앉아 있는 다그네를 살폈다. 그 옆에 어느 중학교에서 빠져나온 것 같은 고작 열일곱쯤 보이는 소년이 천사처럼 고운 눈을 휘둥그레하니 번쩍이고 있었다. 포슈리는 그를 바라보며 싱긋 웃었다.

"발코니석의 저 부인은 누구예요?" 하고 갑자기 라 팔르와즈가 물었다. "저 파란 옷을 입은 소녀 옆의 저 여자."

그는 코르셋을 졸라맨 뚱뚱한 여자를 가리켰다. 예전엔 금발이었으나 세었기 때문에 노랗게 염색을 한 것 같은 머리를 어린애들처럼 조그맣게 지졌고, 볼에 연지를 바른 통통하고 둥근 얼굴의 여자였다.

"가가야" 하고 포슈리는 간단히 대답해 버렸다.

그리고 그 이름에 사촌이 얼떨떨하고 있는 듯한 걸 보고 다시 덧붙였다.

"가가를 모르니?…… 루이 필립 시대 초기에 환락으로 이름을 떨치던 여자야. 이즈음은 어디를 가나 그 딸을 끌고 다니거든."

라 팔르와즈는 딸 쪽은 거들떠보지도 않았다. 가가 모습에 감동하여 눈길을 떼지 못했다. 아직도 굉장히 멋있다고 생각했지만 차마 말로써 나타내지는 못했다.

그러는 사이에 오케스트라의 지휘자가 지휘봉을 들어올리고 악사들은 일제히 서곡을 연주하기 시작했다. 사람들은 여전히 입장하고 있었고, 소요는 더해갈 뿐이었다. 언제나 공연 첫날의 일정한 특별 관객들이 여기저기에서 가까운 사람끼리 모여 다정한 재회 인사를 나누고 있었다. 단골들은 모자도 벗지 않고 허물없는 표정으로 인사를 주고받았다. 바로 이곳에 파리가 있는 것이다. 문예와 재정과 쾌락의 파리가 있는 것이다. 숱한 신문기자와 몇몇 작가들과 그리고 증권 거래상들이 있었고 여염집 여자보다는 창녀들이 더 많았다. 갖가지 재능으로 이루어졌고, 모든 악덕에 좀먹혀 버린 이 괴상한 뒤범벅 세계―거기엔 어느 얼굴에나 하나같이 똑같은 피로와 열광의 빛이 감돌고 있었다. 포슈리는 사촌에게 질문받는 대로 신문기자랑 사교계 인사들의 자리를 가리켜 주었다. 그러고는 두 연극평론가의 이름을 일러주었다. 하나는 마른 느낌의 홀쭉한 사람으로 얄팍한 입술이 까다로워 보였고, 또 하나는 호인형의 통통한 얼굴을 한 사람으로 곁에 앉은 순직한 처녀를 어버이 같은 부드러운 시선으로 지켜보며 그 어깨에 기대고 있었다.

그러자 포슈리가 얘기를 중단했다. 라 팔르와즈가 정면 좌석을 향하여 인사를 보냈기 때문이다. 그래서 아주 의외라는 표정으로, "어떻게 된 거야, 너 뮈파 드 뵈비유 백작을 알고 있니?" 하고 물었다.

"알고말고요, 오래 전부터" 하고 엑토르는 대답했다. "뮈파 백작댁 땅이 우리집 근처에 있었어요. 지금도 곧잘 그 집에 가는데요…… 백작과 저기 함께 있는 건 부인하고 장인 슈아르 후작이에요."

사촌 형이 놀란 것을 보고 그는 우쭐해서 더 자세한 설명을 덧붙였다. 후작은 참사원 의원이고, 백작은 최근에 황후의 시종에 임명되었다고 했다. 포슈리는 오페라 망원경을 들어 백작 부인을 보았다. 살색 머리에 살이 희고, 포동포동한 몸매의 아름다운 까만 눈이었다.

"막간에 나에게 소개해라. 백작은 만난 일이 있지만 그 집의 화요일 파티에 가고 싶어 그러니."

쉿, 하는 소리가 위층 좌석에서 일었다. 이미 서곡은 시작되었건만 입장자는 아직도 그치지 않았다. 뒤늦게 온 사람들 때문에 첫 줄 사람들은 모두 일어섰다. 여닫히는 칸막이 좌석의 문소리며 복도에서 다투는 굵은 목소리들이 시끄러웠다. 해질 무렵의 참새 떼처럼 재재거리는 얘기 소리가 그칠 새 없고 장 내는 대단한 혼잡이었다. 머리와 팔이 뒤섞이며 엇갈렸다. 어 떤 사람은 자리에 앉아서 편한 자세를 취하려고 몸을 비틀고, 어떤 사람은 맨 나중에 한번 휘둘러 보려고 언제까지 버티고 서 있기도 했다. "앉아라! 앉아!" 맨바닥 뒷자리 어둠 속에서 소 리쳤다. 전율이 장내를 휩쓸고 지나갔다. 마침내 일주일 전부 터 파리의 관심사가 되어 왔던 이 유명한 나나를 보게 되는 것 이다.

그래도 아직 간간이 가라앉은 목소리가 들리긴 했지만 마침 내는 얘기 소리도 가라앉았다. 그리고 희미한 속삭임과 사그 라져 가는 한숨 속에서 갑자기 오케스트라가 짧막한 가락의 급 템포를 연거푸 터뜨렸다. 방탕한 웃음과 같이 천박한 가락의 왈츠였다. 관객들은 벌써 근지러움을 느끼며 싱글거렸다. 그 러자 보통석 첫 줄에 있는 박수꾼들이 요란스럽게 박수를 쳤 다. 막은 올라가고 있었다.

"어럽쇼! 뤼시 옆에 남자가 있는데" 하고 라 팔르와즈는 여전 히 지껄여댔다.

그는 오른편 발코니석을 바라보고 있었다. 앞쪽엔 카롤린과 뤼시가 앉아 있고, 뒤편엔 위엄을 빼고 있는 카롤린의 모친과 어디 하나 나무랄 데 없는 몸차림의 사나이가 앉아 있었다. 그 는 아름다운 금발로 체구가 큼직한 청년이었다.

"좀 보세요, 남자가 있다니까요" 하고 라 팔르와즈는 되풀이 했다.

포슈리는 마지 못해 오페라 망원경을 그쪽으로 돌렸다. 그러 나 곧바로 되돌리며, "뭐야, 라보르데트로군" 하고 대단치 않다 는 소리로 중얼거렸다. 마치 그 사람이 그곳에 있는 것은 누구에게나 당연지사며 얘깃거리도 안된다는 투였다.

뒤에서, "조용합시다!" 하고 누군가가 소리쳤다. 그들은 조용해졌다. 장내는 괴괴하니 물을 끼얹은 듯했다. 앞줄 특별석으로부터 뒷줄의 뒷좌석에 이르기까지 열심히 무대를 올려다보는 얼굴은 마치 물결이 이룬 것 같았다. 〈금발의 베누스〉 제1막은 올림포스 산이었다. 올림포스 산이라곤 하지만 두꺼운 마분지 쪼가리에 불과했다. 배경은 구름이고, 오른편엔 유피테르(로마 신화에 나오는 최고 신, 영어로 주피터—역주)의 왕자가 있었다. 우선 이리스(그리스 신화에 나오는 무지개의 여신—역주)와 가니메데스(그리스 신화에 나오는 미소년—역주)가 천사의 무리를 거느리고 등장했다. 천사들은 신들의 회의석을 꾸미며 합창을 시작했다. 다시 또 박수꾼들이 판에 박은 갈채를 보냈다. 그러나 아무도 화합하지 않고 관객들의 얼굴엔 짜증만 서렸다. 라 팔르와즈는 보르드나브의 암컷 중의 하나인 클라리스 베스뉘에게 박수를 보냈는데, 그녀는 푸른 의상을 입고, 일곱 가지 빛깔의 커다란 띠를 두른 이리스 역으로 등장했다.

"저 의상을 입느라고 클라리스는 속옷까지 벗었어요" 하고 그는 옆의 사람들이 다 들을 수 있을 정도로 포슈리에게 말했다.

"오늘 아침에 옷 입어 보는 일을 같이 했는데 말이죠⋯⋯ 속옷을 벗지 않으니까 겨드랑이 아래와 등 뒤로 그것이 들여다보였기 때문이었지요."

장내에 가벼운 동요가 일었다. 로즈 미뇽이 디아나(로마 신화에 나오는 달의 신—역주) 역으로 등장한 것이다. 몸집도 얼굴도 역할에 잘 어울리지 않고 마른데다 피부까지 검었지만 파리의 장난꾸러기 같은 묘한 애교가 있고 사람을 야유하는 듯한 데가 있었다. 자기를 버리고 베누스에게 마음이 기울어가는 마르스(로마 신화에 나오는 군신—역주)를 탄식하는 장면의 아리아를 그녀는 수줍은 표정으로 노래했다. 가사는 눈물이 나올 정도로 익살스러웠지만, 음탕한 내용이 담겨져 있어 관객들은 흥분되었다. 로즈의 남편과 스테이네르는 사이좋게 나란히 앉아서 만족스럽게 웃고 있었다. 마침내 장내에 환호성이 터졌다. 인기 배우 프룰리에르가 장군 차림으로 등장한 것이다. 쿠르티유의 마르스답게 군모에 커다란 것을 달고, 어깨까지 올라오는 칼을 끌고 있었다. 그는 디아나에게 싫증이 나기 시작했는데 그녀는 뾰로통하니 잘난 체하고 있는 것이다. 그리고 그녀는 마르스를 감시하며 복수할 것을 맹세한다. 이 이중창은 익살맞은 티롤 무도곡으로 끝났는데, 프룰리에르는 그것을 느물거리며 우스꽝스럽게 노래했다. 그는 여자들에게 인기 있는 멋쟁이 배우답게 거드름을 피우며 익살스럽게 허세를 떨고 눈동자를 굴렸다. 그래서 여기저기 좌석에서 여자들의 날카로운 웃음소리가 터져나왔다.

그러자 관객들의 열은 다시 식었다. 지루한 몇 장면이 계속되었다. 어리석은 유피테르 역을 맡은 늙은 배우 보스크가 찌그러진 큼직한 왕관을 쓰고 등장하여, 식모의 월급 문제로 유노(로마 신화에 나오는 유피테르의 아내—역주)와 부부 싸움을 했을 때에야 겨우 관객들의 얼굴에서 주름살이 사라졌을 정도였다. 넵투누스(로마 신화에 나오는 바다의 신—역주), 플루톤(그리스 신화에 나오는 저승의 신—역주), 미네르바(로마 신화에 나오는 지혜의 여신—역주), 그리고 그 밖의 신들의 행렬 대목에 이르러선 연극 전체를 아주 망치는가 했다. 신경질적인 불온한 소요가 차츰 높아갔다. 관객들은 흥미를 잃고 두리번거리기 시작했다. 뤼시는 라보르데트와 함께 웃고 있었다. 방되브르 백작은 블랑슈의 늠름한 어깨 뒤에서 목을 길게 하고 있었다. 한편 포슈리는 뮈파 부부를 곁눈질하여 관찰하고 있었다. 백작은 무슨 내용인지 도무지 모르겠다는 표정으로 근엄했고 백작 부인은 꿈꾸듯이 허공을 바라보며 어렴풋이 미소짓고 있었다. 그때 갑자기 숨막힐 듯한 이 분위기 속에 박수꾼들의 박수가 일제사격처럼 터져나왔다. 사람들의 시선이 무대로 쏠렸다. 마침내 나나의 등장인가? 나나는 대체 어느 때에 나타날 것인가.

그러나 나타난 것은 가니메데스와 이리스에게 인도되어 오는 인간세계의 대표들이었다. 그들은 의젓한 서민들로서 모두 아내에게 기만당한 남편들이었다. 베누스가, 그들의 아내들에게 무작정 정열을 부채질한다고 신들의 주신에게 불평을 말하러 온 것이었다. 그들이 부르는 처량한 가락의 합창이 시작되었다. 그리고 간간이 중단되는 그 간격이 아주 의미심장하여 모두들 좋아했다. "오쟁이 진(아내가 다른 남자와 간통함─역주) 남자의 코러스다, 오쟁이 코러스야" 하는 소리가 장내를 휩쓸고 잠시 동안 멎지 않았다. "앙코르" 하는 소리가 일었다. 노래하는 패들은 모두 어수룩한 얼굴이었다. 보기에도 여편네를 도둑맞음직한 모습이었다. 그중에서도 특히 큼직한 사내는 달님 같은 둥근 얼굴이었다. 그러는 사이에 불카누스(로마 신화에 나오는 불의 신─역주)가 분연히 등장하며 사흘 전에 도망친 아내를 돌려달라고 요구했다. 또다시 합창이 오쟁이 진 신 불카누스의 신세를 탄원했다. 불카누스 역을 맡은 것은 퐁탕이었다. 품위는 없지만 색다른 재주를 지닌 희극배우로 마을의 대장장이처럼 함부로 허리를 흔들어댔다. 그는 불타오르는 듯 붉은 가발을 쓰고 맨살을 드러낸 양팔엔 화살 꽂힌 하트의 문신이 그려져 있었다. 누군지 여자 손님 중의 한 사람이 자기도 모르는 사이에 소리를 쳤다. "아유, 망측해라!" 그러자 여자들이 손뼉을 치며 마구 웃어댔다.

다음 장면은 한이 없었다. 유피테르가 배반당한 남편들의 탄

원서를 제출키 위하여 꾸물거리며 또다시 신들의 회의가 시작되었던 것이다. 나나는 나타나질 않았다. 막이 내릴 때까지 나나를 내놓지 않을 작정인가? 한없이 기대가 어그러져 관객들은 마침내 짜증을 냈다. 이곳저곳에서 수군거리기 시작했다.

"이건 서투른데" 하고 미뇽이 얼굴을 번득이며 스테이네르에게 말했다. "소동이 일어나고 말 테니 보십쇼!"

바로 그 순간 무대 안쪽의 구름이 갈라지며 베누스가 나타났다. 나나였다. 열여덟 살 치고는 상당히 숙성하고 건장한 체격이었다. 하얀 웃옷을 입은 여신 모양에 어깨 위로 긴 금발을 풀어 헤치고 관객들에게 웃음을 던지며, 침착하게 풋라이트 쪽으로 내려오더니 아리아를 노래하기 시작했다.

"베누스 거니는 저녁 나절에……"

다음 가사로 접어들자, 장내의 관객들은 어안이 벙벙하여 마주 바라보기 시작했다. 우스개를 치고 있는 것일까, 아니면 보르드나브에게 무슨 속셈이라도 있는 것일까? 이렇게 형편없고 엉터리 같은 노래는 아직 들어본 일조차 없었다. 지배인 말마따나 그야말로 쇳소리였다. 게다가 연기라는 것이 돼 있지 않았다. 전신을 뒤흔들며 두 손을 앞으로 내밀었다. 볼품도 없고 천박했다. "어렵쇼!" "어렵쇼!" 하고 벌써부터 이등석과 대중석에선 야유가 날아오는가 하면 휘파람까지 나오기 시작했다. 그때, 아래층 특별석에서 변성기에 들어간 목소리의 고함 소리가 났다.

"근사하다!"

만장의 시선이 그곳으로 쏠렸다. 그것은 학교를 뺑소니쳐 나온 중학생 같은 바로 그 귀여운 소년이었다. 아름다운 눈을 환하게 밝히며 발그레하니 달아오른 얼굴로 나나를 바라보고 있었다. 사람들의 시선이 자기에게 쏠린 것을 느끼자, 자기도 모르는 사이에 고함친 것이 부끄러워 얼굴을 붉혔다. 곁에 앉은 다그네는 미소를 띠며 그 소년을 살펴봤다. 관객들은 넋을 잃고 휘파람을 부는 일조차 잊은 채 웃고만 있었다. 그런가 하면 흰 장갑을 낀 청년들도 나나의 몸매에 매혹되어 박수갈채를 보냈다.

"정말이다, 그래, 근사하다!"

장내가 웃는 것을 보고서 나나도 웃기 시작했다. 웃음 소리가 한층 더해 갔다. 어쨌든 재미있는 여자다, 이 아름다운 계집애는. 웃으면 턱이 옴폭 파여 매력적이었다. 그녀는 수줍어하는 기색도 없이 친숙한 표정으로 반응을 기다렸다. 그리고 순식간에 관객들 사이로 화합되어 가며 윙크를 던졌다. '나에겐 눈곱만한 재주도 없어요. 하지만 그런 것쯤 문제도 아녀요. 다른 것이 있으니까요' 하고 스스로 말하는 것 같았다. 그러고는 오케스트라 지휘자에게 '자, 갑시다 아저씨!' 하는 투의 몸짓을 하고는 둘째 절을 부르기 시작했다.

"한밤중에 지나가는 것은 베누스……"

여전히 거센 목소리였다. 그러나 이번엔 제법 관객들의 마음을 사로잡았기 때문에 간간이 가벼운 전율이 일기까지 했다. 나나는 계속 웃고 있었다. 촉촉이 젖은 듯한 조그만 붉은 입술, 번쩍이는 광채의 맑고 푸른 큰 눈동자가 두드러졌다. 좀 힘들여 노래하는 대목에 이르러서는 환희로 하여 코가 벌름거리고, 장밋빛 콧등이 파르르 떨리며 볼에 홍조를 띠었다. 몸은 여전히 뒤뚱거리고 있었다. 그것밖엔 별 재주가 없는 것이다. 남자들은 이제 와선 그것을 천박하다고 생각하긴커녕, 열심히 오페라 망원경으로, 눈을 들이대고 있었다. 그 구절이 끝나자 목소리가 전혀 나오질 않았다. 아무래도 마지막까지 해낼 듯싶지 않았다. 그러나 나나는 끄떡 않고, 허리를 한 번 틀었다. 엷은 옷 밑에 동그란 선이 또렷하게 나타났다. 상체를 눕히고 목줄띠를 젖히며 두 팔을 내뻗었다. 장내가 들끓었다. 그녀는 싹 방향을 돌리곤, 불그레한 머리카락이 돋아난 목덜미를 드러내며, 무대 안쪽으로 되올라갔다. 열광적인 박수갈채가 쏟아졌다.

그 막의 마지막 부분은 더 싱거웠다. 불카누스는 베누스의 뺨을 치려고 했다. 신들이 회의를 열고 기만당한 남편들의 호소를 받아들이기에 앞서 우선 지상으로 조사를 나가기로 한다. 그때 디아나는 베누스와 마르스가 주고받는 사랑의 속삭임을 엿듣고 여행 중 두 사람을 감시하리라고 맹세한다. 열두 살 난 장난꾸러기 계집애가 담당하는 사랑의 신 쿠피도(로마 신화에 나오는 사랑의 신, 그리스 신화의 에로스, 영어로 큐피트—역주)가 콧구멍에 손가락을 찌르고 울먹이는 목소리로 무슨 질문에나 "예, 엄마…… 아뇨, 엄마"라고 대답하는 장면도 있었다. 그래서 유피테르가 화가 난 학교 선생님 같은 무서운 얼굴로 사랑의 신 쿠피도를 어두운 골방에 가두고 '나는 사랑한다' 하는 동사 변화를 스무 차례나 되풀이하게 하는 것이었다. 피날레는 얼마간 만회 기분으로 단원 전원과 오케스트라가 합창을 아주 훌륭하게 해냈다. 그러나 막이 내리자 앙코르를 노린 박수꾼들의 노력도 헛되이, 관객들은 일제히 일어나며 이미 문간 쪽으로 향하고 있었다.

관객들은 의자 사이로 밀려가며 혹은 서성거리고 또는 밀치락거리며 인상을 얘기했다. 똑같은 얘기들이었다.

"형편없는데."

한 비평가는 내용을 훨씬 줄여야만 되리라고 말했다. 그러나 연극 같은 것은 아무래도 상관없었다. 어디를 가나 나나의 얘기뿐이었다. 일찍이 자리를 뜬 포슈리와 팔르와즈는 아래층 특별석 길목에서 스테이네르와 미뇽을 만났다. 가스등에 비쳐진 갱도 같은 좁다란 이 길목은 숨이 막힐 듯했다. 그들은 난간으로 사람들과 차단되어 있는 오른편 계단 밑에 잠깐 멈추어 서 있었다. 일반석 관객들이 터덕거리며 내려가고 연미복 물결이 꼬리를 이었다. 한편에선 한 여자 안내인이 외투를 쌓아 올린 의자를 인파로부터 지키느라고 안간힘을 다하고 있었다.

"그 여자라면 알고 있소이다!" 하고 스테이네르는 포슈리를 보자 소리쳤다. "분명히 어디선가 내 그 여자를 보았단 말씀야…… 거기가 카지노였던가, 하여튼 나나는 부축을 받고 있었지, 만취가 되어가지고 말씀이요."

"나도 정확하게는 기억하지 못하겠습니다그려. 선생님처럼 그 여자를 만난 것은 분명한데……" 하고 신문기자도 말했다.

그리고 목소리를 낮추어 웃으면서 덧붙였다.

"아마도 트리콩 사창가 아니었던가 싶군요."

"맙소사, 그런 추잡한 곳에서" 하고 미뇽이 분개해서 외쳤다.

"정말이지 구역질이 난다니까, 관객들이 그따위 창녀를 대접해 주다니. 이 꼴로 돼가다간 극장에서 제대로 된 여자는 없어지고 말 것이야…… 그렇구말구 나도 결국은 로즈에게 연극을 못 하도록 막을 테니까."

포슈리는 쓴웃음을 막지 못했다. 계단을 내려가는 터덕거리는 소리는 여전히 계속되고 있었다. 캡을 쓴 한 조그만 사나이가 잡아끄는 듯한 목소리로 말했다.

"오, 참 살도 좋더라. 뜯어 먹고 싶더라만."

복도에선 고수머리로 머리를 지지고 단정하게 접힌 칼라를 단 두 청년이 다투고 있었다. 한편이 이유없이 그저, "추하다! 추해!" 하고 되풀이하면 상대방 역시 따질 것 없다는 식으로, "근사하다! 근사해!" 하고 응수했다.

라 팔르와즈는 나나를 정말로 근사한 여자라고 생각하고, 목소리만 좋으면 보다 더 훌륭하리라고 말했다. 그러자 이미 얘기에 귀를 기울이지 않던 스테이네르가 깜짝 놀라며 눈을 뜬 것 같았다. 어쨌든 좀 더 기다려 봐야 알 일이었다. 아마도 앞으로의 막은 신통치 않은 결과로 끝나리라. 관객들은 좋아들 했지만 완전히 반해 버리는 데까지는 도달하지 못했다. 미뇽은 연극이 이대로 질질 끌고 가게 될 것은 빤한 일이라고 했다. 그러고는 포슈리와 라 팔르와즈가 곁을 떠나 휴게실로 나갔기 때문에 스테이네르의 팔을 잡고 그 어깨에 덮치듯이 하며 귓전에 대고 소곤거렸다.

"영감, 2막째는 우리 집사람의 의상을 보러 가십시다요…… 요란합니다."

위쪽 휴게실엔 세 개의 샹들리에가 휘황찬란했다. 사촌 형제는 잠깐 망설였다. 유리문 틈새기로 들여다보니 회랑 끝에서 끝까지 넘실대는 사람들의 머리가 두 줄기의 흐름을 이루며 쉴 새 없이 소용돌이치고 있었다. 그래도 두 사람은 들어갔다. 대여섯 무리의 남자들이 이 혼잡 속에 버티고 서서 몸짓을 섞어 가며 커다란 소리로 지껄이고 있었다. 또 어떤 사람들은 줄을 이루고 거닐며, 초 먹인 마루를 구르며 뒤축으로 휙 하니 돌기도 했다. 좌우측 얼룩진 대리석 둥근 기둥 사이의 붉은 벨벳 소파에 앉아서, 더위에 척 늘어진 채 사람들의 물결을 바라보는 여자들도 있었다. 그리고 등 뒤에 걸린 높다란 거울에는 틀어 올린 그녀들의 머리가 비치고 있었다. 안쪽 매점 앞에선 뚱뚱보 남자가 시럽을 마시고 있었다.

포슈리는 한숨 돌리기 위해 발코니로 나갔다. 라 팔르와즈는 둥근 기둥 사이에 거울과 엇갈려 걸린 액자 속 여배우들의 사진을 구경하다가 결국 사촌 형을 뒤따라갔다. 그곳은 극장 정면의 가스등 조명이 꺼진 곳이었다. 발코니는 어둡고 썰렁하니 텅 빈 느낌이었다. 청년 한 사람이 홀로 어둠에 묻혀 오른편 돌출부 난간돌에 기대 서서 담배를 피우고 있었다. 그 담뱃불이 빨갛게 반짝였다. 포슈리는 다그네를 알아차렸다. 두 사람은 악수를 했다.

"이런 곳에서 무엇을 하고 있나?" 하고 신문기자가 물었다. "첫 공연 날이면 언제나 아래층 특별석을 떠나지 않는 자네가, 이런 구석에 와서 숨어 있다니."

"보다시피 담배를 피우고 있네" 하고 다그네는 대답했다. 포슈리는 상대방을 골려줄 심산으로 말을 이었다.

"그런데 자네 저 신인배우에 대해서 어떻게 생각하나?⋯⋯ 복도 안의 평들은 좋지 않던데."

"오! 그따위 친구들쯤이야 그녀의 관심 밖이지" 하고 다그네는 중얼거렸다.

나나의 재능에 대한 그의 의견은 그뿐이었다. 라 팔르와즈는 몸을 거우듬히 하고 큰길을 바라보았다. 정면엔 휘황한 불빛이 반짝이는 호텔과 클럽의 창들이 있고, 보도에는 카페 마드리드의 탁자들을 뒤덮는 손님들의 한 떼가 검세 보였다. 이렇게 늦도록 사람들의 물결은 계속되고만 있었다. 사람들은 종종걸음을 치고 있었다. 주프르와 골목길로부터 계속 사람들이 쏟아져 나오고, 마차들의 행렬이 길게 계속되었으므로 큰길을 횡단하는 데 5분은 좋이 걸릴 것 같았다.

"엄청난 사람들이로구나! 굉장한 소음이야!" 하고 라 팔르와즈는 되풀이했다. 아직 파리에 익숙하지 못한 것이다.

벨이 길게 울리고 휴게실은 비었다. 사람들은 통로를 급하게 지나갔다. 막이 오른 후에도 떼를 지어 들어오기 때문에 이미 좌정한 관객들 사이에서 불평이 솟았다. 제각기 자기 자리로 되돌아가서 또다시 무대를 열심히 바라보았다. 라 팔르와즈는 우선 가가 쪽을 바라보고선 깜짝 놀랐다. 조금 전까지도 뤼시의 칸막이 좌석에 있던 장신의 금발 남자가 그녀의 곁에 있었기 때문이었다.

"저 사람 이름이 무엇이었죠?" 하고 그는 물었다. 포슈리는 그 사람은 보려고도 안 했다.

"응, 라보르데트" 하고 한참 만에 먼젓번과 같은 무관심한 태도로 대답했다.

제2막의 무대장치는 사람들을 놀라게 했다. 장소는 변두리의 선술집 '불누와르'로, 사육제 마지막 날의 한창때였다. 변장을 한 사람들이 론도(둥글게 원을 그려 춤추면서 부르는 노래—역주)를 노래하며 후렴 대목에선 거기에 맞추어 발을 구르고 있었다. 이 생각지 않은 난장판이 관객들을 흥겹게 하고 론도가 앙코르되었다. 거기에 신들의 일행이 이리스에게 안내되어 조사를 온다. 이리스는 지상의 일이라면 무엇이든 다 알고 있다고 허풍을 떨었다. 신들은 신분을 감추기 위하여 변장하고 있었다. 유피테르는 뒤집은 반바지에 큼직한 양철의 왕관을 쓴 다고베르 왕 차림으로 등장했고, 아폴론은 롱주모의 마부 차림, 미네르바는 노르망디의 유모 차림이었다. 마르스가 스위스의 제독이라는 가당치도 않은 복장으로 나타나자 장내는 뒤집힐 듯한 폭소로 뒤덮였다. 그러나 넵투누스의 출현에 이르러선 웃음은 아주 광적인 것으로 변했다. 그는 작업복을 입고 봉긋한 높은 모자를 쓰고, 관자놀이에는 말아 올린 옆머리를 달고서 슬리퍼를 찍찍 끌며 가라앉은 목소리로 말하는 것이었다.

"어째? 사내가 괜찮게 생겼으면 반하게 내버려 두면 될 것 아닌가!" 그러자 "오!" "오!" 하는 소리가 여기저기서 일어나고 부인들은 그들의 부채를 조금씩 높였다. 앞 좌석의 뤼시는 너무나 깔깔대고 웃어댔기 때문에 카롤린 에케가 부채로 쿡쿡 찔러서 멎게 했다.

이때부터 연극은 살고, 대성공의 징조가 싹텄다. 올림포스 산을 속세의 진창 속으로 끌어내리고, 모든 종교와 모든 시를 우롱하는 이 신들의 사육제야말로 관객들에겐 굉장한 향연으로 여겨졌다. 불경함의 열광이 공연 첫날에 온 지식층에게까지 전염되었다. 전설은 짓밟히고 고대의 이미지는 파괴되었다. 유피테르는 멋쟁이고, 마르스는 좀 모자란다는 식이었다. 왕의 위엄은 희극으로 화하고, 군대는 장난질 치는 희롱감으로 변했다. 유피테르가 갑자기 세탁소의 계집아이를 사랑하게 되어 멋대로 캉캉 춤을 추자, 계집애 역을 맡은 시몬이 이 최고신의 코빼기를 걷어차며 "아저씨!" 하고 불렀다. 만장이 배꼽을 잡고 웃어댔다. 모두들 춤추고 있는 동안 아폴론이 미네르바에게 샐러드 그릇에 든 따뜻한 포도주를 여러 잔 사주고, 넵투누스는 일고여덟 명의 여자들로부터 과자를 대접받으며 한가운데 버티고 있었다. 관객들은 빗대 놓고 하는 말을 이해하자, 외설적인 의미를 첨가했다. 대수롭지 않은 말도, 아래층 특별석에서 터지는 기성 때문에 이상한 의미를 부여했다. 이 근래, 극장에서 관객들이 이보다 더 불손한 소란에 빠졌던 일은 없었다. 이것으로 그들의 기분이 회복되었다.

그러나 이와 같은 어리석은 소동 속에서도 줄거리는 진행되었다. 불카누스는 장갑까지 온통 노랑투성이로 옷을 입고, 외눈 안경을 낀 멋진 젊은이 모습으로, 여전히 베누스의 꽁무니를 따라다녔다. 그 베누스는 여자 생선 장수로 분장하고 그때에야 겨우 나타났다. 스카프를 쓰고 꿰져 나올 것 같은 가슴에 커다란 금장식을 가득히 달고 있었다. 나나는 살갗이 아주 흰 데다 포동포동하여 이 배역엔 제격으로, 탐스러운 허리와 굵은 목소리 때문에 순식간에 장내를 제압해 버렸다. 로즈 미뇽이 아기 인형처럼 버들가지로 짠 모자를 쓰고 짧은 모슬린 복장을 입고 귀여운 목소리로 디아나의 비탄을 호소했지만, 나나 때문에 돋보이지 않았다. 그런데 넓적다리를 치며 암탉처럼 꼬꼬거리는 이 통통한 상대방 계집애 몸에선 생명의 냄새와 여자의 강한 매력이 풍겨 관객들을 취하게 했다.

제2막째부터는 나나에 대하여 모두들 흠잡지 않고 덮어 주었다. 서툰 연기나 어설픈 노래나 신통치 않은 기억력 따위를. 나나가 관객들을 향해 웃기만 하면 환성이 울렸다. 그 멋있는 허리만 한 번 흔들고 나면 아래층 특별석이 물 끓듯 하고 어느 좌석에서나 열기가 천장에까지 서렸다. 그래서 그녀가 선술집의 춤을 리드할 때에 가서는 완전히 만장을 눌러 버렸다. 허리에 주먹을 얹고 거리의 베누스인 양 포즈를 취하면 아주 제격이었다. 게다가 음악도 그녀의 천박한 목소리에 맞춘 것처럼 품위가 없었다. 재채기 같은 소리의 클라리넷에 까불까불 뛰어다니는 작은 피리 소리가 마치 생 클루의 장날과도 같았다.

제2곡이 다시 앙코르되었다. 전주 중의 왈츠인 그 음탕한 리듬이 다시 또 연주되며 신들을 흥분시켰다. 농부 마누라로 분장한 유노가 세탁소 계집아이와 함께 있는 유피테르를 발각하고 뺨을 갈겼다. 디아나는 베누스가 마르스와 밀회의 약속을 하는 현장을 보고 성급하게도 그 장소와 시간을 불카누스에게 일러줬다. 그러자 불카누스는 "내게도 생각이 있다" 하고 고함을 쳤다. 그밖의 것은 그다지 뚜렷하질 않았다. 하여간 조사는 급속도로 끝나가고 있었다. 그 춤이 끝나자 왕관을 잃어버린 유피테르가 땀을 뻘뻘 흘리며 숨을 헐떡이고 나타나더니, 지상의 여자들은 모두 참 귀엽고 모든 것이 남자들의 잘못이라고 선언했다.

막이 내리기 시작했다. 그러나 환성을 꿰뚫고 몇 사람의 목소리가 세차게 울렸다.

"모두들! 모두들 다시 나와라!"

막이 재차 올라가고 배우들이 손을 잡고 나타났다. 한가운데에 나나와 로즈 미뇽이 나란히 허리를 굽히고 절했다. 박수가 일고 박수꾼들이 환성을 올렸다. 그러고서 극장 안은 서서히 반쯤 비어 갔다.

"뮈파 백작 부인에게 인사하러 가야지" 하고 라 팔르와즈가 말했다.

"그래, 나를 소개해 다오" 하고 포슈리가 대답했다. "그러고서 아래로 가자꾸나."

그러나 발코니석까지 가는 것은 힘든 일이었다. 위쪽 복도에선 아직도 계속 밀치락거리고 있었다. 인파를 헤치고 나가려면 몸을 움츠리고 팔꿈치를 묘하게 써가며 빠져나가지 않으면 안 되었다. 가스가 불타고 있는 구리 램프 밑에 등을 기대고 그 뚱뚱한 비평가가 귀를 기울이고 있는 청중들에게 연극 평을 하고 있었다. 지나가던 사람이 작은 소리로 그의 이름을 소곤거렸다. 그 비평가는 2막 중 계속 웃고만 있었다는 섯이 복도에서의 얘기들이었다. 그러나 그는 상당히 엄격하게 취미, 도덕을 논했다. 건너편에선 그 입술이 얇은 비평가가 호의에 넘치는 비평을 하고 있었는데, 그의 말은 신맛이 든 우유처럼 뒷맛이 좋지 않았다.

포슈리는 칸막이 좌석의 둥근 창을 차례로 기웃거렸다. 그러자 방되브르 백작이 그를 불러 세우고 누구를 찾느냐고 물었다. 그들 사촌 형제가 뮈파 부부에게 인사를 간다는 말을 듣고는, 그렇다면 7번 칸 좌석이라고 일러주었다. 그도 지금 막 그곳에서 나오는 길이었다. 그는 신문기자의 귓전에 얼굴을 기울이며 소곤거렸다.

"그런데 말야 여보게, 그 나나라는 계집이 분명히 어느날 밤인가 프로방스 거리 길목에서 만난 그 여자야……."

"옳지, 맞았습니다" 하고 포슈리가 외쳤다. "어쩐지 그 여자를 본 것 같다고 생각했습니다."

라 팔르와즈는 사촌 형을 뮈파 드 뵈비유 백작에게 소개했다. 그러나 백작은 냉랭한 태도밖엔 표시하지 않았다. 그런데 백작 부인은 포슈리의 이름을 듣자 고개를 들고, 〈피가로〉 기사를 조심스러운 말씨로 칭찬했다. 벨벳 손잡이에 팔을 걸친 채 그녀는 정숙하게 어깨를 돌려 반쯤 이쪽으로 향했다. 잠시 동안 잡담이 계속되고 이어서 얘기는 만국박람회에 관한 얘기로 바뀌었다.

"아주 훌륭할 것이요" 하고 백작은 네모지고 균형 잡힌 얼굴에 관리다운 위엄을 지니며 말했다. "내, 오늘 샹 드 마르스에 갔다 왔지만…… 정말 놀라웠소."

"아마 기일까지 준비되기 어렵겠지요" 하고 라 팔르와즈가 의견을 곁들였다. "복잡한 일이 있을 테니까요……."

그러자 백작이 준엄한 목소리로 가로막았다.

"해낼 것이요…… 황제의 분부시니까."

포슈리는 어느날 취재하러 갔다가 하마터면 건축중이던 수족관에 갇힐 뻔했다는 얘기를 재미있게 늘어놓았다. 백작 부인은 미소를 지었다. 그녀는 간간이 장내를 훑어보며 팔꿈치까지 흰 장갑을 낀 팔을 들어, 천천히 부채질을 했다. 장내는 거의 비어 가고 졸고 있는 듯했다. 아래층 특별석에선 신문을 펼치고 있는 몇 명의 남자들도 있었고 또 어떤 여자들은 자기 집에나 있는 것처럼 편안한 모습으로 사람을 맞이했다. 들리는 것이라곤 칸막이 좌석에 남은 상류사회 사람들이 주고받는 얘기뿐이었다. 샹들리에 불빛도 막간의 혼잡으로 생긴 잘디잔 먼지 속에서 희미했다. 문간에는 남자들이 몰려 서서 그대로 자리에 남은 여자들을 기웃거렸다. 그 사람들은 잠시 동안 그 자리에 그대로 머물러 선 채 커다란 하트 모양의 와이셔츠를 드러내고 목을 늘이고 있었다.

"다음 화요일엔 와주시겠죠" 하고 백작 부인이 라 팔르와즈에게 말했다.

포슈리도 초대되었기 때문에 머리를 숙였다. 아무도 연극에 관하여 얘기하지 않고, 나나의 이름도 입에 담지 않았다. 백작은 국참사원 회의에나 출석한 것처럼 냉랭한 위엄을 간직하고 있었다. 그리고 자기들이 여기에 온 것은 장인이 연극을 좋아하기 때문이라고 다만 한마디 했을 뿐이었다. 칸막이 좌석의 문은 열어둔 채였다. 슈아르 후작이 방문객에게 자리를 양보하기 위해서 밖으로 나갔기 때문이었다. 그는 장신의 노구를 쭉 뻗고 차양이 넓은 모자 밑으로 늘어진 흰 얼굴을 엿보이며, 흐릿한 눈으로 지나가는 여자들을 뒤쫓고 있었다.

백작 부인으로부터 초대를 받자마자 포슈리는 일찌감치 물러났다. 연극 얘기를 할 장소가 아니라고 생각했기 때문이었다. 그 뒤를 이어 라 팔르와즈도 칸막이 좌석에서 나왔다. 그는 방되브르 백작의 앞 칸 좌석에 그 금발의 사나이 라보르데트가 자리를 잡고 블랑슈 드 시브리와 바짝 붙어 앉아 얘기하고 있는 것을 보았다.

"저것좀 보세요" 하고 사촌 형에게로 다가가자 그는 곧 말을 건넸다. "저 라보르데트란 남자는 어느 여자하고나 다 안면이 있는 것입니까?…… 이번엔 블랑슈와 함께 있군요."

"그렇구말구, 여자라면 다 알고 있지" 하고 포슈리는 태연하게 대답했다. '너도 참 답답도 하다."

복도는 얼마간 트여 있었다. 포슈리가 내려가려니까 뤼시 스튜와가 불렀다. 뤼시는 훨씬 저편의 앞칸 좌석 문 앞에 있었다. 칸막이 좌석 안이 찌는 듯이 덥다고 하며, 그녀는 카롤린 에케랑 그 어머니와 함께 복도를 온통 독차지하고 프랄린(견과류를 설탕에 졸인 과자—역주)을 우둑거리고 있었다. 한 여자 안내인이 어머니 같은 표정으로 그녀들과 얘기하고 있었다. 뤼시는 포슈리에게 대들었다. "당신 참 친절하시더군요. 다른 여자한테는 만나러 가면서, 우리들한테는 뭐 마시고 싶은 것이라도 없느냔 소리 하나 물어보러 와주지도 않으니!" 그렇지만 그런 것은 접어둔다는 식으로 얘기를 다른 데로 돌렸다.

"그런데 말예요, 나는 나나가 참 좋다고 봤어요."

그녀는 이 앞자리에서 그대로 마지막 막을 보고 가라고 했다. 그러나 그는 연극이 끝나고 나서 만나자고 약속을 하고 피했다. 포슈리와 라 팔르와즈는 아래로 내려가 극장 앞에서 담배에 불을 붙였다. 보도는 사람들로 가득 차 있었다. 정면 계단을 내려와 약간 조용해진 큰길의 소요 속에서 찬바람을 마시는 사람들의 한 떼도 있었다.

그동안에 미뇽은 스테이네르를 카페 바리에테로 데리고 갔다. 나나의 성공을 보고 미뇽은 열심히 그녀에 대한 얘기를 하며 동시에 은행가의 눈치를 살폈다. 그는 이 남자를 잘 알고 있었다. 지금까지도 두 차례나 로즈를 속여 넘긴 후에, 후회하며 다시는 그런 짓을 안 하마고 다짐하는 그를 다시 또 로즈에게 데려다 주기도 했었다. 카페 안은 초만원으로 손님들은 대리석의 테이블 둘레를 빽빽이 채우고 있었다. 선 채로 급히 마시는 사람들도 있었다. 큼직한 거울이 걸려 있어서 밀집한 손님들의 머리를 무한히 비쳐 주었고, 세 개의 샹들리에와 모조 가죽으로 만든 긴 소파와 붉은 융단을 깐 나선 계단 등으로 꾸며진 좁은 방을 터무니없이 넓게 보이게 하고 있었다. 스테이네르는 첫 번째 방 테이블에 가서 앉았다. 그것은 절기보다는 너무 일찍이 문짝을 떼어 놓은 큰길 쪽으로 향하여 열려진 방이었다. 포슈리와 라 팔르와즈가 지나가자 은행가는 그들을 붙잡으며 말했다.

"이리 와서 우리와 함께 맥주 한 잔씩 합시다."

허나 그는 어떤 생각에 사로잡혀 있었다. 나나에게 꽃다발을 던져 주고 싶었던 것이다. 그래서 그는 다정하게 오귀스트라는 이름의 카페 보이를 불렀다. 그러나 미뇽이 엿들으며 지나치게 살펴보았기 때문에 그는 난처하여 머뭇거렸다.

"오귀스트, 꽃다발을 두 개만 여자 안내인에게 전해주게. 그 두 사람의 여배우들에게 하나씩 적당한 기회를 봐서 주도록, 알았나?"

그 방 다른 편 끝에, 기껏해야 열여덟 살쯤 보이는 소녀가 거울 테두리에 머리를 기대고, 빈 컵을 앞에 놓은 채 꼼짝 않고 앉아 있었다. 오랫동안 사람을 기다리느라고 맥이 빠진 것 같은 표정이었다. 본래가 곱슬곱슬하고 아름다운 회색의 머리칼로, 그 밑에서는 숫처녀 같은 얼굴과 따사하고 순진해 보이는 벨벳 같은 눈이 매우 고왔다. 그러나 녹색의 비단옷은 바랬고, 둥근 모자는 여러 번 손으로 두들겨서 모양이 일그러져 있었다. 밤의 한기로 그녀는 아주 창백했다.

"저봐라, 사탱이 있다" 하고 포슈리는 그 여자를 보자 중얼거렸다.

라 팔르와즈가 그에게 누구냐고 묻자, 그는 거리의 창녀에 불과하다고 하며, 그렇지만 굉장한 개고기니까 얘기를 시키면 재미있다고 했다. 그러고는 신문기자는 소리를 높여서 불렀다.

"거기서 뭘 하고 있나, 사탱?"

"심심해서 마음이 썩을 지경이죠" 하고 사탱은 꼼짝 않은채 천연덕스레 대답했다.

네 사람의 남자들은 그 소리가 재미있다고 웃어댔다.

미뇽은 제3막의 무대장치에 20분은 걸릴 테니까 별로 서두를 필요는 없다고 했다. 그러나 두 사람의 사촌 형제들은 맥주를 마시고 나자, 극장으로 되돌아갔다. 좀 추워졌기 때문이었다. 미뇽은 스테이네르와 단둘이 남게 되자 팔을 괴고 상대방의 얼굴을 들여다보면서 말했다.

"알았습니다. 우리 그 여자 집으로 가십시다. 내가 소개하죠…… 하지만 우리끼리만의 얘깁니다. 우리 집사람에겐 비밀입니다요."

자리에 되돌아오자 포슈리와 라 팔르와즈는 둘째 줄 칸막이 좌석에 조촐하게 차린 예쁜 여자가 있는 것을 발견했다. 그 여자는 근엄한 표정의 남자와 동반이었다. 그는 내무부의 한 국장으로 라 팔르와즈도 알고 있었다. 전에 뮈파댁에서 만난 일이 있었다. 포슈리는 저 여자의 이름이 분명히 마담 로베르일 것이라고 말했다. 성실한 여자로 애인을 한 번에 한 사람밖엔 만들지 않으며, 뿐만 아니라 그 한 사람이 항상 훌륭한 신사라고 했다.

그러나 그들은 돌아다보지 않을 수 없었다. 다그네가 웃고 있었기 때문이었다. 나나가 성공을 거둔 지금에 와서는 다시 또 숨으려고 하지 않았다. 지금도 복도에서 뽐내고 온 길이었다. 곁자리의, 학교를 까먹고 온 중학생티의 소년은 의자에서 한시도 떠나지 않고 나나에게 매혹되어 있었다. 그렇다, 그것이야말로 여자다. 그는 얼굴을 주홍빛으로 물들이며 기계적으로 장갑을 끼었다 벗었다 했다. 그러다가 곁의 남자가 나나에 대하여 얘기하던 것을 생각하고 과감히 질문을 던졌다.

"실례입니다만, 선생님은 저 배우를 아십니까?"

"응, 약간" 하고 다그네는 놀라고 주저하며 중얼거렸다.

"그럼, 선생님, 그 주소도 아시겠죠?"

너무나 노골적인 질문에 다그네는 대답 대신 따귀를 한 번 갈겨 주고 싶을 정도였다.

"아니, 몰라" 하고 퉁명스런 소리로 그는 대답했다.

그러고서 그는 외면을 했다. 금발의 소년은 무엇인가 무례를 저지른 것 같은 기분이 들자 점점 더 낯을 붉히며 당황해했다.

막을 여는 신호가 세 번 울렸다. 되돌아온 사람들의 혼잡 속에서 망토와 외투를 끌어안고 있던 여자 안내인이 그것을 돌려주느라고 쩔쩔 맸다. 막이 오르자 박수꾼들이 무대장치에 갈채를 보냈다. 무대는 에트나 산의 은광 속에 파놓은 동굴로, 그 안은 새로 나온 은전처럼 번쩍이고 있었다. 안에선 불카누스의 대장간이 저녁놀처럼 붉게 타오르고 있었다. 제2장이 되자 디아나는 불카누스와 한 계획을 짰다. 그것은 불카누스가 여행을 가는 체하고, 베누스와 마르스가 자기들 멋대로 놀아나도록 놔둔다는 것이었다. 디아나가 홀로 남게 되자 곧 베누스가 등장했다. 그러자 전율이 장내를 휩쓸었다. 나나는 알몸이었다. 나나는 벌거벗은 채 대담하게도 태연했다. 자기 육체의 절대적인 힘을 확신하고 있는 것이었다. 겨우 얇은 베일을 하나 걸쳤을 뿐이었다. 동그스름한 어깨, 탐스러운 가슴, 창끝처럼 뾰족한 장밋빛 젖꼭지, 육감적으로 꿈틀거리는 큼직한 허리, 투실투실하게 살찐 넓적다리 등 그 전신이 거품같이 하얀 베일 밑에서 어렴풋이 아니 뚜렷하게 보였다. 그야말로 머리칼 외에는 실오라기 하나 걸치지 않고서, 파도 속에 솟아난 베누스의 모습이었다. 나나가 양팔을 들자 풋라이트의 불빛에 금빛의 겨드랑이 털이 보였다. 박수도 일지 않았다. 웃는 사람도 없었다. 진지한 표정으로 남자들의 얼굴은 굳어지고 코를 가늘게 치키는가 하면 입안은 흥분으로 메말라 갔다. 무언의 위압이 아주 부드러운 바람인 양 관객들을 휩쓸었다. 갑자기 이 어린 계집아이 속에서 요동하는 여자가 나타나며 여성 특유의 광기를 자아내고 정욕이 미지의 경지를 펼쳐 보이는 것이었다. 나나는 계속 미소짓고 있었다. 그것은 사내들을 잡아먹는 처절한 웃음이었다.

"차아!" 하고 신음소리 같은 한마디를 포슈리는 라 팔르와즈에게 내뱉었을 뿐이었다.

그런데 마르스가 깃이 달린 군모를 쓰고 밀회 장소로 달려왔다가 두 사람의 여신과 맞부딪치게 되었다. 그래서 마르스로 분장한 프룰리에르가 한 장면의 명연기를 보였다. 불카누스에게 남편을 넘겨주기 전에 남편에 대하여 최후의 노력을 시도하려는 디아나로부터 애무를 당하는가 하면, 라이벌의 출현으로 자극된 베누스에게 추켜올려졌다. 그리하여 만족한 나머지 그 여자들 손의 공깃돌처럼 되고 만다. 마침내 삼중창으로 이 장면도 끝났다. 그러자 한 여자 안내인이 뤼시 스튜와의 칸막이 좌석에 나타나 커다란 흰 백합 꽃다발을 두 개 무대로 내던졌다. 박수갈채가 일었다. 프룰리에르가 꽃다발을 집는 사이에, 나나와 로즈 미뇽이 절을 했다. 아래층 특별석의 일부 손님들이 미소를 띠며 스테이네르와 미뇽이 있는 일층 칸막이 좌석쪽을 돌아다보았다. 은행가는 얼굴을 붉히고 목에 무엇이 걸린 사람처럼 턱을 실룩거렸다.

그 다음에 계속되는 장면은 완전히 장내를 사로잡고 말았다.

디아나가 골이 나서 가버린 다음, 베누스는 이끼 위에 앉아서 당장 마르스를 옆으로 불렀다. 아직껏 이보다 더 열렬한 뜨거운 유혹 장면이 연출되어 본 일은 없었다. 나나가 프룰리에르의 목에 팔을 걸고 잡아당겼다. 그러자 동굴 속에서 퐁탕이 나타났다. 어릿광대 같은 몸짓으로 노한 시늉을 하며 부정한 아내의 현장을 잡은, 모욕당한 남편의 모습을 일부러 만든 것같이 꾸미고 있었다. 손에는 그 유명한 철망을 들고 투망을 던지려는 어부 같은 모양으로 그것을 그들에게 던졌다. 이렇게 하여 베누스와 마르스는 함정에 걸린 것이다. 철망이 두 사람을 푹 씌워, 그들이 사랑에 빠져 있던 모습 그대로 꼼짝 못하게 만들었다.

  수런거림이 그제야 내뿜는 한숨처럼 번져갔다. 손뼉을 치는 사람도 있었다. 오페라 망원경이 일제히 베누스에게로 쏠렸다. 나나는 차츰 관객들의 마음을 차지하며 이제는 모든 남자들이 그 여자에게 사로잡혀갔다. 발정기에 이른 짐승 같은 강한 체취가 그녀로부터 피어올라 점차로 퍼져 나가고 장내를 가득히 채웠다. 이제는 그녀의 사소한 동작 하나에도 관중들의 욕정이 일고 손가락 하나만 움직여도 온몸의 살이 뒤틀려 갔다. 그들의 등줄기에는 보이지 않는 바이올린의 활줄이 근육 속을 달려가는가 싶게 경련이 일었고, 목덜미의 솜털은 흡사 여자의 따사한 입김에 흔들리는 것처럼 근지러웠다. 포슈리는 앞자리에 예의 그 소년이 정열에 들떠서 의자로부터 상체를 거우듬히 하고 있는 것을 보았다. 그는 호기심에 이끌려 차례로 둘러보았다. 파랗게 질려서 입술을 악물고 있는 방되브르 백작, 퉁퉁한 얼굴의 혈관이 금방 터질 것 같은 스테이네르, 훌륭한 암말을 홀린 듯이 바라보는 말 장수와 같은 눈초리의 라보르데트, 기쁨에 취하여 두 귀를 붉히며 쫑긋거리는 다그네 등

등을. 그리고 흘긋 뒤돌아보는 순간, 그는 뒤파 부부의 칸막이 좌석 광경에 어안이 벙벙해졌다. 백작 부인의 근엄한 흰 얼굴 뒤에서, 백작은 붉은 반점을 얼굴에 드러내고 입을 헤벌린 채 상체를 곤두세우고 있었고, 그 곁의 컴컴한 쪽에선 슈아르 후작의 혼탁한 두 눈이 고양이 눈처럼 번득이며 인광을 내뿜고 있었다. 사람들은 숨이 막히고, 머리카락은 흠뻑 땀에 젖어 무겁게 늘어져 있었다. 벌써 세 시간이나 되었기 때문에 장내는 사람 냄새로 물씬거렸다.

상들리에 불빛 속에 희미하게 떠도는 먼지가 자욱하게 보였다. 장내의 관중들은 피로하고 흥분하여, 잠자리 안에서 중얼거리는 심야의 욕정에 사로잡히고 상체를 흔들며 차츰 눈이 어려 가는 것이었다. 그러나 나나는, 이 무아지경에 잠긴 관객들, 마지막이 임박해질수록 피로가 겹치며 이상한 흥분에 빠져드는 천오백이나 되는 관객들을 앞에 하고, 대리석과 같은 육체와 모든 관객들을 파멸로 몰아넣으며 자신은 상처 하나 입지 않는 그토록 강렬한 여자의 매력을 무기로 하고서 승리에 빛나 있었다.

연극은 막바지에 다다르고 있었다. 불카누스의 환호성을 듣고 모든 올림포스의 신들이 "오!" "아!" 하며 놀라기도 하고 희롱하기도 하며 베누스와 마르스의 두 애인 앞을 줄지어 지나갔다. 유피테르가, "내 아들아, 너는 경솔했구나 이런 광경을 보이려고 우리를 부르다니" 하고 말했다. 마침내 사태는 일변하여 베누스에게 유리해졌다. 다시 이리스에게 인도되어 오쟁이 코러스가 등장하고, 신들의 주신에게 조사를 중지해 달라고 부탁을 하는 것이었다. 마누라들이 집안에 틀어박혀 있게 되고부터 남편들이 도무지 집안에서는 살 수가 없게 되었으니, 자기들은 속 편하게 마누라에게 배반당하는 것이 좋다는 것이다. 그것이 이 희극의 교훈이었다. 그래서 베누스는 해방되고 불카누스는 별거를 허용받았다. 마르스는 디아나와 화해했다. 유피테르는 집안의 평화를 유지하기 위하여 그 세탁소 계집아이를 한 별자리로 쫓아 버렸다. 마지막으로 쿠피도가 감옥에서 풀려 나왔다. 그는 감옥 속에서 '사랑한다'라는 동사의 변화를 되풀이하는 대신 암탉을 종이접기로 만들고 있었던 것이다. 그리하여 나중에는 오쟁이 합창대가 무릎을 꿇고, 더없는 나체로 미소짓고 있는 베누스에게 감사의 찬가를 바쳤다. 그리하여 막은 신의 권좌 위에 내렸다.

관객들은 벌써 일어나 문간으로 몰려들고 있었다. 작가의 이름이 불려지고, 우레 같은 환호 속에 앙코르가 두 번 불러졌다. 고함 소리는 "나나! 나나!" 하고 열광적인 부르짖음으로 화했다. 그리고 장내는 아직 비기도 전에 어두워졌다. 풋라이트가 꺼지고 샹들리에 불도 줄여졌다. 기다란 회색의 포장이 앞 좌석으로부터 내려져, 돌출부 좌석의 금장식을 감싸 버렸다. 그러자 이제껏 그렇게 무덥고 시끄럽던 장내는 순식간에 깊은 잠에 빠져들며, 곰팡내와 먼지 냄새가 일었다. 칸막이 좌석 가에서 뮈파 백작 부인이 모피로 감싼 몸을 쭉 뻗고 군중들이 나가는 것을 기다리며 어두운 장내를 바라보고 있었다.

복도에선 여자 안내인들이 군중들에게 밀쳐지며, 무너지는 코트의 산더미 속에서 쩔쩔매고 있었다. 포슈리와 라 팔르와 즈는 출구에서 여자들을 만나려고 서둘렀다. 정면 현관에 남자들이 연달아 울타리를 이루고 있었다. 좌우의 계단으로부터 빽빽한 사람의 줄이 뒤를 잇달아 질서 정연하게 내려온다. 스테이네르는 미뇽에게 이끌려서 일찌감치 물러가 버렸다. 방되브르 백작은 블랑슈 드 시브리와 함께 팔을 끼고 나갔다. 가가와 그 딸은 잠깐 난처한 표정을 했으나, 라보르데트가 재빨리 마차를 구해가지고 와서, 두 사람이 올라타자 친절하게 문을 닫아 주었다. 아무도 다그네가 지나가는 것을 본 사람은 없었다. 얼굴을 붉힌, 학교를 빼먹고 빠져나온 것 같은 중학생티의 소년은 배우 출입문 앞에서 기다리려고 마음먹고 파노라마 길 골목 쪽으로 달려가 보니 그곳의 철책은 닫혀 있었다. 보도에 서 있던 사탱이 다가오며 스커트 자락으로 그의 몸을 가볍게 스쳤다. 그러나 실망에 잠긴 그는 거칠게 뿌리치며 두 눈에 한스러운 눈물을 머금고 사람들 틈으로 사라져 버렸다. 관객들은 담뱃불을 붙여 물고 '베누스 거니는 저녁나절……' 하고 웅얼거리며 흩어져 갔다. 사탱은 오귀스트가 손님들이 남긴 사탕을 먹게 하는 카페 바리에테 앞으로 되돌아왔다. 한 뚱뚱한 남자가 굉장한 술 냄새를 풍기며 카페에서 나오더니 마침내 그 여자를 데리고 차츰 잠들어 가는 큰길의 어둠 속으로 사라졌다.

　그러나 관객들은 여전히 내려왔다. 라 팔르와즈는 클라리스를 기다리고 있었다. 포슈리에게는 뤼시 스튜와를 카롤린 에케랑 그 어머니들과 함께 데리고 가마고 한 약속이 있었다. 그 여자들이 도달했다. 현관 한 구석을 가로막으며 큰 소리로 웃어댔다. 그러자 뮈파댁 사람들이 냉랭한 모습으로 지나갔다. 바로 그때 보르드나브가 작은 문을 밀치고 나타나 포슈리에게 극평을 쓰겠다는 다짐을 받았다. 그는 땀에 흠뻑 젖어 성공에 취한 듯이 얼굴을 번득이고 있었다.

　"2백 회 상연은 문제 없겠습니다" 하고 라 팔르와즈가 친숙하게 말했다. "온 파리 장안 사람들이 행렬을 이룰 것입니다. 선생님의 극장으로."

　그러나 보르드나브는 화를 내면서, 입술이 바싹 마르고 눈알을 번득이며 아직도 나나의 포로가 되어 흥분하고 있는 현관

안에 가득한 관객들을 턱으로 가리키며 사납게 소리쳤다.

"갈보집이라고 하오. 몇 번 일러주면 알겠소!"

2

Ques Hookums

이튿날, 아침 열 시가 되었는데도 나나는 아직 잠자고 있었다. 그녀의 거처는 오스망 로에 새로 지은 큰 건물의 3층인데, 집주인은 회벽이 마를 동안, 특히 여자들에게만 세를 주었다. 한겨울을 파리에서 보내려고 온 어느 모스크바의 큰 장사꾼이 6개월치 집세를 선불하고 그녀를 그곳에 살게 한 것이다. 그 방은 그 여자에겐 너무 넓고, 가구도 아직 완전히 갖추어진 것이 아니었다. 금박 칠을 한 탁자와 의자 등 요란스러운 사치품이, 마호가니의 조그만 둥근 탁자와 피렌체의 청동 같은 아연 촛대 따위의 지스러기 골동품들과 묘하게 배합되어 있었다. 최초의 착실한 남자에게 깨끗하게 버림을 받고, 수상한 남자들의 손에서 손으로 넘어간 창녀, 신용거래를 거절당하고, 추방에 위협되는 인생 행로의 다난한 출발, 신통치 않은 인기, 그런 것을 느끼게 하는 방이었다.

나나는 드러낸 팔로 끌어안은 베개에 하얀 얼굴을 묻고 엎드린 채 잠자고 있었다. 침실과 화장실만은 근방 실내장식가의 손을 빌어 손질이 되어 있었다. 커튼 밑으로 새어 드는 어렴풋한 햇빛에, 자단나무 가구와 벽지와 그리고 회색 바탕에 커다란 푸른 꽃무늬가 든 비단 천 의자 등이 눈에 띄었다. 그때, 이 잠든 방의 촉촉한 공기 속에서 나나는 갑자기 옆자리에 공허를 느낀 듯이 깜짝 놀라 눈을 뜨고, 자기 베개 곁의 또 하나의 베개를 바라보았다. 레이스가 된 베갯잇 한가운데는 아직 온기가 어린 머리의 흔적이 남아 있었다. 손으로 더듬어 머리맡의 초인종을 눌렀다.

"그이 갔수?" 하고 나타난 하녀에게 그녀는 물었다.

"예, 아씨, 폴(다그네의 이름—역주) 나리는 가셨습니다. 10분도 안 됐습니다…… 아씨께서 피로하실 테니까 깨우고 싶지 않다 하시며. 그렇지만 내일 또 오시겠노라고 하셨습니다."

하녀 조에는 이야기하며 덧문을 열었다. 햇빛이 한꺼번에 들어왔다. 조에는 진한 갈색 머리를 한가운데서 조그맣게 잘랐고, 개처럼 긴 하얀 얼굴에 깊은 주름이 잡혔으며, 납작코에 입술이 두껍고 쉴 새 없이 움직이는 검은 눈의 여자였다.

"내일, 내일이라고?" 하며 아직 잠이 덜 깬 나나는 되풀이했다. "그이의 차례가 내일이었던가?"

"예, 아씨, 폴 나리께선 언제나 수요일에 오셨습니다."

"어머 큰일 났네, 이제야 생각이 났어!" 하고 고함을 치며 나나는 침대에서 벌떡 일어났다. "날짜를 모두 새로 바꿨단 말야. 오늘 아침에 그이에게 얘기하려고 했는데…… 그러면 그이가 검둥이하고 맞부딪치게 되겠네. 큰일 났는 걸!"

"저에겐 말씀하시지 않았기 때문에 몰랐습니다, 아씨" 하고 조에는 중얼거렸다. "앞으론 날짜를 변경하시거든 미리 말씀 해주세요. 저도 알아놓게 말예요…… 그럼, 이제 그 구두쇠 영감님은 화요일이 아니겠군요."

나나에게 돈을 대고 있는 두 사람을 그 여자들끼리는 예사로

이 그렇게 불렀다. 하나는 생드니 로의 상인으로 구두쇠였고, 또 하나는 백작으로 자칭하는 발라키아(루마니아 남부, 다뉴브 강과 흑해 사이의 옛 루마니아 공국이 있던 지역—역주) 사람인데 그가 쓰는 돈은 항상 아주 불규칙스럽고 어딘가 수상쩍었다. 다그네는 구두쇠영감이 다녀간 다음날이 배당되어 있었다. 상인은 아침에는 집에 가야만 하기 때문에 여덟 시에는 돌아갔다. 그러면 다그네가 조에의 부엌에서 기웃거리다가, 아직 잠자리의 운김도 가시기 전에 뒷자리에 눌러 앉아, 열 시까지 있다가 일터로 나갔다. 그것이 나나도 그도 대단히 편리했다.

"할 수 없지! 오후엔 편지를 써보내야지…… 그리고 만약에 편지가 들어가지 않아 내일 또 오면 그이를 집에 넣지 말아요."

조에는 방 안을 가만가만 걸으며 어젯밤의 화려한 성공에 관하여 얘기했다. 나나는 대단한 재주를 보였고 노래도 잘했으니 이젠 가만히 있어도 된다는 것이었다.

나나는 베개에 팔꿈치를 괴고, 잠자코 고개만 끄덕였다. 슈미즈는 흘러내리고 머리는 풀어져 어깨 위로 어지러이 늘어져 있었다.

"어쩌면 그렇겠지" 하고 꿈꾸듯이 그녀는 중얼거렸다. "하지만 어떻게 하고 기다리면 될까? 오늘은 귀찮은 일이 많을 거 같은데…… 이봐요, 오늘 아침에도 수위가 올라왔습디까?"

그래서 두 사람은 진지하게 의논했다. 3기분 집세가 밀려서 집주인은 차압하겠노라고 했다. 게다가 빚쟁이가 한꺼번에 밀어닥쳤다. 차삯, 내의 값, 옷 값, 석탄 값, 그밖에 별별 것들이 날마다 찾아와 응접실 소파에 들러붙어 버렸다. 그중에서도 석탄장수는 무섭게 성화를 해대며 계단에서 고함을 쳤다. 그러나 나나의 큰 번민은 어린 루이의 일이었다. 루이는 나나가 열여섯에 난 아이인데, 지금은 랑브이유 근처의 어느 시골에 있는 유모에게 맡겨 놓고 있었다. 그런데 그 유모가 루이를 돌려보내는 데 대해 3백 프랑을 요구하고 있었다. 최근에 어린애를 만나러 가보고 나서부터 나나는 불 같은 모성애에 사로잡혀, 집념처럼 되어 버린 계획이 이루어지지 않아 낙망하고 있는 것이었다. 그 계획은 유모에게 돈을 치르고 어린애를 찾아다가 바티뇨르의 마담 르라 아주머니 집에 맡겨두는 일인데, 그것은 언제든지 어린애를 만나볼 수가 있기 때문이었다.

하녀는 구두쇠 영감에게 그런 사정을 털어놓고 부탁해 보는 게 어떻겠느냐고 넌지시 말했다.

"벌써 다 얘기했단 말야! 그랬더니 지불증서 기한에 몰려서 꼼짝할 수 없다는 거야. 그 사람은 다달이 내놓는 천 프랑 외에는 한 푼도 안 낸단 말야…… 검둥이도 이즈음은 빈탕이고, 노름에 털린 모양이야…… 저 불쌍한 미미로 말하면 오히려 남에게 꾸었으면 싶을 테고. 증권의 시세 폭락으로 완전히 빈털터리가 되어서, 이젠 꽃다발조차 보내지 못하는 형편이란 말야."

미미라는 것은 다그네 얘기였다. 잠에서 깨어난 방심 상태로 나나는 조에에게 아무것도 감추질 않았다. 조에는 이런 종류의 고백담엔 익숙해 있기 때문에 다소곳한 태도로 들었다. 나나가 일신상에 관한 얘기를 터놓고 말하니까, 그녀도 자기 의견을 이렇게 죽 늘어놓았다. 무엇보다도, 자기는 아씨를 굉장히 좋아한다. 자기가 블랑슈 집에서 나온 것도 그 때문이다. 블랑슈는 자기를 되부르려고 손발이 닳도록 허둥댄 사실은 하느님만이 아신다! 일자리는 얼마든지 있다. 자기도 제법 안면이 넓으니까! 하지만 설사 돈에 궁색하더라도 아씨 집에 머물러 있을 생각이다. 아씨의 장래를 믿기 때문에. 그런 다음 조에는 마침내 설교조로 들어갔다. 누구나 젊었을 땐 어리석은 짓을 하는 것이다. 하지만 이번만은 눈을 바로 떠야 한다. 남자란 희롱밖엔 생각지 않는 것이기 때문이다. 정말이지 그들은 올 것이다! 그러니 아씨가 말 한 마디만 하면 빚쟁이들도 조용해질 것이고 필요한 돈도 생길 것이다.

"아무리 그래 봐야 3백 프랑은 안 생길 텐데 뭐" 하고 나나는 손가락을 목덜미쪽 솜털께로 찔러 넣으며 되풀이했다. "오늘 지금 당장 3백 프랑이 필요하단 말야…… 따분한데, 3백 프랑쯤 던져줄 사람을 모르다니."

돈만 구하면 당장 그날 아침으로 대령하고 있는 마담 르라를 랑브이유로 보낼 작정이었다. 그러나 뜻대로 되지 않고 보니 어젯밤의 성공도 기쁘질 않았다. 박수갈채를 던져 주던 그 남자들 중에 15루이(1루이는 20프랑―역주)의 돈을 갖다 줄 사람이 하나도 없다니! 하지만 그렇게 돈이 생길 리는 없다. 아! 나는 불행하다! 그렇게 생각하면서도 이야기는 줄곧 아기에게로 돌아갔다. "아기는 천사처럼 푸른 눈을 하고 말야, 혀가 안 도는 귀여운 목소리로 '엄마' 소리를 하는데, 정말 우스워 죽을 뻔했어."

바로 그때 문간에서 초인종이 요란하게 울렸다. 조에가 돌아와서 목소리를 낮추고 소곤거렸다.

"여자분예요."

조에는 이 여자를 수없이 보아왔다. 그러나 전혀 모르는 체했다. 돈에 옹색한 여자들과 어떤 관계에 있다는 문제에 대해서도 마찬가지였다.

"이름을 말씀하셨는데…… 마담 트리콩이라고."

"트리콩!" 하고 나나는 외쳤다. "옳지! 맞았어, 그 여자를 잊어버리고 있었군…… 들어오시도록 해요."

조에에게 안내되어 머리를 늘어뜨린 키가 큰 노부인이 들어왔다. 그녀는 소송 사건으로 달려 다니는 백작 부인과도 같은 모습이었다. 이어 조에는 누구고 남자가 찾아 왔을 때면, 언제나 하는 식으로 소리도 없이 구렁이처럼 방을 빠져나갔다. 하지만 나가지 않아도 좋을 뻔했다. 트리콩은 앉지도 않고, 짤막한 대화가 두서너 마디가 교환되었을 뿐이었다.

"오늘 당신에게 한 사람 있는데…… 어때요?"

"좋아요…… 얼마죠?"

"20루이."

"몇 시에?"

"세 시에…… 그럼, 알았지?"

"알았어요."

트리콩은 금방 날씨 얘기로 들어가 날씨가 건조하여 걸어 다니기 좋다고 했다. 그 여자는 아직도 너댓 명 더 만날 사람이 있다고 했다. 그리고 그 여자는 작은 수첩을 들여다보며 가버렸다. 혼자 남게 되자 나나는 시름을 던 듯했다. 가볍게 어깨를 떨며 추위를 타는 고양이처럼 따뜻한 침대 속으로 성큼 기어들었다. 차츰 눈이 감겨 갔다. 내일은 루이제(루이의 애칭—역주)에게 귀여운 옷을 입혀줄 수 있다고 생각하니 웃음이 번져 왔다. 그러나 다시 든 잠 속에서 밤새껏 계속되던 꿈이 되살아나고 연달아 환호의 소용돌이가 저음처럼 되살아나며 그녀의 피로를 조용히 풀어 주었다.

열한 시에 조에가 마담 르라를 침실로 데리고 들어왔을 때 나나는 아직 잠자고 있었다. 그러나 인기척에 깨어나기가 무섭게 당장에 이렇게 말했다.

"고모시군요……오늘 랑브이유로 가주셔요."

"그래서 내가 오잖았니" 하고 고모는 말했다. "열두 시 반 기차가 있단다. 아직도 시간은 넉넉해."

"아니, 아직은 돈이 없어요" 하고 나나는 가슴을 펴고 기지개를 켜다. "점심을 잡수세요, 그리고 천천히 생각해요."

조에가 실내복을 가져왔다.

"아씨, 미용사가 왔어요."

그러나 나나는 화장실로 가려 하지 않고 크게 소리쳤다.

"들어와요, 프랑시스."

단정하게 차린 남자가 문을 밀고 들어서며 인사했다. 마침 나나는 맨다리를 드러내고 침대에서 나오고 있었다. 그러나 조금도 덤비지 않고 손을 들어 조에에게 가운의 소매를 꿰게 했다. 프랑시스 역시 허물없이 외면도 않고 의젓하게 기다렸다. 마침내 나나가 의자에 앉고 프랑시스가 최초의 빗질을 했다. 그리고 이야기했다.

"부인께선 아마 신문을 그저 못 보셨겠지요…… 〈피가로〉에 대단히 호의적인 기사가 실려 있습니다."

그는 그 신문을 사가지고 온 것이다. 마담 르라가 안경을 쓰고 창가에 서서 소리내어 읽기 시작했다. 건장한 상체를 똑바로 세우고 멋진 형용사를 읽을 때는 코를 치켜올렸다. 포슈리가 연극이 끝난 직후에 써낸 2단에 걸친 열띤 기사로, 배우로서의 나나에게는 일침을 가했고 여자로서의 나나에겐 뜨거운 찬사를 보낸 것이었다.

"훌륭합니다!" 하고 프랑시스가 되풀이했다.

나나는 자기 목소리가 조롱당한 것쯤은 염두에도 두지 않았다. 친절하다, 그 포슈리란 사람, 언제고 그의 호의에 보답을 해야겠다. 마담 르라는 다시 한 번 기사를 읽고 나서 갑자기 남자란 장딴지에 모두 악마를 차고 다닌다고 선언했다. 그리고는 이 추잡한 암시에 혼자 만족하며 그 이상의 설명을 가하려

하지는 않았다. 그러는 동안에 프랑시스는 나나의 머리 손질을 다 마치고 인사를 하며 말했다.

"석간 신문을 잘 보아 두죠…… 언제나 마찬가지로 다섯 시 반에 오면 되겠습죠?"

"브아시에네 가게에서 포마드 한 병과 프랄린 1파운드만 가지고 와요!" 하고 그가 문을 닫으려고 했을 때 객실 너머로 나나는 소리쳤다.

두 여자들은 자기들끼리만 남게 되자 아직 인사의 키스도 안 한 사실을 깨닫고 볼에다 큼직한 키스를 서로 했다. 신문기사에 둘이 다 흥분돼 있는 것이었다. 그때까지도 잠이 아직 덜 깨어 있던 나나는 다시 또 성공의 열기에 취해 버렸다. 아, 기분 좋다. 로즈 미뇽은 틀림없이 오늘 아침에 약이 잔뜩 올랐겠지. 고모는 흥분하면 위장이 뒤틀린다고 극장 구경을 오지 않았기 때문에 나나는 간밤 일을 얘기해주었다. 그녀는 말하면서 스스로 도취되어, 마치 파리 전체가 우레 같은 갈채 밑에 무너지기라도 한 것 같은 투로 얘기했다. 그러고는 화제를 바꾸어 그전에 구트도르 로를 헤매고 다니던 시절에 자기가 이렇게 출세할 것이라고 얘기한 사람이 있겠느냐고 웃으며 물었다. 마담 르라는 고개를 가로저으며, 그런 것은 상상조차 못했다고 대답했다. 그리고 이번에는 고모가 진지한 표정을 지어 가며 나나를 자기 딸이라고 했다. 나나의 친어머니가 아버지와 할머니를 뒤따라서 저 세상으로 갔으니 자기가 제2의 어머니가 아니겠느냐는 것이었다. 나나는 감동하여 눈물이 글썽해졌다. 그러나 마담 르라는 되풀이했다. 지나간 일은 지나간 일이고 또 정말 진저리 나는 과거이니, 언제까지 간직할 만한 것은 못 된다는 것이었다. 오랫동안 그녀는 조카딸을 만나지 않고 있었다. 집안에서들 그러다가는 어린년과 함께 망조가 올 것이라고 비난을 했기 때문이다. 그런 가당치 않은 소리가 어디에 있는가! 그녀는 조카에게 신상 얘기를 고백하게 해본 적도 없고, 언제나 착실한 생활을 하고 있을 것을 믿고 있었다. 그래서 나나가 이제 버젓한 신분이 되고, 아들을 귀여워할 줄 아는 것을 보기만 해도 대견스러웠다. 그녀는 뭐니뭐니 해도 이 세상에서 중요한 것은 정직하고 근면한 일뿐이라고 말했다.

"누구 애냐, 그 아기?" 하고 갑자기 고모는 얘기를 중단하고, 날카로운 호기심에 눈을 번득이며 물었다.

나나는 놀라며 잠깐 망설였다.

"착실한 어떤 남자."

"어머! 그게 너를 두들겨 패던 석수의 아이라는 소문이더니…… 어쨌든 그 얘기는 다음에 듣기로 하자꾸나. 나는 입만은 무거우니까…… 문제 없다, 내가 그애를 왕자님처럼 받들 테니까."

그녀는 조화 만드는 일을 그만두고 지금은 몇 푼씩 적립한 6백 프랑의 저축으로 지내고 있었다. 나나는 아담한 집을 얻어 주고 게다가 다달이 백 프랑씩 주마고 약속했다. 백 프랑이란 숫자를 듣더니 고모는 정신을 놓고, 기왕 그 녀석들을 잡고 있는 터이니 목줄띠를 바짝 비틀어 쥐라고 외쳤다. 고모는 남자들의 일은 무엇이나 알고 있다는 투로 말했다. 두 사람은 다시 한 번 끌어안았다. 그러나 루이의 얘기로 한창 기뻐하다가 어떤 갑작스런 생각에 그만 기분이 울적해진 것 같았다.

"아 귀찮아, 난 세 시에 잠깐 나갔다 와야 해요" 하고 나나는 중얼거렸다. "정말 짜증이 나네!"

그때 마침 조에가 식사 준비가 되었다고 했다. 식당에 들어가니 한 나이 지긋한 부인이 이미 식탁 앞에 앉아 있었다. 모자를 쓴 채로, 갈색과 짙은 녹색의 중간색인 어두운 의복을 입고 있었다. 그 여자를 보고도 나나는 별로 놀라지도 않고, 왜 방으로 들어오지 않았느냐고 했을 뿐이었다.

"얘기 소리가 나기에 손님이 오셨나 했지" 하고 노부인은 대답했다.

점잖고 품위가 있어 보이는 이 말르와르 부인은 나나의 옛친구였다. 말벗도 되고 동반하여 외출도 했다. 마담 르라가 있는 것을 보고 처음엔 거북한 표정이었다. 그러나 나나의 고모라는 것을 알자 살짝 미소 지으며 부드러운 눈초리를 던졌다. 한편 나나는 허기증을 견딜 수 없다며 홍당무로 덤벼들어 빵도 곁들이지 않고 우두둑거리기 시작했다. 마담 르라는 새침을 떨며 홍당무는 먹고 싶지 않다고 했다. 그것을 먹으면 담이 생긴다는 것이었다. 다음에 조에가 커틀릿을 가져오자 나나는 천천히 고기를 먹고 뼈까지 핥았다. 그녀는 말르와르 부인의 모자를 힐끔힐끔 바라보더니 입을 열었다.

"그것 내가 드린 새 모자예요?"

"응, 조금 고쳤어" 하고 입안에 고기를 문 채 말르와르 부인은 웅얼거렸다.

그 모자는 별난 모양을 하고 있었다. 앞이 커다랗게 넓고 기다란 깃이 달려 있었다. 말르와르 부인에겐 모자를 어느 것이나 개조하는 이상한 버릇이 있었다. 자기에게 어울리는 것은 자기만이 안다는 주장으로 그 손에만 들어가면, 아무리 맵시 있는 모자라도 삽시간에 볼품없는 것으로 변해 버렸다. 나나는 그 여자와 동반하여 외출할 때 창피스러운 꼴을 당하지 않으려고, 이 모자를 사주었던 것이기 때문에 하마터면 골을 낼 뻔했다. 나나는 소리쳤다.

"그것 좀 벗으시구료!"

"아니, 괜찮아" 하고 늙은 친구는 천연스레 대답했다. "조금도 거치적거리지 않아요. 모자를 쓰고도 얼마든지 먹을 수 있으니까."

커틀릿 다음에는 양배추와 먹다 남은 식은 닭고기가 나왔다. 그러나 나나는 어느 쪽에도 약간씩 얼굴을 찡그리고 내키지 않는 듯이 냄새만 맡을 뿐 도무지 손을 대지 않았다. 그러다가 마지막으로 잼만 먹고서 식사를 마쳤다.

디저트는 오래 계속되었다. 조에는 식탁을 그대로 둔 채 커피를 냈다. 부인들은 다만 접시를 약간 밀어젖혔을 뿐이었다. 멋있던 간밤의 얘기가 다시 또 화제에 올랐다. 나나는 담배를 말면서 의자에 벌렁 누워 몸을 흔들거리며 그것을 피웠다. 그러나 조에가 식기장에 기대어 손을 척 늘어뜨리고 서 있었기 때문에 그 여자의 신상 얘기를 듣기로 했다. 그 여자는 베르시에서 한 산파의 딸로 태어났는데, 어머니는 그 사업에 실패했다. 그래서 처음엔 치과의사 집에 있다가 다음엔 보험회사 외무 사원집으로 옮겨 일했다. 그러나 자기에겐 적당하지 않았기 때문에 여기저기 아씨들 집에서 하녀의 일을 했다. 그러면서 조에는 그 아씨들의 이름을 약간 뽐내면서 주워섬겼다. 그녀의 얘기 투는 마치 자기가 그 아씨들의 운명을 한 손에 장악하고 있었던 것 같았다. "정말이지 만약 내가 없었던들 추문은 한 사람으로 끝나지 않았을 거예요. 이를테면, 어느 날 블랑슈 아씨가 옥타브 나리와 함께 계신데, 영감님이 오셨단 말예요, 그래서 이 조에가 어떻게 했는지 아서요? 조에는 말예요 응접실을 지나가면서 일부러 까무러치는 체하고 쓰러졌단 말예요, 영감님이 놀라가지고 물을 가지러 부엌으로 뛰어간 사이에 옥타브 나리는 도망을 쳤지 뭡니까."

"어머, 기특해라!" 하고 흥미로운 표정으로 감동하여 얘기를 듣고 있던 나나가 말했다.

"나도 갖가지 불행한 꼴을 보았지……" 하고 마담 르라가 얘기하기 시작했다.

그녀는 말르와르 부인 쪽으로 다가앉으며 신상 얘기를 했다. 두 사람 다 각설탕을 넣은 브랜디를 마시고 있었다. 그러나 말르와르 부인은 남의 비밀은 듣지만 자기의 비밀은 절대로 털어놓지 않는다. 아무도 파고들지 못하는 방에서 출처가 확실하지 않은 연금으로 생활한다는 소문이었다.

갑자기 나나가 발칵 고함을 쳤다.

"고모님, 칼로 장난하지 말아요!…… 그러고 있으면 난 마음이 뒤집힌다니까요."

자신도 모르게 그만 마담 르라가 식탁 위에 두 개의 칼을 십자로 엇갈리게 놓았기 때문이다. 그러나 나나는 미신가는 되지 않으리라고 생각했다. 이를테면, 소금이 엎질러져도, 또 금요일이 되어도 아무렇지 않았다. 그러나 칼만은 견딜 수가 없었다. 칼만은 결코 거짓말을 안 하기 때문이었다. 무엇인가 좋지 않은 일이 생길 것이 분명했다. 나나는 하품을 하고 짜증이 나는 듯이 지껄였다.

"벌써 두 시네…… 나가 봐야지, 아이 귀찮아!"

두 노부인은 얼굴을 마주보았다. 세 사람은 다같이 아무 말 없이 고개만 끄덕였다. 정말이지 언제나 재미있는 일만 계속된다고 할 수는 없었다. 나나는 다시 한 번 의자에 쓰러지며 또 하나의 담배에 불을 붙였다. 나머지 두 사람은 알았다는 표정으로 아무 말 없이 입을 다물고 있었다.

"당신이 돌아올 때까지 우린 베지크(트럼프 놀이의 일종─역주)를 하면서 기다릴께" 하고 잠시 동안의 침묵 후 말르와르 부인이 말했다. "부인께선 베지크 할 줄 아셔요?"

마담 르라는 알고 있을 정도가 아니라 아주 능숙했다. 나가

버린 조에를 다시 부를 필요도 없이 식탁 한 모퉁이만 있으면 충분한 것이다. 그래서 어지럽혀진 접시 위로 식탁보를 걷어 치웠다. 그러나 말르와르 부인이 식기장 서랍으로 카드를 가지러 가려니까, 나나가 놀이를 시작하기 전에 편지를 한 통 써줄 수 없냐고 했다. 나나는 편지를 쓴다는 일이 답답했고, 또 무엇보다도 철자법에 자신이 없었다. 그런데 이 친구는 정성 어린 편지를 잘 썼다. 나나는 방으로 고급 편지지를 가지러 달려갔다. 싸구려 잉크가 든 병이 녹슨 펜촉과 함께 가구들 위에 놓여 있었다. 그 편지는 다그네에게 보내는 편지였다. 말르와르 부인은 제멋대로 아름다운 영국식 글자로 우선 '그리운 내 임께'라 쓰고서 '형편이 여의치 못하여' 하고 내일은 오지 말라는 사연을 쓴 다음 '떨어져 있어도 곁에 있을 때나 마찬가지로, 마음속으론 항상 당신과 함께 있어요'라고 사연의 끝을 맺었다.

"그리고 끝에는, '수없는 키스와 함께'라고 덧붙이면 좋을 거야"하며 그녀는 중얼거렸다.

마담 르라는 한 마디 한 마디 고개를 끄떡이며 동감을 표시했다. 그 여자의 눈이 반짝였다. 그녀는 남의 정사에 관계하기를 좋아했다. 그래서 자기도 의견을 말하고 싶어져서 상냥한 목소리로, "그것이 좋겠어요, '당신의 아름다운 눈 위에 수없는 키스를'" 하고 나나도 되풀이했다. 두 사람의 노부인 얼굴에는 만족의 빛이 어렸다.

나나는 편지를 심부름꾼에게 주기 위해 벨을 울려 조에를 불렀다. 조에는 마침 극장의 급사와 얘기를 하고 있었는데, 그 급사는 오늘 아침에 미처 전하지 못한 연락 문서를 나나에게 전하러 온 것이었다. 나나는 그를 불러들이고, 돌아가는 길에 편지를 다그네에게 전해 달라고 부탁했다. 그리고 이것저것 묻기 시작했다. "그야, 보르드나브 씨는 기뻐하고 있죠. 벌써 일 주일치 좌석이 매진됐습니다. 오늘 아침부터 아씨의 주소를 물어오는 사람들이 이루 말할 수 없어요." 사동이 가고 나자 나나는 외출하는 것은 기껏 반 시간 정도라고 했다. 만약에 누가 찾아오거든 기다리게 하라고 조에에게 이르는데 벨이 울렸다. 마차집 주인이 돈을 받으러 온 것이다. 그는 응접실 긴 의자에 자리를 잡고 앉았다. 저 사람이라면 저녁때까지 만야 기다리게 해두어도 좋고, 또 별로 서두를 필요도 없다고 나나는 생각했다.

"자, 용기를 내서!" 하고 게으름에 늘어진 나나는 또 다시 하품을 하고 기지개를 켜면서 말했다. "벌써 그곳에 가 있어야 할 시간인데."

그러나 나나는 자리를 뜨려 하지 않고 고모의 게임을 지켜보고 있었다. 고모는 그때 에이스 1백을 선언했다. 턱을 손으로 괴고 열심히 게임을 구경했다. 그러나 세 시가 울리는 것을 듣자 나나는 펄쩍 뛰며 일어났다.

"하느님 맙소사" 하고 그녀는 큰 소리로 외쳤다.

끗수를 세고 있던 말르와르 부인이 느슨한 소리로 격려했다. "이것 봐요, 그런 일은 당장에 처리해 버리는 것이 좋은 법이에요."

"빨리 해라" 하고 마담 르라도 카드를 치면서 말했다. "네 시 전에 네가 돈을 가져와야 네 시 반 기차를 탈 수 있을 테니까."

"오! 그렇게 걸리지 않을 거예요" 하고 나나는 중얼거렸다.

십분쯤 걸려서 조에가 거들어 주어 옷을 입고 모자를 썼다. 모양이 어설픈들 상관있으랴! 내려가려고 하니까 또다시 벨이 울렸다. 이번엔 석탄 장수였다. 좋아, 그 사람도 마차집 주인과 맞붙여 놓으면 되는 거다. 서로들 지루하지 않을 테니 좋겠지. 하지만 성가신 일을 피하기 위해서 나나는 부엌을 통하여 뒤편 계단으로 빠져나갔다. 그녀는 곧잘 그곳을 이용했다. 치맛자락만 조금 들어올리면 그 계단도 무난했다.

"좋은 어머니만 된다면, 여자란 무슨 짓을 해도 용서받을 수 있어요" 하고 마담 르라와 단둘이 되자 말르와르 부인은 점잖게 말했다.

"나는 킹 80" 하고 상대방은 게임에 열중한 채 대답했다.

그리고 두 사람은 끝없는 노름에 묻혀 버렸다.

식탁은 아직 치우지 않았다. 방 안에 김이 자욱하고 음식 냄새와 담배 연기로 가득 찼다. 두 여자들은 또 각설탕이 든 브랜디를 마시기 시작했다. 이렇게 술을 짤끔짤끔 마시며 20분쯤 게임을 하자니 세 번째 벨이 울리고, 조에가 허둥지둥 들어와 친구에게나 대하듯이 두 사람을 밀어 치웠다.

"저 보셔요, 또 벨이 울리잖아요…… 여기 계시면 곤란해요. 손님이 많을 땐 온 집안을 다 써야만 한단 말예요…… 자, 속히! 속히!"

말르와르 부인은 끝까지 노름을 하려고 했다. 그러나 카드를 팽개칠 것 같은 조에의 태도에 카드를 그냥 가지고 장소를 옮기기로 했다. 마담 르라는 브랜디 병과 컵과 설탕 등을 옮겼다. 그리고 두 사람은 부엌으로 뛰어들어 탁자 구석에 앉았다. 곁에는 걸레가 널브러져 있고 아직 개숫물이 담긴 양푼들이 놓여 있었다.

"3백 40이었죠…… 당신 차례예요."

"하트로 하겠어요."

조에가 돌아왔을 땐 두 사람은 또다시 노름에 열중하고 있었다. 잠시 동안의 침묵 후 마담 르라가 카드를 치기 시작하자 말르와르 부인은 물었다.

"누구지?"

"아녜요, 아무도" 하고 조에는 아무렇게나 대답했다.

"어린애 같은 남자예요…… 쫓아보내려고 했지만, 아직 수염도 안났고, 파란 눈의 계집애 같은 얼굴에 아주 귀엽길래 기다리라고 했어요…… 커다란 꽃다발을 가지고 있는데 나한테는 넘겨주려고 하질 않는군요……하긴 뺨따귀를 때려서 타이를 정도야 아니지만 그게 겨우 중학생티의 코흘리개 아이 아녜요, 글쎄!"

마담 르라는 그로그(브랜디에 설탕과 레몬을 넣고 끓인 물에 탄 음료—역주)를 만들려고 주전자를 찾으러 갔다. 각설탕을 너무 먹어서 목이 마른 것이다. 조에는 자기도 한 잔 먹어야지 입안이 곰의 쓸개를 씹은 것처럼 써서 못 견디겠다고 중얼거렸다.

"그래, 그애를 어디로 안내했지?……" 하고 말르와르 부인이 다시 또 얘기를 계속했다.

"그야 물론, 저 안의 가구없는 작은 방이죠…… 거기엔 아씨의 트렁크 한 개와 탁자 한 개밖엔 없으니까요. 수상쩍은 사나이들은 그 방에다 넣기로 하고 있어요."

그러고는 조에가 그로그에 설탕을 듬뿍 넣고 있자니 또 다시 벨이 울려 그녀를 펄쩍 뛰어 일어나게 했다. "아이 귀찮아! 편안히 물 한 잔 마실 새도 없군! 한 번만 벨이 울리기 시작하면 계속해서 울리니" 하고 불평을 늘어놓으며 그녀는 문을 열러 달려갔다. 그러고는 되돌아와서, 말르와르 부인의 궁금해하는 눈초리를 보자, "아무것도 아녜요, 꽃다발예요" 하고 말했다.

세 여자들은 고개를 끄떡이며 그로그를 마시기 시작했다. 조에가 겨우 식탁을 치우기 시작하고 접시를 하나씩 개수통으로 옮기고 있는데, 다시 또 벨이 두 번 계속해서 울렸다. 그러나

64

어느 것이나 대단치 않았다. 그때마다 조에는 부엌으로 보고를 하러 와선 업신여기는 말투로 두 번 다 이렇게 말했다.

"아무것도 아네요, 꽃다발예요."

두 부인들은 게임을 계속하면서 조에로부터 꽃다발이 도착될 때마다 응접실의 빚쟁이들이 이상한 얼굴을 하더라는 소리를 듣고는 웃어댔다. "아씨가 돌아오실 때쯤은 화장대 위가 꽃다발로 가득 찰 거예요" 하고 조에가 말했다. "저렇게 비싼 것인데, 팔자면 10수도 안 되다니 분해죽겠어요. 결국 굉장한 낭비랄 수밖에요."

"나 같은 건 파리의 사나이들이 여자들 때문에 쓰는 꽃값만으로도 충분히 살 수 있을 거예요" 하고 말르와르 부인이 말했다.

"그렇구말구요. 그야 간단한 일이죠" 하고 마담 르라가 중얼거렸다. "하다못해 꽃다발의 리본 값만이라도 가졌으면…… 자, 퀸의 60이에요."

네 시 10분 전이었다. 아씨가 밖에서 이렇게 오래도록 있는 것을 조에는 이상하게 여겼다. 여느 때는 오후에 부득이한 외출을 하게 되더라도 그녀는 볼일을 금방 해치우는 것이었다. 그러나 말르와르 부인은 언제나 생각한 대로 일이 되는 것은 아니라고 했다. 정말이지 살아가자면 고장이 있는 법이라고 마담 르라도 말했다. "기다리는 수밖에. 조카가 만약 늦는다면 그것은 볼일이 지체되는 까닭이겠지. 어쨌든 고통스러울 건 없어, 부엌 안은 편안하니까." 그러면서 마담 르라는 하트가 없었기 때문에 다이아몬드를 내던졌다.

다시 또 종이 울렸다. 손님을 맞고 돌아온 조에의 얼굴은 흥분으로 새빨갛게 달아 있었다.

"여보셔요, 뚱뚱보 스테이네르예요!" 하고 그녀는 문간에서부터 목소리를 낮추며 말했다. "그 사람은 작은 응접실에 안내했어요."

말르와르 부인은 그 은행가 얘기를 마담 르라에게 지껄였다. 르라는 그런 양반들을 몰랐다. 그 양반은 로즈 미뇽을 떼어 버리려고 하는 것일까 하는 물음에 조에는 고개를 끄떡였다. 자기는 사정을 잘 알고 있다는 것이다. 그러나 또 한 번 문을 열어 주러 나가야만 했다.

"이것, 큰일 났는 걸" 하고 조에는 돌아오자 중얼거렸다. "깜둥이에요. 아씨는 외출중이시라고 아무리 설명해도 막무가내로, 침실에 주저앉아버리지 뭐예요…… 밤에 올 예정이었는데."

네 시 15분이 되었는데도 나나는 여전히 돌아오질 않았다. 대체 무엇을 하고 있는 것일까? 웬일인지 모르겠다. 또 두 개의 꽃다발이 들어왔다. 조에는 짜증이 나가지고 커피 남은 것이 없나 뒤지기 시작했다 정말이지 커피라도 있으면, 이 사람들이 얼씨구나 마셔대고 졸음도 깰 텐데. 그 여자들은 거북하게 의자에 앉아서 똑같은 모양으로 계속 카드를 집으며 꾸벅거리고 있었다. 네 시반이 울렸다. 틀림없이 아씨에게 무슨 일이 생긴 것이다. 여자들은 자기들끼리 소곤거리기 시작했다.

별안간 말르와르 부인이 정신없이 큰 소리를 질렀다.

"5백!…… 같은 패 다섯 장이 다 나왔어요!"

"조용히들 하세요!" 하고 조에는 성을 내며 말했다. "저 손님들이 어떻게 생각하겠어요?"

이윽고 부엌 안은 다시 조용해지고, 두 노부인이 목소리를 낮추어 다투고 있는 중에 뒤편 계단을 뛰어 올라오는 발소리가 들렸다. 이제야 겨우 나나가 돌아온 것이다. 문을 열기 전에 씩씩거리는 숨소리가 들렸다. 나나는 얼굴이 새빨개가지고 썩 들어섰다. 스커트는 끈이 끊어졌는지 그 단의 장식이 계단에 끌려 흠뻑 젖어 있었다. 아마도 2층의 어느 깨끗하지 못한 하녀가 흘려 버린 구정물에라도 잠겼던가 보다.

"돌아왔구나! 아무 일도 없었구!" 하고 마담 르라가 말르와르 부인의 5백에 아직도 분함을 이기지 못한 채 입을 씰룩거리며 말했다. "사람을 기다리게 해서 기분 좋았겠다!"

"아씨, 정말 그런 법이 어디 있어요!" 하고 조에도 한마디 덧붙였다.

그렇잖아도 기분이 좋지 않던 나나는 이 잔소리에 발칵 화를 냈다. 성가신 일을 당하고 돌아오는 길인데 이건 또 무슨 대우란 말인가!

"가만 좀 놔둬요!" 하고 나나는 소리쳤다.

"쉬, 손님들이 계셔요" 하고 하녀가 말했다.

그러자 나나는 목소리를 낮추어 헐떡거리면서 중얼거렸다.

"내가 재미라도 보고 온 줄 알아요? 언제까지 끝나질 않지 뭐유. 당신에게 그꼴을 시켜 보고 싶었지요…… 그 지루한 노릇이라니, 볼을 쥐박고 싶을 정도였다니까…… 게다가 돌아오려고 해도 마차가 하나나 있어야지. 다행히 그곳이 바로 거기였으니까 망정이지. 어쨌든 마구 달려왔어요."

"돈은 장만됐니?" 하고 고모는 물었다.

"참! 그렇지!" 하고 나나가 대답했다.

나나는 난로 가 의자에 앉았다. 뛰어 왔기 때문에 다리가 후들거렸다. 숨을 돌릴 새도 없이 그녀는 허리춤에서 봉투를 끄집어냈다. 그 속에 백 프랑짜리가 넉 장 들어 있었다. 그것이 커다랗게 찢어진 봉투 틈으로 들여다보였다. 그것은 내용을 확인하기 위하여 나나가 거칠게 찢은 틈이다. 세 여자들은 나나를 둘러싸고 장갑을 낀 조그만 손 안의 봉투를 물끄러미 바라보았다. 구겨지고 더러워진 나쁜 지질의 봉투였다. 이제 시간이 늦어서 마담 르라는 내일이 아니곤 랑브이유에 갈 수 없었다. 그래서 나나는 사정을 자세히 설명했다.

"아씨, 손님들이 기다리고 계셔요" 하고 하녀가 되풀이했다.

그러나 나나는 또다시 발칵 화를 냈다. 손님은 기다리면 된다. 일이라야 곧 끝날 것이니까. 그리고 고모가 돈에 손을 내밀자 이렇게 말했다.

"아! 아녜요, 전부가 아녜요. 유모에게 3백 프랑, 고모님에겐 여비와 용돈으로 50프랑, 도합 3백 50프랑…… 나머지 50프랑은 내가 떼어놓겠어요."

그런데 거스를 잔돈이 없었다. 집안에는 10프랑짜리 한 장 없었다. 말르와르 부인에겐 부탁도 안 해봤다. 그녀는 아랑곳없는 표정을 짓고 있었다. 그녀는 언제나 승합마차 삯 6수밖에는 지니고 있지를 않는 사람이었다. 마침내 조에가 자리 트렁크 안을 보겠노라고 나가더니 백 수짜리로 백 프랑을 가지고왔다. 다같이 그것을 탁자 가에서 세었다. 마담 르라는 내일은 루이 녀석을 데리고 오겠다는 약속을 남기고 곧 가버렸다.

"손님들이 계시다며?" 하고 나나는 여전히 앉은 채로 쉬면서 물었다.

"예, 세 분이나."

조에는 제일 먼저 은행가의 이름을 댔다. 나나는 얼굴을 찡그렸다. 그 스테이네르란 사람, 어젯밤에 꽃다발을 하나 던져주더니 자기 마음대로 될 줄 아는 게지?

"그만하면 됐어" 하고 나나는 딱 잘라 말했다. "난 아무도 안 만날 테니까, 언제 올지 모르니 더 이상 기다리지 말라고 해요."

"아씨, 잘 생각해서 하셔요. 스테이네르 나리는 만나시는 편이 좋을 거예요" 하고 조에는 그 자리를 비키려고도 안 하며 진지한 표정으로 소곤거렸다. 그녀는 주인이 또 실수를 할 것 같아서 화를 내고 있는 것이다.

다음에 조에는 발라키아 사람들 얘기를 했다. 그 사람도 침실에서 이젠 지루해하고 있을 것이라고 했다. 그러나 나나는 벌컥 화를 내며 오히려 더 고집을 부렸다. 아무도 안 만나겠다, 아무도! 그따위 치근덕거리는 사나이를 누가 나에게 떠맡겼단 말인가!

"그따위들 다 내쫓으라구! 나는 말르와르 부인과 베지크나 하고 있을 테니. 난 그편이 더 좋단 말야."

초인종 소리에 그녀는 말을 끊었다. 이것 못 당할 노릇이다. 귀찮은 존재가 또 하나 왔다! 나나는 조에를 문간에 나가지 못하게 막았다. 그러나 그녀는 들은 체도 않고 부엌으로 해서 나갔다. 그리고 되돌아오더니 두 장의 명함을 내놓으며 억압적인 어조로 말했다.

"만나신다고 대답했어요…… 응접실에 계십니다."

나나는 화가 충천하여 일어섰다. 그러나 명함 위의 후작 슈아르, 백작 뮈파 드 뵈비유의 이름을 읽자 조용해졌다. 그녀는 잠깐 동안 가만히 있다가, "이 사람들이 누구지? 당신 아는 사람들이우?" 하고 기어이 물었다.

"연세 잡순 분은 압니다" 하고 조에는 대답한 다음, 신중하게 입을 다물었다.

그러나 주인이 계속 눈으로 묻고 있는 것을 알자 간단하게 덧붙였다.

"모처에서 뵌 일이 있습니다."

그 말에 나나는 결심이 선 것 같았다. 그녀는 주춤거리며 부엌을 나갔다. 그곳은 사원 숯불로 커피를 끓이며 그 냄새 속에서 멋대로 지껄일 수 있는 피난처였다. 뒤에 혼자 남은 말르와르 부인은 이번엔 혼자서 오관떼기를 시작했다. 여전히 모자는 쓴 채로였지만, 다만 편하게 하노라고 끈을 끌러서 어깨 위에 젖혀놓고 있었다.

화장실에서 조에가 가운을 입혀주는 동안에도 나나는 분통을 못참고 그 분풀이로 남자들을 저주하며 입속으로 중얼거렸다. 그 천박한 투정 소리를 듣고 조에는 처량해졌다. 아씨가 예전 환경의 흙탕을 여간해서 씻어 버리지 못하는 것이 안타까웠던 것이다. 마침내 그녀는 아씨에게 진정해 달라고 애원했다.

"흥, 더러운 녀석들. 그것이 좋아서들 그런다니까" 하고 나나는 노골적인 대답을 했다.

그래도 나나는 자기 말마따나 여왕 같은 태도를 하고 응접실 쪽으로 가려고 했다. 그러나 조에가 말리며 제 마음대로 슈아르 후작과 뮈파 백작을 화장실로 끌어들였다. 그편이 훨씬 좋았다.

"기다리시게 해서 죄송스럽습니다" 하고 나나가 정중한 태도로 말했다.

두 남자들은 인사를 하고 앉았다. 망사 커튼 너머로 희미한 햇빛이 비쳐 들었다. 그 방은 집안에서 가장 화사한 방이었다. 밝은 빛 벽지, 커다란 대리석 화장대, 모자이크 체경, 긴 걸상, 파란 공단 소파 등으로 갖추어져 있었다. 화장대에는 장미, 백합, 히아신스 등의 꽃다발이 수북하게 쌓아 올려져, 찌를 것 같이 강한 향기를 풍기고 있었다. 한편 축축한 공기 속에 세숫대야로부터 풍기는 퀴퀴한 냄새에 섞이어 간간이 코를 찌르는 냄새가 풍겼다. 그것은 컵 속에 잘디잘게 부서져 있는 인도 향료였다. 그런 속에서 나나는 몸을 움츠리고 가볍게 걸친 가운의 앞자락을 여몄다. 살갗은 아직 젖은 듯했고, 레이스 옷을 휘감고 겁에 질린 듯한 미소를 지닌 모습이 갑자기 화장 중에 들킨 것 같은 표정이었다.

"부인" 하고 뮈파 백작이 무겁게 말했다. "바쁘신 중에 방문한 것을 용서하십쇼…… 실은 의연금 모금 건으로 왔습니다…… 저희들은 이 구역의 자선협회 회원입니다."

슈아르 후작은 은근한 태도로 성급하게 말을 받아 덧붙였다.

"이 댁에 훌륭한 예술가께서 거주하고 계시다는 소리를 들었기에, 우리 가난한 사람들에게 특별한 배려를 부탁하려고 찾아온 것입니다…… 재주를 가진 분은 반드시 인정이란 것을 가진 것이라서 말입니다."

나나는 얌전하게 듣고 있었다. 그러나 작게 머리를 끄떡이면서도, 재빨리 속셈을 하고 있었던 것이다. 이 늙은 쪽이 다른 한 사람을 데리고 왔을 것이 분명했다. 그 눈이 아무래도 호색가 같았다. 하지만 또 한편도 안심은 안 되었다. 관자놀이가 이상할 만큼 부풀어 있었다. 혼자서라도 틀림없이 왔을 것이 분명했다. 그렇지, 수위가 내 이름을 일러 주었을 것이다. 그래서 둘 다 나름대로 속셈이 있어서 서로들 앞장을 세웠을 것이다.

"그렇고말고요, 지당한 말씀이십니다" 하고 나나는 기쁨에 넘친 양 말했다.

그러나 그때 초인종이 울려 그녀를 깜짝 놀라게 했다. 또 누군가가 왔다. 그렇게 당부를 했는데 조에는 또 문을 열고 있다! 나나는 말을 계속했다.

"기꺼이 의연금 기부를 시켜주시기 바라겠어요."

나나의 마음속에 거드름이 일었다.

"아! 부인" 하고 후작이 말을 이었다. "부인께서 만약 얼마나 비참한가를 아신다면! 우리 구에는 3천이 넘는 빈민들이 있습니다. 그래도 그건 오히려 유복한 구에 들어갑니다. 도무지 상상도 못 하실 것입니다. 빵이 없는 아이들에, 병에 걸려도 간호

해주는 사람 없이 얼어 죽어가는 여자들…….”

“가엾어라……” 하고 나나는 감동에 젖은 듯이 외쳤다.

너무나 불쌍해져서 나나의 두 눈에는 눈물이 글썽해졌다. 그녀는 이미 점잖은 태도를 꾸미는 것도 잊고, 마구 몸을 움직이다가 앞으로 구부리게 되었다. 그러자 가운의 목덜미가 열리며 가슴이 드러나고, 무릎이 튀어나왔기 때문에 엷은 천 밑으로 넓적다리의 동그란 선이 뚜렷하게 엿보였다. 후작의 흙빛 볼에 핏기가 나타났다. 뮈파 백작은 무엇인가 말하려고 하다가 눈을 내리깔았다. 이 좁은 방은 너무나 더웠다. 온실 안처럼 무겁고 답답한 열기가 가득 찼다. 장미꽃은 시들고, 컵의 인도 향료에선 취할 것 같은 향기가 풍겼다.

“이런 때, 부자였으면 하고 생각해요. 결국 저마다 자기에게 가능한 일밖엔 못 하지만…… 하지만 믿어주셔요. 만약에 제가 미리 알고만 있었다면…….”

감동에 사로잡혀 나나는 깜박 실수를 저지를 것 같아 말을 끝맺지 못했다. 잠시 동안 그녀는 우물거렸다. 나나는 아까 옷을 벗었을 때 그 50프랑을 어디에 두었는지 생각이 안 났다. 그러다가 화장대 구석 엎어진 포마드 병 밑에 둔 것이 간신히 생각났다. 그녀가 일어섰을 때 초인종이 길게 울려왔다. 아 또 한 사람! 한이 없다. 백작과 후작도 일어섰다. 후작은 문간 쪽으로 귀를 기울였다. 분명히 저 벨소리엔 기억이 있다. 뮈파는 후작의 얼굴을 쳐다보다가 다시 둘이 다 외면을 했다. 서로 어색해하다가 다시 냉정한 태도로 돌아갔다. 하나는 어깨가 널찍한 건장한 신체에 뻣뻣한 머리카락이고 다른 한 사람은 마른 어깨를 쭉 뻗고 그 위에 둥글게 남은 드문드문한 백발이 흘러내려 있었다.

“정말 수고스러우시지만” 하고 나나는 열 닢의 커다란 은화를 가지고 와서 웃음을 지으며 말했다. "이것을 가난한 사람들에게 전해주십시오……."

얼굴에는 조그맣고 귀여운 보조개가 생겼다. 그녀는 아무런 꾸밈 없이, 상냥스러운 표정으로 손바닥에 은화를 쌓아 올리고, "자 어느 편이죠?"라고나 하듯이 두 사람 앞에 내밀었다. 백작이 좀 더 빨랐다. 그런데 은화 한 닢이 남았다. 그래서 그것을 줍노라고 아무래도 젊은 여자의 손바닥을 스치게 되었다. 그 피부는 따뜻하고 매끄러워 백작을 자릿자릿하게 했다. 나나는 즐거운 듯이 계속 웃고만 있었다.

"그것뿐이에요, 선생님. 다음 번에는 더 많이 드리도록 하겠어요."

더 이상 머물러 있을 구실이 없었기 때문에 두 사람은 인사를 하고 문간으로 걸음을 옮겼다. 그러나 방을 나가려고 하자, 다시 또 종이 울렸다. 후작은 엷은 미소를 감추지 못했다. 그러나 백작의 얼굴에는 그늘이 깃들이고 보다 더 준엄해졌다. 나나는 두 사람을 잠깐 붙잡았다. 그것은 조에가 새 손님을 어딘가에 틀어박을 수 있는 말미를 갖게 하기 위한 것이다. 나나는 자기 집에서 손님들이 마주치는 것을 싫어했다. 그러나 이번에는 만원이 될 것이 뻔했다. 그렇기 때문에 아직 응접실이 비어 있는 것을 보고는 시름을 놓았다. 조에는 그 사람들을 벽장 속에라도 처넣었던 말인가?

"안녕히들 가셔요" 하고 나나는 응접실 문턱에 서서 말했다.

그녀는 두 사람을 밝은 눈길로 감싸며 미소를 던졌다. 뮈파 백작은 고개를 숙였다. 그는 오랜 사교계 생활에 익숙한 사람이었는데도 이번에는 얼떨떨했다. 바깥의 신선한 공기를 탐하면서도, 이 화장실 안의 현기증과 숨막힐 듯한 꽃 냄새와 여자 냄새로부터 도망치지 못하고 있었던 것이다. 그 뒤에서 슈아르 후작이 아무도 보고 있지 않은 것을 확인하고선 갑자기 얼굴의 긴장을 풀고 입술을 핥으며 나나에게 윙크를 보냈다.

나나가 화장실에 돌아오니 조에가 편지와 명함을 들고 기다리고 있었다. 나나는 한바탕 크게 웃으며 외쳤다.

"가난뱅이가 내 50프랑을 앗아갔지 뭐유!"

그러나 화를 내고 있는 것이 아니었다. 다만 남자들이 자기에게서 돈을 빼앗아간 것이 우습게 생각됐던 것이다. 그렇다 하더라도 흉한 놈들이었다. 덕분에 1수도 없게 되었다. 그러나 명함과 편지를 보자 또다시 속이 뒤틀리기 시작했다. 편지는 그래도 좋았다. 그것은 어젯밤에 나나에게 박수갈채를 보내고 나서 사내들이 써보낸 팬레터였다. 하지만 방문객들로 말하자면, 그런 작자들은 썩 물러가 주었으면 싶었다.

그런 손님들을 조에는 여기저기에 처넣어 놓았다. 이집은 어느 방이나 문이 모두 복도 쪽으로 향하여 있기 때문에 참 편리하다는 것이 그녀의 말이었다. 그런 점이 블랑슈 아씨 집과 틀리는 점이었다. 그 집은 어느 방이고 응접실을 통과해야만 되었다. 그래서 블랑슈 아씨는 난처한 일을 많이 겪었다.

"모두 돌려보내줘요" 하고 나나는 끈덕지게 고집했다. "우선 검둥이부터."

"그 양반 같음 벌써 돌려보냈어요" 하고 조에는 웃음을 지으며 말했다. "그 양반은 그저 오늘 밤에 올 수 없다는 얘기를 하러 왔을 뿐이었어요."

그것 참 잘됐다. 나나는 손뼉을 쳤다. 그 사람이 안 오다니 얼마나 다행한 일이냐. 그렇다면 오늘 밤은 한가하겠다! 그녀는 마치 지독한 형벌을 면하기라도 한 것처럼 안도의 숨을 내쉬었다. 그러자 다그네 생각이 났다. 가엾은 짓을 했지. 그 귀여운 사람에게 목요일까지 기다리라고 편지까지 써보내다니! 금방 말르와르 부인에게 다음 편지를 부탁해야지! 그러나 조에는 말르와르 부인이 여느 때나 다름없이 어느 사이엔가 돌아가 버렸다고 했다. 나나는 누군가 사람을 보내자고 말을 해놓고선 다시 망설였다. 그녀는 피로했던 것이다. 하룻밤 푹 잘 수 있다면 얼마나 기분 좋을까! 결국 그 생각이 그녀를 지배하고 말았다. 어쩌다 한 번쯤 이런 호강도 할 만하다.

"극장에서 돌아오는 대로 곧 잘 테니까" 하고 그녀는 한시라도 속히 자고 싶다는 표정으로 중얼거렸다. "열두 시까지 깨우지 말아요."

그러고는 목소리를 높이면서 말을 이었다.

"자, 그럼 저치들을 계단으로 밀어내줘요!"

조에는 꼼짝도 안 했다. 그녀는 정면으로 아씨에게 설교를 할 수는 없는 노릇이었다. 다만 아씨가 무엇인가 실수를 할 듯싶을 때, 자기 경험을 살리면 되는 것이다.

"스테이네르 나리도 말씀예요?" 하고 조에는 퉁명스럽게 물었다.

"물론이지" 하고 나나는 대답했다. "누구보다도 제일 먼저지."

조에는 주인에게 반성할 시간을 주기 위해 잠깐 기다렸다. 아씨는 경쟁자인 로즈 미뇽으로부터 어느 극장에서나 유명한 그런 부자 나리를 빼앗는 것이 자랑스럽질 않단 말인가?

"어서 빨리!" 하고 나나는 조에의 속셈을 다 알면서도 되풀이했다. "귀찮아하고 있다고 그에게 전해요."

그러나 갑자기 그녀는 뉘우쳤다. 내일이면 그 사람을 탐내게 될지도 모른다. 그녀는 장난꾸러기처럼 웃어대면서 눈을 깜박이며 외쳤다.

"어쨌든 그 사람을 손아귀에 넣고 싶다 할지라도 가장 손쉬운 방법은 역시 내쫓는 거야."

조에는 굉장히 놀란 것 같았다. 갑자기 감동한 눈초리로 주인을 쳐다보더니 이번에는 두 말 않고 스테이네르를 내쫓기 위하여 나갔다.

그러나 나나는 조금 더 기다려야만 했다. 그 여자가 말하는, 소위 마룻바닥을 완전히 쓸어내는 시간을 조에에게 주었던 것이다. 이렇게 밀려닥칠 줄은 상상도 못했다! 응접실을 들여다봤다. 비어 있었다. 식당도 비어 있었다. 이제는 아무도 없으려니 안심하고 두루 살펴보았다. 그런데 한 작은 방 문을 열자, 한 소년과 정면으로 마주쳤다. 소년은 큼직한 꽃다발을 무릎 위에 놓고 천연덕스레 앉아 있었다.

"아! 여기 또 한 사람 있는데!" 하고 나나는 소리치고 말았다.

그 소년은 나나를 보자마자 얼굴이 양귀비처럼 빨개져서는 트렁크에서 뛰어내렸다. 그 소년은 꽃다발을 어찌할 줄 모르고, 흥분으로 숨을 할딱이며 다만 꽃다발을 이손 저손으로 옮겨 잡을 뿐이었다. 그 어린 나이와 당황하는 모습과 꽃을 든 우스운 얼굴 모양에 나나는 긴장이 풀려 웃음보를 터뜨리고 말았다. 어린애들까지 오다니? 이즈음 세상 남자들이란 강보에 싸인 시절부터 내게로 오는 것인가? 그녀는 마음을 놓고 친숙하게 어머니 같은 태도로 자기 무릎을 두들기며 농담을 했다.

"코 씻어줄까, 아가야?"

"예" 하고 소년은 애원하듯 낮은 소리로 대답했다.

이 대답으로 나나는 한결 더 유쾌해졌다. 그 소년은 열일곱 살이고 이름은 조르주 위공이라 했다. 간밤에 바리에테 극장에서 나나를 보고 만나러 온 것이다.

"그 꽃 나한테 주는 거야?"

"예."

"이리 줘요, 그렇다면, 바보!"

나나가 꽃다발을 받으려고 하자, 그는 그 또래들이 하는 식으로 손목에 덤벼들고 말았다. 그래서 손을 놓게 하기 위해 나나는 가볍게 때려야만 했다. "이 코흘리개 좀 보라니까, 굉장한 뱃심인 걸!" 하고 나나는 야단을 치면서도, 불그스름해진 얼굴에는 미소가 어렸다. 나나는 다시 와도 좋다고 허락을 주어 그 소년을 쫓아 버리고 말았다. 소년은 비틀거리며 문이 어디 있는지도 분간 못할 정도였다.

나나가 화장실에 돌아오니 프랑시스가 머리 손질을 해주러 와 있었다. 그녀가 옷 매무새를 다듬는 것은 저녁때였다. 거울 앞에 앉아서 재빨리 놀리는 미용사의 손 밑에 머리를 숙이고 나나는 가만히 몽상에 잠겨 있었다. 그때 조에가 들어왔다.

"아씨, 아무래도 돌아가지 않는 사람이 하나 있어요."

"좋아요, 내버려둬요" 하고 나나는 태연하게 대답했다.

"게다가 계속해서 자꾸 오고 있지 뭐예요."

"별꼴 다 보겠네! 기다리라고 해둬요. 배가 고파지면 돌아가겠지 뭐."

나나는 정신이 멍해져 버렸다. 남자들을 기다리게 하는 것은 재미있는 일이었다. 갑자기 한 생각이 떠오르자, 그녀는 흥겨워했다. 나나는 프랑시스의 손에서 빠져 달려가 자기 자신이 문을 잠가 버렸다. 이렇게 해두면 남자들은 옆방에서 아무리 터지게 밀려도 상관없다. 설마하니 벽을 뚫고 들어올 리는 없을 것이다. 조에는 부엌으로 통하는 조그만 문으로 출입하면 된다. 그 사이에도 초인종은 점점 더 울렸다. 정확한 기계처럼 5분마다 요란하게 울렸다. 나나는 지루함을 메우기 위해 그것을 세고 있었다. 그러다가 문득 생각난 듯이 물었다.

"참, 프랄린은?"

프랑시스는 프랄린 생각을 못했다. 그래서 여자 친구에게 선물을 내놓는 사교계 남성 같은 신중한 태도로 프록코트 주머니에서 봉투를 꺼냈다. 하지만 그는 계산할 때마다 프랄린 값까지 합해 청구해 오는 것이었다. 나나는 무릎 사이에 과자 봉투를 놓고 미용사 손에 가볍게 눌리는 대로 머리를 돌리며 우두둑거리기 시작했다.

"어이가 없어서!" 하고 잠시 동안 침묵이 계속된 후에 그녀는 중얼거렸다. "이건 한두 사람이 아니란 말야!"

한꺼번에 세 차례나 초인종이 울렸다. 초인종이 울리는 도수가 잦아졌다. 어느 것은 첫사랑의 고백처럼 떨리며 입속으로 웅얼거리듯 조심스럽게 울렸고, 어느 것은 거친 손가락으로 눌렀는지 무작정 울렸으며, 또 어느 것은 성급하게 갑자기 공기를 뒤흔들며 요란스레 울렸다. 조에의 말마따나 그것은 정말 종소리의 합창이었다. 주변을 뒤흔드는 차임이었다. 줄을 짓고 몰려들어 상아의 단추를 누르는 남자들이 떼를 이루었다. 저 보르드나브란 녀석 이렇게 수많은 사람들에게 주소를 일러주다니. 이러다간 어젯밤의 관객들이 모두 몰려들겠다.

"그런데 프랑시스, 당신 5루이 없어요?"

그는 뒤로 물러서서 머리 모양을 조사하고 나서는 서서히 말했다.

"5루입니까, 글쎄요."

"어머, 담보가 필요하시다면야……."

나나는 중간에서 말을 끊고, 옆방들을 죽 손가락으로 가리켰다. 프랑시스는 5루이를 꾸어주었다. 잠시 동안 휴식하는 동안에 조에가 들어와서 화장 준비를 했다. 그리고 옷을 입혔다. 그 사이에 미용사는 마지막 손질을 하기 위해 기다렸다. 그러나 조에는 쉴 새 없이 종소리에 방해되어 어느 때는 코르셋의 끈을 매다가, 어느 때는 구두를 한 짝만 신겨 놓은 채 나가 버렸다. 여러 해 동안의 경험에도 불구하고 조에는 쩔쩔맸다. 아주 좁다란 장소까지 이용하여, 거의 집안 가득히 남자들을 밀어 처넣었다. 그러나 더 수용할 수가 없어 이번에는 또 서너 사람씩 한 방에 넣어야만 했다, 그건 그녀의 방법엔 어긋났지만. 저희들끼리 서로 뜯어 먹어도 할 수 없다. 그러면 자리가 빌 것이 아닌가! 한편 나나는 굳게 자물쇠를 잠근 안전한 장소에서, 사나이들 숨소리가 들려오느니 어쩌느니 하며, 비웃고 있었다. 그 작자들의 얼굴 표정이야말로 분명히 구경거리일 것이다. 꽁무니를 둥글게 맞붙이고 앉아서 개처럼 헛바닥을 늘어뜨리고 말이다. 이건 어젯밤 성공의 계속이라니까. 그 작자들은 사냥개 떼처럼 내 뒤를 따라온 것이다.

"아무것도 부수지만 않는다면 상관없어" 하고 나나는 중얼거렸다.

그러나 문틈으로 더운 입김이 새어 들어왔다. 기분이 나빠지기 시작했다. 그러자 조에가 라보르데트를 끌고 들어와 주어 나나는 안도의 소리를 질렀다. 그는 나나를 위하여 치안재판소에서 해결을 보게 해준 돈 문제로 찾아온 것이었다. 그러나 그 소리는 들은 체도 않고 나나는 되풀이하는 것이었다.

"밖으로 나가지 않으시겠어요…… 같이 식사를 하자구요…… 그리고 바리에테 극장까지 데려다 줘요. 나는 아홉 시 반이라야 무대에 나간단 말예요."

이 착한 라보르데트는 정말 좋은 시간에 당도했다! 이 남자는 결코 아무것도 요구하지 않고, 다만 여성의 친구로서 자질구레한 일들을 처리해줄 뿐이었다. 그래서 지금도 지나가며 골방의 빚쟁이들을 몰아내준 것이다. 그러나 그 사람들은 돈 받으러 온 것이 아니며, 언제까지 버티고 있는 것은 어젯밤의 화려한 성공을 아씨에게 축복하고, 나아가 아씨께 도움이 되어 드리기 위한 것이라고 주장했다.

"어쨌든 도망칩시다" 하고 옷을 다 입은 나나가 말했다.

때마침 조에가 돌아와서 외쳤다.

"아씨, 이젠 문을 도저히 열 수 없어요…… 층계엔 사람들이 줄을 서고 있어요."

층계에 사람들이 줄을 서고 있다니! 평소엔 영국식으로 뚱하니 버티고 있는 프랑시스까지도 빗들을 챙기며 웃음보를 터뜨렸다. 나나는 라보르데트의 팔을 잡고 부엌으로 끌어냈다. 그리고 마침내 남자들로부터 해방되어 도망쳤다. 라보르데트하고라면 단 둘이서 아무 곳엘 가도 거북할 것이 없어 나나는 기뻤다.

"돌아올 때도 문 앞까지 데려다 줘요" 하고 뒤켠 계단을 내려가며 나나는 말했다. "그렇게 해주면 걱정이 없을 텐데…… 난 말예요, 하룻밤 밤새껏 푹 자고 싶어요. 밤새껏 단 혼자서 말예요. 난 머릿속이 온통 그 생각뿐이라니까요!"

사빈느 백작 부인, 이 사람은 연전에 돌아간 백작의 어머니와 구별하기 위해서 뮈파 드 뵈비유 부인이라고 부르는 습관이 있었다. 그녀는 매주 화요일마다 미로메닐 로와 팡티에브르 로의 모퉁이에 있는 그의 저택으로 손님을 초대하는 것이었다. 그것은 네모난 넓은 건물로, 백 년 더 이전부터 뮈파 집안이 살고 있었다. 길로 향한 건물 정면은 수도원처럼 음침하고, 잠든 것처럼 드높고 컴컴했다. 커다란 덧문은 거의 언제나 닫혀 있었고 질척질척한 뒤뜰 구석에는 나무가 태양을 찾아 가냘프게 키만 자랐으며 그 가지가 슬레이트 지붕 너머로 엿보였다.

그날 화요일 열 시경, 응접실에는 겨우 열두서너 명의 손님이 있을 뿐이었다. 친근한 사람들만 초대할 때면 백작 부인은 작은 응접실이나 식당은 열지 않기로 했다. 그렇게 하는 편이 편안하기도 하고 난로 곁에서 얘기들을 할 수 있기 때문이었다. 그러나 응접실은 대단히 넓고 천장도 높았다. 네 개의 창이 뜰로 향하여 있기 때문에 4월 말의 비 내리는 밤이면 장작이 활활 타고 있어도 뜰로부터 습기가 스며들었다. 응접실에는 볕이 드는 일이 없었다. 낮에도 푸르스름한 빛이 희미하게 비쳐들 뿐이었다. 그러나 밤이 오고 램프랑 샹들리에가 켜질 무렵이면 그 방은 엄숙해지기만 했다. 육중한 마호가니의 제정시대 풍의 가구라든지 윤이 나는 커다란 무늬들은 노란 벨벳 벽포와 의자들이 그 방에 한 발짝만 발을 들여놓아도 싸늘한 위엄과, 옛날 풍속에 젖은 경건한 향기를 내뿜고 가버린 시대 속에 뛰어든 것 같은 생각을 안겨 주었다.

난로 저편에는 백작의 어머니가 거기서 돌아갔다는, 질긴 천을 깐 단단한 나무의 네모진 팔걸이 의자가 있고, 그 의자를 마주하여 사빈느 백작 부인이 털방석처럼 푹신한 붉은 비단 천으로 된 깊은 의자에 앉아 있었다. 현대식 가구라고는 그 의자뿐이었는데, 이 방의 엄숙한 분위기 속에 변덕스럽게 들여 놓은 것처럼 어울리지 않았다.

"그럼 페르시아의 왕이 오신단 말씀이죠……" 하고 백작 부인이 말했다.

만국박람회로 파리에 오는 왕들이 마침 화제에 오르고 있는 중이었다. 여러 부인들이 난로 앞에 둥글게 앉아 있었다. 뒤 종크와 부인은 오라버니가 외교관으로 동양에 근무한 일이 있었기 때문에 나자르에댕 궁정에 관한 얘기를 자세히 했다.

"어디 불편하셔요?" 하고 제철공장주의 아내인 샹트로 부인이 바르르 떨면서 창백해지는 백작 부인을 보고 물었다.

"아녜요, 조금도" 하고 백작 부인은 미소 지으며 대답했다.

"좀, 추워서…… 이 방은 따뜻하게 하려면 아주 시간이 오래 걸려요!"

그러고서 부인은 검은 눈동자로 벽을 따라 높은 천장까지 더듬었다. 그 부인의 딸인 에스텔은 열여덟 살이라는 어설픈 나이에 마르고 그저 평범한 소녀였는데, 의자에서 일어나더니 가만히 다가와서 굴러떨어진 장작 한 개비를 세웠다. 사빈느의 수도원 시절 친구로 다섯 살 손아래인 슈젤 부인이 소리쳤다.

"아! 난 이런 응접실이 탐나요! 어쨌든 손님이 생기게 마련 아냐…… 이 즈음 방들은 꼭 상자 같은 것들뿐이지 뭐요…… 만약에 내가 당신과 같이 될 수 있다면!"

그녀는 열심히 몸짓을 섞어 가며 지껄여댔다. "나 같으면 벽포도 의자도 모두 다 갈아치우고 파리 장안이 깜짝 놀랄 만한 무도회를 열겠어요." 그 뒤에선 사법관인 남편이 무뚝뚝한 얼굴로 듣고 있었다. 소문에 의하면 슈젤 부인은 공공연하게 남편을 속이고 있다는 것이다. 그런데도 불구하고 사교계에서 그녀를 관대히 봐주며 손님으로 받아들이는 이유는 그녀가 대단히 쾌활하기 때문이라는 것이다.

"어머, 레오니드도 별소리를 다 하는군!" 하고 사빈느 백작 부인은 여느 때나 마찬가지 빙그레 웃으며 중얼거렸다.

그러나 그 지친 것 같은 몸짓이 부인의 마음속을 설명하고 있었다. 사실 17년간이나 살아왔으니 지금 새삼스레 응접실의 모양을 바꿀 생각도 없었다. 이젠 시어머니가 생전에 원하던 대로 놔두는 수밖에 없었다. 그리고 다시 먼저 화제로 돌아가 애기를 계속했다.

"프로이센 왕이랑 러시아 황제도 오신대요."

"예, 아주 성대한 축제라는 애기예요" 하고 뒤 종크와 부인도 말했다.

은행가 스테이네르는 파리 장안에 두루 통하고 있는 레오니드 드 슈젤에 의하여 좀 전에 이 집에 안내되었는데, 그는 지금 창과 창 사이에 놓인 긴 의자에 앉아서 애기를 하고 있었다. 증권의 시세 변동을 눈치채고 한 의원에게 이것저것 물어보며 교묘히 그 정보를 끄집어내려고 하는 판이었다. 두 사람 앞에는 뮈파 백작이 서서 여느 때보다 더 시무룩한 얼굴로 잠자코 듣고 있었다. 문간에선 4, 5명의 청년들은 크사비에 드 방되브르 백작을 둘러싸고 또 다른 집단을 이루고 있었다. 백작은 얘기를 소곤소곤하고 있었지만, 청년들은 웃음을 못 참아 쩔쩔매고 있었다. 그들 모습으로 보아 아마도 상당히 외설적인 얘기인 모양이었다. 방 한가운데에는 뚱뚱한 남자가 팔걸이 의자에 홀로 털썩 주저앉아 눈을 뜬 채 잠자고 있었다. 그는 내무부의 국장이었다. 청년 중의 한 사람이 방되브르가 하는 말에 의문을 품었든지, 백작은 음성을 높이며 외쳤다.

"자네는 지나친 회의주의자로군. 푸카르몽 군, 그러다간 자네 재미를 망치고 마네."

그러고서 그는 웃으며 부인들 곁으로 돌아왔다. 그는 한 명문가의 후예로 여성적이며 재주 있는 사람이었는데, 그 당시 식을 줄 모르는 탐욕으로 재산을 축내고 있었다. 그의 가지가지 경마용 말은 파리 장안에서도 이름난 것이었는데, 엄청나게 돈이 먹혔다. 그가 제국 클럽의 도박장에서 쓰는 돈만도 매달 무서울 지경의 액수였다. 그러고도 그의 정부들이 매년 평균 한 개의 농장과 여러 에이커의 토지나 산림을, 이를테면 피카르디 지방의 광대한 영지의 한 모퉁이를 송두리째 삼켜 버리는 것이었다.

"선생님은 고작 남들을 회의주의자로 대접하시는군요. 자신은 아무것도 믿지 않으시면서" 하고 레오니드가 자기 옆에 자리를 조금 비워 주며 말했다. "재미를 망치고 있는 사람은 바로 선생님이시어요."

"옳은 말씀이야, 하지만 나는 자기 경험을 타인들에게 유익하게 하려고 했을 뿐입니다."

그러나 모두들 백작더러 아무 말도 말라는 시늉을 했다. 브노씨를 덧들이는 것은 좋지 않았기 때문이었다. 부인들이 흩어지자 긴 의자에 깊이 앉은 60세가량의 조그만 남자가 보였다. 그는 고르지 못한 이에 짓궂은 웃음을 띠고 있었다. 마치 자기 집에라도 있는 것처럼 버티고 앉아서 자기는 한 마디도 안 하고 다만 다른 사람들의 얘기만을 듣고 있을 뿐이었다. 그는 몸짓으로 자기가 골나지 않았다는 것을 표시했다. 방되브르는 위엄 있는 태도로 되돌아가 의젓하게 덧붙였다.

"브노 씨께서 인정하시다시피, 난 믿을 것은 꼭 믿는 사람입니다."

그것은 마치 종교적 맹세인 듯했다. 레오니드까지도 만족한 빛이었다. 방 안쪽의 청년들도 이젠 웃고 있지 않았다. 이 방은 지나치게 엄숙한 분위기를 자아내고 있었기 때문에 그들에겐 별로 재미가 없었다. 냉기가 스쳐 가고 침묵이 깃들인 속에 스테이네르의 코먹은 목소리만이 들려왔다. 의원이 좀체로 입을 떼지 않기 때문에 조바심이 난 것이다. 사빈느 백작 부인은 잠깐 난롯불을 바라보다가 얘기를 다시 이었다.

"작년에 바덴에서 프로이센 왕을 뵈었는데, 연세치고는 아직 정정하시던데요."

"비스마르크 백작이 모시고 오겠지요" 하고 뒤 종크와 부인이 말했다. "백작을 아셔요? 나는 오빠네 집에서 오찬을 함께 한 일이 있어요. 굉장히 오래된 얘기예요. 백작이 프로이센 대표로 파리에 왔을 때 일이니까…… 그 사람이 최근에 저렇게까지 출세했다니, 도무지 납득이 안 가는군요."

"그건 어째서?" 하고 샹트로 부인이 물었다.

"글쎄요, 뭐라고 하면 좋을지…… 어쨌든 별로 인상이 좋질 않아요. 거칠어 보이고 사람 됨됨이가 좋지 않아 보이고. 그리고 난 그 사람이 머리가 잘 안 도는 것같이 생각돼요."

　모두들 비스마르크 백작 얘기를 시작했다. 의견이 각가지였다. 방되브르가 비스마르크를 알고 있어서, 그자는 대단한 술부대이고 노름꾼이라고 단언했다. 그런데 한창 논의 중에 문이 열리고 엑토르 드 라 팔르와즈가 나타났다. 그의 뒤를 따라 포슈리가 나타났다. 그리고 그는 백작 부인에게로 가까이 가더니 인사를 했다.

　"부인, 초대하여 주신 영광을 생각했기에……."

　부인은 웃으며 상냥하게 한 마디 건넸다. 신문기자는 백작에게 인사를 하고 응접실 한복판에서 잠깐 어리둥절했다. 안면 있는 사람이라곤 스테이네르밖에 없었기 때문이었다. 그러나 방되브르가 돌아다보고 악수를 청하며 그에게로 왔다. 포슈리는 그렇게 만난 일이 너무나 반가와서 그 기쁨을 당장에 표시하고 싶은 마음에 그를 끌어당기며 낮은 목소리로 말했다.

　"내일입니다. 당신도 오시겠죠?"

　"물론이지!"

　"밤 열두 시에 그녀 집에서."

　"알아 알아…… 블랑슈를 데리고 갈 거야."

　그는 비스마르크에 관하여 좀 더 얘기하고 싶어 부인들 곁으로 돌아가려고 했다. 그러나 포슈리가 붙잡고 놔주질 않았다.

　"내가 그녀로부터 누구의 초대를 위촉받았는지 아십니까?"

　그러고서 그는 고개로 뮈파 백작을 가리켰다. 백작은 그 의원과 스타이네르를 상대로 예산의 요점에 관하여 한창 논의하는 중이었다.

　"설마 그럴 리가!" 하고 방되브르는 어이없는 표정이면서도 그 얘기가 즐겁다는 듯이 말했다.

　"정말입니다! 난 그이를 데리고 오마고 맹세까지 하여야만 했다니까요. 내가 여기에 온 이유의 약간은 그것도 있지요."

두 사람은 소리를 죽이고 웃었다. 그리고 방되브르는 급하게 부인들의 둘레로 돌아가더니 소리쳤다.

"내 단언하지만, 그 반대입니다. 비스마르크 씨는 기지가 뛰어난 사람입니다…… 들어보십시오, 어느날 내 앞에서 이런 익살스런 소리를 했죠……."

한편 라 팔르와즈는 그들이 낮은 소리로 재빨리 주고받은 얘기를 듣고서 무슨 설명을 들어 보려고 포슈리의 얼굴을 쳐다봤지만 소용없었다. 누구 얘길까? 내일 밤 열두 시에 무엇이 있단 말인가? 그는 절대로 사촌 곁을 떠나지 않으리라 생각했다. 포슈리는 의자에 앉아 있었다. 사빈느 백작 부인이 특히 그의 흥미를 끌었던 것이다. 그 이름은 지금까지 종종 들어왔지만, 그녀가 열일곱에 결혼했다니까, 지금은 서른넷이 되었다는 것과 결혼 후 남편과 시어머니 틈에 끼어서 수도원 같은 생활을 보내 왔다는 정도밖에는 몰랐다. 사교계에선 그녀를 냉랭하고 독실한 신자라고 평하는 사람도 있었다. 그러나 또 다른 사람들은 그녀가 이 낡은 저택 안에 깊숙이 갇혀 버리기 전에는 밝은 웃음과 빛나는 커다란 눈을 지니고 있었다고 말하며 동정하기도 했다. 포슈리는 그 부인을 자세히 살펴보며 어떤 판단에 망설이고 있었다. 최근 멕시코전쟁에서 대위로 전사한 한 친구가 바로 출발 전날 밤 같이 식사를 마친 후에, 아무리 입이 무거운 사람이라도 어떤 기회에 털어놓게 되는 그런 비밀을 갑자기 털어놓은 적이 있었다. 그 기억은 어슴푸레했다. 다만 그날 밤, 잘 먹었다는 것밖엔 별로 기억나지 않았다. 지금이 고풍어린 응접실 한복판에서 검은 옷을 입고 조용히 미소 짓고 있는 백작 부인의 모습을 보고 있자니 그 친구의 얘기가 믿어지지 않았다. 그녀의 뒤편에 놓인 램프가 그녀의 옆모습을 뚜렷하게 부각시키고 있었다. 통통한 몸매와 갈색 머리, 그리고 약간 두툼한 입술이 어딘가 가까이하기 어렵게 하는 육감적인 인상이었다.

"도대체 저 사람들은 비스마르크와 무슨 상관이 있다는 것이지요" 하고 라 팔르와즈는 사교계란 지루하다는 투로 중얼거렸다. "지루해 죽겠네. 이런 델 오고 싶어하다니, 형님도 참 괴상하구료."

그러자 포슈리가 갑자기 물었다.

"그런데 말이다, 백작 부인은 외간 남자와 동침한 일이 없다고 보니?"

"천만에! 별소리를!" 하고 그는 당황한 기색을 역력히 드러내며 체면도 잊은 채 더듬더듬 말했다. "아니 여기가 어디라고 그런 소리를."

그러나 라 팔르와즈는 이런 일로 분개하는 것이 멋쩍은 일이라고 생각하고 긴 의자에 깊숙이 몸을 내던지며 덧붙였다.

"그야 나로서는 일단 부정하지만, 나 역시 깊은 내막이야 잘 모르지요…… 저기 젊은 친구가 있지 않습니까. 저 푸카르몽 말이요. 그 사람이라면 샅샅이 다 알 거예요. 그보다도 더 맹랑한 일을 보았다는 사람도 있긴 하지만, 내 알 바 아니고…… 어쨌든 만약에 부인이 바람을 피웠다면 그녀가 지독히 깜찍한 여자란 것만은 확실한 일입니다. 왜냐하면 그런 소문도 없을 뿐더러 그런 얘기를 비치는 사람조차 없으니 말입니다."

그러고서 그는 포슈리가 질문하기도 전에 자진하여 뮈파 씨일가에 대하여 알고 있는 것을 얘기했다. 부인들이 난로 앞에서 조잘거리고 있기 때문에 두 사람은 목소리를 나직하게 했다. 흰 넥타이에 흰 장갑을 낀 그들의 단정한 복장만을 보며는 마치 중대한 문제에 관하여 한 마디 한 마디를 신중하게 얘기하는 것만 같았다. 그런데 라 팔르와즈가 잘 알고 있는 뮈파의 모친이란 사람은 언제나 사제들에게 빠져 있는 괴팍스러운 노파였다. 게다가 거만하고 위압적인 태도로 모든 것을 자기 생각대로만 처리했다. 한편 그 아들 뮈파로 말하면 나폴레옹 1세에 의하여 백작 작위를 받은 한 장군이 늘그막에 둔 아들로 12월 2일(나폴레옹 1세의 조카 나폴레옹 3세가 독재권을 장악한 1851년 12월 2일의 쿠데타—역주) 이후로 당연히 국가의 특혜를 받게 되었다. 그도 모친과 마찬가지로 쾌활성은 없었지만, 청렴결백한 사람으로 알려져 있었다. 또한 완고한 사상을 견지하며, 궁정에서의 자기 지위와 품위 및 덕성 같은 것을 높이 내세워, 마치 견진식 때처럼 머리를 들어올리고 있었다. 이와같이 훌륭한 교육을 전수한 것은 그의 모친인 뮈파 부인이었다. 그녀는 매일같이 아들로 하여금 고해하게 했고, 의무를 게을리하지 못하게 했으며, 어떠한 종류를 막론하고 청춘을 향유하지 못하게 했다. 그는 종교상의 의무를 다하고 한때는 발작적인 열병에 걸린 사람처럼 신앙심에 빠져 피맺힌 광신 상태에까지 이른 적도 있었다. 이런 얘기를 하다가 라 팔르와즈는 뮈파의 프로필을 그리는 마지막 손질로서 사촌 형의 귀에 무엇인가 속삭였다.

"설마 그럴 리가!"

"아니, 나한테 분명히 단언한 사람이 있어요…… 결혼하는 날까지 총각이었다고 말예요."

포슈리는 웃으며 백작을 건너다보았다. 콧수염은 없었으나 구레나룻으로 빙 둘러싸인 얼굴이 전보다 더 네모지고 엄격해 보였다. 그는 지금 스테이네르에게 숫자를 들어 그를 난처하게 하고 있었다.

"하긴, 그런 관상을 하고 있군" 하고 포슈리가 중얼거렸다.

"부인께 훌륭한 선물을 한 셈이로군!…… 불쌍하게도 부인은 아주 싱거운 대접을 받았겠는 걸. 부인은 필경 아무것도 모를 거야!"

바로 그때 사빈느 백작 부인이 얘기를 걸었는데 포슈리는 백작 얘기에 빠져 듣질 못했다. 그만큼 뮈파의 처지를 진기하고 희한하게 생각하고 있었던 것이다. 부인이 되풀이해 물었다.

"포슈리 씨, 언젠가 비스마르크 씨의 인물 소개 기사를 쓰신 일이 있었지요?…… 그 사람하고 얘기하신 일이 있나요?"

그는 벌떡 일어서자 부인들께로 다가가며 침착해 보이려고 했다. 그러나 다행히 대답은 힘 안 들이고 쉽사리 술술 나왔다.

"아, 부인, 사실 그 기사로 말하면 독일에서 나온 두서너 가지 전기를 참고하여 쓴 것으로…… 제가 비스마르크 씨를 만난 일은 아직 한 번도 없었습니다……."

그는 백작 부인 곁에 머물렀다. 그리고 그녀와 연신 얘기하면서도 좀 전의 생각을 계속했다. 부인은 나이보다도 젊어 보였다. 고작 스물여덟 정도로밖에는 안 보였다. 특히 긴 눈꺼풀 밑에 파르스름한 눈은 아직도 젊디젊은 광채를 지니고 있었다. 화목하지 못한 가정에서 자라난 그녀는, 한 달은 슈아르 후작 곁에서 보내고 한 달은 후작 부인 곁에서 보내는 생활을 했는데, 모친이 세상을 떠나자 아직 어린 나이로 결혼을 했다. 그것도 후작이 딸을 귀찮게 여겨 강제로 결혼시킨 것이었다. 이 후작이란 사람은 무서운 사람으로 깊은 신앙심을 가진 사람인데도 불구하고 이상한 소문이 떠돌고 있었다. 포슈리는 후작을 뵐 수 있겠느냐고 물어보았다. 그랬더니 그녀는 틀림없이 오기야 하겠지만 굉장히 바쁘니까 대단히 늦을 것이라고 했다. 신문기자는 노인이 어디서 밤 시간을 보내고 있는지 짐작이 갔기 때문에 얌전하게 듣고 있었다. 그런데 그는 부인의 왼편 입 가장자리에서 검은 점을 발견하고 놀랐다. 나나에게도 똑같은 점이 있었다. 참 신기한 일이었다. 그 검은 점 위에 조그만 털이 곱슬곱슬 말려 있었다. 다만 나나의 경우는 그 털이 금빛인데 반하여 부인 쪽은 새까만 빛이었다. 어쨌든 이런 여자가 외간 남자를 모르고 있다니.

"나는 항상 아우구스타 왕비를 만나 뵙고 싶었어요" 하고 백작 부인은 말을 건넸다. "아주 신앙심이 깊은 좋은 분이라면서요…… 황제께서도 함께 오실까요?"

"그렇지 않을 것 같습니다" 하고 포슈리는 대답했다.

그 여자는 외간 남자를 모르는 것 같았다. 한눈으로도 그것을 알 수 있었다. 걸상 위에 부자연스럽게 앉아 있는 그 딸과 비교해 보기만 해도 충분했다. 이 예배당 냄새가 풍기는, 무덤 속 같은 응접실을 보면, 부인이 어떠한 억압 밑에서 또 얼마나 엄격한 생활 속에서 몸을 굽히고 살고 있는가를 알 수 있었다. 이 습기 차고 음침한 고풍스런 집에서 그녀는 자기 취미를 전혀 가꿀 수가 없었다. 여기에 군림하며, 완고한 교양과 고해성사와 단식 등으로 집안을 지배하고 있는 것은 뮈파였다. 그리고 부인들 뒤에 있는 팔걸이 의자에 앉아서 고르지 않은 이를 드러내고 짓궂은 웃음을 띠고 있는 그 조그만 노인의 모습을 발견하자, 포슈리는 움직일 수 없는 증거를 또 하나 얻은 것 같았다. 그는 이 인물에 대해서 알고 있었다. 이 노인은 테오필 브노라고 하는데, 교회 관계 소송을 전문으로 취급하던 변호사였다. 그는 축재를 해서 은퇴하여 지금은 아주 수수께끼 같은 생활을 하고 있었는데, 어느 곳에서나 환영을 받았고 받들어 모셔지며 얼마간은 두려워하기까지 하는 존재였다. 마치 그것은 커다란 위력과도 같이, 그 배후에 느껴지는 숨은 세력의 대표이기나 한 것 같았다. 그러나 그 태도는 대단히 겸허했다. 그는 마들렌느 사원의 재산관리 위원이었는데, 본인의 말로는 심심풀이로 제9구 구청장의 보조역 자리를 대수롭지 않게 맡기도 했다고 했다. 젠작! 백작 부인은 철통같이 둘러싸여 있다. 이래서야 아무 짓도 안 될 노릇이다.

"네 말이 옳다. 여기 있다간 말라죽겠다" 하고 포슈리는 부인들의 둘레에서 빠져나오자 라 팔르와즈에게 말했다. "돌아가기로 하자."

그러자, 뮈파 백작과 의원에게 따돌림을 받은 스테이네르가 분통이 나서 달려와서는 땀을 흘리면서 투덜투덜 불평을 늘어 놓았다.

"제기랄! 저희들이 얘기해주고 싶지 않으면 그만두라지······ 누구건 얘기해줄 놈을 찾아내고 말 테니까."

그런 다음 그는 신문기자를 한 구석으로 밀고 가서 목소리를 바꾸어 의기양양한 표정으로 말했다.

"이보게! 그것 내일이지······ 나도 가겠네."

"아!" 하고 포슈리는 놀라며 중얼거렸다.

"자네는 몰랐었네그려······ 오! 난 그애를 그 집에서 만나기 위해 고생을 했네. 뿐만 아니라 미뇽이 놔줘야지."

"하지만 미뇽 내외도 올 겁니다."

"알아요. 그녀도 날보고 그 얘기를 합디다······ 결국, 그녀는 나를 자기 집으로 맞이해 들이고 초대해 줬다니까······ 연극이 끝나고, 정각 열두 시에 오라고 말야."

은행가는 밝은 표정이었다. 그러고는 눈을 깜박이면서 한 마디 한 마디에 특별한 의미를 부여하며 덧붙였다.

"무엇 말입니까?" 하고 포슈리는 시치미를 떼며 대답했다. "그 여자는 기사에 대한 인사로 우리 집엘 왔을 뿐입니다."

"그렇겠지, 그렇겠지······ 좋겠네 자네들은. 인사를 받을 수 있으니······ 그런데 내일 경비는 누가 맡는 것인가?"

신문기자는 그런 것까지 알게 뭐냐는 투로 두 팔을 활짝 벌렸다. 그러자 방되브르가 스테이네르를 불렀다. 그가 비스마르크를 알고 있었기 때문이었다. 뒤 종크와 부인이 거의 설득되어 마지막으로 이렇게 말했다.

"어쨌든 저는 그 사람한테서 좋지 않은 인상을 받았어요. 생김새도 심술궂게 보였고…… 하지만 굉장히 재주가 있다는 것만은 인정하겠어요. 그래서 출세했겠죠 뭐."

"아무려면요" 하고 프랑크푸르트 출신의 유태인인 은행가는 어렴풋이 웃으며 말했다.

한편 라 팔르와즈는 이번엔 그의 사촌 형에게 다가가서 서슴없이 귓전에 대고 소근거렸다.

"내일 밤, 여자 집에서 식사를 하는 거죠?…… 그 여자가 누굽니까, 예? 누구의 집입니까?"

포슈리는 사람들이 듣고 있다는 시늉을 하며 서툰 짓을 해서는 안 된다고 했다. 그때 또 문이 열리며 한 노부인이 소년을 데리고 들어왔다. 소년을 보는 순간 포슈리는 누구인지를 알았다. 그는 〈금발의 베누스〉가 공연되던 날 밤, "근사하다!" 하고 고함을 쳐 아직도 얘깃거리가 되고 있는 바로 그 중학생티를 못 벗은 소년이었다. 이 부인이 들어오자 응접실이 수런거렸다. 사빈느 부인은 얼른 일어나 마중을 나갔다. 그러고는 두 손을 잡고, "어머, 위공 부인께서" 하며 맞아들였다. 포슈리가 신기한 표정으로 이 광경을 바라보고 있는 것을 보자, 라 팔르와즈는 그를 감동케 해주려고 대충 몇 마디로 설명했다. 위공 부인이란 모 공증인의 미망인으로서, 오를레앙 근처에 퐁데트라고 하는 그 집안 전래의 소유지가 있어 거기에 은거하고 있는데, 파리의 리슐리외 로에도 집이 한 채 있어 파리에 오면 그 집에서 기거했다. 최근, 법률 공부를 시작한 막내아들을 돌보아 주기 위하여 지금 서너 주일째 파리에 머무르고 있었다. 예전에는 슈아르 후작 부인의 친구였고, 사빈느 백작 부인이 태어나는 것도 그 눈으로 보았으며, 또한 결혼 전 수개월간은 사빈느를 자기 집에 맡아주었던 일도 있었다. 그래서 지금도 허물없이 친자식처럼 대하고 있는 처지였다.

"조르주를 데리고 왔다" 하고 위공 부인은 사빈느에게 말했다. "벌써 이렇게 컸지 뭐냐."

남장을 한 계집애와 같이 맑은 눈과 곱슬곱슬한 금발인 그 소년은 조금도 수줍어하는 기색도 없이 백작 부인에게 인사를 하고 2년 전에 퐁데트에서 제기차기 놀이(배드민턴과 비슷한 놀이—역주) 등을 하며 함께 놀던 얘기를 했다.

"필립 군은 파리에 있지 않습니까?" 하고 뮈파 백작이 물었다.

"없어요!" 하고 노부인은 대답했다. "그애는 여전히 부르즈의 연대에 근무하고 있지요."

노부인은 자리에 앉자, 큰아들의 얘기를 자랑하기 시작했다. 쾌활한 청년으로 무슨 변덕인지 훌쩍 입대를 하더니 잠깐 사이에 중위로 승진을 했다는 것이다. 부인들이 모두 그녀를 둘러싸고 경의와 공감의 눈초리를 보냈다. 대화가 먼저보다도 온화하고 품위 있게 다시 진행되었다. 이 존경할 만한 위공 부인은 백발을 머리 한가운데서 크게 갈랐고, 얼굴에는 자애롭고 선량한 미소를 지닌 사람이었다. 그 얼굴을 눈앞에 가까이 대하니 포슈리는 좀 전에 잠시 동안이나마 사빈느 백작 부인을 의심한 일이 스스로 생각해도 가당치 않게 여겨졌다.

그러자, 그는 백작 부인이 앉아 있는 빨간 비단의 큰 의자에 눈이 쏠렸다. 그건 이 우중충한 응접실에는 너무 번쩍여서 잘 어울리지 않았다. 이 환락적인 가구를 여기에 끌어들인 것은 분명히 백작이 아니었을 것이다. 이를테면, 이것은 하나의 시도라고나 할까, 욕망과 쾌락의 시초 같은 것이었다. 그러자 그는 자기도 모르는 사이에 몽상에 빠져들며, 어느날 밤인가 요리집 작은 방에서 들은 그 어렴풋한 고백담을 다시 또 생각해 냈다. 그 당시 그는 성적인 호기심에 이끌려 뮈파 집안을 파고 들어가 봤으면 하고 생각했다. 그러나 그 친구가 멕시코에 가버린 채 돌아오지 않는 이상 자기 스스로 확인할 수밖엔 없는 일이다. 아마도 그것은 어리석은 짓일 것이다. 그러나 그는 그 생각에 동요되며 이끌리는 듯했다. 평시의 나쁜 버릇이 눈뜨기 시작한 것이다. 지금 그는, 그 큰 의자를 쾌락으로 얼굴을 일그러뜨리고 등을 뒤로 젖힌 채 버둥대고 있는 여자 모습으로 상상하며 그것을 즐기고 있는 것이었다.

"자, 그럼 이제 갈까요?" 하고 라 팔르와즈는 말했다. 그는 밖으로 나가면, 누구집에서 연회를 하는 것인지 그 여자의 이름을 물어보려고 생각하고 있었다.

"그래, 지금 곧" 하고 포슈리가 대답했다.

그러나 이미 그는 서두르지 않았다. 그는 어떤 사람의 초대를 부탁받았는데 좀처럼 그 부탁을 전할 기회가 없었다는 것이 핑계였다. 부인들은 최근에 있은 어느 소녀의 서원식에 관하여 얘기하고 있었다. 최근 3일간 파리의 사교계는 이 감동적인 의식 얘기로 떠들썩했다. 푸즈레 남작 부인의 맏딸이 신의 부르심을 받고 카르멜 수도원의 수녀로 들어간 것이다. 푸즈레댁의 먼 친척이 되는 샹트로 부인의 말에 의하면, 남작 부인은 상심 속에 너무 울어서 그 이튿날은 병석에 눕고 말았다는 것이었다.

"나는 아주 잘 보이는 자리에 있었어요" 하고 레오니드가 서슴없이 말했다. "아주 볼 만했어요."

그러나 위공 부인은 가엾은 어머니에게 동정했다. 그렇게 딸을 잃는 것은 얼마나 괴로웠겠냐고!

"모두들 나를 가지고 신앙밖에 모른다고들 하지만" 하고 노부인은 조용하고 솔직한 태도로 말했다. "하지만 나도 그처럼 스스로를 죽이는 것이나 다름없는 행위를 하고 싶어하는 아이들을 정말이지 참혹하게 생각합니다."

"예, 정말 무서운 일이에요" 하고 백작 부인은 중얼거리며 난로 앞의 큰 의자에 한층 더 깊숙이 몸을 파묻고 추운 것처럼 가늘게 떨고 있었다.

그리고 부인들 사이에 논의가 시작되었다. 그러나 목소리는 조심스럽고, 간혹 가벼운 웃음이 일어 대화의 심각성을 깨뜨릴 정도였다. 난로 위의 장밋빛 레이스로 덮인 두 개의 램프가 부인들을 어슴푸레하게 비춰주고 있었다. 그밖엔 먼 곳에 있는 가구 위에 세 개의 램프가 있을 뿐으로 넓은 응접실은 엷은 그림자로 덮여 있었다.

스테이네르는 지루했다. 그래서 포슈리에게, 자기는 그저 레오니드라고만 마구 부르고 있다는 그 슈젤 부인의 연애 사건을 얘기했다. "저 계집은 말야" 하고 그는 부인들의 팔걸이 의자 뒤에서 목소리를 낮추어 가며 얘기했다. 포슈리는, 푸른 공단 드레스를 걸치고 팔걸이 의자에 우스운 모양으로 걸터앉아 있는 슈젤 부인을 보았다. 그녀는 가냘프고 대담한 모습이 마치 사나이 같았다. 포슈리는 마침내 이런 여자가 여기에 있다는 사실에 놀라움을 느꼈다. 카롤린 에케의 집 손님들이 더 단정한 것 같았다. 그 집은 그 어머니가 착실하게 집을 감독하고 있기 때문이다. 이것은 한 편의 기삿거리였다. 파리의 사교계란 정말 묘한 세계라고 할 수 있다. 가장 엄격한 살롱에도 묘한 분자가 끼어들고 있다. 지저분한 이빨을 드러내고 싱글싱글 웃고만 있는 저 조용한 테오필 브노는 틀림없이 작고한 백작 부인이 두고간 유산 같은 존재이다. 샹트로 부인이나 뒤 종크와 부인과 같은 중년 부인들과 구석에 꼼짝 않고 있는 너댓 명의 노인들도 마찬가지 존재들이다. 튀일르리 궁의 취향을 따라 단정한 몸차림을 한 관리들은 뮈파 백작이 데리고 온 사람들이다. 죽 방 가운데에 혼자 있는 국장 따위가 특히 그러했는데, 그는 말쑥하게 면도를 하고 눈은 흐리멍덩하니 몸도 움직일 수 없을 만큼 연미복을 꼭 죄게 입고 있었다. 거의 대부분의 청년들과 몸가짐이 세련된 두서너 사람들은 슈아르 후작의 친분으로 온 사람들이었다. 후작은 공화파에 가담하여 참의원에 들어간 후에도 계속 정통 왕당파와 관계를 맺고 있었다. 그 나머지는 레오니드 슈젤이나 스테이네르 따위 같은 수상쩍은 사람들이었다. 그들 속에서 위공 부인은 경애할 만한 노부인답게 밝은 얼굴이 돋보였다. 마음속으로 기삿거리를 생각하고 있던 포슈리는 이 모임을 사빈느 백작 부인의 붕당이라고 이름 붙이기로 했다.

"한번은 말야" 하고 스테이네르가 낮은 목소리로 계속 했다. "레오니드가 애인인 테너 가수를 몽토방으로 부른 일이 있었지. 자기는 20리 남짓한 보르쾨유의 별장에 살고 있으면서 날마다 두 마리의 말이 끄는 사륜마차로 애인이 묵고 있는 리용 도르라는 호텔을 찾아갔다네…… 마차를 문간에 세워둔 채 레오니드는 몇 시간씩 지체를 하니, 그 동안에 사람들이 몰려들어 말을 구경했단 말이야."

갑자기 주위가 조용해지며, 높다란 천장 밑이 한참 동안 괴괴해졌다. 소곤소곤 얘기하던 두 사람도 말을 그쳤다. 들리는 소리라곤 방을 가로지르는 뮈파 백작의 조용한 발자국 소리뿐이었다. 램프의 불빛도 희미해지고 난롯불도 꺼져가고 있었다. 그리고 준엄한 그늘이 의자 안에 몸을 담고 있는 40년 이래의 이 집 친구들을 감싸고 있었다. 그것은 마치, 이 집의 객들이 얘기를 주고 받는 사이에, 문득 그 냉엄하기만 하던 백작의 자친이 이 자리에 찾아오는 것을 느끼는 것과도 같았다. 그러나 사빈느 백작 부인은 다시 얘기를 계속하기 시작했다.

"하여간 그런 소문이 떠돌았어요…… 그 청년은 아마 죽은 모양예요. 그렇다면 그 불쌍한 아가씨가 수녀가 된 까닭도 알 만하잖아요. 그리고 또 다른 말로는, 푸즈레 씨가 그 결혼을 절대로 승낙하지 않았을 것이기 때문이란 얘기도 있어요."

"그밖에도 또 많은 얘기들이 있죠" 하고 레오니드가 경솔하게 소리쳤다.

그녀는 그 이상은 말하려 하지 않고 깔깔거리며 웃어댔다. 그 바람에 덩달아 사빈느도 손수건을 입가로 가져갔다. 그러자 그 웃음소리가 이 엄숙한 넓은 방 안에 일종의 독특한 음향을 이루며 울렸다. 포슈리는 깜짝 놀랐다. 그 웃음소리는 유리가 깨지는 소리와 같았다. 분명히 이 분위기에 금이 가고 있는 것이다. 모두들 또 다시 지껄이기 시작했다. 뒤 종크와 부인이 분개했다. 샹트로 부인은, 다른 청년과 결혼시킬 계획도 있었지만, 그대로 있었던 것이라고 했다. 남자들까지도 의견을 곁들였다. 잠시 동안 각가지 의견이 뒤섞이고, 나폴레옹파, 정통 왕당파, 통속적인 회의파 등, 이 응접실 내의 갖가지 사람들이 어울려 일제히 지껄여댔다. 에스텔은 초인종을 눌러 난로에 장작을 지피게 하인을 불렀다. 하인이 와서 램프의 심지를 돋웠다. 모두들 잠에서 깬 양했다. 포슈리는 겨우 안심한 듯 미소지었다.

"젠장, 그애는 사촌하고 결혼하지 못하면 하느님과 결혼하는 것인가" 하고 방뇌브르가 중얼거렸다. 그는 이 문제에 진력이 나서 포슈리에게로 온 것이다. "여보게 자넨 사랑받는 여자가 수녀가 되는 것을 본 일이 있나?"

그는 대답을 기다리지 않았다. 이미 그런 얘기는 그 정도로 충분했다. 그래서 목소리를 낮추어 말을 이었다.

"그런데 내일은 몇 사람이나 될까…… 미뇽 부부에 스테이네르, 자네, 블랑슈와 나…… 그리고?"

"카롤린…… 시몬…… 그리고 아마 가가도…… 정확한 수는 알 수 없는 일이죠. 이런 때는 20명으로 생각하고 있으면 30명이 되는 법이니까요."

방되브르는 부인들을 바라보다가 갑자기 다른 얘기로 비약했다.

"저, 뒤 종크와 부인은 15년 전만 해도 참 근사했겠는 걸…… 에스텔은 자꾸 키만 자라고 있으니 저래가지고야 빨래판을 침대로 끌고 들어가는 것이나 다름 없겠지!"

그러나 그는 그 얘기는 그쯤하고 다시 내일 밤 회식 얘기로 돌아갔다.

"그런 모임에서 언제나 재미없는 것은 항상 똑같은 여자들이 모이는 것이야…… 새로운 맛이 있어야지. 못 보던 여자를 하나 발견해 주게나…… 그렇지, 좋은 수가 있네! 저 뚱뚱한 남자에게 요전날 밤 바리에테 극장에 데리고 왔던 여자를 끌고 오라고 부탁해 보겠네."

뚱뚱한 남자란 응접실 한가운데서 졸고 있는 국장 얘기였다. 포슈리는 떨어진 곳에서 이 미묘한 교섭을 구경하고 있었다. 방되브르는 그 뚱뚱한 남자 곁에 앉았지만 상대방은 위엄 있는 태도를 견지했다. 두 사람은 잠깐 동안 당면 문제인 바로 그 소녀가 수녀원에 들어간 진짜 동기가 무엇이었겠느냐는 문제에 관하여 적당히 얘기하는 듯했다. 이윽고 백작이 돌아왔다.

"틀렸네. 그의 말이 그녀는 점잖은 여자니까 거절할 것이라는 것이네…… 하지만 난 분명히 그 여자를 로르의 식당에서 본 일이 있단 말야."

"뭐라고요! 선생님도 로르의 식당엘 가십니까!" 하고 포슈리는 웃으면서 중얼거렸다. "선생님이 그런 곳엘 출입하신다니!…… 우리 같은 처량한 친구들이나 드나드는 줄 알았는데……."

"허! 이사람아, 무엇이건 알아둘 건 다 알아둬야 할 것 아닌가."

두 사람은 쓴웃음을 지닌 채 눈을 번쩍이며 마르티르 로의 식당에 관하여 상세한 정보를 주고받았다. 그 식당에선 뚱뚱보 로르 피에드페르 부인이 돈에 쪼들린 창부들에게 3프랑으로 식사를 제공하고 있었다. 기막힌 곳이었다! 계집들은 모두 다 로르의 입에 키스를 했다. 그때 사빈느 부인이 지나치다가 그들의 얘기를 한두 마디 귓결에 듣고 돌아다보았기 때문에, 두 사람은 얼굴을 붉히며 장난을 치듯이 서로들 몸을 비벼대면서 뒤로 물러갔다. 그러나 그들 곁에 조르주 위공이 있는 것을 몰랐다. 조르주는 그들의 얘기를 들으며 소녀처럼 귀뿌리부터 목덜미까지 장밋빛으로 물들인 것처럼 붉어졌다. 이 아기는 부끄러움과 기쁨으로 가득 차 있었다. 그는 이 응접실에 들어와 어머니의 손아귀에서 풀려나자, 계속 슈젤 부인 뒤에서 어슬렁거리고 있었던 것이다. 이 여자만이 멋있게 보였던 것이다. 그러나 그는 아직도 나나의 아름다움에 사로잡혀 있었다.

"간밤엔 조르주가 연극 구경을 데리고 가주었어요" 하고 위공 부인이 말했다. "그래요, 바리에테 극장에 말예요. 그곳에 못 가본 지도 벌써 10년이 넘었군요. 그애는 음악을 무척 좋아해요…… 난 별로 재미없었지만 그애가 그렇게 좋아하지 뭡니까!…… 이즈음은 별난 연극도 다 하는군요. 그리고 사실 나는 음악에 열중하지 못하는 성미예요."

"어머! 음악을 좋아하지 않으시다니!" 하고 뒤 종크와 부인이 눈을 치뜨며 소리쳤다. "음악을 좋아하지 않는다는 것은 정말 상상도 못할 일이죠!"

모두들 덩달아 놀라는 기색이었다. 그러나 그 바리에테 극장의 연극에 관해선 아무도 입을 열지 않았다. 그래서 이 선량한 위공 부인은 전혀 영문을 몰랐다. 다른 부인들은 그 연극을 알고 있었지만 그 얘기는 하지 않고 곧바로 음악의 대가들에 대한 예찬을 제각기 세련된 말로 열심히 지껄였다. 뒤 종크와 부인은 베버만을 칭찬했고 샹트로 부인은 이탈리아 음악가들을 추켜올렸다. 부인들의 목소리엔 맥이 빠지고 힘이 없어졌다. 난로 앞은 교회 안처럼 잔잔히 조용해가며, 그녀들의 목소리는 조그만 예배당에서 은밀하게 부르는 황홀한 찬미가인 것 같았다.

"여보게" 하고 방되브르는 포슈리를 응접실 중앙으로 끌고가며 속삭였다. "역시 내일은 모르는 여자를 한 사람 발견해내야겠네. 스테이네르에게 부탁해보면 어떨까?"

"스테이네르! 그 사람이 아는 여자란 건 파리 장안이 다 싫다고 할 그런 것들 뿐일 것입니다" 하고 신문기자가 말했다.

방되브르는 사방을 둘러보다가 이렇게 말했다.

"기다리게. 일전에 푸카르몽이 금발의 미인을 데리고 가는 것을 보았네. 그걸 데려 오라고 부탁해봄세."

그는 푸카르몽을 불렀다. 그들은 몇 마딘가 얼른 주고받았으나 무엇인가 순조롭지 않은 모양이었다. 그들은 부인들의 치맛자락을 밟지 않도록 주의하며 또 한 사람의 청년에게로 가더니 창문 가에서 얘기를 계속했다. 홀로 남은 포슈리는 난로 곁으로 가보려고 했다. 그때 마침 뒤 종크와 부인이 자기는 베버의 곡을 듣고 있노라면 금시에 호수나 숲이나 이슬에 젖은 들판 위로 떠오르는 아침 해를 보는 느낌이라고 얘기하는 중이었다. 그러자 누군가의 손이 어깨를 잡으며 등뒤에서 말을 걸었다.

"치사하군요."

"무엇이?" 하면서 포슈리가 돌아다보니 라 팔르와즈였다.

"내일의 만찬회 말예요…… 나도 초대해줄 수 있는 일 아니에요."

포슈리가 대답을 하려는 찰나 방되브르가 돌아왔다.

"그게 푸카르몽의 여자가 아닌 모양야. 저기 있는 남자의 정부라는군…… 그러니 오겠소? 복도 없지!…… 하지만 푸카르몽은 끌어놨지. 그 친구 팔레 르와얄 극장의 루이즈를 설득해 본다는 거야."

"방되브르 선생님" 하고 샹트로 부인이 큰 소리로 물었다. "일요일 바그너의 음악회에서 휘파람으로 야유가 있었다죠?"

"오! 대단했습니다, 부인" 하고 그는 정중하게 다가서서 대답했다.

그러나 아무도 그 이상은 질문하지 않았기 때문에 그는 되돌아와서 신문기자의 귓전에 대고 계속했다.

"좀 더 유인해 봐야겠네…… 저 청년들이라면 분명히 귀여운 여자들을 알고 있을 거야."

그는 상냥한 웃음을 띠고 남자들을 여기저기로 찾아다니며 수작을 부렸다. 사람들을 헤치고 들어가서 하나하나 귓전에 대고 무엇인가 소곤거리는가 하면 돌아다보며 눈짓을 하고는 끄떡여 보였다. 마치 태연자약하니 무슨 암호라도 전달하고 다니는 것 같았다. 그 말은 연달아 퍼져 가며 약속이 성립돼 갔다. 그러나 이 유혹의 속삭임도 부인들의 열띤 음악 논쟁으로 지워졌다.

"아니, 독일 음악에 대해선 말씀하지 마셔요" 하고 샹트로 부인이 되풀이했다. "노래란 우선 쾌활성과 광채가 있어야 합니다…… 당신은 〈세비야의 이발사〉에 나오는 파티 노래를 들어보셨어요?"

"무척 감동적이지요!" 하고 레오니드가 중얼거렸다. 그녀는 겨우 피아노로 오페레타의 소곡을 칠 수 있을 정도였다.

그러는 중에 사빈느 백작 부인이 초인종을 눌렀다. 화요일, 손님들의 수가 적을 때면 응접실에서 차를 내놓는 습관이 있었다. 백작 부인은 하인에게 소탁 위를 치우도록 지시하며, 눈으론 방되브르 백작의 뒤를 따르고 있었다. 여전히 엷은 미소를 띠고 하얀 이를 살짝 엿보이고 있었다. 백작이 지나가자 이렇게 물었다.

"대체, 무슨 계획을 꾸미고 계셔요, 방되브르 씨?"

"저 말씀입니까? 부인" 하고 그는 천연덕스럽게 대답했다. "아무것도 계획 같은 것은 없습니다."

"그래요!…… 뵙기엔 굉장히 바쁘신 것 같은데요…… 그럼 좀 도와주시기 않겠어요?"

그녀는 앨범을 넘겨주며 피아노 위에 놓아 달라고 부탁했다. 그러나 그는 기회를 타서 포슈리에게 속삭였다. 금년 겨울 최고의 성량이라는 평을 받는 가수 타탕 네네와 최근 폴리 드라마티크 극장에서 데뷔한 마리아 블롱이 올 것이라는 내용이었다. 그러는 중에도 라 팔르와즈는 초대를 받으려고 줄곧 방되브르를 따라다녔다. 그러다가 마침내 자청해서 부탁을 했다. 방되브르는 즉석에서 승낙을 했지만 라 팔르와즈가 클라리스를 데리고 와야 한다는 조건을 붙였다. 라 팔르와즈가 그래도 염려하는 빛을 보이자 그는 이렇게 말하여 그를 안심시켰다.

"내가 초대한다면 그것으로 다 된 것일세!"

그래도 라 팔르와즈는 어떤 여자의 집에서 모이는지 그 여자의 이름까지 알고 싶어했다. 그러나 그때 백작 부인이 방되브르를 부르며 영국 사람들의 차 달이는 방법을 물었다. 그것은 그가 자기 말이 경마에 나가는 바람에 고로 종종 영국엘 가보았기 때문이었다. 그는 차 달이는 방법을 아는 것은 러시아인뿐이라고 하며, 그 방법을 일러주었다. 그리고 그는 얘기를 하고 있는 동안에도 마음속으로 딴 생각을 하고 있었던 것처럼 갑자기 물었다.

"그런데 후작께선? 오늘 밤엔 뵐 수 없는 것입니까?"

"아니요. 아버님께선 분명히 오신다고 약속을 하셨단 말예요. 걱정이 되는군요…… 일 때문에 늦으시는 것이겠지만."

방되브르는 은근히 웃음을 머금었다. 그도 역시 슈아르 후작의 일이라는 것이 어떤 성질의 것이란 걸 짐작하고 있는 모양이었다. 후작이 종종 시골로 데리고 가는 미인을 생각해낸 것이다. 아마 그 여자도 부를 수 있을 것이다.

그러고 있는 사이에 포슈리는 뮈파 백작에게 초대 얘기를 꺼낼 시기가 됐다고 판단했다. 밤도 이미 깊었다.

"진짠가?" 하고 방되브르가 물었다. 그는 포슈리의 말을 농담으로 생각했던 것이다.

"진짜고말고요…… 이 전갈을 전하지 못하면, 그녀는 내 두 눈을 빼놓으려고 할 것입니다. 잘 아시겠지만 굉장히 열을 올리고 있어요."

"그럼 거들어주지."

열한 시가 울렸다. 백작 부인이 딸의 시중을 받으며 차를 돌렸다. 친근한 사람들뿐이기 때문에 찻잔이랑 과자 접시가 손

끝에서 손끝으로 전해졌다. 부인들까지도 난로 앞 팔걸이 의자에 그대로 앉은 채 차를 홀짝홀짝 마시며 손끝으로 비스킷을 깨뜨리고 있었다. 얘기는 음악에서 단골 상인들의 얘기로 옮겨졌다. 퐁당(입안에서 빨리 녹는 사탕—역주) 하면 브와시에 상점이고, 아이스크림 하면 카테린 상점밖엔 없다고들 했다. 그러나 샹트로 부인은 라탱비유 상점을 두둔했다. 그녀들의 얘기는 보다 더 느슨해지고, 응접실 안엔 졸음과 피로가 감돌기 시작했다. 스테이네르는 그 의원을 2인용 소파 구석에 몰아넣고 다시 또 지분거리기 시작했다. 브노 씨는 단 것으로 치아를 버린 모양이었다. 생쥐처럼 조그만 소리를 내면서 비스킷 종류를 계속 먹어댔다. 국장은 코를 찻잔에 들이박고 언제까지나 차를 마시고 있었다. 백작 부인은 서두르지 않고, 한 사람 한 사람에게 돌아다니며, 차를 무작정 권하지 않고 다만 잠깐씩 멈추어서 말없이 쳐다보다가는 다시 미소를 띠며 지나가는 것이었다. 붉게 타오르는 화기에 볼을 벌겋게 하고 꺼칠하니 어설퍼보이는 딸과 나란히 선 부인은 자기 딸의 언니처럼 보였다. 부인은 포슈리와 남편과 방뇌브르가 얘기하고 있는 곁으로 가까이 가자, 세 사람이 갑자기 말을 중단하는 것을 알았다. 그러나 그녀는 그대로 지나쳐서 그 건너편에 있는 조르주 위공에게 찻잔을 넘겨주었다.

"백작님을 만찬회에 초대하고 싶어하는 부인이 있습니다" 하고 신문기자가 뮈파 백작을 보고 쾌활하게 말을 이었다.

백작은 그날 밤, 계속 우울한 얼굴이었는데 이 소리를 듣자 대단히 놀란 듯한 표정을 지었다. 그러고는 어느 부인이냐고 물었다.

"그 왜, 나나 있지 않습니까!" 하고 방뇌브르가 서슴없이 선뜻 말했다.

백작은 한층 더 준엄한 얼굴로 변했다. 그리고 잠깐 눈을 깜박이고 나서, 두통이라도 나는 듯 불쾌한 기분으로 얼굴을 가볍게 찡그렸다.

"하지만 난 그 여자를 모르는데" 하고 그는 우물거렸다.

"있잖습니까, 왜, 당신이 가신 일이 있는 그 집 말입니다" 하고 방되브르가 일깨워주었다.

"뭐라고! 내가 그 여자 집엘 갔다고?…… 아! 그래, 요전에 자선협회의 일로. 내 그걸 잊고 있었군…… 어쨌든 난 그 사람을 모르니까 초대에 응할 수는 없어요."

백작은 농담도 적당히 해두라는 식으로 냉랭했다. 자기와 같은 지위에 있는 사람이 그런 여자와 식사를 같이 할 수는 없다는 표정이었다. 그러나 방되브르는 이렇게 회유했다. 즉 예술가의 연회인 만큼 그 재능이 위주이지 다른 것이야 별것이겠느냐는 것이었다. 포슈리도 왕비의 아들인 스코틀랜드 공을 예로 들어 뮤직 홀의 가수를 하던 여자와 동석한 얘기를 했지만, 백작은 그런 이론에도 도무지 귀를 기울이지 않고 딱 잘라서 거절했다. 그리고 평소에 그렇게 예절 바르던 사람답지도 않게 흥분한 표정까지 지었다.

조르주와 라 팔르와즈는 마주보고 서서 차를 마시고 있다가 이와같이 주고받는 얘기를 몇 마디 엿듣게 되었다.

"옳지! 나나의 집이었구나" 하고 라 팔르와즈는 중얼거렸다. "그걸 몰랐다니!"

조르주는 아무 말도 안 했지만, 금발을 곤두세우고 푸른 눈을 샹들리에처럼 번득이고 있었다. 며칠 전에 발을 들여놓은 부도덕한 길에 완전히 빠져 있었다. 마침내 몽상하고 있던 세계에 들어갈 수 있게 된 것이다!

"그런데 난 주소를 모른단 말야" 하고 라 팔르와즈가 말했다.

"오스망 로이지요. 아르카드 길과 파스키에 길 사이에 있는 집 3층입니다" 하고 조르주가 단숨에 대답했다.

그리곤 상대방이 놀라며 쳐다보자 그는 자랑스러움과 난처함으로 얼굴을 붉히고 말을 덧붙였다.

"나도 갑니다. 오늘 아침에 초대를 받았으니까요."

응접실 안이 크게 수런거렸다. 방되브르와 포슈리는 그 이상 뮈파 백작을 설득할 수 없었다. 슈아르 후작이 들어와 모두들 그를 맞으러 법석댔기 때문이었다. 후작은 휘청거리는 다리로 겨우 들어섰다. 그는 응접실 가운데로 오자, 파랗게 질린 얼굴로 마치 어두운 골목에 있다가 갑자기 눈부신 곳으로 나온 사람처럼 눈을 깜박거렸다.

"이젠 못 오시는가 했어요, 아버지" 하고 백작 부인이 말했다. "내일까지 걱정할 뻔했어요."

후작은 무슨 일인지 모르겠다는 표정으로 대답도 않고 그녀를 쳐다보았다. 깨끗하게 수염을 깎은 얼굴 가운데에 커다란 코는 무슨 종기가 부어오른 것처럼 보였고, 입술은 척 늘어져 있었다. 위공 부인은 그렇게 피로한 그의 모습을 보고 자애에 넘치는 말을 했다.

"너무 일을 하시니까 그렇죠. 쉬셔야지…… 우리 나이엔, 일은 젊은 사람들에게 내맡기는 거예요."

"일이라고? 암, 그렇고말고 일이지" 하고 마침내 그는 웅얼거렸다. "날마다 일이 쌓여서……."

그는 다시 정신을 차려 구부렸던 등을 펴고, 습관이 되어 버린 버릇으로 손을 백발로 가져갔다. 얼마 안 되는 고수머리가 귀 뒤에서 살랑 흔들렸다.

"이렇게 늦도록 무슨 일을 하시는 거예요?" 하고 뒤 종크와 부인이 물었다. "저는 재무부 리셉션에 가신 것으로 생각했었지 뭐예요."

그러나 백작 부인이 참견했다.

"아버진 어떤 법안을 연구하고 계셔요."

"그렇지, 법안이야, 그 법안이란 것 때문에…… 나는 갇혀 있었지…… 공장에 관한 것이었는데, 공장도 일요일의 안식쯤은 지켜야지. 정부가 강력한 수단을 쓰지 않는 것은 사실 부끄러운 일이야. 교회에 가는 사람은 없어지고 이대로 가다간 야단이 나겠소."

방되브르는 포슈리를 쳐다보고 있었다. 그러다가 둘이서 후작 뒤로 돌아가 그의 모양을 살폈다. 방되브르가 기회를 포착하여 후작을 곁으로 불러내서 가끔 교외로 데리고 다니는 그 미인 얘기를 했더니 노인은 의외라는 표정을 지었다. 그는 그녀가 아마도 데케르 남작 부인이었을 것이라고 하며, 자기는 비로 플레에 있는 그녀 집에서 며칠씩 지내는 일이 간간이 있다고 변명했다. 방되브르는 한 번 골탕을 먹이고 싶은 심사에서 느닷없이 물었다.

"그런데 지금까지 어디에 계셨습니까? 팔꿈치에 거미줄이랑 횟가루가 잔뜩 묻어 있습니다."

"팔꿈치에?" 하고 후작은 얼마간 당황하며 말했다. "가만있자! 정말이로군…… 약간 더럽혀졌군…… 집에서 나올 때 묻은 모양인데."

손님들이 돌아가기 시작했다. 밤 열두 시가 가까웠다. 두 하인이 소리나지 않게 찻잔과 과자 접시를 치우기 시작했다. 난로 앞에선 부인들이 전보다도 죄어 앉으며 이 야회의 나른한 막판 분위기 속에서 한결 더 조심성 없는 얘기들을 지껄여댔다. 응접실 자체가 졸음에 젖고 벽으로부터 서서히 그림자가 내려앉았다. 포슈리는 가자고 하다가 다시 사빈느 백작 부인의 모습에 사로잡혔다. 부인은 언제나 정해진 주인 자리에 앉아, 손님들의 접대를 마친 주부의 안도감으로 휴식하고 있었다. 그러나 타다 남은 난로의 불등걸에 묵연히 시선을 던지고 있는 그 얼굴이 너무 희고, 또 그 모양이 너무나 생각에 잠겨 있는 듯하여 그는 다시 또 의문에 사로잡혔다. 난롯불에 비쳐진 입가의 까만 점에 난 검은 털이 금빛으로 반짝였다. 빛깔까지 나나의 까만 점을 방불케 했다. 그는 그 얘기를 잠깐 방뒤브르의 귓가에 속삭이지 않을 수 없었다. 과연 그렇군, 하며 자기는 지금껏 그런 것을 느끼지 못했다고 방뒤브르는 말했다. 그래서 두 사람은 나나와 백작 부인을 다시 비교하며 얘기했다. 턱과 입가에 어딘가 닮은 점이 있으나 눈은 전혀 달랐다. 그리고 나나는 서글서글한 순한 계집애 같은 모습인데, 백작 부인은 무엇이라고 할까, 이를테면 발톱을 감추고서 가볍게 발을 경련하며 잠자고 있는 암코양이 같은 표정이었다.

"그런대로 쓸 만하지요" 하고 신문기자는 틀림없다는 듯이 말했다.

방뒤브르는 눈초리로 부인의 옷을 벗기며 말했다.

"암, 그런대로 괜찮지. 하지만 내 생각엔 허벅지가 신통치 않을 것 같애. 넓적다리가 빈약할 거야. 자네 의견은 어떤가!"

그는 갑자기 말을 뚝 끊었다. 포슈리가 팔꿈치로 쿡 찌르며 앞의 긴 의자에 앉아 있는 에스텔을 눈으로 가리켰기 때문이었다. 그들은 그녀가 거기 있는 것도 모르고 목소리를 높였기 때문에, 그녀가 들었을 것이 분명했다. 그러나 그녀는 꼿꼿하게 앉은 채 꼼짝을 안 하고 가만히 있었다. 갑작스레 키만 자란 계집애인데, 그 앙상한 목덜미에 늘어진 머리카락 하나 까딱하지 않았다. 두 사람은 세네 발짝가량 물러섰다. 방뒤브르는 백작 부인은 굉장히 견실한 여자일 것이라고 확언했다.

그때 난로 앞에 앉은 사람들의 목소리가 높아졌다. 뒤종크와 부인이 말했다.

"비스마르크 씨가 재주있는 사람이란 건 그렇다 하고…… 하지만 천재라고까지 말씀하시는 건……."

"뭐라고! 또 비스마르크 이야기야!" 하고 포슈리는 투덜거렸다. "이번에야말로 물러가야겠는 걸."

"기다리게. 백작에게서 확실한 대답을 받아야 할 것 아닌가."

뮈파 백작은 장인이랑 몇몇 점잖은 친구들과 얘기를 나누고 있었다. 방되브르는 그를 끌어내가지고 다시 또 초대 얘기를 시작하며, 자기도 그 모임에 갈 것이라고 하면서 권했다. 남자가 어딜 간들 상관있겠으며, 잠깐 호기심을 일으켰다 하기로서니 누가 나쁘게 생각하겠느냐고 설득했다. 백작은 이와 같은 설득에 눈을 내리깔고 아무 말 없이 듣고만 있었다. 방되브르는 상대방이 어떻게 할까 하고 망설이고 있다는 것을 알았다. 거기에 슈아르 후작이 무슨 일이냐는 표정으로 다가왔다. 그는 무슨 일인지 설명을 듣고 게다가 포슈리로부터 초대까지 받게 되자 사위를 힐끔 쳐다보았다. 잠시 동안 어색한 침묵이 흘렀다. 그러나 두 사람은 서로들 권하며, 마침내는 승낙할 것 같은 기세에까지 이르렀다. 그러나 그때 뮈파 백작은 브노 씨가 자기를 뚫어지게 바라보고 있는 것을 느끼고는 심중을 표변했다. 조그마한 노인은 이젠 미소를 띠고 있지 않았다. 그의 흙빛 얼굴에선 예리한 눈이 날카롭게 빛나고 있었다.

"그만두겠소" 하고 마침내 백작이 대답했다. 너무나 또렷한 목소리였기 때문에 다시 더 말을 붙일 수조차 없었다.

그러자 후작도 보다 더 준엄하게 거절을 표시하며 풍기를 운운했다. 상류계급이란 모범을 보여야 한다는 얘기였다. 포슈리는 쓴웃음을 지니며 방되브르와 악수를 나누고는 곧장 나가 버렸다. 신문사에 들러야 하기 때문이었다.

"나나네 집에서 열두 십니다, 알았죠?"

라 팔르와즈도 함께 물러갔다. 스테이네르도 백작 부인에게 작별인사를 했다. 다른 사람들도 그 뒤를 따랐다. 같은 말이 사람들 사이에 전달되어 갔다. 제각기 현관 방으로 외투를 가지러 가며, "열두 시에 나나네 집에서" 하고 되풀이했다. 조르주는 그 어머니와 함께 가야 하기 때문에 문가에 서서 4층 왼쪽 문이라고 나나의 집을 분명하게 일러주고 있었다. 포슈리는 방을 나오며 마지막으로 다시 한 번 바라보았다. 방되브르는 부인들의 한가운데 자리로 되돌아와서 레오니드 드 슈젤 부인과 농담을 나누고 있었다. 뮈파 백작과 슈아르 후작도 얘기 속에 끼어들고 있었으나, 착하게만 보이는 위공 부인은 눈을 뜬 채로 졸고 있었다. 브노 씨는 여자들의 치맛자락 뒤에 가려진 채 앞서와 같은 모양으로 조그맣게 쭈그리고 앉아 여전히 웃음을 지니고 있었다. 넓고 엄숙한 응접실 안에 조용히 열두 시가 울렸다.

"뭐라고요! 뭐라고요!" 하고 뒤 종크와 부인이 다시 말끝을 이었다. "비스마르크 씨가 전쟁을 걸고 프랑스를 무찌를 것이라니…… 어머! 별소리 다 듣겠네!"

모두들 샹트로 부인 주변에서 웃고들 있었다. 그것은 샹트로 부인이 자기 남편의 공장이 있는 알자스에서 그런 소문을 들었다고 열을 올리며 주장했기 때문이었다.

"다행히도 우리에겐 황제가 계십니다" 하고 뮈파 백작이 관리다운 근엄한 표정으로 말했다.

이것이 포슈리가 들은 마지막 얘기였다. 그는 문을 닫기 전에 다시 한 번 사빈느 백작 부인을 쳐다보았다. 그녀는 그 뚱뚱한 국장과 조용히 얘기하며, 그 얘기에 흥미를 느끼고 있는 모양이었다. 분명히 자기가 착각하고 있었던 것 같았다. 유감스러운 일이지만 금이 간 것은 아닌 듯하다.

"아니, 가지 않을 작정이시오?" 하고 라 팔르와즈가 현관에서 소리쳤다.

보도에선, 작별을 하면서도 사람들이 다시 또 되풀이했다.

"내일 나나네 집에서 만납시다."

4

Ques Bordennes

　　아침부터 조에는, 브레방 식당에서 조수와 보이들을 데리고 온 주방장에게 준비 일체를 맡겼다. 브레방 식당에서 요리와 접시와 술잔과 냅킨류와 꽃은 물론 의자까지도 제공하기로 되어 있었다. 나나에게는 식기장을 전부 뒤져 봐야 냅킨 한 다스도 없는 실정이었다. 이제 막 새 출발을 한 처지에 도구를 갖출 사이도 없었고, 그렇다고 요리집으로 가는 것도 우스웠다. 그래서 요리집에 일임하여 일체를 가지고 와서 준비하도록 했다. 그 편이 더 멋있다고 생각했다. 사람들의 화젯거리가 될 만한 연회로, 여배우로서의 화려한 성공을 자축하고 싶었다. 식당에선 비좁았기 때문에 주방장은 응접실에 식탁을 차려놓고, 좀 거북했지만 25명분의 그릇을 차려놨다.

"준비됐어요?" 하고 나나는 밤 열두 시에 돌아오자 물었다.

"아! 난 모르겠어요" 하고 조에는 퉁명스럽게 대답했다. "고맙기 짝이 없지 뭐예요. 나는 아무것도 할 일이 없으니 말예요. 부엌이고 방이고 할 것 없이 모두 다 그 사람들 세상이라니까요!…… 게다가 또 싸움까지 했답니다. 그 두 사람이 또 찾아오지 않았습니까, 글쎄. 물론 쫓아보냈지만 말예요."

그 두 사람이란 그때까지 나나의 영감 노릇을 하고 있던 상인과 발라키아인을 가리키는 소리로, 장래에 자신이 생긴 나나는 그 생활을 탈피하고 싶은 마음에서 그들과 관계를 끊기로 작정한 것이었다.

"귀찮은 사람들 다 보겠군!" 하고 나나는 중얼거렸다. "만약에 다시 또 오거든 경찰에 신고한다고 협박해버려요."

그러고서 그녀는 현관방에 머물러 외투를 걸고 있는 다그네와 조르주를 불렀다. 이 두 사람은 파노라마 골목길의 배우 출입문에서 함께 기다리고 있는 것을 나나가 마차로 데려온 것이다. 아직 아무도 안 왔기 때문에 조에게 몸치장을 시키는 동안 그들을 화장실로 불러들인 것이다. 나나는 옷도 갈아입지 않고, 급하게 머리를 빗어올리게 하고 뒷머리 쪽과 블라우스에 백장미를 꽂았다. 그 작은 방은 응접실로부터 옮겨온 가구들로 뒤죽박죽이었다. 다리를 거꾸로 하여 쌓아 올린 둥근 탁자와 긴 의자와 팔걸이 의자들이 뒤범벅이었다. 겨우 옷매무새를 갖추었다고 생각했는데 치마가 걸상 다리에 걸려서 찢어졌다. 나나는 화가 치밀어 발칵 소리를 질렀다. "나는 항상 이 꼴이란 말야!" 그녀는 기다란 슈미즈 모양의 아무 장식도 없는 보드랍고 엷은 흰 비단옷을 입고 있었는데 그것을 당장 벗어 버렸다. 그러나 다시 주워입었다. 그밖에 마음에 드는 옷이 없었다. 나나는 울상이 되어, 이래가지곤 거지꼴이나 다름없다고 했다. 그래서 조에가 머리를 만져 주는 사이에 다그네와 조르주가 핀으로 찢어진 곳을 꿰매 주었다. 나나 둘레에서 세 사람은 바쁘게 움직이고 있었다. 특히 조르주는 마루에 무릎을 꿇고, 치마에 손을 찔러넣기도 하면서 수선을 떨었다. 나나는 다그네가 아직 열두 시 십오 분밖엔 안 됐으니까 염려하지 말라는 말을 듣고서야 겨우 마음이 가라앉았다. 나나는 〈금발의 베누스〉 제3막을 굉장히 서둘러 해치우고 돌아왔다. 대사를 중간에서 빼먹는가 하면 노래 구절도 건너뛰어 버리며 해치웠던 것이다.

"그따위 얼간이 관객들한테는 그것도 오히려 과분하지 뭐. 당신들도 봤지요? 오늘 밤엔 별난 친구들로 굉장한 만원이었어요…… 조에, 여기서 기다리고 있어요. 자지 말고 말야. 틀림없이 당신이 필요할 거니까…… 어머! 시간이 다 됐네. 손님들이 오고 있어요."

그녀는 바쁘게 나갔다. 조르주는 연미복 자락을 마루에 끌면서 그대로 꿇어앉아 있었다. 다그네가 자기를 쳐다보고 있는 것을 느끼자, 조르주는 얼굴을 붉혔다. 그러나 두 사람은 서로들 호감을 품고 있었다. 커다란 거울 앞에서 넥타이를 고쳐 매고, 나나의 몸에 스치어 분으로 아주 하얗게 된 옷을 서로 솔질해주었다.

"설탕 가루 같은데" 하고 조르주는 중얼거리며 단것을 좋아하는 어린애처럼 웃었다.

임시로 고용한 하인이 손님을 작은 응접실로 안내했다. 좁은 방이기 때문에 손님들이 되도록 많이 들어갈 수 있게 하기 위해 팔걸이 의자는 넷밖엔 남겨놓지 않았다. 옆의 큰 응접실에서는 접시랑 은그릇 나르는 소리가 들려왔고, 방문 밑으로는 밝은 불빛이 비쳐왔다. 나나가 들어가니 의자에 클라리스 베스뉘가 와 앉아 있었다. 라 팔르와즈가 데리고 온 것이었다.

"어머! 당신이 일착이에요" 하고 성공 이래로 친숙해진 나나가 말했다.

"아니, 이 양반 덕분예요" 하고 클라리스는 대답했다. "이 양반은 늦을까 보다고 걱정만 하잖아요, 글쎄…… 만약에 이 양반 하자는 대로 했다면 화장을 지우지도 못하고 가발을 벗지도 못했을 거예요."

그 청년은 나나와 만나는 것이 처음이었기 때문에 흥분해서는 그것을 감추려고 각별히 공손한 태도로 축하 인사를 하며 사촌형 얘기를 했다. 그러나 나나는 그런 소리는 들은 체도 않고 또 상대방을 훑어볼 겨를도 없이 형식적인 악수를 하고는, 곧장 로즈 미뇽 쪽으로 가버렸다. 그러고는 갑자기 귀부인 같은 태도로 점잔을 빼면서 말했다.

"아! 부인 정말 감사합니다…… 꼭 모시고 싶었어요!"

"저야말로 반갑기 이를 데 없군요" 하고 로즈 역시 상냥하게 대꾸했다.

"어서 앉으셔요…… 불편하실 줄 압니다만."

"천만에요, 감사합니다…… 아! 내 정신 좀 봐, 부채를 외투에 두고 왔네. 스테이네르 씨, 오른편 주머닐 좀 봐주셔요."

스테이네르와 미뇽은 로즈 뒤를 따라 들어와 있었다. 은행가는 되돌아가 부채를 들고 왔다. 그 사이에 미뇽은 다정하게 나나의 볼에 키스를 하고 로즈에게도 그렇게 하도록 권했다. 극장에선 모두 같은 동료가 아니냐는 식이었다. 다음에 그는 스테이네르를 격려하듯이 눈을 깜박였다. 그러나 스테이네르는 로즈의 날카로운 눈에 당황하여 나나의 손에만 키스하는 것으로 만족해 버렸다.

그때 방되브르 백작이 블랑슈 드 시브리를 데리고 나타났다. 거창한 예절이 교환됐다. 나나가 아주 의식적인 방법으로 블랑슈를 의자로 안내했다. 한편 방되브르는 웃으며 아래에서 포슈리가 싸우고 있노라고 말했다. 수위가 뤼시 스튜와의 마차를 통과시키지 않았기 때문이었다. 현관 방에서도, 분개한 뤼시의 눈치가 어두운 수위라고 욕설을 퍼붓는 것이 들렸다.

그러나 하인이 문을 열어주자, 그녀는 웃는 낯으로 얌전히 들어와선 스스로 이름을 대며 나나의 두 손을 잡고, 자기는 당신을 보자마자 좋아졌다느니, 당신은 굉장한 재주가 있다느니 하며 칭찬을 늘어놓았다. 나나는 처음으로 한 집의 주인이라는 새로운 역할을 하게 되니 얼떨떨하여 인사하는 것도 두서가 업었다. 그러나 포슈리가 오고 나서부터는 무엇엔가 정신을 빼앗긴 듯했다. 기회를 보아 그에게 가까이 가더니 목소리를 낮추어 물었다.

"그분 오셔요?"

"아니, 안 오겠대" 하고 신문기자는 갑작스러운 질문에 당황하여 솔직히 대답해 버렸다. 실은 뮈파 백작의 거절을 마음 상하지 않게 설명하려고 얘기를 적당히 꾸며 놨었던 것이다.

나나의 얼굴빛이 변하는 것을 보자 포슈리는 변명하려 했다.

"올 수 없단 말야. 오늘 밤, 내무부장관댁 댄스파티에 부인을 데리고 가야 하기 때문에."

"좋아요" 하고 나나는 그가 약속을 이행해 주지 않은 것으로 알고 중얼거렸다. "두고 봅시다, 어디."

"아! 마음대로 하라구" 하고 그는 이 협박에 기분이 상해서 내뱉었다. "난 그런 심부름을 좋아하지 않으니까 라보르데트에게나 부탁하라구."

두 사람은 같이 화가 나가지고 등을 돌려댔다. 마침 그때 미뇽이 스테이네르를 나나 쪽으로 떼밀었다. 나나가 혼자 있게 되자 미뇽은 수치도 체면도 개의치 않고 다만 상대방을 기쁘게 해주려는 아이들 같은 수작으로 속삭였다.

"저 양반은 당신한테 녹아 떨어졌습니다…… 단지, 내 아내가 무서운 거예요. 그러니 당신이 저 사람을 잘 돌봐주어야 하지 않겠소?"

나나는 못 알아들은 체했다. 그녀는 웃으며 로즈와 그 남편과 은행가를 쳐다보았다. 그리곤 은행가에게 말을 건넸다.

"스테이네르 씨, 제 곁에 앉아주셔요."

그때 현관 방에서 웃음소리가 들려왔다. 속삭임 소리, 마구 웃어대며 지껄이는 소리 등, 마치 수도원을 막 빠져나온 소녀들이 떠드는 것과 같은 법석이었다. 라보르데트가 나타났다. 그의 뒤에는, 뤼시 스튜와의 짓궂은 표현대로 하자면, 그의 기숙생인 다섯 명의 여자들이 뒤따르고 있었다. 그들은 푸른 벨벳의 드레스로 몸을 죈 늠름한 가가, 언제나 레이스 장식이 달린 검은 비단옷을 입은 레아 드 온, 유모처럼 큰 젖가슴 때문에 사람들한테 놀림받는 금발의 호인 타탕 네네, 끝으로 조그마한 마리아 블롱이었다. 그런데 이 마리아 블롱은 머슴아이처럼 야윈 열다섯살 난 말괄량이 계집애로서, 폴리 드라마티크 극장에서 처음 출연하여 인기를 모은 가수였다. 라보르데트는 그녀들을 전부 한 대의 마차에 태워서 온 것이다. 그녀들은 어떻게 꼭 끼었던지 통조림이 될 뻔했다고 지껄이며, 더욱이 마리아 블롱은 남자 무릎 위에 앉아 왔다고 웃어대고 있었다. 그러나 그러한 그녀들도 인사를 할 때는 웃음을 모두 참고 의젓하게 악수를 나눴다. 가가는 어린애처럼 어리광스럽게 말을 했다. 타탕 네네는 오는 도중 나나네 연회에서 벌거벗은 여섯 명의 검둥이가 식사 시중을 든다고 들었기 때문에 안절부절 못하며 그 검둥이가 어디 있느냐고 물었다. 그래서 라보르데트가 어리석은 수작 말라고 입을 막았다.

"그런데 보르드나브는?" 하고 포슈리가 물었다.

"아이 참 분통이 터져서" 하고 나나가 소리쳤다. "그이는 못 오실 거예요."

"그래요" 하고 로즈 미뇽이 말했다. "무대 트랩에 발이 끼어서

삐었지 뭐예요…… 붕대 감은 다리를 의자 위에 뻗고서 고래고래 소리만 지르고 있답니다!"

모두들 보르드나브가 못 오는 것을 섭섭해했다. 그 사람이 없으면 즐거운 연회가 되기 어렵기 때문이었다. 그렇지만 할 수 없었다, 그 사람 없이 견디는 수밖에. 그래서 사람들은 다른 얘기들을 시작하고 있었다. 바로 그때 굵직한 목소리가 울려 왔다.

"뭐가 어쩌고 어째! 그렇게 해서 나를 매장해버릴 작정이구나!"

모두들 깜짝 놀라 소리 나는 곳을 돌아다보았다. 보르드나브였다. 큼직한 덩치에 시뻘건 얼굴로 한편 다리를 꼿꼿하게 뻗고, 시몬 카비로슈의 어깨에 몸을 의지하여 문간에 서 있었다. 요즈음 얼마 동안 그는 시몬과 지내고 있었다. 이 조그만 여자는 교양이 있고 피아노도 치고 영어도 지껄이는 귀여운 금발이었다. 그녀는 연약한 몸이 보르드나브의 체중으로 꺾일 듯하면서도 의젓하게 웃고 있었다. 그는 자기들 두 사람이 모든 사람들의 주목거리가 되고 있는 것을 알자 잠시 동안 그대로 포즈를 취하고 있었다.

"어때? 자네들이 좋아서 왔단 말야" 하고 그는 계속했다. "솔직히 말하자면 집에 처박혀 있을 수가 없었네. 그래서 결심한 것이야, 가보자 하고……."

그러더니 그는 갑자기 하던 말을 끊고 그녀를 윽박질렀다.

"이 숙맥아!"

시몬의 발이 한 걸음 앞섰기 때문에 그의 발이 마루에 부딪친 것이다. 그는 시몬을 떼밀었다. 그러나 시몬은 여전히 미소를 띤 채 얻어맞을까봐 두려워하는 짐승처럼 그 귀여운 얼굴을 숙이고 금발의 토실토실한 몸으로 있는 힘을 다하여 그를 부축하고 있었다. 그러자 다른 사람들도 왁자지껄하며 그의 곁으로 가까이 갔다. 나나와 로즈 미뇽은 팔걸이 의자를 밀고 와서 보르드나브를 앉혔고, 다른 여자들은 또 다른 의자를 가져다 그의 아픈 다리를 받쳐 주었다. 그 자리에 있던 여배우들도 모두 다 그에게 키스를 한 것은 말할 것도 없었다. 그러나 그는 쭝얼거리기도 하고 한숨을 쉬기도 했다.

"젠장! 병신스러워서…… 하지만 밥주머니만은 튼튼할 테니, 이젠 두고 봐라."

다른 손님들도 속속 도착했다. 그 방은 이제 옴쭉할 수조차 없을 정도였다. 접시와 은그릇 부딪치는 소리도 이젠 안 났다. 큰 응접실에선 싸움이 시작되었는지 주방장의 고함 소리가 들렸다. 나나는 손님이 모두 다 모였는데 아직도 식사 준비가 끝나지 않은 것을 이상히 여기며 못 견디게 초조해했다. 그녀는 어떻게 된 것인가 조르주를 시켜 알아보게 했다. 그런데 때마침 또다시 낯선 남자와 여자들이 몰려들어 그녀는 깜짝 놀랐다. 그녀는 그런 사람들을 전혀 몰랐다. 잠깐 동안 그녀는 당황하여 보르드나브와 미뇽과 라보르데트에게 물어보았지만, 그들도 역시 모른다고 했다. 방되브르 백작에게 물어보니 그가 갑자기 생각해냈다. 그것은 뮈파 백작댁에서 초대한 청년들이었다. 나나는 감사하다고 인사했지만, 이래가지곤 장소가 굉장히 비좁을 것이라고 걱정했다. 그녀는 라보르데트에게 부탁하여 일곱 사람분을 추가하도록 했다. 그가 나가자 금방 또 하인에게 안내되어 다시 또 세 사람이 들이닥쳤다. 안 되겠다, 이번에는 희극이 되겠다. 들어갈 수나 있단 말인가. 나나는 기분이 언짢아서는, 짜증이 나서 이런 형편으론 연회 같은 것은 될 수 없다고 했다. 그러나 다시 또 두 사람이 들어오는 것을 보고선 어이가 없어 웃어 버리고 말았다. 할 수 없다! 될 대로 되라지. 모두 서 있고 앉아 있는 사람은 가가와 로즈 미뇽, 그리고 혼자서 두 개의 의자를 차지하고 있는 보르드나브뿐이었다. 수런거리는 속에서, 사람들은 가벼운 하품을 삼키며 낮은 소리로 소곤거렸다.

"이봐, 나나" 하고 보르드나브가 말했다. "어떻게 됐든 식탁 앞에 앉는 것이 어때?…… 다 왔지?"

"그러문요, 완전히 다 왔죠!" 하고 나나는 웃으면서 대답했다.

그 여자는 주위를 둘러보았다. 그러나 아직 누군가 오지 않은 것을 알아차리고는 근심스러운 표정을 지었다. 아마도 그녀가 아무도 모르게 초대한 손님이 아직 안 온 모양이었다. 다시 더 기다리게 되었다. 얼마간 있자니 손님들은 자기들 가운데, 훌륭한 흰 수염을 기르고 점잖은 풍채의 훤칠한 신사가 섞여 있는 것을 알았다. 이상하게도 아무도 그 신사가 들어오는 것을 본 사람이 없었다. 반쯤 열려 있는 침실 문으로 이 현관 방에 끼어든 모양이었다. 주위가 갑자기 조용해지고, 속삭임이 퍼졌다. 방되브르 백작은 그 신사를 알고 있는 모양인지 조심스럽게 악수를 나눴다. 그러자 카롤린 에케가 낮은 목소리로, 저 사람은 내일 런던으로 결혼하기 위해 돌아갈 영국의 귀족이라고 단언했다. 그녀는 그를 잘 알고 있다고 했다. 그녀의 옛날 서방님이었다는 것이다. 그 얘기가 여자들 사이로 퍼졌다. 그러나 마리아 블롱은, 그 사람은 독일대사라고 주장하며, 그가 자기 친구 중의 한 사람과 자주 동침을 하니까 틀림없다고 했다. 남자들도 급작스레 인물평을 하며, 그가 준엄한 얼굴 표정을 하고 있다고들 했다. 아마도 저 남자가 연회 비용을 부담하는가 보다. 그럴 성싶다. 아무래도 그래 보인다. 흥! 아무려면 어떠냐. 요리만 맛있으면 됐지! 결국 확실치 않은 채 그 흰 수염의 노신사 일은 잊혀지고 말았다. 바로 그때 주방장이 큰 웅

121

접실 문을 열고 외쳤다.

"아씨, 준비가 다 됐습니다."

나나는 노인이 자기 뒤에 따라오려는 것을 깨닫지 못한 체하고 스테이네르가 내미는 팔을 잡았다. 그러나 줄을 짠 것도 아니고, 남녀가 제각기 흐트러져서 들어가며 그처럼 격식에 벗어난 방법에 대하여 농담들을 했다. 가구를 치운 넓은 방에는 한끝에서 또 한끝까지 긴 탁자가 차려졌으나, 그것도 작아서 접시들이 포개지다시피 맞닿아 있었다. 열 자루의 초를 세운 네 개의 촛대가 식기를 비추고, 특히 좌우로 꽃다발을 붙인 은그릇을 비추어 주고 있었다. 흡사 요리집과 같았다. 상표 이니셜이 들어 있지 않은 그물 모양의 금박을 한 사기그릇, 쉴 새 없이 씻기 때문에 모서리가 닳아 버리고 윤택이 없는 은그릇들, 어느 자선 시장에서나 묶어서 살 수 있는 유리잔 따위가 즐비했다. 마치 벼락부자가 아직 아무것도 갖추어지기 전에 서둘러서 새 집 잔치를 차린 것 같은 그런 느낌이었다. 매다는 촛대가 하나 부족했다. 세운 촛대의 긴 초는 심지 끝이 겨우 타들어가며 그 어렴풋한 노란빛이 잼 통과 늘어논 접시와 사발들을 비추고 있었다. 사발에는 과일과 조그만 과자와 잼을 엇갈려 쌓아올려 보기에 아름다웠다.

"여러분, 좋으신 대로 아무 자리에나 앉아주셔요⋯⋯ 그것이 더 재미있겠어요" 하고 나나가 말했다.

그녀는 식탁 중앙에 섰다. 그 오른편엔 아무도 모르는 그 노신사가 자리 잡았고, 왼편은 스테이네르가 차지했다. 손님들이 모두 다 좌정하자마자 작은 응접실에서 욕설이 터졌다. 혼자 놔둔 보르드나브였다. 두 개의 의자에서 일어나려고 발버둥치며, 다른 사람들과 함께 가버린 멍청이 시몬을 불러대는 것이었다. 여자들은 딱하게 여기고 그에게 달려갔다. 카롤린,

타탕 네네, 마리아 블롱 등 네 사람에게 부축되어 보르드나브가 운반되어 왔다. 앉히는 일이 또한 큰일이었다.

"가운데 자리에, 나나와 마주보고 앉게 하시오!" 하고 모두들 지껄였다. "보르드나브 씨를 가운데 앉히라구요! 사회를 맡겨야 할 테니!"

그래서 그녀들은 그를 중앙에 앉혔다. 그러나 발을 올려놓기 위해 의자가 하나 더 필요했다. 두 사람의 여자가 그 다리를 들어올려 가만히 의자 위에 펴놓았다. 그래도 과히 거북하지는 않았다. 모로 앉아서도 먹을 수는 있기 때문이었다.

"쌍, 빌어먹을" 하고 그는 여전히 중얼거렸다. "이게 무슨 꼴이람!…… 아, 얘들아 아빠가 기대하는 것은 너희뿐이다."

오른편엔 로즈 미뇽, 왼편엔 뤼시 스튜와를 앉혔다. 그녀들은 그의 시중을 들겠다고 약속했다. 모두들 자리 잡고 앉았다. 방되브르 백작은 뤼시와 클라리스 사이에, 포슈리는 로즈 미뇽과 카롤린 에케 사이에 앉았다. 맞은편 줄에는 엑토르 드 라 팔르와즈가, 클라리스가 마주보며 부르는 것도 아랑곳없이 급히 가가 곁으로 가서 앉았다. 한편 미뇽은 스테이네르에게 붙어다니며 블랑슈를 사이에 놓고 그 곁에 앉았다. 그 왼편은 타탕 네네였다. 그 옆엔 라보르데트, 그리고 양끝에는 청년들과 시몬, 레아 드 온, 마리아 블롱 같은 여자들이 멋대로 몰려 있었다. 그 속에는 다그네와 조르주 위공도 섞여 있었는데, 그들은 점점 더 사이가 친숙해져서 서로 웃음을 띤 채 나나를 쳐다보고 있었다.

그래도 아직 두 부인이 선 채로 남아 있어 농담이 터졌다. 남자들이 무릎 위에 앉혀 주마고 했다. 클라리스는 팔꿈치를 놀릴 수조차 없게 꼭 끼어 방되브르 백작에게 먹여 달라고 졸라대고 있었다. 보르드나브가 혼자서 의자를 둘씩이나 써가며 자리를 넓게 차지하고 있었기 때문이었다. 마지막으로 다시 한 번 죄어서 겨우 겨우 앉았다. 그러나 미눙은, 이건 흡사 양동이에 채워 놓은 청어새끼 같다고 소리쳤다.

"아스파라거스 수프와 데즈리냑 콩소메(고기로 만든 말간 수프—역주)입니다" 하고 보이가 가득 찬 접시를 들고 손님들 뒤를 돌면서 웅얼거렸다.

보르드나브가 큰 소리로 콩소메를 권하고 있는 참에 밖에서 고함 소리가 났다. 그리고 비난과 불만의 소리가 뒤따랐다. 문이 열리고 세 사람의 지각자, 즉 여자 하나와 남자 둘이 들어왔다. 아! 안 된다, 저 사람들까지 오다니 너무 과하다! 그러나 나나는 자리에서 뜨지 않은 채 눈을 가늘게 뜨고 안면이 있는 사람인가의 여부를 확인하려고 했다. 여자는 루이즈 비오렌느였다. 그러나 남자 쪽은 한 번도 본 일이 없었다.

"이봐요" 하고 방되브르가 나나를 보고 말했다. "이 사람은 푸카르몽 씨라는 나의 친군데, 해군장교요. 내가 초대했소."

푸카르몽은 의젓하게 인사를 하고는 이렇게 덧붙였다.

"그리고 친구까지 한 사람 데리고 왔습니다."

"아, 좋아요, 좋아" 하며 나나는 말했다. "앉으셔요…… 이봐요, 클라리스, 조금만 죄어봐요. 거기가 좀 여유가 있어 보이는데. 자 앉으셔요……."

다시 또 자리가 죄어졌다. 푸카르몽과 루이즈 두 사람은 겨우 탁자 한 모퉁이를 차지할 수가 있었다. 그러나 친구는 식기로부터 떨어진 곳에 앉지 않으면 안 되어, 손님들 어깨 너머로 손을 내밀어 음식을 먹었다. 보이가 수프 접시를 치우자 다음은 알버섯(또는 송로(松露) 버섯—역주)을 곁들인 어린 토끼고기 소시지와 파르므상 치즈를 곁들인 니오키스를 돌렸다. 보르드나브가 프룰리에르와 퐁탕과 그리고 노배우 보스크를 데려올까 했다고 얘기하자 모두들 웅성거렸다. 좀 전부터 새침하고 있던 나나는 그 소리를 듣더니, 그들이 와봐야 소용이 있느냐고 쌀쌀하게 말했다. "그 친구들을 부르려면야 남한테 부탁하지 않아도 자신이 불러요. 안 돼요, 그따위 엉터리 배우는. 보스크 영감은 언제나 술에 취해 있고, 프룰리에르는 너무 뽐내고, 퐁탕으로 말하면 외치고 떠들어대기가 일쑤며 바보 같은 짓만 하여 정말이지 상종을 못한다니까요. 그리고 그따위 엉터리 배우들은 이런 어른들 사이엔 낄 만나 위인들이 못 된단 말예요."

"그렇고말고, 정말이야" 하고 미뇽이 맞장구를 쳤다.

식탁을 둘러싼 신사들은 연미복에 흰 넥타이를 맨 단정한 복장으로 품위 있는 하얀 얼굴이 피로 때문에 한결 더 돋보였다. 예의 그 노신사는 여유 있는 동작으로 매사에 빈틈이 없이 조용한 미소를 띠고 있었다. 마치 외교관 회의라도 주관하고 있는 듯했다. 방되브르는 곁의 여성에게 아주 은근한 태도를 취하며 뮈파 백작 부인의 응접실에라도 있는 듯했다. 오늘 아침만 해도 나나는 고모에게 말하기를, 남자 손님들은 남성으로서 그 이상 바랄 수 없는 귀족들이거나 부자가 아니면 점잖은 분들뿐이라고 했다. 또 한편 여자들도 대단히 몸가짐이 단정했다. 블랑슈, 레아, 루이즈 등 몇 사람의 여자들은 어깨와 등이 드러난 의상을 입고 왔다. 가가만은 좀 지나치게 살을 드러낸 것 같았다. 그 정도의 나이가 되면 몸이 조금도 노출되지 않는 옷차림이 좋을 것 같았다. 겨우 손님들이 모두 자리에 좌정하게 되니, 웃음과 농담도 가라앉았다. 조르주는 그전에 가본 오를레앙의 중류 가정집 만찬회 쪽이 더 쾌활했던 것처럼 생각되었다. 여기선 아무도 거의 얘기들을 안 했다. 남자들은 서로 잘 모르기 때문에 흘금흘금 쳐다볼 뿐이고, 여자들도 얌전하게만 앉아 있었다. 그것이 무엇보다도 조르주를 놀라게 했다. 그래서 그는 '별나게 점잖다'고 생각했다. 서로들 만나면 당장에 포옹들을 하고 법석을 부리려니 생각했던 것이다.

수프 다음에는 요리가 나왔는데 그것은 샹보올 식의 라인 강잉어와 영국식 노루고기였다. 그때 블랑슈가 크게 말했다.

"뤼시, 일요일에 당신의 올리비에를 만났어요…… 얼마나 점잖은지!"

"그야 벌써 열여덟인 걸" 하고 뤼시가 대답했다. "그러니 내가 이렇게 늙어질 수밖에요…… 그앤 어제 다시 학교로 갔어요."

그녀가 자랑스레 얘기하는 아들 올리비에는 해군사관학교 학생이었다. 그러자 모두들 자식 얘기가 시작되었다. 여자들은 모두 차분한 기분으로 바뀌었다. 나나는 자기의 크나큰 기쁨을 얘기했다. "우리 아기 루이제는 요새 고모한테 맡겼는데, 매일 아침 열한 시경에 고모가 데리고 와요. 아기를 침대 위에 누이고 그리퐁(사냥개의 일종─역주) 뤼뤼를 넣어주면 같이 놀아요. 우리 아기와 개가 이불 속으로 쑤시고 들어가는 꼴은 우스워 죽을 지경예요. 루이제란 놈 생각도 못할 만큼 약아졌어요."

"오! 난 말예요, 어제 하루를 고스란히 공쳐버렸어요!" 하고 이번엔 로즈 미뇽이 얘기했다. "샤를과 앙리를 기숙사로 찾으러 갔어요. 그리고 밤에 극장으로 그애들을 데리고 갔어요…… 그놈들이라니, 펄펄 뛰고 손뼉을 치며, '엄마 연극을 본다! 엄마 연극을 본다!' 하고 얼마나 소란을 피우는지!"

미뇽은 부성애로 눈에 사랑의 빛을 띠며 기쁜 미소를 짓고 있었다.

"그런데 연극이 시작되자" 하고 미뇽은 말을 받아 계속했다. "우스꽝스레 말입니다. 두 놈은 어른처럼 심각한 태도로 로즈를 뚫어지게 보면서, 엄마는 왜 저렇게 알다리를 모두 드러내고 있느냐고 묻질 않겠습니까……."

모두들 웃어댔다. 미뇽은 아버지로서의 자랑을 느끼며 거기 자극되어 득의양양했다. 그는 자식이 귀여워서 어쩔 줄을 몰랐다. 그의 소원이란, 로즈가 극장이나 그밖의 일로 버는 돈을 충실한 집사처럼 정확히 관리하여 아이들의 재산을 늘려 주는 일이었다. 그는 로즈가 노래하는 뮤직 홀의 악대를 지휘하던 시절에 그녀와 결혼했는데, 당시엔 서로들 열렬히 사랑했다. 하지만 지금은 다정한 친구 사이로 바뀌었다. 두 사람 사이엔 다음과 같은 약속이 되어 있었다. 그녀는 그 재주와 용모로 벌 수 있는 한 돈을 벌고 그는 로즈의 여배우로서의 그리고 여자로서의 그녀의 성공을 한층 더 뒷받침해 주기 위하여 자기의 바이올린을 버리기로 했던 것이다. 이만큼 견실하고 호흡이 맞는 가정도 드물 것이다.

"큰아이가 몇 살이요?" 하고 방되브르가 물었다.

"앙리는 아홉 살입니다" 하고 미뇽은 대답했다. "하지만, 벌써 다 자랐습니다!"

그러고서 미뇽은 어린애를 좋아하지 않는 스테이네르를 놀려댔다. 만약에 어린애가 있다면 좀 더 재산을 소중히 여겼을 것이라고 거침없이 말했다. 그러나 얘기하면서도 스테이네르와 나나와의 관계가 어느 정도나 진전되어 가고 있나 보기 위해 블랑슈의 어깨 너머로 스테이네르의 모양을 살폈다. 그러나 조금 전부터 로즈와 포슈리가 얼굴을 맞대다시피 하고 얘기를 주고받고 있어서 그편에 더 신경이 쓰였다. 설마하니 로즈가 그따위 서툰 짓을 하면서 시간을 낭비하지는 않겠지 하고 생각했다. 그러면서 그는 새끼손가락에 다이아 반지를 낀 예쁜 손으로 노루고기를 집어먹고 있었다.

아이 얘기는 그래도 계속되었다. 라 팔르와즈는 가가 곁에 앉아 완전히 흥분되어서는 저번에 바리에테 극장에 데리고 왔던 딸 얘기를 물었다. 그녀는 자기 딸 릴리가 건강하게 잘 있지만 아직도 어린애처럼 철이 덜 들었다고 대답했다. 그는 릴리가 벌써 열아홉이 됐다는 소리를 듣고 놀랐다. 가가가 한층 무게 있게 보였다. 그는 왜 일리를 데리고 오지 않았느냐고 물었다.

"오! 안될 일이죠, 절대로!" 하고 그녀는 새침스레 말했다. "그애가 기숙사에서 나오고 싶다고 한 지 아직 석 달도 안 됐는 걸요…… 금방 결혼을 시킬 생각이었어요…… 그런데 그애가 하도 어미를 따르고 좋아하니까 집에다 잡아놓긴 했지만 정말 마음이 내키질 않아요."

눈썹이 지지러진 파릇한 눈까풀을 깜박이며 가가는 딸의 결혼 얘기를 지걸였다. 이 나이가 되도록 한 푼의 저축도 없이 사내들, 그것도 자기에겐 손자뻘밖에 안 되는 아주 젊은 사내들을 몇 사람씩 만들어서는 여전히 일을 하고 있으니, 그것보다는 행복한 결혼 쪽이 훨씬 가치 있다고 했다. 그리고 그녀는 라 팔르와즈 쪽으로 몸을 기댔다. 덮쳐 오는 분칠한 큼직한 알몸의 어깨 밑에서 라 팔르와즈는 얼굴을 붉혔다.

"만약에 말예요, 그애가 이상한 짓을 한다 해도 그건 내 탓이 아녜요…… 젊었을 땐 누구나 다 이상한 생각을 하는 것이니까!"

식탁 주위가 떠들썩해졌다. 보이들이 바쁘게 움직였다. 앙트레(수프나 생선 요리 다음에 나오는 요리-역주)가 나왔다. 암탉 요리와 매운 소스를 친 넙치회, 그리고 얇게 썬 거위고기 등이 나왔다. 그때까지 포도주로 뮈르소를 내놓던 주방장이 이번엔 샹베르탱과 레오빌로 바꿔 내놓았다. 요리가 바뀌는 동안의 가벼운 소란 속에서 조르주는 점점 더 놀라며, 이 여자들은 모두 저렇게들 어린애가 있느냐고 다그네에게 물었다. 그러자 그는 이 질문에 재미를 느끼며 자세한 얘기를 해주었다. 뤼시 스튜와는 북부정거장에 고용되어 있던 영국 태생 주유공의 딸이다. 서른아홉 살로 두뇌는 없지만 사랑할 만한 여자로, 폐병에 걸려 있지만 결코 죽을 것 같지는 않다. 여기 있는 여자들 중에서 제일 세련된 여자로 지금까지 세 사람의 왕족과 한 사람의 공작을 연인으로 가진 일도 있다. 카롤린 에케는 보르도 태생으로 부친은 말단 관리였으나 독직 사건으로 자살했다. 다행히 모친이 똑똑한 여자였기 때문에 한때는 딸과 의절했었으나 1년간 잘 생각한 나머지 어쨌든 재산이라도 좀 남겨줄 생각으로 딸과 화해했다. 그녀는 지금 25세로, 굉장히 냉랭한 여자지만 언제나 일정한 금액으로 살 수 있는 최고 미인 중의 하나다. 모친은 대단히 꼼꼼한 여자로 끊임없이 수입과 지출 면에 신경을 쓰고 있다. 같은 집에서 2층 더 위에 살고 이으며, 그 좁은 집을 관리하고 겸하여 그곳에 부인복과 내복 등의 재봉소까지도 꾸며 놓고 있다. 블랑슈 드 시브리는 본명이 자클린 보뒤인데 아미앵 부근의 시골 출신이다. 어리석고 거짓말쟁인 데다 맹랑한 여자다. 그녀는 자기가 어느 장군의 손녀라고 자칭하며 서른둘이라는 자기 나이를 인정하려고 안 한다. 또한 뚱뚱하기 때문에 러시아인들에겐 인기가 높다.

그리고 다그네는 다른 여자들에 관해선 간단히 설명했다. 클라리스 베스뉘는 어떤 부인이 생 토뱅 쉬르 메르에서 하녀로 데리고 왔는데, 그 부인의 남편이 이런 길로 진출시킨 것이다. 시몬 카비로슈는 생 탕투안 거리의 가구상의 딸로서 초등학교 선생이 되려고 기숙사에서 자랐다. 마리아 블롱, 루이즈 비오렌느, 레아 드 온은 모두 파리의 거리에서 커왔다. 다만 타탕 네네만은 예외로 그녀는 상파뉴 지방의 마을에서 스무 살이 되도록 젖소를 보살피고 있었다. 조르주는 연달아 가며 가차없이 폭로되는 여자들의 내력에 놀라움과, 동시에 흥분을 느끼며 그녀들을 바라보았다. 그의 등 뒤에선 보이들이 공손한 목소리로 되풀이하고 있었다.

"암탉 찜입니다…… 매운 소스 친 넙치회올시다……."

"이봐" 하고 다그네가 경험에서 얻은 것을 조르주에게 말했다. "저 생선은 먹지 마. 이 즈음은 맛이 없으니까…… 그리고 술은 레오빌로 하고. 그것이 덜 곯을 테니까."

열기가 촛대와 그리고 돌아가는 요리로부터, 그리고 서른여덟 사람이 들끓는 식탁으로부터 치솟았다. 그리고 보이들은 기름이 얼룩진 양탄자 위를 열심히 뛰어다녔다. 그러나 만찬회는 좀처럼 흥겨워지질 않았다. 여자들은 음식이 별로 당기지 않는지 고기를 반 이상씩이나 남겼다. 타탕 네네만이 홀로 아귀처럼 전부 다 먹어치웠다. 이런 밤중에는 신경성 식욕이라고나 할까 뒤틀린 위장의 변덕밖에는 없는 법이다. 나나 곁의 노신사는 권하는 요리를 모두 사양하고 단지 수프만을 몇 숟갈 마셨다. 그러고는 빈 접시를 앞에 놓고 묵연히 주위를 바라보고만 있었다. 슬그머니 하품을 하는 사람도 있었다. 때때로 눈꺼풀이 저절로 내리 감기고, 얼굴이 흙빛이 되었다. 방되브르의 말대로, 다른 때나 마찬가지로 지루하기만 했다. 그러니까 이런 모임을 재미있게 하려면 점잖게 굴어선 안 된다. 만약에 체모를 차리며 품위를 세우려면야 점잖은 사교계에서 식사를 하는 것이나 다름없는 일인데, 그와같은 사교계에서도 이보다는 지루하지 않다. 여전히 고함치고 있는 보르드나브가 없었던들 다들 졸았을 것이 분명했다. 그 보르드나브는 한쪽 다리를 꼿꼿하게 뻗은 채, 마치 터키 황제라도 된 듯 곁에 앉은 뤼시와 로즈의 시중을 받고 있었다. 그녀들은 그에게만 매달려 시중을 들고, 비위를 맞추며 잔과 접시에 신경을 쓰고 있었다. 그래도 그는 불평을 늘어놓고만 있었다.

"누가 고기를 썰어주어야 될 것 아냐? …… 식탁이 10리나 떨어져 있으니, 내가 어떻게 할 수가 있나 말이다."

그때마다 시몬이 일어서서 그의 뒤로 돌아가 고기와 빵을 썰어 주었다. 여자들은 모두 그가 무엇을 먹는가에 흥미로와 보이를 불러서 괴로울 정도로 그의 입에 처넣어 주었다. 로즈와 뤼시가 접시를 바꾸는 동안에 시몬이 입을 닦아 주자 그는 그제야 만족하며 좋아했다.

"암! 그래야지…… 여자란 그런 것밖엔 할 일이 없지 않나."

모두들 졸음이 좀 가시고 얘기가 퍼지기 시작했다. 밀감 소르베(과일즙으로 만든 아이스크림의 일종, 영어로 셔벗—역주)가 끝나고, 구운 고기에 알버섯을 곁들인 편육이 나왔고, 냉육으로는 칠면조를 얼려 만든 갈랑틴(향신료를 넣어서 얇은 고기를 한천으로 굳힌 것—역주)이 나왔다. 활기 없는 손님들의 모습에 골이 난 나나가 큰 소리로 지껄이기 시작했다.

"말이죠, 여러분. 모두들 아시겠지만 스코틀랜드의 왕자가 만국박람회 구경을 오신 길에 〈금발의 베누스〉를 보고 싶다고 앞자리의 칸막이 좌석을 예약했어요."

"왕족들 전부가 보러왔으면 좋겠다" 하고 음식을 입에 가득 문 채 보르드나브가 말했다.

"일요일에는 페르시아의 왕께서 오실 예정이래요" 하고 뤼시 스튜와가 말했다.

그러자 로즈 미뇽이 페르시아 왕의 다이아몬드에 관해서 얘기하기 시작했다. 그 왕은 보석을 가득히 박은 가운을 입고 있으며, 그것은 불타오르는 태양이라고나 할 만큼 하여간에 눈이 부시도록 찬란한 것으로서 수백만 프랑의 가치가 있다는 것이었다. 그러나 여자들은 낯빛을 바꾸고, 욕망으로 눈을 번득이며 목을 길게 빼고, 찾아올 다른 왕과 황제들의 이름을 열거했다. 모두들 왕이 하룻밤 자고 한 밑천을 주는 변덕을 일으켰으면 하고 몽상하는 것이었다.

"나 좀 보셔요" 하고 카롤린 에케가 몸을 방되브르에게 기대며 물었다. "러시아 황제는 몇 살이죠?"

"오, 나이 같은 것은 없지" 하고 백작은 웃으면서 대답했다. "하지만 소용없네, 그만두는 것이 상책이네."

나나는 기분이 상했다. 지금 백작의 얘기는 너무하다고 중얼거리며 항의하는 사람도 있었다. 블랑슈가 이탈리아 왕에 대하여 자세히 얘기하기 시작했다. 그녀는 언젠가 한 번 밀라노에서 왕을 보았는데, 별로 미남은 아니었지만, 모든 여자들을 손아귀에 휘어잡을 만하더라고 했다. 그러나 포슈리가 비토리오 에마누엘레 왕은 오지 못할 것이라고 하자 그녀는 무색한 표정을 지었다. 루이즈 비오렌느와 레아는 오스트리아 황제한테 열중하고 있었다. 그때 갑자기 작은 마리아 블롱이 말했다.

"프로이센 왕은 야윈 영감님이에요. 작년에 바덴에 가보았는데, 왕께선 언제나 비스마르크 백작과 함께 계셨어요."

"가만! 비스마르크라면, 내가 알고 있어요" 하고 시몬이 가로막았다. "멋쟁이에요."

"어제도 내가 그랬건만 아무도 믿어주질 않지 뭐야" 하고 방되브르가 소리쳤다.

그리고 사빈느 백작 부인의 응접실에서처럼 비스마르크 백작 얘기가 오래도록 계속됐다. 방되브르가 어제와 같은 얘기를 되풀이했다. 잠시 동안은 뮈파 백작의 응접실로 돌아간 것만 같았다. 다른 것은 여자들뿐이었다. 약속한 것처럼 얘기가 음악으로 옮아갔다. 다음엔 푸카르몽이 지금 파리의 화젯거리가 되고 있는 그 소녀의 수녀원 입원 얘기를 한 마디 하자, 나나는 흥미를 느끼며 푸즈레 양의 얘기를 꼭 좀 더 들려 달라고 졸랐다. "아이 가엾어라, 산 채로 매장이 되다니! 그래도 하느님의 부르심을 받은 것이라면 할 수 없지!" 조르주는 똑같은 얘기를 듣는 것이 싫증이 나서 나나의 사생활을 다그네에게 물었다. 그런데 그때 또다시 얘기는 비스마르크로 되돌아갔다. 타탕 네네가 라보르데트의 귓전에 얼굴을 가까이 대고 자기는 모르는데, 그 비스마르크란 누구냐고 물었다. 그러자 라보르데트가 시치미를 떼고서 터무니없는 소리를 들려주었다.

비스마르크란 사람은 생고기를 먹으며 집 근처에서 여자들을 만나면 업어 간다. 그래서 그는 나이 마흔에 벌써 아이들이 32명이나 된다고 했다.

"나이 마흔에 아이들이 32명요!" 하고 타탕 네네가 그 말을 곧이 듣고 어이없다는 투로 소리쳤다. "그럼, 그 사람 나이마련해서는 지쳐 있겠네요."

그러자 모두들 웃음을 터뜨렸기 때문에 그녀는 자기가 희롱당하고 있는 것을 알았다.

"흉측한 양반 같으니! 당신 날 놀렸군요."

한편 가가는 줄곧 만국박람회 얘기만 하고 있었다. 여기 있는 모든 여자들과 마찬가지로 그녀도 기대로 가슴이 부풀고 있었다. 철도 좋고 시골과 외국에서 모두들 파리로 몰려들 것이라고 했다. 그리고 만약에 장사가 잘 되면 아마 박람회가 끝난 후에는, 그 전부터 탐내 오던 쥐비지의 작은 집을 사서 은퇴할 수 있을 것이라고 생각했다.

"별수 없지 어떻게 하겠어요?" 하고 그녀는 라 팔르와즈에게 말했다. "결국은 아무것도 안 되는 걸요…… 만약에 누가 나를 사랑해주기라도 한다면 몰라도!"

가가는 젊은이의 무릎이 자기 무릎에 접근해 오는 것을 느끼

고 상냥한 기분이 되었다. 그는 얼굴을 붉히고 있었다. 그녀는
감겨 드는 소리를 하며, 한눈에 상대방을 저울질하는 것이었
다. 과히 돈이 있어 보이는 중량급의 남자는 아닌 듯했지만, 이
미 그녀는 이것저것 가릴 때가 아니었다. 그래서 라 팔르와즈
에게 그녀는 주소를 일러 주었다.

"저것 좀 보게나!" 하고 방되브르가 클라리스에게 소곤거렸
다. "가가가 자네의 엑토르를 유혹하고 있네."

"상관없어요!" 하고 여배우는 대답했다. "저 사람 미쳤어
요…… 저는 벌써 세 번이나 저 사람을 문간에서 쫓아버린 일
이 있는데요…… 글쎄 새파란 사람이 늙은이를 좋아하다니, 그
런 사람 내 비위엔 안 맞아요."

그녀는 거기서 얘기를 중단하고 가볍게 블랑슈를 가리켰다.
식사 초부터 블랑슈는 거북한 자세로 몸을 내밀고 세 자리나
건너편에 있는 그 점잖은 노신사에게 어깨를 보이려고 연방 몸
을 젖히고 있었다.

"선생님도 차이시겠어요" 하고 클라리스가 말을 계속했다.

방되브르는 상관치 않는다는 몸짓을 하며 능청스레 웃었다.
사실이지 그는 저 불쌍한 블랑슈가 성공하는 것을 방해하진 않
는다고 했다. 그것보다도 스테이네르가 연출하는 광경 쪽이
더 흥미로웠다. 이 은행가의 열성이란 유명했다. 독일계의 유
태인인 그는 그 손으로 수백만의 돈을 만들어내는 민완의 사업
가였지만, 그도 일단 여자에게 열중하게 되면 어이없는 바보가
되어 버렸다. 게다가 여자란 여자를 모두 탐내고, 새 얼굴만 무
대에 나타나고 보면 아무리 비싸도 꼭 사고야 말았다. 그리고
그가 탕진한 거액이 세상의 얘깃거리가 되었다. 이렇게 걷잡
을 수 없는 색욕 때문에 그는 두 차례나 파산을 했다. 방되브르
의 말마따나 여자들은 그의 금고를 말려 놓는 것으로서 도덕을

위하여 복수를 하고 있는 것이다. 그는 랑드 지방의 염전에다 대규모의 투자를 함으로써 증권거래소에서 형세를 복구했기 때문에, 6주 전부터 미농 부부가 그 염전을 뜯어먹고 있는 것이다. 그러나 경쟁자가 나타난 이상, 미농 부부끼리만 단물을 빨아먹을 수는 없게 되었다. 나나가 하얀 이빨을 드러내고 웃었다. 또다시 스테이네르는 여자에게 잡힌 것이다. 뿐만 아니라 너무나 급작스레 반하다 보니 얻어맞은 것만 같고, 나나 곁에서 배도 고프지 않건만 그저 먹어대고 있었다. 입술은 늘어지고 얼굴엔 기미가 끼어 있었다. 이제 금액만 말하면 되는 것이다. 그러나 나나는 서두르지 않고 그와 수작을 벌이며 털북숭이 귓전에 웃음을 불어넣어 살가죽이 두꺼운 얼굴에 스쳐 가는 전율을 즐기고 있었다. 이따위 남자를 요리하는 것쯤이야, 그 건방진 뮈파 백작이 확실하게 나를 마다한 연후에도 늦지는 않다.

"술은 레오빌로 할까요, 샹베르탱으로 할까요?" 하고 보이가 마침 스테이네르가 나나에게 무엇인가 소곤거리고 있는 사이로 고개를 들이밀며 물었다.

"응? 뭐라고?" 하며 스테이네르는 어리둥절하여 허둥지둥 말했다. "아무것이라도 좋아."

방되브르가 팔꿈치로 뤼시 스튜와를 가볍게 툭 쳤다. 그녀는 한 번만 말문이 터지면 아주 짓궂고 날카로왔다. 오늘밤만 해도 미농이 그녀의 눈에 아주 거슬렸다.

"저 사람은 뚜쟁이 노릇을 한다니까요" 하고 그녀는 백작에게 말했다. "종키에의 경우와 똑같은 짓을 되풀이하려고 생각하는 것이에요…… 알고 계시죠. 종퀴에는 로즈와 달라붙어 다니면서도 저 키 큰 여자 로르를 건드리지 않았겠어요…… 그것도 미농이 로르를 종퀴에한테 천거해 주어서지요. 그러고도

135

미뇽은 다시 종퀴에의 손목을 잡고 로즈한테로 데려왔답니다. 바람기를 용서받은 남편처럼 말이죠…… 하지만 이번에는 그렇게 되지 않을 걸요. 나나는 빌어 받은 남자를 돌려줄 여자가 아니거든요.

"그런데 미뇽은 또 어찌 된 거지, 자기 마누라를 도끼 눈으로 노려보고 있으니 말야" 하고 방되브르가 물었다.

몸을 구부리고 건너다보니, 로즈가 포슈리에게 굉장히 상냥하게 굴고 있었다. 그제야 뤼시가 화를 내고 있는 이유를 알았다. 그는 다시 웃으며 말했다.

"뭐야! 질투하고 있군 그래?"

"질투한다고요!" 하고 뤼시는 분연히 말했다. "좋아요! 만약에 로즈가 레옹을 탐낸다면 기꺼이 양보하겠어요. 형편없는 사람예요!…… 기껏해야 일주일에 꽃다발 하나밖엔 가져오지 않는 사람이라니까요…… 글쎄 들어보셔요, 무대에 서는 여자란 모두 마찬가지예요. 로즈는 레옹이 쓴 나나의 기사를 보고서 분해서 울었답니다. 내가 다 알고 있지요. 아시겠어요. 그 여자도 기사가 탐이 나서 저러는 거예요, 그래서 자기도 기사를 써받으려는 심산인 것이에요…… 내 이번엔 레옹이 오면 그대로 쫓아내고 말 테니 두고 보셔요!"

그녀는 거기서 말을 그치고 술병 두 개를 들고 뒤에 서 있는 보이에게 말했다.

"레오빌로 줘요."

그러고는 목소리를 낮추어서 얘기를 계속했다.

"나는 강짜를 놓고 떠들어대고 하지 않는단 말예요. 그건 내가 쓰는 방법이 아니니까요…… 하지만 어쨌든 저건 굉장한 화냥년이라구요. 내가 서방이라면 두들겨줄 텐데…… 그렇지만 결코 행복해지진 못할 거예요. 포슈리가 어떤 남자라구요.

136

여간내기가 아니라구요. 자기를 세상에 내세우려고 여자들에게 들러붙어만 있는 따위…… 훌륭하신 분들이라구요!"

방되브르는 그녀를 달래노라 애쓰고 있었다. 뤼시와 로즈에게 돌림쟁이가 된 보르드나브는 화를 내며, 아비를 굶주림과 갈증으로 죽일 작정이냐고 고함을 쳤다. 이것이 다행히 좌중에 기분 전환을 가져왔다. 식사는 질질 끌기만 했고 이젠 아무도 먹는 사람이 없었다. 접시의 이탈리아식 셰프(버섯의 일종─역주)와 퐁파두르식 파인애플 파이를 공연히 건드려볼 뿐이었다. 그러나 수프가 나올 때부터 마시기 시작한 샴페인 때문에 취기가 차츰 돌기 시작했다. 그래서 모두들 그제서야 어울리기 시작했다. 여자들은 어수선한 그릇들을 앞에 놓고 식탁에 팔을 괴고 남자들은 한숨을 돌리려고 의자를 뒤로 뽑았다. 까만 연미복이 새하얀 블라우스 사이로 파고들었다. 방 안은 더웠고 식탁 위의 촛불은 한층 밝아진 양 노란빛을 더했다. 가끔씩 곱슬한 머리칼 밑에서 황금빛 목덜미를 구부릴 때마다 높게 틀어 올린 머리에 다이아몬드 장식이 번쩍였다. 방 안 전체에 온화한 기운이 감돌았다. 웃음을 지닌 눈들이며 잠깐 잠깐 엿보이는 하얀 이빨이며, 샴페인 잔에 비치는 촛불의 빛과 드높아지는 농담 틈에 몸짓이 뒤따랐다. 질문을 던져도 대답은 없고 사람들은 식탁 가와 가에서 연방 서로 불러댔다. 그 중에서도 특히 더 시끄러운 것은 보이들이었다. 그들은 자기네 식당의 복도에 있는 기분으로, 밀치고 떠들고 하며 아이스크림과 디저트를 날랐다.

"여러분" 하고 보르드나브가 외쳤다. "알겠지, 내일도 공연이 있단 말야…… 조심들 하라고, 샴페인을 과음하지 않도록 말야!"

"나는 이 세상의 술이란 술은 모두 다 마셔봤습니다……" 하고 푸카르몽이 말했다. "아주 수상한 술도 말입니다, 제아무리 장사라도 나가떨어지는 알코올 따위를 말입니다…… 하지만 나한텐 아무것도 아닙니다. 나는 취하질 않는 체질인 모양입니다. 시험해 봤지만 소용없어요."

그는 창백했지만, 아주 초연하게 의자에 기대 앉아서 여전히 마셔대고 있었다.

"알았으니 이제 그만 하셔요" 하고 루이즈 비오렌느가 소곤거렸다. "그만 하면 됐어요. 밤새 시중을 들다간 당할 수가 없겠어요."

뤼시 스튜와는 취기가 돌아 정말 폐병쟁이처럼 뺨이 발그레해졌다. 그러나 로즈 미뇽은 기분이 들떠 눈물까지 어린 눈으로 마냥 상냥하기만 했다. 타탕 네네는 과식을 해서 멍해가지고선 그와 같은 자신을 비웃듯이 싱글싱글하고 있었다. 그밖에 블랑슈, 카롤린, 시몬, 마리아 등은 모두 자기 얘기를 지껄여대고 있었다. 마부와의 말다툼, 시골 여행 계획, 애인을 빼앗기고 빼앗고 한 복잡한 얘기 등등이었다. 그때 조르주 곁에 있던 젊은이가 레아 드 온을 껴안으려고 했기 때문에 그녀는 격노하여, "이게 무슨 짓예요. 놓지 못해요!" 하고 고함과 동시에 따귀를 올려붙였다. 그러자 취기에 겸하여 나나의 모습으로 흥분되어 있던 조르주는 그것을 보고는 어떤 계획을 망설이고 말았다. 즉 그는 테이블 밑으로 기어 들어가서 강아지처럼 나나의 발밑에 웅크리고 있으려는 계획을 생각하고 있었던 것이다. 아무도 모를 테니까 가만히 얌전하게 숨어 있으리라고 생각했던 것이다. 조르주는 다그네가 레아의 부탁으로 그 젊은이에게 조용하라고 주의하는 것을 보고는 자기가 꾸중이나 들은 것처럼 그 순간 조용해졌다. 모든 게 시시하고 심심했다. 좋은 일이라곤 아무것도 없었다. 그러나 다그네가 만약에 네가 여자와 단둘이만 있게 된다면 어떻게 하겠느냐고 농담을 섞어가며 냉수를 큰 컵으로 석 잔이나 먹었다. 조르주는 샴페인 석 잔으로 마룻바닥에 쓰러질 걱정이 되어 있었던 것이다.

"이보시오" 하고 푸카르몽이 계속했다. "아바나에선 나무 열매로 브랜디를 만든단 말입니다. 그건 마치 불을 마시는 것 같지요…… 어느날 밤에 그것을 1리터 이상이나 마셨지만 난 아무렇지도 않았다 말입니다…… 그보다도 더한 것은 코로망델 해안에서 토인들에게 황산염에 후추를 섞은 수상한 술을 대접받은 경운데, 그것도 아무렇지도 않았으니까요…… 난 취하지 않은 체질인 모양입니다."

조금 전부터 그는 맞은편의 라 팔르와즈가 비위에 거슬렸다. 그래서 그는 싱글싱글 웃어주기도 하고 무례한 말을 던져 보기도 했다. 라 팔르와즈는 완전히 취해서 가가에게 찰싹 들러붙어가지고는 연방 꿈틀거리고 있었다. 그러나 사실은 근심이 되어서 그러는 것이었다. 누군가가 자기의 손수건을 빼간 것이다. 그래서 술 취한 사람의 집요성으로 손수건을 돌려 달라면서 옆 사람에게 물어보기도 하고, 몸을 기울여 의자 밑과 발 밑 등을 들여다보기도 했다. 가가가 그를 안정시키려고 하니 그는 중얼거렸다.

"고약하게 됐는 걸, 귀퉁이에 나의 이름과 우리 가문의 문장이 들어 있단 말야…… 귀찮은 일이 일어날는지도 모른단 말이요."

"이보세요, 팔르와즈 씨, 라마푸와즈 씨, 마팔르와즈 씨" 하고 푸카르몽이 외쳤다. 상대방의 이름을 이렇게 뒤집어서 말하는 일이 자기 나름대로는 재치 있는 일이라고 생각한 모양이었다.

그러나 라 팔르와즈는 화를 냈다. 그리고서 더듬거리며 조상들의 얘기를 지껄여대더니 푸카르몽의 머리에 주전자를 내던 지겠다고 위협했다. 방되브르 백작이 중간에 들어서서 푸카르 몽은 다만 농담으로 한 짓이라고 팔르와즈를 달래야만 했다. 사실 모두들 웃고 있었다. 그래서 발끈했던 젊은이도 기가 죽어 다시금 자리에 앉았다. 사촌 형 포슈리가 어서 먹을 것이나 찾아먹으라고 큰소리로 타이르자 그는 어린애처럼 순종하며 음식을 먹기 시작했다. 가가가 다시 또 그를 자기에게 끌어당겼다. 그래도 그는 또 가끔 손님들을 살펴보며 여전히 손수건을 찾고 있었다.

그래서 이번엔 푸카르몽이 멀리 탁자 건너편의 라보르데트를 놀리기 시작했다. 루이즈 비오렌느는 그것을 말리노라고 애를 썼다. 이렇게 그가 남을 집적거리고 나면 언제나 끝에 가서는 화를 당하는 것은 그녀라는 것이었다.

그가 생각해낸 농담이란 라보르데트를 "마담"이라고 부르는 것이었다. 그것이 꽤나 재미있는 모양인지, 여러 차례 되풀이했다. 그러나 라보르데트는 태연하게 그럴 때마다 어깨를 으쓱하며 조용히 말했다.

"그만두게 이 사람, 어리석게시리."

그러나 푸카르몽이 여전히 계속하며 어찌된 영문인지 모욕적인 언사까지 쓰게 되자, 그는 상대를 하지 않고서 방되브르 백작에게 말했다.

"선생님, 이 친구를 진정시켜 주십시오…… 나는 화를 내고 싶지 않습니다."

라보르데트는 두 차례나 결투를 한 일이 있었고, 어딜 가나 존경받고, 환영받는 인물이었다. 누구나 다 푸카르몽을 나무랐다. 하기야 식탁을 둘러싼 사람들은 모두 그의 기지를 인정하고 자리가 화락해지기는 했다. 그렇다 하더라도 이 모임의 분위기를 흐려놓게 놔둘 수는 없는 일이었다. 방되브르는 점잖은 얼굴을 붉히며 라보르데트를 본래대로 남성 취급하도록 하라고 푸카르몽에게 말했다. 다른 남자들, 즉 미뇽, 스테이네르, 보르드나브 등도 흥분해서 중간에 뛰어들어 방되브르의 목소리조차 안 들릴 정도로 떠들어대며 간섭했다. 다만 한 사람 나나 곁에서 사람들에게 잊혀져 있는 그 노신사만이 위엄 있는 태도를 잃지 않고 엷은 미소를 띠며 말없이 이 디저트 중의 소동을 물끄러미 바라보고 있었다.

"이것 봐, 이제 여기서 커피로 하지. 이만하면 됐어" 하고 보르드나브가 말했다.

나나는 금방 대답하지 않았다. 만찬이 시작될 때부터 그녀는 어쩐지 뒤숭숭한 느낌이었다. 많은 손님들로 멍하여 정신이 없었던 것이었다. 그들은 마치 요리집에서 하듯이 보이를 부르고 큰 소리로 지껄여대고 마음대로들 굴었다. 무엇보다도 그녀 자신이 한 집의 주인으로서의 역할을 잊고, 곁에서 기절하여 죽어가는 사람 같은 화상을 하고 있는 뚱뚱보 스테이네르밖에는 생각지 않고 있었다. 그녀는 통통한 금발의 여자답게 도발적인 웃음을 띠며 상대방의 얘기를 듣고 있었지만, 고갯짓으로는 아직도 거부하고 있었다. 샴페인을 마셨기 때문에 완전히 장밋빛이 되어서는, 입술은 젖어 있었고 눈은 반짝이고 있었다. 어깨가 아양을 떠는 것처럼 흔들리며 고개를 돌리면 목줄기가 관능적으로 부풀어 올랐다. 그럴 때마다 은행가는 보수를 올리고 있었다. 언뜻 그녀의 귓전에서 비단처럼 만실한 곳을 발견하곤 아주 정신을 못 차렸다. 나나는 머리가 땅했지만, 그래도 때때로 손님들을 생각하고, 그들에게 실례가 되지 않도록 하려고 상냥하게 굴었다. 그러나 식사가 끝날 무렵엔 완전히 취해 버렸다. 큰일이었다. 샴페인만 마시면 금방 취해 버리는 그녀였다. 그러자 갑자기 한 생각이 떠올라 그녀를 화나게 했다. 그것은 이 여자들이 자기의 집에서는 이렇게 함부로 마구 굴어도 괜찮다는 말인가 하는 생각이었다. 오, 그녀는 환히 다 알고 있다. 뤼시는 푸카르몽에게 눈짓을 하여 라보르데트와 싸움이 붙게 했고, 로즈나 카롤린 같은 그밖의 여자들은 남자들을 들뜨게 하느라고 눈짓을 하고 있었다. 이젠 소란스러워서 얘깃소리조차 안 들릴 정도였다. 이것도 다 나나네 집에서의 만찬회에서는 아무 짓을 해도 괜찮다는 생각을 가지고 있는 증거이리라. '좋다, 마음대로들 해보라지. 아무리 취해도 나는 아직 이 중에선 제일 멋있고 제일 훌륭한 여자니까.'

"이봐" 하고 보르드나브가 또다시 되풀이했다. "그만 커피를 내도록 이르라구…… 그러는 것이 내겐 더 고맙겠어, 다리도 이 모양이고."

그러나 나나는 벌떡 일어서더니 어리둥절해하는 스테이네르와 노신사의 귓전에 소곤거렸다.

"꼴 좋군요. 앞으로 교양 없는 사람을 초대할 경우의 좋은 참고거리가 되겠는걸요."

그러고는 식당 쪽을 가리키며 큰 소리로 외쳤다.

"여러분, 커피가 필요하신 분은 저쪽으로 가주십쇼."

그러자 모두들 나나가 노한 것도 모른 채 식탁을 떠나 식당으로 몰렸다. 마침내 응접실엔 보르드나브 외에는 아무도 남아 있지 않았다. 그는 벽을 잡고 느릿느릿 걸으면서, 못된 년들이 배지가 부르니까 아비를 버리고 가는구나 하며 욕지거리를 퍼부었다. 그의 뒤에선 고함을 치는 주방장 지시에 보이들이 벌써 그릇을 치우기 시작했다. 그들은 부산하게 밀치락거리며, 마치 환상극의 배경이 무대감독의 호각 소리로 꺼져버리듯 순식간에 식탁을 어디론지 치워 버렸다. 손님들이 커피를 마신 다음에는 다시 돌아오기로 되어 있었기 때문이었다.

"어머, 여긴 좀 추운데!" 하고 식당에 들어가자 가가가 약간 몸을 떨면서 말했다.

그 방의 창문은 열어 놓은 대로였다. 두 개의 램프가 테이블을 비치고 커피와 술 종류가 벌써 나와 있었다. 의자가 없었기 때문에 선 채로들 마셨다. 옆의 방에선 보이들의 와자지껄하는 소리가 한층 더 높아갔다. 나나가 자취를 감추고 없었다. 그러나 이상하게 생각하는 사람이라곤 하나도 없었다. 그녀가 없어도 그들은 조금도 개의치 않았다. 모두들 손수 따라 마시며, 스푼이 모자라면 식기장 서랍을 뒤져서 찾아내곤 했다. 여기저기 동아리가 이루어져 식사 중에 떨어져 있던 사람들이 끼리끼리 모였다. 그들은 의미있는 시선과 웃음을 교환하기도 하고 터놓고 사정을 설명하기도 했다.

"이렇게 하면 어떨까요, 오귀스트" 하고 로즈 미뇽이 남편에게 말했다. "며칠 안으로 포슈리 씨를 식사에 초대하죠."

시곗줄을 만지작거리던 미뇽은 잠깐 신문기자를 흘겨보았다. '로즈는 어리석은 여자다. 좋은 감독자로서, 이 어리석은 짓을 단속해 주는 게 내가 해야 할 일이다. 기사를 써받기 위한 일이라면 할 수 없다. 그러나 그것뿐이다.' 그는 아내의 고집이 센 성격을 알고 있고 또 필요할 때면 아버지 같은 기분으로 바람기쯤은 용서해 주는 방침이기 때문에 되도록 상냥하게 말을 했다.

"물론이지. 난 아주 기쁘기만 합니다. 내일 오시죠, 포슈리 씨."

스테이네르와 블랑슈를 상대로 지껄이고 있던 뤼시 스튜와가 얼결에 이 초대 얘기를 들었다. 그래서 그녀는 큰소리로 은행가에게 말했다.

"모두들 열성이에요, 저 여자들은. 글쎄 말씀이죠, 나한테서 개까지 훔쳐간 여자도 다 있답니다…… 제 말 좀 들어보세요. 선생님께서 그 여자를 버리셔도 그건 제 탓이 아니란 말씀입니다."

로즈가 돌아다보았다. 그녀는 커피를 홀짝홀짝 마시고 있다가 낯빛까지 바꾸며 스테이네르를 노려보았다. 자기를 버린 남자에게 대한 울적한 분노가 눈 속에 이글이글 불타고 있었다. 그녀에겐 미뇽보다도 정확하게 상황이 보이는 것이었다.

'어리석게도 남편이 종퀴에 때와 같은 짓을 또 하려고 하지만, 장마다 꼴뚜기 나나. 할 수 없지. 나는 포슈리나 차지해야지, 식사 때부터 마음에 들었으니까. 미뇽이 좋아하지 않겠지만 그것도 공부가 되겠지.'

"당신 싸움을 하려는 것은 아니지?" 하고 방되브르가 와서 뤼시 스튜와에게 말했다.

"아뇨, 염려 마셔요. 단지 저 여자를 조용하게 하려는 것뿐에요. 그렇지 않으면 혼을 내주려고요."

그러고선 건방진 태도로 포슈리를 불러 놓고는 말을 이었다.

"이보세요. 당신 슬리퍼가 아직도 우리 집에 있습니다요. 내일 당신네 수위실까지 보내드릴 테니 그리 아시라구요."

포슈리는 농담을 해주려고 했다. 그러나 그녀는 거만을 부리며 멀어져 갔다. 벽에 기대어 키르슈(앵두술─역주)를 천천히 마시고 있던 클라리스가 어깨를 으쓱했다. '저 봐! 또 남자 일로 한바탕 일이 났지! 두 여자가 애인을 동반하고 자리만 같이하면 금방 남자를 서로 빼앗을 궁리부터 하니 원. 이 말썽도 그만하면 됐지. 나 역시, 그러려고 들면야 엑토르 일로 가가의 눈을 뽑아낼 수도 있지! 하지만 천만의 말씀이야. 그런 어리석은 짓은 안 하지!' 그런데 마침 거기에 라 팔르와즈가 지나치자 그녀는 다만 이렇게 말했다.

"내 말 좀 들어보세요, 당신은 나이 먹은 여자를 좋아하죠! 그 정도 가지곤 아직 덜 익었을 거예요. 당신에겐 썩어 문드러져 가는 것이 알맞을 테니까요."

라 팔르와즈는 화가 잔뜩 난 표정이었다. 아직도 손수건 생각을 하고 있었기 때문에 클라리스가 놀리는 것을 보고는, 아무래도 그녀가 수상쩍다고 생각했다.

"장난질은 그만하라구, 당신이 내 손수건을 가져갔지, 내 손수건을 돌려줘."

"그 손수건 소리 좀 집어치우세요. 미련하게 무엇하려고 내가 당신의 손수건을 집어갑니까?"

"그야 그것을 우리 집에 보내서 나를 곤란하게 하려는 것이겠지" 하고 그는 의심스럽다는 듯이 얘기했다.

한편에선 푸카르몽이 술에 손을 대고 있었고, 라보르데트는 여자들 틈에 끼어서 커피를 마시고 있었다. 푸카르몽은 라보르데트를 바라보며 싱글싱글하더니 또다시 놀려대기 시작했다. 말 장수 아들이라느니, 어느 백작 부인의 사생아라느니, 수입도 없는 주제에 언제나 백작 부인의 사생아라느니, 수입도 없는 주제에 언제나 주머니엔 25루이를 갖고 있다느니, 창녀들의 심부름꾼이면서도 자기 자신은 절대로 계집하고 자지 않는 녀석이라느니 등등 별의별 욕을 다 퍼부었다.

"절대로! 절대로! 없지!" 하고 푸카르몽은 벌컥 화를 내며 되풀이했다. "아니, 보라구, 내 저놈을 한 대 갈겨주고야 말 테니."

그는 샤르트뢰즈가 든 조그만 잔을 비우면서 이따위 술쯤으론 끄떡없다고 했다. 그리고 엄지손가락의 손톱으로 이빨을

긁어 소리를 냈다. 그러고는 라보르데트 쪽으로 달려가는 찰
나 갑자기 파랗게 질려서는 식기장 앞에 털썩 쓰러지고 말았
다. 너무 취해서 정신을 잃고 만 것이었다. 루이즈 비오렌느는
어쩔 줄을 몰랐다. "그러기에 내가 말하지 않았느냐 말야, 귀찮
아질 것이라고. 밤새도록 시중을 들어야지 뭐야" 하고 그녀는
중얼거렸다. 가가가 경험을 쌓은 여자의 눈으로 장교를 검사
해 보고서는 대단치 않다고 했다. 이 사람은 이대로 열두 시간 내
지 열 다섯 시간만 계속해서 자게 두면 별다른 걱정이 없다고
하며 루이즈를 안심시켰다. 푸카르몽은 운반되어 갔다.

"어렵소! 나나가 어디로 갔지?" 하고 방되브르가 물었다.

그렇다. 사실 그녀는 테이블을 떠난 채 모습을 감추고 말았
다. 모두들 그녀를 생각해 내고서 찾기 시작했다. 아까부터 근
심하고 있던 스테이네르가 나나와 같이 없어진 노신사에 대하
여 방되브르에게 물어보았다. 그러나 백작은, 그 노인은 지금
자기가 바래다주고 오는 길이라고 하며 이름은 대봐야 소용없
는 일이고, 어느 외국 명사로서 연회의 비용을 맡는 것만으로
만족하고 있는 큰 부자라고 하며 스테이네르를 안심시켰다.
그러고는 모두들 또다시 나나를 잊어버리고 있었다. 그때 방
되브르는 다그네가 문으로 고개만 내밀고 잠깐 자기를 와달라
고 신호하고 있는 것을 보았다. 침실로 들어가 보니 나나는 입
술엔 핏기 하나 없이 전신이 굳어서 의자에 앉아 있었고, 다그
네와 조르주가 그 곁에 서서 우두커니 바라보고 있었다.

"왜 그래?" 하고 방되브르가 놀라서 물어보았다.

나나는 대답도 안 하고, 돌아다보지도 않았다. 그러자 그가
다시 또 물어보았다.

"난 바보 취급을 당하고 싶지는 않아요!"

그렇게 말한 다음 나나는 마음에 떠오르는 대로 모두 다 털어

놓는 것이었다. "그렇고말고요, 난 바보가 아니란 말예요. 다 알고 있으니까요. 식사 중 모두들 나를 업신여기고 경멸을 표시하려고 지저분한 소리들만 했단 말예요. 내 발치에도 도달치 못할 더러운 년들의 모임이었어요! 모처럼 진수성찬을 차려서 대접해봤자 나중엔 욕이나 먹는 게 고작이니까요! 그따위 반갑지 않은 인간들, 썩썩 쫓아냈더라면 좋았을 것을." 그렇게 말한 다음 나나는 노여움에 숨을 몰아쉬며 말도 못할 만큼 흐느껴 울었다.

"나 좀 보라구, 자네는 취했네그려" 하고 방되브르는 친숙하게 말을 낮추어 했다. "그렇게 어리광을 피워선 안 되요, 도리를 알아차려야지."

그러나 나나는 그의 말엔 아랑곳없이 그 방에서 나가지 않겠다고 거절부터 했다.

"취했다고요, 그야 그럴지도 모르죠. 하지만 좀 더 소중하게 대접해줬으면 해요."

15분 전부터 다그네와 조르주가 식당으로 돌아가 달라고 졸랐지만 안 들었다. 나나는 고집을 피우며, 손님들은 자기들 멋대로 하면 될 것 아니냐고 했다. 그따위 형편없는 사람들한테 돌아가다니! 말도 안 되는 얘기다. 절대로 안 간다! 몸뚱이를 열 조각으로 낸다 해도 이 방에 남겠다고 버텼다.

"좀더 내가 조심을 했으면 됐을 텐데. 이런 음모를 꾸민 것은 저 로즈년 짓이 틀림없어요. 오늘 밤에 내가 기대하고 있던 그 귀부인이 안 오신 것도 틀림없이 로즈가 방해한 짓일 거예요."

그것은 로베르 부인 얘기였다. 방되브르는 로베르 부인은 자신이 거절했노라고 단언했다. 그리고 진심으로 얘기를 들어주고 의견을 말했다. 이런 장면엔 익숙할 뿐더러 여자가 이런 상태에 있을 때에는 어떻게 대하면 된다는 것을 그는 잘 알고 있는 것이다. 그러나 그녀를 의자에서 일으켜 끌고 가기 위하여 백작이 손을 잡으려고 하자, 나나는 한층 더 노해서 발광을 쳤다. "포슈리가 뭐파 백작이 오는 것을 방해하지 않았다는 것은 거짓말이 분명해요. 정말이지 그 포슈리란 사내는 구렁이 같은 자예요. 질투심이 많고, 여자에 끈질기게 들러붙고 여자의 행복을 함부로 짓밟아버리는 남자예요. 왜냐하면 내가 다 알고 있어요. 백작은 나에게 호감을 갖고 있어요. 그이를 차지할 수 있었을 텐데."

"이것봐, 그 사람은 절대로 안된단 말야" 하고 방되브르는 자기도 모르는 사이에 조심성을 잊고 웃어대며 소리쳤다.

"어째서요?" 하고 그녀는 취기가 조금 깬 듯이 제정신이 되어서는 물었다.

"그 사람은 신부님께 열중해서 만약에 손가락 하나라도 자네 몸에 댔다간 이튿날엔 참회를 갈 남자라구…… 내 얘기를 잘 들으라구. 또 한 사람의 남자나 도망치지 않게 하라구."

그녀는 잠시 동안 말없이 생각에 잠겨 있다가 마침내 일어서서 눈을 씻으러 갔다. 그러나 식당으로 끌어내리려고 하니 여전히 싫다고 고함을 쳤다. 방되브르는 그 이상 권하지 않고 쓴웃음을 지으며 방을 나갔다. 그가 없어지자 나나는 갑자기 감동적인 상태로 변하며 다그네의 품으로 뛰어들었다.

"아아 나의 미미, 당신뿐예요…… 당신이 좋아요. 정말! 당신을 사랑해요!…… 만약 언제나 당신하고만 같이 살 수 있다면 얼마나 좋을까요. 여자란 정말이지 불행하군요!"

두 사람이 키스하는 것을 보고서 조르주는 얼굴이 새빨개졌다. 그래서 그녀는 조르주에게도 똑같이 키스를 해줬다. "미미는 아기한테 질투를 하지야 않겠지. 나는 폴과 조르주가 언제나 친하게 지내길 바라요. 왜냐하면 우리 셋이 서로 사랑하는 것을 알면서 언제까지나 이렇게 살 수 있다면 얼마나 멋있겠어요" 하고 나나는 덧붙였다. 그때 무엇인가 이상한 소리가 들려오는 것을 그들은 느꼈다. 방 안에서 누군가가 코를 골고 있었다. 찾아보니 보르드나브였다. 커피를 마신 후에 잘됐다는 식으로 그곳에 들어온 모양이었다. 머리를 침대 가에 걸치고 한쪽 다리를 뻗고는 두 개의 의자 위에서 잠들고 있었다. 입을 벌리고 코를 골 때마다 코가 벌름거렸다. 그 꼴이 너무나 우스워서 나나는 몸을 뒤틀면서 미친 듯이 웃어댔다. 그러고는 다그네와 조르주를 거느리고 방을 나와 식당을 통과하여 응접실로 들어갔지만 웃음은 점점 더 심해 가기만 했다.

"오, 나 좀 봐요" 하고 나나는 로즈의 품 속으로 뛰어들 듯이 하며 말했다. "상상도 못 할 거예요. 좀 와봐요."

여자들 전부가 나나 뒤를 따라가 보아야만 했다. 나나는 다정하게 그 여자들의 손을 잡고 마구 잡아당겼다. 그러한 나나의 천진난만한 법석 통에 모두들 아무 영문도 모르면서 덩달아 웃어댔다. 그들은 한 떼를 이루어 침실로 들어가 너부죽하게 큰 몸을 누이고 있는 보르드나브의 모양을 잠시 동안 물끄러미 바라보다가 다시 돌아왔다. 그러고는 억제하고 있던 웃음을 터뜨렸다. 누군가가 쉬! 하고 모든 사람들을 제지하자 멀리서 보르드나브의 숨소리가 또 들려 왔다.

벌써 네 시가 가까웠다. 식당에선 트럼프 판이 막 마련되는 참이었다. 방되브르, 스테이네르, 미뇽, 라보르데트가 자리 잡고 있었다. 뤼시와 카롤린은 그 뒤에 서서 각기 돈을 걸고 있었다. 한편에선, 그날 밤 모임에 불만인 블랑슈가 꾸벅꾸벅 하면서 이제 그만 돌아가자고 5분만큼씩 방되브르에게 조르고 있었다. 응접실에선 댄스가 시작되었다. 다그네가 피아노, 즉 나나의 말대로 하면 '옷장' 앞에 앉았다. 나나는 전문적인 '피아노쟁이'를 좋아하지 않았기 때문에 다그네를 내세웠다. 미미는 나나가 청하는 대로 왈츠와 폴카를 쳤다. 그러나 댄스도 시들해지고, 여자들은 긴 의자에 깊숙이 앉아서 졸린 표정으로 자기들끼리 얘기를 했다. 그때 갑자기 떠들썩하는 소리가 났다. 열한 명의 청년들이 한패가 되어 밀려들었다. 그들은 현관방에서 큰 소리로 웃어대며 응접실 문간으로 밀려온 것이었다. 내무부장관댁의 무도회로부터 돌아오는 길로, 야회복에 흰 넥타이를 매고 훈장을 다는 핀 따위를 가슴에 꽂고 있었다. 이 소란한 침입자들에 대하여 화가 난 나나는 부엌에 머물러 있던 보이들을 불러 그들을 내쫓으라고 명했다. 본 일조차 없는 사람들이라고 그녀는 단언했다. 포슈리, 라보르데트, 다그네를 위시하여 모든 남자들이 나가서 주인에 대하여 실례가 아니냐고 주의했다. 거친 언사가 오가고 팔이 들먹거렸다. 주먹다짐이 일어나는 게 아닌가 하고 걱정했으나, 한패 중의 병자 같은 조그만 남자가 계속하여 이렇게 되풀이하는 바람에 무마됐다.

"나 좀 봐요, 나나. 어느날 밤인가 페테르네 붉은 큰 살롱에서 말이요…… 생각해봐요! 날 초대하지 않았소?"

어느날 밤 페테르의 집? 전혀 기억이 없었다. 무엇보다도 어느날 밤이었는지조차 생각나지 않았다. 그러나 금발의 작은 남자가 그 수요일의 날짜를 말하자, 나나는 그날 분명히 페테르네 집에서 식사한 일을 생각해냈다. 하지만 아무도 초대한 일은 없다. 그것만은 사실인 것 같았다.

"하지만, 이봐, 만약에 당신이 초대를 했다면 말야" 하고 라보르데트는 의심스런 데가 있어 소곤거렸다. "그것은 아마도 좀 취해 있었기 때문이겠지."

나나는 웃어댔다. 그럴지도 모를 일이다. 벌써 잊어버린 일이다. 어차피 찾아온 사람들이니까 들어오라고 했다. 그래서 모든 일이 잘 되었다. 새로 온 몇 사람은 응접실에서 안면이 있는 친구들과 재회하며 이 소동은 악수로 끝났다. 그 병사티 나는 금발의 작은 남자는 프랑스 명문의 이름을 칭하고 있었다. 그들 말에 의하면 다른 사람들도 뒤따라올 것이라고 했다. 사실 문이 계속 열리며 흰 장갑을 낀 정장한 남자들이 나타났다. 이들도 내무부장관댁의 무도회로부터 돌아오는 길이었다. 장관은 안 오느냐고 농담조로 포슈리가 물었다. 그러자 나나가 퉁명스레, 장관은 자기만도 못한 사람들한테 간다고 대답했다. 말은 안 하지만 그녀는 아직도 기대를 걸고 이 사람들 틈에 끼어서 뮈파 백작이 들어오지나 않을까 하고 있었다. 백작의 마음이 변했을는지도 모른다. 로즈와 얘기를 하면서도 나나는 문간 쪽을 살폈다.

다섯 시가 울렸다. 이젠 춤을 추는 사람도 없었다. 끈기 있게 버티고 있는 것은 노름을 하는 사람들뿐이었다. 라보르데트는 그 자리를 양보했고, 여자들도 응접실로 돌아왔다. 까맣게 탄 심지가 등피를 붉게 물들이고 있는 램프, 그 어렴풋한 불빛 아래서 철야의 노근한 기분이 방 안에 무겁게 깔리고 있었다. 여자들은 어쩐지 모르게 감상적인 기분이 되어 신상에 관한 얘기를 시작했다. 블랑슈 드 시브리가 장군이었던 자기 할아버지 얘기를 하는가 하면, 클라리스는 꾸며낸 얘기로, 어느 공작이 자기 숙부 집으로 멧돼지 사냥을 왔다가 자기를 유혹했다고 했다. 그러나 그녀들은 둘이 다 돌아서기가 무섭게 서로들 어깨를 으쓱하며 어쩌면 그런 허무맹랑한 거짓말들을 하느냐고 어이없어했다. 한편 뤼시 스튜와는 은밀하게 자기의 성장을 고백하며 어린 시절의 일, 이를테면 북부정거장에서 주유 일을 하고 있던 아버지가 일요일이면 곧잘 애플파이를 사주었다는 등등의 얘기를 자진해서 지껄여댔다.

"오! 내 말 좀 들어봐요!" 하고 갑작스레 조그만 마리아 블롱이 외쳤다. "우리 집 앞에 한 신사가 있는데 말야, 러시아 사람으로 하여간 굉장한 부자란 말야. 그런데 말이지, 어제 나에게 과일 바구니를 보내준 사람이 있었어요. 굉장한 과일 바구니란 말야! 큼직한 복숭아에 이만한 포도들, 하여간 요새는 보기 어려운 귀한 것들뿐이었어…… 게다가 한가운데에 천 프랑짜리가 여섯 장이나…… 그것이 그 러시아 사람의 짓이었어요…… 물론 전부 되돌려 보냈지만…… 그래도 약간 아까운 느낌이었어, 특히 과일이 말야!"

여자들은 입술을 오므리고 얼굴만 마주 보았다. 나이도 어린 것이 마리아 블롱은 정말 뻔뻔스럽다. 뿐만 아니라 이런 종류의 얘기는 얼마든지 있다! 그녀들은 서로들 깊이 경멸하고 있었다. 그 중에서도 뤼시를 특히 시기했다. 그것은 그녀의 애인인 세 사람이 모두 왕족이기 때문에 더 심했다. 뤼시가 매일 아침 브로뉴 숲을 말을 타고 산책하면서부터, 또 그것으로 그녀가 날리게 되자, 그녀들은 모두 열심히 말을 타게 되었다.

날이 밝기 시작했다. 나나는 단념하고 문간을 바라보는 일도 그만두었다. 모두들 지루하여 죽을 지경이었다. 로즈 미뇽은 '덧신' 노래를 부르라는 요청을 거절하고 긴 의자에 웅크리고 앉아 포슈리와 소곤거리며, 방되브르로부터 이미 50루이나 따고 있는 미뇽이 오기를 기다리고 있었다. 훈장을 단 근엄한 표정의 뚱뚱한 신사가 '아브라함의 희생'을 알자스 지방의 사투리로 낭독했다. 그는 하느님이 서약하는 대목에선 '성스러운 내 이름으로!' 했고, 이삭이 대답하는 대목에선 언제나 '예, 아빠' 하고 익살을 부렸다. 그러나 누구에게도 이해되지 않았기 때문에 그 작품은 싱거운 것이 되고 말았다. 어떻게 하면 즐겁게, 그리고 이 한밤을 미친 듯이 멋지게 끝마칠 수 있을까 하고 모두들 생각했다. 라 팔르와즈는 한 사람 한 사람씩 여자들 주변을 어슬렁거리며 손수건을 목덜미에 감추지 않았나 하고 살펴보았다. 그래서 라보르데트는 그의 귓전에 범인은 누구라고 일러 줄까 생각했다. 식기장 안에 아직 샴페인 병이 남아 있었기 때문에 젊은이들은 또 마시기 시작했다. 그들은 서로들 불러대며 흥분해 있었다. 그러나 울고 싶도록 어리석은 침울한 취기가 응접실에 가득해지는 것을 어찌할 수 없었다. 그때 프랑스의 명문 출신이라는 그 금발의 작은 남자가 좋은 생각이 떠오르지 않아서 부심하던 나머지 한 생각을 건넸다. 즉 샴페인 병을 들고가서 피아노에 들이부었던 것이다. 모두들 요절복통을 하고 웃어댔다.

"어머!" 하고 그것을 본 타탕 네네가 놀라며 물었다. "왜, 피아노에다 샴페인을 붓죠?"

"뭐, 그걸 몰라?" 하고 라보르데트가 정색을 하며 말했다. "샴페인만큼 피아노에 좋은 것은 없단 말야. 소리가 좋아지는 거야."

"어머, 그래요!" 하고 탕탕 네네는 정말로 알고 중얼거렸다.

모두들 웃었기 때문에 그녀는 골이 났다. 그런 것 알게 뭐람! 언제나 나만 가지고 놀려먹기만 하고!

그것으로 모두들 기분을 망쳤다. 돼가는 모양이 신통치 않았다. 한편 구석에선 마리아 블롱과 레아 드 온이 멱살잡이를 시작했다. 레아는 돈도 없는 남자들과 잔다고 하며 마리아가 비난을 했기 때문이었다. 두 여자들은 서로들 상대방의 얼굴을 가지고 욕지거리를 했다. 그러자 얼굴이 예쁘지 않은 뤼시가, 얼굴 같은 건 문제가 아니고, 중요한 건 몸뚱이라고 하면서 싸움을 말렸다. 그 건너편 긴 의자에선 모 대사관의 수행원이 시 몬의 허리에 팔을 감고 목덜미에 키스를 하려고 버둥댔다. 그 러나 시몬은 지친 데다 기분까지 언짢아져서 그럴 때마다 "귀 찮아요!" 하면서 부채로 남자의 얼굴을 때리며 밀어젖혔다. 여 자들은 누구나 남자에게 주물리고 싶진 않다고 하며 우리들을 매춘부로 알고 있느냐고 했다. 그러나 가가는 라 팔르와즈를 다시 붙잡고선 무릎 위에 꿇어 앉히다시피 하고 있었다. 또한 클라리스는 두 사람의 남자들 틈에 끼어서 간지러운지 킬킬거 리고 웃어대며 몸을 비틀고 있었다. 피아노 주위에선 그 장난 이 여전히 계속되고 있었다. 밀치락거리며 서로들 병에 남은 술을 부으려고 했다. 이 정도는 아직 점잖은 편이었다.

"자아, 영감 한 잔 하게나…… 끄윽! 목이 마른 모양이로군, 이 피아노는!…… 자아! 여기 또 한 병 있네. 한 방울이라도 흘리 면 안 되네."

나나는 그들에게 등을 대고 돌아앉아 있었기 때문에 그것을 못 보았다. 그녀는 곁에 앉아 있는 뚱뚱보 스테이네르에게 마 음을 주기로 결정했다. 할 수 없다! 뮈파가 나쁘다. 안 왔으니 까. 슈미즈처럼 가볍게 주름 잡힌 하얀 얇은 비단옷을 걸치고 취기로 파리해진 얼굴에 눈마저 거슴츠레한 나나는 순한 계집 애 모양 몸을 내맡기고 있었다. 뒷머리와 블라우스에 꽂았던 장미의 꽃잎은 흐트러지고 줄기만이 남아 있었다. 그러나 스 테이네르는 그녀의 스커트에 손을 넣다가 황급히 뺐다. 조르 주가 꽂아 놓은 핀에 찔린 것이다. 몇 방울의 피가 스며 나왔 다. 한 방울이 뚝 떨어져 나나의 옷을 얼룩지게 했다.

"이젠, 서명도 끝났군." 나나가 성실한 표정을 하고 말했다.

날이 훤히 밝았다. 창으로부터 비쳐 드는 엷은 햇살이 말할 수 없이 슬펐다. 모두들 돌아가기 시작했다. 떨떠름한 표정으로 헤어져 가는 것이었다. 카롤린 에케는 하룻밤을 헛되이 보냈노라고 골을 내며, 신통치 않은 꼴을 더 안 보려거든 일찌감치 일어날 일이라고 말했다. 로즈는 형편없는 사람들과 상종했다는 투로 시무룩한 표정이었다. "이런 계집들은 언제나 이 꼴이야. 자신을 억제할 줄 모르기 때문에 처음부터 기분 나쁜 짓만 한다니까" 했다. 미뇽은 방되브르를 빈털터리로 만들었다. 그리고 나서 미뇽과 로즈는 다시 한 번 포슈리를 내일 식사에 초대해 놓고, 스테이네르는 거들떠본 체도 않고 나가 버렸다. 그래서 신문기자가 뤼시에게 바래다주마고 하자, 그녀는 그것을 거절하며 큰 소리로 당신은 저 엉터리 배우하고나 같이 가라고 했다. 마침 그때 돌아다보던 로즈가 "똥갈보년아!" 하고 잇사이로 중얼대며 대꾸했다. 그러나 이미 미뇽이 그녀를 밖으로 떼밀어 내고 있었다. 경험이 풍부하고, 이치가 흰한 그는 언제나 여자들의 싸움을 부성애로 다스렸다. 그 뒤를 따라 뤼시가 홀로 초연하게 계단을 내려갔다. 이어서 가가가 라 팔르와즈를 끌어내야만 했다. 그는 기분이 언짢아져서는 어린애처럼 울어대며 훨씬 전에 두 남자들과 함께 모습을 감춘 클라리스를 불러대고 있었다. 시몬도 역시 어느 사이엔가 없어져 버렸다. 남은 것은 타탕, 레아, 마리아뿐이었으나, 그들은 라보르데트가 기꺼이 맡았다.

"나 도무지 졸리질 않아요!" 하고 나나는 몇 번 되풀이했다. "무엇이든 놀이를 해요."

그녀는 유리창 너머로 하늘을 바라보았다. 납덩어리 같은 하늘에 그을음 같은 구름이 흘러갔다. 여섯 시였다. 정면의 오스망 대로 건너편 집들은 아직 잠들어 있고 축축한 그 지붕이 엷은 햇빛에 뚜렷하게 드러나 보였다. 인기척 없는 차도로 한 떼의 청소부들이 나막신을 끌면서 지나갔다. 이 구슬픈 파리의 여명을 눈앞에 바라보며 나나는 소녀 같은 감상에 사로잡혔다. 전원과 목가와 그리고 무엇인가 따뜻하고 정결한 것이 아쉬웠다.

"오! 당신 말예요" 하고 그녀는 스테이네르에게 돌아오며 말했다. "브로뉴 숲으로 나를 데리고 가주셔요. 그리고 우리 우유를 마셔요."

어린애처럼 좋아하며 그녀는 손뼉을 쳤다. 은행가는 지루해하며 무엇인가 딴 일을 우두커니 생각하고 있었기 때문에 동의하고 말았다. 그래서 그녀는 대답도 기다리지 않고 급히 외투를 걸치러 갔다. 응접실에는 스테이네르와 청년들의 한 떼밖에는 아무도 남아 있지 않았다. 그들도 마지막 한 방울까지 피아노에다 쏟았기 때문에 돌아갈 얘기를 시작했다. 그런데 한 사람이 부엌에서 의기양양해서 달려왔다. 마지막 한 병을 손에 들고 있었다.

"기다려주게! 기다려! 샤르트뢰즈가 한 병 있단 말야!⋯⋯ 자, 이 녀석은 샤르트뢰즈를 마시고 싶어 했단 말야. 이것으로 기운이 날 것일세⋯⋯ 자아, 그러면 제군, 후퇴하세, 어리석은 짓들도 많이 했네."

화장실에 들어간 나나는 의자에 앉은 채 자고 있는 조에를 깨웠다. 가스가 불타고 있었다. 조에는 몸을 떨면서 주인이 모자를 쓰고 외투를 입는 것을 도와주었다.

"어쨌든 이것으로 됐어. 당신 말대로 했으니까" 하고 나나는 각오가 섰기 때문에 모든 것을 고백해 버리고 싶은 충동에 사로잡혀 아주 친숙한 말투로 얘기했다. "당신 말이 옳아. 은행가고 누구고 결국 마찬가지야."

하녀는 아직 잠이 덜 깨어서 기분이 덜 좋았다. 그래서 처음부터 그렇게 작정했으면 좋았을 것이라고 투덜거렸다. 나나의 뒤를 따라 침실에 들어가자, 저 두 사람을 어떻게 하면 좋을지 물었다. 보르드나브는 여전히 코를 골고 있었고, 조르주는 살그머니 와서 베개에 얼굴을 묻고 있다가 그대로 잠들어 버려 천사와 같은 고요한 숨결을 쌔근거리고 있었다. 나나는 그대로 자게 내버려두라고 했다. 그러나 다그네가 들어오는 것을 보고는 다시 또 따뜻한 감정을 느꼈다. 그는 부엌에서 나나의 동정을 살피고 있었기 때문에 아주 슬픈 표정이었다.

"자, 나의 미미, 이해해줘요" 하고 나나는 그를 양팔로 끌어안고 갖은 아양을 다 떨며 키스를 해주었다. "아무것도 변한 것이라곤 없어요. 내가 좋아하는 것은 언제나 미미뿐이니까…… 그렇잖아? 할 수 없지 뭐야…… 당신한테 맹세하지만 앞으론 더 재미있어질 거야. 내일 와요. 시간 약속을 해요…… 빨리 포옹해줘요. 당신이 나를 사랑하는 만큼…… 오! 더 세게, 그보다 더 세게!"

다그네의 품에서 빠져나오자 나나는 다시 스테이네르 곁으로 돌아왔다. 우유를 먹으러 갈 일을 생각하니 즐거워졌다. 텅 빈 방에는 방되브르 백작과 좀 전에 '아브라함의 희생'을 낭독하던 훈장 단 남자가 트럼프 판에 못 박힌 양 마주앉아 자기들이 있는 곳이 어딘지, 날이 밝았는지도 모르고 있었다. 블랑슈는 긴 의자 위에서 자기로 작정하고 잠을 청하노라고 애쓰고 있었다.

"어머! 블랑슈가 있었군!" 하고 나나가 소리쳤다. "우리들 우유를 먹으러 간다구요…… 같이 가요. 당신이 돌아올 때까지 방되브르는 여기 있을 테니."

블랑슈는 노곤한 몸매로 일어났다. 은행가의 충혈된 얼굴이 이 때만은 낭패로 창백해졌다. 이 뚱뚱보 여자를 데리고 가면 걸리적거리겠지 하는 생각이 든 것이다. 그러나 두 여자들은 이미 그를 붙잡고 되풀이하는 것이었다.

"우유 짜는 것을 볼 수 있으면 얼마나 좋을까."

5

바리에테 극장에서는 〈금발의 베누스〉 제 34회 공연이 상연 중이었다. 지금 방금 제1막이 끝났다. 분장실 구석에 두 개의 문이 복도를 향하여 비스듬히 달려 있고, 그 사이에 있는 경대 앞에 세탁소 계집애로 분장한 시몬이 서 있었다. 혼자서 분장을 살피며 손 끝으로 눈 아래를 문대어 고치고 있었다. 경대 양편에 있는 가스등에선 강한 빛을 내뿜어 덥기까지 했다.

"그 사람 왔던가?" 하고 프룰리에르가 들어오며 말했다. 그는 긴 칼에 커다란 장화와 큼직한 삭모 차림의 스위스 장군 모습이었다.

"그 사람이 누구죠?" 하면서 시몬은 돌아다보지도 않고 입술 모양을 보려고 거울을 향하여 웃었다.

"황태자 말야."

"몰라요, 난 지금 막 들어온 길이에요……하지만 오시겠지요, 날마다 오시니까요!"

프룰리에르는 거울을 향한 난로 옆에 있었다. 난로에는 코크스가 타고 있었다. 거기에도 두 개의 가스등이 환하게 빛나고 있었다. 그는 눈을 들어, 제정시대 식으로 금박한 스핑크스가 달린 좌우의 시계와 청우계를 처다보았다. 그리고 조그만 베개가 달린 커다란 팔걸이 의자에 몸을 뒤로 젖히고 앉았다. 그 의자의 녹색 벨벳은 배우들이 4대에 걸쳐 사용했기 때문에 해지고 누렇게 바래 있었다. 그는 등장 순서를 기다리는 데 익숙해진 배우답게 태연한 자세로 눈을 멍하니 뜨고 앉아 있었다.

다음엔 늙은 보스크가 발을 질질 끌고 기침을 하면서 나타났다. 낡은 누런 마부용 망토를 걸쳤는데, 그 한쪽이 어깨에서 미끄러져 내려 그 밑으로부터 다고베르 왕의 번쩍이는 금빛 가운이 드러나 보였다. 그는 피아노 위에다 왕관을 놓고는 한 마디도 없이 잠시 동안 주위를 오락가락했다. 그 표정은 울적했지만 어디까지나 성실해 보였다. 손이 알코올중독으로 떨리고 있었다. 그러나 술에 전 얼굴이 긴 흰 수염 때문에 노인 특유의 기품을 풍기고 있었다. 마침내 적막을 깨뜨리고 안마당 쪽으로 열린 네모진 큰 창 유리를 두드리며 소나기가 내리기 시작하자 그는 못 견디겠다는 듯이 중얼거렸다.

"별 더러운 날씨 다 보겠다!"

시몬과 프륄리에르는 꼼짝을 않고 있었다. 풍경화와 배우 베네르의 초상화 등 너댓 점의 그림이 가스등의 열기로 타서 노랗게 되어 있었다. 원기둥 중간쯤엔 왕년의 바리에테 극장의 명배우 중의 하나인 포티에의 초상이 걸려, 멍한 눈으로 바라보고 있었다. 별안간에 큰 소리가 울렸다. 퐁탕이었다. 그는 2막에 등장하기 위한 분장으로 의복도 장갑도 모두 노랑투성이의 멋있는 청년 차림이었다.

"이봐!" 하고 그는 몸짓을 섞어가며 소리쳤다. "자네들은 모르지? 오늘이 내 생일일세."

"어머!" 하고 시몬이 소리치며, 희극배우다운 그의 큼직한 코와 넓게 찢어진 입에 끌린 듯이 웃음을 지으며 다가가 물었다. "그러면 당신의 세례명이 아킬레스던가요?"

"바로 맞았어!…… 2막이 끝나면 블롱 아줌마에게 가서 샴페인을 가져오라고 해야지."

조금 전부터 멀리서 종이 울리고 있었다. 길게 끄는 그 소리는 한 번 약해졌다가 다시 높아졌다. 그것이 끝나자 뒤이어 계단을 다급하게 오르내리며 외치는 고함 소리가 나더니 복도 저쪽으로 사라졌다. "제2막이 개막됩니다!…… 제2막의 개막!……." 그 고함 소리는 다시 가까워지고 안색이 좋지 않은 조그만 남자가 분장실 문 앞을 지나가며 가냘픈 목소리로 외쳤다. "제2막이 개막됩니다!" "흥! 샴페인이라고!" 하며 프룰리에르는 이 소동에 아랑곳없이 중얼거렸다. "경기 좋구나!"

"나 같으면 커피로 할 텐데" 하고 보스크는 녹색 벨벳의 긴 의자에 앉아서 머리를 벽에 기댄 채 말했다.

그러자 시몬이 블롱 아주머니에게도 돈벌이를 좀 시켜줘야 할 것 아니냐고 했다. 퐁탕은 눈과 코와 입을 쉴 새 없이 염소처럼 씰룩거렸다. 그 얼굴을 뚫어질 듯 쳐다보며 시몬은 흥분이 되어 손뼉까지 치면서 중얼거렸다.

"어머! 퐁탕은 정말 멋있네요!"

분장실의 두 개의 문은 무대 뒤로 통하는 복도를 향하여 커다랗게 열려 있었다. 노란 벽이 거기선 보이지 않는 가스등 불에 환하게 비쳐 있었다. 그 벽으로 휙휙 그림자들이 지나갔다. 그것은 분장을 한 남자와 숄을 두른 반나체의 여자들 그림자였다. 그들은 2막에 나갈 단역들과 혹은 2막 장면인 술집, '불누와르'의 댄스에 나가기 위하여 가장을 한 사람들이었다. 복도가에서 다섯 계단의 나무 층계를 통탕거리고 무대로 뛰어내려가는 발소리가 났다. 키가 큰 클라리스가 달음질쳐 지나가는 것을 시몬이 불렀다. 그러나 클라리스는 곧 돌아오겠다고 하며 그냥 가버렸다. 그러나 그녀는 이리스의 얇은 의상과 장식 띠를 두르고 추위에 떨면서 정말 되돌아왔다.

"아아 추워! 털 코트를 그만 방에다 놓고 왔어!"

그리고 난로 앞에서 시시 발을 쬐었다. 그녀의 타이즈가 불빛에 선명한 장밋빛으로 반짝거렸다.

"황태자가 오셨어요" 하고 클라리스가 말했다.

"정말?" 하고 모두들 호기심에 찬 소리를 올렸다.

"그래서 아까 뛰어갔댔어요. 잠깐 보고 싶었기 때문에…… 2층 오른편 앞 좌석이에요. 목요일에 앉았던 바로 그 자리예요. 글쎄 말예요, 일주일 동안에 이걸로 세 차례란 말예요. 나나는 운수가 좋기도 하지…… 나는 이제 그분이 안 오리라고 생각했는데."

시몬이 무엇인가 얘기했으나, 분장실 옆에서 외치는 고함 소리에 그 말은 안 들리고 말았다. 호출계 사람의 날카로운 목소리가 복도에 울려왔다. "개막이요!"

"재미있게 돼가는데, 세 번이라니" 하고 주위가 조용해지자 시몬이 말했다. "글쎄, 황태자는 나나네 집으로 가시지 않고 나나를 자기 호텔로 데리고 가신데요. 그래서 돈이 무진장으로 드는 모양이에요."

"물론이지! 재미를 보려고 거리로 나서면야!" 하면서 프룰리에르는 심술궂은 소리를 하며 일어서더니 제법 특별석에서 인기깨나 있는 미남 배우답게 힐끗 거울을 들여다보았다.

"개막이요! 개막!" 하는 호출계가 되풀이하는 목소리가 각 층의 복도를 달음질치며 차츰 멀어졌다.

퐁탕은 황태자와 나나와의 시초의 경위를 알고 있었기 때문에 그 얘기를 두 여자들에게 해주었다. 그녀들은 찰싹 몸을 붙이고 그가 몸을 앞으로 구부리며 자세한 점에 도달하자 소리 높이 웃었다. 보스크는 완전히 무관심한 모양으로 꼼짝도 안 했다. 이런 얘기에는 이미 흥미가 없다는 투였다. 그는 긴 의자 위에서 등을 웅크리고 있는 커다란 붉은 고양이를 쓰다듬어 주고 있었다. 그러고는 늙어빠진 왕과 같이 자애롭게 고양이를 팔에 끌어안았다. 고양이는 등을 꼬부리고, 그의 기다란 흰 수염을 냄새 맡고 있더니 아마도 아교풀 냄새가 싫었던지 다시 긴 의자로 돌아와서 웅크리고 잠을 잤다. 보스크는 진지한 표정으로 무엇인지 다시 생각에 잠겼다.

"그런 짓 아무래도 좋아. 나 같으면 카페에서 샴페인이나 마시겠네. 그 편이 더 낫지" 하고 보스크는 퐁탕의 말이 끝나가자, 갑자기 그에게 말했다.

"시작됐습니다!" 하고 호출계가 째진 목소리로 길게 외쳤다. "시작됐습니다! 시작됐습니다!"

그 소리는 한참 동안이나 울렸다. 발소리가 급하게 달려갔다. 복도의 문이 급히 열리자 음악과 먼 곳의 소요가 한꺼번에 흘러들었다. 문이 닫히자 방음장치 문의 무거운 소리가 들렸다.

또다시 분장실은 무거운 고요 속에 잠겼다. 관중들이 박수갈채를 퍼붓는 장내로부터 백 리는 떨어져 있는 것 같았다. 시몬과 클라리스는 아직도 나나의 얘기를 하고 있었다. "정말 태평이지 뭐야. 어제도 등장 시간에 늦었지." 그때 모두들 잠깐 말을 멈추었다. 키 큰 여자가 분장실을 들여다본 것이다. 그러나 잘못된 줄 알고 복도 안쪽으로 도망을 쳤다. 사탱이었다. 모자 위로 베일을 쓰고 분장실을 찾아온 귀부인과 같은 표정이었다. "똥갈보라구!" 하고 프룰리에르가 중얼거렸다. 1년 전부터 카페 바리에테에서 종종 만나기 때문에 알고 있는 것이다. 또

163

한 시몬의 얘기에 의하면, 나나는 그것이 그전에 하숙에서 함께 있던 사탕인 것을 알자 그녀를 무대에 서게 해달라고 보르드나브에게 아주 열심히 졸라댄다는 것이다.

"아, 어서 오십쇼" 하고 퐁탕은 마침 들어오는 미뇽과 포슈리에게 인사를 하며 악수를 했다.

보스크 영감도 손을 내밀었고 두 여자들은 미뇽의 볼에 키스를 했다.

"오늘 밤도 만원이요?" 하고 포슈리가 물었다.

"오! 굉장합니다!" 하고 프룰리에르가 대답했다. "모두들 좋아하는 모습을 보여드리고 싶습니다!"

"여보시오, 당신들 나갈 차례 아니요?" 하고 미뇽이 말했다.

그렇다, 금방이다. 하지만 4막에 나갈 것이니까 서두를 것은 없다. 다만 보스크만은 노장 배우답게 자기 차례가 가까워진 것을 재빨리 예감하고 일어섰다. 마침 거기에 호출계가 문간에서 얼굴을 내밀고 불렀다.

"보스크 씨! 시몬아!"

시몬이 털가죽 망토를 어깨에 걸치고 나갔다. 보스크는 덤비지 않고, 왕관을 가지러 가서는 한 번 가볍게 탁 치고서 머리에 썼다. 그러고서 망토를 끌면서 휘청거리는 걸음걸이로 나갔다, 방해를 당하여 골이 난 사람처럼 무엇인지 중얼중얼 불평을 늘어놓으며.

"이번 기사는 굉장히 호의적이던데요" 하고 퐁탕이 포슈리에게 향하여 계속했다. "그런데 배우는 허영심이 강하다고 쓰신 것은 무슨 뜻입니까?"

"그러게 말야. 정말, 무슨 이유로 그런 글을 쓰셨소?" 하고 미뇽이 소리치며 가냘픈 신문기자의 어깨를 큼직한 손으로 탁 쳤기 때문에 상체가 휘청했을 정도였다.

프룰리에르와 클라리스는 웃음보가 터질 것 같은 것을 참았다. 얼마 전부터 이 극장 사람들은 모두들 무대 뒤에서 이루어지는 희극을 재미있어했다. 미농은 아내의 바람기에 화를 내고, 또 포슈리가 자기들 두 사람을 위해 별로 신통치 않은 기사밖엔 써주지 않은 데 대하여 심술이 나가지고, 그에게 허풍스러운 우정을 표시함으로써 복수를 하려고 생각한 것이었다. 즉 매일 밤 극장에서 서로 만나기만 하면 아주 다정한 우정에 사무치기나 한 것처럼 포슈리의 어깨를 내리치는 것이었다. 포슈리는 이 거인에 비하면 아주 연약하게 보였으나 그래도 로즈의 남편에게 골을 내는 것은 서투른 일이라고 생각하고, 쓴웃음을 지으며 얌전히 매를 맞고 있는 것이었다.

"아! 이봐요, 당신은 퐁탕을 모욕한 것이란 말요……" 하면서 미농은 농담을 다시 되풀이했다. "그래서야 되겠습니까, 자 이것을 받아요! 하나, 둘, 이번에는 가슴을!"

미농은 오른발을 내디디며 심한 충격을 포슈리의 가슴에 가했기 때문에, 그는 잠시 동안 말도 못하고 파랗게 질리고 말았다. 그때 클라리스가 눈짓을 하며 로즈 미농이 분장실 입구에 서 있다는 것을 일러주었다. 로즈는 그 장면을 목격한 것이다. 그리고 남편도 안중에 없다는 듯이 곧장 신문기자에게로 걸어와선, 아기의 분장으로 두 팔이 그대로 드러난 채 발돋움을 하고 이마를 내밀었다. 그 표정은 마치 응석을 떠는 어린애와 같았다.

"잘 있었나, 우리 아기" 하고 포슈리는 허물없는 태도로 그 이마에 키스를 했다,

그것으로 상쇄가 된 셈이었다. 미농은 키스에는 모른 체했다. 극장에선 누구나 다 그의 아내에게 키스를 했다. 그러나 그는 포슈리를 흘긋 바라보며 씽긋 웃었다. 틀림없이 로즈의 건방

진 수법은 비싼 값으로 지불될 것이다.

복도의 방음장치 문을 여닫을 때마다 폭풍 같은 박수갈채와 소요가 분장실까지 들려왔다. 시몬이 자기 역을 마치고 무대에서 돌아왔다.

"오! 보스크 영감은 참 멋있었어요! 황태자께선 허리를 잡고 웃어대며, 돈으로 매수된 박수꾼처럼 다른 사람들과 함께 박수를 쳤어요……그런데 저것 좀 보셔요, 앞자리 칸막이 좌석 황태자님 옆에 있는 키 큰 남자는 누구죠? 풍채가 좋고 멋있는 구레나룻을 기른 사람 말예요."

"뮈파 백작이야" 하고 포슈리가 대답했다. "그저께 황후 궁에서, 황태자가 백작을 오늘 밤 식사에 초대한 것은 알고 있지만…… 그 뒤에 같이 가자고 한 게로군."

"어머! 뮈파 백작요, 우리는 그분의 장인을 알고 있는데, 그렇죠, 오귀스트" 하고 로즈가 미뇽을 보며 말했다. "왜 그 슈아르 후작 말예요. 내가 노래를 부르러 갔었죠…… 마침 그분도 와 계시던데요. 칸막이 좌석 안쪽에 계셨어요. 영감님 말예요."

프룰리에르가 그 커다란 삭모를 쓰고선 뒤돌아보며 말했다.

"자, 로즈, 나갑시다."

로즈는 하려던 얘기를 멈추고 그의 뒤를 따라 달려갔다. 그때 극장의 수위 블롱 아주머니가 큼직한 꽃다발을 들고 문 앞을 지나갔다. 시몬이 농담으로 그것은 자기 것이 아니냐고 물었다. 수위 아주머니는 아무 말 없이 턱으로 복도 안쪽의 나나의 준비실을 가리켰다. 나나, 나나는 꽃다발에 묻히겠다. 잠시 후 블롱 아주머니가 돌아오더니, 클라리스에게 한 통의 편지를 전했다. 그러자 그녀는 낮은 목소리로 욕설을 했다. "또 라 팔르와즈야. 귀찮은 작자! 어쩌자고 매달리고 떨어지질 않는담!" 그리고 그가 수위실에서 기다리고 있다는 소리에 그녀는 고함을 치고 말았다.

"이 막이 끝나면 간다고 하세요…… 따귀를 붙여줄 테니."

퐁탕이 달려와서 계속해 덧붙었다.

"블롱 아줌마, 잠깐…… 나 좀 봐요. 아줌마요…… 막간에 샴 페인 여섯 병만 갖다줘요."

그러자 호출계가 헐떡이며 나타나더니 노래하듯이 말했다.

"전원 무대로!…… 퐁탕 씨, 당신 차례예요! 빨리! 빨리!"

"예, 예, 갑시다, 바리요 아저씨" 하고 퐁탕은 당황해서 대답 했다.

그리고 블롱 아주머니의 뒤를 쫓아가며 되풀이했다 "알았지 요. 응. 막간에 분장실로 샴페인 여섯 병예요…… 내 생일이란 말예요, 돈은 내가 치를 테니까."

시몬과 클라리스는 치마를 펄럭이면서 나갔다. 모두들 나가 버렸다. 복도의 문이 덜컥하고 닫히고는 조용해진 분장실 안 에 창을 두들기는 소나기 소리가 다시 또 들려왔다. 30년째 호 출계를 하고 있는 이 안색 나쁜 자그마한 노인 바리요는 허물 없는 태도로 미농에게 가까이 다가가 담배 쌈지를 열고 내밀었 다. 계단이랑 분장실 복도로 쉴 새 없이 뛰어다니는 그에겐, 이 렇게 한 대 피우라고 담배를 권하는 때가 조그만 휴식 시간인 것이다. 아직 마담 나나가 남았다(그는 나나를 마담이라고 부 른다). 그런데 그녀는 멋대로 했다. 벌금 따위는 우습게 알았 다. 등장 차례에 늦으려고 들면 언제나 늦는 것이다. 그때 그는 놀라며 멈추어 서서 중얼거렸다.

"어렵소! 벌써 준비를 하고 왔는데…… 황태자께서 오신 것 을 알고 있었던 모양이구나."

과연 나나는 생선 장수로 분장하고 복도에 나타나 있었다. 팔 과 얼굴은 새하얗고 눈 밑은 발그레하니 칠을 했다. 분장실로는 들어오지 않고 미농과 포슈리에게 다만 고갯짓을 했을 뿐이었다.

"안녕, 어때요?"

미농만이 나나가 내미는 손을 잡았다. 나나는 그대로 태연하게 걸어갔다. 그 바로 뒤에 의상 담당이 따라가며 가끔 구부리고는 치맛주름을 바로잡아줬다. 그리고 그 의상 담당 뒤에서 사탱이 나타났다. 굉장히 새침한 체하고 있지만 실은 벌써 지루하여 못 견딜 정도였다.

"그런데 스테이네르는?" 하고 갑자기 미농이 물었다.

"스테이네르 씨는 어제 루와레로 출발하셨어요" 하고 무대 쪽으로 돌아가며 바리요 영감이 말했다. "틀림없이 시골로 토지를 사러 가셨겠죠."

"응, 알았어, 나나의 토지로군."

미농은 화가 치밀었다. 스테이네르 녀석, 그전에 로즈에게 저택을 사주마고 약속을 하더니! 하지만 골을 내서는 안 된다. 기회는 또 있겠지. 이것 저것 생각하며 미농은 여전히 태연하게 난로와 거울 사이를 왔다갔다 했다. 분장실에는 이제 그와 포슈리밖엔 없었다. 신문기자는 피로한지 긴 의자에 몸을 뻗고 누워 있었다. 미농이 지나가며 흘긋 바라보아도 눈을 사르르 감은 채 꼼짝도 않고 있었다. 둘이만 있을 때엔 미농은 포슈리의 어깨를 치지 않기로 했다. 구경꾼도 없는데, 그런 짓을 해서 무엇하겠는가. 그는 자신을 위하여 재미로 그런 짓을 하는 것은 아니었다. 포슈리는 이 장시간의 휴식에 마음이 느긋하여 난로 앞에다 발을 내던지고 청우계와 경대를 번갈아 바라보고 있었다. 미농은 걸음을 멈추고 포티에의 상반신상 앞에 멈추어 서서 물끄러미 그것을 쳐다보다가 다시 창가로 돌아갔다. 어두운 굴속 같은 안마당에 비는 멎었고 주위는 괴괴하니 조용했다. 그 정적이 코크스의 열기와 가스등의 불빛으로 한결 더 무겁게 느껴졌다. 무대 뒤에선 이제 바스락거리는 소리 하나 없었다. 계단도 복도도 죽은 듯 고요했다. 마지막 막의 숨가쁜 정적. 무대에선 전원이 귀창이 떨어져나갈 듯한 피날레의 소동을 연출하고 있겠지만, 이 분장실 안엔 휑하니 질식할 것 같은 고요가 잠들고 있었다.

"저런 곰 같은 새끼들!" 하고 보르드나브의 쉰 목소리가 갑자기 들려왔다.

그는 나타나기가 무섭게 무대에서 실수를 하고 넘어질 뻔한 두 사람의 단역에게 고함을 쳤다. 그는 미뇽과 포슈리를 보자 좋은 구경을 시켜주마고 두 사람을 불렀다. 황태자가 막간에 나나의 방으로 인사를 오겠다고 한 것이다. 그러나 그는 두 사람을 무대 쪽으로 데리고 가다가 무대감독이 지나치는 것을 보고서 분연히 소리쳤다.

"페르낭드와 마리아, 두 바보들에겐 벌금을 물리라구!"

그러고는 마음을 안정시켜서 점잖은 두목다운 위엄을 유지하려고, 손수건으로 얼굴을 문지르면서 말했다.

"전하를 모시러 가겠네."

그치지 않는 박수 속에 막이 내렸다. 삽시간에 풋라이트가 꺼진 컴컴한 무대는 대혼란을 일으켰다. 제 방으로 달려가려고 하는 배우들과 단역 배우들, 재빨리 배경을 정리하는 무대장치가, 그러나 시몬과 클라리스는 안쪽에 머무른 채 낮은 소리로 얘기하고 있었다. 두 사람은 무대에서 대사를 주고 받는 사이를 이용하여 볼일을 하나 처리한 것이다. 라 팔르와즈는 클라리스와의 사이를 아주 끊고까지 가가와 가까워지고 싶은 생각은 없다고 했다. 그러나 잘 생각한 끝에 클라리스는 그를 만나지 않기로 했다. 그래서 시몬에게 자기 대신 가서, 남자란 그렇게 언제까지나 여자에게 미련을 품는 것이 아니라고 전해달라는 부탁을 했다. 어쨌든 해보겠노라고 시몬도 대답했다.

그래서 시몬은 희극 오페라에 나오는 세탁소 계집애로 분장을 한 채 어깨에 털가죽 외투를 걸치고, 수위실로 통하는 좁다란 나선형 계단을 내려갔다. 기름으로 더러워진 계단은 축축한 벽에 연해 있었다. 수위실은 배우용 계단과 사무실용 계단 사이에 끼어서, 좌우가 커다란 유리창으로 되었고, 마치 두 개의 가스등이 세차게 불타고 있는, 큼직한 투명 램프와 같았다. 선반에는 편지와 신문이 수북하고, 테이블 위에는 치우지 못하고 놔둔 접시와 수위 아줌마가 단춧구멍을 고치고 있던 헌 블라우스들과 함께 주인을 기다리는 꽃다발들이 놓여 있었다. 그리고 이 흐트러진 채로 놔둔 방 한가운데 장갑을 낀 단정한 몸차림의 사교계 신사들이 네 개의 헌 짚방석 의자에 앉아 얌전하게 기다리고 있었다. 블롱 아주머니가 회답을 가지고 무대 위에서 내려올 때마다 그들은 일제히 돌아다보았다. 블롱 아주머니가 지금 막 한 청년에게 회답을 주고 나자 그 청년은 급하게 입구 쪽 가스등 밑으로 가서 그것을 펴보고는 약간 핼쑥해졌다. 이 장소에서 이제까지 여러 사람의 남자들이 받아 읽은 똑같은 흔한 구절을 본 것이었다. '오늘밤은 안 되겠어요. 볼일이 있어요.' 라 팔르와즈도 테이블과 난로 사이의 구석 쪽 의자에 앉아 있었다. 밤새껏 그 자리를 뜨지 않을 것 같은 자세였다. 그러나 역시 초조한 표정으로 긴 다리를 웅크리고 있었다. 그의 주위에서는 한 배에 난 검정고양이 새끼들이 장난질을 치고 있었고 웅크리고 앉아 있는 큰 고양이가 노란 눈으로 그를 노려보고 있었다.

"어머, 웬일이시우, 시몬 양. 무엇이 필요해요?" 하고 수위 아주머니가 물었다.

시몬은 라 팔르와즈를 내보내 달라고 부탁했다. 그러나 당장에는 어려웠다. 블롱 아주머니는 계단 밑의 깊숙한 반침 같은 곳에다 조그마한 스탠드바를 경영하고 있어, 막간이면 단역들이 한 잔 마시기 위해 내려들 왔다. 지금도 불누와르에서의 가장 차림의 남자들 대여섯 명이 칼칼한 목을 한시라도 빨리 축이려고 밀어닥쳐 와서 블롱 아주머니는 정신이 없었다. 가게 안에는 가스등이 하나 켜 있고 납종이를 간 테이블과 마개를 뽑은 술병을 세워 놓은 선반이 보였다. 이 석탄 창고 같은 방의 문을 열면 알코올의 독한 냄새가 확하고 흘러나오고, 수위실의 찌든 기름 냄새와 테이블 위에 놔두고 간 꽃다발의 쏘는 듯한 향기가 섞여 나왔다.

"그런데" 하고 수위 아주머니는 단역들에게 술을 다 따르고 나자 말했다. "저 갈색 머리의 자그마한 분이죠, 내보내 달라고 하시는 분."

"아녀요. 잘 들어보셔요! 난로 옆에 앉은 야윈 사람 말예요. 저 고양이가 바지 냄새를 맡고 있는 사람 있죠?"

시몬은 라 팔르와즈를 입구로 데리고 나갔다. 다른 남자들은 목이 막혀서 답답한 것을 꾹 참고 있었다. 가장 차림의 남자들은 계단에서 가지런히들 술을 마시며 주정뱅이의 쉰 목소리를 올리기도 하고 장난들을 치며 서로를 쥐어박기도 했다.

위의 무대에선 보르드나브가 배경 정리로 시간을 지체하고 있는 무대장치 담당자들에게 야단을 치고 있었다. "뭐야 이꼴은! 전하의 머리 위에 서까래가 떨어지면 어떻게 하려고!"

"당겨라! 당겨!" 하고 무대장치 담당이 외쳤다.

겨우 겨우 배경용 포장이 걷어치워지자, 무대는 널찍해졌다. 포슈리를 노리고 있던 미뇽이 이 기회를 포착하여 다시 또 집적거렸다. 큼직한 팔로 그를 잡아당기며 외쳤다.

"위험해라! 까딱했더라면 저 기둥에 짓눌릴 뻔했소."

그러고는 포슈리를 안아 올려 뒤흔들다가 털썩 내려놨다. 무대장치 담당들이 허풍스레 웃자, 포슈리는 낯빛을 바꾸고 입술을 떨며 당장 덤벼들려고 했다. 그러나 미뇽은 가장 친절한 체하며 몸이 휠 정도로 힘을 주어 포슈리의 어깨를 치고는 되풀이했다.

"당신 몸이 걱정이었단 말이요, 나는…… 정말이지 만약에 당신에게 무슨 일이라도 있었다면 큰일이 아니겠소."

그때 주위가 수런거렸다. "황태자님이시다! 황태자님이시야!" 사람들의 시선이 일제히 객석 쪽 작은 문으로 쏠렸다. 아직 보르드나브의 둥그스름한 등밖에는 안 보였다. 그 백정 같은 목덜미가 꾸벅꾸벅 절을 할 때마다 휘었다 펴졌다 하고 있었다. 마침내 황태자가 나타났다. 장신의 튼튼한 체구였다. 금빛 수염, 장밋빛 살결, 방탕자다운 모습이 맵시 있게 지어 입은 프록코트 밑으로 늠름한 사지를 느끼게 했다. 뒤따라오는 것은 뮈파 백작과 슈아르 후작이었다. 그 근처는 컴컴했기 때문에 그 일행은 움직이는 커다란 그림자 속에서 흐려져 버렸다. 왕위 계승자인 여왕의 아들 앞에서, 보르드나브는 아주 엄숙하게 곰의 조련사 같은 목소리로 되풀이했다.

"전하, 소인이 안내해 올리겠사옵니다…… 전하 이쪽으로 납시옵소서…… 조심하시옵기 바랍니다……."

황태자는 조금도 서두르지 않고, 무대장치 담당들이 일하는 모습을 흥미있게 바라보며 천천히 걸음을 옮겼다. 지금 막 정면 배경의 라이트가 내려졌다. 철망으로 매단 가스등의 줄이 무대를 폭넓게 비쳐주고 있었다. 특히 뮈파는 아직 무대 위에 와본 일이 없었기 때문에 일변 놀라고 일변 불안해하며 두려움 같은 불쾌감에 사로잡혔다. 천장을 쳐다보니 불길을 아래로 향한 다른 라이트들이 파릇하니 자그마한 별들을 뿌려 놓은 것처럼 반짝였다. 그리고 그 주위에는 마구 교차된 들보들과 각가지 굵기의 밧줄, 줄사다리, 커다란 내복을 널어 놓은 것처럼 공중에 널브러진 배경 포장들이 있었다.

"잡아당겻!" 하고 갑자기 무대장치 책임자가 소리쳤다.

그러자 황태자 스스로가 백작에게 주의해 주어야만 했다. 배경 포장이 한 장 내려왔다. 제3막의 배경이었다. 에트나 산의 동굴 장면을 만들고 있는 것이었다. 무대 구멍에 기둥을 꽂는 사람, 벽에 세워 놓은 창들을 떼어다가 튼튼한 매듭으로 기둥에 잡아매는 사람들. 안쪽에선 불카누스의 대장간의 불 효과를 내기 위해 조명 담당이 기둥을 세우고 빨간 유리가 끼워진 아궁이에 불을 켜댔다. 그것은 혼돈 상태라고나 할는지 언뜻 보기에는 무질서하나 사소한 동작까지도 규칙에 따라 이루어지고 있었다. 그리고 이 분망 속에서 프롬프터는 저려오는 발을 풀기 위하여 종종걸음으로 걸어다니고 있었다.

"전하, 영광이옵니다" 하고 보르드나브는 여전히 굽실거리면서 말했다. "이 극장이 크지는 못하옵니다만 저희들이 가능한 한의 것은 다하고 있사옵니다…… 전하, 그러면 안내해 올리겠사옵니다……."

뮈파 백작은 이미 분장실 복도 쪽으로 걸어가고 있었다. 무대의 급경사에 놀란 것이다. 특히 발밑의 마루판이 흔들리는 것이 기분 나빴다. 배경을 끼우는 구멍이 열려 있어 그 구멍으로부터 마루판 밑의 가스등 불빛이 보였다. 깊숙한 곳의 어둠 속에서 사람의 목소리가 들리고 굴속처럼 바람이 훅 불어왔다. 그것은 지하의 생활이었다. 가는 도중에서 백작은 발을 멈추었다. 제3막의 분장을 한, 자그마한 두 사람의 여자가 막의 겹쳐진 틈 앞에서 얘기를 하고 있었다. 그중 한 여자가 엉덩이를 뒤로 내민 채 자세히 보려고 자세히 보려고 손으로 구멍을 넓히며 객석을 살펴보고 있었다.

"보이네, 보여!" 하며 그녀가 갑자기 말했다. "어머 저 낯짝 좀 봐!"

보르드나브는 얼굴을 찡그리고 그 여자의 엉덩이를 걷어차고 싶은 것을 참았다. 그러나 황태자는 그런 소리를 듣고 즐거이 미소 지으며 전하쯤 아무렇지도 않게 생각하는 계집애들에게 호감 어린 눈길을 보냈다. 그녀는 예사로이 웃어대고 있었다. 그러나 보르드나브는 황태자에게 따라오라 하며 안내를 계속했다. 뮈파 백작은 흠뻑 땀에 젖어 모자를 벗었다. 무엇보다도 기분 나쁜 것은 숨이 막힐 듯한 혼탁한 더운 공기였다. 뿐만 아니라, 강한 냄새가 풍기고 있었다. 그것은 가스와 소도구의 아교와 컴컴한 구석의 먼지와 여배우들의 지저분한 속옷 냄새가 섞인 무대 뒤의 특유한 냄새였다. 복도는 한결 더 숨이 막혔다. 코를 찌르는 화장수 냄새와 들척지근한 비누 냄새와 물씬한 사람의 콧김 따위가 풍겼다. 백작은 지나치려 하다가 갑자기 목덜미 근처가 확하고 밝아지며 더워졌기 때문에 깜짝 놀라 얼굴을 들고 흘긋 계단 위를 보았다. 세면기 소리, 웃고 부르고 하는 소리, 문이 여닫히는 덜컹 소리와 함께 문이 계속 여닫힐 때마다 흘러나오는 여자들의 체취와 쉰 것 같은 머리 냄새에 섞여 백분의 사향내가 풍겨 나왔다. 그는 머무르지 않고 도망치듯 걸음을 빨리했다. 미지의 세계의 입구를 넘겨다본 순간, 그는 전신에 흐르는 뜨거운 전율을 느꼈던 것이다.

"어때! 극장이란, 참 재미있는 곳이지" 하고 슈아르 후작은 제 집에라도 돌아온 것처럼 기뻐했다.

보르드나브는 마침내 복도 끝에 있는 나나의 방까지 도달했다. 문의 손잡이를 조용히 돌리고 옆으로 비켜서며 말했다.

"전하, 들어가 주십시오……."

여자의 당황한 비명과 함께 허리까지 벗은 나나가 커튼 뒤로 도망치는 것이 보였다. 땀을 닦아 주고 있던 의장 담당이 수건을 들고 서 있었다.

"어쩌면 아무 말도 않고 들어와요!" 하고 숨은 채로 나나가 소리쳤다. "들어오지 말아요. 들어오면 안 되는 것쯤 알고 있지 않나요?"

보르드나브는 나나가 도망을 친 것이 불만이었다.

"도망갈 건 없다구, 아무것도 아냐. 전하께서 오셨어. 어린애 같은 짓은 그만둬야지."

나나는 이미 웃고 있었지만, 아직도 겁에 질린 체하며 나오려 들지 않았다. 그러자 보르드나브는 어버이가 타이르듯이 덧붙였다.

"자 어서, 이 분들은 여자가 어떤 것인지 잘 아시는 분들이야. 잡아잡수시지는 않으실 테니 걱정 말고 나와요."

"하지만 그건 장담 못하지" 하고 황태자가 농담을 건넸다. 그러자 모두들 억지로 추종하는 웃음을 웃었다. 정말로 파리식의 멋진 말씀이라고 보르드나브가 곁에서 말했다. 나나는 이제 대답을 안 했다. 커튼이 흔들렸다. 아마도 결심을 한 모양이었다. 그러자 뮈파 백작은 볼을 붉히며 방을 둘러보았다. 천장이 아주 얕은 방으로 엷은 갈색의 포장이 둘러쳐 있었다. 같은 천의 커튼이 놋쇠 막대에 매달려 있고 그 안쪽은 작은 방 모양으로 되어 있었다. 두 개의 커다란 창이 극장 안마당 쪽으로 향해 있고, 그 창으로부터 새어 나가는 불빛이 겨우 3미터 정도 떨어진 곰보 벽에 부딪쳐, 둘레의 어둠을 노랗게 사각으로 잘라 주위와 구분하고 있었다. 큼직한 거울과 마주하여 하얀 대리석의 화장대가 놓여 있고 그 위에는 향유, 향수, 분 종류의

병과 유리 상자가 어수선하게 늘어놔 있었다. 백작이 거울에
다가서자 새빨간 얼굴과 이마 위에 솟아난 잘디잔 땀방울이 비
쳐보였다. 그는 눈을 내리뜨고 화장대 앞에 섰다. 비눗물이 가
득한 세숫대야, 널브러져 있는 조그만 상아의 화장 도구, 흠뻑
젖어 있는 스폰지 등, 일순 그는 정신을 잃었다. 오스망 로의
나나 집을 처음으로 방문하던 날의 그 황홀감을 또다시 맛보게
된 것이다. 발 밑의 두툼한 융단이 푹신 가라앉으며 화장대와
거울에 비친, 불타고 있는 가스등이 관자놀이 근처에서 지글지
글 울리는 듯했다. 그는 일순 실신하는 것이 아닌가 하는 의구
마저 일었다. 그가 재차 겪는 이 여자의 냄새, 지금 얕은 천장
밑에서 따뜻하게 녹여지고 몇 갑절이나 짙어진 그 체취. 그는
창 사이 소파 가로 가서 앉았다. 그러나 금방 다시 일어서 화장
대 옆으로 되돌아왔다. 눈에 안개가 서리고 이제 아무것도 보
이질 않았다. 언뜻 월하 향의 꽃다발을 생각했다. 그전에 자기
방에서 시든 월하 향 꽃 때문에 질식할 뻔한 일이 있었다. 월하
향은 썩으면 여자 냄새가 났다.

"어서 빨리!" 하고 보르드나브가 커튼에 목을 들이밀고 소곤
거렸다.

그러나 황태자는 슈아르 후작의 얘기를 흥미 있게 듣고 있었
다. 후작은 화장대 위에서 분첩을 들어가지고 물 분을 바르는
설명을 하고 있었다. 한구석에선 사탱이 숫처녀 같은 얼굴로
그 일행을 훑어보고 있었다. 의상 담당 마담 쥘르는 타이츠와
베누스용의 웃옷을 준비하고 있었다. 이 마담 쥘르는 젊은 시
절이 없었던 것 같은 노처녀 특유의 까칠하고 무표정한 얼굴로
이미 나이도 확실치 않게 보였다. 그녀는 여배우들의 준비실
안 물씬한 공기 속에서 파리 장안에서도 인기 높은 넓적다리
와 젖가슴에 둘러싸여 시들어 버린 것이다. 언제나 똑같은 퇴

색한 검은 옷에 여자라는 것도 분간할 수 없게 된 납작한 가슴, 그 가슴에 수없이 바늘이 꽂혀 있었다.

"용서하여 주십시오" 하고 나나는 커튼을 헤치며 말했다. "하지만 전 너무 놀랐습니다."

모두들 일제히 돌아다봤다. 아무것도 걸치지 않은 채 얇은 메리야스 속옷의 단추를 끼워 겨우 가슴을 감추었을 뿐이었다. 갑작스럽게 숨었을 때는 나나가 생선 장수 여자의 의상을 벗어 팽개치고 겨우 좀 편안해 보려던 때였다. 뒤쪽으로는 아직도 슈미즈 자락이 속바지 밑으로 꿰져 나와 있었다. 그녀는 팔도 어깨도 드러난 채, 유방이 불쑥 솟은 물씬한 금발녀의 엄청난 젊음을 풍기며 여전히 한 손으로 커튼을 붙잡고 있었다, 조금이라도 두려운 듯하면 다시 또 커튼을 잡아 치려는 듯이.

"예, 정말 놀랐어요. 이꼴을 하고야 어떻게 차마……" 하며 목덜미를 불그레하니 붉히고 수줍어하며 나나는 아주 겸연쩍게 중얼거렸다.

"자, 어서 나와 봐, 상관없어!" 하고 보르드나브가 소리쳤다.

그래도 아직 그녀는 숫처녀처럼 주저하며 간지러운 것처럼 몸을 틀었다.

"전하, 분에 넘치는 영광이옵니다…… 이런 모양을 용서하여 주시옵소서……."

"나야말로 무례를 범했소. 그러나 꼭 한 마디 인사를 하고 싶었소……."

그리하여 나나는 신사들이 길을 비켜주는 속을 속옷바람으로 서서히 통과하여 화장대로 갔다. 탐스러운 허리가 보이고 속바지가 둥글게 부풀어 보였다. 가슴을 내밀고, 쌩긋 웃으며 다시 한 번 목례를 했다. 그 다음 그녀는 뮈파 백작을 알아차리고 다정하게 손을 내밀며 만찬회에 와주지 않은 원망을 늘어놓았다. 뮈파는 황태자에게 희롱을 당하고 당황해했다. 화장수로 산뜻해진 나나의 조그만 손을 자기의 뜨거운 손에 잠깐 쥐어 보기만 하고도 섬뜩했다. 백작은 미식가이며 대주가인 황태자한테서 잘 먹고 온 길이었다. 둘 다 조금 취하기까지 했지만, 태도에는 조금도 흐트러진 데가 없었다. 뮈파는 괴로운 나머지 방이 덥다는 얘기를 했다.

"아, 여기는 너무 덥군. 이 더위 속에서 어떻게 견디고 있소."

그러고 그것이 계기가 되어 얘기가 시작되었다. 그런데 그때 문밖이 갑자기 소란스러워졌다. 보르드나브가 수도원식의 밀창이 끼워진 조그만 영창의 판자를 밀쳤다. 퐁탕이었다. 그 뒤엔 프률리에르와 보스크가 있었다. 세 사람이 다 술병을 끼고 손에 술잔을 들고 있었다. 퐁탕이 문을 노크하며 내 생일이니 샴페인을 한턱내겠노라고 소리쳤다. 나나는 황태자의 의향을 눈짓으로 물었다. 어쩌랴! 전하는 거절은커녕 기뻐할 정도였다. 그런데 퐁탕은 허락을 기다리지 않고 들어와서 혀 꼬부라진 소리로 되풀이했다.

"난, 구두쇠가 아니라구. 이 샴페인은 내가 내는 거야 ……."

그러자 갑자기 예기치 않은 황태자의 모습을 발견하고는 딱 멈추어 버렸다. 그러고는 일부러 엄숙하게 말했다.

"다고베르 왕이 복도에서 전화와 건배하고자 기다리고 계시옵니다."

황태자가 미소를 지었기 때문에 모두들 그의 애교에 탄복했다. 그러나 여기는 방이 너무 좁았다. 서로 죄지 않고는 안 되었다. 사탱과 마담 쥘르는 안쪽 커튼 곁으로 비키고 남자들은 반나체의 나나 주위로 몸을 바싹 붙였다. 세 사람의 배우들은 아직 제2막의 분장 차림이었다. 프률리에르는 커다란 삭모가 천장에 닿을 것 같아 스위스 장군의 모자를 벗었다. 보스크가 주홍의 망토를 걸치고 양철 왕관을 쓴 채 비칠거리는 다리를 버티고 왕자에게 목례했다. 인근 강대국의 태자를 맞이하는 왕과 같은 모습이었다. 유리잔에 술이 따라지고, 건배가 시작되었다.

"전하를 위하여!" 하고 보스크가 엄숙하게 말했다.

"군대를 위하여!" 하고 프룰리에르도 말을 받아 계속했다.

"베누스를 위하여!" 하고 퐁탕이 소리쳤다.

왕자는 기꺼이 잔을 들었다. 그리고 사이를 두고 세 번 목례를 하고 나서 이렇게 웅얼거렸다.

"부인을 위하여…… 장군을 위하여…… 폐하를 위하여……."

그러고는 단숨에 마셔 버렸다. 뮈파 백작과 슈아르 후작이 거기에 호응했다. 이젠 농담을 하는 자도 없었다. 여기는 궁정인 것이다. 그들은 활활 타는 가스등 밑에서 가공의 세계를 현실로 생각하며 엄숙한 얼굴로 연극을 펼치고 있었다. 나나는 속바지 밑으로 슈미즈가 꿰져 나온 것도 모르고 귀부인인 양 행세하고 있었다. 마치 국가의 중신들에게 작은 방을 개방한 여왕 베누스격이었다. 애기할 때마다, '전하' 소리를 되풀이하여 은근한 표정으로 경례를 하고, 가장을 한 보스크와 프룰리에르에게 대신들을 거느리는 군주의 태도로 대했다. 왕위 계승자인 진짜 황태자가 의상 담당, 창부, 극장 깡패, 여자 흥행사들의 무리에 둘러싸인 채, 이 신들의 카니발이며 왕족의 가장무도회에 참가하여 엉터리 배우의 샴페인을 유유히 마시고 있었다. 보르드나브는 이 연출에 우쭐하여 만약에 전하가 이처럼, 〈금발의 베누스〉 제2막에 등장할 것을 허락해 준다면 크게 히트하리라고 공상했다.

"말씀해주시옵소서. 여배우들을 모두 다 부르오리까" 하고 좀더 친숙하게 그는 부르짖었다.

나나가 반대했다. 그러나 그녀 역시 마음을 늦쳤다. 퐁탕의 괴상한 얼굴에 마음이 이끌린 그녀는 그에게 가까이 가며, 지저분한 것을 먹고 싶어하는 임산부와 같은 눈초리로 그를 바라보고 있더니 갑자기 친숙하게 말했다.

"자아 부어요, 멍청이 같으니!"

퐁탕이 다시 술을 따르고 다닌 후, 똑같은 건배가 되풀이되었다.

"전하를 위하여!"

"군대를 위하여!"

"베누스를 위하여!"

그러나 나나는 몸짓으로 조용하라고 제지하고는 유리잔을 높이 쳐들고서 소리쳤다.

"아녀요 아냐, 퐁탕을 위하여…… 퐁탕의 생일이니까요. 퐁탕을 위하여! 퐁탕을 위하여!"

그리하여 건배는 다시 시작되고 모두들 퐁탕에게 갈채를 보냈다. 나나는 이 희극배우를 핥듯이 바라다봤다. 그것을 알아차린 황태자가 목례를 하며 근엄하게 말했다.

"퐁탕 군, 성공을 빌며 건배하겠네."

그 동안 황태자의 프록코트 자락은 화장대의 대리석을 문지르고 있었다. 그 방은 침실이나 좁은 욕실과 같은 느낌이었다. 코를 찌르는 샴페인 냄새에 섞이어 세숫대야와 스폰지에서 서리는 김과 강한 향수 냄새가 넘치고 있었다. 황태자와 뮈파 백작은 나나를 사이에 두고 서 있었기 때문에 허리나 가슴에 부딪치지 않기 위하여 조금만 몸을 움직이려고 하여도 손을 들어야만 했다. 마담 쥘르는 땀 하나 흘리지 않고, 몸을 빳빳하게 세우고 기다리고 있었다. 한편 사탱은 자기 자신 부정한 생활을 하면서도 황태자나 야회복 차림의 신사들이 가장 차림의 배우들과 함께 어울려 벌거벗은 여자의 꽁무니를 따라다니는 꼴을 놀랍게 여기며 마음속으로, 상류사회의 남자들 역시 별수 없다고 생각하는 것이었다.

그때, 바리요 영감이 울리는 종소리가 복도로 다가왔다. 그리고 방 입구에 나타나자 그는 깜짝 놀라고 말았다. 세 사람의 배우가 아직도 제2막의 분장대로 있지 않은가.

"오! 여러분, 여러분" 하고 그는 더듬는 목소리로 말했다.

"급히 서둘러주시오…… 휴게실엔 벌써 종이 울렸습니다요."

"상관없어!" 하고 보르드나브는 조금도 서두름이 없이 말했다. "손님들이 기다리겠지."

그러나 술병도 비웠기 때문에 배우들은 목례를 하고 옷을 갈아입으러 돌아갔다. 보스크는 술에 흥건히 젖은 수염을 떼어냈다. 그러자 그 근엄한 수염 밑에서 술 때문에 몸을 망친 노배우의 파리하고 거친 본 얼굴이 드러났다. 계단 앞턱에서 그가 퐁탕을 향하여 주정뱅이 특유의 쉰 목소리로 황태자 얘기를 하는 것이 들렸다.

"어때? 놀라고 말았겠지!"

나나의 준비실에는 이제 전하와 백작과 후작 등 세 사람만이 남아 있었다. 보르드나브는 바리요 영감을 보고 나나에게 연락치 않고 개막 신호를 울리면 안된다고 주의하며 함께 나갔다.

"용서하여 주시옵소서" 하고 나나는 팔과 얼굴의 화장을 시작했다. 제3막에선 나체를 드러내기 때문에 특히 공들여 화장하지 않으면 안 되었다.

황태자는 슈아르 후작과 나란히 긴 의자에 걸터앉았고 뮈파 백작만은 그대로 서 있었다. 이 숨가쁜 열기 속에선 겨우 두 잔의 샴페인으로 술기운이 금방 돌았다. 사탱은 이 신사들이 나나와 함께 방에 머물러 있는 것을 보곤, 사양하여 커튼 뒤로 숨어 트렁크에 앉아서 기다리고 있었다. 그러나 그녀는 빨리 편안하게 쉬고 싶어 조마조마하고 있었다. 마담 쥘르는 아무 말도 없이 곁눈질 하나 않고 조용히 왔다갔다 하고 있었다.

"당신이 노래한 윤무곡은 참 훌륭했소." 황태자가 말했다.

그래서 얘기가 시작되었으나, 끊어지기가 일쑤였다. 나나는 매번 대답을 할 수는 없었다. 손가락으로 팔과 얼굴에 콜드크림을 바른 다음, 수건 끝으로 물분을 발랐다. 잠깐 동안 거울 속을 들여다보는 것을 멈추고 물 분을 손에 묻힌 채 황태자를 흘긋 바라보고 미소지었다.

"전하, 과분하신 말씀이옵니다."

그 화장이란 것이 또 아주 공이 들어 슈아르 후작은 넋을 잃고 바라보고 있다가 말을 건넸다.

"오케스트라의 반주는 좀 더 조용히 할 수 없는 것인지 모르겠소. 그래가지곤 당신의 목소리가 죽는단 말야. 그건 절대로 용서할 수 없는 일이에요."

그러나 나나는 뒤돌아보지 않았다. 분첩으로 정성을 다하여 몸을 토닥거리고 있었다. 화장대 위로 몸을 기울이고 있기 때문에 하얀 속바지에 감싸인 탐스러운 엉덩이가 슈미즈 자락과 함께 튀어나와 터질 것처럼 보였다. 그녀는 노인의 치사에 대한 감사의 표시로 몸을 비틀며 허리를 흔들어 보였다.

주위가 고요해졌다. 마담 쥘르는 속바지의 오른쪽 가랑이가 터져 있는 것을 발견했다. 가슴에서 바늘을 하나 뽑아 들고는 잠깐 마루에 무릎을 꿇고, 나나의 넓적다리 근처에서 급하게 손을 놀렸다. 그러나 나나는 그것도 모른 체하고 광대뼈 근처를 주의 깊게 피하며 분을 바르고 있었다. 황태자가 당신이 만약 런던에 와서 노래한다면 영국 전체가 박수갈채를 보내리라고 하니 나나는 생긋 웃으며 돌아다보았다. 흐트러지는 분 속에서 새하얗게 칠해진 왼편 볼이 보였다. 그러고는 갑자기 진지한 표정이 되었다. 이제는 루즈를 바를 차례였다. 다시 또 거울에 얼굴을 가까이 하고 손가락을 조그만 병에 잠갔다가 우선 눈 밑에 루즈를 묻히고서 관자놀이까지 살그머니 펴 늘였다. 남자들은 숨을 죽이고 바라보고 있었다.

뮈파 백작은 아직 한 마디도 말을 안 하고 있었다. 생각이 문득 먼 유년기로 향했다. 그의 어린 시절의 방은 아주 싸늘하기만 했다. 그후 열여섯이 되어 매일 밤 어머니에게 밤 인사로 키스를 하면 그 냉랭한 기분이 잠든 후까지도 사라지지 않았다. 우연하게도 어느날 빠끔히 열린 문틈으로 하녀가 목욕하는 것을 본 일이 있었다. 사춘기가 되고 결혼을 할 때까지 그것이 그의 가슴을 설레게 하는 유일한 추억이었다. 그후에 결혼을 했지만 처는 다만 부부의 의무를 이행할 뿐이었고, 그 자신도 부부관계에 대하여 종교가다운 혐오감을 품고 있었던 것이다. 이렇게 하여 성장기를 거쳐 노경에 도달했지만, 육체적인 쾌락을 모르고 다만 엄격한 종교상의 의무를 따를 뿐, 신의 법도와 계율대로만 살아왔다. 그러한 그가 지금 갑자기 여배우의 준비실 속에 벌거벗은 계집 앞에 내던져진 것이다. 그는 자기 아내가 양말 핀 거는 것 한 번을 본 일이 없었다. 그런 남자가 화장 병과 세숫대야가 흐트러지고 달콤하고 강렬한 냄새가 감도는 속에서 여자의 화장의 비밀을 바로 눈앞에 역력히 바라보고 있는 것이다. 그는 전력을 다하여 반항했다. 조금 전부터 자기는 차츰 나나의 매력에 사로잡혀 가고 있다는 생각이 들어 몹시 두려웠으므로 그전에 읽은 종교서의 내용이랑 어린 시절에 요람에서 들은 악마에게 유혹된 얘기들을 되새겨 보았다. 그는 악마의 존재를 믿었다. 어렴풋하나마 나나가 악마로 생각되었다. 저 웃음과 저 악덕에 부분 가슴과 저 엉덩이. 그러나 그는 굳세어지리라고 결심했다. 져서야 되겠는가.

"그러면, 얘기는 다 됐소" 하고 소파에 편안히 앉으며 황태자가 말했다. "내년에 영국에 오시오. 환영 공세에 몰려서 다시는 프랑스에 돌아오고 싶지 않을 테니…… 이보시오 백작, 당신네들은 당신네 나라의 미인을 과히 소중하게 대접하지 않는 모양이구료. 우리들이 모두 다 데려가야겠소."

"그런 얘기 가지곤 이 사람은 끄덕도 안 할 것입니다" 하고 슈아르 후작이 허물없음을 기화로 심술궂은 소리를 했다. "백작은 도덕의 표본 같은 사람이옵니다."

도덕이란 말을 듣고서 나나는 이상한 얼굴을 했다. 뮈파는 당황했다. 그러나 자기의 그와 같은 마음의 움직임에 놀라고 또 스스로에 대하여 화가 났다. 이 여자 앞에서 도덕군자란 일컬음을 받고 당황하는 것은 무엇이란 말인가? 할 수만 있다면, 이 여자를 때려 주고 싶기만 한 심정인데 말이다. 그때 나나는 화장 붓을 집다가 떨어뜨렸다. 주우려고 구부렸을 때, 그도 재빨리 손을 뻗었다. 두 사람의 숨결이 부딪치고 베누스 모양으로 풀어 헤친 머리카락이 그의 손끝에 걸렸다. 뉘우침이 곁들인 기쁨으로 몸이 떨렸다. 그것은 가톨릭 신자가 죄를 범하게 될 때, 지옥을 두려워하기 때문에 그 죄에 대하여 그만큼 더 예리하게 느끼는 종류의 기쁨이었다.

이때 바리요 영감의 목소리가 문밖에서 들렸다.

"마담, 이제 개막 신호를 하여도 좋습니까요? 손님들이 진을 다 빼고 있는뎁쇼."

"다 돼가요" 하고 태연하게 나나는 대답했다.

먹단지에 화장 붓을 잠기게 하곤, 거울에 코를 붙일 듯이 하고 왼쪽 눈을 감고 눈썹 사이를 살그머니 그렸다. 그 뒤에서 뮈파는 바라보고 있었다. 거울에 비치는 동그란 어깨, 장밋빛 그림자를 띠운 가슴패기, 욕정에 잠긴 듯한 보조개 핀 얼굴, 한쪽 눈을 감았기 때문에 그것이 한층 더 요염했다. 보지 않으리라고 생각하여도 눈길을 옮길 수가 없었다. 그녀가 오른쪽 눈을 감고 화장 붓으로 쓰다듬는 것을 보았을 때 뮈파는 완전히 나나의 포로가 된 것을 깨달았다.

"마담!" 하고 호출계가 숨을 헐레벌떡이며 다시 소리쳤다. "손님들이 발을 굴러대고 있습니다요. 이러다간 의자를 때려 부수겠는 걸요…… 신호할깝쇼?"

"어라!" 하고 다급하게 나나가 말했다. "하시라구요. 난 모르겠으니…… 어쨌든 준비가 안 됐으면야, 기다려줘야 할 것 아네요!"

그렇게 얘기를 하자 마음이 가라앉아 남자들을 돌아보며 쌩긋 웃었다.

"정말이지 잠시도 얘기하고 있을 수가 없군요."

얼굴과 팔의 화장이 겨우 끝났다. 다시 또 손끝으로 입술에 굵게 루즈를 발랐다. 뮈파 백작의 가슴은 한결 더 설레었다. 연지분이 풍기는 이상한 기운에 자극되고 뚜렷하게 윤곽 지어진 이 젊은 여자에게 갑자기 격렬한 욕정을 느꼈다. 새하얀 얼굴, 새빨간 입술, 먹으로 가를 돌려 큼직해 보이는 눈은 이글거리고 애욕에 부푼 것 같았다. 나나는 잠시 커튼 뒤에 숨어서 속바지를 벗고, 베누스의 타이츠로 갈아입었다. 그리고 서슴없이 엷은 메리야스 속옷 단추를 빼고는 팔을 내놓았다. 마담 쥘르가 웃옷의 짧은 소매를 끼워 주었다.

"빨리 해줘요! 손님들이 화를 내고 있으니!" 하고 나나가 웅얼거렸다.

황태자는 그쪽 방면에 아주 도통한 사람처럼 눈을 가늘게 뜨고 나나의 불룩한 가슴의 선을 가늠하고 있었다. 슈아르 후작은 자기도 모르는 사이에 고개를 끄덕였다. 뮈파는 쳐다보지 않으려고 양탄자를 응시했다. 마침내 베누스는 만들어졌다. 베일을 어깨에 걸쳤을 뿐이었다. 마담 쥘르는 유리 눈을 끼워놓은 나무토막의 노파 같은 모양으로 나나의 둘레를 돌기 시작했다. 그리고 가슴에 수없이 꽂은 바늘을 재빨리 몇 개 뽑더니 메마른 손으로 나나의 탱탱한 알몸을 여기저기 가볍게 만져보며 베누스의 웃옷을 꿰매 주었다. 그와같은 장면은 아무 추억도 없고, 또한 자기가 여자라는 사실도 잊어버리고 있는 양했다.

"자 됐죠!" 하고 나나는 마지막으로 거울 속을 흘긋 들여다보며 말했다.

보르드나브가 근심스러운 얼굴로 되돌아와서는 제3막이 벌써 시작되었다고 했다.

"그럼 가겠어요! 정말 귀찮아 죽겠네. 언제나 나만 기다리기 마련이니."

남자들은 방을 나갔다. 그러나 그곳에서 작별을 하지는 않았다. 황태자가 무대 뒤에서 제3막을 구경하고 싶다고 했기 때문이다. 나나는 혼자 남게 되자 놀라서 주위를 살폈다.

"얘가 어디 갔을까?"

사탱을 찾고 있는 것이었다. 커튼 뒤 트렁크에 앉아서 기다리고 있던 사탱이 조용히 대답했다.

"물론 난 너의 방해가 되고 싶지는 않았단 말야. 그런 사람들과 함께 있었으니까!"

그러고는 이제 가겠노라고 덧붙였다. 그러자 나나는 그녀를 붙잡으며 '바보 같으니! 보르드나브가 채용해주마고 하는데!' 하면서 연극이 끝나고 나서 결말을 짓기로 하자고 했다. 사탱은 망설였다. 어쩐지 까다롭기만 했다. 이런 일은 도무지자기의 세계가 아닌 것만 같았다. 그래도 하여간 머물러 있기로 했다.

황태자가 조그만 나무 계단을 내려서자 무대 뒤 저편에서 갑자기 이상한 소리가 들려왔다. 목소리를 낮추어 욕설을 하며 격투를 하는 듯한 발소리였다. 사실상 등장 순서를 기다리고 있는 배우들을 놀라게 하는 소동이 생겼던 것이다. 조금 전부터 미뇽이 또 장난질을 치며 포슈리를 몰아댔다. 이번엔 새로운 수법을 생각해 냈다. 즉 파리를 쫓아 준다고 하며 콧등을 손톱으로 튀기는 것이었다. 말할 것도 없이 이 장난은 배우들을 대단히 흥겹게 해주었다. 그리고 이 장난에 신바람이 난 미뇽은 지나치게 설친 나머지 다짜고짜로 상대방의 따귀를 후려갈기고 말았다. 이것은 좀 과했다. 아무리 포슈리지만 사람들이 보는 면전에서 따귀를 맞고 웃고만 있을 수는 없는 일이다. 두 사람은 정말로 성이 나가지고는 낯빛을 붉히며 증오의 빛 가득히 멱살을 잡았다. 그리고 그들은 서로 욕설을 퍼부으며 무대 장치 기둥 뒤 마룻바닥에 뒹굴었다.

"보르드나브 씨! 보르드나브 씨!" 하고 무대감독이 당황하여 달려왔다.

보르드나브는 황태자에게 잠깐 실례하겠다고 해놓고선 무대감독을 뒤쫓았다. 포슈리와 미뇽이 마룻바닥에 뒹굴고 있는 것을 보는 순간, 그는 난처한 기색을 했다. 정말이지 이자들은 좋은 시기도 택했다. 하필이면 전하가 와계신 날, 관객들이 모두 들리는 장소에서 이게 무슨 꼴이냐! 더욱 더 난처한 것은 로즈 미뇽이 등장 차례 직전인데 숨을 헐레벌떡하면서 달려온 것이다. 무대에선 불카누스가 디아나에게 주는 대사를 늘어놓고 있었다. 그러나 로즈는 멍하니 서 있었다. 발밑에서 남편과 애인이 프록코트를 흙먼지로 뿌옇게 하고서 뒹굴며, 목을 조르고 발길질을 하고, 머리를 꺼두르고 하지 않는가. 그것 때문에 가로막혀서 지나갈 수도 없었다. 격투 도중에 포슈리의 모자가 무대로 굴러 나갈 뻔한 것을 장치 담당이 겨우 붙잡았을 정도였다. 그 동안 불카누스는 여러 가지 대사를 생각해 내어 관객을 웃기고 있었으나 다시 또 로즈에게 주는 대사를 말했다. 그래도 로즈는 우두커니 서서 두 사람의 남자들을 바라볼 뿐이었다.

"이봐 볼 것 없어!" 하고 골을 내며 보르드나브가 귓전에다 소곤거렸다. "자 가라구! 가란 말야! 자네가 참견할 것이 아냐! 무대에 늦는단 말야!"

보르드나브에게 밀려서 로즈는 두 사람의 몸을 건너딛고 풋라이트를 쐬며 관중들 앞으로 나갔다. 저 두 사람은 무슨 일로 마룻바닥에서 뒹굴며 싸우고 있는 것일까? 마구 떨리기만 했다. 머리가 지끈지끈했다. 그래도 그녀는 사랑에 들뜬 디아나의 화사한 웃음을 지니고 무대 전면으로 나가자, 열띤 목소리로 이중창의 첫 구절을 노래하기 시작했다. 관객들이 요란한 박수를 보냈다. 그러나 그녀의 귀에는 무대 뒤에서 두 사람이 서로를 때리고 있는 둔한 소리만 들려왔다. 그들 두 사람은 무대 안쪽 끝까지 굴러온 모양이었다. 다행히 그들이 무대장치를 걷어차는 소리는 음악으로 덮어졌다.

"하느님 맙소사." 간신이 두 사람을 떼어놓은 보르드나브는 욕박질렀다. "쌈일랑 자네들 집에서 해주게, 응? 알겠나, 난 이런 꼴 보고 싶지 않네…… 자네 미뇽은 무대 이편에 있고, 포슈리 당신은 저편에 있도록 해요. 만약에 이편으로 오기만 하면 극장에서 몰아낼 테니…… 알았지, 자 좌우로 갈라지는 거야. 안 그러면 로즈가 자네들을 동반하고 오는 것을 금하겠네.”

보르드나브가 되돌아오자 황태자는 무슨 일이냐고 물었다.

“아니옵니다, 아무것도 아니옵니다” 하고 보르드나브는 태연한 표정으로 중얼거렸다.

나나는 모피 외투를 두르고 그들과 서서 얘기를 하며 등장 차례를 기다리고 있었다. 뮈파 백작이 장치 사이로 한번 무대를 들여다보려고 올라오니 무대감독이 손짓으로 조용히 걸어오라는 신호를 했다. 주위는 고요하고 따뜻한 공기가 천장으로부터 내려왔다. 군데군데 강한 광선에 비쳐진 무대 뒤에선 두서너 사람의 그림자가 낮은 소리로 얘기를 하며 서성거리기도 하고 발끝걸음으로 지나가기도 했다. 조명계는 가스 장치의 스위치가 복잡한 자기 위치를 지키고 있었고, 소방 담당은 기둥에 기대어 목을 늘이고 상황을 살폈다. 한편 꼭대기 쪽에서는 막 담당계가 벤치에 앉아 어떠한 연극이 이루어지고 있는가도 모른 채, 체념한 표정으로 신호만 있으면 언제든 밧줄을 당길 수 있도록 대기하고 있었다. 그리고 가벼운 발걸음 소리와 소곤거림에 가득 찬 이 답답한 공기 속에, 무대에서 들려오는 배우들의 목소리가 이상하게 희미했다. 마치 딴사람과 같은 목소리였다. 그 건너편 특별석의 어렴풋한 소요 속에선 장내의 숨소리가 마치 하나의 커다란 한숨과 같이 건너왔다. 그것은 때로는 부풀어 올라 큰 소란이 되었고 박수갈채가 되어 폭발했다. 설혹 모습이 보이지 않고, 또 괴괴하니 조용해도 관객들의 존재를 빤히 느낄 수 있었다.

“그런데 어딘가 열려 있는 모양이에요” 하고 외투 자락을 여미며 갑자기 나나가 말했다. “바리요 영감님, 좀 보고 오셔요.

틀림없이 누군가가 창을 열어놓은 것이 분명해요…… 정말이지 이런 곳에 있다간 얼어죽겠어요!"

바리요 영감은 자신이 모두 닫았다고 단언했다. 틀림없이 유리창이 깨진 곳이라도 있는 모양이었다. 배우들은 언제나 문틈으로 들어오는 바람 때문에 불평을 늘어놓았다. 가스등 때문에 물씬할 정도로 더워진 데다 차디찬 공기가 흘러들었다. 이래가지고서야 풍탕의 말마따나 폐렴의 소굴이 되기에 알맞았다.

"한번 이렇게 벗어보라구요" 하고 분개하며 나나가 말했다.

"쉬!" 하고 보르드나브가 소곤거렸다.

무대에선 로즈가 이중창의 1절을 감정을 섞어서 훌륭하게 노래했기 때문에 오케스트라를 누를 정도의 환성이 올랐다. 나나는 입을 다물고 진지한 얼굴을 했다. 그때 뮈파가 무대 뒤 통로로 나왔기 때문에 바리요 영감이 가로막으며, 그곳에는 사이가 있어 관객들에게 보인다고 일러주었다. 백작은 배경을 뒤편에서 비스듬히 보았다. 헌 포스터 조각들을 여러 장 덧붙여서 보강한 나무틀의 뒤쪽, 무대 일각의 은광으로 만들어진 에트나 산의 동굴, 그 안에 있는 불카누스의 대장간 등이 보였다. 달아 놓은 라이트가 되는 대로 칠한 은박을 시뻘겋게 불타오르는 것처럼 보여주고 있었다. 라이트에는 파랑과 붉은 유리가 달려 있어 그 색채를 조절함으로써 화로의 불꽃과 같은 느낌을 돋우고 있었다. 한편 훨씬 안쪽 마루에는 가스등이 즐비하게 늘어서 있고 바위를 시꺼멓게 돋아내고 있었다. 그리고 그 가볍게 경사진 통로에는 축제날 밤 풀밭 속에 놔두는 램프처럼 점점히 불빛이 계속되는 속에서, 유노 역을 맡은 노령의 드루아르 부인이 졸린 얼굴로 눈부신 표정을 지으며 등장 순서를 기다리고 있었다.

그때 주위가 잠깐 떠들썩했다. 클라리스의 얘기를 듣고 있던 시몬이 갑자기 외쳤다.

"어머, 트리콩이에요."

과연 그건 트리콩이었다. 언제나처럼 두루마리로 한 긴 머리를 늘이고, 항상 소송을 하고 있는 백작 부인투였다. 나나의 모습을 발견하자 곧장 그녀 옆으로 다가왔다.

"안 돼요" 하고 재빨리 얘기를 주고받은 후에 나나가 말했다. "지금은 안 돼요."

노파는 잠깐 어두운 표정이었다. 프룰리에르가 지나가다 악수를 했다. 두 사람의 여배우는 눈을 휘둥그렇게 뜨고 바라봤다. 트리콩은 잠시 동안 망설이고 있더니 얼마 후에 시몬을 손짓해 불렀다. 또다시 재빠른 얘기가 오고갔다.

"좋아요" 하고 마침내 시몬이 말했다. "반 시간쯤 후에요."

그러나 시몬이 자기 방으로 돌아가려고 하자, 블롱 아주머니가 다시 또 편지를 도르고 다니며 그 한 통을 주었다. 보르드나브가 목소리를 낮추어 트리콩을 들어오게 했다고 나무랐다. 하필이면 오늘 같은 날 밤에 그런 여자를 들여보내다니! 그는 전하 어전을 생각하여 분개하고 있는 것이었다. 그러나 30년래 이 극장에 근무하고 있는 블롱 아주머니는 사납게 말대답을 했다. 그녀가 알 바가 아니라는 것이었다. 트리콩은 이곳의 여배우들 전부와 거래가 있다는 것이었다. 지배인께선 이제까지 여러 차례 그 여자와 부딪치면서도 아무 소리 안 하지 않았느냐는 것이었다. 보르드나브가 욕설을 퍼붓고 있는 동안 트리콩은 태연하게 황태자를 바라보고 있었다. 마치 한눈으로 남자의 금새를 저울질하는 여자 같았다. 그녀는 누르스름한 얼굴에 미소를 지었다. 마침내 그녀는 황공한 표정을 짓고 서 있는 여배우들 사이로 서서히 지나가며 도중에 시몬을 돌아다보면서 말했다.

"금방요, 알았지?"

시몬은 난처한 표정이었다. 편지는 오늘 밤 약속한 청년으로부터 온 것이었다. 그래서 종이쪽지에 '오늘 밤은 안 되겠어요, 볼일이 있어요' 하고 갈겨 써서 블롱 아주머니에게 주었다. 그래도 안심이 안 됐다. 그 청년은 계속 기다리고 있을 것이다. 제3막째는 등장하지 않기 때문에 곧바로 나가고 싶었다. 그래서 클라리스에게 보고와 달라고 부탁했다. 클라리스는 제3막의 끝 장면에 등장할 뿐이었다. 그녀는 아래로 내려가고 시몬은 둘이서 공동으로 사용하는 준비실로 잠시 돌아왔다.

아래층 블롱의 스탠드바에선 금실을 뿌린 커다란 붉은빛 의상을 입은 플루톤 역의 단역이 혼자서 술을 마시고 있었다. 수위 아주머니의 이 조그만 장사는 상당히 번창하는 모양으로 계단 밑의 굴속 같은 가게 안은 술잔에서 엎질러진 포도주로 흠뻑 젖어 있었다. 클라리스는 이리스의 의상이 기름으로 더러워진 계단을 스치기 때문에 단을 추어올렸다. 계단의 모퉁이까지 오자 조심스레 서서 목을 늘이고 방 안을 잠깐 들여다보았다. 역시 그렇다. 저 바보 같은 라 팔라와즈가 테이블과 난로 사이의 똑같은 의자에 아직도 앉아 있었다! 시몬 앞에선 가는 체해 보이고 다시 되돌아온 것이다. 그리고 방 안에는 장갑을 끼고 단정한 몸차림의 남자들이 여전히 얌전하게 앉아서 기다리고 있었다. 모두들 시무룩하니 서로서로 흘금흘금 바라보고만 있었다. 테이블에는 이미 어지러워진 접시밖엔 없었다. 블롱 아주머니는 지금 마지막으로 남은 꽃다발을 돌리고 온 길이었다. 다만 한 송이 장미꽃이 마룻바닥에 남은 채 검정고양이 곁에서 시들어 있었다. 어미 고양이는 웅크리고 자고 있었으나, 새끼 고양이들은 미친 듯이 남자들 가랑이 사이로 달음박질치며 팔딱거리며 뛰고 있었다. 클라리스는 한순간 라 팔르와즈를 밖으로 몰아내보고 싶은 생각이 들었다. 저 바보는 고양이를 싫어한다고 들었다. 그 이상의 바보는 없다. 라 팔르와즈는 옆에 있는 어미 고양이를 스치지 않으려고 팔꿈치를 오므리고 있었다.

"저자가 너를 붙잡으려고 하고 있어. 조심하라구!" 하고 어릿광대 같은 플루톤 역시 손등으로 입을 문지르며 계단을 올라오다가 일러 주었다.

그래서 클라리스는 라 팔르와즈와 한바탕 해보려고 하던 생각을 단념하고 말았다. 블롱 아주머니가 시몬의 회답을 청년에게 전달하는 것이 보였다. 청년은 입구 쪽 가스등 밑으로 가서 그것을 읽었다. '오늘밤은 안 되겠어요. 사랑하는 이여, 볼일이 있어요' 이런 말엔 익숙한 모양으로 그는 점잖게 사라져버렸다. 어떻게 됐든 그 남자는 이해성이 있는 사람이었다. 다른 남자들과는 딴판이었다. 괴상한 냄새를 풍기며 찌는 듯이 무더운 이 커다란 램프 같은 방에서 짚방석이 다 빠진 의자에 앉아 끈덕지게 버티고 있는 저 다른 남자들과는 딴판이었다. 어떻게 이런 곳에서 견딜 수 있단 말인가! 클라리스는 불쾌감을 느끼며 되돌아왔다. 무대 곁을 통과하고 시몬에게 일러 주기 위해 분장실 계단을 4층까지 재빨리 올라갔다.

무대 뒤에선 황태자가 일행들로부터 떨어져서 나나와 얘기하고 있었다. 그는 계속 따라다니며 눈을 가늘게 하고 나나를 뚫어지게 바라보고 있었다. 그녀는 그의 얼굴을 보는 일 없이 미소 지으며 고개만 끄덕거렸다. 뮈파 백작은 윈치와 밧줄 감는 기계 취급 방법에 관한 보르드나브의 상세한 설명에 귀를 기울이고 있었는데, 갑자기 더 못 참겠다는 듯이 그의 곁을 떠나 두 사람의 곁으로 대화를 방해하러 왔다. 나나는 눈을 들어

전하에게나 마찬가지로 똑같이 미소 지었다. 그러나 그동안도 나나는 계속 귀를 기울이며 무대의 대사 진행에 신경을 쓰고 있었다.

"제3막이 제일 짧았지 아마" 하고 황태자는 백작의 존재를 귀찮게 생각하며 말했다.

나나는 거기에는 대답치 않고 얼굴을 긴장시켰다. 자, 자기 차례다. 그녀는 어깨를 썩 한 번 흔들어 모피 외투를 미끄러뜨렸다. 그러자 뒤에 서 있던 마담 쥘르가 얼른 그 외투를 받았다. 머리를 두 손으로 쓰다듬어 내리고 나나는 벌거숭이가 된 채 무대로 나갔다.

"쉬! 쉬!" 하고 보르드나브가 소곤거렸다.

백작과 황태자는 넋을 잃고 말았다. 크나큰 적막이 고요히 깃들이고, 멀리 관객들의 소요가 깊은 한숨처럼 밀려왔다. 매일 밤 나나가 나체의 베누스로 등장만 하면 언제고 한결같은 반응이 일었다. 뮈파는 보고 싶어져서 구멍에 눈을 들이댔다. 무지개처럼 활을 그린 눈부신 풋라이트 너머로 객석은 갈색의 연기가 자욱한 것처럼 침침하게 보였다. 그리고 파리한 얼굴들이 즐비하니 늘어서 있는 이 어슴프레한 객석을 배경으로 발코니석으로부터 천장에 다다르는 칸막이 좌석을 가로막고 하얀 나나의 육체가 완전히 윤곽 잡혀 큼직하게 보였다. 뮈파의 눈에 비치는 것은 뒷모습이었다. 쭉 편 허리와 활짝 벌린 팔. 그녀의 발밑 마루바닥에는 프롬프터 영감의 머리가 궁상스럽고도 순진스레 비치어, 마치 칼로 동강을 낸 것처럼 들여다보였다. 나나가 등장하여 노래를 몇 구절 부르자, 그녀의 목이 떨렸고 그 파동이 너울너울 몸으로 퍼지며 길게 끌린 드레스 자락으로 사라지는 듯했다. 환호의 소용돌이 속에 맞이하여진 마지막 노래를 다 부르고 나자 나나는 몸을 굽혀 절을 했다. 베일이 펄렁펄렁 흔들리고 머리카락이 허리까지 늘어졌다. 나나가 몸을 옴츠리고 허리를 펴며 들여다보고 있는 구멍 쪽으로 뒷걸음질쳐 오는 것을 보고는 백작은 핼쑥한 얼굴로 일어섰다. 순간 무대는 사라지고 눈에 보이는 것은 배경 뒤편이 누더기로 붙여진 색색의 헌 포스터들뿐이었다. 가스관이 깔린 통로에는 올림포스의 신들이 꾸벅거리며 졸고 있는 드루아르 부인 곁에 모여 앉아 피날레를 기다리고 있었다. 보스크와 퐁탕은 마루에 주저앉아 무릎 위에 턱을 괴고 있었고 프릴리에는 등장 전에 기지개도 켜고 하품도 했다. 모두 다 기운들이 없고 눈을 붉히고 빨리 자고 싶은 모양이었다.

그때 보르드나브로부터 이쪽으로 오는 것을 금지당하여 저편에서 어슬렁거리던 포슈리가 아무 일도 없었던 체하며 백작에게 분장실을 안내하겠다고 제안했다. 처음 긴장이 풀리며 자제심을 잃어 가고 있던 뮈파는 슈아르 후작이 눈에 띄지 않았기 때문에 그를 따라가기로 했다. 나나의 노랫소리를 듣던 그 무대 뒤를 떠나며 그는 가슴이 후련하고 또 동시에 불안해지기도 했다.

이미 포슈리는 앞에 서서 계단을 올라가고 있었다. 그 계단은 2층과 3층에선 스프링 장치의 나무 문으로 닫혀 있었다. 이계단은 여인숙 따위에 흔히 있는 것으로 뮈파 백작도 자선협회 임원으로 돌아보았을 때 본 일이 있었다. 노랗게 페인트칠을 했을 뿐, 아무 장식도 없는 흠집투성이의 그 계단은 빈번한왕래로 닳아빠지고 손때에 문질러진 쇠난간이 반질반질했다. 층계참마다 마루에 스칠 것같이 얇은 창이 네모지게 뚫려 있고 그것이 환기창 구실을 하고 있었다. 붙박이로 벽에 달아 놓은 램프에선 가스등이 타오르고 그것이 빈약하기 짝 없는 주위의 상황을 생생하게 비쳐주고 있었다. 그리고 그곳에서 서려 오르는 열기가 각층의 좁다란 나선형 계단 뒤편에 잠겨 있었다.

계단 밑까지 오자, 백작은 목덜미에 뜨거운 숨결이 쏟아지는 것을 또다시 느꼈다. 불빛과 소음의 물결을 안고 분장실에서 흘러나오는 저 여자의 냄새, 그리고 한 계단씩 올라감에 따라 사향과 같은 분 냄새와 코를 찌르는 화장수 냄새로 전신이 달아오르고 눈까지 어른거렸다. 2층에는 두 개의 복도가 안쪽으로 꺾이며 뻗어 있고 수상쩍은 호텔과 같은 문이 연하여 있었다. 노랗게 칠을 한 그 문에는 흰빛으로 커다랗게 번호가 써 있었다. 마루판 널빤지는 기초가 가라앉은 낡은 건물 탓으로 이음짬이 드러나 들떠 있었다. 백작은 훌쩍 반쯤 열린 문틈으로 안을 들여다보았다. 변두리의 이발소처럼 불결한 방이었다. 두 개의 의자와 거울이 있고 머리 때로 꺼멓게 더러워진 서랍이 달린 작은 책상이 하나 있었다. 땀에 흠뻑 젖어 어깨에서 김이 무럭무럭 솟고 있는 남자가 속옷을 갈아입고 있었다. 또 그 옆의 똑같은 방에선 갈 준비를 마친 여자가 장갑을 끼고 있었다. 물에 젖어 웨이브가 없는 머리, 지금 막 샤워를 한 모양이었다. 그때 포슈리가 부르는 소리에 백작이 3층으로 올라가자니 오른편 복도에서 "쌍!" 하는 거친 소리가 들려왔다. 숫처녀 역을 맡은 지저분한 소녀 마틸드가 세숫대야를 깨뜨린 것이다. 비눗물이 층계참까지 흘러내렸다. 거칠게 문을 닫아 버리는 방도 있었다. 코르셋바람의 두 여자가 펄쩍 뛰며 복도를 가로질렀다. 또 다른 어떤 여자가 슈미즈 자락을 입에 물고 나타났다가 금방 되들어갔다. 여기저기서 들리는 웃음소리와 다투는 소리. 또는 시작하다가 금방 끊어지는 노랫소리. 복도를 향한 틈으로 나체가 어른거리고 하얀 피부와 엷은 빛 내의 등이 보였다. 까불고 장난질을 치며 서로를 보조개를 보이고 있는 두 여자도 있었다. 페티코트를 무릎 위까지 걷어올리고 아랫

바지를 꿰매고 있는 아직 어린애티의 계집애도 있었다. 의상 담당이 지나가는 두 남자를 보고서 민망한지 형식적으로 커튼을 쳤다. 종막이 가까운 혼란이 이미 시작된 것이다. 화장한 루즈와 분칠을 지우려고 열심히 문지르는 사람에 하얀 가루을 펄럭이며 외출 화장을 시작하는 사람도 있었다. 문이 요란스레럽게 여닫힐 때마다 흘러나오는 물씬한 체취가 한결 더 강해졌다. 4층까지 오자 뮈파는 이제 완전히 취한 것처럼 되었다. 그곳에는 조연 여배우들의 방이 있었다. 스무 명 가량의 여자들이 우글거리고 비누와 라방드(귤과의 식물—역주) 향수병이 널브러져 마치 변두리의 공동 숙박소와 같았다. 지나치자니 닫혀진문 안쪽에서 세숫대야를 거칠게 휘두르며 씻어대는 소리가 들렸다. 그리고 그는 5층으로 올라가려고 하다가 갑자기 호기심에 사로잡혀 열린 채로 되어 있는 문구멍으로 어떤 방을 또한번 들여다보았다. 안은 비어 있었다. 가스등 등불 아래 어지럽게 벗어던진 페티코트 사이에 요강이 하나 놓아둔 채 남아 있을 뿐이었다. 이것이 마지막으로 본 방이었다. 마침내 꼭대기인 5층에 올라오니 숨이 막힐 것만 같았다. 이 건물의 모든 냄새, 모든 열기가 이곳에서 소용돌이치고 있는 것이다. 노란 천장은 그을은 것 같고 침침한 갈색으로 흐릿한 가운데 램프가하나 가물거리고 있었다. 그는 잠깐 쇠 난간을 붙잡아 보았다. 난간은 맨살과 같은 온기를 지니고 있었다. 그는 눈을 감고, 크게 숨을 쉬며 여자의 냄새를 마셔 보았다. 그것은 그의 얼굴을 때리는 아직껏 모르고 있던 여자와의 섹스였다.

"이리 오십시오" 하고 조금 전부터 보이지 않던 포슈리가 소리쳤다. "선생님을 청하고 있습니다."

그곳은 복도 안쪽의 클라리스와 시몬의 분장실이었다. 지붕 밑의 길쭉한 방으로 벽면이 비스듬하기도 하고 우묵하기도 했다. 천장에는 깊은 채광용 창이 두 개 있었다. 그러나 이런 밤이면 가스등이 실내를 밝히고 있었다. 녹색 체크무늬에 장미꽃을 그린 싸구려 벽지가 불빛을 받고 있었다. 화장대 대용으로 판자가 두 장 걸쳐 있었는데, 방수천을 깐 그 판자는 엎질러진 물로 거무스름했다. 또 그 판자 밑에는 울퉁불퉁한 함석 물주전자와 더러운 물로 가득한 양동이와 노란빛 두툼한 질그릇으로 된 물항아리 등이 있었다. 그것은 마치 손때가 묻도록 사용하여 일그러지고 더러워진 허접쓰레기의 진열이었다. 이 빠진 대야가 있는가 하면, 살 빠진 머리빗이 있었다. 요컨대 두 여자가 걸치레 없이 옷을 벗고, 몸을 씻고 하는 난잡한 공동 방이었다. 그것도 하루에 잠깐씩 들를 뿐이기 때문에 더러운 것도 상관치 않는 것이다.

"자아, 어서 오십시오" 하고 창부집 같은 데서 남자들이 서로 동료 사이에 하는 말투로 포슈리가 되풀이했다. "클라리스가 당신께 키스하고 싶답니다."

뮈파는 마침내 방 안으로 들어갔다. 그러나 깜짝 놀랐다. 슈아르 후작이 화장대 사이의 의자에 앉아 있지 않은가! 후작은 이곳에 처박혀 있었던 것이다. 양동이가 새어서 하얀 물탕이 생겼기 때문에 다리를 벌리고 앉아 있었다. 이런 수상쩍은 장소에 익숙한 사람인 양 태연하게 보였다. 여자들의 뻔뻔스러움도, 이 욕실 같은 숨막히는 공기 속에선, 그리고 이 지저분한 장소에선 도리어 자연스럽고 여느 때보다도 오히려 더해진 것만 같았다. 그러나 그것이 오히려 늙은 후작을 젊게 만든 것만 같았다.

"너, 늙은이를 상대하는 일도 있니?" 하고 시몬이 클라리스의 귓전에 대고 물어보았다.

"아주 자주지!" 하고 클라리스가 큰소리로 대답했다. 시몬에게 망토를 입히고 있다가 그 소리를 듣고는 몸을 꼬면서 웃어 댔다. 세 사람은 몸을 비벼대고 밀치락거리며 또다시 소곤거리더니 한층 더 우습다고 웃어댔다.

"이봐, 클라리스 이 어른께 키스해 드리라구" 하며 포슈리가 되풀이했다. "돈이 많은 어른이서."

그러고서 백작을 향하여 계속했다.

"어떻습니까, 참 좋은 여잡니다. 당신께 키스하고 싶답니다."

그러나 클라리스는 이미 남자에게 짜증이 난 사람이었다. 그래서 아래 수위실에서 기다리는 썩어빠진 남자들을 마구 욕을 해댔다. 그러나 빨리 아래로 내려가야만 했다. 이러고 있다간 마지막 무대에 늦을 것 같았다. 그러나 포슈리가 문간을 가로막고 있었기 때문에 뮈파의 양편 구레나룻에 키스를 해주면서 말했다.

"하지만 이건 당신을 위해서 해드리는 것이 아녜요! 포슈리가 하도 귀찮게 굴어서 한 것이에요!"

그러고는 나가 버렸다. 백작은 장인 앞이라 당황했다. 피가 확 하고 얼굴로 올라왔다. 그는 이 두 여자가 어지럽힌 어수선한 방에서 도리어 좀 전에 화사한 벽지와 거울을 장치한 나나의 방에서 느끼지 못한 예민한 관능의 자극을 받았다. 후작은 성급히 나가는 시몬의 뒤를 따라 가며 귓가에다 무엇인가 소곤거렸으나 그녀는 고개를 가로저었다. 그 뒤를 포슈리가 웃으면서 따라 나갔다. 백작은 의상 담당과 단둘이 되었다. 그녀는 대야를 가시기 시작했다. 그래서 그도 나가며 힘없는 발걸음으로 계단을 내려갔다. 그가 지나가자 페티코트 차림의 여자들이 다시 일어서서 세차게 문을 닫았다. 그러나 각층마다 이와 같은 여자들이 흐트러져 있었는데 그의 눈에 뚜렷하게 비친 것은 한 마리의 고양이뿐이었다. 커다란 붉은 고양이로 이 사향내 나는 한증막 같은 속을 꼬리를 세우고 등을 손잡이 난간에 비비며 계단을 도망쳐 나갔다.

"아! 잘됐다!" 하고 어느 여자의 쉰 목소리가 들려왔다. "오늘 밤에도 곧장 갈 수 없을 줄만 알았지 뭐야…… 귀찮은 사람들 이야, 앙코르만 부르고!"

연극이 끝나고 방금 막이 내렸다. 탕탕거리고 계단을 뛰어오르는 소리가 들렸다. 한시라도 속히 옷을 갈아입고 돌아가려는 사람들의 외치는 소리도 났다. 뮈파 백작이 계단의 가장 하단까지 내려오니, 서서히 복도를 걸어가는 나나와 황태자가 눈에 띄었다. 나나가 멈추어서면서 쌩긋하고 목소리를 낮추어 소곤거렸다.

"그러면 곧 나가겠어요."

황태자는 보르드나브가 기다리고 있는 무대 쪽으로 돌아갔다. 나나만이 남게 되자 뮈파는 갑자기 노여움과 욕정에 사로잡혀 그 뒤로 따라갔다. 그리고 그녀가 방으로 들어가려는 순간, 목덜미의 조그만 솜털이 동글게 말려서 등에까지 흘러내린 바로 그곳에다 거칠게 입술을 비벼댔다. 마치 조금 전에 위에서 당한 키스를 지금 그곳에서 돌려주고 있는 양이었다. 나나는 분연히 손을 휘둘러 올렸다. 그러나 백작인 줄 알자 쌩긋 미소 지으며 다만 이렇게 말했을 뿐이었다.

"어머! 놀라게 하시네요."

그 미소가 얼마나 넋을 잃게 하는 것이었던가. 그녀는 당황하면서도 순종하는 양, 마치 그 키스를 한탄하면서 또한 기뻐하는 양했다. 그러나 그녀는 오늘 밤도 내일도 안 된다고 했다. 기다려야만 된다는 것이었다. 가령 할 수 있다 하더라도 애태워 주었으리라. 나나의 눈이 그렇게 말하고 있었다. 결국 나나는 말했다.

"저 땅을 갖고 있어요…… 예, 오를레앙 근처에 최근 별장을 하나 샀어요. 그 근처에 종종 가신다면서요. 아가가 그러던데요, 그 왜 조르주 위공 말씀예요. 그를 아시죠? 그곳으로 저를 보러 놀러 오셔요."

백작은 소심한 사람들이 흔히 하는 그러한 난폭한 행동에 대하여 스스로 부끄러워져서 정중하게 인사를 하고 꼭 한번 방문하겠노라고 약속했다. 그리고 꿈꾸듯이 걸어나왔다.

황태자가 있는 곳으로 돌아가려고 분장실 앞을 지나가자니 사탱이 고함치는 소리가 들렸다.

"별 추근추근한 영감 다 보겠네! 놔두라고요!"

슈아르 후작이 사탱에게 추근추근하게 들러붙고 있는 것이었다. 그러나 사탱은 이와 같은 상류사회 인사에겐 이미 염증이 나 있었다. 나나가 보르드나브에게 소개를 해주긴 했지만, 혹시 말이라도 잘못할까 염려되어 입을 다물고 있노라고 여간 고생을 한 것이 아니었다. 그래서 무대 일은 사양하기로 결심했다. 무대 뒤에서 우연하게도 예전의 애인을 만났기 때문에 더했다. 애인이란 플루톤 역을 맡은 배우로 예전에 과자 장수 시절에 꼭 1주일 동안 서로 사랑하고 서로 툭탁거리며 살던 사람이었다. 지금 그 남자를 기다리고 있는 중인데 후작이 여배우라도 설득하듯이 추근거려 짜증이 났던 것이다. 그래서 마침내 터놓고 이런 소리를 한 것이었다.

"곧 내 남편이 올 테니, 두고 보세요!"

그러는 동안에도 외투를 걸친 배우들이 피로한 모습으로 하나하나 돌아가고 있었다. 좁다란 나선형 계단을 남녀가 무리를 이루어 내려갔다. 도란(독일 도란 사의 무대 화장용 파운데이션—역주) 화장을 지워낸 그 푸르죽죽하고 보기 싫은 얼굴의 배우들이 쭈

그러진 모자에 낡아빠진 숄을 걸친 채 어둠 속으로 사라져 갔다. 등불이 하나 둘 꺼져 갔다. 무대 위에선 황태자가 보르드나브의 얘기를 듣고 있었다. 그러면서 나나를 기다리고 있는 것이다. 겨우 나나가 나타났을 때는 무대는 캄캄했다. 그 속에서 점검을 마친 소방 담당의 램프가 움직이고 있었다. 보르드나브는 황태자가 파노라마 골목을 돌지 않아도 되도록 수위실에서 정면 현관으로 나갈 수 있는 통로를 열게 했다. 그러자 파노라마 골목에서 기다리고 있는 사내들을 피할 수 있게 된 것을 다행하게 생각한 여배우들이 앞을 다투어 가며 그 길로 빠져나갔다. 옷을 여미고 뒤를 돌아다보며 마구 밀려 밖으로 나오자 그들은 겨우 한숨을 내쉬었다. 한편 퐁탕과 보스크와 프륄리에르는 천천히 나가며 여배우들을 기다리는 남자들을 비웃었다. 지금쯤 여배우들은 진짜 연인과 함께 큰길을 가고 있을 텐데, 그것도 모르고 심각한 얼굴로 바리에테 극장의 배우 출입문 근처만을 왔다갔다 하다니 하고. 그중에도 클라리스가 특히 짓궂었다. 그녀는 라 팔르와즈가 아직도 있을지 모른다고 생각했다. 아니나 다를까 그는 다른 남자들 사이에 끼어서 수위실 의자에 아직껏 버티고 있었다. 모두 코를 늘이고 기다리고 있었다. 클라리스는 친구 중의 한 사람 뒤에 숨어서 휙 하니 지나쳤다. 남자들은 치마를 휘두르며 좁다란 계단으로 왈칵 몰려 내려오는 여자들의 무리에 정신을 잃고 눈을 깜빡이며, 한꺼번에 도망쳐가는 그녀들을 바라보았지만 누가 누군지 도무지 분간할 수 없었다. 그들은 낙심천만이었다. 이렇게 오래도록 기다렸는데 놓치다니. 새끼 검정고양이들은 방수천 위에서 발을 뻗고 편안하게 누워 있는 어미 고양이 배에 들러붙어 잠자고 있었다. 커다란 붉은 고양이는 테이블 저편 끝으로 꼬리를 길게 늘이고 앉아 여자들이 도망치는 꼴을 노란 눈으로 바라보고 있었다.

"전하, 이리로 오십시오" 하고 계단 밑에서 보르드나브가 통로를 가리키며 말했다.

그곳에는 아직도 여러 사람의 조연 여배우들이 밀치락거리고 있었다. 황태자는 나나의 뒤를 따라나갔다. 뮈파와 슈아르 후작이 그 뒤를 따랐다. 그곳은 극장과 이웃 건물과 중간에 난 기름한 파이프 같은 골목으로, 경사진 지붕이 있고 그곳에 천장이 달려 있었다. 벽은 습기로 질척질척했다. 지하도처럼 발소리가 포장된 지면에 울리었다. 그곳은 지붕 밑처럼 어수선했다. 수위가 무대 장치를 만드느라 대패질을 하는 작업판이 있는가 하면, 밤에 입구에서 줄을 정리하기 위하여 써먹은 목책이 쌓여 있었다. 수도전 앞을 통과하며 나나는 옷자락을 잡지 않으면 안 되었다. 꼭지가 잘 잠겨지지 않아 그 주위가 물로 홍건했다. 정면 현관에서 일행은 작별 인사를 나누었다. 혼자만 남자, 보르드나브는 씁쓸하게 어깨를 들썩였다. 그것이 결국 황태자에 대한 그의 의견이었다.

"하여간 좀 상스러운 친구야" 하고 포슈리에게 말하며 그 이상의 설명을 가하지 않았다. 로즈 미뇽은 화해를 시킨다고 포슈리를 남편과 함께 집으로 데리고 갔다.

뮈파는 길 위에 단지 혼자 남고야 말았다. 황태자는 태연하게 나나를 자기 마차에 태웠다. 후작은 사탱과 그 애인인 단역의 사나이 뒤를 따라갔다. 홍분하여 무엇이든 좋은 일이라도 생기지 않을까 기대하며 무작정 두 사람 뒤를 따라간 것이다. 뮈파는 머리가 뜨거웠기 때문에 걸어가려고 했다. 마음속의 갈등은 이미 끝났다. 새로운 생명의 파동이 40년에 걸친 그의 사상과 신념을 밀어내고 만 것이다. 큰길을 걸어가자니 밤늦은 마차 바퀴 소리는 나나의 이름으로 바뀌어 귓전에 들려오고,

가스등의 불꽃 속에선 나나의 나체가, 그 보드라운 두 팔이, 그리고 새하얀 어깨가 춤을 추는 것이었다. 그는 나나에게 너무 깊이 빠져 있는 자신을 느꼈다. 오늘 밤에 한 시간이라도 좋다, 나나를 자기 것으로 할 수 있다면 신을 버리고 전 재산을 팔아치워도 아깝지 않으리라. 마침내 그의 청춘이 눈뜬 것이다. 냉랭하기만 하던 가톨릭 신자 속에, 체신만 지키려던 중년 남자 속에 젊은이의 채워질 줄 모르는 욕정이 갑작스레 불타오른 것이었다.

6

Opus Nocturnum

       뮈파 백작은 아내와 딸을 거느리고 전날 퐁데트에 도착했다. 아들 조르주와 단둘이서 그곳에 와 있는 위공 부인으로부터 1주일쯤 놀러 오라고 초대를 받은 것이다. 17세기 말에 건축된 그 집은 광대한 사각의 부지 한가운데 서 있었다. 건물에는 아무런 장식도 없었지만 그 대신 정원에는 훌륭한 나무 그늘이 있었고 일련의 연못이 있어서 샘으로부터 솟는 물을 끌어들였다. 그것은 오를레앙에서 파리로 가는 큰길에 연하여 초록의 흐름을 이루고 계속되었으며, 그 무성한 초록빛 나무숲은 끝없는 경작지뿐인 이 지방의 평탄한 단조로움을 깨뜨리고 있었다.

  열한 시, 아침 식사를 알리는 두 번째 종으로 모두들 모여들자, 위공 부인은 어머니와 같은 따스한 미소로 사빈느의 양 볼에 큼직한 키스를 하며 말하는 것이었다.

  "시골에만 오면 언제나 그렇지만…… 여기서 너를 보고 있으면 내가 20년은 더 젊어진 것 같단다…… 옛날 방에서 잘 잤니?"

그러고는 대답도 기다리지 않고 에스텔을 향하여 또 계속 말했다.

"그리고 이 아가씨도 잘 잤나?…… 자, 아가야 뽀뽀해다우……."

창이 뜰로 향한 넓은 식당이었다. 그러나 그들은 친근감을 돋우기 위하여 커다란 탁자의 한쪽 가로 몰려 있었다. 사빈느는 아주 명랑한 표정으로 되살아오는 젊은 시절의 추억을 얘기하고 있었다. 퐁데트에서 보낸 나날, 긴 산책과 연못에 빠진 어느 여름밤의 일들, 반닫이에서 발견한 기사도 얘기의 낡은 소설책을 포도 덩굴이 타는 난로 앞에서 읽던 겨울 일 등등을 얘기했다. 조르주는 최근 수개월 동안 백작 부인을 만난 일이 없었기 때문에 부인의 모습이 여느 때와 다른 것만 같이 생각되었다. 무엇인가 변모한 것만 같았다. 그러나 반대로 야위기만 한 에스텔은 여전히 말이 없고 어색해 보이며 전보다 더 풀이 없어진 것만 같았다.

식사는 계란 반숙에 커틀릿으로 아주 간소한 것이었다. 그러나 식사를 하면서 위공 부인은 주부로서의 고충을 늘어놓았다. 근래는 그 근처의 고깃간이 형편없기 때문에 그녀는 모든 것을 오를레앙에서 사들이는데, 그것도 주문대로 물건이 온 일이 없다는 것이었다. 또한 요리 맛이 나쁘다 하더라도 그것은 손님들이 철이 지난 이런 계절에 왔으니까 그들이 잘못된 것이었다.

"정말이지, 마련이 없어요. 6월부터 오라고 했는데, 지금이 벌써 9월 중순이 아닌가 말야…… 그러니까 저봐요, 저 모양 아냐."

몸짓과 함께 부인은 누렇게 되어 가기 시작하는 잔디밭의 나무들을 가리켰다. 흐린 날씨에 하늘은 자욱하니 푸르스름하고 쓸쓸한 적막이 깃들여 있었다.

"오! 참, 손님이 또 올 것이지" 하고 부인은 계속했다. "그렇게 되면 좀 더 재미있겠지…… 우선 조르주가 초대한 남자 두 분, 포슈리 씨와 다그네 씨. 그분들 알고 있죠?……그리고 방되브르 씨, 이분은 5년 전부터의 약속이죠. 금년에는 아마 꼭 오시리라고 생각되지만."

"어머 그래요!" 하고 백작 부인은 미소 지으면서 말했다. "방되브르 씨 만이라도 와 주시면야! 그분은 굉장히 바쁘신 분인데요."

"필립은 안 옵니까?" 하고 뮈파가 물었다.

"필립은 휴가원을 제출했어요" 하고 노부인이 대답했다. "하지만 그애가 올 때쯤엔 아마도 여러분들은 이곳에 있지 않게 되겠지요."

커피가 나왔다. 얘기는 파리로 옮겨서 스테이네르의 이름이 나왔다. 그 이름을 듣자 위공 부인은 자그마하게, "어머" 했다. "그 스테이네르 씨라는 사람 어느날 밤엔가 집에서 만난 그 뚱뚱한 분이죠, 분명히 은행가였죠?…… 그 사람 참 천해 보이더군. 여기서 10리쯤 떨어진 곳에 어떤 여배우를 위해 집을 사주었답니다! 슈 강 뒤쪽 귀미에르 쪽이라고 하던데. 이 고장 사람들은 모두 눈살을 찌푸리고 있어요……그 사실을 알고 있어요?"

"전혀 조금도" 하고 뮈파가 대답했다. "그러니까 스테이네르가 이 근처에 별장을 샀군요!"

조르주는 자기 어머니가 그 얘기를 시작하자 커피 잔에 얼굴을 묻어 버렸다. 그러나 백작의 대답에 깜짝 놀라 얼굴을 들고 그를 보았다. 무엇 때문에 저런 거짓말을 할까? 또한 백작도 조르주의 동작을 눈치채고 경계하는 눈초리를 던졌다. 위공 부인은 계속하여 상세히 설명을 했다. 그 별장지는 미뇨트라고 했다. 다리를 건너가려면 슈 강을 귀미에르까지 거슬러 올라 가야 하지만 그렇게 하면 완전히 2킬로미터는 돈다는 것이다. 그것이 귀찮으면 강을 걸어서 건너가야 하는데, 깊은 곳에 빠질 염려가 있다는 등등의 얘기를 했다.

"그래 그 여배우 이름은요?" 하고 백작 부인이 물었다.

"아, 무엇이라고 하더라?" 하고 위공 부인은 웅얼거렸다. "조르주, 오늘 아침에 정원사에게서 얘기를 들을 때 너도 있었지……."

조르주는 기억을 더듬는 체했다. 뮈파는 손가락 사이로 스푼을 돌리며 대답을 기다리고 있었다. 그러자 백작 부인이 남편에게 말했다.

"스테이네르 씨라면 그 바리에테 극장의 가수 얘기가 아닐까요? 나나라고 하던가 하는?"

"나나, 맞았어. 그것이야. 에이 끔찍해라!" 하고 위공 부인이 못마땅한 투로 소리쳤다. "이제 곧 미뇨트로 온다지 뭐예요. 정원사한테 다 들었어요……그렇지, 조르주야, 정원사 얘기론 오늘 밤쯤 온다는 얘기 아니냐?"

백작은 흠칫하고 가볍게 소스라쳤다. 그러나 조르주가 세차게 대답했다.

"하지만, 어머니, 정원사는 아무것도 모르고 하는 소리란 말예요…… 아까 마부가 그러는데 그와 아주 반대예요. 모레까진 미뇨트에 아무도 안 올 것이래요."

그는 태연스러운 체하면서도 자기 말에 대한 백작의 반응을 곁눈질로 살피고 있었다. 백작은 안심했다는 투로 다시 또 스푼을 돌리고 있었다. 백작 부인은 파릇한 정원의 먼 곳을 바라보며 살며시 미소를 지니고 이미 그 얘기에 조금도 관심이 없는 양했다. 사실인즉 머리에 떠오른 은밀한 생각을 마음속으로 더듬고 있는 것이었다. 에스텔은 의자에 굳어 버린 채 나나의 애기를 듣고 있었다. 그 처녀다운 하얀 얼굴은 꼼짝을 안 하는 것이었다.

"이를 어째, 나 좀 보라지, 화를 다 내다니" 하며 잠시간의 침묵 끝에 위공 부인이 평소의 착한 인품을 되찾으며 중얼거렸다. "그야 누구나 다 살아야 하니까…… 만약에 길에서 그 여자를 만나도 아는 체 안 하고 피하면 그만이지."

식탁을 떠나자, 노부인은 사빈느에게 금년엔 너무 늦게 와서 굉장히 기다렸노라고 새삼스레 나무랐다. 그러자 사빈느는 그것이 모두 남편 탓이라고 했다. 트렁크 준비까지 하고 출발 직전에 이르러 두 번씩이나 급한 일이 생겼다고 중지를 했다는 것이다. 그래서 이젠 여행 애기는 그만인가 하고 단념하고 있던 참인데 갑자기 출발하자고 했다는 것이다. 그러자 위공 부인이 조르주도 역시 그 모양이었다고 했다. 두 번이나 온다고 연락해 놓고서 도무지 나타나질 않아 이제 단념하고 있던 참인데 그저께 갑자기 들이닥쳤다는 것이다. 그들은 뜰로 나갔다. 두 남자들은 여성들을 사이에 두고 양편에서 등을 굽히고 묵묵하니 그런 애기를 듣고 있었다.

"그렇지만 상관없어요." 하고 위공 부인은 아들의 금발에 키스를 하며 말했다. "이런 시골구석에서 엄마하고 함께 틀어박혀 있으려고 오다니 지지도 착하고 기특하지…… 우리 착한 지지. 엄마를 잊지 않다니!"

오후가 되면서 노부인은 근심이 생겼다. 식사 후 얼마 안 되어 머리가 무겁다던 조르주가 차츰 더 두통이 심하다고 했기 때문이었다. 네 시쯤 되자 방으로 돌아가서 눕겠노라고 했다. 그것이 유일한 요법이라면서 내일까지 자면 완전히 나을 것이라고 했다. 그의 어머니는 일부러 침대에까지 데려다 주었다.
그러나 어머니가 방을 나가기가 무섭게 그는 침대에서 뛰어내
려와 누구에게도 방해당하지 않고 방 안에 묻혀 있고 싶다며
문에다 열쇠를 걸었다. 그러고는 푹 자겠다고 약속을 하고서
응석쟁이 목소리로, "안녕히 주무셔요, 엄마. 내일까지!" 하고
소리쳤다. 그러나 그는 침대로는 들지 않고 밝은 얼굴로 눈을
반짝이며 소리 나지 않게 옷을 갈아입고 의자에 앉아서 가만히
기다리고 있었다. 저녁 식사의 종소리가 울리자 객실로 가는
뮈파 백작의 동정에 귀를 기울였다. 10분쯤 지나고, 이제 아무
에게도 발각될 염려가 없다고 깨닫자, 물받이 홈통을 잡고 가
볍게 창으로 빠져나갔다. 방은 2층에 있었고, 집 뒤쪽으로 향
해 있었다. 그는 나무숲으로 뛰어내렸다. 뜰 밖으로 나가자 밭
도랑을 통해 슈 강 쪽으로 마구 달음질쳤다. 빈속을 안고 흥분
에 가슴을 설레이면서. 어둠이 닥쳐오며 가는 비가 내리기 시
작했다.

　나나가 미뇨트에 도착한 것은 바로 그날 밤이었다. 5월에 스
테이네르에게서 별장을 받으면서부터, 나나는 수도 없이 그곳
에서 살아 보고 싶은 마음에 사로잡혀 눈물을 흘렸을 정도였
다. 그러나 보르드나브는 잠시 동안의 휴가도 허락지 않고 9월
까지 연기했던 것이다. 만국박람회 동안은 단 하룻밤도 대역
을 쓸 수 없다는 것이었다. 9월 말이 되자 이번에는 10월이라
고 했다. 나나는 화를 터뜨리고 9월 15일엔 미뇨트에 가리라고
단언했다. 그리고 또 보르드나브에게 대한 분풀이로 그가 보
는 앞에서 많은 사람들을 초대했다. 또한 그때까지 교묘하게
뮈파를 피하고 있던 나나는 어느 날 오후, 그가 집에까지 와서
사뭇 몸을 떨면서 졸라대는 바람에 마침내 몸을 허락하기로 약
속했다. 그러나 그것은 별장에 간 후의 일로 미루고 그에게도

15일의 일을 일러 주었다. 그런데 12일이 되자 갑자기 견딜 수 없어져서 조에와 둘이서 곧바로 출발하기로 했다. 보르드나브에게 알렸다간 또 무슨 수를 써서 못 가게 할 것이 분명했다. 그러니까 그 사람 생각을 앞질러 의사의 진단서를 보내고자 생각하니 마음이 고소했다. 한 걸음 앞질러 미뇨트로 출발하여 아무도 모르게 이틀간을 지내자는 생각이 나기가 무섭게 나나는 당장 조에를 재촉하여 보따리를 준비시키고, 떠밀다시피 해서 마차에 태웠다. 마차에 오르자 나나는 금방 상냥해지며, "미안해요" 하고 조에에게 키스를 했다. 역의 식당에 들어가서야 비로소 스테이네르에게 편지로 알릴 것을 생각해냈다. 싱싱한 모습이 보고 싶거든 오는 것을 모레까지 연기해 달라고 적었다. 그러나 갑자기 또 다른 생각을 하고서 다시 한 통의 편지를 쓰고 고모에게 곧바로 루이를 데리고 와달라고 부탁했다. 시골은 아기의 건강을 위해서 참으로 좋으리라고 생각했다! 나무 그늘에서 같이 놀면 얼마나 즐거울까! 파리에서 오를레앙까지 오는 기차 속에서 나나는 그런 얘기만 지껄였다. 갑자기 부풀어 오른 모성애로 하여 꽃과 새와 어린애들 뒤섞어 버리고, 그녀는 눈물이 글썽해 있었다.

  기차를 내려서 미뇨트까지는 30리 이상이나 되었다. 마차를 얻는 데 한 시간은 걸렸다. 낡아빠진 사륜 마차로 쇠붙이를 덜컹거리며 느릿느릿 달렸다. 나나는 당장, 뚱하고 있는 자그마한 늙은 마부에게 여러 가지를 물어보기 시작했다. 영감님은 미뇨트 앞을 여러 번 지나다닌 일이 있느냐? 그러면 이 언덕 저편이냐? 나무가 가득히 무성해 있느냐? 집은 멀리서도 보이느냐? 노인은 무엇인지 입속으로 우물우물 대답했다. 마차 안에서 나나는 속을 태우며 조바심을 하고 있었다. 그러나 조에는 성급히 파리를 떠나온 일에 지르퉁해서 뚱하고 있었다. 갑자기 마차가 멈췄다. 나나는 도착한 줄 알고 문으로 고개를 내밀고 물었다.

"벌써 도착했어요?"

대답 대신 마부는 말에게 채찍을 휘둘렀다. 말은 힘에 겨워하며 언덕을 다시 올라가기 시작했다. 나나는 취한 듯이 바라봤다. 커다란 구름이 겹쳐진 회색의 하늘, 그 밑에 펼쳐진 평야 등등을.

"저봐요! 조에. 저기 풀이 있지! 저것이 모두 보릴까?…… 야! 참 곱기도 하다!"

"아씨는 시골 태생이 아니군요" 하고 그제야 겨우 하녀가 뚱한 얼굴로 입을 벌렸다. "저는 시골이라면 신물이 나올 정도로 다 알고 있어요. 전에 있던 치과의사가 부지밭에 별장을 갖고 있었기 때문에……한데 오늘 밤엔 춥겠어요. 이 지방은 습기가 많은데요."

마차가 나무 그늘로 들어섰다. 나나는 강아지처럼 코를 벌룸거리며 나뭇잎 냄새를 맡았다. 갑자기 길을 돌자니 가지 사이로 건물의 일각이 보였다. 저것이다. 마부에게 물어보았으나 고개를 가로 저으며 아니라고 했다. 마침내 언덕을 넘어서 내리막길에 당도하자 마부가 채찍으로 가리키며 웅얼거렸다.

"자, 저깁니다."

나나가 일어서며 문창으로 상체를 내밀었다.

"어디? 어디예요?" 하고 나나는 아직 아무것도 안 보이기 때문에 안색이 변해 외쳤다.

겨우 담 모퉁이가 보였다. 순간 격심한 흥분을 참지 못하고 팔딱거리며 함성을 올렸다.

"조에, 보여요, 보여…… 저편으로 내다보라구요…… 어머 지붕 위에 벽돌로 만든 테라스가 있네요. 저것 봐, 온실도 있고. 굉장히 넓은데…… 아이 좋아라! 봐요, 응, 조에. 좀 보란 말야!"

마차가 철책 문 앞에서 멎었다. 작은 문이 열리고 키가 큰 아주 마른 정원사가 모자를 손에 들고 나타났다. 위엄을 부려야지 하고 나나는 생각했다. 마부는 입을 굳게 다물곤 있지만 속으로 비웃고 있는 것만 같았기 때문이었다. 달음박질치고 싶은 것을 참고, 그녀는 정원사의 얘기를 들었다. 이 사람은 수다스러운 사나이로, 오늘 아침에야 편지를 받았기 때문에 어수선하니 용서해 달라고 했다. 나나는 아무리 마음을 가라앉히려고 해도 발이 땅에 붙지를 않았다. 너무나 급하게 걸었기 때문에 조에가 따라오지를 못할 정도였다. 오솔길 끝까지 와서 잠깐 멈추어 서며, 건물 전체를 바라보았다. 우선 정면에 이탈리아식의 높은 건물이 있고 야트막한 별채가 거기에 나란히 붙어 있었다. 이것은 어느 영국의 부자가 나폴리에 2년간 머문 후에 건축한 것인데 금방 싫증이 나서 팔아치운 것이었다.

"안내해 올리겠습니다" 하고 정원사가 말했다.

그러나 나나는 그보다 앞장서 가며 그냥 놔두라고 했다. 혼자서 보고 다닐 수 있고 또 그러는 게 자기도 좋다고 했다. 그러고는 모자를 쓴 채로 방 안에 뛰어들어 조에를 불러대며 복도 끝에서부터 끝까지 감상을 늘어놓고 했기 때문에 수개월째 사람이 살지 않던 이 텅 빈 집안은 고함 소리와 웃음소리로 가득 찼다. 우선 무엇보다 먼저 현관이 좀 습기가 찼지만 거기서 자는 것도 아니니만큼 괜찮았다. 응접실은 창이 잔디밭 쪽을 향하고 있어 여간 멋이 있지 않았다. 다만 시뻘건 가구는 기분 나쁘니 갈아치워야만 되겠다. 다음은 식당, 정말 근사했다! 이만큼 넓은 식당이 파리에 있다면 성대한 연회를 할 수 있으련만! 2층으로 올라온 다음 나나는 아직 부엌을 안 본 것을 생각해 내고 다시 내려갔다. 그리고 자기도 모르게 감탄하고 말았다. 조에도 수채의 아름다움과 양을 통째로도 구울 수 있을 만큼 큼직한 아궁이 화덕에 눈이 휘둥그레졌다. 다시 2층으로 올라가서 무엇보다도 침실을 보고 미칠 듯이 좋아했다. 오를레앙의 가구상이 만든 것으로, 루이 16세 시대식의 핑크색 나사천이 둘러쳐 있었다. 아, 희한하다! 여기서라면 틀림없이 잘 잘수 있다! 정말 이건 연금으로 생활하는 사람의 방과 같다. 다음에 손님들이 묵는 방들이 너댓. 마지막으로 훌륭한 다락방, 이곳은 짐들을 놔두기에 안성맞춤이다. 조에는 얼굴을 찡그리고, 각방들을 냉담한 눈으로 잠깐씩 들여다볼 뿐 시무룩하니 뒤에서 따라다니기만 했다. 그녀는 주인이 다락방의 가파른 사다리를 올라가며 사라지는 것을 바라보고는 자기는 다리를 부러뜨리고 싶지 않으니까 올라가지 않겠다고 생각했다. 그때 굴뚝을 통해서 들려오는 것 같은 먼 목소리가 들려왔다.

"조에! 조에! 어디 있어? 올라와 봐!…… 근사해…… 꿈만 같아!"

조에는 쭝얼거리며 사다리를 올라갔다. 나나는 지붕 위에서 벽돌 난간에 기대 서서 멀리 전개되는 골짜기를 바라보고 있었다. 끝없이 계속되는 지평선. 그러나 회색의 안개가 뒤덮은 속에 심한 바람이 가느다란 비를 뿌리고 있었다. 나나는 날아가지 않도록 두 손으로 모자를 누르고 있었다. 치마가 기폭처럼 펄럭거렸다.

"어머! 이를 어째!" 하고 조에는 금방 고개를 움츠리며 말했다. "바람에 날아가요, 아씨…… 아이구 몹쓸놈의 날씨!"

나나에겐 들리질 않았다. 들여다보듯이 하며 터전을 내려다보고 있었다. 담에 둘러싸여 7, 8아르팡(220평가량—역주)은 됨직했다. 나나는 언뜻 채마밭을 발견하고 흥분이 되도록 기뻐했다. 급하게 내려오더니 조에를 계단 아래로 밀어 내리며 들뜬 소리로 외쳤다.

"배추가 가득해요!······ 글쎄, 이만큼 큰 배추라구!······ 그리고 샐러드용 채소, 싱아, 둥근파 등 무엇이든지 있단 말야! 빨리 와봐요."

비가 심해졌다. 나나는 하얀 비단 양산을 쓰고 뜰 안의 오솔 길을 달려 다녔다.

"아씨, 감기 걸려요!" 하고 조에는 차양 밑에 태연하게 서서 말했다.

그러나 나나는 멈추려고 하지 않았다. 무엇이고 새로운 야채를 발견할 때마다 외쳐댔다.

"조에, 시금치야! 어서 와봐! 어머 상추! 이건 이상하네, 꽃이 피는 거요 상추는? 어머 이건 뭐지? 내가 모르는 것이네······ 와봐요, 조에, 너는 알 거야."

하녀는 꼼짝도 안 했다. 틀림없이 아씨는 머리가 돈 것이다. 마침내 비는 쏟아지기 시작하고 흰 비단의 조그만 양산은 흠뻑 젖어 있었다. 그것은 이미 우산 역할을 못하고 나나의 치마에선 물방울이 떨어졌다. 그래도 예사였다. 마구 쏟아지는 비 속에서 나무마다 모두 찾아다니며 그 밑에 서보기도 하고, 밭에 엎드려 들여다보기도 하며 채마밭과 과수원을 뛰어다녔다. 그리고 우물을 보러 달려가서, 뚜껑을 열고 속을 들여다보고는, 또 큼직한 호박을 열심히 바라보았다. 길이란 길을 모조리 거닐어 보며 그곳에 있는 것을 그대로 자기 것으로 하지 않고는 못 배기는 것이었다. 그것은 옛날에 여직공의 누더기 신을 끌면서 파리의 포석 위를 걷던 시절에 꿈으로 그리던 것이었다. 비가 한결 더 심해졌으나 나나는 끄떡도 안 했다. 다만 유감스럽게도 해가 넘어갔다. 이젠 잘 보이질 않기 때문에 손끝으로 더듬었다. 갑자기 어둠 속에서 딸기를 발견하고는 어린애처럼 법석대며 좋아했다.

"딸기! 딸기! 여기 있단 말야. 손에 닿는단 말야!…… 조에, 접시 가져와요! 와봐."

진흙 속에 구부리고 있던 나나는 양산을 내던지고, 비바람을 맞으며 젖은 손으로 이파리 속의 딸기를 따기 시작했다. 그러나 조에는 접시를 가져오지 않았다. 그때 나나는 일어서며 섬뜩했다. 그녀는 미끄러져 가는 한 그림자를 본 것 같았다.

"짐승이다!" 하고 그녀는 소리쳤다.

그러나 나나는 좁은 길 한가운데 공포에 사로잡힌 채 서버리고 말았다. 그것은 사람이었다. 한 남자, 그리고 그것이 누군지 알고야 말았다.

"어머! 아가 아냐!…… 거기서 무엇을 하고 있었지, 아가."

"그야! 물론, 만나고 싶어서 온 거죠."

나나는 어이가 없었다.

"내가 온다는 걸 정원사로부터 들었군? 어머! 이 아이 좀 봐, 흠뻑 젖었네."

"아, 도중에서 비를 만났어요. 그리고 귀미에르까지 돌기가 싫어서 슈 강을 건너다 깊은 데 빠졌어요."

순간 나나는 딸기 따위는 잊고 말았다. 두려움으로 몸이 떨리고 또한 가련하기도 했다. 가엾게도 이 지지가 여울에 빠졌다니! 집으로 데리고 가서 불을 피워 주겠노라고 했다.

"이봐요" 하고 그는 컴컴한 속에서 나나를 잡아끌며 중얼거렸다. "나 숨어 있었어. 부르지도 않았는데 만나러 와봐야, 파리에서처럼 꾸지람이나 들을 것 같아서 말야."

그 소리에는 아무 말 않고, 나나는 웃음을 터뜨리며 이마에 키스해주었다. 그날까지 조르주를 어린애 취급하고 사랑의 고

216

백도 진정으로 받아들이지 않았으며 성화를 해대는 애라고 재미있어했던 것이다. 그러나 그 조르주를 집안에 불러들이는 마당에 이르러서는 귀찮아졌다. 나나는 굳이 자기 방에 불을 피우고자 했다. 그곳이 더 편안하다는 것이다. 조에는 조르주를 보고도 놀라지 않았다. 불의의 손님에겐 익숙해져 버렸다. 그러나 장작을 가지고 올라온 정원사는 흠뻑 젖은 남자를 보고서 크게 당황했다. 분명히 이런 사람에게 문을 열어준 기억은 없었다. 정원사에겐 더 이상 일이 없었기 때문에 돌려보냈다. 램프가 방을 밝히고 난로에선 불이 활활 타고 있었다.

"그래가지곤 절대로 마르지 않을 거야. 감기 걸리겠어" 하고 나나는 떨고 있는 조르주를 보며 말했다.

그러나 남자 바지는 하나도 없었다. 정원사를 다시 부르려고 하다가 언뜻 묘한 생각을 했다. 화장실에서 짐을 풀고 있던 조에가 갈아입을 슈미즈와 페티코트와 가운을 가져온 것이다.

"이것이 좋아요! 지지는 이걸 입으면 된다구. 그렇지 내가 싫지 않지?…… 당신 옷이 마르거든 엄마에게 꾸중 듣지 않도록 얼른 입고 가요…… 빨리 해요, 나도 화장실에 가서 갈아입고 올 테니."

10분쯤 후에 실내복으로 갈아입고 들어오자 그녀는 황홀한 듯이 손뼉을 쳤다.

"어머, 귀여워라. 여자 모습이 더 어울리네요!"

그는 레이스가 달린 커다란 잠옷과 수를 놓은 속바지, 그리고 역시 레이스가 달린 긴 가운을 입고는 시치미를 떼고 있었다. 비단처럼 매끄러운 노출된 싱싱한 팔과 목덜미에 늘어진 아직도 축축한 노란 금발이 꼭 계집애만 같았다.

"이 도령 나하고 비슷하게 가늘군 그래!" 하고 나나는 조르주의 허리를 안아 보고 나서 말했다. "조에, 보라구요. 정말 잘 어

울리지…… 맞춘 것 같죠. 그래도 품이 좀 넓어요…… 나보다
가늘어요, 지지가."

"그야 물론 내가 가늘지" 조르주가 웃으며 말했다.

세 사람은 시시덕거리며 법석을 떨었다. 나나는 옷을 단정하
게 입히기 위하여 가운의 단추를 위에서부터 모조리 끼워 주
었다. 인형을 다루듯이 저리 돌려세우고 이리 돌려세우고 하
며 몸을 가볍게 톡톡 치기도 하고 또는 치마 뒤를 불룩하게 만
들어 주기도 했다. 그리고 편안하냐는 등 물어보았다. 그는 물
론 몸에 잘 맞고 편안할 뿐 아니라 여자의 속옷이 제법 따뜻하
며 가능하면 이대로 계속 입고 있었으면 좋겠다고 만족해했
다. 속옷의 촉감이 좋고 향긋한 냄새가 나는 편안한 가운이 좋
았다. 나나의 체온이 아직 얼마간 남아 있는 것만 같았다.

그동안에 조에는 젖은 옷을 가지고 부엌으로 내려갔다. 포도
덩굴을 태운 불로 될 수 있는 대로 빨리 말리기 위해서였다. 그
래서 조르주는 안락의자에 비스듬히 누운 채 속마음을 털어놓
고 말았다.

"이봐요, 당신네는 오늘 밤엔 아무것도 안 먹는 거요?…… 난
배가 고파 죽을 지경인데. 아직 식사를 못했단 말야."

나나는 골을 냈다. 배를 곯게 하면서까지 엄마 곁을 빠져나
와 강물에 빠지는 천치가 어디 있냐고! 그러나 그녀 역시 뱃가
죽이 등에 가 붙을 정도로 출출했다. 무엇이고 먹어야지! 하지
만 아무 것이고 당장 있는 것으로 견뎌야 했다. 그래서 소탁자
를 난로 앞으로 끌어다 놓고 어설픈 즉석요리를 만들었다. 조
에가 정원사에게 달려갔다. 그는 아씨가 오는 도중에 오를레
앙에서 식사를 안 하고 왔을 경우를 생각하여 양배추로 수프를
장만해 놨었다. 편지에는 이렇게 이렇게 무엇무엇을 준비하라
는 말이 없었기 때문이라고 그는 변명했다. 다행히 지하실에

는 여러 가지 것들이 저장되어 있어서, 양배추 수프 외에도 베이컨을 먹을 수 있었다. 그리고 또 나나가 손가방을 뒤져 만일의 경우에 대비하여 꾸려 가지고 온 조그만 거위 간 파이와 퐁당 한 봉지와 오렌지 등의 식료품을 꺼냈다. 둘이 다 스무 살의 왕성한 식욕으로 서로들 사양치 않고 아귀처럼 허물없이 먹어 댔다.

나나는 조르주를 여자 친구처럼 "마 쉐르(내 동생)" 하고 불렀다. 그 편이 더 다정하고 친근했기 때문이었다. 디저트에 이르러서는 조에를 괴롭히지 않기 위하여 한 개의 스푼을 번갈아 사용하며 선반 위에 있던 잼 단지를 완전히 비워 버렸다.

"아아 참 맛있었다" 하고 나나는 소탁자를 물리며 말했다. "이렇게 맛있게 먹어보긴 10년 이래 처음이다."

그러나 밤도 늦었기 때문에 나나는 조르주를 돌려보내려고 했다. 그가 어머니에게 꾸지람을 들을 일이 두려웠다. 그러나 조르주는 아직 넉넉하다고 되풀이했다. 게다가 옷이 마르질 않았다. 조에도 아직 한 시간 안엔 마르지 않을 것이라고 했다. 조에는 여행의 피로로 선 채로 졸고 있었기 때문에 가서 자라고 했다. 조용한 집안에 그들만이 남았다.

고요한 밤이었다. 불은 사위어 등걸불이 되었고 푸르스름한 넓은 방 안이 약간 답답했다. 침대는 조에가 자러 가기 전에 모두 정리해 놓았다. 나나는 더위에 못 이겨 일어났다. 그리고 창을 열었다. 그 순간 가벼운 탄성이 터졌다.

"어머! 어쩌면 이렇게 아름다울까…… 이리 좀 와봐요."

조르주가 달려왔다. 그리고 창틀 손잡이가 낮다고나 생각한 것처럼 나나의 몸에 팔을 감고 머리를 어깨에 기댔다. 날씨는 갑자기 돌변하여 하늘은 밝게 개어 있었다. 둥근 달이 들판을 황금빛으로 비쳐 주고 있었다. 괴괴하니 바스락 소리 하나 없었다. 계곡이 넓은 벌판으로 활짝 퍼지고 물결 하나 없이 잔잔한 호수와 같은 달빛 속에 나무 그늘이 점점이 검은 섬처럼 돋아 보였다. 나나는 가슴이 벅차오르며 다시 어린애로 돌아간 것만 같았다. 언젠지는 생각나지 않지만 전에 이런 밤을 꿈꾼 일이 분명히 있었다. 기차를 내리면서부터 눈에 스쳐 오던 이 모든 것, 저 넓은 벌판이며 냄새 짙은 풀들이며 이 집, 이 야채들까지 무엇을 보거나 가슴은 벅차고 파리를 떠나온 지 벌써 20년은 된 것 같은 느낌이었다. 어제까지의 생활이 이미 아득한 옛날만 같이 느껴졌다. 아직껏 이런 기분이 된 적은 없었다. 그동안 조르주는 나나의 목덜미에 어리광을 피우듯이 조그만 키스를 퍼붓고 있었다. 그녀의 마음속을 흔드는 이상한 울렁거림도 얼마간 거기에 기인되었으리라. 그녀는 망설여지는 손으로, 귀찮게 어리광을 피우는 어린애를 다루듯이 그를 밀치며 그만 가라고 연거푸 말했다. 그는 싫단 말은 안 하고 그저 가긴 가되 조금 더 있다 가겠다고만 되풀이했다.

그때 한 마리의 새가 조금 울고는 금방 그쳐 버렸다. 창 밑의 말오줌나무 가지에 와 앉은 울새였다.

"저런, 불빛에 놀란 모양이로군. 불을 꺼야지" 하고 조르주가 소곤거렸다.

그러고는 돌아와서 다시 또 나나를 얼싸안으며 말했다.

"조금 후에 다시 켜도록 합시다."

소년은 몸을 바싹 밀어댔다. 그 동안 나나는 울새의 울음소리에 귀를 기울이며 추억에 잠겼다. 그렇다, 내가 이와 같은 것을 본 것은 로맨틱한 이야기책 속에서였다. 옛날에는 이와 같은 달과 울새와 애정에 가득 찬 소년을 차지하기 위해서라면 마음을 송두리째 바치려고까지 했던 것이다. 아아, 울고 싶다. 모든 것이 이토록 희한하다니! 그렇다, 나는 성실하게 살아가도록 점지된 사람이다. 나나는 차츰 대담해지는 조르주를 떼밀어 버렸다.

"안돼, 놓으라구. 싫단 말야…… 나이도 어린 사람이 이런 망측한 짓을 하다니…… 나는 언제나 당신의 엄마란 말야."

갑자기 부끄러운 생각이 들었다. 그리고 그녀는 빨개졌다. 그러나 누가 보고 있는 것도 아니었다. 뒤에는 침실이 어둠에 잠겨 있고 앞에는 전원이 쓸쓸하게 고요 속에 묻혀 있었다. 그런데 그전에 이렇게 부끄러워 본 적은 없었다. 그러나 안 되지 안돼 하고 버티면서도 서서히 힘이 빠져 버렸다. 더구나 슈미즈와 가운을 입고 여장을 한 조르주를 보면 한층 더 우습기만 했다. 여자 동무에게 희롱을 당하고 있는 것만 같았다.

"안돼! 그럼 안돼" 하고 마지막 저항을 하면서 나나는 중얼거렸다.

그리고 아름다운 밤을 앞에 하고, 그녀는 처녀처럼 소년의 팔 속에 쓰러졌다. 집안은 잠에 묻혀 버렸다.

이튿날, 퐁데트에서 아침 식사의 종이 울렸을 때, 식당의 식탁은 이미 빈 자리가 별로 없었다. 아침 첫차로 포슈리와 다그네가 함께 오고, 다음 기차로 방되브르 백작이 들이닥쳤다. 조르주는 약간 파리한 얼굴로 눈이 부어가지고 마지막으로 내려왔다. 기분은 훨씬 좋아졌지만 심한 두통으로 아직까지 머리가 아프다고 했다. 위공 부인은 근심스레 웃으며 아들의 눈을 들여다보곤 그날 아침따라 빗질도 안 한 머리를 쓰다듬어 주려 하니 그는 그 애무가 귀찮은 것처럼 물러났다. 식탁에 앉아 부인은 방되브르에게 5년 전부터 기다리고 있었다고 다정스레 농담을 붙였다.

"마침내 오셨군요…… 무슨 바람이 불었습니까?"

방되브르는 가볍게 받아넘기며, 어제 클럽에서 엄청난 돈을 잃었기 때문에 여생을 시골에서 보낼 작정으로 왔다고 했다.

"정말입니다. 이 근처에서 재산 많은 여자만 구해주신다면…… 근사한 여자가 있을 테니까요."

위공 부인은 역시 마찬가지로 다그네와 포슈리에게도 아들의 초대에 선뜻 응해준 인사를 했다. 그때 슈아르 후작이 세 번째 마차로 닥쳐왔다. 그녀는 즐거운 비명을 울렸다.

"어머! 이건! 오늘 아침엔 무슨 회의라도 있는 것 아녜요? 의논들을 하신 거죠…… 이게 대체 어떻게 된 거예요? 여러 해째 여러분들을 한 자리에 모셔 보지 못했는데, 이렇게 모두 한꺼번에 모이시다니…… 난 불평을 하는 것이 아니라구요."

식사가 일인분 추가되었다. 포슈리는 사빈느 부인의 옆에 앉았는데, 부인의 쾌활한 모습에 놀랐다. 미로메닐 로의 그 엄숙한 응접실에서 본 부인은 그렇게도 맥이 없었는데. 한편 에스텔 곁에 앉은 다그네는 이 키만 큰 말이 없는 처녀와 나란히 앉게 된 것이 아주 어색한 모양이었다. 무엇보다도 그 뾰족한 팔꿈치부터가 기분 나빴다. 뮈파와 슈아르는 은밀히 시선을 주고 받았다. 방되브르는 조금 전의 농담을 계속하며 얼마 가지 않아 결혼을 해야겠다고 말했다.

"여자라니 하니 말이지" 위공 부인이 입을 열었다. "얼마 전에 이 근처에 당신이 알 만한 여자가 이사를 왔어요."

그러고는 위공 부인은 나나의 이름을 말했다. 방되브르는 허풍스럽게 놀란 체했다.

"그래요? 나나의 별장이 이 근처에 있단 말이죠?"

포슈리와 다그네도 놀란 체했다. 슈아르 후작은 무슨 소린지 모르겠다는 표정으로 닭고기를 먹고 있었다. 남자들은 누구 하나 웃는 사람이 없었다.

"그리고 그 여잔 내 말대로 어젯밤에 미뇨트에 도착했어요.

오늘 아침에 정원사에게 들었다니까요."

순간, 남자들은 진짜로 놀라움을 감추지 못하고 일제히 고개를 들었다. 뭐라고? 나나가 벌써 왔다고? 하지만 온다고 한 것은 내일이었으니까 이편이 한발 앞섰다고 생각했는데! 다만 혼자 조르주만은 눈을 깔고 우두커니 컵을 쳐다보고 있었다. 식사 시작부터 우두커니 미소 지으며 눈을 뜬 채로 잠들어 있는 듯했다.

"아직도 기분이 좋지 않으냐, 지지야" 하고 아들을 계속 바라보고 있던 어머니가 물었다.

그는 주춤하며 얼굴을 붉히고 이제 아무렇지도 않다고 대답했다. 그러나 과하게 춤을 추고 난 계집애처럼 여전히 테석테석한 얼굴로 흡족하지 못한 표정이었다.

"아니, 그런데 웬일이냐? 네 목이 새빨갛지?" 하고 위공 부인이 놀라며 물었다.

그는 당황하여 우물거렸다. 모르겠는데, 아무렇지도 않은데 하며 와이셔츠의 깃을 세웠다. 그러고는 내뱉듯이 말했다.

"아, 그렇지 벌레가 물었나봐요."

슈아르 후작은 그 빨간 반점을 곁눈으로 흘긋 보았다. 뮈파도 조르주의 얼굴을 보고 있었다. 피크닉의 의논을 하는 동안에 식사는 끝나갔다. 포슈리는 사빈느 부인의 쾌활한 웃음에 차츰 마음이 흔들리기 시작했다. 그가 과일 접시를 돌렸을 때 손이 마주쳤다. 부인은 순간 검은 눈동자로 가만히 그의 얼굴을 쳐다보았다. 그래서 그는 어느날 밤, 술자리에서 친구에게 들은 얘기를 다시 또 생각했다. 부인은 그전 여자가 아니다. 어딘지 모르게 그전보다도 다르게 드러나 보이는 점이 있다. 이를테면 부드럽게 어깨를 감싸고 있는 회색의 얇은 비단 드레스가 그렇다. 섬세하게 차린 아름다움 속에도 어딘가 될 대로 되라는 기미가 느껴지는 양했다.

식사가 끝나자 다그네와 포슈리는 그대로 머물러 에스텔에 대하여 "저런 것을 껴안으면 정말 빗자루를 안은 것 같을 거야" 하고 노골적인 농담을 해댔다. 그러나 포슈리가 그녀에겐 40만 프랑의 지참금이 있다는 소리를 하자 다그네는 정색을 했다.

"그리고 어머니는 어때? 응? 괜찮지!" 하고 포슈리가 물었다.

"응 그 여잔 제멋대로 놀 것 같은데…… 하지만 손을 쓸 방법이 없을 것 같군."

"흥, 알게 뭐야…… 부딪쳐 볼 일이지."

그날은 외출을 중지하기로 했다. 아직도 때때로 소나기가 쏟아졌다. 조르주는 재빨리 물러나더니 문을 이중으로 잠그고 방 안에 틀어박혔다. 남자들은 이곳에 모여든 까닭을 미리부터 다 알고 있기 때문에 서로들 변명 같은 것을 하지 않았다. 방되브르는 노름에 크게 망했기 때문에 진심으로 시골에 은퇴할 것을 생각하고 있었다. 그래서 너무 지루하지 않게 근처에 여자 친구가 있었으면 좋겠다고 생각했다. 포슈리는 현재 몹시 바쁜 로즈로부터 말미를 받은 것을 이용하여, 만약에 전원 생활에서 서로들 정이 생기면 다시 한 번 기사를 미끼로 나나를 낚아 보려고 계획하고 있었다. 스테이네르와의 관계 이래로 나나에 대해 골을 내고 있던 다그네는 기회만 있으면 다시한 번 정분을 맺고 얼마간이라도 단맛을 찾아 보려니 하고 생각했다. 슈아르 후작도 기회를 엿보고 있었다. 그러나 아직껏 무대 화장을 완전히 지우지 못한 이 베누스의 꽁무니를 따라다니는 사나이들 중에서 누구보다도 열성적인 것은 뮈파였다. 뒤숭숭한 마음속에 방망이질 치는 욕정과 공포와 분노, 이제야 비로소 맛보는 그 감각에 그는 누구보다도 괴로워하고 있는 것이었다. 나에게는 확실히 약속했다. 나나는 나를 기다리고 있다. 어째서 이틀을 빨리 출발했을까. 오늘 밤 저녁 식사 후에 미뇨트로 가보자. 그는 그렇게 생각했다.

그날 밤, 백작이 뜰에서 빠져나가자 조르주도 그 뒤로 뛰어나갔다. 백작에게 귀미에르로 가는 길을 택하게 놔두고 자기는 슈 강을 건너 나나의 집으로 뛰어들었다. 숨을 헐떡이며 눈에는 비분의 눈물을 머금고 아, 알았다. 지금 오고 있는 저 늙은이는 밀회를 하러 오는 것이로구나! 나나는 이 질투의 발작에 어안이 벙벙하고 동시에 사태의 진전에 놀라 조르주를 얼싸안고 될 수 있는 대로 위로해 주었다. "당치도 않은 소리야. 그긴 조르주의 착각이란 말야. 나는 아무도 기다리고 있지 않다니까. 그이가 왔기로서니 그게 내 탓인가. 지지는 정말 어리석은데. 이런 하찮은 일로 마음을 태우다니! 내 아들의 목을 걸고 맹세할 게. 내가 좋아하는 것은 나의 조르주뿐이야." 나나는 그에게 키스하며 눈물을 씻어주었다.

"이봐요, 모든 것이 조르주를 위하여 잘 돼가고 있어" 하고 그의 마음이 가라앉자 나나는 계속했다. "스테이네르가 와서 지금 2층에 있단 말야. 하지만 그 사람만은 쫓을 수 없는 노릇 아냐."

"응 나도 안단 말야. 내가 말하는 것은 그 사람이 아니란 말야."

"하지만, 내가 몸이 불편하다고 하고 그이를 구석방으로 몰아넣었단 말야. 지금 보따리를 풀고 있어…… 조르주는 아무에게도 들키지 않았으니까 빨리 내 방으로 가서 숨고 기다리고 있어."

조르주는 목에 매달리며 달라붙었다. 그러면 정말 조금은 나를 사랑해 주고 있는 것이지! 어제처럼 불을 끄고 아침까지 캄캄한 속에서 지낼 수 있지? 그때 벨이 울렸기 때문에 그는 잽싸게 도망쳤다. 2층 나나의 방으로 들어가자 발소리가 안 나게 곧 구두를 벗었다. 그리고 커튼 뒤 마룻바닥에 숨어서 얌전하게 기다렸다.

나나는 뮈파를 맞이했다. 그는 아직껏 숨을 몰아쉬며 우물쭈물하고 있었다. 그에겐 약속도 했고 성실한 남자니까 약속을 지켜 주고 싶었다. 그러나 사실 어제와 같은 일을 어찌 상상인들 할 수 있었으랴. 그 여행, 처음으로 보는 이 집, 흠씬 비에 젖어 들어온 소년, 아 정말 즐겁기만 했다. 이런 상태가 언제까지나 계속된다면 좋으련만! 이 사람에겐 미안하지만 할 수 없다! 3개월 전부터 나는 정숙한 여자 행세를 하며 이 사람을 애태워 왔다. 하지만 좀 더 기다려 달라고 하자. 그것이 싫다면 그만두라지. 무슨 일이 있어도 조르주만은 속이고 싶지 않다.

백작은 이웃 별장에서 인사라도 온 것 같은 모습으로 위엄을 갖추고 앉아 있었다. 다만 손이 좀 떨리고 있었다. 이 다혈질형의 남자는 여태까지 여자란 것을 모르고 살아왔다. 그러기에 한결 더 교묘한 나나의 계략으로 욕정이 불타고, 이제 와선 말할 수 없이 지쳐 버렸던 것이다. 이 신중한 표정의 사나이, 뒤일르리 궁 안을 늠름한 걸음으로 종횡하던 이 시종도 밤이면 언제나 한결같이 음란한 영상을 그리며 베개를 짓씹고 충족되지 못하는 욕정으로 하여 눈물 젖어온 것이다. 그러나 이번만은 끝장을 내고야 말리라. 어스름이 깃들이는 적막 속을 걸어오며 그는 강제로라도 나나를 자기 것으로 만들어 보리라 생각한 것이다. 그래서 인사가 끝나자마자 두 손으로 나나를 끌어안으려 했다.

"어머, 안돼요. 정신 차리셔요" 하고 나나는 별로 골내는 기색도 없이 웃음을 지니며 대수롭지 않게 말했다.

뮈파는 이를 악물고 그녀를 붙잡았다. 그러나 그녀가 몸부림을 치자 체면도 부끄러움도 아랑곳없이 노골적으로 자기는 자러 왔노라고 강조했다. 나나는 여전히 웃음을 머금은 채 속으로는 난처했으나 그의 두 손을 잡으며 거절하는 기세를 부드럽게 하려고 다정한 말투로 얘기했다.

"나 좀 보셔요. 조용하시란 말예요…… 정말 안 된단 말예요…… 스테이네르가 2층에 있단 말예요."

그러나 그는 미친 듯했다. 나나는 남자의 이런 모양을 아직 보지 못했다. 무서워졌다. 그의 입에서 새어 나오는 고함 소리를 막기 위해 손으로 입을 틀어막고 조그만 소리로 떠들지 말고 봐달라고 부탁했다…… 스테이네르가 내려왔다. 난처한 일이다. 정말! 스테이네르가 들어오자 나나는 팔걸이 의자에 주저앉으며 이렇게 중얼거렸다.

"난 시골이 참 좋아요……."

그러고는 말을 멈추고 돌아다보았다.

"여보, 뮈파 백작예요. 산책 도중에 불이 켜 있는 것을 보시고 들르셨다는군요."

두 사람은 서로 악수를 했다. 뮈파는 컴컴한 쪽으로 외면을 하고 잠시 동안은 말이 없었다. 스테이네르 역시 뚱하고 있었다. 이윽고 파리 얘기가 시작되었다. 사업은 잘 안 되고 증권거래소도 형편이 없다는 등등. 15분쯤 하니 뮈파는 실례하겠노라고 했다. 나나가 배웅을 나가자 그는 내일 밤에 만나 달라고 애걸했다. 그러나 약속을 얻지는 못했다. 얼마 안 있어 스테이네르 역시 계집이란 건 만날 아프기만 하는가 보다면서 투덜거리며 자러 올라갔다. 마침내 늙은이 둘은 처치가 되었다! 해방이 된 나나가 방으로 가보니 조르주는 여전히 커튼 뒤에서 얌전하게 기다리고 있었다. 그는 나나를 끌어당겨 넘어뜨리듯이 하며 자기 곁에 앉게 하고 둘이서 굴러다니며 장난질을 쳤다. 발로 가구를 걷어찼을 때는, 웃음을 틀어막기 위하여 키스를 하기까지 했다. 그때쯤 뮈파 백작은 멀리 귀미에르 쪽 큰 한길을 터덕터덕 걸어가고 있었다. 모자를 벗고 고요한 밤의 냉기 속에 뜨거워진 머리를 식히면서.

그러고부터 기막히게 멋있는 나날이 계속되었다. 소년의 품속에 안겨 나나는 15세 소녀로 되돌아간 양했다. 소년에게 사랑을 받으며 옛날의 소녀 시절로 돌아가므로 하여, 남자라는 것에 넌더리를 내고 있던 나나 속에도 또다시 사랑의 꽃이 피었던 것이다. 갑자기 얼굴을 붉히고, 감동으로 가슴을 울렁거리며, 울었나 싶다간 웃어댔다. 요컨대 변하기 쉬운 처녀의 마음이 그대로 되돌아온 것이다. 때론 욕정을 느끼는 일도 있었다. 그러나 그녀는 그것을 부끄러워했다. 이와 같은 감정에 사로잡히기는 처음이었다. 전원이 그녀의 마음을 부드러운 감정으로 충만케 해준 것이다. 어린 시절, 그녀는 한 마리의 암염소와 함께 목장에 살았으면 하고 생각한 일이 있었다. 어느 날인가 파리의 성벽 언덕 위에서 염소가 말뚝에 매인 채 울고 있는 것을 보았기 때문이었다. 이 별장과 이 땅이 송두리째 자기 것이 된 지금에 이르러, 나나의 가슴은 터질 것 같은 감동으로 부풀어 있었다. 평소의 소원이 이루어지고도 남은 것이다. 그녀는 과거의 말괄량이 시절의 싱싱한 감각으로 되돌아가 있었다. 밤이 되면 하루 동안 대기 속에서 지내며 푸르른 나뭇잎에 취한 듯이 혼곤해져서는 커튼 뒤에 숨어 있는 지지 곁으로 돌아왔다. 그런 때면, 여학생이 휴가 중 기숙사를 빠져나와 장래 결혼할 어린 사촌 오빠와 사랑의 불장난을 하는 것 같은 느낌이었다. 그것은 마치 바스락 소리에도 놀라 가며 부모들한테 들키지나 않을까 조마조마하는, 숨막히는 감촉과 처음으로 범하는 과오에 가슴을 설레게 하는 불안과도 같았다.

그 무렵의 나나는 다감한 소녀와 같이 변덕스러웠다. 몇 시간씩 달을 바라보고 있기도 했다. 어느날 밤인가는 집안이 잠들고 난 뒤에 조르주와 함께 뜰에 내려가, 서로를 껴안고 나무 밑을 두루 돌아다닌 끝에 밤이슬에 젖어 가며 풀밭에서 잤다. 또 언젠가는 방 안에서 얼마 동안을 묵묵히 앉아 있다가 조르주의 목을 얼싸안고 죽는 것이 두렵다고 중얼거리며 훌쩍거린 적도 있었다. 꽃과 새들이 많이 나오는 마담 르라의 로망스를 곧잘 작은 소리로 웅얼대며 눈물에 글썽거리기도 했다. 그런가 하면 또 갑자기 노래를 멈추고 조르주를 얼싸안고 영원한 사랑을 맹세케 했다. 이윽고 다시 또 친구지간으로 돌아가면 맨다리를 드러낸 채 침대 가에 걸터앉아 발뒤꿈치로 침대 다리를 차면서 담배를 피웠다. 그런 때면 나나 자신도 스스로 이상하다고 느꼈다.

그러나 나나의 마음을 완전히 녹여 버린 것은 어린 루이의 도착이었다. 그녀는 모성애의 충동에 사로잡혀 마음도 뒤집힌 양했다. 양지 쪽으로 데리고 나가서 걸음마 구경을 하기도 하고, 어린 왕자와 같이 꾸며 입혀서 얼싸안고 풀밭을 뒹굴기도 했다. 마담 르라는 시골 생활의 자극으로 피로하여 쓰러지기가 무섭게 옆방에서 코를 골기 시작했다. 그러자 나나는 자기도 그 방에서 어린애와 함께 자겠다고 했다. 그런데 루이는 지지에게 거치적거리기는커녕 그 반대였다. 나나는 자기에겐 아들이 둘이라고 하며 여전히 변덕스러운 애정으로 두 사람을 감싸는 것이었다. 밤엔 열 번도 더 지지 곁을 떠나서 아기가 잘 자나 보러 갔다. 그러나 돌아와선 지지에게도 엄마처럼 해주며 자기 자식이나 다름없이 애무하는 것이었다. 지지도 알아차리고 이 큰아기 품 속에 어린애 모양 안기는 것을 기뻐하며 갓난아기 모양 얌전하게 잠을 잤다. 이와 같은 생활이 말할 수 없이 즐겁고, 나나는 그것에 매혹되어, 지지에게 이제 이대로 시골에 정착하자고 진정으로 제안까지 했을 정도였다. 다른 사람들은 다 쫓아 버리고 당신과 나와 아기 세 사람만이 살자고, 그들 둘은 새벽녘까지 이것저것 계획을 꾸몄다. 마담 르라는 들꽃을 따러 갔다 온 피로로 주먹을 쥐고 자고 있었다. 그코 고는 소리조차 두 사람의 귀에는 들어오지 않았다.

이처럼 즐거운 생활이 일주일 남짓하게 계속되었다. 뮈파 백작은 매일 밤 찾아왔지만 번번이 떨떨한 표정으로 붉은 손을 해가지곤 돌아갔다. 어느 날 밤인가는 집안에 들이지조차 않았다. 스테이네르가 잠깐 파리로 돌아가야만 했기 때문에, 아씨가 병환이 나셨다고 이르게 했다. 나나는 조르주를 속인다는 것이 날이 갈수록 괴로워졌다. 저렇게 순진하게 나를 믿고 있는 소년을 속이다니! 그랬다가는 그야말로 자기를 어떻게 할 것인가. 그리고 뒷맛이 좋지 않을 것은 뻔하다. 그러나 이런 변덕을 관망하며 조에는 말로는 표현하지 않았지만 경멸의 빛을 띠며 아씨는 어리석은 짓을 한다고 생각했다.

엿새가 되던 날, 갑자기 한 떼의 손님들이 이 사랑의 보금자리에 뛰어들었다. 많은 사람들을 초대하기야 했지만 설마하니 찾아오리라곤 믿지 않았다. 그래서 그날 오후 미뇨트의 철책문 앞에 한 대의 만원 승합 마차가 서는 것을 보고 나나는 어처구니없어하며 입을 벌렸다.

"우리들이요" 하고 미뇽이 소리치며 맨먼저 차에서 내려오고, 그의 아들 앙리와 샤를의 손을 잡아주었다.

다음엔 라보르데트가 나타나며 그의 손에 이끌려 연달아 여자들이 내려섰다. 뤼시 스튜와, 카롤린 에케, 타탕 네네, 마리아 블롱, 그것으로 전부인가 했더니 라 팔르와즈가 발판에서 뛰어내리며 떨리는 손으로 가가와 그의 딸 아멜리를 부축해 내렸다. 모두 열한 사람이었다. 이 많은 사람들을 집에 맞이하는 데는 한바탕 소동이었다. 미뇨트엔 객실이 다섯밖에 없는데 그 하나엔 이미 고모와 루이가 들어 있었다. 제일 넓은 방을 라 팔르와즈와 가가 한 쌍에게 제공하고, 아멜리는 옆의 화장실의 간이침대에서 자기로 했다. 미뇽과 두 아들은 세 번째 방, 라보르데트는 네 번째 방, 마지막 남은 한 방을 기숙사 침실처럼 꾸며서 네 개의 침대에서 뤼시, 카롤린, 타탕, 마리아가 자기로 했다. 스테이네르는 응접실의 긴 의자에서 자면 되었다. 한 시간쯤하여 모두들 각자의 방에 좌정이 되었을 때쯤 해선, 처음엔 분개하고 있던 나나도 별장의 여주인 노릇을 할 수 있게 되어 아주 좋아했다. 여자들이 미뇨트의 별장을 칭찬해 주었다. 참 훌륭하고 놀랐다고! 뿐만 아니라 그녀들은 파리의 기분을 옮겨와 주었다. 일주일 동안의 이런저런 소식을 모두들 제각기 지껄여댔다. 웃어대고 떠들어대고 손뼉을 치면서. "아 그래 그래, 보르드나브란 말야. 당신이 도망쳐왔을 때 뭐라고 했는지 알아? 의외로 형편없던데, 그 사람. 경찰을 시켜서 다시 데려온다고 수선을 떨더니, 밤이 되니까 깨끗하게 대역을 정했지 뭐야. 그리고 그 대역의 비오렌느가 〈금발의 베누스〉로 크게 히트를 했단 말야." 이 얘기에 나나는 낯빛이 변했다.

아직 네 시밖에 안 되었다. 잠깐 산책을 하자고들 했다.

"정말이지, 여러분들이 오셨을 때, 나는 감자를 캐러 가려고 하던 참이었어요" 하고 나나가 말했다.

모두들 옷을 그대로 입은 채 감자를 캐러 가겠다고들 했다. 그것은 조그만 오락이었다. 정원사와 두 사람의 시중꾼이 벌써 별장 안쪽 밭에 와 있었다. 여자들은 무릎을 꿇고 반지 긴 손으로 흙 속을 더듬어 큼직한 감자를 찾아내면 환성을 올렸다. 재미있었다! 그러나 제일 신바람이 난 사람은 타탕 네네였다. 감자 캐기라면 어린 시절에 많이 해본 일이었다. 그래서 열중해서 남들을 바보 취급하며 그렇게 하는 것이 아니니 어쩌니하며 훈수했다. 남자들은 그다지 열중하지 않았다. 미농은 좋은 아버지 노릇을 하느라고 시골에 온김에 아이들의 교육에 열중해 있었다. 파르망티에(독일로부터 감자 재배법을 배워 프랑스에 보급한 농학자―역주) 얘기를 가르쳐준 것 따위는 그 한 예였다.

저녁 식사는 참으로 법석판이었다. 모두들 퍼먹었다. 나나는 흥분한 나머지 오를레앙의 목사관에서 보이 노릇을 했다는 급사장과 먹살다짐까지 했다. 커피가 나오자 여자들은 담배를 피우기 시작했다. 법석대는 소리가 창으로부터 흘러 나가 어두운 적막 속으로 사라져갔다. 밖에서는 농부들이 울타리 사이에 한정 없이 앉아서 목을 늘이고 교교히 불빛이 빛나는 집안을 구경하고 있었다.

"어머, 모레 가다니 시시하게!" 하고 나나가 말했다. "어쨌든 재미있는 일을 계획합시다."

그래서 내일, 일요일엔 7킬로미터 떨어진 샤몽의 옛날 수도원 터를 찾아가기로 결정했다. 아침을 먹은 후 오를레앙에서 마차를 다섯 대만 불러서 그것을 타고 출발하여 저녁 일곱 시경에 미뇨트로 돌아와 식사를 하기로 계획했다. 틀림없이 재미있을 것이다.

그날 밤 여느 때와 다름없이 뮈파 백작은 언덕을 올라가서 문의 초인종을 누르려고 하다가 놀라 버렸다. 창이 휘황하게 빛나고 요란스러운 웃음소리가 들려오지 않는가. 미농의 목소리도 섞여 있었다. 그는 사정을 알아차리고 되돌아갔다. 또다시 방해꾼이 끼어든 데 울컥하고 화가 치밀어 더 이상은 참을 수 없을 것 같았고 무엇이든 거친 짓을 해주리라고 결심했다. 한편 조르주는 열쇠를 갖고 있기 때문에 뒷문으로 들어가서 담을 끼고 달려가 나나의 방에 숨어 버렸다. 그러나 한밤중까지 기다려야만 했다. 겨우 나나가 나타났다. 상당히 취해 있어서 보통 날 밤보다도 한층 더 모성애에 가득 차 있었다. 술을 마시면 한결 더 다정해지고 진득거리는 성미였다. 함께 샤몽 수도원 터에 가자고 졸라댔다. 조르주는 사람들에게 들키면 안 된다고 반대했다. 만약에 마차를 같이 타고 있는 것이 발각되면 굉장한 추문이 생길 것이라고 했다. 그러나 나나가 눈물을 흘려가며 애원했기 때문에 같이 가기로 굳게 약속하여 달랬다.

"그럼 나를 좋아하는 거지" 하고 나나는 울음 섞인 목소리로 말했다. "한 번 다시 더 말해줘요…… 응, 만약에 내가 죽으면 많이 슬퍼해주겠어?"

한편 퐁데트에선 나나가 근처에 이사를 왔다는 바람에 집안이 큰 소동이었다. 아침마다 식사가 시작되면 위공 부인부터가 어느 사인가 나나의 얘기를 시작하며 정원사에게 들은 얘기를 시작하는 것이었다. 점잖은 중류계급의 부인이 창부에게 느끼는 제거할 수 없는 반감을 역시 버리지 못하는 것이다. 다른 일에는 그렇게 관대한 이 부인도 나나 얘기만 나오면 마구 성을 냈고, 무엇인가 불행한 일이 생길 것만 같은 예감에 사로잡히는 것이었다. 특히 해만 지면 두려워했다. 마치 어느 동물원으로부터 도망쳐 나온 맹수가 근처에 잠복해 있는 것을 알고 있는 것과도 같았다. 그래서 부인은 손님들이 미뇨트 근방을 넘실대고 있다고 하며 그들을 비난했다. 이를테면 방되브르 백작이 큰 한길에서 머리를 펄렁거리고 있는 여자와 웃어대고 있는 것을 보았다는 사람이 있다고 말하는 정도였다. 그는 그것은 나나가 아니라고 변명했다. 사실, 같이 있던 것은 뤼시로, 세 번째의 황태자를 내쫓은 경위에 대하여 얘기한 것이었다.

슈아르 후작도 날마다 외출을 하는데 그건 무슨 이유냐고 물으니, 그는 단지 의사의 지시대로 산책을 했을 뿐이라고 했다. 다 그네와 포슈리에 대한 위공 부인의 비난은 부당했다. 특히 다 그네는 나나와의 정분을 회복할 계획을 단념하고 퐁데트를 떠나지 않고 에스텔의 눈치를 살피고 있었다. 포슈리도 뮈파 백작 부인과 딸 곁에서 떨어지질 않고 있었다. 다만 한 번 오솔길에서 꽃을 한 아름 안고 아들들에게 식물 공부를 가르쳐주고 있는 미뇽을 만난 일이 있었다. 두 사람은 악수를 나누며 로즈의 안부를 얘기했다. 그녀는 무탈했다. 두 사람은 그날 아침, 로즈로부터 각각 한 통의 편지를 받았는데, 그 편지에는 좀 더 시골의 신선한 공기를 마시고 있으라는 얘기였다. 즉 남자들 중에서 위공 부인으로부터 의심을 받지 않고 있는 것은 뮈파 백작과 조르주뿐이었다. 백작은 오를레앙에 중요한 일이 있다니까 그따위 화냥년의 꽁무니를 따라다닐 리가 없다. 또한 조르주는 매일 오후가 되면은 심한 두통을 유발하며 훤해서부터 자리에 들어야만 하는 상태였기 때문에 부인도 마침내는 정말 걱정이 되고 말았다.

그런데 포슈리는 백작이 매일 오후 집을 비우기 때문에 그의 대신으로 사빈느 부인의 상대역 노릇을 했다. 뜰로 갈 때면 부인의 걸상과 양산을 들어다 주었다. 게다가 삼류 신문기자 특유의 경박한 기지로 그녀를 웃기며, 시골이 아니곤 얻어질 수 없는 급작스러운 친밀성으로 그녀를 이끌어갔다. 쉴 새 없이 독설을 퍼붓는 이 청년과 함께라면 별로 걱정도 없으리라고 부인은 생각하고, 갑작스레 되젊어지며 멀지 않아 몸도 맡길 것 같은 기세였다. 간혹 숲속에서 단둘이만 남게 되면, 눈과 눈이 서로들 무엇인가를 살펴보기 일쑤였다. 또한 웃고 있다가도 갑자기 진지한 표정으로 묵묵해지며 가만히 눈 속을 들여다보는 일도 있었다. 그것은 마치 서로들의 마음을 꿰뚫어 보고 이해했다는 투로 보이기도 했다.

금요일 아침 식사엔 또 한 사람 몫을 추가하지 않으면 안 되었다. 테오필 브노가 온 것이다. 위공 부인은 작년 겨울 뮈파 댁에서 이 노인을 초대한 일을 생각해냈다. 그는 등을 구부정하게 하고 하찮은 사람처럼 허물없이 굴면서 사람들이 표현하는 공손한 태도도 모르는 듯했다. 겨우 사람들의 주목에서 벗어나자 디저트로 작은 사탕 조각을 우드득거리며, 다그네가 에스텔에게 딸기를 따주는 것을 슬그머니 살펴보기도 하고, 연방 백작 부인을 웃기고 있는 포슈리의 잡담에 귀를 기울이기도 했다. 사람들이 쳐다보기만 하면 금방 부드러운 미소를 지었다. 식후에 그는 백작의 팔을 잡고 뜰로 데리고 나갔다. 백작의 모친이 돌아간 후로 이 노인이 백작에게 커다란 힘을 갖게 된 일은 누구나가 다 알았다. 소송대리인 출신의 이 노인이 백작 집안에 대하여 가지고 있는 지배력에 대해서는 이상한 소문들이 떠돌고 있었다. 포슈리는 이 노인이 온 것을 달갑지 않게 여기며, 조르주와 다그네에게 그 재산의 출처를 설명했다. 즉 예전의 예수회 교단에서 의뢰받은 큰 소송이 그의 재산의 출발이었다는 것이다. 이 영감은 뚱뚱하고 온후한 얼굴이지만 무서운 남자로, 지금은 성직자들의 갖은 흉계에 모조리 관여하고 있다는 것이었다. 조르주와 다그네는 곧이듣지 않았다. 저 보잘것없는 영감은 얼빠진 모습이 아닌가. 성직자 계급의 앞잡이인 미지의 브노, 거대한 권력을 가진 브노라니, 정말 웃음이 나와서 믿어지지 않았다. 그러나 그때 두 사람은 입을 다물었다. 뮈파 백작이 여전히 노인과 팔을 끼고 되돌아온 것이다. 그 얼굴은 창백하고 눈은 운 것처럼 붉었다.

"틀림없이 지옥 얘기를 하고 왔을 것이네" 하고 포슈리가 빈

정거렸다.

그 소리를 듣자 사빈느 부인은 가만히 뒤돌아보았다. 두 사람의 눈이 마주치고 잠시 동안 물끄러미 살펴본다. 위험한 한 발을 내딛기 전에 상대방의 속을 떠보는 것이었다.

식후에는 화단 끝에 있는 들이 바라보이는 테라스로 가는 습관이 있었다. 그 일요일 오후는 아주 고요한 날씨였다. 열 시경엔 비가 오려고 했으나, 마침내 하늘은 청명하진 못했을망정 젖빛 안개로 녹아 버린 듯 그 미립자가 양광을 받고 황금빛으로 반짝이기 시작했다. 위공 부인의 제안으로 테라스의 일각 문을 통하여 아래쪽으로 내려가 귀미에르 쪽 슈 강까지 산보를 하기로 했다. 부인은 걷는 것을 좋아했고 나이 육십으로는 아직 잘 걷는 편이었다. 뿐만 아니라 모두들 마차 따위는 소용없다고 했다. 그래서 일행은 다소간 흩어진 채 시내에 걸쳐논 나무다리까지 왔다. 포슈리와 다그네가 뮈파댁의 두 여성과 함께 선두에 서고, 그 뒤에 뮈파 백작과 슈아르 후작이 위공 부인을 가운데에 끼고 뒤따랐다. 방되브르는 큰길을 걷는 것이 어색하여 천연덕스레 담배를 피워물고 꽁무니로 처졌다. 브노는 걸음을 빨리하기도 하고 늦추기도 하고 싱글거리며 이 패 저 패로 돌아다니고 있었다. 마치 그들의 얘기를 하나도 빼놓지 않고 다 들으려는 것 같았다.

"딱해 죽겠어요. 조르주는 오를레앙엘 갔지 뭐예요!" 하고 위공 부인이 되풀이했다. "타베르니에 선생께 진찰을 받으러 갔어요. 선생님은 늙어서 이젠 왕진은 안 하시지 뭐예요…… 모두들 일어나기도 전에 일곱 시도 못 되어 출발했답니다. 이젠 그애도 좀 기분이 좋아지겠죠, 뭐."

그러나 갑자기 하던 얘기를 중단했다.

"어라, 웬일일까. 다리 위에서 멈추고 있으니."

바라보니 두 여자하고 다그네와 포슈리가 다리목에서 망설이고 있었다. 무엇인가 장애물이 앞에 가로막혀 있는 것 같았다. 그러나 길에는 별다른 것도 안 보였다.

"곧장 가십시오!" 하고 백작이 고함쳤다.

그들은 꼼짝 않고 물끄러미 바라보고만 있었다. 무엇인가 저편에서 오는 모양이었다. 그러나 다른 사람들에게는 아직 보이질 않는 것이다. 길이 구부러져 있고 한쪽에는 연달아 포플러 나무들이 무성해 있는 까닭이었다. 그러나 땅이 울리는 것 같은 소리가 차츰 커지더니 마차 바퀴 소리와 함께 웃음소리랑 채찍 소리가 들려왔다. 그러자 갑자기 다섯 대의 마차가 줄을 짓고 나타났다. 차대가 부러질 정도로 사람을 가득 실었고, 파랑과 연분홍빛의 화려한 옷을 입은 여자들이 와자지껄 떠들어대고 있었다.

"저게 대체 뭐예요?" 하고 위공 부인이 놀라서 물었다.

그러자 금방 짐작이 갔다. 자기네 땅의 길을 저렇게 멋대로 가다니!

"오! 그 여자로군!" 하고 부인이 중얼거렸다. "가요 가, 상관 말고."

그러나 이미 늦었다. 나나 일행을 샤몽의 수도원 터로 인도하는 다섯 대의 마차는 조그만 나무다리에 도착했다. 포슈리와 다그네와 뮈파댁의 여성들은 되돌아와야만 했고, 위공 부인 쪽 사람들도 길 한편으로 비켜서야만 했다. 급히 달려가는 마차의 행렬. 웃음을 멈추고 호기심에 어린 얼굴들이 이쪽을 향했다. 경쾌한 말발굽 소리가 울리는 속에 마차 위와 아래에서 서로들 얼굴을 마주 바라봤다. 앞장선 마차에는 마리아 블롱과 타탕 네네가 바퀴 위에 스커트를 펄럭이며 공작 부인이나 된 듯 버티고 앉아서 걸어서 가고 있는 여염집 부인들을 업신여기며 내려다보고 지나갔다. 다음 마차에는 가가가 좌석을 독차지하고 있었다. 그리고 그 곁에 라 팔르와즈의 소심한 얼굴이 약간 엿보였다. 다음은 카롤린 에케, 라보르데트, 뤼시 스튜와, 미뇽 부자들의 한 패, 그리고 마지막으로 나나가 스테이네르와 함께 빅토리아형의 마차에 버티고 있었다. 그리고 그것과 마주보는 보조 의자에 아직 어린 티가 가시지 않은 지지가 나나와 무릎을 맞대고 앉아 있었다.

"저 마지막 사람이죠?" 하고 뮈파 부인은 일부러 시치미를 떼고 포슈리에게 물었다.

빅토리아형 마차의 바퀴가 스칠 듯했지만 부인은 한 걸음도 물러서지 않았다. 부인과 나나는 흘긋 마주보며 순식간에 상대방을 저울질했다. 남자들은 천연덕스럽게도 아주 태연했다. 포슈리와 다그네는 모른 체하고 시치미를 떼고 있었다. 슈아르 후작은 여자들이 혹시 짓궂은 장난이라도 하지 않을까 두려워서 풀잎을 뜯어가지고 손끝으로 만지작거리고 있었다. 다만 방되브르만은 일행으로부터 좀 떨어진 곳에 있었기 때문에 웃음을 던지며 지나가는 뤼시에게 윙크했다.

"조심하오!" 하고 뮈파 백작 뒤에 서 있던 브노가 중얼거렸다.

뮈파는 달려가는 나나의 모습을 눈으로 쫓고 우두커니 있었던 것이다. 부인이 천천히 돌아보며 그의 모양을 살폈다. 그는 땅을 내려다봤다. 말이 달려가는 통에 몸과 마음이 모두 끌려는 것만 같았다. 아무도 없었다면 고뇌의 부르짖음이 터져나왔으리라. 조르주가 나나의 치마폭에 싸이듯이 하고 앉아 있던 것을 보고야 그는 겨우 사정을 깨달았다. 그따위 어린애를! 나나가 자기보다도 그따위 어린애를 선택하다니 너무하다, 스테이네르라면 나와 동일한 남자지만, 그따위 어린애를 선택하다니!

한편 위공 부인은 처음엔 그것이 조르주인 것을 느끼지 못했다. 조르주는 다리를 건너며 강으로 뛰어들려고 했다. 그러나 나나의 무릎에 눌려서 그짓도 못하고, 얼음장처럼 차디차지며, 백지장같이 창백한 얼굴로 몸을 숨기고 있었다. 그는 아무도 보지 않았다. 아마도 눈치채지 못했으려니 생각했다.

"아! 어쩌면 좋담" 하고 위공 부인이 갑자기 소리쳤다. "그 여자와 함께 있던 것이 조르주라니!"

안면이 있는 처지에 인사도 않고 가는 겸연쩍음—그 가운데를 마차는 지나갔다. 이 미묘한 해후는 눈 깜짝할 사이의 일이었지만 영원히 계속되는가 싶었다. 지금 마차는 황금빛으로 반짝이는 전원을 들바람에 설레이는 창부들을 태우고 한층 더 요란스레 달려가고 있다. 화려한 옷자락들은 바람에 나부끼고 웃음이 다시 터졌다. 어이없는 표정으로 길가에 서 있는 신사 숙녀들을 뒤돌아보며 연방 농담들을 했다. 나나가 돌아다보았다. 일행은 어떻게 할까 망설이다가 마침내 다리를 건너지 않고 되돌아갔다. 위공 부인은 묵묵히 뮈파 백작의 팔에 매달려 있었는데 너무나 맥빠진 표정이 그 누구의 위로도 받아들이지 않았다.

"나 좀 봐요!" 하고 나나가 소리를 지르니 앞의 마차에서 뤼시가 내다보았다. "포슈리 꼴 봤어? 그 건방진 얼굴이라니! 혼을 내봐야지…… 그리고 폴도 말야. 그렇게 잘해줬는데 고개 하나 까딱도 않다니!…… 그치들 정말 예절 바르지 뭐야!"

스테이네르가 그들의 태도는 그것으로 훌륭한 것이라고 말하자 나나는 사납게 대들었다. "그럼 우리들은 잠깐 모자를 벗고 인사할 만한 가치도 없단 말예요? 돼먹지 않은 녀석들한테 모욕을 받아도 상관없단 말이죠? 고마워요. 당신 역시 참 훌륭도 하시구요. 완전하시니까 뭐."

그러면서 여사에겐 언제고 인사를 하는 법이라고 했다.

"그 키 큰 여자 누구지?" 하고 소란한 마차 속에서 뤼시가 소리를 높여 물었다.

"뮈파 백작 부인이야" 하고 스테이네르가 대답했다. "그렇겠지! 그러려니 했어" 하고 나나는 말을 받았다. "하지만 아무리 백작 부인이라도 별것이 아냐…… 암, 그렇구말구요. 별것도 아니라구요…… 나에게는 사람을 보는 눈이 있으니까요. 내가 보면 다 안다구요…… 그 여자가 그 구렁이 같은 포슈리하고 자지 않을 것 같단 말이죠? 틀림없이 잔다니까요! 여자끼리는 벌써 예감이라는 게 있어요."

스테이네르는 어깨를 으쓱했다. 어젯밤부터 기분이 좋지 않았다. 편지가 와서 이튿날 아침엔 아무래도 가지 않으면 안 되었다. 게다가 시골까지 왔는데 응접실 소파에서 잔다는 일이 도시 마음에 안들었다. "어머, 이 가엾은 아기 좀 봐!" 하고 나나는 조르주가 핼쑥하니 숨을 할딱이며 아직껏 몸을 꼿꼿하게 하고 있는 것을 보고 갑자기 동정심을 발휘했다.

"엄마가 나를 봤을까?" 하며 간신히 조르주가 중얼거렸다.

"그야 물론이지. 엄마가 뭐라고 소리를 치시던 걸…… 내가 잘못했어. 가지 싫다고 하는 걸 억지로 데리고 왔으니까…… 응, 지지, 내가 엄마에게 편지를 쓸까? 무척 훌륭하신 분 같던데. 이렇게 쓰지, 여태까지 한 번도 본 일이 없는데, 오늘 처음으로 스테이네르 씨가 데리고 왔다고."

"아냐, 아냐, 그만두라구" 하며 조르주는 근심스러워 못 견디겠다는 표정으로 말했다. "스스로 처리할 테니…… 그리고 엄마가 귀찮게 굴면 다신 집에 안 들어갈 테니까."

그는 저녁때 어떻게 거짓말을 할 것인가 하고 궁리했다. 다섯 대의 마차는 벌판을 일직선으로 뻗은 아름다운 가로수 길을 달려갔다. 근방 일대는 흐릿한 은빛이 감도는 공기에 감싸여 있었다. 여자들은 마부 뒤에 앉아 마차에서 마차를 향하여 큰 소리로 지껄여댔다. 마부들도 이 재미있는 일행들에게 이끌려 따라 웃었다. 때때로 여자들은 경치를 바라보려고 일어선 곁의 사람의 어깨에 의지하며 버텨 보지만 금방 다시 마차의 동요로 좌석에 엉덩방아를 찧고 주저앉았다. 카롤린은 라보르데트와 중요한 얘기를 하고 있었다. 나나는 석 달이 못 가서 별장을 팔 것이다. 그 점에 관하여 두 사람의 의견은 일치했다. 카롤린은 그렇게 되면 그것을 아무도 모르게 자기에게 헐값에 사달라는 부탁이었다. 그 앞차에선 사랑에 환장을 한 라 팔르와즈가 가가의 목덜미에 입이 닿지 않기 때문에 팽팽한 옷 위로 등덜미에 대고 키스를 하고 있었다. 그것과 마주하여 보조 의자에 꼿꼿이 앉아 있는 아멜리는 자기 엄마가 키스를 당하는 것을 우두커니 보고만 있을 수가 없어서 그만 좀 두라고 애원을 했다. 다른 마차에선 뤼시를 놀라게 해주려고 미뇽이 아들들에게 라 퐁텐의 우화를 암송시키고 있었다. 특히 앙리는 기가 막힐 정도였으며 더듬지도 않고 단번에 암송해 보였다. 앞장을 가는 마리아 블롱은 어수룩한 타탕 네네를 골탕 먹여 주기 위하여 파리의 우유 장수들은 풀하고 사프란(식물 이름—역주)으로 계란을 만든다는 등의 얘기를 하다가 그것도 싫증이 났다. "상당히 먼데, 아직도 멀었어?" 이러한 질문이 마차에서 마차로 번져서 나나의 귀까지 전해졌다. 나나는 마부에게 알아본 다음 일어서서 고함을 쳤다.

"이제 앞으로 15분쯤 가면 돼요…… 저봐 저기 나무숲 건너 교회가 보이잖아……."

그러고는 다시 말을 이었다.

"글쎄 말야, 샤몽의 성주는 나폴레옹 시절의 할머니래요……

그런데 굉장한 난봉꾼이었대. 조세프가 주교관의 하인한데 들었대. 이 즈음 세상에선 볼 수 없을 정도의 여자 한량이었던 모양예요. 지금은 신앙심에 묻혀 있다지만."

"이름이 뭐래?' 하고 뤼시가 물었다.

"마담 당그라르."

"이르마 당그라르말이지, 그이라면 나도 알고 있어" 하고 가가가 소리쳤다.

모든 마차에서 탄성이 터져 나오고 질주하는 마차 소리에 지워졌다. 가가를 보려고 모두들 목을 내밀었다. 마리아 블롱과 타탕 네네는 내려논 포장을 잡고 좌석에 무릎을 세우고 뒤를 돌아다보고 있었다. 각가지 질문이 오고갔다. 짓궂은 소리도 섞이지만 그 소리도 감탄 때문에 부드러워졌다. 가가가 그 여성을 알고 있다는 사실이 먼 옛날에 대하는 존경의 염을 사람들에게 안겨주었다.

"정말이지 그 시절엔 나도 젊었었어" 하고 가가는 계속했다.

"하지만 기억하고 있단 말야. 그이가 지나가는 것을 보았으니까…… 집에선 형편없는 짓을 한다는 소문이었지만 마차를 타고 다니는 모습은 참 멋있었어! 그 엄청난 내력과 추잡한 소문과 교묘한 수단 등…… 그이가 성을 가지고 있대도 난 놀라질 않아요. 잠깐 입김만 불어도 남자들을 빈털터리로 만들었다니까…… 그런데 이르마 당그라르가 아직 살아 있다니! 그럼 아흔쯤 되었을 거예요."

순간 여자들은 낯빛이 달라졌다. 아흔이라니! 그렇게 장수할 사람은 이 중에는 한 사람도 없을 것이라고 뤼시가 소리쳤다. 모두 나약한 사람들뿐이니까. 그러자 나나가 자기는 그런 나이가 되도록 살고 싶지 않다고 하며 우습지 뭐냐고 했다. 목적지에 가까워졌는지 대화는 말을 모는 마부의 채찍 소리로 중단되었다. 그러나 그 소리 속에서 뤼시는 계속 지껄여대며, 갑자기 화제를 바꾸어 내일 다른 사람들과 함께 파리로 가자고 나나에게 졸랐다. 만국박람회도 곧 끝날 테고 여자들은 파리로 돌아가야만 했다. 이 계절이면 의외로 수확이 오른다는 것이다. 그러나 나나는 완강히 거절했다. 자기는 파리에 염증이 났는데 그렇게 쉽사리 돌아갈 수 있느냐고 했다.

"안 그래? 우린 여기에 머물러 있어야지" 하며 나나는 스테이네르는 안중에도 없다는 투로 조르주의 무릎을 죄며 말했다.

갑자기 마차가 섰다. 일행이 정색을 하고 내리니 그곳은 쓸쓸한 동산 밑이었다. 마부 중의 한 사람이 채찍으로 나무 사이에 가려진 샤몽 수도원 터를 가리켜 주었다. 실망이었다. 여자들은 시시하다고들 했다. 가시덤불에 덮인 건물의 잔해가 몇 개 있고, 허물어진 채 반쯤 남은 탑이 하나 있을 뿐이었다. 정말이지 20리나 되는 길을 찾아올 만한 곳도 못 된다고 투덜댔다. 그러자 마부가 성을 가리키며 정원이 수도원에서부터 시작되어 있으니 담을 끼고 오솔길로 가보라고 권했다. 그들이 한 바퀴 도는 동안에 마차를 마을 앞 광장에 돌려놓고 기다리고 있겠다고 하며 훌륭한 산책길이라고 했다. 일행은 그 말대로 따랐다.

"놀랐다! 이르마가 이런 호사스런 집에 살고 있다니!" 정원 모퉁이에 있는 철책 문 앞길에 서서 가가가 말했다.

일행은 말없이 철책 문을 가로막은 나무 숲을 바라보았다. 그리고 정원이 담을 끼고 오솔길을 가며 나무들을 우러러보았다. 높다란 가지가 담 너머로 두툼한 초록의 터널을 형성하고 있었다. 2, 3분쯤 가자 다시 철책문이 앞에 나섰다. 안을 들여다보니 넓은 잔디밭이 보이고 수백 년이 넘은 두 그루의 떡갈나무가 그늘을 펼치고 있었다. 다시 또 2, 3분쯤 가니 또 다른 철책 문이 나타났고 그 전면으론 긴 가로수 길이 뻗어 있었다.

그 길은 울창한 나뭇잎이 디널과 같이 어둠을 이루고 그 끝에 햇빛이 별처럼 반짝이고 있었다. 일행은 처음엔 경탄으로 입만 벌리고 있었으나 차츰 탄성을 터뜨리고 말았다. 얼마쯤은 샘도 나는 바람에 비웃어 보려고 했지만, 너무나 엄청나서 말이 안 나왔다. 이르마란 여자는 정말이지 굉장한 위력을 갖고 있었다! 이렇게 되고 보면 여자도 얕볼 것이 아니다! 나무 숲이 다시 또 얼마간 계속되었다. 덩굴이 온통 담을 뒤덮고 그 담 너머로 정자의 지붕이 내뻗었으며 느릅나무와 사시나무의 울창한 나무 숲에 연하여 포플러가 계속되었다. 이 모양으론 한이 없겠다. 언제까지 걸어도 철책 문 입구로부터 나뭇가지의 터널밖엔 보이지 않았기 때문에 빨리 집 구경이 하고 싶었다. 문을 두 손으로 잡고 그 쇠창살에 얼굴을 기대며 안을 들여다봤다. 이 광대한 터전 안에 묻힌 채 보이지 않는 성을 상상하면 외경의 염까지 싹텄다. 마침내 평소에 걷지 않던 그녀들은 피로를 느끼기 시작했다. 그러나 담은 한없이 계속되고 있었다. 쓸쓸한 오솔길을 구부러질 때마다 여전히 회색의 돌담이 계속되었다. 여자들 중엔 끝까지 가는 것을 단념하고 되돌아가자는 사람도 있었다. 그러나 괴괴하니 잠든 듯한 이 성곽의 장중한 기운에 눌려서 피로할수록 외경의 염은 깊어만 갔다.

"이게 뭐야, 병신스럽게!" 하고 카롤린 에케가 입을 삐쭉거리며 소리쳤다.

나나가 어깨를 으쓱하며 말문을 막았다. 나나는 좀 전부터 헬쑥해가지고 정색한 채 말을 안 하고 있었다. 갑자기 마지막 모퉁이를 돌자 마을 앞 광장으로 나가며 담이 끝나고 전면 정원 안에 성곽이 나타났다. 모두들 멈칫하고 발을 멈췄다. 폭이 넓고 어마어마한 현관 돌 층계, 정면으로 달린 20개의 창, 돌 추녀로 가를 돌린 엄청난 세 개의 벽돌집 날개. 이 역사적인 집에는 과거에 앙리 4세가 살았고, 그 침대는 제노바 벨벳을 깐 큼직한 것으로 아직도 보존되어 있었다. 나나는 숨을 몰아쉬며 어린애와 같이 조그맣게 한숨을 쉬었다.

"굉장하구나!" 하고 나나는 살그머니 중얼거렸다.

그때 일행은 격렬한 감동에 사로잡혔다. 갑자기 가가가 저기 교회 앞에 있는 것은 이르마가 분명하다고 했다. 자기는 다 알고 있다고 하며 그 노파는 그 나이에도 불구하고 예전처럼 허리가 꼿꼿하고, 태를 부릴 때면 저렇게 새침하다는 것이었다. 저녁 기도가 막 끝나고, 그녀는 잠시 동안 포치 아래 서 있었다. 가랑잎 빛깔의 비단 옷을 입고 있었는데, 아주 검소하고 키가 커 보였다. 그 위엄에 가득 찬 얼굴은 무서운 대혁명을 겪어낸 노 후작 부인을 연상시켰다. 오른손에 들고 있는 두툼한 기도서가 햇빛에 번쩍하고 빛났다. 드디어 광장을 서서히 가로질렀다. 그 뒤를 열댓 발짝 떨어져서 제복 차림의 하인이 뒤따랐다. 교회는 텅 비고 샤몽 사람들이 모두 그녀에게 허리를 깊숙이 구부려 절을 했다. 한 노인이 손에 입을 맞추고 여자들은 무릎을 꿇었다. 그것은 연륜을 쌓고, 각가지 영예에 아롱진 강국의 여왕 같은 모습이었다. 그녀는 정면의 돌 층계를 올라가더니 자취를 감추었다.

"바르게 살면, 저렇게 될 수 있다" 하고 미뇽이 아들들을 지켜보며 교훈이라도 주듯이 확신 있게 말했다.

모두들 제각기 인상을 말했다. 라보르데트는 그 여자는 놀랄 만큼 젊어 보인다고 말했다. 마리아 블롱이 천한 언사를 쓰자 뤼시가 야단을 치며, 노인은 공경해야만 한다고 나무랐다. 결국 누구나 그가 전대미문의 여성이란 것은 인정했다. 이윽고 마차로 돌아갔다. 샤몽에서 미뇨트까지 나나는 입을 다물고 있었다. 두 번이나 성곽을 뒤돌아보았다. 마차 소리에 흔들리며, 스테이네르가 곁에 있는 것도 잊었고, 마주 앉은 조르주의 존재도 안중에 없었다. 어스름 속에서 한 개의 영상이 떠오르며 그 노파가 계속 눈앞에 아른거렸다. 연륜을 쌓아 갖가지 영예에 아롱진 여왕과 같이 당당하던 이르마.

그날 밤, 조르주는 저녁 식사 시간에 퐁데트로 돌아갔다. 나나가 엄마한테 용서를 빌라고 보낸 것이다. 그녀는 차츰 생각에 잠기고 여느 때와 태도가 달라져 갔다. 돌아가는 것이 당연하다고 하며 갑자기 가정을 중히 여기는 것처럼 엄격한 말투로 조르주에게 말했다. 오늘 밤엔 이곳으로 자러 오지 않는다는 맹세까지 시켰다. 자기도 고단하고 조르주가 어머니의 말씀에 복종하는 것은 의무를 다하는 것이라고 했다. 조르주는 이 설교에 견디다 못하여 결국 목을 늘이고 어머니 앞에 나타났다. 다행히 형 필립이 와 있었다. 커다란 체구의 굉장히 명랑한 군인이었다. 덕분에 두려워하고 있던 장면도 일없이 끝났다. 위공 부인은 눈물 어린 눈으로 그를 쳐다보았을 따름이었다. 필립도 얘기를 듣고, 또다시 그 여자한테 놀러 갔다간 귀를 잡아 끌어 데려올 테니 그런 줄 알라고 협박했다. 조르주는 겨우 마음을 높고 나나와 밀회의 약속을 하기 위해 내일 두 시쯤 빠져나가리라고 속으로 다짐했다.

그러나, 저녁 상을 받은 퐁데트의 손님들은 어쩐지 어색했다. 방되브르가 내일 가겠노라고 말했다. 겸하여 뤼시를 파리로 데리고 간다는 것이었다. 하지만, 그 자신, 10년 이래 만나면서 한 번도 욕심을 느끼지 못한 이 여자를 앗아 간다는 사실에 입맛이 썼다. 슈아르 후작은 접시에 바싹 얼굴을 숙이고, 가가의 딸을 생각하고 있었다. 예전에 그 릴리를 무릎 위에서 둥개질 시키던 일이 생각났다. 어린애들이란 참 빨리도 자라는구나! 그렇게 작던 아이가 이젠 벌써 좋은 몸의 여자가 되었으니. 그와중에서도 뮈파 백작은 얼굴을 붉히고, 무엇인가 생각에 잠겨 있었다. 그는 조르주를 물끄러미 바라보았다. 그리고 식사가 끝나자, 약간 열이 난다고 하며 방에 틀어박혔다. 그 뒤를 브노가 성급히 뒤따랐다. 그리고 2층에선 사소한 연극이 벌어졌다. 침대에 쓰러져 신경질적인 오열을 베개로 억누르고 있는 백작 곁에서 브노가 부드러운 목소리로 백작을 형제라 칭하며 하느님의 자비에 매달리도록 권하고 있었다. 그러나 그것도 백작의 귀에는 들리지 않았고 다만 그는 헐떡일 뿐이었다. 별안간 침대에서 뛰어내리더니 그는 들뜬 음성으로 중얼거렸다.

"가야지…… 더 이상은 못 견뎌……."

두 사람이 밖으로 나왔을 때, 두 개의 그림자가 가로수 그늘로 들어갔다. 이제 매일 밤처럼 포슈리와 사빈느 부인은, 에스텔이 차를 준비하는 것을 다그네에게 거들게 놔두고, 둘이서 빠져나오기로 했던 것이다. 큰 한길로 나오자 뮈파가 너무나 속히 걸었기 때문에 브노는 달음박질로 뒤따르지 않으면 안 되었다. 숨을 헐떡이면서도 노인은 끊임없이 육욕의 유혹에 대한 최선의 설교를 하고 있었다. 그러나 상대방은 대꾸도 없이 어둠을 뚫고 치달렸다. 미뇨트에 다다르자 뮈파는 내뱉듯이 말했다.

"더 이상 못 견디겠다니까…… 제발, 가주시오."

"그러면, 하느님의 의사대로 이루어지이다" 하고 브노 씨가 중얼거렸다. "하느님은 모든 방법에 의하여 그 권능을 시험하시니…… 그대의 죄 역시 그 권능의 한 무기가 되리라."

미뇨트에선 식사 중 말다툼이 계속되었다. 나나에게 보르드나브로부터 편지가 왔는데 거기엔 나나 따위는 대수롭지 않다는 투로 편안히 쉬고 오라는 얘기가 써 있었다. 대역을 맡은 비오렌느가 매일 밤 두 번씩이나 앙코르를 받는다는 사연이었다. 또다시 미농이 내일 함께 돌아가자고 권하자 나나는 불같이 골을 내며 남의 충고 따위는 듣기도 싫다고 했다. 뿐만 아니라 그녀가 이상한 깃이 달린 옷을 입고 식탁에 앉아 있었기 때문에, 마담 르라가 그 일로 귀에 거슬리는 소리를 했더니, 무슨 참견이냐며 고모고 누구고 내 앞에서 주제넘은 소리를 하면 용서치 않겠다고 호통을 쳤다. 그러고는 뚱딴지같은 소리를 하여 사람들을 아연케 했다. 루이에게는 종교 교육을 시킨다느니, 자기는 선행을 쌓겠다느니 했다. 모두들 웃어대자 그녀는 신중한 말투로 부르주아 계급의 여자처럼 확신 있게 끄덕이며, 성실하게 살아가는 것이 부자가 되는 유일한 방법이며 자기는 짚자리 위에서 죽기는 싫다고 했다. 여자들은 어처구니없어서 반대하는 소리를 외쳤다. 무슨 소리야! 사람이 아주 변했군! 그러나 나나는 눈 하나 깜짝 않고 먼 산을 바라보며 다시 또 몽상에 잠기는 것이었다. 거부가 되어 존경의 대상이 된 자신의 모습을 그녀는 꿈꾸고 있는 것이었다.

모두들 잠자리에 가려고 할 무렵 뮈파가 나타났다. 뜰에서 그를 만난 라보르데트는 눈치 빠르게 스테이네르를 피하며 뮈파의 손목을 끌고 컴컴한 복도로 나나의 방까지 데려다 주었다. 이런 일에 대한 라보르데트의 재간은 뛰어난 바 있고, 참으로 교묘하며, 남을 위하여 계략을 꾸며 주는 것을 기뻐하는 양했다. 나나는 놀란 것 같지는 않았지만 뮈파의 끈덕진 정열에 그만 지쳐 버리고 말았다. 그렇다, 인생에선 무엇이고 성실해야만 한다. 사랑한다는 건 어리석은 일이며 아무짝의 소용도 없는 짓이다. 그리고 또 지지의 나이가 어린 것도 걱정거리다. 정말이지 지지에겐 안 될 일을 해왔다. 그렇다, 이번만은 올바른 길로 돌아간 것이다. 늙은이를 잡았으니까.

"조에, 내일 아침 일어나거든 짐을 꾸리도록 해요. 파리로 돌아갈 것이니까."

하녀 조에는 시골을 떠나게 된 것이 기뻐서 무작정 좋아하기만 했다.

나나는 뮈파와 잤다. 그러나 아무 기쁨도 없었다.

7

Opus Hookums

　　그로부터 3개월 후 어느 12월 저녁, 뮈파 백작은 파노라마 골목길을 왔다갔다 하고 있었다. 그날 밤은 대단히 따뜻하고 한바탕 비가 쏟아진 후라 이 아케이드 골목 안은 인파로 가득했다. 상점 사이로 빽빽하게 밀리며, 걸어 다닐 수도 없을만큼 가득히 사람들만이 줄지어 가고 있었다. 그리고 하얗게 빛나는 유리 밑에 각가지 조명이 백색 램프 갓, 빨간 등잔, 파란 유리 장식, 가스등, 반짝이는 시계, 밤하늘에 부채꼴로 타오르는 거대한 불꽃의 화살 모양으로 즐비했다. 부인복 가게의 화려한 비단 등, 형형색색의 진열품이 닦아논 유리 안에서 반사경의 강한 빛을 받으며 눈부시게 빛나고 있었다. 그런가 하면 어지럽게 나붙은 간판에 섞이어 시뻘겋게 칠을 한 커다란 장갑이 있어, 멀리서 보면 잘라낸 피투성이의 손을 노란 소매에 붙여 놓은 것 같았다.

　뮈파는 천천히 몽마르트 대로까지 와서 찻길을 흘긋 바라보곤 상점 앞을 스치듯이 잔걸음으로 되돌아갔다. 좁다란 골목 안은 축축한 공기가 마르며 안개가 되고, 그것이 광선을 받아 반짝이고 있었다. 우산에서 떨어진 물로 젖은 포석 위에는 사람 목소리는 없고, 발소리만이 계속 울려 퍼지고 있었다. 백작이 방향을 바꿀 때마다 마주치는 통행인들은 가스등에 창백하게 비쳐진 그의 무표정한 얼굴을 물끄러미 쳐다보았다. 그래서 이와 같은 귀찮은 시선을 피하려고 그는 한 문방구 앞에 멈추어 서서 가게 앞에 진열된 서진(바람에 날리지 않게 눌러 두는 돌이나 쇠-역주)을 열심히 바라보았다. 그것은 풍경과 꽃들을 그려서 속에 띄운 유리 공이었다.

그러나 무엇을 보나 눈에 비치질 않았다. 마음이 나나의 일로 가득 차 있는 것이다. 어째서 그 여자는 또 거짓말을 했을까? 아침에 편지를 보냈기에, 보니 오늘 밤엔 오지 말라고 써 있었다. 루이가 병이 나서 오늘 밤은 고모 집에서 병간호를 할 것이라고 써 있었다. 아무래도 수상쩍어서 나나의 집으로 가보니, 수위 여자가 지금 극장에 가셨다고 했다. 이상한 일이다. 나나는 이번 연극엔 출연하지 않는데, 어째서 거짓말을 했을까. 오늘 밤에 바리에테 극장에서 대체 무엇을 하자는 것인가.

통행인들에게 밀려 백작은 어느새 서진 곁을 떠나서 완구점 쇼윈도우 앞에 이르러 어느 것이고 구석에 파란 제비 마크가 든 노트와 담배갑 같은 진열품을 물끄러미 바라보았다. 확실히 나나는 변했다. 시골서 막 돌아왔을 때는 고양이가 까불듯이 얼굴이고 구레나룻이고 할 것 없이 마구 키스를 퍼부으며 자기가 좋아하는 것은 당신뿐이라고 맹세를 되풀이하여 그를 들뜨게 했다. 조르주는 그의 어머니가 퐁데트에 붙잡아 두었으니까 별로 걱정이 안 되었다. 나머지 걱정은 그 뚱뚱보 스테이네르였지만, 그는 그 뒷자리를 차지하려는 것이었다. 그러나 그 사람에 대해선 상관하지 않고 있었다. 스테이네르는 다시 돈에 궁해져서 증권거래소에서 차압을 당하게 되고 랑드 지방의 염전 회사 주주들에게 매달려 마지막 불입을 시키려고 바둥거리는 형편이었다. 이와 같은 사실을 뮈파는 알고 있었다. 나나네 집에서 스테이네르를 만났을 때 그녀는 뮈파에게 변명하길 저렇게 갖다 바치게 해놓고 개처럼 내쫓을 수는 없다고, 그럴 듯한 소리를 했다. 그리고 최근 3개월 동안 뮈파는 욕정에 사로잡혀 나나를 자기 것으로 하고 싶은 생각 이외엔 아무것도 변변하게 생각하질 못하는 형편이었다. 뒤늦게 맛을 들인 육욕에 광분하여, 주린 소년과 같이 체면이고 질투고 따질 수 없게 된 것이다. 그와 같은 그에게도 한 가지만은 뚜렷이 느낄 수 있었던 것이다. 나나가 조금 쌀쌀맞게 굴며 구레나룻에 키스를 안 해주게 된 것이다. 그것이 걱정이 되어 순진하게도 자신에게 무엇이고 잘못이 있는 것이나 아닌가 반성해 보았다. 그러나 자신은 여자의 욕망은 샅샅이 채워 주고 있다고 생각하는 것이었다. 그러자 생각은 다시 또 오늘 아침 편지로 되돌아갔다. 단지 극장에서 밤 한때를 보내는 일뿐이라면 무엇때문에 그와 같은 복잡한 거짓말을 꾸민단 말인가. 다시 또 인파에 밀려서, 그는 길을 가로질러, 요리집을 기웃거리다가 쇼윈도우 속의 털 뽑은 종달새와 커다란 연어 등을 물끄러미 들여다보았다.

이윽고 그곳을 떠나 몸을 추스르며, 눈을 들어 아홉 시가 가까운 것을 깨달았다. 이제 그럭저럭 나나가 나올 시간이 되었다. 실토를 하게 해주어야지. 걸음을 옮기자니 언젠가 극장 입구에서 나나를 붙잡으려고 이 골목길을 서성거리던 날 밤 생각이 났다. 이젠 어느 가게나 눈대중이 가고 냄새만 맡아도 어느 집인지 짐작이 가게 되었다. 러시아 가죽의 강한 냄새, 초콜릿집 지하실에서 나는 바닐라의 달콤한 향내, 향수집의 열어젖힌 문간에서 확 하니 흘러나오는 사향 냄새. 창백한 얼굴을 하고 카운터에 앉은 여자도 '응, 저 사람' 하는 표정으로 조용히 바라볼 뿐이고 그 자신도 가게 앞에 멈추어 서려 하지 않았다. 잠시 동안 간판이 복잡하게 걸린 상점 위의 조그만 창문들이 줄지어 있는 모양을 진기한 듯이 바라보았다. 그런 것을 보는 것은 처음이라는 표정이었다. 이윽고 다시 또 큰길로 나가자 잠깐 걸음을 멈추었다. 비는 부슬비가 되고 그것이 선뜩하니 손을 적시면 마음도 가라앉았다. 이번엔 아내 생각을 해보았다. 친구인 슈젤 부인이 가을부터 대단히 건강이 좋지 않아 그 문병으로 마콩 근처의 별장에 가 있었다. 차도의 진창을 마차가 달려갔다. 이런 험한 날씨엔 시골길은 형편없겠지. 그러나 그는 갑자기 불안에 사로잡혀 물씬하는 골목으로 들어서며 사람들 틈으로 성큼성큼 걸어갔다. 만약에 나나가 경계한다면, 몽마르트 쪽으로 빠져나갈지도 모를 일이기 때문이었다.

그래서 극장 출입문에서 지키기로 했다. 이 근처에서 기다리는 일은 재미없었다. 사람들 눈에 띌 염려가 있었다. 그곳은 바리에테의 길목과 생 마르크 길목이 마주치는 으슥한 모퉁이로서 빈약한 가게들이 늘어서 있었다. 손님이 없는 구둣방, 먼지를 뒤집어쓴 가구점, 그을은 듯 졸려 보이는 신문 열람소. 밤이 되면 벙거지 모양의 등피를 단 램프가 푸르스름한 빛을 비쳤다. 그 근처에 모이는 것은 단정한 옷차림을 한 신사들로서, 그들은 배우 출입문을 뒤덮는 술취한 장치 담당이나 지저분한 조연 여배우들 사이를 서성거리며 끈기 있게 기다리고 있었다. 극장 앞에는 가스등이 하나만 켜 있어 흐릿한 등피 너머로 출입문을 비쳐주고 있었다. 블롱 아주머니에게 물어볼까 하고 뮈파는 잠깐 그렇게 생각해 보았다. 그러나 나나가 알면 큰길 쪽으로 뺑소니칠 염려가 있다. 지금까지 두 번 당한 일이지만 골목의 문이 닫히는 시간이 되어 몰아낼 때까지 기다리자. 그렇게 결정하고 그는 다시 또 걷기 시작했다. 집으로 돌아가서 혼자 잔다는 것은 생각만 해도 가슴이 미어지는 일 같았다. 모자도 안 쓴 여자와 더러운 셔츠바람의 사나이들이 나와서 흘금흘금 살펴보았다. 그럴 때마다 그는 신문 열람소 앞으로 돌아와서 서성거리었다. 유리문에 붙인 두 장의 광고 포스터 사이로 들여다보니 여전히 조그마한 노인 한 사람이 몸을 움츠리고 커다란 테이블 앞에 앉아 푸르스름한 램프 불 밑에서 신문을 읽고 있었다. 한 모양으로 푸르스름하게 신문과 손이 물들어 보였다. 그러나 열 시 조금 전이 되자 신사가 또 하나 나타나 마찬가지로 극장 앞을 왔다갔다 하기 시작했다. 단정하게 장갑을 끼고 키가 큰 금발의 미남이었다. 두 사람은 왔다갔다 하며 서로들 수상쩍은 눈으로 흘긋 상대방의 모습을 살펴보았다. 뮈파는 두 개의 길목이 마주치는 모퉁이까지 걸어갔다. 그곳에는 거울이 있었다. 거울에 비치는 자신의 단정한 복장과 심각한 표정을 보았을 때, 그는 창피스러움과 동시에 불안을 느꼈다.

열 시가 울렸다. 갑자기 뮈파는 나나가 분장실에 있나 없나 조사하기는 간단하다고 생각했다. 그는 정면의 돌 층계를 세 단 올라가 노랗게 칠한 조그만 현관문을 통하여 고리만 걸어논 문으로 중간 마당엘 들어갔다. 이 좁다란 중간 마당은 우물 바닥처럼 질퍽했다. 지린내가 풍기는 변소며 분수며 요리용 가마솥, 그리고 수위 아주머니가 어수선히 늘어논 화분들이 있었다. 이 시간이면 그곳은 컴컴한 안개에 뒤덮여 있었다. 그러나 양편에 치솟은 벽과 창문들은 환히 빛나고 있었다. 아래층은 소도구 창고와 소방수 대기소이고, 왼편은 사무실, 오른쪽과 위층은 배우의 분장실이었다. 그것들이 이 우물 같은 중간 마당 둘레에 즐비한 모양은 마치 아궁이가 어둠을 향해서 열려 있는 듯했다. 뮈파는 곧바로 분장실 유리창을 올려다보았다. 불이 환했다. 가슴을 내리 쓰다듬으며 반가워서 언제까지나 2층을 올려다보고 있었다. 주위는 진창으로 퀴퀴한 냄새가 풍기고 있었다. 그야말로 파리의 고옥 뒤란다운 느낌이었다. 부서진 홈통에서 물이 새어 나왔다. 블롱 아주머니 집 창에서 비치는 가스등 불빛이 이끼 낀 포석의 한 끝과 하수의 오수로 녹은 담벽 밑과 헌 양동이랑 깨진 단지들이 뒹구는 쓰레기 더미를 노랗게 비쳐주고 있었다. 그 속에 파랗게 보이는 것은 냄비 속에서 가냘피 자란 참빗살나무 싹이었다. 창문 고리가 밀리는 소리가 났다. 뮈파는 펄쩍 뛰었다.

틀림없이 나나가 곧 내려올 것이다. 그는 신문 열람소 앞으로 돌아왔다. 등잔이 켜 있는 조는 듯한 어둠 속에 그 조그마한 노인이 아까부터 꼼짝 않고 시든 옆모습을 보이며 신문을 읽고 있었다. 이윽고 뮈파는 또다시 거닐기 시작했다. 이번엔 먼저보다도 멀리까지 넓은 길목을 가로질러 바리에테 길목에서 페이도 길목까지 갔다. 그곳은 인기척 하나 없이 쓸쓸하고 음산한 어둠으로 덮여 있었다. 되돌아서서 극장 앞을 지나쳐 생마르크 길목의 모퉁이를 돌아 몽마르트르 길목까지 걸어갔다. 어느 식품점에서 설탕 자르는 톱에 흥미를 느꼈다. 그러나 세 번째로 거닐다가 나나가 자기 뒤에서 뺑소니치는 것이 아닌가 하는 근심이 일어, 창피한 것도 체면도 잊고, 극장 앞의 예의 금발 신사와 나란히 섰다. 두 사람은 어쩌면 라이벌일지도 모르리라는 시기심을 지니면서도 같은 처지의 동정하는 시선을 주고받았다. 장치 담당들이 막간에 한 대 피우려고 나오며 두 사람을 밀쳤지만 두 사람 다 말 한 마디 못했다. 머리를 수세미처럼 하고, 지저분한 의복을 걸친 덩치 큰 여자 셋이 사과를 깨물어먹으며 속을 튀튀 거리고 입구에 나타나더니 두 사람의 남자에게 체신 없는 눈초리와 노골적인 언사를 퍼부었다. 그러나 그들은 고개를 못 들고 서 있었다. 그녀들은 장난을 치며 그들에게 부딪쳐대며 마치 더러운 흙탕물을 끼얹는 듯했다.

마침 그때 나나가 세 단의 돌 층계를 내려왔다. 그녀는 뮈파의 모습을 보자, 낯빛이 바뀌었다.

"어머, 당신이었군요" 하고 나나는 중얼거렸다.

뮈파를 놀리고 있던 조연 여배우들은 나나를 보고는 겁이 나서, 못된 짓의 현장을 아씨한테 들킨 하녀와 같이 얼어가지고 얌전히 한 줄로 늘어섰다. 키가 큰 금발의 신사는 안심을 했다는 표정과 함께 슬픈 얼굴을 하고 멀어져갔다.

"자아, 팔 좀 부축해 주서요!" 하고 짜증 어린 음성으로 나나가 말했다.

두 사람은 서서히 그 자리를 떠나기 시작했다. 백작은 여러 가지 질문을 준비해 두었지만, 아무 소리도 나오질 않았다. 오히려 나나 쪽이 종알거리며 변명을 시작했다. 여덟 시까지도 고모네 집에 있었다고 했다. 하지만 루이가 꽤 차도가 있어서 잠깐 극장에 와본 것이라고 했다.

"무슨 중대한 일이라도 있었던가?"

"예, 새로 할 연극 일로요" 하며 나나는 잠시 망설이다가 계속했다. "제 의견을 들어보고 싶다고 해서요."

거짓말이 뻔했다. 그러나 자기 팔을 꽉 감고 있는 나나의 팔의 체온 때문에 뮈파는 마음이 약해졌다. 그렇게 오래도록 기다린 노여움이나 원망을 털어놓을 생각은 이미 없어졌다. 소원은 단지 한 가지, 일단 붙잡은 이상에는 언제까지나 놓치지 않고 싶은 그것뿐이었다. 내일이면 나나가 분장실에 온 이유를 알아낼 수 있을 것이다. 한편 나나는 여전히 우물쭈물하고 있었다. 속으로 도망칠 궁리를 하고 있음이 뻔했다. 바리에테 길목의 모퉁이를 돌아 부채 가게 진열장 앞에 오자 그녀는 멈추어 서며 중얼거렸다.

"어머! 곱기도 해라! 저 새 깃이 달린 자개장식 부채 좀 보서요."

그러고는 다시 관심이 없는 말투로 얘기했다.

"집에까지 바래다주시겠어요?"

"물론이지" 하고 그는 여부가 있냐는 투로 대답했다. "아기가 차도가 있다고 하잖았나."

나나는 공연한 소리를 꾸며댔다고 후회했다. 그래서 루이가 다시 도졌는지도 모르겠다며 바티뇨르로 돌아가겠다고 했다. 그러나 그가 따라가겠다고 버티자 더 이상 고집을 부릴 수도 없었기 때문에, 나나는 순간 궁지에 몰리어 체념해 버린 여자처럼 분함을 이기지 못하여 낯빛까지 변했다. 그러나 단념하는 수밖에 없었다. 시간이나 끌어 보자. 자정 안에만 백작을 쫓아 보내면 만사 뜻대로 될 수 있다.

"참, 오늘 밤은 홀아비 신세군요. 마나님은 내일 아침에나 오신다고 했죠?"

"응" 하고 뮈파는 다소간 무뚝뚝했다. 나나가 백작 부인을 함부로 얘기하는 게 듣기에 거슬렸던 것이다.

그러나 나나는 그 얘기를 물고 늘어지며, 기차 시간을 묻기도 하고 역으로 마중을 가느냐고 물었다. 걸음은 점점 더뎌만 가고 가게에 흥미가 있다는 듯했다.

"저것 좀 보셔요! 참 묘한 팔찌죠?" 하며 보석상 앞에서 멈춰서버렸다.

나나는 파노라마 골목을 좋아했다. 가짜 보석이랑 금딱지를 입힌 생철 물건이랑 가죽처럼 보이게 만든 짝퉁들이랑 파리의 싸구려 사치품을 좋아하고 탐내던 어린 시절의 정열이 그대로 남아 있는 것이다. 그 거리를 지나가자면 해진 신을 끌고 다니던 어린 시절처럼 진열품 앞에서 떠날 수가 없었다. 초콜릿 가게의 사탕을 황홀하게 바라보다가 그 옆집에서 울리고 있는 풍금 소리에 귀를 기울였다. 특히 번쩍거리는 싸구려 장식품에 이끌렸다. 호두 껍데기에 든 화장품, 넝마주이의 광주리처럼 생긴 이쑤시개 통, 한란계가 달린 방돔 기념탑과 오벨리스크 등. 그러나 그날 밤엔 마음이 뒤숭숭하여 그것들이 도무지 대견스럽게 보이질 않았다. 자유롭지 못한 것이 마땅치 않았다. 마침내 이 울분 속에서 무엇이고 엉뚱한 짓을 해보고 싶은 생각이 들었다. 지체 있는 남자를 차지해 본들 무슨 소용이랴! 어린애 같은 기분으로 황태자와 스테이네르를 뜯어먹어 봤지만 그 돈이 다 어디로 갔는지? 오스망 대로의 집엔 세간조차 갖추어져 있지 못하다. 다만 붉은 비단을 둘러친 응접실만이 지나친 장식과 가구 때문에 어색한 느낌을 줄 뿐이었다. 그런데 이 즈음은 돈에 몰려 그전보다도 외상값 청구에 골머리를 앓고 있지 않은가. 아무래도 모를 일이었다. 평소에 절약의 표본 같은 여자로 자처하고 있지 않았던가. 1개월째, 저 스테이네르란 도둑놈은 천 프랑을 안 가져오면 내쫓겠다고 협박을 했는데도 그 돈 마련이 안 돼서 쩔쩔매는 형편이었다. 뮈파란 사람은 숙맥이니까 얼마나 주면 된다는 것도 모르고 있다. 그렇다고 그의 인색함을 탓할 수도 없다. 아, 하루에도 몇 차례씩 어리석은 짓은 말자고 다짐하니 말이지, 그렇지만 않았다면 이따위 치분치분한 존재들은 벌써 내팽개쳤을 것이다! 잘 생각해서 하라고 조에는 매일 아침 충고를 하고 나나 자신도 저 샤몽의 웅장한 광경을 종교적인 추억처럼 항시 생각하고 있었다. 그 광경은 생각해낼 때마다 부풀어 오르기만 했다. 그러기 때문에 속으로 분노를 느끼면서도 이렇게 뮈파 백작의 팔에 얌전하게 매달려서 차츰 드물어 가는 행인들 속을, 쇼윈도우에서 쇼윈도우로 옮아가고 있는 것이었다. 밖에는 포석도 마르고, 보도를 불어 치는 찬바람이 유리 지붕 밑의 훈기를 앗아 가며, 알록달록한 램프며 가스등이며 불꽃처럼 흰한 부채들을 흔들어대고 있었다. 레스토랑 입구에선 보이가 동그란 등피가 달린 램프를 끄고 있었다. 불빛만이 쓸쓸하게 비치고 있는 상점 안에서는 카운터의 여자들이 꼼짝도 하지 않고 눈을 뜬 채로 졸고 있는 듯했다.

"어머! 귀여워라!" 하며 나나는 마지막 진열장 앞을 한번 지나쳤다가 다시 되돌아서며 넋을 잃고 소리쳤다. 비스킷으로 만든 사냥개가 장미꽃에 덮인 개집을 향하여 한쪽 다리를 들고 있었다.

두 사람은 겨우 그 골목을 벗어났으나 나나는 마차에 타고 싶지 않다고 했다. 너무나 아름다운 밤이고, 그다지 급할 것도 없으니까 걸어서 가는 편이 좋다고 했다. 마침내 영국식 카페 앞까지 오자, 갑자기 굴이 먹고 싶다고 했다. 루이의 병 때문에 아침부터 아무것도 안 먹었다는 것이었다. 뮈파는 반대할 수도 없었다. 그러나 아직 나나와 함께 대중 앞에 나선 일이 없었기 때문에 독방을 청하고서 속히 복도를 지나쳤다. 그녀는 단골손님 티를 내며 천천히 따라갔다. 보이가 문을 열고 기다리고 있는 독방으로 들어가려고 하자, 옆의 홀에서 웃음소리와 고함 소리가 솟고, 한 남자가 튀어나왔다. 다그네였다.

"여어! 나나!"

백작은 재빨리 방으로 몸을 감추었으나 문이 반쯤 열려 있었다. 다그네는 둥글게 등을 보이고 도망치는 것을 벌써 알아차리고 눈짓을 하며 놀려댔다.

"제기랄! 잘하시는구나. 이번엔 튀일르리 궁에서 낚아 왔군그래!"

나나는 씽긋하며 손가락을 입에 대고 잠자코 있으라고 부탁했다. 상당히 취해 있다고는 알았지만 이런 곳에서 만난 것은 역시 반가웠다. 양반집 여자와 함께 있을 때는 만나도 모른 체하는 비겁한 남자지만 아직도 마음 한구석에 간직돼 있었다.

"그후 무얼 하고 있어요?" 하고 나나가 다정하게 물었다.

"마음을 잡았어. 사실은 결혼을 할 생각이야."

나나는 불쌍하다는 듯이 어깨를 들먹였다. 그러나 다그네는 여전히 장난조로, 지금 같은 생활로는 증권거래의 중계로 사소한 돈을 벌어서 여자들에게 꽃다발이나 사보내는 정도가 고작이라고 했다. 30만 프랑의 유산도 1년 반밖엔 지탱하지 못했다. 자기는 좀 더 착실한 사람이 되어 막대한 지참금이 있는 여자와 결혼하여 장래는 자기 아버지처럼 도지사가 될 작정이라고 했다. 나나는 곧이들리지 않는다는 표정으로 웃고 있다가 홀 쪽을 턱으로 가리키며 물었다.

"누구하고 같이 있어요?"

"응! 우리 한패들" 하고 그는 취한 탓이겠지만 방금 얘기한 계획은 어느새 잊어버리고 딴 소리를 했다. "실은 레아가 이집트 여행 얘기를 하고 있는데, 그게 걸작이라구! 그 목욕탕 얘기가 말야……."

그러고는 그 얘기를 시작했다. 나나는 좋아라고 그 자리를 뜨려고 하지 않았다. 나중엔 두 사람이 마주보고 복도 벽에 기대섰다. 얕은 천장 밑에 가스등이 불타고 있었다. 벽에 건 장막에 배인 어렴풋한 요리 냄새. 간간이 홀에서 떠드는 소리가 커질 때면 서로 얘기 소리가 안 들려 얼굴을 맞붙이다시피 했다. 접시를 한 아름씩 안은 보이가 복도에서 거치적거리는 두 사람을 연방 비키라고 했다. 그러나 두 사람은 얘기를 멈추지 않고 벽에 납작하니 등을 대고서 손님들이 떠들어대고 보이가 바쁘게 왕래하는 속에서 마치 자기 집 안방에나 있는 것처럼 천연덕스레 얘기에 묻혀 있었다.

"저것 좀 보라구" 하고 다그네가 중얼거리며 뮈파가 사라진 작은 방의 문을 가리켰다.

처다보니 바람에 흔들리듯 문이 바르르 떨리다가 소리도 없이 서서히 닫혔다. 두 사람은 얼굴을 마주보고 웃음을 참았다. 백작은 홀로 그곳에 갇혀서 볼 만하리라.

"그런데 참, 포슈리가 쓴 나에 대한 기사 읽어봤수?"

"응, '황금 파리'란 것이지. 당신이 언짢아할까봐 일부러 아무 말도 안 했댔어."

"언짢아한다고? 왜요? 상당히 길던데요. 그 기사." 〈피가로〉에 자기 얘기가 써 있는 것만이 만족스러웠다. 미용사 프랑시스가 그 신문을 가지고 와서 설명해 주지 않았던들 자기 얘긴지조차 몰랐을 것이다. 다그네는 나나의 표정을 곁눈질해 보며 비웃는 웃음을 띠었다. 본인이 좋아하고 있으니까 다른 사람들도 좋아하고 있으면 되는 것이다.

"실례하겠습니다!" 하고 보이가 소리쳤다. 두 손에 피라미드 모양 아이스크림을 가지고 두 사람 사이를 지나갔다.

나나는 뮈파가 기다리고 있는 작은 방으로 향했다.

"자, 그럼 또 만나, 그 오쟁이한테 가보라구."

그러자 나나는 다시 멈추어 섰다.

"어째가 그이가 오쟁이란 말예요?"

"제기랄, 오쟁이니까 오쟁이라는 것이지."

그녀는 굉장히 흥미진진하여 다시 또 벽에 기대서면서 다만 한마디 했다.

"그렇군요!"

"그걸 당신은 몰랐소? 그 사람 마누라는 포슈리를 끼고서 자고 있단 말야…… 지난 번에 시골에서부터 시작했단 말야…… 아까 이곳으로 오기 전에 포슈리하고 헤어졌는데, 오늘 밤에 그 녀석 집에서 밀회를 하는 모양이야. 아마도 여행을 간다느니 하고 구실을 만들었겠지."

나나는 어이가 없어서 한참 동안은 말도 못했다. 그러나 그녀는 마침내 무릎을 치며 말했다.

"그럴 줄 알았어요! 요전에 시골 신작로에서 언뜻 보았지만, 벌써 수상쩍다고 생각했다니까요…… 너무한데! 그런 양반집 부인이 남편을 속이다니. 그것도 상대가 건달패 같은 포슈리라니! 그 사람 보자마자 굉장한 짓을 가르쳐줄 거예요."

"오! 이것이 처음이 아니라구. 그 여자도 상대만 못지 않은 도통가라나" 하고 다그네는 짓궂게 소곤거렸다.

그러자 그녀는 분개했다.

"정말이지…… 모두들 훌륭하시군요! 어이 추잡해라!"

"실례합니다!" 하고 소리치며 술병을 든 보이가 두 사람 사이로 지나갔다.

다그네는 나나를 끌어당기더니 잠시 동안 그 손을 잡았다. 그는 수정같이 맑은 소리로 지껄였다. 그 하모니카 소리와 같은 음성은 언제나 여자에게 효과가 있었다.

"자, 또 만나자구…… 알겠지, 난 언제나 당신을 사랑하고 있단 말야."

그녀는 손을 뿌리쳤다. 그리고 살짝 웃으면서, 문이 흔들릴 정도의 요란스런 홀의 함성으로 지워질 듯한 작은 목소리로 말했다.

"저런 흉물, 그건 다 끝난 일인데…… 하지만 상관없어요. 며칠 안으로 한 번 놀러 와요. 우리 얘기나 하게요."

그러고서 다시 심각한 얼굴을 하고 분개한 여염집의 여자와 같은 음성으로 외쳤다.

"아! 그이가 오쟁이라니…… 에이, 지저분해라. 난 예전부터 오쟁이를 싫어한다구요."

마침내 그녀가 방으로 들어가 보니 뮈파는 체념한 것 같은 표정으로 좁다란 긴 의자에 앉아서, 얼굴도 창백하니 손을 떨고 있었다. 원망 같은 얘기는 아무도 없었다. 나나는 완전히 흥분하여 동정이라고 할까 경멸이라고 할까 그런 기분에 사로잡혀 있었다. 딱하게도 이 사람은 부인에게 배반당하고 있구나! 목에 매달려 위로해 주고 싶을 정도였다. 하지만 그렇게 되는 것이 당연하다. 이 사람은 여자를 다룰 줄 모르니까. 공부가 됐으리라. 그러나 결국 그녀는 가엾은 심정에 사로잡히고 말았다. 굴을 먹고 나서도 처음 생각과는 달리 그를 쫓아 버리진 않았다. 두 사람은 영국식 카페 안에선 15분밖에 머무르지 않고 함께 오스망 대로로 돌아갔다. 열한 시였다. 열두 시까지는 적당히 돌려보낼 수 있으리라.

만약을 위하여 나나는 현관 방의 조에한테 일러두었다.

"그 사람이 오나 조심해 줘요. 저 사람이 아직 가기 전에 오거든 소리나지 않게 해요."

"하지만 어디에 안내하죠?"

"부엌에 가둬놓으라고, 그것이 안전하니까."

침실에선 뮈파가 벌써 프록코트를 벗고 있었다. 난로에선 활활 불이 타고 있었다. 여전히 그 방이었다. 자향목 가구, 회색 바탕에 커다란 푸른 꽃을 수놓은 비단의 벽포와 의자. 나나는 지금까지 두 차례나 장식을 바꾸려고 한 적이 있었다. 처음은 전체를 검은 벨벳으로, 다음엔 장밋빛 띠를 두른 하얀 비단으로. 그러나 스테이네르의 동의를 얻어, 필요한 돈을 요구해서는 다른 일에 써버렸다. 근근히 난로 앞에 호피를 깔고, 크리스탈의 조그만 등을 천장에 매달아놓은 것이 고작이었다.

"전 졸리질 않으니까 자지 않겠어요" 하고 방에 들어오자 나나가 말했다.

뮈파는 이제 남들한테 들킬 염려가 없기 때문에 점잖게 동의했다. 그녀의 비위를 거슬리고 싶지 않았다. 단지 그것만을 원하고 있는 것이다.

"당신 좋을 대로 하구료" 하고 그는 중얼거렸다.

그러나 난로 곁에 앉기 전에 그는 다시 구두를 벗었다. 나나의 기쁨 중의 하나는 옷장 거울 앞에서 옷을 벗는 일이었다. 그 거울에는 전신이 다 비쳤다. 슈미즈까지도 미끄러뜨리고, 완전히 벌거벗은 후에 거울에 비치는 자기 모습을 한없이 바라봤다. 자기 육체에 정열을 느끼며, 비단처럼 매끈한 피부와 늘씬한 몸매에 황홀해져서 주의 깊게 진지한 표정으로 자기 자신에 대한 애정 속에 빠져드는 것이었다. 그런 모습을 곧잘 미용사에게 들키는 일이 있었지만, 그녀는 돌아다보지도 않았다. 그런 때 뮈파는 기분이 좋지 않았고 그와 같은 그의 태도에 그녀는 놀라고 있었다. 이이는 무엇을 골내고 있는 것일까. 누구를 위한 것도 아니고 나만의 기쁨을 위하여 하고 있는 것인데.

그날 밤은 좀 더 잘 보려고 벽에서 돌출한 촛대의 여섯 자루 초에 불을 켰다. 그러나 슈미즈를 미끄러뜨리려고 하다가 멈칫했다. 조금 전부터 물어보고 싶은 것이 있어 그 말이 입 끝까지 나오려고 했던 것이다.

"당신 〈피가로〉 기사 읽어보지 못하셨지요?…… 책상 위에 있어요."

다그네의 비웃는 듯한 웃음이 생각나서 좀 수상하다는 생각이 들었다. 만약에 포슈리란 녀석이 자기를 헐뜯었다면 복수를 해줄 심산이었다.

"내 얘기를 썼다던데요" 하고 나나는 무관심한 체하면서 물었다. "네, 당신은 어떻게 생각하셔요?"

나나는 슈미즈도 벗고, 뮈파가 기사를 읽는 동안 벌거벗고 있었다. 뮈파는 천천히 읽어 갔다. 포슈리가 쓴 기사에는 '황금 파리'라는 제목이 붙어 있고 한 창부의 얘기가 써 있었다. 4, 5대에 걸친 주정뱅이 집 딸로 태어나서, 대대로 내려오는 가난과 음주의 유전으로 더럽혀진 피가 그 딸에 이르러 성적 이상을 일으키게 되었다. 그녀는 파리의 뒷골목에서 자라났다. 거름을 잘 준 초목처럼 아름답게 자라난 훌륭한 육체의 소유자였다. 그녀는 자기의 조상인 거지와 부랑자들을 위하여 복수를 꾸몄다. 어느 사이에 하층계급에서 발효한 세균이 그녀와 함께 상층 사회에 도달하여 귀족계급을 좀먹었다. 그녀는 자기도 모르는 사이에 자연의 힘인 파괴의 효소가 되어, 그 백설 같은 넓적다리 사이에서 파리라는 도시를 썩어 문들어지게 하고 분해시킨다. 매달 여자들이 치즈를 만들기 위해 우유를 썩이는 것과 마찬가지로 파리를 부패시키고 있다. 그러고는 마지막으로 벌레 파리의 비유가 나왔다. 오물에서 나는 황금빛 파리, 그 파리는 거리에 방치해둔 썩은 고기로부터 죽음을 운반하며, 보석처럼 번쩍이고 윙윙 날아다니다가 궁전의 창으로부터 날아들어 잠시 앉기만 해도 남자를 해친다.

뮈파는 고개를 들고 우두커니 난로의 불을 보았다.

"어때요?" 하고 나나가 물었다.

그러나 그는 대답을 안 했다. 다시 한 번 기사를 읽어볼 듯한 기세였다. 머리에서 어깨에 걸쳐 소름이 쫙 끼쳤다. 이 기사는 멋대로 써버린 것이다. 비약된 구절, 엉뚱한 말, 난데없는 비유들이 마구 쓰여 있다. 그러나 인상은 강렬했다. 수개월째 생각지 말리라고 한 여러 가지 일이 갑자기 그의 의식 표면에 떠올랐다.

뮈파는 눈을 들었다. 나나는 여전히 자기 몸뚱이에 황홀해하고 있었다. 목을 구부리고 오른편 허리 위쪽에 있는 조그만 갈색의 점이 거울에 비쳐 보이는 것을 열심히 들여다보고 있었다. 손가락 끝으로 그 자리를 만져 보며 한층 더 몸을 구부려 그 부분을 내밀었다. 그런 곳에 점이 있는 것을 신기하게 생각함과 동시에 또 희한하다고 생각하는 모양이었다. 다음엔 어린애 같은 장난기에 사로잡혀, 흥미진진하게 몸의 다른 부분을 살펴보기 시작했다. 나나는 언제나 자기 몸을 보고는 놀라는 것이다. 그런 때의 그녀의 표정은 성숙해 가는 자기 육체를 깨닫고 놀라며 또 동시에 황홀 지경에 빠지는 소녀와 같았다. 지금 그녀는 서서히 두 팔을 벌리고 물씬한 베누스의 상반신을 그대로 드러냈다. 몸을 비틀어 앞과 뒤를 살펴보고 옆을 향하여 유방의 모양과 늘씬한 넓적다리의 토실토실한 것을 살펴보았다. 그러고는 이상한 유희에 몰두했다. 가랑이를 벌리고, 배를 흔들고 춤추는 이집트 무희와 같이, 허리 위로 몸을 씰룩이며 온몸을 계속 흔들어댔다.

뮈파는 물끄러미 바라보고 있는 사이에 무서운 생각이 들었다. 들고 있던 신문이 떨어졌다. 지금 그는 잠에서 깨어난 느낌으로 자신을 경멸하고 있었다. 그대로다. 3개월간, 이 여자는 내 생활을 부패시켰다. 나는 생각지 않은 오물로 인하여 속까지 곪아 버렸다. 이젠 내 안의 모든 것이 썩어 가고 있다. 그는 해독의 결과를 잠깐 생각해 보았다. 이 세균이 초래하는 붕괴의 양상이 눈앞에 떠올랐다. 병독에 침해된 자신, 파괴된 가정, 그리고 소리를 내며 무너지는 사회의 일각. 그러나 그는 나나를 외면할 수가 없었다. 뚫어지게 바라보며 어떻게든 하여 그

나체가 싫어졌으면 하고 소원했다.

　나나는 이제 움직이질 않았다. 한 팔을 머리 뒤로 젖혀서 손깍지를 끼고, 팔꿈치를 뻗어 몸을 젖히고 있었다. 살짝 감은 눈, 약간 벌린 입, 요염한 웃음을 지닌 얼굴을 그는 흘긋 보았다. 틀어 올린 금발이 풀어 헤쳐져 사자 갈기처럼 등을 뒤덮었다. 그녀는 몸을 비틀며 아랫배를 팽팽하게 내밀고 듬직한 허리와 탱탱한 젖가슴을 드러내고 있었다. 그 비단처럼 매끄러운 피부 밑에 감추어진 풍성한 근육. 어깨와 허리 근처에서 가볍게 굽이치며 팔꿈치로부터 발끝까지 흘러내린 아름다운 선. 뮈파는 그 부드러운 윤곽을 눈으로 더듬었다. 황금색 불빛을 받고 환히 빛나는 몸의 기복. 촛불 밑에 비단처럼 윤기를 뿜는 토실한 살. 그는 기왕에 여자에게 대하여 지니고 있던 혐오를, 즉 성경에 나오는 음란한 야수 냄새가 나는 괴물을 생각해냈다. 나나는 털이 많은 편으로 발그레한 솜털이 전신을 벨벳처럼 덮고 있었다. 암말 같은 엉덩판과 허벅지, 자극적인 그늘로 국부를 덮고 있는 불룩한 아랫배, 그곳에 파인 깊은 주름, 그런 것들 속에서 동물적인 것을 느꼈다. 그것은 분명한 황금의 동물이었다. 이 동물은 저도 모르는 무서운 힘을 가지고, 다만 그 냄새만으로도 세상을 해쳤다. 뮈파는 계속 쳐다보았다. 그녀에게 완전히 홀려서 이제 안 보리라고 눈을 감아도 어두운 눈망울 속에 그 동물은 더 크게 무서운 모습을 나타내며 더욱 더 과장되어 비치는 것이다. 이렇게 되면 벌써 영원히 그의 눈앞에서 그리고 육체 속에서 꺼지지 않으리라.

　그때 나나는 몸을 움츠렸다. 애정 같은 것이 그 팔다리를 휩쓸고 지나간 것 같았다. 눈망울을 적시며, 스스로의 육체를 좀 더 절실하게 느끼려고 하는 것처럼 몸을 움츠렸다. 두 손을 풀고, 몸을 쓰다듬어 유방까지 미끄러뜨려서는 떨리는 손으로 꽉 움켜쥐었다. 얼굴을 뒤로 젖히고, 전신의 애무에 황홀하며, 재롱을 피우듯이 볼을 좌우 어깨에 문질러댔다. 욕심스러운 입이 자신의 몸에 욕망의 허덕임을 퍼부었다. 입술을 내밀어 겨드랑이 근처에 한참 동안 키스를 하며 거울 속에서 똑같은 모양으로 키스하고 있는 또 하나의 나나에게 웃음을 던졌다.

뮈파는 슬그머니 깊은 한숨을 내쉬었다. 나나가 혼자서 쾌락을 누리고 있는 것을 바라보고 있는 사이에 더 이상 견딜 수가 없어진 것이다. 별안간에 질풍처럼 덤벼들어 앞뒤를 잊고 거친 충동에 휩쓸려, 나나를 힘껏 포옹하고는 융단 바닥에 쓰러뜨렸다.

"놓라구요, 아파요!" 하고 나나가 소리쳤다.

그는 자신의 패배를 느꼈다. 이 여자가 어리석고 불결하고 거짓말쟁이인 것은 다 아는 사실이었다. 하지만 설사 이 여자가 독을 가지고 있다 할지라도, 그녀가 탐나는 한 어쩔 수 없었다.

"아이 참, 이게 무슨 짓이란 말예요" 하고 백작이 그녀를 놓아주자 나나는 일어서며 분개해가지고 외쳤다.

그러나 이윽고 그녀의 기분도 가라앉았다. 이젠 그만 이 사람도 돌아가겠지. 레이스 달린 잠옷을 입고 나더니, 나나는 난로 앞에 가 털썩 주저앉았다. 그것이 그녀의 좋아하는 장소였다. 포슈리의 기사 얘기를 다시 하니 뮈파는 애매한 대답을 했다. 옥신각신하는 사태가 발생하는 것을 피하려 했고, 무엇보다도 나나 자신이 포슈리에게 어딘지 이끌린다고 했기 때문이었다. 그녀는 잠시 동안 말없이 뮈파를 몰아낼 생각을 했다. 가능하면 조용하게 치르고 싶었다. 그녀는 본래가 착한 여자인데다 남자를 괴롭히고 싶지 않았다. 이 남자를 오쟁이라고 간주하니 보다 더했다. 그렇게 생각하고 보니 나중엔 불쌍해졌다.

"그러니, 당신은 내일 아침까지 부인을 기다리셔야겠군요."

뮈파는 사지를 힘없이 늘어뜨리고 안락의자에 졸 듯이 축 늘어져 있었다. 고개를 끄덕이며 그렇다고 했다. 나나는 정색을 하고 그를 바라보며, 머리 속으로 궁리하는 것이었다. 레이스 달린 잠옷을 깔고 모로 앉아 맨발의 한쪽 발을 두 손으로 감싸 쥐고 기계적으로 이리저리 돌려 보았다.

"결혼하신 지 오래 되셨어요?"

"19년."

"그래요!⋯⋯ 그래 부인께선 상냥하신가요? 두 분의 금슬도 좋으신가요?"

그는 말이 없었다. 그러고는 어색하게 대답했다.

"그런 얘기는 말아달라고 하잖았나."

"어머! 어째서요?" 하고 순간 나나는 사납게 소리쳤다. "당신 부인 얘기 좀 하기로서니 내가 뜯어 먹을 것도 아니겠고⋯⋯ 여자란 다 마찬가지라구요⋯⋯."

그녀는 쓸데없는 소리를 해서는 안 되겠다고 생각하며 중간에서 입을 다물었다. 그러나 제법 으쓱 하고 버티는 꼴이었다. 아주 착한 여자인 체 우쭐대고 있었기 때문이었다. 그녀는 백작을 위로하려고 언뜻 재미있는 생각을 하고는 그 생각에 자신이 미소를 지었다.

"포슈리가 퍼뜨리고 다니는 당신 소문에 대해선 아직 얘기한 일 없었죠⋯⋯ 그놈은 구렁이 같은 녀석예요! 내가 그자를 뭐 원망해서 하는 소리는 아니란 말예요. 그 기사도 터무니없는 소리는 아니었으니까요. 하지만 역시 그 녀석은 구렁이라구요."

그러고 나서 다시 또 요란스레 웃더니 잡고 있던 발을 놓고는, 뮈파 곁으로 다가가서 그의 무릎에 가슴을 밀어댔다.

"말이죠, 그 사람은 당신이 부인과 결혼할 때까지 동정이었다고 그따위 소리를 퍼뜨리고 있어요…… 그때까지 동정이었다고요…… 예? 그것 정말이에요?"

그녀는 눈으로 대답을 촉구했다. 두 손을 상대방 어깨 위에 얹고, 억지로라도 실토시키려고 몸을 잡아 흔들었다.

"아마 그랬겠지" 하고 마침내 그는 점잖게 대답했다.

그러자 나나는 다시 그의 발치에 주저앉아 미친 듯이 웃었다. 그러곤 그를 가볍게 때리며 마구 더듬거렸다.

"어쩌면 걸작이셔라. 그런 사람은 당신뿐이에요. 당신은 좀 이상하다고요…… 당신은 정말 바보예요! 남자가 그걸 모르다니, 정말이지 어떻게 된 것이 아녜요? 당신 꼴이 구경거리였겠지요…… 그래 잘됐어요? 네, 얘기 좀 해봐요. 네, 부탁이에요. 얘기해줘요!"

그녀는 미주알고주알 캐물었다. 그러고는 때때로 갑자기 몸을 비틀며 웃어댔다. 슈미즈가 미끄러져서 휘말리고, 살이 볼에 익어 황금빛으로 물들었다. 백작은 하는 수 없이 띄엄띄엄 첫날밤 얘기를 시작했다. 이젠 어색한 감정도 줄었다. 그러는 사이에 마침내 '어떻게 해서 동정을 잃었느냐'는 것을 설명하는 것이 스스로도 재미있어졌다. 그러나 약간 부끄러워져서 말을 골라 가며 얘기를 계속했다. 나나는 신바람이 나서 백작 부인 얘기까지 물어보기 시작했다. 백작은 자기 처는 육체는 멋이 있지만, 얼음처럼 차디찬 여자라고 말했다.

"뭐, 질투할 만한 얘기도 못 된다구" 하며 그는 나나의 눈치를 살폈다.

나나는 이미 웃고 있지 않았다. 먼저 앉았던 자리로 돌아가서 등을 난로 쪽에 돌려대고 손깍지를 끼어 무릎을 안고 턱 밑으로 끌어당겼다. 그러고는 정색을 하고는 말했다.

"첫날밤에 부인 앞에서 우물쭈물하다니, 그러면 쓰겠어요?"

"왜?" 하고 뮈파는 놀란 표정을 했다.

"왜냐구요?" 그녀는 가장 아는 체하며 서서히 말했다.

그러고는 혼자서 끄덕거리며 강의를 시작했다. 그러나 분명하게 자기의 의견을 들려주었다.

"나는 말이죠, 그것이 어떻게 이루어지는가를 알고 싶어요…… 그런데 말예요, 여자란 건 그런 때 남자가 서투르면 싫어한단 말이에요. 그야 부끄러우니까 아무 소리도 않지만, 아시겠죠…… 하지만 언제까지나 그걸 생각하게 마련이죠. 그리고 조만간에 어디고 딴 곳에서 그때의 벌충을 한단 말예요…… 그런 것이라구요, 이 양반아."

그는 무슨 얘긴지 못 알아들은 것만 같았다. 그래서 더 자세히 일러 주었다. 어머니와 같은 기분으로 친구가 되어 교훈을 주는 것이었다. 그가 오쟁이라고 알고 난 다음부터, 그 비밀이 마음의 부담이 되어서, 그 문제를 가지고 백작과 얘기하고 싶어 좀이 쑤셨다.

"이걸 어쩐담! 나하고 관계도 없는 얘기를 지껄여대다니…… 이런 얘길 하는 것도 다 행복하게 살기 위해서라구요…… 우리 모두 얘기 하기로 해요. 정직하게 대답하세요, 네."

그녀는 잠깐 말을 멈추고 몸의 방향을 바꿨다. 자리가 델 것처럼 너무 뜨거웠기 때문이었다.

"상당히 더운데요. 등이 익었나봐요…… 기다리셔요, 이번엔 배를 좀 구워야겠어요…… 배가 아플 때는 이렇게 하면 낫는다구요."

그녀는 방향을 바꾸어 무릎을 꿇고서 가슴 쪽에 불을 쬐었다.

"나 좀 보셔요. 당신 이젠 부인하고는 함께 자지 않아요?"

"안 자, 내 맹세하지만, 정말이야" 하고 귀찮게 될까 두려워서 뮈파는 말했다.

"그럼 정말로 당신은 부인을 나무토막처럼 생각하고 계시는 군요."

그는 그렇다는 표시로 잠깐 턱을 끄덕였다.

"나를 사랑하시는 것은 그 때문인가요?…… 자, 대답하세요! 골내지 않을 테니."

그는 똑같은 짓을 했다.

"좋아요! 그렇지 않은가 하고 생각했어요. 불쌍하게시리…… 우리 고모 르라 아시죠? 이 다음에 그이가 오거든 그 집 건너편 에 살고 있는 과일장수 얘기좀 들어보세요…… 그 과일 장수 는 말이죠…… 아이구, 뜨거워!…… 이번엔 왼쪽을 구워야겠는 걸."

허리를 불 쪽으로 돌려대고, 갑자기 이상한 연상을 했다. 난 롯불이 반사하여 가름진 육체가 발그레했다. 그녀는 철없이 좋아하며 함부로 농담을 지껄였다.

"이것 좀 보세요. 나 거위 같죠…… 꼬챙이에 꿰어논 거위 말 예요…… 빙빙 돌면서, 지글지글 타고 있는 거예요."

그러면서 그녀는 다시 또 깔깔댔다. 그러자 그때 인기척과 덜 컹하는 문소리가 들렸다. 뮈파가 놀라서 무엇이냐는 눈짓을 했다. 나나도 근심스런 표정이었다. "분명히 조에의 고양이에 요. 처치 곤란예요. 무엇이고 마구 부수지 뭐예요." 열두 시 반 이다. 어쩌자고 이런 오쟁이를 행복하게 해주려고 했단 말인 가? 또 한 사람이 들이닥친 지금에야 이 사람을 속히 내쫓아 마 땅할 일 아닌가.

"뭐라고 했지?" 하고 뮈파는 나나가 상냥하게 구는 것이 좋아 서 물었다.

그러나 나나는 몰아내고 싶은 일념으로 갑자기 무뚝뚝하게 거침없이 쏘아붙였다.

"아, 그렇군요. 과일 장수 부부 얘기였군요…… 그래서 그 두 사람은 한 번도 살을 대지 않았다나요. 요만큼도 말예요!…… 그런데 부인은 그것을 굉장히 바랐단 말이죠. 아시겠어요. 남편은 얼간이라 눈치를 못 챘단 말예요. 그래서 부인을 나무토막 같은 여자로 알고 창녀집으로 다니며 별별 오입을 다 했다는 거죠. 부인은 부인대로 얼간이 남편보다도 약삭빠른 젊은 녀석을 상대로 재미를 보았다는 거예요…… 서로 기분이 꼭 맞지 않으면 언제나 이 꼴이죠. 난 다 안다구요."

그제서야 빗대는 말로 알아듣고 뮈파는 파랗게 질려가지고 상대방의 얘기를 막으려고 했다. 그러나 그녀는 내친 바람에 마구잡이로 지껄였다.

"놔두라구요!…… 만약에 남자들이 얼간이가 아니라면 부인에게 대해서도 우리들한테 하듯이 자상하게 해주는 것이라구요. 부인 역시 바보가 아닌 이상에야 서방님을 붙잡기 위해선 우리들만한 노력은 해야지요…… 만사는 다 자기 나름이라구요…… 세상 일이 이렇다는 것쯤 알아두시라구요."

"여염집 여자 얘긴 그만둬요. 알지도 못 하는 주제에" 하고 엄격하게 그가 말했다.

그 순간 나나는 무릎을 세우고 일어섰다.

"내가 모른다구요?…… 여염집 여자들이라고 더 깨끗한 줄 아세요! 천만의 말씀이죠. 깨끗하긴 다 틀렸다구요. 나만큼 자기 구실을 하는 여자가 있으면 보여주시라구요.…… 웃기지 말라구요. 여염집 여자라구요! 끝까지 지껄이게 하시지 말라구요. 나중에 후회할 얘기를 지껄이게 하시기 말라구요."

백작은 그 말에는 대답하지 않고 입속으로 무엇인가 욕설을 중얼거렸다. 이번엔 나나가 안색을 바꾸며, 잠시 동안 말없이 그를 노려보고 있다가 마침내 서슴없이 내뱉었다.

"만약에 부인이 당신을 배반하고 있다면 어떻게 하시겠어요?"

그는 협박하는 시늉을 했다.

"그럼, 내가 배반한다면?"

"오! 당신이야" 하고 그는 중얼거리며 어깨를 으쓱했다.

실상 나나는 짓궂은 심술로 그러는 것이 아니었다. 첫마디에 오쟁이 졌다는 사실을 면상에 쏴붙여주려다가 참고 있는 것이었다. 그러나 상대방의 태도가 기어이 화를 치솟게 하고 만 것이다. 이쯤 해두고 결말을 내야겠다.

"그렇다면 당신은 대체 여기서 무엇을 하고 계신 거예요…… 벌써 두 시간씩이나 사람에게 귀찮게 하면서…… 이젠 그만 당신 부인한테 돌아가 보시라구요. 포슈리하고 재미를 보고 있을 테니 말예요. 그래요. 지금은 한밤중이니까. 테부 거리와 프로방스 거리 모퉁이 집이에요…… 장소까지 일러드리죠."

뮈파는 일격을 당한 황소처럼 비틀비틀 일어섰다. 나나는 승리자처럼 바라보았다.

"여염집 여자까지 끼어들어 우리들의 남자를 가로채다니…… 정말 잘들 한다니까요. 여염집 여자라는 것들이!"

그러나 그 이상 계속할 수는 없었다. 억세게 마룻바닥에 내동댕이질을 당한 것이었다. 그는 말문을 막기 위해 발을 들어 얼굴을 짓이기려고 하고 있었다. 일순, 나나는 섬뜩했다. 지금 그는 아무것도 보이는 것이 없었고 미친 사람처럼 그저 방 안을 마구 돌아다니고 있는 것이다. 필사적으로 목소리를 억누르며, 고뇌로 전신을 부들부들 떨면서. 그 모습을 보고서 나나는 눈물겨워졌다. 갈기갈기 찢기는 후회에 사로잡혔다. 그래서 불 앞에 웅크리고 앉아 오른쪽 옆구리를 쬐며 위로해 주려고 했다.

"당신도 알고 계신 줄 알았어요. 그렇지 않다면 어쩌자고 그런 소리를 하겠어요…… 하지만 거짓말인지도 몰라요. 나로선 어느 편인지 판단 못 하겠어요. 다만 그런 소리를 들었을 뿐이고, 소문이 퍼져 있으니까요. 그런 것쯤 아무 증거도 안 되지 않겠어요…… 별로 신경쓰지 마셔요! 내가 남자라면, 여자 같은 것 거들떠보지도 않겠어요! 여자란 지체가 높건 낮건 간에 모두 다 마찬가지죠. 모두 다 비슷한 바람둥이라구요."

백작이 받은 충격을 덜어주려고, 나나는 일부러 저자세로 여자를 형편없이 내리쳤다. 그러나 뮈파는 듣고 있질 않았다. 귀에 들어오질 않았던 것이다. 속이 달아서 발을 구르며 구두를 신고 프록코트를 입었다. 그리고 얼마 동안을 다시 더 방 안을 걸어다니고 있다가 마지막 결심을 하고 비로소 문을 발견할 것처럼 휙 나가 버렸다. 나나는 부아가 났다.

"그럼 조심하시라구요!" 하고 상대방은 이미 없었지만 나나는 큰소리로 외쳤다. "그래도 남이 얘기를 할 때는 제법 예절을 차리더니!…… 그런데 나는 뭐야, 그렇게까지 덤비고! 내편에서 꺾여가지고 한없이 비위를 맞추어 주기만 했으니! 그러니까 오히려 우쭐한 꼴이지!"

그래도 얼마 동안은 성미가 가라앉질 않아서 손으로 다리를 긁고 하다가 겨우 심사가 풀렸다.

"흥, 제가 오쟁이라고 그게 내 탓인가 뭐!"

그러고는 전신을 불에 쬐고 메추라기처럼 포근하게 침대 속으로 기어들었다. 그리고 벨을 눌러서 조에를 불러 부엌에서 기다리고 있는 또 한 사람의 남자를 불러들였다.

밖으로 나오자, 뮈파는 사납게 걸었다. 또 다시 한 줄기 비가 왔는지, 질척한 포석이 미끄러웠다. 문득 하늘을 쳐다보니 검은 조각구름이 달을 가리며 흘러가고 있었다. 이런 시간엔 오스만 대로는 인기척도 별로 없었다. 건축중인 오페라 극장을 따라 컴컴한 데로 골라 걸으며 그는 계속 중얼거리고 있었다. 그 계집이 한 소리는 거짓말이다. 나를 괴롭히려고 그런 가당치도 않은 얘기를 만들어낸 것이다. 그때 얼굴을 짓이겨줄 것을. 하여간 부끄러운 일이다. 이젠 결코 그 여자를 만나지 않으리라. 손도 대지 않으리라. 다시 또 그런 짓을 한다면 그야말로 나는 용렬한 놈이 되는 것이다. 그렇게 결심하고 그는 겨우 큰 한숨을 내쉬었다. 쌍! 그 벌거벗은 괴물! 거위처럼 몸뚱이를 굽던 바보년이 내가 40년 동안 간직해 온 모든 것에 침을 뱉다니! 달이 나타나며 쓸쓸한 길 위에 하얀 빛을 내던지기 시작했다. 그리고 그는 갑자기 광막한 공허 속에 빠져 버린 것 같은 절망과 공포에 사로잡혔다. 그는 흑 하고 흐느껴 울었다.

"아! 이것으로 만사가 끝장이로구나. 남은 것이라곤 아무것도 없구나!" 하고 그는 중얼거렸다.

큰길에는 길 늦은 사람들이 종종걸음을 치고 있었다. 그는 어떻게든지 마음을 가라앉히려고 했다. 그러나 후끈거리는 머리 속에서 그 계집의 얘기가 되살아났다. 그래서 냉정하게 검토해 보려고 했다. 아내가 슈젤 부인의 별장으로부터 돌아오는 것은 내일 아침이다. 그렇다면 오늘 밤에 파리로 돌아와서 그놈에게서 하룻밤을 보내기란 간단한 일이다. 순간, 퐁데트에 있을 때의 일이 기억에 떠올랐다. 어느날 밤, 우연히 나무 그늘에서 사빈느를 만난 일이 있었는데 그녀는 너무나 흥분한 나머지 말도 못할 정도였다. 곁에는 그 녀석이 있었다. 그러니까 지금쯤 아내가 그 녀석한테 가 있다 해도 조금도 무리는 아니다. 그렇게 생각해 보니 그 얘기는 충분히 있음직한 얘기였다. 마침내는 아주 자연스러운 반드시 있어야 할 일과 같은 생각마저 들었다. 자기가 갈보집에서 셔츠바람으로 있을 때 아내도 애

276

인 집에서 옷을 벗고 있었다. 이만큼 단순하고 조리에 맞는 얘기도 없다. 이렇게 추리하면서도 그는 냉정하려고 노력했다. 그것은 육욕의 광란에 말려드는 것 같은 느낌이었다. 그것이 차츰 퍼져 가며 둘레의 모든 세계까지 침투되어 그것을 완전히 감싸 버렸다. 뜨거운 영상이 따라다니며 떨어지질 않았다. 벌거벗은 나나가, 갑자기 벌거벗은 아내로 바뀌었다. 똑같은 욕정의 숨결 아래 두 여자는 똑같이 음탕한 여자로 화했다. 이 환상에 그는 그만 비칠거리기 시작했다. 차도를 건너다가 하마터면 마차에 치일 뻔했다. 카페에서 나오는 여자들이 마구 팔꿈치로 쿡쿡 찌르면서 킬킬댔다. 그러자 다시 또 눈물이 복받쳐 올랐다. 우는 꼴을 남들에게 보이고 싶지 않아서 호젓한 어두운 길로 도망쳤다. 그러고는 그 괴괴하니 고요한 로시니 로의 추녀 밑을 걸어가며 그는 어린애처럼 울었다.

"이것으로 만사가 끝장이다. 이젠 아무것도 없다. 아무것도 없어!" 하고 그는 울면서 중얼거렸다.

너무나 울음이 복받쳐 오는 바람에 젖은 손으로 얼굴을 가리고 어떤 집 문간에 쓰러지듯 의지해 섰다. 그러나 발소리에 도망을 쳤다. 부끄럽고 또 두려웠다. 밤도둑처럼 사람의 눈을 피하여 걸었다. 보도에서 사람들과 엇갈릴 때면 일부러 태연한 체했다. 어깨가 들먹이면 남들이 곡절을 짐작하지나 않을까 염려한 것이다. 그랑즈바틀리에르 로를 지나 포브르 몽마르트 로로 나왔다. 그러자 휘황히 밝은 불빛에 질겁을 하고 돌아섰다. 이렇게 한 시간가량 컴컴한 장소를 골라 그 근방을 배회했다. 그러나 그러면서도 목적이 있었던 것이다. 마침내 어느 길 모퉁이까지 와서 눈을 들었다. 여기다. 테부 로와 프로방스 로가 교차되는 곳. 5분이면 올 수 있는 곳이련만 머리가 뻐개질 것처럼 아프고 산란하여 한 시간이나 걸렸다. 순간, 지난날 어느날 아침에 포슈리네를 찾아간 일이 생각났다. 튀일르리 궁에서 개최된 무도회의 기사 속에 자기의 이름을 써준 것에 대한 인사를 하러 갔던 것이다. 그의 방은 2층이었고 네모진 조그만 창들이 아래층 상점의 커다란 간판들 때문에 반쯤 가려져 있었다. 왼쪽 끝의 창만이 환히 어둠 속에 두드러져 있었다. 반쯤 연 커튼 사이로 불빛이 새어나오고 있었다. 그 불빛을 응시하며, 뮈파는 무엇인가를 기다리는 듯 그대로 서 있었다.

달은 사라져 버리고 먹물을 부은 것 같은 하늘에선 차디찬 안개비가 내렸다. 트리니테 성당에서 두 시를 알리는 종소리가 울려왔다. 프로방스 로와 테부 로는 점점이 가스등으로 밝혀진 채 뻗어있고 그 불빛이 먼 곳에선 노란 안개로 어려 있었다. 뮈파는 꼼짝을 안 했다. 저것이 그 방이다. 그는 생각해 냈다. 붉은 천을 둘러치고 안쪽에 루이 13세 시대의 침대가 놓여 있었다. 램프는 오른편 난로 위에 있을 것이다. 아마도 둘이 다 자고 있는가 보다. 그림자 하나 스치지 않고, 불빛 역시 야등처럼 움직이지 않았다. 그는 올려다보면서 계획을 세워보았다. 초인종을 누른다. 수위가 불러도 상관치 않고 위로 올라간다. 어깨로 문짝을 부수고, 끼고 누운 팔을 풀 겨를도 주지 말고 침대 속의 연놈들에게 덤벼든다. 순간 무기를 갖고 있지 않은 것을 깨닫고 멈칫하다가 목을 졸라 죽이기로 한다. 그리고 계획을 검토하고 숙고해 보면서 확증을 얻기 위하여 무엇이든 어떠한 기미가 나타나기를 기다렸다. 여자의 그림자라도 비치거든 초인종을 울리리라. 그러나 착각일지도 모른다. 그렇게 생각하니 선뜩해졌다. 그 남자가 무엇이라고 할까? 의심들이 자꾸만 뒤따랐다. 아내가 그 녀석한테 와 있다니 그따위 맹랑한 일이 있을 수 있단 말인가. 그러나 역시 그 자리를 뜨지 못했다. 한 곳을 응시하며 언제까지나 기다리고 있자니, 차츰 맥이 빠지고 이상한 환각까지 어른거렸다.

다시 또 소나기가 쏟아졌다. 순경 두 사람이 다가왔다. 뒤파는 웅크리고 있던 문간에서 떠났다. 순경이 프로방스 로로 사라지자 축축한 몸을 털면서 먼저 장소로 돌아왔다. 창에선 아직도 불빛이 새어 나왔다. 이번이야말로 떠나자. 그러자 바로 그때 한 그림자가 휙 지나갔다. 순간적인 일이라 착각인가 했다. 그러나 계속 그림자가 지나쳤다. 방 안을 요란하게 움직이고 있었다. 그는 다시 길 위에 못 박혀 버리고 말았다. 가슴에 불타는 듯한 견딜 수 없는 감각을 느끼며 무슨 일이 일어났나 하고 기다렸다. 팔과 다리의 그림자가 스쳤다. 물주전자 같은 것을 운반하고 있는 큼직한 손 그림자. 무엇 하나 확실치 않은 속에 여자의 틀어 올린 머리 모양을 확인해 보았다. 그는 이것저것 생각했다. 머리 모양이 사빈느를 방불케 했다. 다만 목이 좀 굵다. 이렇게 되고 보면 도무지 무엇인지도 모르겠고 아무 짓도 할 수 없었다. 무서운 의혹에 찢기며 가슴이 저려 왔다. 그래서 통증을 견디노라고 문간에 봄을 비비며 거지처럼 떨어댔다. 그래도 여전히 창에서 눈을 뗄 수가 없었다. 그러자 분노가 도덕적인 공상으로 바뀌었다. 자기가 국회의원이 되어 의회에서 연설하는 장면이 눈앞에 아른거렸다. 풍기문란을 통렬히 공격하며 가공할 결과를 경고한다. 그리고 포슈리의 독파리 기사를 다시 만들어서 우쭐대며 이렇게 단언한다. 이와 같은 동로마제국적인 풍속을 가지곤 이미 여하한 사회도 존립할 수 없습니다. 그것으로 얼마간 기분이 가라앉았다. 그러나 그림자는 이제 사라지고 보이지 않았다. 분명히 다시 또 침대에 들어갔을 것이다. 뒤파는 그래도 계속 창을 바라보며 또다시 기다렸다.

세 시가 울렸고 또다시 네 시가 울렸다. 그러나 떠날 수가 없었다. 비가 쏟아질 때면 바지에 물방울이 튀어서 문간 구석으로 들어섰다. 이젠 지나가는 사람도 없었다. 간간이 저절로 눈이 감겨졌다. 창으로부터 새어나오는 불빛을 어리석게도 끈덕지게 노려보고 있었기 때문에 그 불빛으로 눈이 타버린 것 같았다. 다시 또 두 차례 그림자가 스쳤다. 똑같은 동작으로 커다란 물주전자를 운반하고 있는 듯싶은 그림자. 그리고 두 차례다. 그 뒤는 고요하니 램프 불만이 조용히 비치고 있었다. 그림자는 전보다도 빈도가 늘었다. 그러나 한 생각이 떠오르자 마음이 가라앉고 행동으로 옮길 시간을 연장했다. 아내가 나오는 것을 기다리기만 하면 되는 것이다. 사빈느라면 문제 없이 알 수 있다. 그 이상 간단한 일도 없고, 스캔들도 없이 확증을 잡을 수도 있다. 여기 가만히 서 있으면 된다. 여태까지 가슴을 애태우던 얽힌 감정 중, 뚜렷하게 느낄 수 있는 것은 사실을 알고 싶은 간절한 소원뿐이었다. 그러나 이렇게 문간에 서 있자니, 지루하다 못해 졸음이 왔다. 그래서 기분전환으로 얼마나 더 기다려야 될까 계산해 보았다. 사빈느는 아홉 시경에 정거장으로 갈 것이다. 그렇다면 아직도 네 시간 반이나 남았다. 그 정도는 견딜 수 있다. 이젠 여기를 떠나지 않으리라. 그렇게 각오하니, 이 심야의 기다림이 영원히 계속되는 양하여 그것이 즐겁기까지 했다.

갑자기 창문의 불빛이 꺼졌다. 이 단순한 사실도 그에겐 생각지 않은 이변으로 비치고 마음을 산란케 하는 현상으로 비쳤다. 분명히 두 사람은 불을 끄고 이제부터 자려는 것이다. 이런 시간이니까 그것도 당연하다. 그러나 그는 부아가 치밀었다. 캄캄해진 창은 이미 흥미를 유발시키지 않는 까닭이다. 그래도 계속 15분가량 창을 바라보고 있었으나, 마침내 피로하여 문간을 떨어져 보도로 서너 걸음 걸어갔다. 다섯 시까지 그 근처를 왔다갔다 하며, 가끔 창을 올려다보았다. 창은 죽은 것만 같았다. 저 창에서 그림자가 춤을 춘 것은 꿈이 아니었을까 하는 의혹이 가슴속을 스쳤다. 무거운 피로에 찌들어 전신이 마비된 것처럼 되어 이 길모퉁이에서 무엇을 기다리고 있는 것인지 분간이 안 갔다. 길에 깔린 돌에 걸려 곤두박힐 뻔하다 깜짝 놀라 졸음에서 깨어나 여기가 어딘가 하고 둘러보았다. 속을 태울 것도 없다. 그들은 자고 있을 테니까, 자게 내버려둘 일이다. 그들 잎에 상관해 무엇하겠는가? 주위는 캄캄하고 아무도 알 리 없다. 그러자 가슴속의 모든 것이, 호기심까지도 없어져버리고, 다만 끝장을 보고 싶고 어딘가 쉴 수 있는 자리를 찾고 싶을 뿐이었다. 추위가 심해지고 더 이상 외기 속에 서 있을 수 없었다. 그는 두 차례 그 자리를 떠났다가 다시 발을 끌며 되돌아왔으나, 이번에는 전보다도 더 멀리 갔다. 끝장이다. 이젠 더 이상 아무것도 없다. 그는 큰 한길까지 내려가서 돌아오지 않았다.

이 거리 저 거리를 힘없이 헤매었다. 담을 끼고 언제까지나 똑같은 걸음걸이로 천천히 걸었다. 구두 소리가 울렸다. 가스등에 가까워질 때마다 그림자가 늘어났다 오므라졌다 하며 회전했다. 그것밖엔 보이지 않았다. 그것에 기계적으로 정신을 빼앗겨 마음이 가라앉았다. 후에 생각해 보아도 어디를 지나왔는지 도무지 알 수가 없었다. 어딘지 원형경기장 속을 여러 시간 빙빙 돌고 있었던 것만 같았다. 다만 한 가지 뚜렷하게 남는 것이 있었다. 어떻게 된 것인지 설명은 안 돼도 파노라마 골목의 철책을 움켜쥐고, 그 철책에 얼굴을 비벼대고 있었다. 철책을 흔들지도 않고, 가슴에 사무치는 벅찬 마음으로 다만 골목 안을 들여다보려고 했던 것이었다. 그러나 아무것도 보이지 않았다. 인기척 없는 길목에 연하여 어둠은 물결을 이루고 생 마르크 로에서 불어오는 바람이 지하실과 같이 축축한 기운을 얼굴로 밀어붙이고 지나갔다. 그러나 그는 그곳에 버티고 있었다. 그리고 꿈에서 깨어난 듯 그는 소스라쳤다. 이런 시간에 철책 자리가 얼굴에 남도록 힘껏 매달려, 도대체 나는 무엇을 구하고 있었단 말인가. 그는 절망에 잠겨 다시 또 걷기 시작했다. 가슴은 한없는 슬픔으로 가득 차고 마치 모든 것으로부터 배반당하고 어둠 속에 홀로 된 것만 같았다.

드디어 날이 밝았다. 겨울밤의 흐릿한 새벽빛이 파리의 진흙 투성이 포석 위에선 특히 쓸쓸했다. 뮈파는 오페라 극장 공사 현장을 따라 공사중인 넓은 길로 나왔다. 비에 젖고 짐차 바퀴에 헝클어져 점토질의 땅이 진흙 수렁으로 되었다. 그는 내디딜 자리도 살피지 않고 미끄러져 쓰러질 뻔하며 마구 걸어갔다. 파리 장안이 잠에서 깨어났다. 날이 밝으며 도로 청소부와 일찍 나가는 노동자 떼들이 다시 또 그를 불안하게 했다. 흠뻑 젖은 모자엔 흙 매대기가 된 양복으로, 어리둥절한 그의 모습을 사람들은 놀라움으로 바라보았다. 한참 동안 그는 공사장 울타리에 기대어 발판 사이로 몸을 숨겼다. 공허한 마음에 남는 단 한 가지 생각. 그것은 자기가 비참하다는 사실이었다.

문득 하느님 생각이 떠올랐다. 초인간적인 구원을 베풀어 주는 하느님의 구원이 갑작스럽게 떠올라 그를 놀라게 했다. 무엇인가 뜻하지 않은 일만 같았다. 그러자 브노의 모습이 떠올랐다. 기름진 작은 얼굴, 벌레 먹은 이. 브노 씨와는 서너 달 동안 만나지 않은 채 그를 슬프게 하고 있지만, 갑자기 찾아가 그의 품안에 안기며 울어본다면 분명히 반겨 하겠지. 전에는 모든 것을 하느님 자비에 의존하고 있었다. 생활을 괴롭히는 사소한 근심이나 사소한 장애에도 교회를 찾아가 무릎을 꿇고 전능하신 하느님 안에 스스로를 내던지고 기도했다. 그리고 그곳을 나올 때는 기도로 힘입어 다만 영원한 구원을 바라는 마음에서 이 세상 재물을 던져 버려도 좋다고 생각했던 것이다. 그런데 이 즈음에 와선 지옥이 무서워졌을 때만 발작적인 기도를 했다. 정신이 느슨해져 버렸다. 나나가 그의 의무를 잃어버리게 한 것이다. 그래서 하느님 생각을 한 데에 대하여 놀란 것이다. 자신의 약하기만 한 인간성이 우르르 무너지려는 이 무서운 위기에, 어째서 진작 하느님을 생각하지 못했단 말인가?

피로한 다리를 이끌고, 교회를 찾아다녔지만 생각나지 않았다. 이맘때, 거리를 걸은 일이 없었기 때문에 짐작이 안갔다. 마침내 쇼세 당탱 로의 모퉁이를 돌자, 트리니테 성당의 뾰족탑이 아침 안개에 어슴프레 보여왔다. 살풍경한 정원을 내려다보는 하얀 조각상은 마치 누렇게 된 공원의 나뭇잎 사이로 방치되어 추위로 떨고 있는 베누스인 양했다. 넓은 돌계단을 올라가노라고 지쳐서 그는 포치 밑에서 한숨을 돌렸다. 안으로 들어갔다. 추웠다. 난로는 간밤에 꺼진 채 높다란 천장에는 색유리로 새어든 엷은 안개가 서려 있었다. 측면 복도는 컴컴하니 인기척조차 없었다. 다만 컴컴한 안쪽에서 힘없는 구둣소리가 들릴 뿐이었다. 교회당지기가 선잠 깬 얼굴로 발을 끌며 걷고 있는 것 같았다. 그는 눈물이 북받칠 것 같아 방향도 분간치 못하고 흐트러져 있는 걸상에 부딪치며 마침내 성수반 곁의 조그만 예배소 난간을 향해 무릎을 꿇었다. 손을 맞잡고 기도할 말을 생각하며 단김에 온몸을 신에게 맡기려고 조바심쳤다. 그러나 기도를 중얼대는 것은 입뿐이었고 마음은 밖으로 도망쳐 나가 가혹한 필연의 채찍에 쫓기듯이 쉴 새 없이 거리를 방황했다. 그는 되풀이했다. '오 하느님, 구원을 주시옵소서! 오 하느님, 당신의 심판에 몸을 맡긴 이 가련한 인간을 버리지 마시옵소서! 오 하느님 이 몸은 당신을 열애하고 있습니다. 당신의 원수의 손으로 파멸케 버려 두시렵니까!' 아무 대답도 없었다. 어둠과 추위가 짓눌렀다. 먼 곳에선 여전히 구두 소리가 계속되어 기도를 방해했다. 텅 빈 교회 안에 들리는 것이라곤 이 짜증스런 구두 소리 뿐이었다. 첫 미사엔 약간 불을 때지만, 지금은 그 전이기 때문에 교회 안은 춥기만 하고 청소조차 돼있지 않았다. 그는 의자를 잡고 무릎을 두두득거리며 일어섰다. 하느님은 아직 이곳에 와계시지 않았다. 하물며 브노씨 품에 안겨 울어본들 무엇하랴? 그 사람 역시 별 수가 없을 것을.

그러고는 자기도 모르게 그는 나나의 집으로 발길을 돌렸다. 밖으로 나오자 미끄러지면서 눈물이 글썽하는 것을 느꼈다. 그러나 그것은 운명에 대한 분노의 눈물이 아니라 다만 허약에서 오는 눈물이었다. 너무나 비를 맞고, 추위에 시달려 말할 수 없이 지쳤을 뿐이다. 미로메닐 로의 침침한 자기 집으로 돌아갈 생각을 하니 몸서리가 났다. 나나의 집은 아직 문이 열려 있지 않았다. 그래서 수위가 나올 때까지 기다려야만 했다. 계단을 올라가며 벌써 입이 히죽이 벌어졌다. 다리를 뻗고 누워서 잘잘 수 있다고 생각만 해도 잠자리 안의 혼곤한 운기가 전신을 감싸는 것 같았다.

조에는 문을 여는 순간, 깜짝 놀라 소스라쳤다. 아씨는 심한 두통으로 한잠도 못 주무셨는데, 아직도 주무시지 못하고 계신가 보고 오겠다 하면서 조에는 나나의 방으로 살그머니 들어갔다. 뮈파는 응접실 소파에 털썩 주저앉았다. 그러나 거의 동시에 나나가 나타났다. 침대에서 뛰어내려 치마도 걸친둥 만둥 맨발이었다. 머리는 헝클어지고 속옷은 구겨지고 찢어진 것이 격심한 사랑의 하룻밤을 엿보여 주고 있었다.

"웬일이셔요! 또 오셨으니!" 하고 나나는 얼굴이 새빨개져서 소리쳤다.

그녀는 분통이 있는 대로 치밀어 직접 몰아내려고 달려온 것이었다. 그러나 초췌한 뮈파의 모습을 보자, 측은한 생각이 들었다.

"어머! 그 꼴이 뭐예요" 하며 나나는 얼마간 말을 부드럽게 했다. "대체 어떻게 된 거예요?…… 당신 밤새 망을 보고 있었군요. 그래서 그 꼴이죠."

그는 대답을 안 했다. 얻어맞은 짐승과 같았다. 이 사람은 결국 증거를 못 잡았구나. 나나는 안심을 시켜주려고 했다.

"내 착각이었어요. 부인은 바람을 피울 사람이 아녜요. 자, 집으로 돌아가서 주무셔요. 그러지 않음 안돼요."

그는 꼼짝을 안 했다.

"가세요, 가요. 여기 이렇게 계시면 싫단 말예요…… 설마하니 이런 시간에 여기서 쉬시겠다는 것은 아니겠죠?'

"그렇지, 우리 같이 자자구" 하고 그는 중얼거렸다.

나나는 주먹질이 나오는 것을 억제했다. 견딜 수가 없었다. 이 사람이 돌았나 싶었다.

"이보세요, 가시라구요" 하고 나나는 다시 되풀이했다.

"못 가겠다."

그러자, 그녀는 울컥하여 주워섬겼다.

"싫단 말예요!…… 아시겠죠, 난 이제 당신에겐 넌더리가 났단 말예요. 남의 사내를 보는 당신 마누라한테나 가시라구요…… 그렇구말구요. 남의 사내를 보고 있죠. 분명히 얘기하죠…… 치장 다 차렸어요? 꾸물거리지 좀 말라구요."

뮈파의 눈에는 눈물이 홍건했다. 그는 두 손을 모았다.

"나하고 잡시다."

그 순간, 나나는 울컥해서는 히스테릭하게 흐느끼며 쏟아놓았다. 업신여기지 말라구요! 아까 얘기도 나하고 무슨 관계예요, 내가 친절하게끔 사정 봐가며 일러준 것인데 날 보고 그 벌충을 하라니! 어이가 없어서! 아무리 사람이 좋기로서니 그따위 일이야 할 수 있을까!

"쌍! 못 당하겠대두!" 하며 나나는 주먹으로 세간을 때리며 욕설을 퍼부었다. "이래봬도 꾹 참고 얌전히 굴었단 말예요……하지만, 한마디만 하면 나도 큰 부자가 된다구요."

그는 놀라가지고 머리를 들었다. 돈에 대해선 아직껏 한 번도 생각한 일이 없었다. "만약에 네가 소원이라면 당장이라도 소원을 풀어주마. 내 재산은 전부 네 것이다."

"소용없어요, 늦었다구요" 하며 그녀는 분통이 터져 대꾸했다. "난 말이죠. 조르지 않아도 주는 남자가 좋다구요…… 싫다구요, 단 한 번에 백만 프랑을 준대도 싫단 말예요. 이제 끝났어요. 나는 다른 볼일이 있으니까요…… 가라구요, 안 그러면 무슨 짓을 할는지도 모르니까. 난 큰일을 저지르고 말 거예요."

나나는 협박하듯이 그에게 덤벼들었다. 나는 호인이다. 하지만, 더 이상 참을 수가 없다. 이따위 신사인 척하는 사람들보다는 내 편이 더 떳떳하고 강하다. 그러자 갑자기 문이 열리고 스테이네르가 들어왔다. 나나의 분노는 절정에 도달했다. 무서운 목소리로 외쳤다.

"어렵소! 또 다른 작자까지 왔군!"

스테이네르는 그 소리에 놀라서 주춤하고 서버렸다. 흘긋 바라다보니 생각지 않게 뮈파가 와있었다. 이건 어색하구나. 뮈파에게 미안한 생각이 들어 석 달 전부터 그를 피하고 있었기 때문이다. 백작을 외면하고 눈을 꿈뻑이며 우물우물했다. 그리고 붉은 얼굴을 찡그리며 한숨을 쉬었다. 그 모양은 모처럼 장안을 달려, 희소식을 전하려고 왔는데 수포로 돌아갔다는 표정이었다.

"무슨 볼일이죠, 당신은?" 하고 나나는 백작을 아주 무시해 버린 채 당신이라는 친숙한 말투로 퉁명스레 물었다.

"내가…… 내가……" 하고 스테이네르는 더듬어댔다.

"그것을 주려고 가져왔지."

"뭐요?"

그는 망설였다. 외상값을 치러야겠다고 하며 천 프랑을 가져오지 않으면 집안에 들이지 않겠다고 한 것이 그저께였다. 그후 이틀간, 그는 사방으로 다니다가 오늘 아침에야 겨우 그 돈을 마련해 온 것이다.

"천 프랑 말야" 하고 스테이네르는 겨우 말을 하며 주머니에서 봉투를 꺼냈다.

나나는 그 일을 잊고 있었다.

"천 프랑! 내가 구걸을 하는 줄 알아요?…… 이리 줘요. 당신의 천 프랑 같은 것은 이렇게 해줄 테니."

그녀는 봉투를 낚아채더니 그것을 그의 면상에 팽개쳤다. 그는 조심스러운 유태인답게 그것을 구부려 주우며 어처구니 없이 나나를 쳐다보았다. 뮈파는 스테이네르와 절망 어린 시선을 교환했다. 그리고 나나는 계속 허리춤에 두 손을 뻗히고 고래고래 소리쳤다.

"나를 업신여기는 것도 대충들 해두시라구요…… 당신까지 와 주어서 마침 잘 됐어요. 단번에 깨끗이 요절을 내고 말 테니…… 썩 나가지 못하겠어요."

두 사람은 마비된 사람처럼 선뜻 움직이지 못했다.

"당신들은 나를 바보로 알고 있죠? 그럴지도 모르죠. 하지만 나는 당신들이 지긋지긋하다구요! 홍, 멋이고 뭐고 다 싫어졌다구요. 굶어죽어도 내 재미죠."

두 사람은 그녀를 진정시키기 위하여 애원했다.

"하나, 둘, 안 나가겠단 말이죠?…… 좋아요. 그럼 보라구요, 먼저 손님이 있으니."

침실의 문이 활짝 열어젖혀졌다. 두 남자는 어수선한 침대 속에 있는 퐁탕의 모습을 발견했다. 퐁탕은 다리를 공중에 들고, 그런 꼴을 남들이 구경하려니 생각도 못한 채 펄럭이는 셔츠 밑으로 가무스레한 살을 나타내고 구겨진 레이스 속에서 양과 같이 버둥대고 있었다. 그러나 무대에서 단련된 솜씨로 갑작스러운 장면을 메웠다. 처음엔 놀라기도 했지만, 금방 익살스런 표정으로 그 자리를 모면했다. 입을 내밀고, 코를 찡그리고, 입에서 코언저리를 오물거리며 토끼 상을 해보였다. 그 추잡한 짐승 같은 얼굴에는 음탕한 땀이 흠뻑 번져 있었다. 창부가 희극배우의 볼품없는 찡그린 상에 열중하듯이 똑같은 마음에서, 나나는 그 퐁탕을 낚으려고 주일 전부터 바리에테 극장에 드나들고 있었던 것이다.

"어때요!" 하고 나나는 비극배우 같은 몸짓을 하며 퐁탕을 가리켰다.

모든 것을 참고 견뎌오던 뮈파도 이 모욕에는 참지 못했다.

"화냥년!" 하고 그는 중얼거렸다.

그러자 이미 방 안으로 가고 있던 나나가 되돌아오며 마지막으로 한마디를 내던졌다.

"무엇? 화냥년! 그럼 당신 여편네는?

그러고는 사라지며 문을 거칠게 닫고 빗장을 걸었다. 두 사람만 남자 남자들은 서로들 얼굴만 쳐다보았다. 조에가 들어왔다. 그러나 그들을 몰아내려고도 하지 않고 분별 있는 사람처럼, 아씨가 한 짓은 좀 지나쳤다고 냉정하게 말했다. 그래도 주인을 변호하며 어차피 저 엉터리 배우하곤 오래 가지 않을 테니까 열이 식을 때까지 기다리는 것이 좋다고 덧붙였다. 두 남자들은 물러갔다. 기어이 한 마디의 애기도 하지 않았다. 그러나 보도에 나오자 동지 같은 기분에 말없이 악수를 했다. 그러고는 돌아서서 발을 끌고 제각기 자기 방향으로 가버렸다.

뒤파가 미로메닐 로의 자기 집으로 돌아가니 마침 아내도 돌아온 길이었다. 침침한 벽으로부터 냉기가 내리는 넓은 계단에서 두 사람은 딱 마주쳤다. 눈을 들어 마주 봤다. 백작은 옷이 흙투성이가 된 채 방탕을 하고 돌아오는 사람처럼 창백하니 당황해하는 표정이었으며, 백작 부인은 밤차에 피로한 것처럼 빗질도 안한 머리에 눈두덩이 부석부석해서는 선 채로 졸고 있는 것 같았다.

8

Qnes Mondaines

　　몽마르트르에 있는 베롱 로의 조그만 건물 5층이었
다. 나나와 퐁탕은 몇몇 친구들을 초대하여 왕과자 뽑기(1월 6
일, 예수가 동방박사에게 나타났다는 공현제 날의 놀이. 공현제 식사—역주)를 하
기로 했다. 바로 3일 전에 이곳으로 이사를 온 두 사람에겐 그
것이 바로 이사 축하연이기도 했다.

　살림을 차리겠다는 작정도 없이, 당초의 격렬한 정열에 이끌
려 그들은 이렇게 된 것이었다. 백작과 은행가를 몰아낸 이튿
날로 나나는 당장 생활이 흔들리기 시작하는 것을 느꼈다. 그
녀는 단번에 상황을 짐작했다. 빚쟁이들이 한꺼번에 몰려들
것이 뻔했다. 그러고는 애정 문제에까지 참견을 하고 만일 서
투르게 굴면 가재를 경매한다고 할 것이 뻔했다. 그렇게 되면
불과 너댓 개밖에 안 되는 가구를 빼앗기 위해 한없이 다투고
옥신각신하게 될 것이다. 그럴 바에야 차라리 전부 다 내놓기
로 했다. 뿐만 아니라, 벌써부터 오스만 대로 집에는 싫증이 나
있던 참이었다. 번쩍거리는 커다란 방뿐이지 쓸모가 없었다.
퐁탕에게 홀딱 반한 나나는 조화공 시절의 꿈을 되살려, 밝고 깨끗한 방을 꿈꾸었다. 그 시절엔 거울 달린 자향목 의장과 파란 비단천을 깐 침대만 있으면 된다고 생각했다. 이틀 사이에 그녀는 자질구레한 장식품과 보석 등, 가지고 나올 수 있는 것은 모조리 팔아치워 거의 1만 프랑의 현금을 가지고, 수위한테는 말 한마디도 안 한 채 자취를 감춘 것이다. 잠적이라고나 할는지. 이렇게 해두면 치맛자락을 붙잡힐 염려도 없었다. 퐁탕은 상냥했고 안 된다는 것이 없이 무엇이건 그녀가 하자는 대로 놔두었다. 아니 그 이상으로 좋은 친구처럼 굴었다. 인색하다고 평이 난 그가 7천 프랑 가까운 돈을 나나의 만 프랑과 합치는 데 동의했다. 이만한 돈만 있으면 넉넉히 살림을 차릴 수 있으리라고 생각했다. 그래서 이 공동 자금에서 돈을 내어 베롱로에 두 칸을 얻고 가구를 사들인 다음 오랜 친구인 양 모든 것을 나누어가며 살기 시작한 것이었다. 처음에는 정말 아기자기했다.

공현제 날 밤, 제일 먼저 찾아온 것은 루이를 데리고 온 르라 아주머니였다. 퐁탕이 아직 돌아오지 않은 것을 알자 고모는 속에 지녔던 근심을 털어놓았다. 조카딸이 행운에 대해 외면하는 것을 보고 근심이 된 것이다.

"어머, 고모님도. 난 그이를 무척 사랑하는 걸요." 나나는 귀여운 표정을 지으며 두 손으로 가슴을 얼싸안았다.

그 말은 마담 르라를 대단히 감동시켰다. 눈물이 글썽하게 눈을 적셨다.

"그게 사실이냐" 하며 고모는 사랑이 무엇보다도 제일이라는 것을 확신한다는 투로 말했다.

그러고서 방이 아담하다고 칭찬했다. 나나의 안내로 침실, 식당, 부엌까지 둘러보았다. 넓진 않지만 페인트칠도 다시 했고, 도배도 새로 했고, 그리고 아주 햇볕이 잘 들었다.

루이가 부엌에 들어가 가정부 뒤에 서서 영계 굽는 것을 구경하고 있는 동안, 고모는 나나를 침실로 끌어들였다. 그리고 이것 저것 자기 의견을 얘기하며 조금 전에 자기 집으로 조에가 찾아와 하던 얘기를 했다. 조에는 주인 아씨를 위하여 희생적으로 뒤를 감당하고 용감하게 머물러 있는 것이다. 그 보수는 후에 아씨한테 받을 수 있으리라 생각하고 그녀는 걱정하지 않았다. 그리고 오스만 대로의 아파트 집을 걷어치우는 데 홀로 빚쟁이들의 성화를 받으며 교묘히 후퇴 작전을 펼치고 있었다. 건질 수 있는 것은 빼내고 아씨는 여행중이라고만 대답하며 일체 거처를 밝히지 않았다. 미행을 당할 것이 두려워서 주인을 만나 보러 가고 싶어도 참을 정도였다. 그러나 오늘 아침, 마담 르라네 집으로 달려온 것은 새로운 문제가 생겼기 때문이었다. 어제 가구상이니 석탄집이니 양장점이니 하는 빚쟁이들이 몰려와서, 만약에 아씨가 아파트 집으로 돌아와서 얌전하게 살림을 한다면 돈을 연기해줄 수도 있고, 또 많은 액수의 돈을 빌려주기도 하겠다는 얘기였다.

아주머니가 전하는 조에의 말로는 아무래도 배후에 돈 있는 신사가 있는 것 같았다.

"절대로 안 돼요!" 하고 나나는 골이 나서 소리쳤다. "정말 형편없네요. 그 장사치들!…… 외상값을 치르기 위해서 몸을 팔라는 것이죠!…… 퐁탕을 배반할 정도라면 굶어죽는 편이 좋아요."

"나도 그렇게 대답했다. 조카딸은 정이 여리다고."

그러나 미뇨트의 별장이 팔리고 그것을 라보르데트가 헐값으로 카롤린 에케에게 사주었다는 소리를 듣자, 나나는 굉장히 화를 냈다. 그것들 건방지게 놀지만 진짜 갈보지 뭐냐고 하며 사실 그녀들 전부보다도 자기가 훨씬 위라고 했다.

"그년들이 웃어도 좋아요. 돈으로 진짜 행복을 얻을 수는 없으니까…… 그리고 고모님, 난 그런 사람들을 벌써 잊고 있어요. 난 정말 행복한 걸요."

그러자 마담 말르와르가 그 괴상한 모자를 쓰고 나타났다. 서로들 재회의 기쁨을 표시했다. 마담 말르와르는 나나가 너무 출세를 했기 때문에 그만 어색하여져서 소식이 끊겨졌었다고 변명을 했다. 하지만 이제부턴 다시 또 종종 트럼프를 하러 오겠다고 덧붙였다. 다시 집안을 둘러보았다. 부엌에서 영계에 국물을 붓고 있는 가정부 앞에 오자, 나나는 절약의 필요성을 논하며 하녀를 두면 돈이 많이 들기 때문에 집안 일은 스스로 하고 싶다고 했다. 루이는 흥미있게 고기 굽는 도구들을 바라보고 있었다.

그때 떠들썩하는 소리가 들려왔다. 퐁탕이 보스크와 프룰리에르를 데리고 돌아온 것이다. 모두들 식탁에 앉고 수프가 나왔을 무렵인데 다시 또 나나가 집안을 구경시켰다.

"훌륭한데, 좋아!" 하고 보스크가 되풀이했다. 그러나 그것은 식사에 초대해준 친구에게 대한 치사에 불과했고, 그가 말하는 소위 '사랑의 보금자리' 따위는 실상 문제로 삼지 않았다.

침실에서도 또 찬사를 늘어놓았다. 평소에 그는 여자를 낙타처럼 대접하며 남자들이 그런 더러운 짐승과 동거한다는 것은 생각만 해도 부아가 난다고 했던 것이다. 다른 일에 대해선 술꾼답게 대수롭잖게 여기는 그도 이것만은 참을 수가 없었던 것이다.

"허! 이 사람들, 어느 틈에 이렇게 꾸며놨어…… 아닌게 아니라 이 편이 좋겠는데, 이건 재미있겠어. 앞으로도 종종 오겠네" 하고 보스크는 눈을 깜빡이며 말했다.

그러자 그곳에 빗자루를 가랑이 사이에 끼고 루이가 들어오는 바람에 프룰리에르가 짓궂은 웃음을 띠었다.

"여! 벌써 이런 애기가 생겼어?"

그것이 너무나 우스웠기 때문에, 르라와 말르와르는 몸을 틀면서 웃었다. 나나는 화를 내기는커녕 상냥하게 웃으며 유감스럽게도 그렇지 못하다고 말했다. 만약에 사실이라면 이 애를 위해서나 나 자신을 위해 좋겠지만, 어차피 또 낳을 것이라고 했다. 퐁탕은 어디까지나 아버지답게 루이를 안고서 얼러주었다.

"그런 것 상관없어. 아빠가 좋지…… 날 보구 빠빠라고 해라, 응, 아가야."

"빠빠…… 빠빠……" 하고 어린애는 웅얼댔다.

모두들 어린애를 쓰다듬어 주었다. 보스크가 지루해하며, 속히 식사를 하자고 재촉했다. 중요한 건 그것뿐이었다. 나나가 루이를 자기 곁에 앉히겠다고 했다. 식사는 상당히 즐거웠다. 그러나 보스크는 어린애가 곁에 있었기 때문에 편안치 못했다. 접시에 조심해야 했다. 그리고 마담 르라가 귀찮았다. 그녀는 흥분해서는, 수수께끼 같은 얘기와, 아직도 자기 뒤를 쫓아다닌다는 훌륭한 신사들 얘기를 속삭였다. 보스크는 두 차례나 무릎을 옴츠려야만 했다. 그녀가 눈물이 글썽해가지고 다가앉았기 때문이었다. 프룰리에르는 마담 말르와르 따위는 본체도 않고 한 번도 요리를 집어주지 않았다. 그는 완전히 나나에게 넋을 잃었고, 속으로 그녀가 퐁탕과 함께하게 된 것이 분하다는 눈치였다. 게다가 그들 두 사람이 키스만 계속하는 바람에 다른 사람들도 나중엔 눈살이 찌푸려졌다. 격식을 어기고 두 사람은 나란히 앉았던 것이다.

"제기랄, 먹기나 하게나. 키스는 나중에 천천히 하고" 하며 보스크는 입속에 잔뜩 문 채 되풀이했다. "기다리게나, 우리들이

가고 나거든 하란 말야."

그러나 나나는 가만히 있을 수 없었다. 사랑에 눈이 멀어, 숫처녀처럼 얼굴을 붉히고, 애정에 눈을 적시며 연방 웃어댔다. 퐁탕에게서 잠시도 눈을 떼지 않고, 나의 개, 나의 늑대,나의 고양이, 하며 갖은 애칭을 다 퍼부었다. 퐁탕이 물이나 소금을 집어줄 때마다 그녀는 몸을 굽혀 눈, 코, 귀에 마구 키스했다. 사람들이 힐책을 하면, 그녀는 매맞은 고양이처럼 눈치를 보며 교묘하게 다가앉아 슬그머니 그의 손을 잡고 입을 맞추었다. 아무튼 어디고 그의 몸에 닿지 않고는 못 배겼다. 퐁탕은 등을 구부리고 아주 너그러운 태도로 나나의 마음대로 하게 놔두고 있었다. 그러나 그의 코는 관능의 기쁨으로 실룩거렸고 염소 같은 얼굴이, 아니 익살스런 도깨비처럼 추악한 상판이 이 하얗고 통통한 멋있는 여자의 노골적인 애정에 잠겨 버려 늘어져 있었다. 그래서 사뭇 기뻐하면서도 점잔만은 잃지 않으려는 듯이 간간이 키스를 되주었다.

"정말 못 봐주겠는걸!" 하고 프룰리에르가 소리쳤다. "자네 거기 좀 비키게!"

그는 퐁탕을 자리에서 몰아내고, 식기들을 바꾸어 자기가 나나 곁으로 앉았다. 모두들 손뼉을 치며 환호성을 퍼부었다. 퐁탕은 베누스 때문에 눈물짓는 불카누스 시늉을 하며 익살스럽게 절망의 표정을 꾸몄다. 프룰리에르는 당장에 나나의 환심을 사려고 했다. 그러나 테이블 밑에서 발을 더듬자 호되게 걸어차이는 바람에 그는 얌전해지고 말았다. 싫다, 어림없지, 이따위 남자하고 누가 자줄 줄 알고. 지난 날엔 잠깐 번듯한 외양에 반할 뻔한 적도 있었지만, 지금에 와선 싫다. 만약에 다시 또 냅킨을 줍는 체하고 꼬집기라도 하면 컵으로 면상을 후려칠 테니 보아라.

식사는 무사히 진행되어갔다. 얘기는 자연 바리에테 극장으로 갔다. 저 보르드나브란 깡패 녀석은 언제나 뻗을 건지? 최근엔 그 신경질이 또 도져서 닥치는 대로 지랄이니까 당할 수가 없다. 어제도 연습을 하며 시몬에게 계속 욕설이더라. 그런 녀석은 죽어도 울어줄 배우 하나 없을 것이다. 무슨 역이고 맡아달라고 부탁을 오면 쐈주어야지 하고 나나는 말했다. 그리고 이젠 무대엔 안 나가겠노라고 하며 가정이 더 중하다고 했다. 퐁탕도 자기는 새 작품이나 또는 현재 자유로운 몸이고, 매일 밤 난로 앞에 발을 뻗고 사랑하는 여자와 지내는 것만큼 행복한 일은 없다고 중얼거렸다. 그러자 다른 사람들이 부러운 체하면서 자네들은 좋겠다고 했다.

왕과자 뽑기가 시작됐다. 콩이 든 과자를 마담 르라가 뽑았다. 그녀는 그것을 보스크의 컵에 넣었다. 모두들 고함을 쳤다. "임금님 건배! 임금님 건배!(공현제 날 과자 속에 콩이나 또는 도자기의 인형을 넣어 그 부분을 집은 사람이 좌중의 임금님이 된다—역주) 모두들 떠들어대는 통에 나나가 퐁탕의 목덜미에 매달리며 키스를 하고 귀에다 무엇인지 소곤거렸다. 그러자 프뤼리에르는 멋지니 얼굴에 쓴웃음을 담고 그런 짓은 반칙이라고 소리쳤다. 루이는 나란히 놓은 두 개의 의자 위에서 자고 있었다. 겨우 한 시경에야 그들의 모임은 끝이 났다. 계단 아래 위로 인사하는 소리가 울렸다.

3주일간에 걸친 두 사람의 애정 생활은 말할 수 없이 즐거웠다. 나나는 처음으로 비단옷을 입고 가슴을 두근거리던 데뷔 당시의 기쁨을 다시 찾은 것 같았다. 여간해서 외출도 안 하고 고독하고 소박한 생활을 즐겼다. 어느날 아침 일찍이 로슈푸코 시장으로 생선을 사러 갔다가 그전에 자기의 머리를 만져주던 미용사 프랑시스와 마주쳐 질겁을 했다. 그는 여전히 깔끔한 옷차림으로 고급 셔츠에 빈틈없는 프록코트를 입고 있었다. 거기에 비하면 자기는 허드레옷에 머리손질도 안 하고, 헌 신을 끌며 거리를 걷고 있었다. 그런 꼴을 그에게 들킨 것이 부끄러웠다. 그러나 그는 솜씨 있게 오히려 더 공손했다. 그리고 버릇없는 질문도 안 하고 아씨께선 여행중이신 줄 알았습니다, 하는 표정이었다. "정말 아씨께서 여행을 하시는 바람에 불행한 사람이 많이 생겼습니다! 누구에게나 큰 손실이었으니까요." 그러는 사이에 나나는 호기심에서 처음의 난처하던 기분도 잊고 이것 저것 질문하기 시작했다. 인파에 밀려 그를 어느 집 문간까지 밀고 가서 조그만 바구니를 든 채 마주 섰다.

"나의 잠적을 무엇이라고들 하지요?" "말씀도 마십시오! 내가 출입하는 댁 부인들은 이러쿵 저러쿵, 하여간 대단한 소문이죠, 정말 성공입니다." "그런데 스테이네르는?" "스테이네르 씨는 몰락했습죠. 무엇이고 새로운 일을 발견하기 전엔 꼼짝을 못할 겁니다." "다그네는?" "아, 그분은 순조롭습니다. 품행도 좋아졌구요." 나나는 각가지 추억에 흥분되어 좀 더 물어보려고 입을 벌렸지만 뮈파의 이름을 입에 올리기는 약간 거북했다. 그러자 프랑시스는 상냥하게 웃으며 자진하여 얘기를 했다. "그런데 백작님 말씀예요, 참 딱해요. 아씨가 떠나시고부터 굉장히 괴로워하셨습니다. 마치 허깨비 같은 모양을 하고 아씨가 계실 법한 곳을 샅샅이 찾고 다니셨죠. 그러다가 미뇽 씨가 그분을 만나서 자기 집으로 모시고 갔습니다." 이 소식은 나나를 크게 웃겼다. 그러나 그것은 억지웃음이었다.

"어머 그럼 그이는 지금 로즈하고 같이 있군요. 하지만 그 사람이 아무러면 대수야!…… 내가 몰아낸 사람을 자기 집에 끌어들이다니 정말 악취민데!"

"하지만 미뇽 씨는 그렇게 말씀하시지 않던데요. 백작 쪽에서 당신을 몰아냈다고…… 그래, 그것도 아주 해괴망측한 방법으로 꽁무니를 걷어찼다던가."

나나는 금방 새파래졌다.

"뭐, 뭐라고? 제가 내 꽁무니를 걷어찼다고?…… 잘한다! 그 오쟁이를 계단에서 걷어찬 것은 바로 나라구요. 그치가 오쟁이라는 사실을 알고 있죠? 그 백작 부인이란 것은 아무하고나 끼고 잔다니까요. 포슈리 같은 깡패 나부랑이하고도 다 잔다니까…… 그리고 그 미뇽이란 놈은 누구 하나 원하지 않는 말라깽이 못생긴 계집을 위해 거리를 돌아다니며 사내를 찾고 있으면서…… 더러운 것들 같으니! 참 더러워서!"

나나는 목이 메여서 한숨을 돌렸다.

"그치들이 그런 소릴 했댔죠…… 좋아요! 프랑시스, 만나러 갈 테니…… 지금 당장 같이 갑시다요…… 가구 말구요. 그래도 내 꽁무니를 걷어찼다는 거짓말을 할 수 있나 두고 봐야지…… 발길질을 해! 이래뵈두 아직 그런 꼴을 당한 일은 없다구요. 앞으로라도 누구한테도 손찌검을 시킬 것 같아요. 그런 놈이 있으면 물어뜯어줄 테니까."

그러나 나나는 진정되었다. '흥, 지껄일대로 지껄이라지. 난 그따위들쯤 구두에 묻은 흙만큼도 알고 있지 않으니까. 그따위들을 상대하다간 이 쪽이 더러워지니까. 나는 조금도 거리낄 것이 없으니까.' 나나가 가정용 허드레옷을 입고 울분을 터뜨리고 있는 것을 보고, 프랑시스는 스스럼이 없어지고 헤어질 무렵에는 여러 가지 충고까지 주었다. 일시적인 사랑을 위하여 모든 것을 희생하는 것은 잘못이다. 그런 짓만 하고 있다간 생활을 망친다. 그는 이처럼 아름다운 여자가 자신을 값싸게 처리하는 것을 보고만 있을 수는 없다는 것이었다. 나나는 고개를 숙이고 듣고만 있었다.

"그야 내 일은 내가 알아서 할 테니까요. 하지만 고마워요."

마침내 그렇게 말하고 나나는 프랑시스의 손을 잡았다. 옷맵시는 단정했지만 손은 여전히 기름져 있었다. 그리고 그녀는 생선을 사러갔다. 온종일 꽁무니를 발로 걷어차였다는 말이 머리에서 사라지지 않았다. 퐁탕에게도 그 얘기를 하면서 나는 남에게 조그만 손찌검만 당해도 견디지 못하는 깐깐한 여자라고 새삼스레 자세를 부렸다. 퐁탕은 아주 멸시하는 태도로 훌륭한 신사인 척하는 놈들치고 모두 천박하고 경멸할 놈들이라고 했다. 그 후로 나나는 정말로 그들을 무시하게 되었다.

바로 그날 밤, 두 사람은 퐁탕이 아는 여자가 조그만 역으로 데뷔하는 것을 보기 위해 부프 극장엘 갔었다. 몽마르트르의 언덕을 걸어서 돌아온 것은 한 시나 되어서였다. 쇼세 당탱 거리에서 모카 과자를 사가지고 와서 침대 속에 들어가 먹었다. 음산한데다 불을 피울 정도가 안 되었기 때문이었다. 모포를 배에 걸치고 베개를 등에 대고서 나란히 침대에 앉아 과자를 먹으면서 데뷔한 여자 얘기를 했다. 나나는 그 여자는 못생겼고 촌스럽다고 했다. 퐁탕은 침대 앞쪽에 있었기 때문에 나이트 테이블 위의 초와 성냥 사이에 논 과자를 집어 주었다. 그러다가 결국 싸움이 벌어졌다.

"그게 뭐야. 꼭 눈은 송곳으로 찔러논 것 같고, 머리는 삼베실 뭉치 같고 말야."

"닥치라구!" 하며 퐁탕이 말했다. "머리카락도 멋있고 눈도 반짝이더라…… 여자끼리는 어째서 그렇게 언제나 헐뜯는가 말야."

그는 화가 치미는 것 같더니, 마침내 거친 목소리로 소리쳤다.

"이봐, 그쯤 하라구! 난 시끄럽게 구는 것이 질색이니까……

잠이나 자자구. 이러다간 싸움 나겠다.”

그러면서 퐁탕은 촛불을 껐다. 그러나 나나는 부아가 치밀어 가지고 계속했다. 자기는 늘 위함을 받기만 했는데 그런 투로 말하는 게 어디 있느냐고. 그러나 더 이상 대꾸가 없자 말을 끊었다. 그러나 그녀는 잠을 이루지 못하고 이리저리 엎치락뒤치락만 했다.

“제기랄! 그만 좀 꿈지럭거릴 수 없냐?” 하고 퐁탕이 벌떡 일어나며 소리쳤다.

“그렇지만 과자 부스러기가 있는 걸 어떡하란 말야” 하고 나나도 새침하니 대답했다.

사실 과자 부스러기가 있어서 넓적다리 밑까지 까칠까칠하고 근질거려 못 견딜 정도였다. 부스러기 하나만 있어도 살이 근질거려 피가 나도록 긁는 성미였다. 도대체 침대에서 과자 따위를 먹고 난 후라면 이부자리를 털어야 되지 않아? 퐁탕은 울컥해가지고 초에 불을 켰다. 두 사람은 일어나서 맨발로 속옷을 입은 채 이불을 들치고 홑이불 위의 과자 부스러기를 손으로 털어냈다. 퐁탕은 추위로 떨면서 다시 잠자리로 쑤시고 들어갔다. 나나가 발을 잘 닦으라고 주의했지만 들은 체도 안 했다. 하는 수 없이 그녀도 자리로 들어갔다. 그러나 몸을 뻗는 순간 펄쩍 뛰어내렸다. 또 있다.

“그러기에 뭐라고 해요. 발바닥에 묻어 왔단 말예요…… 이래가지고야 어디 자겠수! 어디 자겠냔 말예요!”

나나는 침대에서 내려서기 위해 퐁탕을 넘어가려 했다. 퐁탕은 졸립기는 한데다 귀찮게 구는 것이 참을 수 없어 뺨을 한 대 후려갈겼다. 너무나 호되게 때리는 바람에 나나는 머리를 베개에 틀어박고 먼저 모양대로 쓰러져 버렸다. 그리고 한참 동안은 멍해져 버렸다.

"오!" 다만 그렇게 말하고는 어린애처럼 큰 한숨을 지었다.

퐁탕은 움직이면 또 한 대 더 때리겠다고 위협을 하고는 금방 불을 끄고서 드러눕기가 무섭게 코를 골기 시작했다. 나나는 얼굴을 베개에 묻고 흐느껴 울었다. 폭력을 쓰다니 비겁하다. 하지만 퐁탕의 익살스런 얼굴이 험악한 표정으로 바뀌었을 때는 무서웠다. 이윽고 분노가 사라졌다. 마치 뺨을 얻어맞아서 마음이 가라앉은 듯했다. 나나는 그를 존중하여 침대 가 벽 옆으로 착 들러붙어 그에게 자리를 넓게 해주었다. 그러다가 볼을 벌겋게 한 채 눈물이 글썽하니 잠들어 버렸다. 기분 좋은 피로를 느끼며 아무래도 좋다고 생각하니 과자 부스러기도 문제가 아니었다. 아침에 눈을 뜨자 그녀는 알몸의 팔로 퐁탕을 끌어안았다. "이봐요. 다신 그런 짓 말아요. 응, 절대로?" 나나는 그를 너무나 사랑했다. 이 사람한테라면 매를 맞아도 좋다고 생각했다.

그로부터 생활이 일변했다. "예" 하거나 "아니요" 하거나 퐁탕은 손찌검이었다. 나나도 습관이 되어 예사가 되고 말았다. 때로는 비명도 지르고, 덤벼들기도 했지만, 벽에도 몰아넣고 목을 졸라죽인다고 하면 얌전해졌다. 대강은 의자에 쓰러져서 5분쯤 울었다. 그러고는 잊어버리고 쾌활하게 노래도 하고 웃기도 하며, 치마를 펄럭이고 집안을 돌아다녔다. 그런데 곤란한 일은 이즈음 퐁탕이 온종일 집을 비우고 한밤중이 지나야만 돌아왔다. 사방의 카페로 다니며 친구를 만나는 것이었다. 마음속의 불안을 웃음으로 감추고 나나는 모든 것을 너그럽게 눈 감아주었다. 잔소리라도 하면 다시 돌아오지 않을 것만 같아 그것이 근심이었다. 그러나 마담 말르와르도 안 오고, 고모도 루이를 데리고 오지 않는 날이면, 나나는 지루해 죽을 지경이었다. 어느 일요일, 로슈푸코 시장에서 비둘기 값을 깎고 있다가 사탕이 한 다발의 홍당무를 사고 있는 것을 보았다. 그때의 나나의 기쁨은 이루 말할 수 없었다. 황태자가 분장실에서 퐁탕의 샴펜을 마시던 그날 밤 이후 두 사람은 만나지 못하고 있었다.

"어머, 너로구나! 너 이 동네에 있니?" 하고 사탕이 말했다. 나나가 이런 시간에 슬리퍼를 끌고 밖에 나와 있는 것을 보고 놀란 모양이었다. "어머, 가엾어라. 궁한 모양이로구나!"

나나는 눈살을 찌푸리며 말을 막았다. 다른 여자들이 있었기 때문이었다. 그녀들은 알몸에 실내복을 입고 머리는 헝클어진 채 비듬이 허옇게 보였다. 아침이면 이 근방의 창녀들이 간밤 손님을 돌려보내고 금방 장을 보러 나왔다. 졸음이 든 푸석한 눈으로 하룻밤 사이의 피로를 짜증스러운 얼굴에 나타내고 헌 신을 끌며 나타났다. 사면에서 시장을 향하여 어슬렁거리고 모여드는 창녀들. 창백하니 되는 대로 입은 것이 도리어 매력적인 계집애티가 나는 젊은 여자며, 살을 드러내고 아주 못생긴 퉁퉁하기만 한 나이 든 여자. 그들은 남자를 대하는 시간 외에는 이런 꼴을 보여도 상관없다고 생각하는 것이었다. 지나가는 남자들이 돌아다봐도 누구 하나 거들떠보지도 않았다. 모두 가정부인처럼 분주한 모습으로 남자 같은 것은 안중에도 없다는 태도였다. 마침 사탕이 홍당무 값을 치르고 있는데 느지막하게 출근하는 고용인 같은 청년이 지나가며, "잘 있었어, 아가씨" 했다. 순간, 그녀는 몸을 들며 모욕을 당한 여왕처럼 서슬이 시퍼러니 쏴붙였다.

"뭐야, 이 돼지 같은 새끼야."

그러나 그녀는 그 남자를 생각해 냈다. 사흘 전에 한밤중쯤, 큰 한길에서 혼자 돌아오며 라브뤼에르 거리 모퉁이에서 30분 가까이 유혹해 본 남자였다. 생각하니 더욱 더 괘씸해졌다.

"대낮에 부르다니 정말 기분 나쁜 놈이지 뭐야. 일을 하러 나왔을 때라면 대우도 해주지만 말야."

나나는 아무래도 싱싱하지 못한 것 같기는 했지만 결국 비둘기 고기를 샀다. 사탱이 자기 집 입구를 가르쳐준다고 했다. 바로 근처인 라 로슈푸코 길목에 있다고 했다. 사람들 틈에서 벗어나자 나나는 퐁탕에게 열중해 있는 기분을 얘기했다. 사탱은 자기 집 앞까지 와서도 홍당무를 팔 밑에 낀 채 한참 동안 서 있었다. 나나의 마지막 얘기에 흥분한 것이었다. 이번엔 나나가 말을 뒤바꿔 뮈파 백작의 엉덩이를 발로 걷어차서 내쫓았다고 한 것이었다.

"오! 멋있다! 멋이야. 발길질을 했다니. 그래 그치는, 아무 말도 못하던? 그 얼간이로구나! 상판 좀 봐줄 걸⋯⋯ 네가 옳다. 돈이 뭐냐! 나도 꼰대가 있을 땐 성가셔 죽을 뻔했다⋯⋯ 꼭 놀러 와라, 응, 왼쪽 문이야, 세 번 노크해. 귀찮은 것들이 오기 때문야."

그후로 너무 지루해지면 나나는 사탱을 만나러 갔다. 언제나 꼭 있었다. 밤의 열시 전에는 결코 나가지 않기 때문이다. 사탱은 방 두 개를 빌려서 있었다. 어느 약사가 경찰로부터 그녀를 구해 주기 위하여 세간을 차려줬다. 그러나 불과 일 년 남짓하여 사탱은 세간을 부수고 의자를 망가뜨리고 커튼을 더럽혔다. 게다가 전부 널브러뜨린 채 그냥 놔두어 마치 암내 난 고양이 떼가 살고 있는 것 같았다. 아침이 되어, 자신이 보아도 눈살이 찌푸려져 청소를 하려고 한 적도 있었지만 먼지의 산더미와 싸우다간 의자 다리가 퉁그러지고 벽포가 찢어지고 하는 형편이었다. 그런 날이면 오히려 더 더럽고 입구에 잡동사니가 뒹굴어 있기 때문에 안으로 들어갈 수도 없었다. 그래서 마침내는 방 정돈을 단념했다. 그래도 램프 불로 보면 거울 붙은 옷장과 벽시계와 가닥난 커튼이 아직은 사나이들의 눈을 속일 만은 했다. 그러나 6개월쯤 전부터 그녀는 집 주인으로부터 내쫓겠다는 위협을 받고 있었다. 그렇다면 도구를 소중히 해본들 소용없는 일이었다. 어차피 집주인 것이 될 것이니까. 바보스럽다! 그래서 기분이라도 좋지 않은 아침이면 "에라!" 하고 우지끈 소리가 나게 옷장이랑 세간을 걷어차다.

언제 가보나 사탱은 자고만 있었다. 볼일이 있어 거리에 나가야 하는 날도 돌아오는 언덕길에서부터 지쳐 집에 돌아오기가 무섭게 침대 끝에 쓰러져 그대로 자기가 일쑤였다. 낮엔 몸을 가누질 못하며, 의자에 앉은 채 졸았고, 밤이 되고 가스등이 켜질 무렵이 아니면 이 늘어진 기분에서 풀리질 않았다. 그러나 이 방에서 아무것도 안 하고 앉아 있는 것이 나나에겐 즐거웠다. 어수선한 침대, 마룻바닥에 놔둔 세숫대야, 팔걸이 의자까지 더럽히는 흙투성이 페티코트. 이런 것들에 둘러싸여 두 사람은 한없는 잡담과 자기 내력 얘기에 묻혔다. 사탱은 슈미즈바람으로 뒹굴며 발을 번쩍 들고 담배를 피워 물고 나나의 얘기를 들었다. 간혹 울적한 날 오후 같은 때면, 기분 풀이로 추렴해서 압상트 술을 사다 마셨다. 사탱은 아래까지 내려가질 않고, 페티코트도 안 입고서 계단 난간에 몸을 걸친 채 열 살 난 수위 딸에게는 큰 소리로 주문을 했다. 어린애는 압상트 술을 잔에 들고와선 사탱의 맨다리를 힐끔힐끔 바라보며 나갔다. 얘기는 언제나 남자들은 모두 지저분하다는 내용이었다. 나나는 퐁탕 얘기로 진을 뺐다. 다른 얘기를 좀 하다가도 금방 퐁탕 얘기로 돌아가고, 그가 한 얘기랑 행동을 한없이 늘어놨다. 그러나 사탱은 싫어하지도 않고 끝없는 얘기를 들어줬다. 창가에 기대어 그를 기다리던 얘기, 태운 스튜 때문에 싸운 얘기, 몇 시간씩 말도 안 하다가 잠자리 속에서 화해한 얘기. 나나는 모든 걸 다 털어놓고 따귀를 맞은 얘기조차 다 했다. 지난 주엔 매를 맞아 눈두덩이 부었다. 어제는 슬리퍼가 없어졌다고 나이트 테이블 아래로 내동댕이질을 당했다. 그러나 사탱은 조금도 놀라지 않고 담배를 피우면서 얘기 도중에 이렇게 말했다. "나 같으면 그런 땐 몸을 굽혀 남자들이 넘어지게 할 텐데." 두 사람은 수없이 되풀이되는 이따위 얘기가 즐거웠다. 그래서 얻어맞은 얘기에 열중하다 보면 몸도 혼곤해지고, 전신의 힘이 쑥 빠지며 노곤해지는 기분이었다. 나나가 매일 오는 것은 이와 같이 퐁탕에게 따귀를 맞은 얘기랑, 또는 구두를 벗는 방법에 이르기까지 세세하게 퐁탕에 대해 얘기하는 그 기쁨 때문이었다. 끝에 가선 사탱까지 흥미를 표시하기 시작했다. 사탱은 더 지독한 예로 어느 식료품집 영감은 자기를 마룻바닥에 내동댕이쳐서 죽이다시피 해놓고도 태연했지만 자기는 그것이 좋았다고 했다. 그러자 나나가 더 이상 견딜 수 없다고 울면서 하소연하는 날이 있었고, 사탱이 문 앞에까지 전송하며 나나가 맞아 죽지나 않을까 걱정되어 한 시간씩이나 거리에 서 있는 날도 있었다. 그리고 밤이 새면 두 사람은 다시 또 나나가 퐁탕과 화해한 이야기로 흥을 돋우며 오후를 보냈다. 그리고 입으론 말하지 않았지만 마음속으론 난타하는 소리가 마구 나는 날을 그리워하고 있었다. 그 편이 화제에 열이 났기 때문이었다.

두 사람은 떨어질 수 없는 사이가 되었다. 그러나 사탱은 절대로 나나네 집에 가지 않았다. 창녀를 집안에 끌어들이지 말라고 퐁탕이 단단히 일렀기 때문이었다. 그녀들은 역시 함께 어울려 외출도 했다. 어느날 사탱은 나나를 어느 여자 집으로 데리고 갔다. 그 여자는 다름 아닌 마담 로베르였다. 그전에 만찬회 초대에 거절을 당하고부터 나나는 이 여자를 잊지 못한 채 존경 같은 감정을 지니고 있었다. 마담 로베르는 모스니에로에 살고 있었다. 그곳은 유럽 구역의 새로 된 한산한 거리로, 점포 하나 없고, 조그만 아파트로 되어 이는 아름다운 건물에는 소실들이 살고 있었다. 마침 다섯 시였다. 인기척 없는 보도에 연하여 높다란 백아의 건물이 귀족적인 분위기를 풍기며 한산하게 서 있고 그 앞엔 증권업자와 상인들의 마차가 서 있었다. 남자들은 실내복만을 걸친 여자들이 기다리고 있는 듯한 창을 올려다보며 휭 하니 건물 안으로 사라졌다. 처음에 나나는 내키지 않는 얼굴로 그 사람을 모른다고 하며 올라가지 않으려고 했다. 그러나 사탱은 친구를 따라가는 것이니까 상관없다고 하며 굳이 가자고 했다. 잠깐 인사만 하고 나온다는 것이었다. 어제 레스토랑에서 만났는데 아주 상냥하게 굴며 꼭 한 번 놀러오라고 했다는 것이었다. 마침내 나나도 꺾였다. 위로 올라가니 졸고 있던 젊은 하녀가 아씨께선 아직 돌아오지 않으셨다고 했다. 그래도 들어오시라고 두 사람을 응접실로 안내하고 그대로 나갔다.

"어머, 근사하다!" 하고 사탱이 중얼거렸다.

그것은 점잖은 중산계급 풍의 살림 방으로, 어두운 빛의 천을 치고 규격이 갖추어진 꾸밈새로 한밑천 장만해가지고 은퇴한 파리 상인의 방과 같았다. 나나는 감탄한 나머지 농담을 한 마디 했다. 그러자 사탱이 화를 내며 마담 로베르는 행실이 바른 사람이라고 보장했다. 언제 보아도 성실해 보이는 나이든 신사와 동반해 다닌다는 것이었다. 지금은 전에 초콜릿 장사를 하던 사람의 신세를 지고 있는데 굉장히 성실한 사람이라고 했다. 그 사람은 이 건물이 듬직한 점에 이끌려 찾아오는데, 오면 언제나 부인을 자기 딸이라고 부르며 하녀에게 말한다는 것이었다.

"저것, 저기 있다!" 하고 사탱은 시계 옆에 놓인 사진을 가리켰다.

나나는 잠시 동안 그 사진을 들여다보았다. 진한 갈색의 머리칼, 기름한 얼굴, 미소를 지니고 있는 얇은 입술. 사교계의 부인을 좀 더 정숙하게 꾸민 것 같은 느낌의 여자였다.

"이상한데" 하고 드디어 나나가 중얼거렸다. "이 얼굴 어디서 본 얼굴이야. 어디서 보았을까? 잊었는데. 하여간 과히 점잖은 곳이 아냐…… 그래, 점잖은 곳이 아녔어."

그러고는 사탱을 바라보며 말했다.

"그 여자가 널더러 오라고 약속을 했다며, 무슨 일일까?"

"무슨 일은? 보나마나 얘기나 하자는 것이겠지…… 그저 인사치레였지, 뭐."

나나는 물끄러미 사탱의 얼굴을 쳐다보다가 혀를 찼다. 어쨌든 자기하고는 상관없는 일이다. 그러나 한없이 기다릴 것 같으니 돌아가자고 했다. 그리고 두 여자들은 그 집을 나왔다.

이튿날, 퐁탕이 오늘은 저녁밥을 집에서 안 먹겠노라고 하고 나갔기 때문에, 나나는 레스토랑에서 식사 대접을 하마고 먼저 사탱을 청했다. 레스토랑을 정하는 일이 큰일이었다. 사탱이 비어홀을 제안하자 나나는 그런 곳은 추하다고 했다. 결국, 사탱의 주장대로 로르네 집으로 정했다. 그것은 마르티르 로에 있는 정식을 파는 식당으로 저녁 식사는 3프랑이었다.

시간까지 기다리기 위해 거리를 어슬렁거리기도 안 되겠고 하여 시간보다 20분은 일찍이 로르의 식당으로 들어갔다. 세 개의 방은 아직 텅 비어 있었다. 카운터의 높은 걸상에 로르 피에드페르가 떡하니 버티고 있었다. 나나와 사탱은 테이블 앞에 앉았다. 이 로르라는 여자는 쉰쯤 된 사람으로 팽팽한 몸을 허리띠와 코르셋으로 졸라매고 있었다. 여자 손님들이 밀어닥치며 커피 잔 너머로 몸을 내밀고 로르에게 정다운 키스를 했다. 로르는 눈웃음을 치며 서로들 시새우지 않도록 어느 여자한테고 똑같이 대했다. 그러나 심부름하는 여자는 주인과는 반대로 키는 멀쑥하니 살이 터지고 거무스레한 눈으로 어두운 눈초리였다. 삽시간에 세 개의 홀이 가득 찼다. 백 명 가까운 여자 손님들이 순식간에 자리를 차지하고 앉았다. 태반이 마흔 가까운 또래였다. 악덕을 뭉쳐논 것처럼 뚱뚱한 몸짓과 축 늘어진 입술, 가슴도 배도 뒤룩거리는 이 여자들 틈에 섞이여 날씬한 귀여운 계집애들도 보였다. 행동은 건방졌지만 아직 어린 티가 가시지 않아보였다. 아마도 이 집의 단골 중의 한 사람이 싸구려 카바레에서 데리고 온 풋내기 댄서들인 것 같았다. 그녀들이 풍기는 젊음에 자극되어 뚱뚱보 여자들이 와짝 그 곁으로 몰려들어 연방 맛있는 것을 사주며, 마음 약한 노총각처럼 눈치를 보았다. 남자들은 몇 사람 되지 않았다. 겨우 열댓 사람 정도로 치맛자락에 눌려서 제대로 눈에 띄질 않았다. 다만 구경 삼아 들어온 네 사람의 건달패들만이 태연하게 앉아서 연방 농담을 지껄였다.

"맛있지? 이 스튜" 하고 사탱이 말했다.

나나는 만족스레 고개를 끄떡였다. 그것은 시골 여관에서 내는 것같은 분량이 많은 구식 식사였다. 소스로 건진 고기파이, 치킨라이스, 완두콩을 넣은 고기 수프, 당밀을 친 바닐라 아이스크림. 여자들은 특히 치킨라이스를 좋아하여 블라우스가 팽팽할 정도로 처넣고는 천천히 손으로 입을 씻고 있었다. 처음에 나나는 옛날 친구들과 마주치면 쓸데없는 질문이나 당하지 않을까 걱정을 했다. 그러나 곧 그런 근심도 없어졌다. 이 수많은 손님들 속에 아는 사람이라곤 하나도 없었다. 그곳은 퇴색한 드레스랑 형편없는 모자들이 호화로운 의상과 나란히 앉아, 사이좋게 동일한 윤락에 젖어 있었다. 나나는 한 청년에게 잠깐 흥미를 느꼈다. 짧은 머리를 지지고 거만을 피우며 뚱뚱하게 살찐 젊은 여자들 테이블을 어릿광대처럼 웃겨주고 있었다. 그러나 그 청년이 웃을 때 가슴이 크게 부풀었다.

"어머, 저거 여자로구나!" 하고 나나는 놀라며 조그만 소리로 부르짖었다.

닭고기를 먹고 있던 사탱이 얼굴을 들며 말했다.

"그래, 나 저 사람 안다…… 굉장히 멋있다! 인기가 많다구."

나나는 비위가 상해서 얼굴을 찡그렸다. 아직 그 취미는 모를 일이라고 생각했지만 의젓하게 입맛이나 색에 대하여 따질 일이 아니라고 하며 누구고 언제 무엇이 좋아질는지 모를 일이라고 했다. 그러고는 도통한 것 같은 표정으로 아이스크림을 먹었다. 그러나 사탱이 처녀처럼 커다란 푸른 눈으로 근처에 앉아 있는 여자들을 아주 열중시키고 있는 것을 알아차렸다. 특히 그녀 옆의 아주 귀여운 금발의 큼직한 여자가 흥분한 나머지 몸을 대고 비비는 것을 보고 한 마디 할까 했다.

그러나 그 순간 한 여자가 들어오는 것을 보고 나나는 깜짝 놀랐다. 마담 로베르였다. 그녀는 갈색머리에 생쥐처럼 귀여운 표정으로, 멀쑥하니 키만 큰 심부름꾼 여자에게 친숙한 눈짓을 하고는 로르의 카운터로 가서 기대섰다. 그러고서 두 사람은 키스를 했다. 저렇게 의젓한 사람이 로르에게 키스를 하는 것은 우습다고 나나는 생각했다. 뿐만 아니라 평소의 조신한 거동이 전혀 없었다. 마담 로베르는 조그만 소리로 무엇이라고 소곤거리며, 방 안을 잠깐 둘러보았다. 로르도 다시 또 버티고 앉았다. 신자들의 입맞춤으로 얼굴이 닳아빠진 낡은, 악덕의 우상과 같았다. 요리를 담은 접시 너머로 손님들을 내려다보는 그 뚱뚱한 괴물 같은 모습이 거기 있는 건장한 어떤 여자들도 다 누르고 있었다. 그것은 마치 40년에 걸친 분발에 의하여 차지한 요리점 주인이라는 행운의 자리에 군림하고 있는 것만 같았다.

마담 로베르는 사탱을 알아차렸다. 로르의 곁을 떠나자 그녀의 곁으로 뛰어와서 상냥하게 어제는 집을 비워서 참 유감스러웠다고 했다. 사탱이 앉을 자리를 내주려고 하자 벌써 식사를 했노라고 사양하며 그저 잠깐 들렀을 뿐이라고 했다. 그러면서 사탱 뒤에서 어깨에 기대서며 미소를 짓고 아양을 떨어 가며 되풀이했다.

"그런데, 또 좀 만날 수 있겠수? 시간이 있다면⋯⋯."

유감스럽게도 나나는 그 이상 알아들을 수가 없었다. 이 소곤거리는 얘기에 기분이 나빠진 그녀는 소위 성실한 여자랍시고 칭하는 그 가면을 벗겨 줄까 했다. 그러난 마침 그때 다른 한 패의 손님들이 들어왔기 때문에 그곳에 정신이 팔렸다. 요란한 옷차림에 다이아가 번쩍이는 멋쟁이 여자들이 옛날 생각을 하며 마구 허물없는 얘기를 나눌 수 있는 로르네 가게로 떼지어 찾아온 것이었다. 그들은 수만 프랑짜리 보석을 번쩍거리고 불쌍한 창녀들의 경탄과 선망을 받으며 1인당 3프랑짜리 식사를 하려는 것이었다. 떠들썩하니 쾌활한 웃음과 더불어 그들이 들어오자 마치 밖으로부터 햇빛이 비쳐든 것만 같았다. 그러나 그 순간 나나는 당황하여 외면을 했다. 일행 중에 뤼시 스튜와 마리아 블롱이 있었기 때문이었다. 5분가량, 그녀들이 옆방으로 가기 전에 로르와 얘기를 하는 동안 나나는 얼굴을 숙이고 식탁보 위의 빵 부스러기를 쓸어 모으는 체하고 있었다. 그러다가 겨우 고개를 들고는 깜짝 놀라고 말았다. 곁의 의자가 비어 있었다. 사탱이 자리에 있지 않았다.

"어머, 어딜 갔을까?" 하고 나나는 자신도 모르게 큰소리를 냈다.

조금 전에 사탱에게 환심을 사려고 하던, 몸이 좋은 금발의 여자가 짓궂은 웃음을 풍겼다. 나나는 그 웃음이 불쾌한 나머지 그녀를 노려보았지만, 그녀는 맥없는 소리로 말했다.

"당신 친구를 채간 것은 물론 내가 아니죠, 그건 딴 사람이니까."

놀림을 받을 뿐이라고 생각한 나나는 그 이상 아무 말도 안 했다. 그리고 노여움을 밖으로 나타내지 않으려고 잠시 동안 가만히 앉아 있었다. 옆방에서 뤼시 스튜와의 높은 음성이 들려왔다. 몽마르트와 라 샤벨의 댄스홀에서 몰려온 젊은 댄서 일행에게 한턱을 내고 있는 모양이었다. 실내는 대단히 더웠다. 닭고기 요리의 강한 냄새가 풍기는 속을 심부름하는 여자 아이가 더러운 접시를 산더미처럼 들고 갔다. 예의 그 네 명의 남자들이 여섯 쌍 가량의 여자들에게 고급 포도주를 사주고 있었다. 취하게 만들어서는 맹랑한 얘기를 들어보자는 심산인 듯했다. 나나가 약이 오른 것은 사탱의 몫까지도 식대를 치러줘야 했던 일이었다. 나쁜 년! 한턱을 얻어먹으면서 고맙단 말 한 마디 없이 사람을 무시하고 가버리다니. 그야 대단치 않은 3프랑이지만 그래도 마찬가지다. 무엇보다도 수법이 더럽다. 그래도 나나는 값을 치렀다. 6프랑을 하수구 진창보다도 경멸하는 로르에게 내던져 주었다.

마르티르 거리로 나오자 나나는 점점 더 화가 치밀었다. 이젠 사탱을 따라다니지 않으리라. 그따위 더러운 년하고 누가 상종을 할 줄 알고! 하지만 오늘 밤은 허탕이었다. 그녀는 천천히 몽마르트르 쪽으로 돌아갔다. 특히 속이 상하는 것은 마담 로베르였다. 정말이지 그 여자는 뻔뻔스러웠다. 쓰레기통에 들어앉은 것이나 다름없는 주제에 그 점잖은 체를 하는 꼴이라니. 이제야 생각이 났다. 그녀를 만난 것은 '나비'라고 하는 프와송니에르 로에 있는 하급 캬바레에서였다. 그곳에서 30수에 그 여자는 남자들에게 팔리고 있었던 것이다. 가장 정숙한 체하며 과장급의 남자들을 꿰차는 주제에 남이 모처럼 식사에 초대했는데 젠체하고 거절을 하다니! 저따위가 여염집 여자행세를 하다니 웃긴다! 저런 것일수록에 사람들이 모르는 더러운 굴속에 가선 별의별 망측한 짓을 다 한다니까.

　이런 생각을 하면서 베롱 로의 집으로 돌아오자 깜짝 놀랐다. 불이 켜져 있었다! 퐁탕도 저녁을 한턱 낸 친구가 도망을 쳤기 때문에 시무룩하니 돌아와 있었다. 밤 한 시 안에는 돌아오지 않으리라고 생각했는데 그가 먼저 돌아와 있는 것을 보고선 겁을 내며 얻어맞지나 않을까 하여 나나가 변명을 하자 퐁탕은 싸늘한 표정으로 듣고 있었다. 나나는 6프랑 쓴 것은 바른대로 댔지만, 동행한 것은 마담 말르와르라고 거짓말을 했다. 그러자 퐁탕은 지르퉁하니 나나 앞으로 온 편지를 내밀었다. 봉투를 뜯어 본 것에 대하여 미안해하는 빛도 없었다. 조르주가 보낸 편지였다. 그는 죽 퐁데트에 갇혀버린 채, 매주 열렬한 편지를 보내고 있었다. 나나는 열렬한 사랑의 사연이나 맹세의 구절로 가득 찬 사랑의 편지를 받기 좋아했고, 그것을 아무에게나 읽어 주었다. 조르주의 글은 퐁탕도 알고 있으며 잘 쓰는 글이라고 했다. 그러나 그날 밤엔 아무래도 난리가 날 것 같아, 나나는 무관심한 체하며 반갑지 않은 표정으로 죽 훑어보고서 곧 팽개쳐 버렸다. 퐁탕은 유리창을 손톱으로 두들기고 있다. 이렇게 일찍부터 자는 것도 싫었고, 그렇다고 남은 시간을 어떻게 보내야 할는지 주체스러웠다. 갑자기 나나를 돌아다보았다.

　"당장 그 녀석한테 답장을 하는 것이 어때?"

답장을 쓰는 것은 대강 퐁탕이었다. 그는 문장을 상당히 다듬는 편이었다. 그리고 나나가 그 편지를 소리내 읽고는 이렇게 멋있는 글을 생각해 낼 수 있는 것은 당신뿐이라고 하며 끌어안고 좋아할 때면 대단히 만족스러운 표정이 되었다. 그리고 이것이 계기가 되어 두 사람은 열을 더하여 애욕에 빠져드는 것이었다.

"당신 좋은 대로 해요" 하고 나나가 대답했다. "나는 차를 끓여올게요. 그리고 우리 자기로 해요."

퐁탕은 책상 앞에 앉자, 펜과 잉크와 종이 따위를 요란하게 늘어놓고는 두 팔을 괴고서 턱을 내밀었다.

"내 마음속에 그리는 그대여" 하고 서두의 글을 소리 높여 읽었다.

이렇게 한 시간 이상이나 편지에 열중했다. 때로는 머리를 손으로 괴고 어떤 말을 생각했고, 문장을 다듬으며 멋진 사랑의 말을 생각해 내고는 히죽이 웃었다. 나나는 아무 말 없이 벌써 차를 두 잔이나 마셨다. 드디어 완성되자 그는 읽었다. 극장에서 대본을 읽을 때처럼 억양이 없는 목소리로 때로 몸짓을 섞었다. 다섯 장에 걸친 그 편지 속에 그는, '미뇨트에서 보낸 즐거운 시간, 그 추억이 그윽한 향기처럼 언제까지나 사라지지 않는 그 시간' 얘기를 쓰고 '그 사랑의 봄에 언제나 충실할' 것을 맹세하고, 마지막으로 자기의 유일한 소원은 '만약에 행복을 되풀이할 수 있다면 그 행복을 되풀이하는' 일이라고 끝맺었다.

"보라구, 이런 것은 건성으로 하는 소리야. 농담이니까 말이지…… 이봐, 참 잘됐지! 어때."

그는 우쭐하고 있었다. 그러나 나나는 매나 맞지 않나 하고 그것만 경계하노라고, 어머 멋있어요, 하고 외치며 목에 매달

313

리는 것을 잊었다. 그냥 '잘되었어요' 했을 뿐이었다. 그는 대단히 화를 내며 내 편지가 마음에 안 든다면 다른 사람에게 부탁하라고 소리쳤다. 그리고 여느 때처럼 사랑을 속삭이며 키스도 않고, 두 사람은 사늘하니 테이블을 끼고 마주보고 있었다. 그래도 나나는 차를 따라 주었다. 퐁탕은 그 차를 한 잔 마시자 소리쳤다.

"이런 병신 같으니, 소금을 쳤구나!"

나나는 그만 어깨를 들먹 했다. 그러자 그는 울컥했다.

"에이, 오늘 밤은 만사가 다 이꼴이야!" 마침내 싸움이 벌어졌다. 시곗바늘은 아직 열 시밖에 가리키고 있지 않았다. 싸움도 시간을 보내는 한 방법이다. 그는 무작정 화를 내며 욕설로 나나를 정면으로 공격했기 때문에 나나는 변명할 겨를조차 없었다. "너는 더럽고 바보 같은 년이야. 아무 데나 함부로 굴러다니고."

다음엔 돈 문제로 화를 냈다. "내가 밖에서 식사를 하면서 6프랑씩 쓴 일이 있냐? 남에게 얻어 먹기나 하고, 사먹는대야 수프 정도였지. 그런데 너는 그따위 뚜쟁이 늙은이 말르와르에게 대접을 하다니! 그년의 늙은이 내일 와봐라, 내쫓아버릴 테니! 알겠냐, 그년하고 너하고 날마다 이처럼 6프랑씩 밖에다 버리다간 우리는 망하고 말 것이다!"

"어쨌든 계산이나 따져보자! 야, 돈 좀 가져와봐. 얼마나 썼냔 말야?"

치사한 수전노 근성이 나타난 것이었다. 나나는 겁이 나서 선뜻 남은 돈을 책상에서 꺼내다 그에게 주었다. 그들은 그때까지 공동의 돈 궤짝 위에 열쇠를 놓고서 마음대로 돈을 꺼내썼던 것이다.

"뭐야! 1만 7천 프랑 중에서 겨우 7천 프랑도 안 남았으니 살림을 한 지 아직 석 달밖에 안 됐는데……이럴 리가 없지 않나."

그는 자기 자신이 달려가서 덜거덕거리며 책상 서랍을 램프 밑으로 가지고 와 휘저었다. 6천 8백 프랑과 얼마밖에 없었다. 그는 미친 듯이 고함을 쳤다.

"석 달에 1만 프랑! 쌍! 뭐에 썼냐? 자아 대답해라! 모두 그 말라깽이 너의 고모한테 주었거나 아니면 놈팡이한테 바쳤겠지, 다 알고 있단 말야…… 자 대답해!"

"그렇게 화만 내지 말아요! 계산이야 뻔한 것 아니우…… 당신은 세간 장만한 것은 따지질 않아요? 그리고 나도 속옷도 사 입어야 했고 살림을 하자면 잠깐 사이에 돈이 없어진다는 걸 모르우."

그러나 퐁탕은 자기가 설명을 청해 놓고서도 들은 체도 안 했다. 이윽고 조금 안정되자 다시 말했다.

"그렇다 하더라도 너무하지. 이봐, 난 이제 이따위 공동 생활은 그만두련다…… 이 7천 프랑은 내 것이야. 마침, 내 손에 있으니까 이대로 넣어둘 테니 그런 줄 알라구. 난 파산하고 싶진 않단 말야. 제 것은 제 마음대로 할 수 있을 테니까."

그리곤 천연스레 그 돈을 주머니에 넣었다. 나나는 어이없이 보고만 있었다. 퐁탕은 만족스레 계속했다.

"알았지. 나는 말야, 나하고 아무 관계도 없는 아주머니나 어린애를 먹여 살릴 만큼 바보가 아니란 말야…… 네가 네 돈을 쓰는 것이야 자유지만 내 돈은 신성하단 말야!…… 네가 양고기구이를 장만하면 나는 내 몫으로 반값만 내기로 하고 저녁에 청산하기로 하자구, 좋지!"

나나는 순간 열이 올랐다. 그래서 자기도 모르게 소리쳤다.

"뭐라고, 자기가 내 1만 프랑을 먹어치우고서…… 그따위 치

사한 소리가 어디 있담!'

그러나 퐁탕은 이미 말로만 따지고 있을 순 없었다. 책상 너머로 따귀를 후려쳤다.

"한 번 더해봐라!"

그녀는 끄떡않고 되풀이했다. 퐁탕은 덤벼들어 때리고 차며 야료를 피웠다. 마침내 나나는 축 늘어져 여느 때처럼 옷을 벗고 침대 속으로 들어가서 울기 시작했다. 퐁탕은 씩씩거리며 역시 침대에 들어오려 하다가 주춤하고는 책상 위에 있는 자기가 쓴 조르주에게 보내는 답장을 보았다. 그러자 침대를 향하여 정성스레 그 편지를 접으면서 위협적인 말투로 얘기했다.

"이건 참 잘됐어, 내가 직접 우체통에 넣고 와야지. 난 변덕스러운 것을 좋아하지 않으니까…… 그만 훌쩍거리라고, 듣기 싫단 말야."

흐느끼고 있던 나나는 숨을 죽였다. 그리고 퐁탕이 침대에 들어오자 나나는 숨이 막힐 듯이 그의 가슴으로 파고들며 다시 흐느끼기 시작했다. 그들의 싸움은 언제나 끝판이 이런 식이었다. 그녀는 퐁탕을 놓칠까 걱정스러워 별짓을 다 하면서도 그를 잡아두고 싶었던 것이다. 퐁탕은 두 차례나 냉랭하게 나나를 밀어젖혔다. 그러나 충실한 개처럼 눈물 어린 눈을 크게 뜨고 매달려 오는 여자의 체온에 왈칵 욕정이 솟았다. 그래서 그런대로 내버려두고 있었으나 자기 편에서 손을 쓰는 따위의 행위는 일체 안 했다. 즉 용서를 받고 싶으면 그만한 노력을 하라는 듯이 애무를 당하며 그냥 가만히 있었다. 나나란 년, 연극을 꾸미며 돈 궤짝 열쇠를 되찾으려는 심산이나 아닐까. 촛불을 끄고 나서도 그는 자기 생각을 명확히 해두지 않으면 안 되겠다고 생각했다.

"알았지, 이건 장난이 아니야. 이 돈은 내가 간수할 테니까 그런 줄 알라구."

나나는 그의 목에 매달려 잠들어 있다가 선뜻 대답했다.

"알았어요, 걱정 말아요…… 나도 일을 할 테니까."

그러나 그날 밤 이후로 그들의 생활은 차츰 험악해 갔다. 하고한 날 철썩철썩 때리는 소리가 그치질 않았고, 그것은 마치 그들의 생활의 시계추 소리와도 같았다. 너무 매를 맞아 나나의 몸뚱이는 고급 비단처럼 부드러워졌다. 피부는 매끄러워지고 얼굴은 장밋빛을 띠게 되었다. 촉감이 부드럽고 발그레하니 그전보다도 훨씬 아름다워졌다. 그래서 프룰리에르는 풍탕이 집에 없는 틈을 타서 끈질기게 찾아와 가지곤 매달리며 방구석으로 몰아세우고 키스를 하려고 했다. 그러나 나나는 지저분하게 친구를 배반하느냐고 화를 내며 부끄러움에 얼굴을 붉히고 몸부림쳤다. 프룰리에르는 심술이 나가지고 쓴웃음을 쳤다. "정말이지, 당신도 어리석은 여자가 됐소! 그따위 원숭이의 무엇이 좋소? 그게 원숭이지 뭐요. 큼직한 코를 언제나 흔들거리며 그 괴상한 상판 좀 보시구료! 요새도 당신을 때리고 있지!"

"그럴지도 몰라요. 난 그 점이 좋단 말예요" 하고 하루는 악취미를 털어놓기라도 하듯이 나나가 천연스레 말했다.

보스크는 될 수 있는대로 번번히 저녁 식사를 하러 오는 것만으로 만족했다. 그는 프룰리에르 뒤에서 나나에게 어깨를 으쓱했다. 훤하게 생겼지만 성실한 사람이 아니라는 뜻이었다. 보스크는 여러 차례 나나 부부의 싸움을 목격했다. 그러나 디저트 시간에 풍탕이 나나의 따귀를 쳐도 별로 대수롭지 않은 빛으로 천연덕스레 입을 우물거리며 식사 대접을 받은 사례로 언제나 두 사람의 행복을 부러워하는 체했다. 그리고 스스로 철학자를 자칭하며 명망이고 무엇이고 모든 것을 다 체념했다고 했다. 프룰리에르와 퐁탕은 때로는 의자에 기대앉아 식사를 끝낸 밥상 앞에서, 무대에서 쓰는 몸짓과 말투까지 섞어가며 새벽 두 시경까지 열을 올려 자기들의 성공담으로 여념이 없기도 했다. 그래도 보스크는 무엇인지 상념에 잠기며, 간혹가다 소용없는 소리라는 듯 콧방귀를 뀌며 묵묵히 코냑 병만 기울였다. 이제 와서 탈마(프랑스의 비극배우—역주)의 무엇이 남아 있단 말인가? 아무것도 없다. 죽으면 그만이다. 어리석은 짓이다!

어느날 저녁에 보스크가 와보니 나나가 울고 있었다. 그녀는 웃옷을 벗고, 매를 맞아서 시커멓게 된 등과 팔을 보였다. 프룰리에르라면 신이 났겠지만, 보스크는 그저 살을 보았을 뿐으로 이윽고 점잖게 말했다.

"허, 여자 있는 곳에 따귀는 있도다. 이건 분명히 나폴레옹의 말이라고 생각되는데…… 소금물로 씻어요. 소금물이 타박상엔 특효니까. 알았나, 앞으로도 더 맞겠지만 뼈가 부러지지 않는 한 참고 견뎌 봐야지…… 자, 양 다리를 굽고 있었지, 내 몫은 없나?"

그러나 마담 르라는 그와 같은 도통 상태에 다다르고 있질 못했다. 나나가 멍이 든 하얀 살을 보일 때마다 소리를 고래고래 질렀다. 내 조카딸이 죽겠구나. 이대로 놔둘 순 없다. 실은 그 전에 퐁탕에게 여기서 보고 싶지 않다고 하며 내쫓긴 일이 있었다. 그후로는 와 있다가도 그가 돌아오면 뒷문으로 도망을 쳤다. 너무하다! 그런 사유로 그녀는 연신 이 천박한 남자의 욕을 하는 것이었다. 특히 그 바탕을 비난했다. 마담 르라는 범절에 관해서는 누구에게도 뒤지지 않는 현숙한 부인과 같은 태도였다.

"암! 척 보면 당장에 알구말구. 그 녀석은 예절이라곤 눈곱만큼도 없단 말야. 어미가 갈보년이었음이 분명해. 뻔한 일이지, 척하면 다 안다구…… 여자라도 내 나이 또래가 되면야 대접을 받을 만하지, 그야 나를 위해서 하는 소리는 아니다…… 그런데 넌 그따위 버르장머리를 어떻게 견뎌내고 있니. 자랑은 아니지만, 나는 너에게 언제나 예절을 일러주었고, 너도 집에 있을 때는 훌륭한 범절을 받았는데 말이다. 안 그러냐? 우리 집안이야 모두 다 점잖았지."

나나는 대꾸도 않고 고개를 늘어뜨린 채 듣고만 있었다.

"그뿐이냐, 네가 그전에 사귀던 사람들은 모두 훌륭한 분들이었단 말이다…… 어제도 우리 집에서 조에와 마침 그 얘기를 했다만, 조에도 모를 일이라고 그러더라. '아씨는 그렇게 훌륭하신 백작 어른을 마음대로 휘어잡고 계셨는데—우리끼리 얘기다만 넌 그 양반을 똥자루 굴리듯 한 모양이더라만—그 아씨가 어째서 그따위 어릿광대한테 구박을 받아가며 사십니까? 하더라. 그래서 내가 그랬다. 매를 맞는 데까지는 또 괜찮지만 그 무례한 태도만은 정말 참을 수 없다고…… 어쨌든 그 녀석은 취할 점이라곤 하나도 없지 않니. 나 같음, 그 녀석의 초상화만 방에 있어도 못 견딜 노릇이다. 그따위 형편없는 놈을 위하여 너는 일생을 망치고 있단 말야. 부자들이랑 정부 고관들이 쌓였는데, 그 사람들한텐 혀를 내두르고서 말이다……참, 알 수 없는 일이다. 내가 나설 일은 아니다만 어떻게 됐든 나 같으면 조금이라도 눈꼴틀리는 일이 있으면 네가 잘하는 식으로 까놓고 말이다. '나를 뭘로 보고 이러는거요' 하고 내쫓겠다. 그러면 그 녀석도 꼼짝을 못할 것 아니냐."

그러자 나나는 갑자기 훌쩍거리며 중얼거렸다.

"오, 아주머니 난 그이를 사랑해요."

사실 마담 르라는 나나가 루이의 양육비조로 간혹 20수씩 주는 것도 굉장히 힘들어하는 눈치에 불안을 느끼고 있는 형편이었다. 그야 물론 돈을 못 받아도 소중하게 어린애를 키워주며, 더 좋은 시기가 오기를 기다리리라. 그런데 자기하고 어린애하고 그 어미가 유복하게 살 수 있는 것을 퐁탕이 방해하고 있다. 그렇게 생각하니 울화가 치밀어서 애정이니 뭐니 할 수가 없었다. 그래서 마지막엔 야무진 소리로 쏴붙였다.

"알겠니, 그 녀석한테 네 뱃가죽까지 벗겨 먹히거든 우리 집 문을 두드리려무나. 그러면 내 문을 열어주마."

얼마 안 되어 나나는 돈 때문에 근심하게 되었다. 퐁탕은 그 7천 프랑을 어딘가에 감추어 버렸다. 틀림없이 어디고 안전한 장소에 감추어두었을 것이다. 그러나 물어볼 용기는 없었다. 고모가 아무리 신통치 않은 녀석이라고 하지만 나나로선 역시 내키질 않았다. 얼마 되지 않는 돈 때문에 잔소리를 늘어놓는 여자로 취급되고 싶지 않았다. 매일매일의 생활비는 준다고 약속했고 그만큼 요구도 컸다. 3프랑으로 버터니 고기니 신품 채소와 과일을 요구했다. 나나가 투덜거리며 3프랑으론 이것저것 고를 수 없다고 비치자 욱하면서, 쓸모가 없으니 밥벌레니 큰 병신이니 욕설을 했다. 그리고 넌 장사치들한테 속고 있다고 하며 난 언제든지 딴 곳으로 하숙을 나가겠다고 위협했다. 그후 한 달쯤 지나고부터는 아침에 나가며 3프랑씩 찬장 위에 놓고 나가는 것도 가끔 잊어버렸다. 조심조심 빗대어 돈 청구를 하면 큰 싸움이 벌어졌다. 이와 같은 사소한 일까지도 트집 잡고 때린다면 이젠 바라지 않는 편이 낫다고 생각했다. 그 반대로 돈을 주지 않고 나갔다 돌아와서, 식사가 되어 있으면 퐁탕은 사뭇 기분이 좋아지고 나나에게 키스를 하는 등, 어릿광대짓을 하며 의자를 안고 춤을 추었다. 그러면 나나는 좋아서 살림을 꾸려 가는 고생도 잊고 찬장 위에 놓고 나가는 돈이 없기를 바랐다. 어느날은 어제의 돈이 아직 남아 있노라고 거짓말을 하며 3프랑을 돌려주기까지 했다. 그는 그 전날 돈을 준 기억도 없었고 무슨 트집을 부리려는 것이 아닌가 하고 잠깐 망설였지만, 나나는 애정 가득 찬 시선으로 그를 쳐다보며 몸을 맡기고 키스했다. 그래서 그는 수전노가 하마터면 남의 손에 넘어갈 뻔한 돈을 되찾는 것 같은 시늉으로 가늘게 몸을 떨면서 그 돈을 주머니에 넣었다. 그날부터 그는 살림걱정을 안 하고 돈의 출처도 물어보지 않았다. 감자밖에 없는 날이면 뚱했고, 칠면조나 양고기가 있으면 입이 찢어져라고 웃었다. 그러나 기분이 좋을 때도 손이 근질대는지 나나에게 하는 매질은 여전했다.

나나는 모든 것을 자기 자신이 꾸려 나가는 방법을 생각해냈다. 어떤 날은 집에 음식이 남아돌아갈 정도였다. 한 주에 두 번씩 보스크는 소화불량에 걸릴 정도였다. 어느날 밤, 마담 르라가 돌아가려고 하자, 자기는 먹을 수 없는 수북한 저녁 식사가 불에 놓여 있는 것이 눈에 띠었다. 분통이 터져서 그만 그 돈은 누가 내는 것이냐고 서슴없이 물었다. 나나는 갑작스런 질문에 당황하여 울어댔다.

"알았다, 잘하는구나" 하며 고모는 곡절을 알아차려 버린 것이었다.

가정의 평화를 위해서라면 무슨 짓이라고 하려고 나나는 각오한 것이었다. 모든 게 트리콩의 잘못이었다. 퐁탕의 대구요리에 짜증을 내고 나간 날, 나나는 라발 로에서 트리콩과 마주치자, 마침 사람이 없어서 큰일났다는 소리를 듣고, "좋아요"라고 말해 버린 것이다. 퐁탕이 여섯 시 전에 돌아오는 일은 절대로 없었기 때문에, 오후 시간을 이용하여 40프랑, 60프랑 때로는 그 이상의 돈을 벌게 되었다. 자기 시세를 지킬 줄 알았다면

10루이도 15루이도 불러댈 수 있겠지만 지금 형편으론 그날그날의 식사를 준비하는 정도면 만족했다. 밤이 되어 보스크가 배가 터지도록 먹고, 퐁탕이 테이블에 팔을 괴고서 사랑을 받는 남자답게 여유 있는 품으로 눈에 키스를 시킬 때면 나나는 몸을 판 것 따위는 까맣게 잊고 있었다.

이렇게 나나는 퐁탕을 열렬히 사랑하면서 다시 또 그전의 진구렁 속으로 빠져들어 갔다. 이제 와선 자신이 벌어 먹이는 만큼, 그 애정도 맹목적이었다. 백 수를 구하려고 걸레쪽 같은 헌신을 끌며 거리를 방황했다. 어느 일요일에 로슈프코 시장에서 사탱을 만나서 화해했다. 물론 처음엔 잡아먹을 듯이 마담 로베르를 호되게 비난했다. 그러나 사탱은 자기가 싫다고 하여 남까지 싫어하라는 법은 없다고 대답했을 뿐이었다. 나나는 본래 너그러운 여자니까, 사람이란 장래 어떻게 될지도 모른다는 의미심장한 철학적인 생각에서 용서했다. 게다가 호기심 때문에 사창굴 얘기를 물어보기까지 했다. 그리고 무엇이고 다 알고 있을 나이에도 불구하고 아직 자기가 모르는 것이 있는 것에 놀라며 웃기고 하고 터무니없어 하기도 했다. 그런 얘기는 재미있다고는 생각했지만 역시 좀 뒷맛이 나빴다. 결국 나나는 자기 습관에 벗어난 일에 대해서는, 일반 도덕에 의한 판단밖에 못하는 것이었다. 그래서 나나는 퐁탕이 밖에서 저녁 식사를 하는 때면 로르의 식당에서 식사를 하게 되었다. 그곳에선 여자 손님들이 포크를 얌전히 돌리며, 갖가지 잡담이랑 연애 얘기랑 질투에 관한 얘기로 열중하는 것을 듣는 것이 재미있었다. 그러나 자기 자신의 말마따나 그녀들과 한 동아리가 될 수는 없었다. 뚱뚱보 로르가 어머니처럼 다정하게 아스니에르에 별장이 있으며 일곱 사람 몫의 방이 있으니 2, 3일 놀러오라고 하며, 곧잘 초대를 했지만 나나는 거절했다. 두려왔다. 그러나 사탱이 그건 나나의 오해이며, 파리의 신사들이 와서 그네를 태워 주기도 하고 공 던지기 놀이를 할 뿐이라고 보증했기 때문에, 언제고 집을 비울 수 있게 되면 가겠노라고 약속했다.

그 무렵, 나나는 굉장한 곤경에 빠져 있어 놀러 다닐 수 없는 형편이었다. 무엇보다도 돈이 아쉬웠다. 트리콩으로부터 주문이 별로 없게 된 것이다. 누구에게 몸을 맡겨야 할는지 알 수가 없었다. 하는 수 없이 사탱과 동반하여 파리의 거리를 찾아다니며 밤의 여자처럼 컴컴한 가스등 밑의 진흙 길을 떠돌았다. 훨씬 전에 지저분한 스커트를 펄럭이던 하급 카바레에도 되돌아가 보았고, 외곽 큰 거리의 어두운 길모퉁이도 찾아가 보았다. 그곳은 열다섯 살 적에, 아버지가 꽁무니를 걷어차려고 그녀를 찾아다니던 시절, 사내들이 그녀를 마차 옆에 몰아세우고 부둥켜안던 길목이었다. 나나와 사탱은 가래침과 엎질러진 맥주로 질척한 돌계단을 올라다니며 댄스홀과 카페를 돌아다니기도 하고, 또는 천천히 큰길을 되돌아오며 큼직한 집 문 앞에 기대서기도 했다. 사탱은 이 짓을 시작한 것이 라틴 구역이었기 때문에 나나를 뷜리에 댄스홀과 생 미셀 거리의 비어홀로 데리고 갔다. 그러나 하기 휴가 시기라 그 근처도 한산했다. 그래서 언제나 큰길로 되돌아왔다. 그래도 그곳이 제일 벌이가 될 듯싶었다. 이렇게 몽마르트 언덕으로부터 천문대 고지까지 파리 장안을 떠돌아다녔다. 구두창이 불어서 빠질 것 같은 비 오는 밤, 블라우스가 살에 붙는 무더운 밤, 긴긴 서성거림과 끝없는 배회. 길가는 사람들과 밀치락거리기도 하고, 싸움도 하고, 또는 지나가는 남자를 붙잡고 수상한 여관집으로 들어가기도 했다. 그러면 남자들은 지독한 짓을 해놓고, 질척대는 계단을 내려가며 욕설을 퍼부었다.

여름이 가려 하고 있었다. 그해 여름엔 소나기가 많았고 밤에는 사뭇 무더웠다. 나나와 사탱은 저녁을 마치고 아홉 시경부터 동반하여 나갔다. 노트르담 드 롤레트 로의 보도 위를 여자들은 두 줄로 바싹 상점에 붙어서 지나갔다. 치맛자락을 들고 고개를 숙이고 상점의 물건들은 거들떠본 체도 않고 급하게 큰길로 갔다. 가스등이 켜지는 것을 기다려 브레다 구에서 내려오는 굶주린 밤의 여자들. 나나와 사탱은 교회를 끼고, 언제나 펠르티에 거리를 지나갔다. 카페 리슈에서 백 미터쯤 가서 연병장에 도달하면 그때까지 조심스레 치켜들었던 옷자락을 내렸다. 그때부터는 먼지를 겁낼 것 없이 옷자락으로 거리를 쓸면서 몸을 흔들고 종종걸음을 쳤다. 커다란 카페의 강한 불빛 속을 질러갈 때면 좀 더 걸음을 늦추었다. 가슴을 펴고 높은 소리로 웃으며 돌아다보는 남자들을 힐끔거리며 조금도 체모를 차리지 않았다. 빨간 입술과 아이섀도가 드러나 보이는 분칠한 그들의 얼굴은 어둠 속에서 보면 싸구려 시장에 있는 13수짜리 동양 인형을 거리 한복판에 내놓은 것 같은 야릇한 매력을 띠었다. 열한 시까지 인파 속을 희희낙락하며 돌아다녔다. 간혹 뒤통수 맞은 남자가 치맛자락을 밟아도 다만, '이런 천치 양반!' 하고 소리칠 뿐이었다. 카페의 보이들과 다정하게 인사를 주고받으며 테이블 앞에서 얘기들을 했다. 그러나 무엇이고 마실 것을 대접받으면 반색을 하고 의자에 앉아선 천천히 마시며 극장 끝나는 시간을 기다렸다. 그러나 밤도 깊고 아직 로슈푸코 거리에 한두 번 밖에 발걸음을 옮기지 않은 날이면, 그녀들은 밤독수리로 변하여 필사적인 노력으로 손님을 찾았다. 인기척 없는 큰 한길, 가로수 밑에서 이루어지는 치열한 흥정, 고함소리, 사람치는 소리. 딸을 데리고 가는 부부들도 점잖은 가정집 사람들은 이런 광경에 익숙하기 때문에 걸음을 서

두르지 않고 천천히 지나갔다. 오페라 극장과 짐나즈 극장 사이를 열 번 정도 왕복했을 무렵쯤 해서는 점점 더 어두워지는 어둠 속에서, 아무리 불러 봐도 남자들은 도망만을 쳤다. 그러면 나나와 사탱은 포부르 몽마르트 거리에 자리를 잡았다. 그곳엔 레스토랑, 카페, 식료품점 등이 두 시까지 휘황하게 불을 밝히고, 카페 문간 근처에는 여자들이 우글거리고 있었다. 밤의 파리 장안에서 여기만은 밝게 생동하고 있었다. 하룻밤의 사랑을 위한 유일한 시장. 그곳에선 길 이편과 저편에서 사람의 이목에 거리낌없이 흥정이 이루어졌다. 그것은 활짝 열려 있는 사창가의 복도와 같았다. 공치고 돌아가는 날 밤이면, 여자들 사이에 싸움이 벌어졌다. 노트르담 드 롤레트 거리는 한산하니 컴컴하고, 여자들의 그림자가 여기저기 어슬렁거렸다. 이 구역 여자들이 걷어치우고 돌아가는 시각이었다. 하룻밤을 공치고 짜증이 난 가엾은 여자들이 아직도 단념을 못하고, 브레다 로와 퐁텐느로 모퉁이에서 취객들을 붙들고 쉰 목소리로 연방 옥신각신했다.

　그러나 생각지 않은 수확이 있는 수도 있었다. 방에 들어가며, 훈장을 떼어서 주머니에 치우는 따위의 훌륭한 신사들에게서 몇 루이씩 얻는 것이다. 사탱은 각별히 예민했다. 궂은 밤, 축축한 파리 장안이 불결한 침실과 같이 퀴퀴한 냄새를 풍길 때면 이 무더운 날씨에 수상한 길모퉁이의 냄새가 남작의 정욕을 한껏 돋운다는 것을 사탱은 알고 있었다. 되도록 옷차림이 나은 남자를 노려가지고 그 흐릿한 눈동자 속의 기분을 알아차렸다. 마치 이 도시 위로 욕정이 휘몰아치는 것만 같았다. 물론 사탱은 얼마간 두렵기도 했다. 점잖은 사람일수록 하는 짓이 엉뚱했기 때문이었다. 탈이 완전히 벗겨지고 짐승의 본성을 드러내는 것이었다. 망측한 취미를 강요하며 이런 식 저런 식으로 있는 대로 변태를 자행했다. 그래서 아무리 사탱일지라도 마차 위에 앉아 위엄을 떨고 있는 사람들을 보면 멸시하며 정면으로 공박을 하는 것이었다. 그들의 마부가 차라리 나은 편이다. 여자를 소중하게 다루어 그따위 망측한 짓으로 여자를 못살게 굴지 않을 테니까 말이다. 나나는 아직도 선입감에 사로잡혀 있었기 때문에 상류사회의 남자들이 음탕한 진구렁에 빠져들어 가는 것을 보고는 놀라지 않을 수 없었다. 그러나 사탱은 그와 같은 선입감을 완전히 일소해 주었다. 그러면 도덕이란 이미 없는 것 아니냐고 정색하며 나나는 곧잘 반문했다. 신분이 높은 사람이나 낮은 사람이나 할것없이 동침밖엔 생각지 않고 있다니. 밤 아홉 시로부터 새벽 세 시까지의 파리 장안은 그야말로 장관일 것이라고 하며 그녀는 웃어댔다. 그리고, 방 안을 모두 들여다볼 수 있다면 얼마나 재미있겠냐고 지껄여대며, 여기선 비천한 사람들이 재미를 보고 있는가 하면 저기선 수많은 높으신 나리님들이 해괴망측한 짓을 하고 있을 것이라고 했다. 그렇게 해서 나나는 완전한 매춘부가 되었다.

어느날 밤, 사탱을 부르러 가니, 슈아르 후작이 핼쑥한 얼굴로 계단 난간을 잡고서 비칠비칠 내려오고 있었다. 나나는 코를 푸는 체하고 얼굴을 가리며 올라갔다. 1주일 내내 어지러뜨려 놓은 방, 괴상한 냄새를 풍기는 침대, 널브러진 냄비. 이처럼 불결한 생활을 하고 있는 사탱이 후작을 알고 있다니 참 의외였다. 그러나 사탱은 알고 있다 뿐이냐고 하며, 자기가 과자장수와 동거할 때도 집적거려 성가시게 군 적이 있었다고 했다. 지금도 종종 오지만 처치 곤란 지경이며, 그 사람은 더러운 곳만 냄새 맡고 다니며, 심지어는 슬리퍼 속까지 냄새 맡는 사람이라고 했다.

"그렇다니까, 슬리퍼 속까지…… 오! 더러운 영감야! 항상 이런 짓 저런 짓 요구만 하고……."

이와같은 매춘부 행위가 고질이 되지나 않을까 그것이 무엇보다도 나나는 두려웠다. 자기가 이름을 떨치던 시절로 말하며 방탕 자체가 장난에 불과했다. 그러나 지금 그녀의 주위에서 그녀가 보는 여자들은 거기에 매어 있어 날마다 조금씩 생명을 갉아먹고 있는 것이었다. 그리고 또 사탱으로부터 경찰이 무섭다는 얘기를 들었다 그 점에 대하여 사탱은 경험이 있었다. 그전에도 봐달라는 댓가로 풍기반의 순경과 동침해 준 일이 있었다. 덕분에 두 차례나 매춘부로 등록되지 않고 넘겼다. 그러나 다시 잡히면 본업이 탄로나니까 떨고 있었다. 잘 들어두라고 하며 사탱은 말하기를, 경찰은 특별 수당을 받으려고 될 수 있는대로 많은 여자들을 잡는 것이라고 했다. 누구건 상관없이 잡아놓고는 떠들어대기라도 하면 갈긴다고 했다. 가령 여염집 계집애가 끼어들었다 해도 실수로 취급되지 않고, 수당을 받게 되는 것이 확실하기 때문에 태연하다는 것이다. 여름엔 열두 사람에서 열다섯 사람이 한 조가 되어 큰길을 휩쓸며 잡는 일도 있다. 보도를 둘러싸고 하룻밤에 30명씩이나 잡아간다는 것이다. 하지만 자기는 장소를 잘 아니까 문제없다는 것이다. 그래서 경관의 모습만 보면 사람들 틈으로 허둥지둥 도망치는 여자들이 무리로부터 횡 하니 도망을 쳤다. 법률이나 경찰에 대한 그녀들의 두려움이 얼마나 컸던지, 큰길 단속 때, 카페 입구에서 몸이 위축되어 오금을 못 떼고 꼼짝 못하는 여자도 있을 정도였다. 그러나 사탱이 그보다도 더 무서워하는 것이 밀고였다. 전에 그 과자 장수와 헤어졌을 때도 밀고하겠다고 협박을 당했다. 그렇다, 남자들은 이와같은 비겁한 방법으로 정부들을 뜯어먹고 있다. 뿐만 아니라 자기보다 예쁜 친구를 보면 당국에 밀고하는 나쁜 여자도 있다. 이런 얘기를 듣자니 나나는 점점 더 무서워졌다. 여태까지도 이 법률 때문에 계속 떨어오던 그녀였다. 남성의 복수라고나 할까 이 법률이라는 미지의 힘이 덤벼들어도 자신을 지켜줄 사람은 이 세상에 아무도 없는 것이다. 생 라자르 유치장은 무덤 속만 같이 여겨졌다. 머리를 자르고 여자를 산 채로 매장하는 컴컴한 굴. 퐁탕과 손을 끊기만 하면 보호자는 나타날 것이다. 그것은 충분히 알고 있었다. 사탱의 얘기로는 상습적인 여자들의 리스트가 작성되어 사진까지 붙어 있고 경찰은 그것과 대조하기 마련이니까 걱정없다고 강조했지만, 나나의 불안은 가라앉지 않았다. 떼밀리고 끌려다니며 유치장에 들어간 다음날 강제적으로 검진을 당한다. 그런 광경이 끊임없이 눈앞에 아른거렸다. 검진용 의자를 생각하면 이제껏 수없이 파렴치한 짓을 해온 나나였지만 부끄러워 죽고만 싶었다.

그러던 9월 하순 어느날 밤이었다. 나나는 사탱과 프와송니에르 대로를 어슬렁거리고 있는데, 갑자기 사탱이 뛰기 시작했다. 그리고 영문을 물어보는 나나에게 소곤거렸다.

"경찰이야, 빨리! 빨리!"

인파 속을 헤치며 한사코 달렸다. 치맛자락이 날리며 찢어졌다. 때리는 소리. 비명. 여자 하나가 넘어졌다. 경관들이 와짝 덤벼들어 재빨리 포위망을 좁혔다. 웃어대며 구경하는 군중. 나나는 사탱을 놓쳐 버렸다. 다리 힘이 쑥 빠지며 틀림없이 잡히는구나 하는 생각이 들었다. 그러자 한 남자가 그녀의 팔을 잡고 설치고 있는 경관들 앞에서 그녀를 끌어냈다. 프룰리에르가 나나를 알아차리고 구해준 것이었다. 그는 아무 말 없이 그녀를 데리고 조용한 르주몽 거리고 돌았다. 거기까지 와서야 나나는 겨우 한숨을 돌렸지만 맥이 빠져 부축해 주지 않으면 쓰러질 것만 같았다. 고맙다는 말을 할 힘도 없었다.

"이봐, 기운을 차려야지······ 내 방으로 가자구."

프룰리에르는 바로 그 근방인 베르제르 로에 살고 있었다. 그러나 나나는 금방 몸을 반듯하게 세웠다.

"싫어요, 그리고 싶지 않아요."

순간 그는 완전히 태도가 달라졌다.

"하지만 누구하고나 다 하는 짓 아냐······ 응? 어째서 싫다는 거야?"

"그 까닭이야."

그것으로 전부를 다 알아차릴 것 같았다. 그녀는 퐁탕을 사랑하고 있기 때문에 그의 친구하고 놀아나고 싶지는 않았다. 다른 남자의 경우는 또 별개 문제였다. 그것은 생활에 쪼들려 할 수 없이 하는 짓이니까. 나나가 고집하는 것을 보고 프룰리에르는 체면을 깎인 미남자와 같은 비굴한 태도를 취했다.

"그래, 좋을 대로 하라구. 나는 그쪽 방향이 아니니까······ 혼자서 잘 빠져나가도록 하라구."

그리고 그는 그녀를 놔둔 채 가버렸다. 나나는 다시 또 겁이 나서 길을 돌아서 몽마르트까지 돌아왔다. 상점 사이를 급하게 달음질쳐 지나가며 남자만 가까이 와도 안색이 달라졌다.

이튿날, 간밤의 사건으로 아직까지 겁에 질린 채 고모 집엘 가는 도중, 바티뇨르 로의 한적한 길에서 라보르데트와 마주쳤다. 처음에는 둘이 다 어색한 표정이었지만, 그는 여전히 상냥했다. 무슨 좋은 수가 있는 모양이었다. 드디어 라보르데트가 먼저 누그러지며 마침 잘 만났다고 반색을 했다. 사실 나나의 잠적에 대해선 지금까지도 세상이 의아해하고 모두들 나나를 만나고 싶어하며, 옛친구들은 누구나 지쳐 버렸노라 얘기하며, 이번엔 아버지 같은 말투로 설교를 했다.

"우리끼리 얘기지만 이런 생활은 어리석은 짓이란 말야······

한때의 기분이라면 이해가 되지만 기껏 이용만 당하고 받는 것이라곤 따귀뿐이라니, 너무하지 않은가…… 설마하니 덕행표창을 받으려는 것은 아니겠지?"

나나는 머뭇거리고 있었다. 그러나 로즈가 뮈파 백작을 차지하고 우쭐대고 있다고 듣자 눈을 번쩍이었다.

"나도 하려고만 들면……."

그러자 곧바로, 라보르데트는 자기가 중간에 서서 화해를 붙여 주마고 친절스레 말했다. 나나가 거절했다. 그러자 이번에는 다른 면으로 공세를 가했다. 그의 얘기에 의하면, 보르드나브가 포슈리의 연극을 상연하는 데 나나에게 적격인 역이 있다는 것이었다.

"뭐라고요! 역이 있다고요?" 하고 놀라면서 나나는 소리를 쳤다. "그런데 그이도 그 연극에 나가건만 아무 소리 안 하던데요!"

퐁탕의 이름은 말하지 않았다. 그러나 금방 마음을 가라앉히고, 이젠 절대로 무대엔 서지 않겠다고 덧붙였다. 라보르데트는 납득이 안 가는지 미소를 지으며 끈덕지게 계속했다.

"내가 하는 일이니까 걱정할 것 없단 말야. 뮈파 쪽은 내가 잘 처리할 테니까. 당신일랑 무대로 돌아가요. 그렇게 하면 억지로라도 그 사람을 되끌어올 테니 말야."

"그만두겠어요!" 하고 나나는 잘라서 말했다.

그녀는 라보르데트와 헤어졌다. 그리고 자신의 영웅적인 행위에 스스로도 감탄했다. 그자가 그렇게까지 친절하게 구는 것은 필경 그것을 후에 크게 이용하려는 심보임이 분명하다. 그러나 한 가지 일이 나나를 사로잡았다. 라보르데트가 한 충고는 프랑시스의 충고와 똑 같지 않은가. 그날 밤 퐁탕이 돌아오자 나나는 포슈리의 연극 얘기를 물어보았다. 두 달 전부터 바리에테 극장으로 돌아와 있으며 어째서 그 배역에 대하여 말을 안 해주었느냐고 했다.

"역이라니? 설마하니 그 귀부인 역을 얘기하는 것은 아니겠지?…… 너는 자신이 재주가 있다고 생각하지만 어림도 없지, 그 역은 너한텐 벅차단 말야…… 정말 웃기지 말라구!"

나나는 굉장히 기분이 상했다. 퐁탕은 밤새껏 나나를 마드므와젤 마르스(유명한 여배우─역주)라고 부르며 놀려댔다. 그러나 혹독한 소리를 하면 할수록 나나는 꾹 참고 있었다. 이렇게 참고 있자니 자기 자신 자기의 사랑이 기특하게 느껴지며 씁쓸한 기쁨까지 드는 것이었다. 퐁탕을 받들기 위하여 손님을 받게 되면서부터, 나나는 집으로 가지고 돌아오는 피로와 불쾌가 크면 클수록 한층 더 그를 사랑하게 되었다. 이제 와선 퐁탕이 그녀 자신의 변태적인 욕망을 위하여 불가결의 것이 되어 있었다. 그러니까 어떻게 해서든지 그를 받들어야만 했다. 이와 같은 경향은 따귀의 자극이 점점 더 돋우어 주었다. 그는 나나가 얌전하게 하는 것을 기화로 점점 더 거친 짓을 했다. 나나의 모습을 보기만 해도 성깔이 나서, 광적인 증오에 사로잡혔다. 상대방의 이해관계 같은 것은 이미 안중에 없었다. 보스크가 충고 비슷한 소리를 하자 어쩐 일인지 골을 내며 떠들어댔다. 이따위 년이나 이따위 년이 짓는 저녁밥이나 다 집어치우라구. 이따위 년은 두들겨 내쫓고, 그 7천 프랑은 딴 여자한테 줘버리겠다고 했다. 그리고 두 사람의 관계는 결국 그 말대로 되어 버렸다.

어느날 밤 열한 시경, 나나가 돌아오니 문이 걸려 있었다. 노크를 해보았으나 대답이 없었다. 다시 한 번 노크를 했다. 그래도 대답이 없었다. 그러나 문 밑으로 불빛이 새어 나왔다. 뿐만 아니라 안에서 태연하게 걸어다니는 퐁탕의 발소리가 들렸다.

나나는 골이 나서 큰 소리로 불러대며 계속 노크했다. 그제서야 퐁탕의 느릿한 거친 목소리가 울려나왔다.

"시끄럽다!"

나나는 두 주먹으로 문을 두드렸다.

"시끄럽다!"

문이 부서져라고 두드렸다.

"시끄럽다!"

이렇게 약 15분 동안, 문을 두드릴 때마다 사람을 업신여기는 '시끄럽다!'는 소리가 메아리처럼 되돌아왔다. 마침내 상대편이 지칠 것 같지 않게 보이자, 퐁탕은 갑자기 문을 열며, 팔짱을 끼고 문지방 위에 버티고 서서 여전히 냉혹한 소리로 쏘아붙였다.

"썅! 작작 좀 하란 말이다…… 무슨 볼일인가 말야?…… 응, 잠 좀 자게 놔둘 수 없냐? 난 손님이 있다는 걸 알아야지."

사실 그는 혼자가 아니었다. 들여다보니 여자가 벌써 옷을 벗고 슈미즈바람으로 있었다. 실뭉치 수세미 같은 머리칼과 송곳구멍 같은 눈의 그 부프 극장의 여배우였다. 내가 내 돈으로 장만한 세간 속에서 재미를 보고 있다! 그러나 퐁탕은 험한 낯짝을 하고, 한 발 밖으로 나오더니 굵다란 손가락을 집게처럼 벌리고 말했다.

"가지 못하겠냐, 졸라 죽이기 전에!"

나나는 몸을 떨면서 흐느꼈다. 그리고 겁에 질려서 도망쳐 나왔다. 이번엔 내가 내쫓기는구나. 퍼뜩 흥분한 머리 속에 뮈파 생각이 떠올랐다. 하지만 그 복수를 퐁탕이 나에게 할 까닭은 없다.

사탱에게 손님이 없으면 재워 달라고 하자, 밖에 나오면서 우선 그렇게 생각했다. 그 사탱과 집 앞에서 마주쳤다. 그녀도 집

주인에게 내쫓긴 것이었다. "집주인은 문에다 자물쇠를 걸어 놨지만 그건 위법이지 뭐냐, 안 그래, 세간은 내 것이니까 말야." 사탱은 욕설을 퍼부으며 집주인을 경찰로 끌고 가겠다고 했다. 그러나 밤중이고 우선 잠잘 곳을 찾아야 할 노릇이었다. 사탱은 순경 신세를 안지는 편이 현명하다고 생각하고, 나나를 데리고 어떤 여자가 경영하는 라발의 조그만 호텔로 갔다. 창이 안마당 쪽으로 달린 2층의 좁은 방을 주었다. 사탱은 되풀이했다.

"나 혼자라면 마담 로베르 집으로 갈 텐데. 그 집이라면 언제든지 묵을 수 있단 말야…… 하지만 너하고 함께는 안 돼…… 그이는 이상할 정도로 질투가 심해서, 요전날 밤에도 나를 때리지 뭐냐."

방에 틀어박히자 흥분이 가시지 않은 나나는 훌쩍거리며 퐁탕은 야비한 놈이라고 되풀이했다. 사탱은 친절하게 받아주며 위로도 해주고 본인 이상으로 분개하며 남자를 형편없이 공박했다.

"사내들이란 돼지라니까! 돼지!…… 다신 그따위 더러운 녀석들을 상대하지 말아라!"

이윽고 사탱은 나나가 옷을 벗는 것을 거들어주며 눈치 빠르고 고분고분한 하녀처럼 여러 가지로 시중을 들었다. 그러고는 아양을 떨며 되풀이했다.

"우리 가자, 빨리. 자면은 기분도 좋아지겠지…… 바보처럼 그렇게 화만 낼 필요 없다. 그것들 돼지란 말야! 더 이상 생각하지 말아요. 난 네가 좋아. 울지 마. 응, 나를 위해서라도 말야."

침대에 들어가자 곧 사탱은 나나를 위로하기 위해 그녀를 끌어안았다. 퐁탕의 이름은 듣기도 싫었다. 나나가 그것을 입 밖에 내기만 하면 입술로 덮어 눌렀다. 풀어 헤친 머리 밑으로 엿보이는 사탱의 귀여운 볼이 동정으로 가득 차 어린애처럼 아름다웠다. 이처럼 부드럽게 안겨 있자니 차츰 나나의 눈물도 걷혀 갔다. 감동하여 사탱을 애무하며 끌어안았다. 두 시가 울어도 아직껏 촛불은 불타고 있었다. 그들은 밀어를 주고받으며 웃음을 짓씹었다.

갑자기 호텔 안이 떠들썩했다. 사탱은 반나체의 몸으로 일어나 귀를 기울였다.

"경찰이다!" 하고 그녀는 새파래가지고 말했다. "아이구 육시를 할, 재수도 없다!…… 다 틀렸다."

호텔을 경찰이 습격한다는 얘기는 이미 사탱 자신이 여러 차례 말해 왔다. 그런데 라발까지 쑤셔온 오늘 밤따라 둘이 다 마음을 놓고 있었다. 경찰이란 소리를 듣자 나나는 눈이 뒤집혔다. 침대에서 뛰어내리며 휑하니 방을 가로질러 창을 열었다. 창에서 뛰어내리려고 하는 미치광이 같았다. 요행 좁다란 안마당에는 유리 지붕이 쳐있고 창높이로 철망이 쳐 있었다. 나나는 서슴없이 창을 타고 넘어 슈미즈를 펄럭이며 밤바람에 넓적다리를 드러내고 어둠 속으로 사라졌다.

"가만 있어, 위험해!" 하고 사탱이 놀라 되풀이했다. "죽는단 말야."

곧 이어 문을 두드리는 소리가 들리자, 침착하게 창을 닫고 나나의 옷을 옷장 속에 감췄다. 이미 각오를 했다. 등록이 되면 이렇게 겁을 집어먹지 않게 될 뿐이다. 그녀는 졸려죽겠다는 시늉으로 하품을 하고, 무슨 일이냐고 물어보고 난 다음에야 문을 열었다. 지저분한 수염을 기른 키큰 남자가 서 있었다.

"손 좀 보자구…… 바느질 못이 안 박혔는데. 일하는 여자가 아니군. 자 옷을 입어라."

"난 재봉사가 아녀요, 연마공이에요" 하고 사탱은 천연스레 말했다.

그러나 그녀는 순순히 옷을 입었다. 따져 봐야 소용없다. 호텔의 여기저기에서 비명이 터졌다. 문짝에 매달려 안간힘을 쓰는 여자. 애인하고 동침하던 여자는 남자가 신원을 보증했기 때문에 모욕을 당한 여염집 여자처럼 마구 화를 내며 경찰 국장을 고소하겠다고 야단이었다. 한시간 가까이 수런거렸다. 계단을 오르내리는 구두 소리. 주먹으로 벽을 치는 소리. 날카롭게 따지던 말대꾸가 갑자기 훌쩍거리는 울음으로 바뀌었다. 치맛자락이 벽을 스치고 지나갔다. 잠자리를 습격당하여 허겁지겁 몰려나온 여자들의 무리. 그것을 세 사람의 경관이 거칠게 끌고갔다. 지휘를 하는 금발의 자그마한 서장만이 지나치게 공손했다. 이윽고 호텔 안은 다시 또 고요해졌다.

나나는 아무에게도 밀고당하지 않고 무사했다. 공포로 사색이 되어 더듬더듬 방으로 돌아왔다. 발에서 피가 났다. 철망에 긁힌 것이다. 아침나절에야 겨우 잠들었다. 여덟시 경에야 잠이 깨어 호텔을 빠져나와 고모네로 달려갔다. 마담 르라는 조에와 함께 밀크 커피를 마시고 있다가, 나나가 이런 시간에 허둥대고 달려온 것을 보고는 벌써 곡절을 눈치챘다.

"흥! 꼴 좋구나! 내가 뭐라고 그러더냐. 뱃가죽까지 벗겨 먹힐 것이라고 했지…… 자 들어오너라. 우리 집이라면 언제든 못 오겠니."

조에는 일어서며 반가이 주인을 맞이했다.

"이제야 돌아오셨군요…… 무척 기다렸어요."

그러나 마담 르라는 빨리 루이에게 키스해 주라고 하며, 어미가 정신이 든 것이 무엇보다도 이 아이에게 다행이라고 했다. 루이는 핏기 하나 없이 가냘픈 모습으로 아직 자고 있었다. 그

선병질적인 창백한 얼굴을 들여다보자 지난 몇 달간의 어리석은 생활이 갑자기 후회되며 목이 메었다.

"오! 가엾어라. 우리 아기!" 하고 나나는 흐느낌에 묻혀 중얼거렸다.

9

Qus Nocturnes

　　　바리에테 극장에서는 〈귀여운 공작 부인〉을 연습중
이었다. 제1막은 그런대로 완결되고 제2막으로 들어가려 했
다. 무대 앞 낡은 팔걸이 의자에 앉아서 포슈리와 보르드나브
가 연방 무엇인가 논쟁하고 있었다. 한편에서는 프롬프터의
꼽추 영감 코사르가 짚방석 의자에 앉아서 연필을 입에 물고
각본을 뒤적거리고 있었다.

"이봐, 뭘 기다리고 있는 거야!" 하고 갑자기 굵다란 스틱 끝
으로 마루를 두들기며 보르드나브가 고함을 쳤다. "빨리요, 왜
시작을 안 하는 거야!"

"보스크 씨가 없지 뭡니까" 하고 조감독을 맡게 된 바리요가
대답했다.

　그래서 소동이 일고, 모두들 보스크를 불러댔다. 보르드나브
는 욕설을 퍼부었다.

"쌍! 늘 이 모양이야. 아무리 종을 쳐도 있어야 할 자리에 있
어 본 일이 없다니까…… 그 주제에 네 시가 넘도록 잡아 놓으
면 투덜대고 말야."

그러자 보스크가 천연스레 돌아왔다.

"응? 뭐라고? 내 차례라고! 그러면 그렇다고 할 일이지……
알았어! 시몬이 '저기 손님이 오셨어요' 하면 내가 등장하는 것
인데…… 어디로 들어가더라?"

"입구로 들어가게 마련이지!" 하고 포슈리가 신경질을 내며
소리쳤다.

"그렇지, 그런데 입구가 어디더라?"

이번엔 보르드나브가 바리요에게 고함을 치며 마루판이 뚫
어져라고 스틱을 두들기며 다시 욕설을 퍼부었다.

"쌍! 입구 대신 의자를 놔두라고 하잖았냐. 날마다 똑같은 일
을 되풀이해야만 되다니…… 바리요? 바리요는 어디 갔냐? 또
한 놈 없어졌구나. 모두 다 잘들 한다."

그러자 바리요가 욕설에 등을 웅크려대고, 아무말 없이 의자
를 가져왔다. 연습이 시작되었다. 시몬이 모자와 털외투를 입
은 채 가구를 늘어놓는 하녀 시늉을 하다가 잠깐 그 시늉을 멈
췄다.

"저, 너무 추워서 호주머니에 손을 넣은 채 하겠어요."

그러고는 목소리를 바꾸어 가볍게 소리치며 보스크를 맞이
했다.

"'어머! 백작님, 백작님이 첫 번째로 오셨네요. 아씨께서도 기
뻐하실 거예요.'"

보스크는 흙탕이 튄 바지에 커다란 노란 오버코트를 입고, 목
에는 큼직한 머플러를 두르고 있었다. 두 손을 주머니에 찌르
고 낡은 모자를 쓴 채 몸짓은 안 하고 천천히 움직이며 낮은 소
리로 말했다.

"아씨껜 아무 말도 말아요, 이자벨. 내가 직접 놀래주고 싶으
니."

연습은 계속되었다. 보르드나브는 팔걸이 의자에 깊숙이 앉아 미간을 찌푸리고 지루한 표정으로 듣고 있었다. 포슈리는 흥분되어, 일어섰다 앉았다 하며 중지시키고 싶어 못 견디겠다는 것을 간신히 참고 있었다. 그때 뒤쪽 텅 빈 어두운 객석에서 소곤거리는 목소리가 들려왔다.

  "와 있소?" 하고 포슈리는 보르드나브에게 몸을 굽히며 물었다.

  보르드나브는 대답 대신 고개를 끄덕였다. 그가 부탁한 제랄딘느 역을 맡기 전에 나나는 우선 그 연극을 보고 싶다고 했다. 또다시 바람둥이 역을 하는 것이 선뜻 내키지 않았다. 한번쯤 정숙한 여자 역을 하고 싶었다. 나나는 라보르데트와 함께 1층 좌석의 컴컴한 속에 숨어 있었다. 그가 보르드나브에게 주선해준 것이다. 잠깐, 나나의 모습을 찾아보던 포슈리가 다시 연습하는 쪽으로 주의를 집중시켰다.

  조명이 비치고 있는 것은 무대 앞 좌석뿐이었다. 풋라이트의 연결점에서 끌어온 가스등을 놓고, 그 불빛을 반사경으로 무대 앞면에 집중시키고 있었다. 그것이 컴컴한 속에 호젓이 비친 모양이 흡사 어둠 속에 활짝 뜬 크고 노란 눈과 같았다. 코사르는 가느다란 등상 다리에 의지하여, 대본을 잘 읽으려고 불빛 밑으로 치켜들고, 불룩한 등을 그 불빛 속에 뚜렷하게 드러내고 있었다. 그러나 보르드나브와 포슈리가 있는 부근은 어둠에 묻혀 있었다. 그것은 정거장 같은 데서 볼 수 있는 기둥에 매달아놓은 램프처럼 썰렁하니 넓은 건물 내부에 겨우 2, 3미터 넓이로 어슴푸레한 불빛을 던지고 있을 뿐이었다. 그리고 그 불빛 아래에서 배우들이 움직이면 괴상한 그림자가 배후에서 춤추었다. 무대의 그밖의 장소는 어슴푸레하니 마치 헌 재목이나 구멍이 크게 뚫린 선체처럼 사다리와 받침대와 무대장치들이 어수선하게 쌓여 있었다. 그 장치도 페인트가 벗겨져서 마치 허섭쓰레기 더미만 같았고, 공중에 매달린 배경막도 커단 쓰레기창고의 들보에 걸린 누더기와 같았다. 훨씬 위편은 창에서 비쳐드는 햇빛이 어두컴컴한 공간에 황금빛 무늬를 그리고 있었다.

무대 안쪽에선 자기 차례를 기다리는 배우들이 지껄이고 있었다. 그 소리가 차츰 커 갔다.

"이봐, 조용히들 해!" 하고 보르드나브가 화를 내며 의자에서 벌떡 일어나 소리쳤다. "도무지 들리질 않는단 말야…… 얘기가 있으면 밖으로 나가라구. 우린 일을 하고 있단 말야…… 바리요, 또 얘기를 하면 전원 벌금이다!"

배우들은 잠시 동안 잠잠했다. 그들은 뜰 한구석에 있는 벤치랑 촌티 나는 의자에 몰려앉아 있었다. 그것은 제1막의 무대장치로 금방 장치할 수 있게끔 준비되어 있었다. 퐁탕과 프륄리에르가 로즈 미뇽의 얘기를 듣고 있었다. 폴리 드라마티크 극장의 지배인이 굉장한 조건으로 로즈를 빼내려고 왔다는 것이다. 그러자 목소리가 들렸다.

"공작 부인!…… 생피르맹!…… 자, 공작 부인과 생피르맹 차렙니다!"

프륄리에르는 두 번째 불려지자 비로소 자기가 생 피르맹이라는 것을 생각해냈다. 공작부인 엘렌느 역을 맡은 것은 로즈로, 이미 그녀는 준비를 마치고 그를 기다리고 있었다. 텅 빈잘 울리는 마루에 발을 끌면서 보스크가 서서히 돌아와서 앉았다. 클라리스가 벤치의 한쪽을 내주었다.

"무엇 때문에 저렇게 야단일까요?" 하고 클라리스가 보르드나브를 두고 얘기를 꺼냈다. "좀처럼 조용해질 것 같지가 않군요…… 요새는 연극만 하면 틀림없이 화를 내니 말이에요."

보스크는 어깨를 으쓱했다. 신경질 따위는 염두에도 없는 것이다. 퐁탕이 속삭였다.

"실패할 것 같은 예감이 드는 거야. 사실 이 각본은 형편없단 말야."

그러고는 로즈 얘기로 돌려 클라리스에게 물었다.

"어때, 폴리 극장의 조건이란 것 정말이라고 생각하오…… 하룻밤에 3백 프랑, 게다가 백 회 상연. 어째서 별장도 준다고 곁들이지 않았을까!…… 미농 역시 마누라한테 3백 프랑씩 준다고 하면야 보르드나브 따위하곤 미련 없이 손을 끊지 않겠소?"

클라리스는 3백 프랑이라는 것은 정말이라고 생각했다. 퐁탕이라는 사람은 어째서 동료들을 헐뜯기만 할까? 그러나 그때 시몬이 얘기를 가로챘다. 추위로 떨고 있었다. 모두들 윗도리 단추를 끼고 목에 머플러를 두르고 천장을 쳐다보았다. 천장에 비쳐 드는 햇빛은 결코 이 음산한 무대까지 내려오지 않았다. 11월 하늘 아래 밖은 얼어붙은 추위였다.

"분장실엔 불도 안 피웠다니까요, 비위가 상해서 치사스러워지기만 하지 뭐예요……난 집으로 돌아갈까봐, 감기라도 걸리면 어쩌지."

"조용해!" 하고 또다시 보르드나브가 벼락 같은 소리를 쳤다.

그러고 나서 몇 분 동안은 주고 받는 대사만이 들려왔다. 배우들은 몸짓은 거의 안 하고 또 피로하지 않도록 목소리에도 억양을 넣지 않았다. 그러나 태를 부리는 대목에선 객석을 훑어보았다. 그러나 보이는 것이라곤 입을 딱 벌린 컴컴한 빈 장내뿐이고 그곳엔 창문도 없는 높다란 창고에 떠돌고 있는 자디잔 먼지 같은 것이 자옥했다. 장내는 겨우 희미한 무대 불빛에 비치어 잠들어 있는 것만 같았다. 말할 수 없이 쓸쓸한 느낌이었다. 천장의 그림도 어슴푸레하니 어둠에 묻혀 있고 좌우의 앞 자리에는 벽포를 보호키 위해서 위에서 아래까지 회색의 널따란 커버가 걸려있었다. 그것은 난간의 벨벳 위까지 늘어져있었다. 그리하여 2중으로 천이 앞 좌석을 둘러싸고 그 뿌연 빛 때문에 어둠이 한결 더 침침했다. 전체로 희미해 보이는 속에 각 층마다 칸막이 좌석의 움푹한 곳만이 유난히 컴컴해 보였고, 팔걸이 의자의 붉은 벨벳은 거의 검정빛으로 보였다. 완전히 내린 샹들리에는 그 장식이 일층 특별석을 덮고 있었다. 마치 이사 간 빈집과도 같고, 관객이 영구히 떠나가 버린 뒤와도 같았다.

마침 그때 로즈가 무대 전면으로 걸어나왔다. 창부집에 얼떨결에 뛰어든 귀여운 공작 부인 역을 하고 있는 중이었다. 두 손을 들고 초상집처럼 음침하니 텅 빈 컴컴한 장내를 향하여 얼굴을 찡그렸다.

"'어머, 이상스런 사람들도 다 봤네!'" 하고 그녀는 한결 더 힘을 주어 말했다. 대사의 효과에 자신을 갖고 있는 것이었다.

나나는 1층 뒷자리에 숨어서 숄을 푹 뒤집어쓰고 로즈를 뚫어지게 쳐다보며 듣고 있었다. 그러다가 그녀는 라보르데트 쪽을 돌아보며 낮은 소리로 물었다.

"틀림없이 그분 오시는 거죠?"

"틀림없어. 아마도 미뇽을 데리고 올 거야. 구실을 만들기 위해서 말이야…… 오거든 곧 마틸드의 방으로 올라오라구. 그 사람을 데리고 갈 테니 말야."

그것은 뮈파 백작 얘기였다. 라보르데트의 주선으로 나나와 백작은 백지 상태로 돌아가 다시 만나기로 되었다. 라보르데트가 이점에 대하여 보르드나브와 진지하게 토의한 것이다. 보르드나브는 계속되는 두 차례의 실패로 이즈음 불경기였다.

그래서 백작을 구슬러서 어떻게든지 하여 돈을 빌려 보려는 심
산으로 서둘러 연극을 준비하고, 나나에게도 역할을 제공하기
로 한 것이다.

"그런데 제랄딘느 역을 어떻게 생각하지?" 하고 라보르데트
가 물었다.

　그러나 나나는 아무 말 없이 가만히 있었다. 제1막에서, 작자
는 보리바즈 공작이 오페레타의 스타인 금발의 제랄딘느 때문
에 아내를 배반하게 되는 경위를 설명한다. 제2막에선 공작 부
인 엘렌느가 어떤 가면무도회 날 밤에 그 여배우의 집을 찾아
가 이런 부류의 여자들이 어떠한 마력에 의하여 자기들의 남편
을 정복하고 붙잡아 두느냐 하는 비밀을 안다. 엘렌느를 여기
로 안내하는 것은 미남인 사촌 오라버니 오스카르드 생 피르맹
이다. 그는 기회를 보아 부인을 농락해 보려는 심산이다. 엘렌
느가 놀란 것은 제랄딘느가 마차꾼 같은 언사로 공작에게 싸움
을 거는 사실이다. 그러나 공작은 아주 고분고분할 뿐더러 좋
아하고 있었다. 그래서 엘렌느는 '어머, 남자에겐 저런 식으로
말을 해야 되는가보다!' 하고 외친다. 제2막에서 제랄딘느가 등
장하는 것은 이 장면뿐이다. 이윽고 공작 부인은 이런 곳에 뛰
어든 벌을 받게 된다. 즉 호색가 늙은이 타르디보 남작이 창녀
로 오해를 하고 지분거리는가 하면, 건너편 소파에선 보리바즈
공작이 제랄딘느를 끌어안고 화해를 하는 것이다. 이 제랄딘
느는 아직 배역이 결정되지 않았기 때문에 코사르 영감이 일어
나서 대본을 읽는 것인데, 지나치게 기분을 내다 보니 보스크
품에 안기어 연기를 했다. 여기까지 짜임새 없는 연습이 계속
되었을 때, 갑자기 포슈리가 팔걸이 의자에서 벌떡 일어섰다.
그는 참고 참다가 마침내 분통이 터진 것이다.

"그게 아냐."

배우들은 연습을 중지하고 손을 늘어뜨린 채 우두커니 서 있었다. 퐁탕이 여전히 그 시치미를 뗀 것 같은 표정으로 딴전을 피웠다.

"무엇이 그게 아니라는 거죠?"

"하나도 돼 있질 않아! 도무지 말야! 도무지!" 그러면서 포슈리는 무대를 성큼성큼 걸어다니며 자기 스스로 몸짓을 섞어 그 장면을 해보였다. "이것 봐. 퐁탕, 타르디보가 열중해 있는 기분을 충분히 알아야 한단 말야. 몸을 꾸부리고 공작 부인을 끌어안는 거야…… 그러면 포즈, 당신은 몸을 돌리는 거야, 재빨리 이렇게. 그렇지만 너무 빨라도 못 써. 바로 키스 소리가 들렸을 때……."

거기서 잠깐 중단하고, 포슈리는 설명에 열중하여 코사르에게 외쳤다.

"제랄딘느가 키스를 하라구…… 모두들 들을 수 있도록 세게!"

코사르 영감이 보스크 쪽을 향하여 입술을 쑥 내밀고 키스 소리를 냈다.

"좋아! 키스는 됐고" 하며 포슈리는 신이 나서 계속했다. "다시 한 번 키스…… 여기 봐, 로즈, 여기서 서서히 한 번 돌고서 가볍게 소리치는 거야. '어머! 저것이 키스를 하네' 하고. 하지만 그러기 위해선 타르디보가 앞으로 나와야 한단 말야. 알았지, 퐁탕, 앞으로 나오는 걸세…… 자! 해보라구, 모두 다 같이."

배우들은 다시 연습을 시작했다. 그러나 퐁탕이 제대로 하려고 들지를 않아 도무지 나가질 않았다. 포슈리는 두 차례나 주의를 되풀이하지 않으면 안 되었고 그때마다 한층 더 열심히 연기를 해보였다. 모두들 시무룩하니 물구나무를 서서 걸어

가라고나 지시당한 것처럼 서로들 얼굴을 마주보며 되는 대로 다시 했다. 그러나 금방 그만두고 말았으며 줄이 끊어진 꼭두각시처럼 뻣뻣하기만 했다.

"못하겠수다. 너무 어려워서 나는 모르겠다구요" 하고 마침내 퐁탕이 건방진 말투로 대꾸했다.

보르드나브는 조금 전부터 입을 꼭 다물고 있었다. 팔걸이 의자에 깊숙이 앉아 있었기 때문에 눌러 쓴 모자 꼭대기밖에는 보이지 않았다. 내던져진 채 배 위에 가로놓인 스틱, 마치 잠들어 있는 것만 같았다. 그러나 그는 갑자기 벌떡 일어났다.

"여보게, 자네도 참 어리석네" 하고 침착한 어조로 포슈리를 향하여 말했다.

"뭐, 어리석어! 어리석은 것은 당신이요. 여보!" 하고 낯빛이 변하여 포슈리가 외쳤다.

그러자 보르드나브는 노기가 등등해서 어리석다는 소리를 되풀이하며, 그보다 더 지독한 말을 궁리하며, 천치니 숙맥이니 생각나는 대로 지껄여댔다. 그러고는 이 연극은 관중들에게 핀잔이나 받다 결국 망치고 말 것이라고 했다. 포슈리는 부아가 났다. 하긴 이와 같은 욕설은 새 연극을 연습할 때마다 그들 사이에 있는 일로, 그리 크게 기분을 상하게 한 것도 아니었지만, 화난 김에 맞대 놓고 무식한 놈이라고 하자 보르드나브는 걷잡을 수 없이 날뛰었다. 스틱을 휘두르고 황소처럼 씨근대며 외쳐댔다.

"육시를 할! 게걸대지 좀 마라…… 어리석은 짓으로 15분이나 낭비를 하고서…… 암 어리석은 짓이지. 정말이지 의미 없는 짓이야…… 이런 것 아무것도 아닌데! 이봐 퐁탕, 자네는 움직이지 않아도 좋아. 로즈는 이렇게 조금만 움직이라구, 이 정도로. 그리고 물러나는 거야…… 자 이번엔 잘들 해보라구. 키스를 하라구, 코사르."

분간을 못할 노릇이었다. 여전히 잘 되지 않았다. 이번엔 보르드라브르가 코끼리 같은 몸집으로 연기를 해보였다. 그것을 포슈리가 바라보고 있었다. 가련하다는 듯이 어깨를 들먹이며 비웃었다. 그러자니 퐁탕이 의견을 제출하고 보스크까지 소견을 늘어놓았다. 로즈는 지쳐 버려 입구 대신 놔둔 의자에 앉아 버렸다. 이젠 무엇이 무엇인지 분간도 안 갔다. 엎친 데 덮친 격으로 시몬이 자기 차례로 잘못 알고 당황해하며 이 혼란 속으로 뛰어들었다. 보르드나브는 불같이 화가 치밀어 스틱을 휘두르며 그녀의 엉덩이를 힘껏 후려쳤다. 연습 때 보르드나브는 동침한 일이 있는 여자들을 이렇게 때리기 일쑤였다. 도망치는 그녀를 뒤쫓으며 그는 고함을 쳤다.

"알았냐. 머리 속에 잘 치부해 두라구! 더 이상 속을 썩이면 극단 문을 닫아버릴 테니!"

포슈리는 모자를 푹 눌러 쓰고 극장에서 나가는 시늉을 하다가, 보르드나브가 땀투성이가 돼가지고 돌아와 앉는 것을 보고는 되돌아와서 자기도 의자에 앉았다. 잠시 동안 두 사람은 잠잠히 앉아 있었다. 어두운 장내에 무거운 침묵이 서렸다. 배우들은 2분 가량이나 기다렸다. 모두들 힘든 일을 하고 난 후처럼 피로했다.

"자, 계속하자구" 하고 마침내 보르드나브가 태연하게 말했다.

"암, 계속해야지" 하고 포슈리도 되풀이했다. "무대에 관한 얘긴 내일 의논키로 하고."

그들은 의자에 몸을 죽 폈다. 연습이 또다시 지루하게 계속되었다. 별로들 내키지 않았던 것이다. 지배인과 작가 사이에 다툼이 벌어지고 있는 동안 퐁탕을 위시하여 다른 사람들은 무대 안쪽의 벤치와 촌티 나는 의자에서 한가히 기다리고 있었다. 킬킬대며 불평을 늘어놓고 욕설을 퍼부었다. 그러나 스틱으로 엉덩이를 얻어맞은 시몬이 눈물로 목이 메인 채 돌아오자, 그 사건에 관하여 쑥덕거리며 나 같음 저 돼지 같은 새끼를 졸라죽이고 말겠다고들 했다. 시몬은 눈물을 씻으면서 고개를 끄덕이더니 이젠 그따위 녀석하곤 손을 끊겠다고 했다. 어제 스테이네르가 그녀를 돌봐 주마고 했다는 것이다. 클라리스는 그 말에 놀라며 은행가는 무일푼이라고 했다. 그러자 프룰리에르가 웃어대며 로즈와 하려하게 활보하고 다니던 시절, 그 유대인이 증권거래소에서 자신이 관계하고 있는 랑드 제염소의 불경기를 회복키 위하여 어떠한 곡예를 해냈는가 생각해 보라고 했다. 이즈음은 그가 보스포러스 해협(흑해와 마르마다를 연결하는 해협, 터키령—역주)에 해저 터널을 계획하고 있다고 했다. 시몬은 아주 유심히 귀를 기울였다. 그러나 클라리스는 최근 1주일 동안 속이 상해 못 견디겠다고 했다. 가가에게 인심 좋게 양보한 라 팔르와즈가 부호인 삼촌으로부터 유산을 받았다는 것이다. 자기는 이제 그만이라고 하며 지금까지도 늘 운이 나빴지만 이번에도 또 보르드나브란 똥자루 같은 영감이 겨우 50줄 정도의 단역밖엔 안 주었다고 투덜거렸다. 자기도 제랄딘느의 역쯤 할 수 있다고 하며 클라리스는 이 역을 동경하고 나나가 그 역을 거절해 주기를 바라고 있었다. "난 또 어떻구" 하며 프룰리에르도 비위가 틀려가지고 말했다. "겨우 2백 줄이란 말야. 그따위 역, 내팽개치려구 했다니까…… 생 피르맹을 나한테 시키다니 너무하다구. 이를테면 이건 바지저고리 아냐. 그리고 도대체 이 각본이 뭐야! 틀림없이 실패할 테니 보라구."

거기에 바리요 영감과 얘길 하고 있던 시몬이 숨을 헐떡이며 달려왔다.

"나나가 와 있어요."

"어디?" 하고 클라리스가 당황해 물어보며 일어서서 말했다.

소문이 금방 퍼졌다. 모두들 기웃거렸다. 연습은 잠시 중단상태가 되었다. 그러자 그때까지 꼼짝 않고 있던 보르드나브가 일어서며 소리쳤다.

"뭣들 하는 거야? 빨리 이 막을 끝내야 하잖아…… 그리고 그 안쪽에선 조용히들 해, 시끄럽단 말야!"

아래층 뒷좌석에선 나나가 여전히 연습 광경을 열심히 보고 있었다. 두 차례나 라보르데트가 얘기를 붙이려고 했지만 그때마다 귀찮다는 듯이 팔꿈치로 치며 말문을 막았다. 제2막이 끝날 무렵, 뒤쪽에 두 개의 그림자가 나타났다. 소리가 안 나도록 발 끝으로 걸으며 다가왔지만, 나나는 당장에 알 수 있었다. 미뇽과 뮈파 백작이었다. 그들은 보르드나브 곁으로 와서 말 없이 머리를 숙였다.

"왔군요" 하고 숨을 내리쉬며 나나가 중얼거렸다.

로즈 미뇽이 마지막 대사를 외고 있었다. 그러자 보르드나브가 제3막으로 들어가기 전에 한 번 더 제2막을 하라고 명령했다. 그러고는 연습은 젖혀 놓고 공손히 백작을 맞이했다. 포슈리는 자기 주위에 모인 배우들에게 정신이 팔린 체하고 있었다. 미뇽은 뒷짐을 지고 휘파람을 불며 아내를 힐끔힐끔 바라보고 있었다. 로즈는 흥분한 것 같았다.

"그럼 올라가보기로 할까?" 하고 라보르데트가 나나에게 말했다. "내가 화장실까지 데려다 주고 되돌아와서 그 사람을 데리고 가지."

나나는 당장에 자리에서 일어났다. 앞자리 특별석의 통로를 더듬거리며 가야 했다. 그런데 어두운 곳을 지나치려고 하다가 보르드나브에게 발각되어 무대 뒤 복도 끝에서 붙잡혔다. 그곳은 좁은 통로로서 밤낮으로 가스등이 켜 있었다. 그는 단번에 결판을 낼 작정으로 당장 제랄딘느 역을 내세웠다.

"어때, 멋있는 역이지? 근사하다구. 거기한텐 적격이야…… 내일부터 연습에 나오라구."

나나는 냉정했다. 제3막을 보고서야 대답하겠노라고 했다.

"설작이라구. 제3막은!…… 공작 부인이 자기 집에서 갈보 같은 짓을 한단 말야. 그걸 보고 보리바즈 공작은 입맛이 떨어져서 행실을 바로잡는 거야. 게다가 익살스런 착각까지 곁들여 타르드보가 찾아오고, 그 집을 댄서의 집으로 생각하는 거야……."

"제랄딘느도 그 막에 나오나요?" 하고 나나가 가로막았다.

"제랄딘느?" 하고 보르드나브는 잠시 주춤하며 말했다. "나오긴 하지, 잠깐이지만 상당히 멋있는 장면이야…… 거기한텐 적역이라구. 계약해주지?"

나나는 보르드나브를 물끄러미 쳐다보다가 마침내 대답했다.

"그 얘긴 나중에 해요."

그러고는 계단에서 기다리고 있는 라보르데트를 따라갔다. 이젠 극단 안의 사람들이 모두 다 나나를 알아차렸다. 모두들 수군거렸다. 프룰리에르는 눈살을 찌푸리고 클라리스는 배역 관계로 조바심을 했고, 퐁탕은 시치미를 떼고 무관심한 체했다. 전에 사랑하던 여자를 헐뜯는 일은 안 하는 편이 현명하다. 그러나 속으론 과거의 사랑도 미움으로 바뀌고, 그녀의 헌신적인 희생도, 미모도, 동거 생활까지도 심한 원망으로 화했다. 이젠 그따위 생활은 원치도 않는다. 그 여잔 변태적인 취미를 갖고 있으니까.

로즈는 나나의 출현에 의아했으나 한 번 사라졌던 라보르데 트가 다시 나타나 뮈파 백작 곁으로 다가가는 것을 보자 금방 모든 내막을 알아챘다. 뮈파에겐 벌써 넌더리가 난 그녀였지 만 이런 식으로 버림받는가고 생각하니 부아가 치밀었다. 평 소에는 이런 얘기를 남편한테 안 했지만, 이때만은 터놓고 말 았다.

"당신, 어떻게 돼가는 것인지 짐작하슈?…… 정말이지 만약 에 그년이 또다시 스테이네르 때 같은 짓을 하면 눈깔을 배놓 고 말래요!"

미뇽은 모든 것을 다 알고 있는 사람처럼 태연하게 어깨를 으 쓱했다.

"쓸데없는 소리 하지 마. 제발 좀 아무 말도 말아요."

어떻게 하면 좋다는 것을 그는 잘 알고 있었다. 뮈파에게선 짜낼 만큼 짜냈다. 뿐만 아니라, 뮈파는 나나가 눈만 꿈쩍해도 발 밑으로 달려가서 몸을 내던지려는 처지였다. 이처럼 치정 에 들뜬 남자를 맞대 놓고 따진다는 것은 서투른 짓이다. 그래 서 남자의 마음을 잘 아는 미뇽은 이 경우를 어떻게 잘 이용해 야 될까 하고 그것만을 생각하고 있었다. 서투르다간 일을 망 친다. 기다리는 것이다.

"로즈, 무대로 나와! 제2막을 다시 하는 거야" 하고 보르드나 브가 외쳤다.

"자 가봐요! 나한테 맡겨놓고" 하고 미뇽이 말했다. 그러고는 포슈리를 향하여 조롱하듯 각본을 칭찬했다. "참 훌륭한 각본 이오. 그런데 등장인물 중의 귀부인이 그다지도 정숙한 건 웬 일이오. 좀 부자연스러운 걸." 그는 싱글싱글하며 그 제랄딘느 에게 농락당하는 보리바즈 공작이란 누구를 모델로 한 것이냐 고 물었다. 포슈리는 골을 내기는커녕 씽긋 웃었다. 그러나 그 순간 보르드나브가 뭐파 쪽을 흘긋 건너다보며 어색한 표정을 했기 때문에 미뇽은 얼른 점잔을 뗐다.

"시작하지 못해? 쌍!" 하고 보르드나브가 소리쳤다.

"자, 그럼 바리요!…… 뭐, 어째? 보스크가 없어? 끝까지 나를 업신여길 셈이냐!"

그러자 보스크가 시치미를 떼고 돌아왔다. 연습이 다시 시작되자, 라보르데트가 백작을 데리고 나갔다. 백작은 나나와의 재회를 생각하고 떨고 있었다. 싸우고 헤진 후로, 허전한 빈 자리를 메우지 못하고 있던 그는 다시 또 여자 없는 먼저 생활로 돌아가지는 괴로우리라고 생각하며 자기도 모르는 사이에 그만 로즈네 집을 드나들게 되었다. 그러면서 얼빠진 사람처럼 모든 것을 잊으려 했다. 나나를 찾는 것도 그만두고 부인과의 마찰도 피해 왔다. 망각만이 자신의 품위를 보전하는 일이라고 생각했다. 그러나 그 동안도 그 어떤 힘이 은근히 작용하며 다시 또 서서히 나나에게 정복되어 갔다. 각가지 추억과 끊을 수 없는 육욕의 집착과 이전과는 달리 아버지와 같은 따뜻한 감정이 다만 나나만을 생각하게 했다. 그 고약스런 정경도 가셨고, 풍탕도 안중에 없었다. 나나가 아내의 간통을 폭로하며 그를 내쫓던 당시의 언사도 잊었다. 그것들은 모두 다 언어에 불과할 뿐, 어디론지 사라져 버렸다. 남아 있는 것이라곤 가슴을 죄는 상념뿐이었다. 그리고 그 가슴의 아픔이 차츰 더 심해 가며 숨도 막힐 지경이 되었다. 그는 어린애처럼 순수한 기분이 되며 자신을 나무라는 것이었다. 만약에 자기가 진정으로 그 여자를 사랑했다면 그녀도 배반하지는 않았을 것이라고. 마침내 고뇌에 견디다 못해 그는 자신의 불행을 뼈저리게 느꼈다. 오래된 상처가 쑤시는 것만 같았다. 그것은 이미 육체에 굶주린 맹목적인 욕망이 아니었다. 그 여자만을 그리는 마음이었다. 그녀만이 소망인 것이다. 한순간도 잊을 수 없는 그 머리, 그 입술, 그 몸뚱이가 탐나는 것이다. 그 목소리만 생각해도 전신이 떨렸다. 그는 수전노와 같은 집념과 무한한 애정으로 나나를 원하고 있었던 것이다. 이렇게 치정에 애타고 있는 판에 라보르데트로부터 나나를 만나게 해주겠다는 소리를 들은 것이다. 순간 뮈파는 막을 수 없는 충동에 사로잡혀 그의 품 속으로 뛰어들었다. 그리고선 금방 자기와 같은 신분으로 이와같은 창피스러운 꼴을 보인 데 대하여 부끄러워했다. 그러나 라보르데트는 그와 같은 기분까지도 꿰뚫어보고 있었던 것이다. 그는 약삭빠르게 백작을 계단 앞까지 데리고 가서 대수롭잖게 이렇게 소곤거리곤 곁을 떠났다.

"3층 오른편 복돕니다. 문을 조금 열어놨어요."

뮈파는 혼자서 괴괴하니 조용한 분장실 앞을 지나갔다. 열려 있는 문으로 안이 보였다. 쓸쓸한 넓은 방이 백일하에 드러나고 곰팡이와 마모로 초라하기만 했다. 그러나 뮈파는 어둠침침하고 떠들썩하던 무대에서 나오자마자 눈앞이 환해지는 바람에 놀랐다. 계단도 어느날 밤인가는 가스등의 희미하고 분주하게 오르내리는 여자들의 발소리가 울려퍼졌는데, 지금은 괴괴하기만 했다. 인기척 하나 없는 방. 인적도 바스락 소리도 없이 횅한 복도. 계단 층계와 가지런히 달린 네모진 창으로 11월의 희미한 햇빛이 비쳐들며 그 노란 빛 속에 먼지가 뽀얗게 춤추고 있었다. 높은 곳에서 쏟아지는 정적. 그는 이렇게 조용하니 고요한 것을 다행하게 생각하며 숨차지 않도록 서서히 올라갔다. 가슴이 마구 두근거렸다. 어린애처럼 한숨지며 눈물을 흘리지나 않을까 하는 두려움이 왔다. 그는 2층 층계참 담벽에 기대섰다. 여기라면 아무도 볼 염려가 없었다. 손수건을 입에 대고, 휘어 버린 층계와 손때에 반들거리는 쇠난간과 뺑

끼가 떨어진 벽들을 둘러보았다. 그 추레한 모양은 마치 여자들이 낮잠을 자고 있는 울적한 오후의 사창굴 같았다. 3층까지 왔을 때 계단에 동그만이 누워 있는 커다란 붉은 고양이를 넘어 디뎌야만 했다. 고양이는 매일 밤 여자들이 남기고 가는 혼탁한 냄새 속에서 실눈을 감고 마치 이 건물을 혼자서 지키고 있는 듯했다.

오른편 복도에 문이 빠끔히 열린 방이 있었다. 조금 전부터 나나는 그를 기다리고 있었다. 마틸드는 게접스러운 여자로 방 안을 쓰레기통처럼 하고 있었다. 깨진 주발이 널브러져 있고 화장대에 때가 끼었으며, 루즈가 묻은 의자는 마치 피가 묻은 것만 같았다. 벽과 천장에 바른 종이에는 비눗물이 튀어 얼룩이 져 있었다. 라방드 향수가 썩은 냄새를 풍기는 것 같아 나나는 한참동안 창을 열고 팔꿈치를 괴고서 숨을 들이쉬며 몸을 굽히어 블롱 아주머니를 내려다보았다. 그늘진 좁다란 안마당의 파랗게 이끼 긴 깐돌 위를 비질 하는 소리가 들려왔다. 덧문에 매달린 새장에선 날카로운 카나리아 울음소리가 들려왔다. 큰길의 마차 소리도, 가까운 길의 소음도 들려오지 않았다. 시골과 같은 적막이 깃들이고 태양은 넓은 공간에 희미하게 비치고 있었다. 눈을 뜨니 자그마한 건물들과 골목길 아케이드의 유리창이 번쩍이고, 그 건너편 정면엔 비비엔느 거리의 높은 건물 뒷면이 즐비하게 솟아 있어 빈집처럼 한산해 보였다. 옥상 베란다들이 겹겹이 보이고 그중 한 개의 옥상에는 아틀리에를 만들어놓고 커다란 푸른 유리창을 긴 사진관이 있었다. 그러자 노크 소리가 난 것 같아 그녀는 돌아다보며 소리쳤다.

"들어오셔요!"

백작이 들어서자 그녀는 창을 닫았다. 춥기도 하고, 호기심 많은 블롱 아주머니에게 얘기 소리가 새나갈 것도 꺼림칙했기 때문이었다. 두 사람은 표정이 굳어가지고 마주 바라보았다. 숨이 막힌 것처럼 옴쭉 못하고 있는 백작을 보고 나나는 웃어대며 말을 했다.

"어머, 당신 오셨군요. 바보 같은 양반!"

그는 흥분이 지나쳐 얼어붙은 것 같았다. 나나를 마담이라 부르며 다시 보게 되어 반갑다고 했다. 나나는 일을 후다닥 해치우기 위하여 훨씬 더 허물없게 굴었다.

"체면치레 그만하셔요. 내가 보고 싶었죠, 예? 도자기로 만든 개처럼 마주 바라보고만 있음 무엇하겠어요…… 서로가 나빴어요. 내 용서해 드릴께요!"

그리고 인제 이런 얘긴 그만두자고 했다. 뮈파는 고개를 끄덕였다. 차츰 진정되긴 했지만 하고 싶은 얘기가 가슴에 가득하여 무슨 얘길 해야 좋을지 몰랐다. 그러나 나나는 그것을 백작의 냉담 탓으로 생각하고 한바탕 연극을 피웠다.

"어머, 당신 약아지셨네요" 하고 희미하게 미소를 지으며 지껄였다. "자, 화해한 표시로 악수해요. 그리고 좋은 친구가 되기로 해요."

"뭐, 좋은 친구?" 하며 뮈파는 갑자기 불안에 빠졌다.

"그래요. 어리석은 소리 같지만, 난 당신한테 나쁜 여자로 취급되고 싶지 않았어요…… 이것으로 서로간의 기분은 이해되었으니까 앞으론 서로간에 마주쳐도 멍청히 흘겨보지 않기로 해요……."

백작이 손을 들어 제지하려고 했다.

"끝까지 들어보셔요!…… 나는 어느 남자한테고 추잡한 여자로 치부되고 싶지가 않단 말예요. 그래서 당신한테도 그런 여자가 되고 싶지가 않은 거예요…… 누구에게나 체면이라는 것이 있으니까요."

"그건 말이 달라! 잠깐 앉아서 내 말 좀 들어봐."

그러고는 나나가 도망이라도 칠까 걱정이라도 되는 양 나나를 밀치며 하나밖에 없는 의자에 앉히고는 자신은 차츰 흥분하며 서성거렸다. 밀폐된 좁다란 방 안엔 가득히 햇빛이 비쳐들어 후덥지근하니 따뜻해지며 은근한 기분이 가득 찼다. 이 고요를 깨뜨리는 바스락 소리 하나 없었다. 때때로 고요를 깨뜨리는 날카로운 카나리아의 울음소리가 멀리서 들리는 플루트의 떨리는 소리처럼 들려왔다.

"내 말 좀 들어봐요" 하며 백작은 나나 앞에 버티고 서서 얘기하기 시작했다. "나는 당신을 되찾으려고 온 거야…… 그래, 난 다시 한 번 해보고 싶소. 알고 있으면서 무엇 때문에 그런 소리를 하는 거요…… 대답 좀 해보오. 승낙하는 거지?"

나나는 고개를 숙이고 루즈 때문에 피 묻은 자리처럼 된, 깔고 있는 의자의 지푸라기를 손톱으로 쑤셨다. 상대방의 근심스러운 표정을 보고 서두를 필요가 없다고 생각했다. 이윽고 나나는 심각한 표정을 짓고 고개를 들어 아름다운 눈에 슬픈 빛을 띠었다.

"안 돼요. 당신과 다시 또 정을 맺다니, 절대로 안 될 말씀예요."

"무슨 이유로?" 그의 얼굴 위로 말할 수 없는 고뇌의 빛이 스쳐갔다.

"무슨 이유냐고요? 그야 할 수 없다는 그것뿐이죠, 싫으니까요."

그는 한참 동안 타는 듯한 눈초리로 나나를 바라보고 있다가 털썩 마룻바닥에 꿇어앉았다. 그녀는 난처한 듯한 표정으로 말했다.

"어머! 어린애처럼 굴지 마세요."

그러나 뮈파는 이미 어린애처럼 되어 있었다. 발밑에 꿇어앉아 나나의 몸뚱이를 두 손으로 안으며 무릎 위에 얼굴을 묻고 힘껏 껴안았다. 아아 그녀의 몸, 얇은 옷 밑에 벨벳 같은 솜털이 덮인 그 몸! 그러자 전신에 경련이 일었다. 그는 열띤 사람처럼 떨어대며 정신없이 나나의 다리 위에 몸을 비볐다. 그녀의 몸속으로 기어들려고나 하는 듯했다. 낡은 의자가 삐걱거렸다. 나지막한 천장 밑, 향수 냄새로 가득 찬 공기 속에서 욕정의 흐느낌 소리가 숨가쁘게 감돌았다.

"좋아요, 어쩌자는 거죠?" 하고 나나는 백작이 하는 대로 내맡겨두며 말했다. "그래봐야 소용없어요. 안 될 일인 걸요⋯⋯ 어머. 당신 젊기도 하셔요!"

백작은 흥분을 가라앉혔다. 그러나 그는 무릎을 꿇은 채 나나의 몸을 놓지 않고 띄엄띄엄 말했다.

"어쨌든 내가 하는 얘기를 들어봐요⋯⋯ 사실은 이미 몽소 공원 근처에 저택을 봐두었소. 당신의 소원이라면 무엇이든 들어주리다. 나 혼자만의 것이 되어 준다면 전 재산을 다 바쳐도 좋아요⋯⋯ 그렇고말고, 조건이라면 다른 남자하곤 관계하지 않는다는 것뿐이오. 알았소? 약속해 준다면 당신을 세계에서 제일가는 미인으로, 제일가는 부자로 만들어주겠소. 마차, 다이아몬드, 옷 등⋯⋯."

그 하나하나에 나나는 오만하게 도리질을 쳤다. 그 이상 무엇을 주면 좋을지 망연하여 백작이 연금을 부어 주마고 하자, 나나는 발끈했다.

"이보셔요, 그쯤 해두고 그만하셔요⋯⋯ 내가 사람이 좋고, 또 당신이 가엾으니까 가만 있는 거예요. 하지만 그만해두셔요⋯⋯ 날 좀 일어서게 하시라구요. 피로하단 말예요."

그녀는 뿌리치고 일어섰다.

"싫어요. 싫어, 싫어…… 난 싫단 말예요."

백작도 겨우 일어나 척 늘어지며 의자에 쓰러져 의자 등에 팔을 걸치고 손으로 얼굴을 가렸다. 나나가 서성거렸다. 연한 햇빛이 스며드는 불결한 방을 잠깐 훑어봤다. 물방울이 튀겨진 벽지. 때묻은 화장대. 이윽고 백작 앞으로 와 서면서 천연스레 말하는 것이었다.

"우습지 뭐예요. 부자들은 돈이면 무엇이든 다 가질 수 있는 줄 아는 게죠…… 하지만 내가 싫다면야 어쩌겠어요?…… 나는 말이죠 당신의 선물 같은 건 거들떠보지도 않는다구요. …… 당신이 나에게 파리 장안을 다 준대도 싫어요. 싫구말구요…… 이것 보셔요. 이 방은 결코 깨끗하지 못하지만, 만약 당신과 여기서 살아볼 생각이라면야 그것도 또한 즐거운 일이에요. 하지만 그 반대로 그럴 생각이 없다면야 대궐 안에서 산들 무슨 맛이겠어요……돈이 무슨 소용예요! 그런 것은 없다가도 생기는 거예요! 돈 같은 건 밟아버리고 침뱉어 버리겠어요!"

나나는 제법 혐오에 가득 찬 표정이었다. 이윽고 얘기를 정신적인 문제로 돌리며 은근한 말투로 얘기했다.

"난 돈보다 더 귀한 것을 알고 있어요…… 아아 내가 바라는 것을 나에게 줄 사람이 있었으면……."

백작은 서서히 고개를 들었다. 그 눈에 한 가닥 희망의 빛이 떠돌았다.

"오! 당신으로선 안 될 일이예요. 당신의 힘으로는 안 된단 말예요. 그러니까 얘기하는 거예요…… 어쨌든 얘기나 해보죠…… 나는 이번 연극에서 정숙한 여자의 역할을 맡고 싶단 말예요."

"정숙한 여자라니?" 하고 백작은 놀라며 중얼거렸다.

"그 공작부인 엘렌느 말예요!…… 내가 제랄딘느의 역을 맡으려니 하다니 당치도 않은 오산예요! 잠깐 얼굴만 내놓고 마는 하찮은 역 아녜요! 그뿐인가요, 갈보짓은 이제 그만하겠어요. 언제나 갈보짓만 하니까 마치 내가 속속들이 갈보만 같지 뭐예요. 약이 올라서! 다 알고 있다구요. 그 사람들은 내가 바탕이 없는 여자로 알고 있어요…… 정말이지 눈이 있느냐고 쏴주고 싶다니까요. 나도 귀부인 역을 하려고 들면 얼마든지 해낼 수 있단 말예요!…… 자 보세요."

나나는 일단 창가로 물러서가지고 가슴을 젖히고 발을 더럽히지 않으려는 암탉처럼 조심조심 걸어왔다. 아직 눈물이 마르지 않은 눈으로 그 모양을 바라보며 뮈파는 이 즉흥적인 신파에 슬픔을 잊고 아연해져 버렸다. 나나는 가볍게 미소를 지은채 눈을 깜빡이고 치맛자락을 살랑거리면서 잠시 동안 돌아다니다가 한바탕 연기를 끝내고선 뮈파 앞으로 돌아왔다.

"어때요? 이만하면 됐죠?"

"응, 훌륭해" 하고 백작은 어리둥절한 눈초리로 아직도 가쁜 숨을 쉬며 중얼거렸다.

"나도 정숙한 여자 역을 할 수 있단 말예요! 집에서도 연습해봤어요. 남자 따위는 거들떠보지도 않는 공작 부인의 저 귀여운 감정을 나만큼 멋지게 해낼 사람도 없을 거예요. 당신 앞을 지나가며 곁눈질한 것 눈치채셨어요? 그와 같은 세세한 연기는 천분이 없이는 안 되는 법이에요…… 난 정숙한 여자 역이 하고 싶다구요. 너무나 하고 싶어서 미칠 지경이에요. 내가 바라는 것은 그 역이란 말이에요. 아셨어요?"

그녀의 표정이 진지했다. 이제 와선 그 역이 정말로 탐이 나서 흥분한 나머지 목소리까지 들떠 있었다. 뮈파는 거절을 당했지만 쇼크로 아직도 정신을 못 차리고 우두커니 기다리고만 있었다. 주위가 괴괴하니 조용하고 텅 빈 건물의 정적을 깨뜨리는 것이라곤 파리 한 마리 없었다.

"못 알아 들으시겠어요? 나를 위해 그 역을 맡아 주서요" 하고 그녀는 서슴없이 말했다.

그는 놀랐다. 그리고 절망적인 몸짓을 했다.

"하지만, 그건 안 돼! 당신 자신이 말한 것처럼 내 힘으론 안 된단 말야."

나나는 어깨를 으쓱하며 그의 말을 가로막았다.

"내려가서 보르드나브에게, 그 역을 달라고 하심 되는 거예요…… 마음도 약하시지! 보르드나브는 돈이 필요하단 말예요. 그러니까 꿔주면 되는 거예요. 당신껜 쓸어 버릴 정도로 돈이 많지 않아요?"

그래도 아직 상대방이 우물쭈물하자 그녀는 화를 냈다.

"좋아요. 알았어요. 로즈가 화를 낼까 겁이 나서 그러죠…… 조금 전에 당신이 주저앉아서 울 때도 난 그 여자의 얘기는 입 밖에도 안 냈어요. 얘기를 시작하다간 끝이 없을 것 같았어요…… 그렇고말고요, 여자에게 언제까지나 사랑하겠노라 맹세해 놓고 그 이튿날로 벌써 아무나 가리지 않고 딴 여자와 좋아하다니. 사실, 그때 받은 마음의 상처는 아직껏 잊을 수가 없다구요!…… 그따위 어디가 좋단 말예요, 미농의 찌꺼기! 내 무릎 위에서 몸부림을 치기 전에 그 더러운 것들과 손을 끊어야 옳지 않았겠어요!"

뮈파는 항의할 듯이 멈칫하다가 겨우 얘기를 이었다.

"그야, 로즈쯤 아무렇지도 않단 말야, 당장이라도 손을 떼지."

그 점엔 나나도 만족한 것 같았다.

"그럼, 뭘 우물쭈물하시는 거예요. 보르드나브는 주장이란 말씀예요…… 보르드나브 말고도 포슈리가 있다는 말씀인가요?"

그녀는 침착한 목소리로 얘기했다. 중요한 대목에 접어든 것이다. 뮈파는 눈을 내리깔고 말이 없었다. 그는 포슈리가 아내에게 지분거리는 것도 모르는 체하고, 테부 로에서 망을 보던 저주스럽던 하룻밤 일도 마음의 착란으로 생각하고 나중엔 잊어버린 것이다. 그래도 포슈리를 생각하면 아직도 노여움이 북받쳐 올랐다.

"하지만 까짓것 포슈리쯤 문제도 아녀요!" 하며 한 여자의 남편과 애인이 어떠한 관계에 있는가 알고 싶어, 나나는 탐색해보는 것이다. "포슈리 같은 건 개떡이에요. 사실 착한 사람이니까…… 예? 아시겠어요. 나 때문이라고 그 사람에게 말씀하셔요."

그런 교섭은 생각만 해도 싫었다.

"아니, 못해, 절대로!" 하고 그는 소리쳤다.

그녀는 기다렸다. '포슈리는 당신한테라면 무엇이고 거절하지 못할 거예요' 하고 입술까지 나오려는 말을 너무 심할 것 같아 참고는 빙그레 웃었다. 그러나 그 웃음은 아주 의미 가득하니 마음속을 엿보이는 듯했다. 뮈파는 얼굴을 들어 나나를 바라보았다. 그러나 허둥지둥 낯빛이 변하며 눈을 내리떴다.

"어머, 당신은 인정도 없으시네요" 하고 마침내 그녀가 먼저 입을 열었다.

"난 할 수 없소!" 하고 그는 괴로움으로 얼굴을 일그러뜨리면서 대꾸했다. "갖고 싶은 게 있으면 무엇이고 주겠소. 하지만 그짓만은 못하겠소! 부탁이요!"

나나는 이미 말만으론 안 되리라고 생각했다. 그래서 조그만 손으로 상대방의 머리를 젖히고 그 위에 덮치듯이 하며 키스를 했다. 그는 정신이 아찔하며 눈을 감으며 그녀의 몸 밑에서 부르르 떨어댔다. 이윽고 나나는 상대방을 일으켰다.

"가보셔요" 하고 그녀는 다만 간단히 한마디 했을 뿐이었다.

뮈파는 문간 쪽으로 걸었다. 그러나 방을 나가려고 하는 순간 나나는 아양을 떨면서 그를 끌어안았다. 그러고는 얼굴을 쳐다보며 고양이 같은 턱을 조끼에 비비며 속삭였다.

"그 저택이란 것 어디 있죠?" 그녀는 어린애들이 한 번 필요 없다고 한 과자를 다시 조를 때처럼 어색한 웃음을 웃었다.

"빌리에 거리."

"마차도 있다고 하셨죠?"

"음."

"예쁜 옷과 다이아몬드도?"

"음."

"어머! 당신은 참 좋은 분예요! 아까는 질투가 났댔어요…… 이번엔 당신께 맹세코 먼저 같은 짓은 안 할께요. 당신도 여자 기분을 이해하실 거예요. 무엇이든 주시는 거죠? 그럼, 나도 당신 이외의 사람은 필요 없어요…… 전 당신 한 사람의 거예요! 모두, 모두 송두리째!"

손과 얼굴 등에 키스를 퍼붓고 그를 방 밖으로 떼밀어 내자 나나는 한숨을 내리쉬었다. 이 더러운 마틸드의 방에선 퀴퀴한 냄새가 났다! 겨울 햇빛이 들이 쬐며 프로방스 지방의 방 안처럼 포근했지만, 김빠진 라방드 향수 냄새에 다른 불결한 냄새들이 섞이어 견딜 수가 없었다. 나나는 창을 열고 팔꿈치를 괴고서 아케이드의 유리를 바라보며 기다림에 조바심치는 마음을 가라앉혔다.

뮈파는 비칠거리며 계단을 내려갔다. 머리가 지끈지끈 했다. 무엇이라고 할까? 자기 일도 아닌 이 용건을 어떻게 시작하면 좋을지. 무대 앞까지 다가가자 말다툼 소리가 들려왔다. 2막째가 끝날 무렵으로, 포슈리가 대사 한 구절을 잘라 내려고 하자 프룰리에르가 발끈하고 화를 낸 것이다.

"차라리 전부 잘라내시구료. 그편이 더 고맙다구요! 내 대사는 2백 줄도 안 되는데 또 잘라내겠다니 말이요! 그만두겠어요. 자 대본을 반환해요."

그는 호주머니에서 꾸겨진 대본을 꺼내더니 떨리는 손으로 둘둘 뭉치며 당장에 코사르 무릎 위로 내던질 것처럼 했다. 자존심이 깎여 비틀어진 창백한 얼굴에 입술을 악물고, 눈을 번득이며 분노의 기색이 역력했다. 관객들에게 절대적인 인기를 차지하고 있는 이 프룰리에르가 겨우 2백 줄의 역을 맡을 수 있느냐는 투였다.

"그럴 바에야 차라리 쟁반에 편지를 담아가지고 나르는 하인 역이라도 시키면 어떻슈" 하며 쓰디쓰게 말했다.

"이봐, 프룰리에르 진정하라구" 하고 보르드나브가 달랬다. 손님들에게 인기 있는 배우니까 소중하게 다루어야 했다.

"너무 그러지 말라구…… 효과 있는 장면을 만들어줄 테니 말야. 여보게 포슈리, 효과 있는 장면을 좀 만들어주게나…… 제3막의 등장 장면을 길게 해도 좋고."

"그럼, 내리막 대사를 하게 해주시오…… 그만 정도는 당연하죠."

포슈리는 아무 말도 안 함으로써 동의를 표시했다. 프룰리에르는 대본을 호주머니에 집어넣었으나 그래도 아직 불만스레 투덜거리고 있었다. 이 북새통에 보스크와 퐁탕은 자기네들하곤 상관없는 일이니, 자기들 멋대로 할 일이라고 아랑곳없이 모르는 체하고 있었다. 배우들은 포슈리 주위에 모여 질문도 하고 칭찬도 받으려고 했다. 한편 미뇽은 프룰리에르의 불평을 들어 주며 눈으로 뮈파 백작의 거동을 뒤따르고 있었다. 백작이 돌아오는 것을 아까부터 살피고 있었던 것이다.

백작은 컴컴한 장내로 돌아왔다간 옥신각신에 말려들 것을 피하여 무대 뒤편에 머물러 있었다. 그러자 보르드나브가 재빨리 발견하고 달려와선 낮은 소리로 말했다.

"보셨겠죠? 형편없는 놈들입니다! 백작님께선 모르시겠지만 저런 녀석들을 상대하자니 정말 못해먹을 노릇입니다. 어느 놈 할 것없이 자존심만 강하고, 능청맞고, 짓궂고, 남의 소리 하기 좋아하고, 제가 허리나 부러지면 좋아할 놈들이죠…… 아차, 용서해주십시오. 너무 흥분한 끝이라 그만."

그가 입을 다물자 주위는 조용해졌다. 뮈파는 무엇이고 얘기의 실마리를 발견하려고 했지만, 생각이 나지 않았다. 그래서 시원하게 털어놓을 작정으로 단도직입적으로 말했다.

"나나가 공작 부인 역을 맡고 싶다는구료."

보르드나브는 펄쩍 뛰면서 소리쳤다.

"설마하니! 농담이시겠죠!"

그러나 백작의 얼굴이 창백해지며 흥분의 빛이 역력해지는 것을 보자 금방 태연한 자세로 돌아가며 덧붙였다.

"그거 참!"

다시 조용해졌다. 보르드나브는 속으로 웃었다. 그 통통한 나나가 공작 부인 역을 하면 그야말로 꼴불견이리라. 하지만 뮈파를 잡기 위해선 더 없는 기회다. 그래서 당장에 결심을 하고서 돌아다보며 불렀다.

"포슈리!"

백작이 막으려고 했다. 그러나 포슈리에겐 들리지 않았다. 무대 안쪽으로 퐁탕에게 끌려가서 타르디보라는 인물에 대해 설명해 주고 있었다. 퐁탕의 얘기는 타르디보는 마르세유 사람이니까 자기는 마르세유 사투리로 얘기해야겠다는 것이었다.

그리고 사투리를 흉내내 보였다. 대사 전부를 이런 식으로 하겠는데 괜찮겠는가고 하며 퐁탕은 그 점에 관하여 자신이 없기 때문에 다만 잠간 자기의 의견을 말할 뿐이라는 표정이었다. 그러나 포슈리가 냉담하게 흘려들으며 반대 의견을 늘어놓는 바람에 퐁탕은 "좋소! 인물의 기분을 파악할 수 없으니까 난 못하겠소. 그것이 전체를 위한 일이요" 하며 화를 내고 말았다.

"포슈리!" 보르드나브가 다시 또 외쳤다.

포슈리는 잘됐구나 싶어 얼른 뛰어갔다. 퐁탕은 그가 달아나 버리는 바람에 기분이 상했다.

"여기 있을 것이 아니라 이리들 오십시오" 하고 보르드나브가 말했다.

남들이 엿들을까 두려워 그는 사람을 무대 뒤 소도구실로 데리고 갔다. 미뇽은 그들이 사라져 가는 것을 우두커니 바라보고만 있었다. 조그만 계단을 내려가 네모진 방으로 들어갔다. 두 개의 창이 안마당을 향하여 있었고 더러운 유리창으로부터 지하실다운 흐린 빛이 얕은 천장 밑에 비쳐들고 있었다. 방 안 가득히 매논 선반에는 각가지 허섭쓰레기들이 널브러져 있어 랍프거리의 노점 안 싸구려 고물 판매장처럼 어수선했다. 접시, 금빛을 칠한 두터운 종잇조각으로 된 잔, 낡아빠진 붉은 우산, 이탈리아식 주전자, 각가지 형태의 벽시계, 쟁반, 잉크병, 총, 분무기 등등, 그 모든 것이 먼지로 두툼하게 덮인 채 일그러지고, 쪼개지고, 중첩되어 무엇이 무엇인지 분간이 안 갔다. 그리고 그 허섭쓰레기 속에서 고철 냄새, 종이 냄새, 축축한 후지조각 냄새가 견딜 수 없을 정도였다. 더 말할 것 없이 여기에는 써먹고 난 소도구류가 50년 이래 산적되어 있는 것이었다.

"들어오십시오, 여기라면 우리끼리만 얘기할 수 있습니다" 하고 보르드나브가 되풀이했다.

백작은 난처하여, 보르드나브에게 애기를 시키려고 잠깐 서성거렸다. 포슈리가 어떻게 된 일이냐는 표정으로 물었다.

"무슨 일입니까?"

"사실은 말야" 하고 마침내 보르드나브가 말했다. "한 생각이 떠올랐단 말야…… 그렇지만 놀라진 말게. 굉장히 중대한 애기니까…… 나나에게 공작 부인을 시키면 어떻겠나?"

포슈리는 깜짝 놀랐다. 그리고 큰소리로 외쳤다.

"농담 마시오…… 손님들이 웃습니다."

"하지만 웃어주면 괜찮지 뭔가!…… 잘 생각해보게…… 이 계획은 백작께서 상당한 관심을 갖고 계시니까……."

뮈파는 체면을 차린답시고, 먼지를 뒤집어쓴 선반 위에서 무엇인지도 모를 물건을 집어들었다. 그것은 석고로 다리를 단 달걀 그릇이었다. 그는 천연스레 그것을 들고 두 사람 앞으로 가까이 오며 중얼거렸다.

"그렇소, 그래, 그것이 아주 좋을 것 같소."

포슈리는 울화가 치밀어 백작을 돌아다보았다. 백작이 무엇 때문에 내 연극에 참견을 한단 말이냐. 그는 분명하게 거절했다.

"절대로 안 됩니다!…… 갈보라면 암만 시켜도 좋지만, 귀부인이라니 당치도 않은 말씀이죠!"

"아니 그건 당신의 오산이요." 뮈파는 차츰 대담해졌다. "지금 방금 그녀는 내 앞에서 귀부인 역을 해보였으니까."

"어디서 말씀입니까?" 하며 점점 더 놀라서 포슈리가 물었다.

"저 위, 화장실에서…… 정말이지 훌륭해요. 특히 눈초리가 좋더라니…… 이렇게 지나가며……."

그는 이 두 사람을 어떻게든 설득시키려고 열중하여 달걀 그릇을 든 채 나나의 연기를 흉내냈다. 포슈리는 어이없이 바라보고만 있었다. 이미 사정이 짐작되어 골도 안 났다. 연민이 섞인 포슈리의 시선을 느끼자 백작은 불그레하니 얼굴을 붉히고 동작을 그쳤다.

"그야 할 수는 있겠지요" 하고 포슈리는 백작의 비위를 맞추듯이 말했다. "아마 나나도 훌륭히 해낼 것입니다…… 하지만 배역이 다 정해져 있기 때문에 로즈에게서 빼앗을 수도 없고."

"아, 그만한 일이면 내가 적당히 해줄 테니까" 하고 보르드나브가 말했다.

그러자 두 사람이 짜고 있는 듯한 기미를 알아챈 포슈리는 보르드나브가 이것으로 한밑천 잡으려고 한다는 것을 눈치챘다. 이대로 물러서기도 밸이 꼴렸기 때문에 포슈리는 이야기를 뭉개 버릴 것 같은 기세로 먼저보다 더 완강한 태도로 반대했다.

"아니 역시 안 돼, 가령 그 역이 비어 있다 해도 나나에겐 절대로 못 시켜요…… 알아들었죠? 놔두시오…… 나는 내 연극을 망치고 싶지 않으니까요!"

어색한 침묵이 흘렀다. 보르드나브는 자기가 낀 것이 도리어 방해가 됐다는 걸 알자 슬그머니 자리를 떴다. 백작은 잠시 동안 고개를 수그리고 있다가 간신히 얼굴을 들고 들뜬 목소리로 말했다.

"선생, 어떻게 좀 부탁해 봅시다."

"할 수 없습니다. 할 수 없어요" 하고 몸을 비틀면서 포슈리는 되풀이했다.

뮈파는 한층 더 단호한 목소리로 말했다.

"부탁합니다. 그렇게 해 주시오!"

그러면서 상대방의 얼굴을 뚫어지게 바라보았다. 포슈리는 그 검은 눈동자에서 협박의 기색을 깨닫자 갑자기 꺾여 버리며 우물우물 중얼거렸다.

"좋을 대로 하십쇼. 난 모르겠으니…… 정말이지 너무하십니다. 두고 보십쇼. 보세요……."

한층 더 어색해졌다. 포슈리는 선반에 기대 서서 발끝으로 마룻바닥을 차고, 뮈파는 여전히 달걀 그릇을 빙글빙글 돌리면서 열심히 조사하는 시늉을 했다.

"그건 달걀 그릇입니다." 하고 보르드나브가 곁에 와서 친절하게 말했다.

"옳아, 달걀 그릇이군" 하며 백작도 되풀이했다.

"이거 죄송합니다. 먼지투성이 속에 오시게 해서" 하고 보르드나브는 달걀 그릇을 선반에 올려놓으며 말했다.

"보시는 바와같이 날마다 먼지를 털다가는 한이 없기 때문에…… 이 꼴입니다. 어떻습니까, 이 먼지 더미…… 그렇지만 이래봬도 값어치 있는 것이 얼마간은 있습니다. 죽 보십시오."

보르드나브는 안마당에서 비치는 파릇한 광선 속을, 뮈파의 앞장을 서서 선반 안내를 하고 다니며 일일이 소도구의 이름을 대며, 농담 삼아 만든 넝마 장수의 재산에 상대방의 흥미를 끌려고 했다. 이윽고 포슈리 곁으로 돌아오자 가벼운 어조로 말했다.

"자, 세 사람의 의견이 일치되었으니 속히 이 문제를 해결합시다…… 마침 미뇽도 와 있고."

미뇽은 조금 전부터 복도를 오락가락하고 있었다. 보르드나브에게서 계약 변경에 대한 얘기를 듣자 미뇽은 골을 냈다.

"모욕이다. 아내의 장래를 망쳐버릴 셈이라면 고소를 하겠다!" 그러나 보르드나브는 그 역은 로즈에겐 적당치 않은 것 같다느니 로즈는 〈귀여운 공작 부인〉 다음에 상연 예정인 오페레타를 위하여 아껴 두고 싶다느니 하며 구실을 댔다. 그러나 계속 미뇽이 떠들어대자, 갑자기 그는 폴리 드라마티크 극장과의 교섭 얘기를 내세우며 계약을 해지하자고 했다. 미뇽은 잠깐 낭패한 기색이었으나 그 교섭 얘기는 부정하지 않고, 돈 같은 것은 문제가 아니라고 기염을 토했다. 아내는 공작 부인 엘렌느를 맡기 위하여 계약한 것이니까, 가령 남편인 자기가 그 때문에 손해를 본다 할지라도 그 역을 시키는 것이 당연하지 않으냐며 체면에 관한 문제고 명예에 관한 문제라고 했다. 그래서 시비는 한없이 계속되었다. 보르드나브는 계속 돈 문제로 얘기를 돌렸다. 즉 로즈가 자기 극단에선 하룻밤에 겨우 150프랑밖에 못 받지만, 폴리 쪽에선 100회 상연에 3백 프랑을 낸다고 했다니, 만약 지금 나간다면 그녀는 1만 5천 프랑이나 더 벌 수 있지 않느냐는 것이었다. 그러나 미뇽은 배우의 체면이 어쩌니 저쩌니 하며 양보하지 않았다. "아내가 배역을 빼앗긴 줄 알면 사람들이 뭐라고 하겠는가? 연기가 신통치 않으니까 제거되었다고 할 것이 뻔하다. 그렇게 되면 막대한 손해를 입고 배우로서의 인기도 떨어진다. 안 된다, 절대 안 된다! 돈보다도 명예가 문제다!" 그러면서 갑자기 미뇽은 타협안을 내놓았다. 즉 계약에 의하면 로즈는 만약에 자기 자신이 극단에서 탈퇴할 때는 위약금으로 1만 프랑을 지불하게 되어 있다. 그러나 사정이 사정이니만큼 그 편에서 1만 프랑을 지불을 해달라, 그러면 그녀는 폴리 드라마티크 극단으로 옮기겠다는 것이었다. 보르드나브는 어이가 없었다. 미뇽은 물끄러미 백작을 쳐다보며 시치미를 떼고 기다리고 있었다.

"그러면, 모두 다 해결됐소. 그런 정도라면 어떻게 되겠지" 하고 뮈파는 겨우 걱정이 놓였다는 투로 말했다.

"아니 천만의 말씀입니다. 그게 될 말씀입니까! 로즈를 떼는

데 1만 프랑을 내다니! 그런 짓을 하면 내가 웃음거리가 됩니다" 하고 사업가 기질을 그대로 드러내면서 보르드나브가 외쳤다.

그러나 백작은 몇 번이고 고개를 끄덕이며 승낙하라고 했다. 보르드나브는 결단을 못 내리고 우물쭈물했다. 자기 주머니에서 내는 것은 아니지만 그 1만 프랑이 아까운 것이다. 그러나 겨우 거친 어조로 말했다.

"할 수 없지, 그렇게 하겠네. 이것으로 자네하고도 손을 끊을 수 있게 되었네."

15분쯤 전부터, 퐁탕은 안마당에서 이 거래를 듣고 있었다. 대단한 흥미를 느끼며 일부러 엿듣기 위하여 안마당까지 내려온 것이었다. 내용을 파악하자 당장 되돌아와서 신이 나서 로즈에게 알려주었다. "이봐, 저기서 당신 얘기를 이러쿵저러쿵 공론들이야. 당신은 제거되는 거야." 로즈가 소도구실로 달려가자 모두들 입을 다물었다. 그녀는 그곳에 있는 네 사람의 남자들을 바라보았다. 뮈파는 얼굴을 숙였다. 포슈리는 로즈의 의아스러워하는 눈초리에 어쩔 수 없다는 듯이 어깨를 들먹 했다. 미뇽은 보르드나브와 계약 체결에 관하여 따지고 있었다.

"무슨 일예요?" 하고 로즈가 퉁명스레 물었다.

"아무것도 아냐. 보르드나브가 1만 프랑을 낼 테니 배역을 내놓으라는 거야" 하고 남편은 대답했다.

로즈는 안색이 변하며, 조그만 주먹을 꼭 쥐고 발발 떨었다. 한 순간 그녀는 남편을 노려보았다. 평소엔 거래 문제를 남편에게 내맡기고 극장 지배인이나 애인과의 계약 사인도 남편에게 일임하고 있는 그녀지만, 이번만은 정말이지 부아가 치밀었던 것이다. 그녀는 채찍으로 얼굴을 후려갈기듯이 남편에게 쏘아붙였다.

"그만둬요! 못난이 같으니!"

그러고는 방을 뛰어나갔다. 미뇽이 당황하여 뒤따랐다. "어쨌다는 거야? 미쳤나, 원?" 하며 그는 목소리를 낮추며 설명했다. 한쪽에선 1만, 또 한쪽에선 1만 5천, 도합 2만 5천이 아닌가. 근사한 거래다! 어차피 뮈파는 너를 버릴 것이 뻔한데 마지막으로 또 한번 짜낸 것은 대성공이지 뭐냐. 그러나 로즈는 분통이 풀리지 않은 채 대답도 안 했다. 골을 내고 있는 여자를 상대하고 있을 수도 없는 노릇이라, 미뇽은 마음대로 하라는 투로 곁을 떠났다. 보르드나브는 포슈리와 뮈파를 데리고 무대로 돌아왔다.

"사인은 내일 아침에 합시다. 그때 돈을 가지고 오시오."

그때 라보르데트로부터 담판 결과를 들은 나나가 의기양양하니 내려왔다. 귀부인 같은 정숙한 걸음걸이였다. 사람들을 놀라게 해주고 마음만 먹으면 자기만큼 멋있는 여자는 없다는 것을 보여주려고 한 것이다. 그러나 위태로운 순간이었다. 나나의 모습을 보자 로즈가 달려든 것이다. 로즈는 씨근거리며 띄엄띄엄 외쳤다.

"너, 이년, 어디 두고 보자…… 그냥 두지 않을 테니 말야, 두고 보라구!"

나나는 불의의 급습을 받고 앞뒤를 분간할 새 없이 주먹을 허리춤에 얹고 마구 욕설을 퍼부으려고 했다. 그러나 겨우 억제하여 연약한 목소리를 가다듬으며 오렌지 껍질 위를 걷는 후작부인과 같은 시늉을 했다.

"어머 별일이야. 미쳤나봐, 왜 그래요."

나나는 그리고 나서도 얼마 동안 얌전을 떨었다. 그래서 로즈는 미뇽과 함께 돌아갔다. 미뇽은 나나를 이해할 수 없었던 것이다. 한편 클라리스는 보르드나브로부터 제랄딘느 역을 받고 기쁨에 취하여 어쩔 줄을 몰랐다. 포슈리는 우울하나, 그렇다고 극장을 떠날 수도 없는 노릇이라 서성거리고만 있었다. 자기의 연극은 망쳐 버린 것이다. 그것을 살려보려면 어떻게 하면 좋을까 하고 생각하고 있는 것이었다. 그리고 있는데, 나나가 와서 그의 손목을 잡으며 끌어당기더니 자기를 그렇게 형편없는 여자로 보느냐고 했다. "나는 당신의 연극을 잡쳐버리진 않아요" 하며 그를 웃겨놓고서 뮈파댁에서의 자기 위치를 생각한다면, 자기를 우습게 보지 않는 것이 현명한 짓이라는 뜻의 말을 비쳤다. 대사를 외지 못하면 프롬프터를 시키면 된다고 하며 틀림없이 대만원이 될 것이라고 했다. 어쨌든 자기를 잘못 본 것이 아니냐고 하며 멋지게 해낼 테니 두고 보라는 것이었다. 그래서 포슈리가 공작 부인의 대사를 얼마간 잘라 내고 프룰리에르 편으로 돌리기로 했다. 프룰리에르는 아주 신이 났다. 그래서 나나가 끼어든 덕분에 자연히 모두들 좋아하는 결과가 되었다. 다만 그중에서 한 사람 퐁탕만이 시무룩했다. 가스등의 노란 불빛 아래 외로이 서서 염소 같은 얼굴 모양을 드러내고 고독한 모습이었다. 거기로 나나가 서서히 걸어가며 손을 내밀고 악수를 청했다.

"재미 좋아요?"

"그야 나쁘진 않지. 당신은?"

"아주 좋아요."

그뿐이었다. 그들은 마치 전날 저녁에 극장 앞에서 헤어진 사람들과 같았다. 그 동안 다른 배우들은 기다리고 있었다. 그러나 보르드나브는 제3막의 연습은 안 한다고 했다. 신기하게도 그 자리에 대기하고 있는 보스크가 일도 없이 사람을 잡아 놓았다고 중얼거리며 가버렸다. 이것으로 오늘 오후는 완전히 공쳤다. 모두들 돌아갔다. 밖으로 나오자 그들은 햇빛에 눈이 부셔서 잠시 동안 눈을 깜박이며 어리둥절했다. 지하실 같은 곳에 세 시간씩이나 갇혀서 신경을 쓰며 입씨름을 했으나 무리도 아니다. 뮈파 백작은 녹초가 되어 멍하니 나나와 마차를 탔다. 라보르데트는 포슈리를 위로하며 데리고 나갔다.

그로부터 한 달 후 〈귀여운 공작 부인〉의 첫 공연에서 나나는 비참한 꼴을 당했다. 그녀의 연기는 너무나 서툴렀다. 자기 자신은 굉장히 열심히 하고 있었지만 관객들은 허리를 잡고 웃어댔다. 너무나 우습다 보니 휘파람조차 안 불었다. 로즈 미뇽이 앞자리에 자리를 잡고 라이벌인 나나가 등장할 때마다 깔깔대고 웃었다. 그것을 계기로 만장이 웃음바다가 되었다. 그것이 로즈의 최초의 복수였다. 나나는 밤에 슬픔에 잠겨 있는 뮈파와 단둘이 되자 화가 머리끝까지 치밀어서 지껄여댔다.

"글쎄 말예요! 얼마나 못돼 처먹은 짓이냔 말예요! 질투가 나서들 그러지만…… 조금도 겁내지 않는다구요. 저희들보구 누가 봐달라구 할까봐!…… 보라구요! 웃어댄 연놈들을 끌고와서 내 앞에서 땅바닥을 핥게 할 테니!…… 파리 장안의 모든 사람들에게 귀부인이 어떤 것인가 보여주고 말 테니!"

10

Qua Moderna

　　나나는 멋진 여자가 되었다. 이를테면 수컷의 어리석음과 욕정에 기식하는 거리의 후작 부인이 된 셈이었다. 잠깐 사이에 명성을 떨치고, 화려하게 돈을 뿌리며, 미모를 상품으로 화류계에서 그 이름을 떨치게 된 것이다. 그리고 순식간에 그 방면의 일류급 여자들 위에 군림하게 되었다. 나나의 사진은 쇼윈도우에 장식되었고, 그 이름은 신문지상에 번번이 오르내렸다. 한길을 마차로 가자면, 군중들이 군주를 맞이하는 백성과 같은 감동으로 우러러보며 나나의 이름을 불렀다. 그녀는 펄렁거리는 의상을 휘감고 활짝 웃고 있었다. 파릇하게 아이섀도를 한 눈과 빨갛게 루즈를 칠한 입술, 푹신한 블론드의 곱슬머리. 이상하게도 무대 위에선 그렇게 서툴고, 또 볼 수 없을 정도로 정숙한 여자 역을 우스꽝스럽게 하던 이 통통한 여자가, 거리에 나서기가 무섭게 힘 안 들이고 매혹의 여인을 연출하는 것이었다. 뱀처럼 낫낫한 몸매와, 되는 대로 나타내는 우아한 멋, 순종의 고양이를 연상시키는 섬약한 품위. 오만하게 버티고 있는 악덕의 귀족, 파리 장안을 발밑에 짓밟고 있는 전능의 여왕. 나나가 무엇이고 시작만 하면 귀부인까지도 그것을 흉내내었다.

나나의 집은 빌리에 거리와 카르디네 거리가 교차되는 모퉁이에 있었다. 그 근처는 전에 몽소 벌판이었으나 현재는 고급 주택가로 발전하고 있었다. 그 집은 어느 젊은 화가가 최초의 성공에 취하여 세웠다가, 벽이 마르기도 전에 팔지 않으면 안 되게 된 것이었다. 르네상스 풍의 궁전식 건물로서, 색다른 간살로 꾸며진 오묘한 방마다 각가지 근대적인 설비가 갖추어져 있었다. 뮈파 백작은 그 집을 가구째 사버려서 각가지 장식품과 신기한 동양식의 벽포와 구식 찬장과 루이 13세 시대식으로 된 커다란 팔걸이 의자들이 고스란히 갖추어져 있었다. 그러니까 나나는 각 시대로 형성된, 정선된 예술적인 가구 일식 속에 의젓하게 들어앉게 된 것이다. 그러나 중앙을 차지한 아틀리에는 쓸데없었기 때문에 그녀는 각 층의 구조를 완전히 개조했다. 1층은 온실과 큼직한 살롱과 식당만으로 하고, 2층에는 침실과 화장실과 그 곁에 조그만 객실을 만들었다. 나나는 본래부터가 세련된 사치의 멋을 아는데다 파리의 창부로서 본능적인 멋진 취미를 몸에 지니고 있었다. 그래서 이것저것 의견을 늘어놓아 건축가를 놀라게 했다. 요컨대, 나나는 그 집을 별로 망치지 않았을 뿐더러 가구의 호화스러움을 오히려 더했을 정도였다. 물론 군데군데 우스꽝스러운 소녀적인 취미와 번쩍이는 데가 있었지만, 이것은 그녀가 조화공 시절에 골목길 쇼윈도우 앞에서 공상에 잠겨 보던 흔적이었다.

안마당의 커다란 차양 밑 돌층계에는 융단이 깔려 있었다. 현관에 한 발만 들여놓으면 오랑캐꽃 냄새와 함께 두툼한 벽포에 둘러싸인 훈훈한 공기가 감돌았다. 노란빛, 분홍빛 유리가 끼워진 창으로 혼곤하게 빛나는 황금빛 살갗과 같은 햇빛이 커다란 계단에 비쳐 들고 있었다. 계단 밑에는 목각으로 된 검둥이가 명함이 가득 담긴 은쟁반을 받쳐들고 있었고, 젖가슴을 드러내고 있는 하얀 대리석의 여인 네 사람이 가지 달린 촛대를 들고 있었다. 그리고 또 청동 동상이랑 꽃이 한 아름 꽂혀 있는 칠보자기의 화병이랑 고대 페르시아 직물이 걸쳐진 소파랑 오래된 자수 천으로 깐 팔걸이 의자 등, 그와 같은 가구들이 현관이며 층계참을 장식하고, 2층의 한모퉁이를 대기실처럼 꾸며 놓고 있었다. 그곳엔 언제나 남자들의 외투와 모자가 내던져져 있었다. 발걸음 소리는 융단 속으로 사라지고 그 무슨 명상적인 분위기가 서려 있어, 경건한 전율이 전신을 휩쓰는 듯한 느낌이었다. 그리고 마치 닫혀진 문짝 안 침묵 속에, 알 수 없는 비밀이라도 잠겨져 있는 것만 같았다.

큼직한 살롱은 루이 16세 시대 풍이었는데, 지나치게 화려했기 때문에 나나가 그 방을 여는 것은 튀일르리 궁의 높으신 분들과 외국 손님을 맞이하는 대연회의 밤 뿐이었다. 손님이 없을 때, 식사 시간에만 식당엘 내려왔는데, 천장이 아주 높은 데다가, 고블랑 벽포를 둘러쳤고 큼직한 그릇장과 고대 도자기며 색다른 구식 은그릇 등으로 장식되어 있었기 때문에 혼자서 식사를 하자면 약간 무섭기까지 했다. 그래서 식사가 끝나면 곧바로 2층으로 올라갔다. 나나는 2층의 세 개의 방에서, 즉 침실과 화장실과 작은 응접실에서 지냈다. 침실의 벽은 이미 두 차례나 갈았다. 처음엔 연보라의 비단이었고, 다음이 레이스로 자수가 된 푸른 비단이었는데, 그것도 흡족치 않고 산뜻하지 않다고 생각하여 이것저것 찾아봤지만 별로 눈에 띄는 게 없었다. 폭신한 침대는 소파처럼 나지막했고, 2만 프랑이나 하는 베네치아 레이스가 걸쳐져 있었다. 가구는 흰빛과 푸른빛 래커 칠을 하고, 은선이 들어 있었다. 여기저기에 깔린 흰곰 가

죽이 너무 많아 융단이 안 보일 정도였다. 나나에겐 변덕이라고 할까, 묘한 취미가 있어서 양말을 벗을 때 마룻바닥에 털썩 앉는 버릇이 있었던 것이다. 침실 곁의 작은 응접실에는 오묘한 장식품이 진묘한 조화를 이루고 있었다. 금실로 수놓은 퇴색한 터키 장미 같은 연분홍빛 비단 벽포를 등지고, 세계 각국의 갖가지 양식으로 만들어진 가구가 뚜렷하게 부각되어 있었다. 이탈리아 진열장, 스페인과 포르투갈의 작은 상자, 중국의 사기인형, 절묘한 일본 병풍, 거기에 도자기, 청동기, 자수된 비단, 촘촘히 짜 얽은 직물 등. 그런가 하면 침대만한 팔걸이 의자와 깊숙한 침실을 연상하는 소파가, 노곤한 안일과 혼곤한 하렘의 생활을 연상시켰다. 방 전체의 색조는 금빛에 초록빛과 붉은빛을 섞은 것으로 의자 등속에서 풍기는 난한 분위기를 제외하고 창부의 방 같은 느낌은 없었다. 그러나 속치마바람으로 벼룩을 찾고 있는 여자와 또 하나 알몸으로 물구나무선 여자와 이 두 개의 도기로 된 여인상이 말하자면 나나의 바탕을 드러내는 오점으로 그 응접실을 장식하고 있었다. 거의 언제나 열어 놓는 문으로 화장실 안이 들여다보였다. 그 안은 대리석과 거울로 죽 둘러치고 하얀 욕조와 변기 단지와 은제 대야와 수정과 상아의 장식품들이 있었다. 커튼을 쳤기 때문에 희미한 빛이 뽀얗게 깃들이고 그 빛이 마치 오랑캐꽃 냄새에 싸여, 포곤하게 잠들고 있는 듯했다. 오랑캐꽃 냄새, 그것은 안마당까지 집 전체에 깃들여 있는 가슴 설레게 하는 나나의 냄새였다.

집안 일을 정돈한다는 것은 큰일이었다. 하기야 나나에겐 조에가 달려 있었다. 나나의 출세를 위하여 헌신적인 봉사를 다하고 있는 이 여자는 자기의 육감을 믿고, 나나가 행운을 잡게 되는 날을 여러 달 전부터 마음놓고 기다리고 있었던 것이다.

지금 그 조에는 제법 뽐내며 집안일을 휘두르고 될 수 있는 대로 정직하게 주인에게 봉사하면서도, 한편으론 자그마한 돈을 저축하고 있었다. 그러나 이젠 하녀 하나로는 손이 모자랐다. 주방장과 마부와 문지기와 식모 등이 필요했다. 또한 마구간도 지어야 했다. 그래서 라보르데트가 뮈파 백작이 싫어하는 잔심부름을 도맡아 크게 활약해 주었다. 말을 주선하기도 하고, 마차상과 교섭도 하고, 나나의 선택에 훈수도 했다. 나나가 그의 팔을 끼고 상인들 집으로 찾아드는 것이 눈에 띄었다. 뿐만 아니라 라보르데트는 하인들의 주선까지 해주었다. 샤를르라는 최근까지 코르브뢰즈 공작댁에 있던 쾌활한 마부와 줄리앙이라는 곱슬머리인데다 항상 생글거리는 자그마한 주방장도 데려왔다. 또한 부부를 구해다 놓아 마누라 빅토린느는 식모로, 영감 프랑수아는 문지기 겸 하인이 되었다. 이 프랑수아는 반바지를 입고 얼굴에 분을 바르고 은줄을 단 푸른 제복차림으로 현관에서 객을 맞이하는 것이었다. 그 단정하게 차린 모습이 왕족의 저택 같은 격식이었다.

두 달째부터는 집안이 완전히 정돈되었다. 경비는 30만 프랑을 초과했다. 마구간에는 말이 여덟 마리, 마차 창고에는 마차가 다섯 대 있었는데, 그 중, 은장식을 한 사륜 포장마차는 한때 온 파리 장안의 주목을 끌었다. 이렇게 부유한 속에서 나나는 태평세월을 누렸다. 연극은 〈귀여운 공작 부인〉에 3회 출연을 하고는 그만두었다. 보르드나브는 뮈파에게서 돈을 꿔가고도 파산 직전에 이르러 갈팡질팡하고 있었지만 그녀는 거들떠보지도 않았다. 그러나 무대에서의 쓰디쓴 경험을 아직껏 잊지를 못하고 있었다. 또 한 가지 퐁탕과의 쓴 경험이 있었지만, 나나는 남자란 모두 그렇게 비열한 것이라고 정해 버리고 다시는 사내들에게 반하지 않으리라고 맹세했다. 그러나 새와 같이 단순한 나나는 언제까지 복수에 대한 생각에 매여 있지는 않았다. 화를 낼 때도 있었지만, 그 외에는 언제나 가슴 안에 서려 있는 것이라곤 왕성한 소비욕뿐이었다. 그리고 동시에 이 걷잡을 수 없이 변덕스러운 낭비욕을 채워 주는 남자들을 본능적으로 경멸하고 있었다. 그녀는 이렇게 하여 닥치는 대로 애인들을 파산시키며, 그것을 자랑으로 여겼다.

처음에 나나는 백작을 교묘히 조종하여 두 사람의 관계를 명백히 정했다. 그는 선물과는 별도로 매달 1만 2천 프랑을 내놓고, 그대신 나나는 절개를 꼭 지켜야 한다는 조건이었다. 나나는 그렇게 하겠노라고 맹세했다. 나나도 존경을 유지하여 한 집안의 주인으로서의 완전한 자유를 인정하고 자기 의사를 어디까지나 존중해줄 것을 요구했다. 이렇게 해두면 자기는 날마다 남자 친구들을 초대할 수 있지만, 뮈파는 정해진 시간 이외엔 올 수 없다. 즉 만사 눈을 감고 나를 신용해 주시오, 하는 격이었다. 백작이 질투하며 주저하는 기색을 보이자 나나는 뾰로통하여 모든 것을 다 돌려주겠다고 협박하는가 하면 루이를 걸고 맹세를 했다. 그것으로 충분하다는 것이었다. 존경이 없는 곳엔 사랑도 없다는 것이었다. 한 달이 지나자 뮈파는 나나를 존중하게 되었다.

그러나 나나는 그 이상의 것을 요구하고 그것을 얻었다. 이윽고 그녀는 백작에게 마음씨 고운 계집애와 같은 감화를 주었다. 그가 우울한 낯을 하고 올 때면 기분 전환을 시켜주었고, 곡절을 들어 조언을 주었다. 그래서 나나는 차츰 그의 가정 안의 근심사, 이를테면 부인과 딸에 관한 일, 또는 물심양면에 걸친 문제 등에 관하여 의견을 내놓았다. 그런 때의 그녀는 분별 있고 공평하며 성의 있는 태도를 보였다. 다만 한 번 울컥하여 전후 분별 없이 이성을 잃은 일이 있었다. 그것은 아마도 다그네가 딸 에스텔에게 결혼을 신청할 것이라는 얘기를 들었을 때였다. 백작이 나나와의 관계를 공공연하게 드러내고부터 다그네는 장래의 장인을 그 여자의 손아귀로부터 빼낼 것을 맹세하고, 두 사람의 사이를 갈라놓으려고 나나를 매춘부로 취급했던 것이다. 그래서 나나는 예전의 애인이었던 미미를 지독하게 내리깎았다. 그 녀석은 나쁜 여자 상대로 재산을 들어먹은 건달이다. 도덕 관념이 없고, 돈을 받는 일은 없지만 그 대신 남의 돈을 교묘히 이용하며, 다만 간간이 꽃다발을 보내거나 음식을 내거나 할 뿐이다. 백작이 그만한 일쯤 눈감아 주어야 하지 않겠냐고 하자, 그녀는 자기가 과거의 다그네의 여자였던 사실을 거침없이 털어놓고 추잡하게 자질구레한 얘기를 지껄였다. 뮈파는 안색이 달라졌다. 이제 그 청년은 문제도 아니다. 무례한 짓을 하면 어떻게 된다는 것을 그에게 일러준 셈이다.

그런데, 가구가 아직 완전히 갖추어지기도 전의 어느날 밤, 나나는 뮈파에게 절대로 잘못을 저지르지 않겠다고 맹세한 후, 크사비에 드 방되브르 백작을 자기 집에 머무르게 했다. 그는 반 달쯤 전부터 자주 찾아오고 꽃다발을 보내기도 하며 열중해 있었다. 나나는 그날 밤 몸을 맡겼다. 그러나 그것은 반한 까닭이 아니라, 자유로운 몸이라는 것을 증명하고 싶었기 때문이었다. 금전 문제가 머리에 떠오른 것은 이튿날이었다. 남들에게는 말할 수 없는 지불 관계를 방되브르가 치러 주마고 한 것이었다. 이렇게 해서 나나는 매달 8천 프랑에서 1만 프랑의 돈을 받게 된 것이다. 이만하면 용돈은 충분했다. 그즈음, 방되브르는 열에 들뜬 사람처럼 재산을 낭비하고 있었다. 말과 뤼시 때문에 세 군데 소작지가 없어졌고, 이번엔 나나가 아미앵 근처의 마지막 별장을 단숨에 삼키려고 하고 있었다. 그는 파멸에 허기진 사람처럼, 필립 오귀스트 시대의 조상에 세운 옛날 탑

자리에 이르기까지 전 재산을 쓸어 버리려고 서두르고 있는 양했다. 마치 온 파리 장안의 남자들의 갈망의 표적이 되어 있는 이 여자 손에 자기 가문의 문장의 마지막 금패까지 남겨 줄 수 있다면 그것으로 만족하다고 하는 양했다. 그도 역시 완전한 자유라느니, 날짜를 정한 애인이라느니 하는 나나가 제시하는 조건을 받아들여, 사랑을 서약시키는 따위의 어린애 같은 수작은 안 했다. 뮈파는 이런 일을 조금도 눈치채지 못했다. 방되브르는 물론 뮈파와의 관계를 알고 있었다. 그러나 절대로 그 일에 간섭하러 들지 않고 어디까지나 회의적인 방탕자다운 냉소를 띠면서 모르는 체하고 있었다. 즉 자기도 한 몫을 보며 그 사실이 파리 장안에 알려지기만 한다면 그 이상의 불가능한 일은 요구하지 않겠다는 심산이었다.

그 이후로 나나의 집은 완전히 갖추어졌다. 마구간에도 부엌에도 아씨 방에도 하인들이 들어찼다. 조에가 모든 일의 중심이 되어, 아무리 귀찮은 일이 갑작스레 생겨도 잘 처리했다. 마치 극장과 같은 꾸밈이며 커다란 관청과 같이 규칙적이었다. 그것이 아주 질서정연하게 움직이기 때문에 처음 몇 달 동안은 충돌도 탈선도 생기지 않았다. 그러나 나나의 경솔로 혹은 변덕이나 무분별로 조에를 난처하게 하는 일이 있었다. 그러나 나나가 나중에 뒤처리를 하지 않으면 안 되게 경솔한 짓을 하면, 그 기회를 이용하여 재미를 볼 수 있다는 것을 조에는 알았다. 그후로는 조에도 점점 느슨해졌다. 선물이 빗발처럼 쏟아지면서부터 조에는 혼탁 속에서 금화를 낚아챘다.

어느날 아침, 아직 뮈파가 나나의 방에서 나가기도 전에 조에는 떨고 있는 남자를 화장실로 데리고 들어왔다. 나나는 마침 속옷을 갈아입고 있다가 깜짝 놀랐다.

"어머, 지지!"

과연 조르주였다. 나나가 슈미즈바람으로 벌거벗은 어깨에 금발을 늘어뜨리고 있는 것을 보자 그는 목에 매달리며 얼싸안고 온몸에 키스를 했다. 나나는 놀라서 몸을 비틀면서 숨을 죽였다.

"아서요. 그이가 와 있다구요! 어리석게시리…… 조에, 미쳤어. 아래층으로 데리고 가요! 올라오지 못하게 하라구요. 내 내려가도록 노력해볼게."

조에는 조르주를 떼밀고 내려가야만 했다. 나나는 아래층 식당에서 함께 되자 두 사람을 나무랐다. 조에는 입술을 악물고 아씨를 기쁘게 해드리려고 했다면서 지르퉁해서는 물러났다. 조르주는 재회의 기쁨을 숨기지 못하고 뚫어지게 나나를 쳐다보았다. 아름다운 눈에 눈물이 글썽했다. 이미 불행한 시기도 끝났다. 사랑이 가신 줄 알고 어머니가 퐁데트를 떠나는 것을 허락했다. 그래서 정거장에 내리자마자, 한시 바삐 사랑하는 사람을 포옹해 보려고 마차를 타고 달려온 것이었다. 예전에 미뇨트의 방에서 맨발로 그녀를 기다리던 때처럼 앞으론 곁에서 살고 싶다고 했다. 이런 얘기를 하는 동안도 오랫동안 떨어져 있었던만큼 나나의 몸을 만져 보고 싶어 근질근질하여 손을 내밀었다. 그녀의 두 손을 잡고 화장복의 넓은 소매 속을 더듬으며 어깨 근처까지 손을 뻗었다.

"아직도 이 아가를 사랑하고 있어?" 하고 그는 어린애 같은 목소리로 물어보았다.

"물론이지!" 하고 나나는 대답을 하면서 홱 몸을 뿌리쳤다.

"하지만 통보도 안 하고 갑자기 오다니…… 말이지 나 자유스러운 몸이 아니란 말야, 알아서 하라구요."

조르주는 오랫동안의 소원이 겨우 이루어진 기쁨에 눈이 어두워, 마차를 내리자마자, 집의 구조조차 둘러볼 겨를 없이 달려 들어온 것이다. 나나에게 주의를 받고서야 비로소 주변의 변화를 깨달았다. 호화로운 식당, 멋지게 꾸며진 높은 천장, 고블랑 직물과 은기로 번쩍이는 식기장 등을 둘러보며 슬프게 말했다.

"아, 그래."

나나는 절대로 오전 중에 와선 안된다고 했다. 오려면 오후 네 시부터 여섯 시 사이가 좋겠다는 것이었다. 그 시간이 손님들을 맞이하는 시간이라는 것이었다. 그러나 말은 안 했지만, 그가 그야말로 애원하는 표정으로 바라보고 있었기 때문에 이번엔 나나가 따뜻하게 이마에 키스를 해주며 속삭였다.

"말 잘 들어야 돼, 나도 할 수 있는 데까진 할 테니까."

그러나 사실인즉 이렇게 말해봤자 지금 현재론 별다른 의미가 있는 것도 아니었다. 조르주가 귀여운 데다 친구로 해두고 싶었을 뿐이었다. 그러나 그가 날마다 네 시에 찾아오며 그 처량한 모습을 보면 나나는 그만 가엾어져서 옷장 속에 숨겨두고 끊임없이 자신의 아름다움의 찌꺼기를 맛보게 해주었다. 그러다가 그는 저택을 떠나지 않고, 강아지 비주와 함께, 사이 좋은 존재가 되어 주인의 치맛자락에 감겨 들었다. 그리하여 나나가 다른 남자와 함께 있을 때라 할지라도 무엇이고 그녀의 일부분을 손에 차지했고, 또한 그녀가 홀로 지루하게 있을 때면 과자랑 애무의 자비를 받았다.

위공 부인은 아들이 다시 또 이 못된 여자 손에 걸려든 얘기를 들었는지, 파리로 달려와서 당시 중위가 되어 뱅센느에 주둔하고 있는 장남 필립의 도움을 청했다. 이 형과 마주치는 일을 피하고 있던 조르주는 그 소리를 듣고 벌벌 떨며 어떤 거친 짓이나 당하지 않을까 겁냈다. 그는 흥분해서 사랑을 고백할 때면 무엇이고 숨겨두지 못하는지라, 마침내 나나와 얘기할 때면 언제나 어떤 일도 불사할 그 거친 형의 얘기를 입에 담게 되었다.

"엄마는 이 집에 안 오겠지만 형을 보낼는지도 몰라…… 아니 분명히 나를 데리러 필립을 보낼 거야" 하고 그가 설명했다.

처음에 나나는 굉장히 화를 냈다. 그래서 그녀는 쌀쌀하게 대꾸했다.

"재미있지 뭐야! 아무리 중위라도 프랑수아가 거뜬히 내쫓을 수 있을 걸."

그래도 역시, 조르주가 형의 얘기를 계속했기 때문에 마침내는 나나도 필립에게 흥미를 가지게 되었다. 그런 식으로 1주일쯤 지나니까 그녀는 그의 머리 끝에서부터 발 끝까지 모두 다 알게 되었다. 키가 크고, 튼튼한데다 쾌활하지만 다소 거칠고, 팔에 털이 났는가 하면 어깨에 검은 점이 있다는 등의 자세한 데까지 알았다. 그래서 어느날 이 남자를 내쫓는 장면을 상상하며 외쳤다.

"이봐요, 지지, 당신 형님 안 오는군 그래…… 겁쟁이로군!"

이튿날 조르주가 나나와 둘이서 있자니 프랑수아가 들어와서 필립 위공 중위라는 분이 오셨는데 어떻게 하시겠느냐고 물었다. 조르주는 새파랗게 질려 버렸다.

"그러려니 생각했어. 오늘 아침에 엄마가 얘기를 하더라니."

그러면서 그는 못 만난다는 대답을 해달라고 부탁했다. 그러나 그녀는 얼굴을 붉히면서 벌써 일어서고 있었다.

"무엇 때문에? 그러면 겁내고 있는 줄 알게. 흥, 재미있게 됐지 뭐야…… 프랑수아, 그분에게 살롱에서 기다리시라고 해요. 그리고 15분쯤 후에 여기로 모시고 와요."

나나는 그대로 앉지도 않고 난로 위의 체경과 이탈리아식 작은 상자 위에 걸어논 베네치아식의 거울 사이를 열에 들뜬 것처럼 왔다갔다 했다. 거울 앞에 올 때마다 흘긋 들여다보곤 웃음을 머금었다. 조르주는 소파에 축 늘어져서 이제 곧 벌어지려고 하는 정경을 상상하며 떨고 있었다. 나나는 서성거리며 간간히 중얼거렸다.

"15분이나 기다리면 그 청년도 마음이 가라앉겠지…… 그리고 창녀집엘 온 것으로 생각한다면 살롱을 보면서 놀라자빠지겠지…… 암 그렇구말구, 잘 보아두라지, 가짜가 아니니까. 그래서 조금쯤은 중산계급의 여성도 존경해 주어야 된다는 것을 알겠지. 남자란 무엇보다도 여성을 존경한다는 것이 중요하니까…… 어머, 벌써 15분이 됐나? 아니로군, 아직 10분도 안 됐는데, 덤비지 않아도 좋다구!"

나나는 가만히 있질 않았다. 15분이 지나자 조르주를 내보내며, 절대로 엿듣지 않는다는 약속을 시켰다. 하인들이 보면 모양이 흉하다는 것이었다. 그래서 지지는 침실로 옮겨갔다. 그리고 가기 전에 숨을 몰아쉬며 말했다.

"이봐, 우리 형이니까……."

"걱정 말라구. 상대편에서 점잖게 굴면 이쪽 역시 점잖게 할 것이니" 하고 나나는 위엄을 세우며 대답했다.

프랑수아에게 안내되어 필립 위공이 들어왔다. 프록코트를 입고 있었다. 처음에 조르주는 나나가 이르는 대로 뒤꿈치를 들고 침실을 가로질러 문에서 떨어져갔다. 그러나 목소리가 들려오자 근심이 되어 다리가 말을 안듣고 어떻게 할까 망설였다. 돌이킬 수 없는 일이 벌어지지나 않을까. 뺨을 친다고 했는데 나나와 자기 사이가 영원히 어색하게 되는 저주스러운 일이 일어나지나 않을까. 그는 유혹에 못 이겨 되돌아와서 문에 귀를 댔다. 문의 두툼한 커튼에 소리가 지워져서 잘 들리지 않았다. 그래서 필립의 목소리는 더러더러 들려왔다. 심한 투의 목소리로 어린애니, 가정이니, 명예니 하는 말이 섞여 있었다. 나나가 뭐라고 대답을 할는지 근심이 지나쳐서 가슴이 두근거리고 귀가 쩡하고 울리며 잘 들리질 않았다. 틀림없이 그녀는 '별꼴 다 보겠네' 하던가 '놔두시라구요. 여긴 우리 집이니까요!' 하고 외칠 것이다. 그런데 아무 소리도 들리지 않고 숨소리 하나 없었다. 문 저편에서 나나는 마치 죽은 것만 같았다. 뿐만 아니라 이윽고 형의 목소리조차 부드러워졌다. 도대체 이게 어떻게 된 셈일까. 갑자기 이상한 소리가 새어 나오며 조르주는 아연하고 말았다. 나나가 울고 있는 것이다. 순간 그는 갈피를 잡지 못하고 모순에 잠겼다. 도망을 칠까, 필립에게 덤벼들까. 그러나 그때 조에가 방으로 들어왔기 때문에 들킬 것이 부끄러워 허둥지둥 문에서 떨어져 갔다.

조에는 시치미를 떼고 의장 속의 속옷을 챙기고 있었다. 그동안 조르주는 불안에 사로잡힌 채 말도 못하고 가만히 이마를 유리창에 대고 있었다. 잠시간의 침묵 후 조에가 물었다.

"아씨 방에 와 있는 분 당신 형님이에요?"

"응" 하고 조르주는 숨찬 목소리로 대답했다.

다시 또 침묵이 흘렀다.

"그래서 근심하고 계신 거유? 조르주 씨."

"응" 하고 그는 여전히 괴로운 음성으로 되풀이했다.

조에는 서두르는 기색 없이 레이스 종류를 개면서 유유히 말했다.

"걱정 말아요…… 아씨가 잘 처리하실 테니까."

얘기는 그뿐이었다. 그러나 조에는 방을 나가려고 하지 않았다. 조르주가 조에에 대한 거북한 마음과 옆 방의 두 사람에게 대한 의혹에 사로잡혀 파랗게 질려서 초조해 있는 것엔 아랑곳없이 그러고도 15분은 넉넉히 우물쭈물했다. 그는 살롱 쪽을 흘긋 곁눈질해 보았다. 이렇게 오래도록 두 사람은 무엇을 하고 있는 것일까? 아마도 나나는 아직껏 울고 있을 게 분명했다. 거칠기만 한 형이고 보면 분명히 뺨따귀를 때렸을 것이다. 그래서 겨우 조에가 나가자 그는 문가로 달려가서 다시 또 귀를 붙였다. 그러자 깜짝 놀라며 갈피를 잡지 못하고 어리둥절해져 버렸다. 밝은 목소리가 귀에 들려 왔기 때문이었다. 소곤소곤 속삭이는 다정한 목소리, 간지러운 여자의 나직한 웃음 소리. 그러자 이윽고 나나는 친절한 얘기를 나누며 필립을 계단까지 전송했다.

조르주가 대담하게 살롱으로 들어가니 나나는 체경 앞에 서서 얼굴을 살피고 있는 중이었다.

"어떻게 됐지?" 하고 그가 얼빠진 소리로 물었다.

"어떻게라니 뭐가?" 하며 돌아다보지도 않고 그녀는 말했다.

그러더니 대수롭잖게 계속했다.

"당신 별소리 다 하더니, 당신 형님 참 친절한 분이던데!"

"그럼 잘된 거야?"

"물론 잘되고말고…… 그럼 뭐 우리들이 결투라도 할 줄 알았나보네."

조르주는 여전히 영문을 알아차리지 못하고 이렇게 중얼거렸다.

"분명히 들었는데…… 울지 않아?"

"울었냐고? 내가!" 하고 소리치며 그의 얼굴을 뚫어지게 쳐다보았다. "당신 꿈을 꾸고 있었어요? 내가 울고 있었다고 생각을 하다니!"

오히려 조르주 쪽이 이른 대로 하지 않고 문 뒤에서 엿들은 것을 비난받으며 답변에 궁해져 버렸다. 그러나 그녀가 화난 것을 보자 그는 얌전하게 어리광을 피우며 또다시 사연을 물어

보았다.

"그래 형은……."

"형님은 금방 여기가 어떤 집인지 알았어요…… 이봐요, 내가 창녀라면야, 형님이 당신의 나이라든지 집의 명예부터 얘기해도 당연하죠. 나도 그 기분은 알 수 있어요…… 하지만 단번에 그 양반은 알아차린 거예요. 그러니까 신사적으로 행동을 했지요…… 그러니까 다시는 근심말아요. 이미 끝난 일이고, 그 양반이 엄마를 안심시킬 테니까."

그러고는 웃으며 그녀는 계속했다.

"그리고 당신도 일간 여기서 형님을 만날 거야…… 초대했거든. 또 올 거야."

"뭐라고! 또 와?" 하고 조르주는 파랗게 질렸다.

그는 그 이상 아무 소리도 않고, 필립의 얘기도 그것을 끝났다. 나나가 외출복으로 갈아입자 그는 큼직한 슬픈 눈으로 그것을 바라보았다. 나나와 절연이 될 정도라면 죽는 편이 좋다고까지 생각하고 있었으니까 일이 무사히 끝나서 잘됐다고 생각했다. 그러나 어렴풋한 불안이 깊은 고뇌로 마음속에 아롱졌다. 그것이 어떤 식인지 스스로도 알 수 없고, 입으로 말하기조차 주저되었다. 필립이 뭐라고 하여 어머니를 안심시켰는지는 알 바 없으나, 사흘 후에 어머니는 만족한 모습으로 퐁데트로 돌아갔다. 그날 밤 나나의 집에서 프랑수아가 중위의 내방을 알리는 것을 듣고서 조르주는 깜짝 놀랐다. 형은 쾌활하게 농담을 하면서 그를 어린애처럼 다루며 그 정도의 불장난은 대단치 않으니까 봐주었다는 투였다. 그러나 조르주는 가슴이 메어지는 것 같은 느낌에 꼼짝을 못하고, 말만 걸어도 계집애처럼 얼굴을 붉혔다. 열 살이나 연상인 형하곤 친숙하게 사귄 일이 없기 때문에, 아버지처럼 어려워하며 여자 얘기 따위는 생각조차 못했다. 그 형이 지금 나나에게 조금도 거리낌 없이, 건강에 넘치는 몸을 마음대로 추스르며 즐겁게 웃고 있었다. 그걸 보고서 조르주는 낯이 뜨거워지는 느낌이었다. 그러나 형이 날마다 오게 되자, 조르주도 익숙해졌다. 나나는 생기에 넘쳐 있었다. 그것은 이를테면 어수선한 창부 생활 도중에 가정을 가졌다고나 할는지, 또는 사내들과 세간이 가득 찬 저택에서 이사 잔치를 차렸다고나 할는지, 어쨌든 절름발이 같은 느낌의 생활이었다.

어느날 오후, 위공 형제가 나나의 집에 있자니 뮈파 백작이 약속 시간도 아닌데 들어왔다. 그러나 조에가 지금 손님들이 계시다고 하니 백작은 사양하면서 굳이 들어가려고 하지 않고 물러갔다. 그날 밤 그가 다시 나타나자 나나는 마치 모욕을 당한 것처럼 퉁명스러운 태도로 맞이했다.

"저, 당신에게 모욕을 받을 짓은 아무것도 한 일이 없어요…… 아셨어요. 내가 집에 있을 때는 다른 사람들이나 마찬가지로 들어와주세요."

백작은 어이가 없어서 변명하려 했다.

"하지만 여보."

"손님들이 있었기 때문이란 거죠! 그래요, 남자들이 와 있었어요. 그럼 내가 그 사람들하고 무슨 짓이라고 했다고 생각하시는 건가요?…… 남자들이란 당신처럼 사양하는 것으로서 오히려 자기가 애인이란 것을 세상에 알리려고 하지만, 난 그런 것이 질색이라구요."

그는 간신히 용서를 빌었지만 마음속으론 여간 기쁘지 않았다. 이런 수법으로서 나나는 뮈파를 녹여 버리며 안심을 시키는 것이었다. 조르주 역시 훨씬 전부터 얘기 상대라고 하며 그의 출입을 인정받고 있었다. 또 필립과도 함께 식사를 시켰다.

백작은 굉장히 친절하게 식사 후엔 필립을 옆으로 불러 놓고 어머니의 안부를 물어보기도 했다. 그로부터 위공 형제와 방되브르, 뮈파 등은 공공연히 그녀 집에 출입하며, 다정하게 악수를 나누게 되었다. 그러는 쪽이 더 편리하기도 했다. 다만 뮈파만은 빈번히 드나드는 것을 꺼리며 외국인이 방문했을 때와 같이 격식적인 태도를 그대로 견지했다. 밤도 깊어서 나나가 마루에 깔아 놓은 곰가죽에 앉아서 양말을 벗을 무렵이면 그는 친밀을 다하여 그 사람들의 얘기를 시작했다. 특히 필립에 대해선 성실 바로 그것이라고 칭찬했다.

"정말 좋은 사람들이에요" 하고 방바닥에 앉아서 속옷을 갈아입으며 나나가 말했다. "하지만 그 사람들도 내가 어떤 여자라는 걸 알고 있단 말예요…… 이상한 소릴 조금이라도 하면 당장 내쫓아버릴 테니까요!"

그러나 이 호화로운 저택에서 사치에 묻혀 있으면서도 나나는 지루해 못 배길 지경이었다. 매일 밤 한시도 사내가 끊어질 새가 없었다. 돈은 빗이랑 머리솔과 함께 경대 서랍에까지 들어 있었다. 그러나 그 정도로는 이제 눈에 차지도 않았다. 생활의 어느 한 구석에 공허한 자리가 느껴지는 것이었다. 이를테면 하품을 유발시키는 구멍과 같은 것이었다. 아무것도 할 일 없는 나날이 질질 지나갔다. 단조로운 시간의 되풀이였고, 내일이란 것이 없었다. 먹이에 궁색치 않고 닥치는 대로 가지에 앉아서 자고, 이래서야 새의 생활과 다를 바가 없었다. 부양을 받는다는 안도감에서 수도원과 같은 무위와 복종 속에 잠들어 있으면서 온종일 길게 누워서 지냈다. 마치 창부라는 직업 속에 갇혀 버린 것만 같았다. 외출할 때는 언제나 마차를 타니까 발을 사용하여 걷는 일도 없었다. 마침내 어린애 같은 취미로 되돌아가 아침부터 밤까지 강아지 비주에게 키스를 하기도 하

고 유치한 장난으로 시간을 보냈다. 이러면서 남자들을 기다
린다. 이것이 유일한 일이라고 해도 과언이 아니었는데, 남자
들이 오면 상냥하게 굴었지만 아주 노곤한 표정으로 받아들이
는 것이었다. 그러나 이렇게 되는 대로 살면서도 미모에 대한
배려만은 잊지 않았다. 끊임없이 주의하여 거울을 들여다보고
몸을 씻고, 전신에 향수를 뿌렸다. 언제 누구 앞에서 옷을 벗어
도 얼굴을 붉히지 않을 자신이 있었다.

　아침엔 열 시에 일어났다. 그리퐁 종의 개 비주가 얼굴을 핥
으면 눈을 뜬다. 그리고 5분쯤 개와 논다. 개는 그녀의 팔이랑
넓적다리 사이에서 장난을 하며 논다. 그것이 뮈파의 비위에
거슬렸다. 비주는 그가 질투를 느낀 최초의 남자라고도 할 수
있었다. 개라도 그처럼 이불 속으로 기어들어가는 것은 좋지
않다. 이윽고 나나는 화장실로 가서 샤워를 한다. 열한 시쯤 프
랑시스가 와서 머리를 대강 만진다. 오후에는 좀 더 잔손질이
간 머리를 틀지만 이건 임시에 불과하다. 다음엔 점심 식사인
데 나나는 혼자서 먹는 것을 좋아하지 않기 때문에 거의 언제
나 마담 말르와르를 청한다. 그녀는 매일 아침 예의 괴상한 모
자를 쓰고, 어디선가 나타나서는 저녁 때면 다시 수수께끼 같
은 생활로 돌아간다. 그러나 그것이 어떤 생활인지 아무도 신
경을 쓰지 않았다. 그러나 가장 괴로운 것은 점심 식사로부터
오후 화장 시간까지의 두서너 시간이었다. 여느 때는 마담 말
르와르를 상대로 베지크를 한다. 〈피가로〉를 읽는 일도 있다.
극평이랑 사교계의 뉴스가 재미있었다. 때로 책을 펴는 일조
차 있었다. 문학 취미는 나나의 자랑거리였다. 화장은 거의 다
섯 시까지 걸렸다. 그때쯤에야 겨우 그녀는 긴 졸음에서 깨어
서 마차를 타고 외출을 하기도 하고, 수많은 남자들을 맞이하
기도 하는 것이었다. 밖에서 식사를 하는 일도 곧잘 있었다. 매

일 밤 상당히 늦게야 잠자리에 들기 때문에 이튿날 아침이면 언제나 몸이 노곤했다. 이렇게 하여 또다시 똑같은 하루가 시작된다.

최대의 기쁨이라곤 아주머니에게 맡겨둔 루이의 얼굴을 보러 바티뇨르에 가는 일이었다. 반 달간이나 어린애 일을 잊고 있는가 하면 갑자기 열중하여 마차도 안 타고 달려갔다. 아주 조촐하고 애정에 넘치는 어머니다운 모습이었다. 반드시 무엇이고 선물을 가지고 갔다, 아주머니에겐 담배, 어린애에겐 오렌지랑 비스킷 등을. 보로뉴의 숲을 산보할 겸 마차를 타고 가는 일도 있었다. 그 화려한 차림에 쓸쓸한 변두리 사람들은 무슨 일인가 하고 집을 뛰어나오곤 했다. 조카가 호화로운 생활을 하면서부터 마담 로라는 신바람이 났다. 하기야 그녀는 그곳엔 자기들이 갈 곳이 못 된다는 투로 빌리에 거리의 집에는 절대로 나타나지 않았다. 그러나 나나가 4, 5천 프랑짜리 옷을 입고서 찾아오면 뽐내며 이튿날은 하루 온종일 선물을 보이며 그 값을 말해주며 이웃 여편네들을 놀라게 했다. 나나는 대개 일요일엔 가족들을 위하여 시간을 마련해 두었다. 그런 날엔 뮈파에게 초대를 받아도 여염집 여자처럼 웃으면서 거절했다. 오늘은 안 돼요, 아주머니댁에서 식사를 해요, 한다든지 아가를 만나러 가요, 하는 것이었다. 그런데 그 루이는 자주 병에 걸렸다. 벌써 세 살이나 되고, 제법 사내놈이 돼가는데, 전에는 목덜미에 습진이 생겼고, 지금은 또 귓속에 부스럼이 생기고 있었다. 머리뼈 속에 카리에스가 있는 것이나 아닌지. 혈색이 좋지 않고 살에 탄력이 없고 누런 반점이 있었다. 그것을 보면 나나는 근심이 되었다. 이상한 노릇이다. 어째서 이 아이는 이렇게 약한 것일까. 어미인 나는 이처럼 튼튼한데!

어린애에 대해서 잊고 있는 날이면 여전히 떠들썩한 생활로 돌아갔다. 브로뉴 숲의 산보, 연극 첫날의 관람, 매종도레나 영국 카페서의 만찬과 밤참, 또는 마비유(댄스홀의 이름─역주) 쇼, 경마 등 사람들이 밀려드는 모든 유희장의 구경거리를 즐겼다. 그래도 공허감을 잊을 수가 없어서 속이 비틀리는 것 같은 번뇌를 느꼈다. 언제나 무엇인가에 열중해 있으면서 혼자 있게 될 때면 축 늘어진 것처럼 기지개를 켰고, 아무도 없으면 곧 우울해졌다. 공허하고 지루한 자기 자신과 마주 보지 않으면 안되기 때문이었다. 직업으로 보더라도, 타고난 기질로 보더라도, 쾌활해야 할 그녀가 그런 때는 우울해졌다. 그리고 하품을 하는 동안에 쉴 새 없이 입으로 튀어나오는 부르짖음이야말로 바로 그녀의 생활을 요약한 것이라고 할 수 있었다.

"아아! 남자들이라면 지긋지긋해!"

어느날 오후, 음악회에서 돌아오는 길에 몽마르트의 보도를 부지런히 걷고 있는 여자를 보았다. 창이 떨어진 구두, 지저분한 스커트, 비에 젖은 모자, 금방 누구라는 것을 알았다.

"샤를! 멈춰요!" 하고 그녀는 마부에게 소리쳤다.

"사탱! 사탱!"

지나가는 사람들이 돌아다보고, 모든 사람들의 시선이 집중되었다. 사탱은 곁으로 다가와서 마차 바퀴에 또 스커트를 더럽혔다.

"자아, 타요" 하고 그녀는 군중들의 시선엔 아랑곳없이 태연하게 말했다.

누추한 차림을 한 사탱을 하늘빛 랑도 마차로 끌어올려 샹티레이스가 달린 진주빛 비단옷 옆에 앉혀 데리고 갔다. 거드름을 떨고 있는 마부를 보고 군중들이 웃었다.

그로부터 나나는 정열에 사로잡혔다. 사탱과 동성애에 빠진 것이다. 빌리에 거리의 집에 머물며 때를 씻어내고 깨끗한 옷으로 갈아입은 사탱은 사흘 동안이나 생 라자르 유치장에서의 경험이며 수녀들과 시비, 자기를 등록한 경찰 녀석에 대한 얘기를 했다. 나나는 분개하고, 위로하며 직접 장관을 만나서라도 꼭 등록을 취소해 주마고 했다. 하지만 이 집까지 찾으러 오지는 않을 테니까 별로 서두를 필요는 없다고 했다. 이렇게 하여 두 사람의 여인 사이에 애무의 오후가 시작되었다. 사랑의 속삭임, 웃음으로 끝나는 키스. 그전에 라발에서 경찰의 습격 때문에 못 다한 놀이가 장난 겸해 다시 또 시작되었다. 그러나 어느날 밤 그것은 장난이 아닌 것으로 되고 말았다. 이전에 로르의 식당에서 그것을 메스껍게 여기던 나나도 이젠 이 맛을 알게 된 것이다. 그녀는 마음이 뒤집힐 정도로 그것에 정신을 잃었다. 그랬던 만큼 나흘째 되던 날 아침에 사탱이 사라졌을 때의 놀람은 너무 크기만 했다. 아무도 나가는 것을 못 봤다는 것이었다. 사탱은 새 옷을 입은 채 도망친 것이다. 길거리가 그리워 바깥공기를 구하여 나간 것이었다.

　그날 나나는 집안을 뒤집어엎었고 두려움에 가득 찬 하인들은 한 마디도 않고, 고개를 숙이고 있었다. 나나는 프랑수아가 문을 열고 대령치 않았다고 하며 하마터면 때릴 뻔했다. 그래도 겨우 자신을 억제했다. 사탱을 똥갈보년이라고 욕하며 다시는 시궁창에서 그따위 쓰레기를 건져내는 짓은 안 하겠노라고 했다. 오후엔 방 안에 틀어박혀 있었는데 조에는 울음소리가 새나오는 것을 들었다. 저녁 때가 되자 별안간 마차 준비를 시키고, 로르의 식당으로 찾아갔다. 사탱은 틀림없이 마르티르 거리의 그 식당에 있을 것이라는 예감이 든 것이었다. 그 계집애가 보고 싶은 것이 아니라, 따귀를 갈겨주고 싶은 심사였다. 예상대로 사탱은 조그만 탁자에서 식사를 하고 있었다. 마담 로베르도 함께 있었다. 나나를 보자 사탱은 웃었다. 나나는 가슴에 메일 것만 같아서 덤벼들기는커녕 상냥하게 굴었다. 샴페인을 사주며, 대여섯 개의 테이블 손님들을 취하게 했다. 그리고 마담 로베르가 화장실에 간 사이에 사탱을 데리고 나왔다. 마차에 타자 그녀는 사탱을 물어뜯으며, 다시 또 도망을 치면 죽이겠노라고 위협했다.

　그후로는 계속 똑같은 일이 되풀이되었다. 집안의 안온한 생활에 권태를 느끼고, 발작적으로 도망치는 사탱의 뒤를 나나는 배반당한 분통에 못이겨 비장한 결심으로 좇아다녔다. 마담 로베르의 따귀를 갈겨 준다고 하며 결투를 하려고 한 일도 있었다. 그 여자만 없으면 된다. 이젠 로르의 가게에서 식사를 하면서도 다이아를 장식했다. 때로는 화려하게 차려입은 루이즈 비오렌느, 마리아 블롱, 타탕 네네 등을 데리고 가는 일도 있다. 그리고 기름내가 풍기는 노란 가스등에 비쳐진 세 개의 방에서 그녀들에게 호사스러운 것을 뽐내고 광쳤다. 식사를 끝마치고 나갈 때면 그 동네 젊은 매춘부들은 엉거주춤하고 일어서며 멍하니 바라다보는 것이었다. 그 모양이 기분 좋고 즐겁기 이를 데 없었다. 그런 날이면 로르는 꼭 맞는 옷에 몸을 감고 얼굴을 번득이며, 어느 때보다도 더 모친 같은 시늉을 하며 여자 손님들 전부에게 키스를 하는 것이었다. 그러나 이와 같은 끊임없는 시비 속에서도 사탱은 냉정을 잃지 않고, 여전히 파란 눈과 처녀 같은 청순한 얼굴을 하고 있었다. 그 여자들에게 물리고 매를 맞고 끌려다니면서도 그녀는 단지 둘이 사이 좋게 지내는 편이 좋을 텐데 왜 그러는지 모르겠다고 했다. 자기를 때려 봐야 소용없다고 하며, 자기는 두 사람에게 모두 친절하게 하고 싶지만 몸을 둘로 쪼갤 수는 없는 노릇이라고 했다. 그러나 마침내 나나 쪽이 이겼다. 애정과 선물의 공세로 사탱을 떨어뜨린 것이다. 그래서 그 분풀이로 마담 로베르는 익명으로 나나의 애인들에게 지독한 편지를 써보냈다.

얼마 전부터, 뮈파 백작은 무엇인지 마음에 걸리는 것이 있는 것 같았다. 어느날 아침, 그는 굉장히 흥분하여 한 통의 익명 편지를 나나 앞에 내밀었다. 잠깐 읽어 보고도 방되브르랑 위공 형제들과의 관계를 밀고한 것이라는 것을 알았다.

"엉터리예요! 엉터리!" 하고 나나는 아주 솔직한 말투로 강력히 부인했다.

"맹세하겠나?" 하고 뮈파는 벌써 안심한 표정이었다.

"그럼요! 당신이 원하시 는대로…… 좋아요! 제 어린 것의 목을 걸고 맹세하겠어요!"

그 편지는 길었다. 다음엔 사탱과의 관계가 지저분하게 노골적인 글로 써 있었다. 다 읽고 나자 나나는 쌍끗 웃었다.

"누가 쓴 것인지 알았어요" 하며 아무것도 아니라는 표정을 지었다.

그리고 뮈파가 그 일에 대해서도 분명한 대답을 요구하자, 나나는 침착하니 말했다.

"당신에겐 관계없는 일예요. 그것이 당신과 무슨 상관이란 말예요?"

그리고는 그녀가 명백히 부정하려고 하지 않았기 때문에 뮈파는 언성을 높였다. 그러자 나나는 어깨를 으쓱하며, 그가 세상 물정에 어둡다고 했다. 그런 일은 얼마든지 있는 일이라고 하며 여자 친구들의 이름을 대면서 상류층의 부인들도 다 하고 있는 짓이라고 단언했다. 그러니까 이 이상 당연한 일은 없다고 했다. "거짓말은 어디까지나 거짓말이에요. 아까도 방되브르랑 위공 형제들 일에 대한 중상으로 내가 골을 낸 것을 보지 않으셨어요. 만약 이것이 정말이라면 목을 졸라 죽여도 좋아요! 그리고 이런 일을 가지고 거짓말을 해서 무엇하겠어요?"

하면서 다시 또 먼저와 같은 말을 했다.

"그것이 당신과 무슨 상관이란 말예요?"

그래도 계속, 뮈파가 중얼거리는 것을 듣자 나나는 냉랭한 말투로 딱 잘라서 말했다.

"그래도 여전히 마음이 풀리지 않는다면 일은 간단하죠…… 문은 열려 있어요…… 자아, 난 이런 여자예요."

뮈파는 고개를 숙였다. 그러나 마음속으로 나나가 맹세해준 것을 기뻐했다. 그녀는 자신의 힘을 믿고, 이젠 아무런 사양도 안 했다. 그때부터 사탱은 남자들과 마찬가지로 공공연히 저택에 드나들게 되었다. 방되브르는 익명의 편지를 받을 것도 없이 내용을 짐작했다. 그래서 농담을 하기도 하고, 질투하고 있는 체하며, 사탱에게 매달리기도 했다. 한편, 필립과 조르주 형제는 사탱을 동료처럼 취급하며 악수도 하고 노골적인 농담을 하기도 했다.

그러자 나나는 조그만 사건에 봉착했다. 어느날 밤, 사탱이 도망을 쳤기 때문에 로르의 가게로 식사를 하러 갔으나 그녀가 눈에 띄지 않아 혼자서 식사를 하고 있자니 다그네가 나타났다. 이 근래로 그의 품행은 좋아졌지만, 전에 놀던 버릇이 남아있어 이런 곳이라면 사람의 눈에 띄지 않으리라고 생각하고 간혹 파리 장안의 수상쩍은 장소에 발을 들여놓는 것이었다. 그래서 나나가 와있는 것을 보고 처음엔 거북한 표정을 했다. 그러나 얌전하게 물러갈 사람이 아니었다. 웃음을 띠며 가까이 가서 함께 좀 앉아도 좋겠습니까고 물었다. 놀리는구나, 하고 생각했기 때문에 나나는 천연스레 시치미를 떼고 쌀쌀하게 말했다.

"마음대로 하시죠. 여기는 누구나 올 수 있는 장소이니까요."

이런 투로 시작되었기 때문에 두 사람의 대화는 잘 어울리지 않았다. 그러나 디저트가 나오자 나나는 짜증이 나서 상대방을 꼼짝 못하게 만들 작정으로 테이블에 팔을 괴고 그전의 친숙하던 말투로 돌아갔다.

"그런데 당신 결혼 문제는 잘돼가요?"

"시원칠 않아" 하고 다그네는 솔직히 대답했다.

　사실 뮈파 집안에서, 이젠 결혼 신청을 해야겠다고 생각하던 시기에 백작의 태도가 너무나 냉랭해진 것을 보고, 그는 후퇴하는 편이 현명하겠다고 생각했던 것이다. 이 문제는 이제 틀렸다는 생각이 들었다. 나나는 맑은 눈으로 가만히 다그네의 얼굴을 바라보았다. 턱을 괴고, 입을 심술궂게 비꼬고 있었다. 이윽고 느릿한 목소리로 입을 열었다.

"나는 나쁜 여자예요. 그러니까 내 손아귀에서 미래의 장인감을 떼놓아야 되겠다는 거죠…… 정말, 좀 더 현명한 줄 알았는데 당신도 꽤 천지로군요! 그렇지 않아요. 나한테 홀딱 반해가지고 무엇이고 고백하러 오는 남자에게 내 욕을 하다니…… 이 봐요, 내가 좋다고만 하면 당신은 결혼을 할 수 있단 말예요."

　얼마 전부터 그는 그것을 느끼고 있었기 때문에 매사에 나나를 의지해 볼까 했다. 그러나 사정이 심각하게 될 것을 두려워하여 여전히 농담으로 얼버무리고 있었다. 그러다가 그는 장갑을 끼더니 갑자기 격식을 갖추고, "에스텔 드 뵈비유 양과 결혼하게 해주십시오" 하고 부탁했다. 나나는 간지럽다는 듯이 웃어대며 "어머, 미미는! 정말이지 미워할 수 없는 사람이네요" 했다. 다그네가 여자들에게 인기가 높은 것은 그 달콤한 얘기 때문이었다. 음악처럼 부드럽고 맑은 목소리. 그 때문에 그는 창녀들 사이에서 '벨벳의 입'이라는 별명을 들었다. 그 보드랍고 상냥한 음성으로 졸라대면 어떤 여자고 못 배겨낸다. 그는 이 힘을 알고 있기 때문에 지금도 쑥스러운 잡담을 지껄이면서 한없는 그 목소리의 매력으로 나나를 황홀케 하고 있었다. 두 사람이 식당을 떠날 즈음해선 나나는 벌써 얼굴을 붉히며 또다시 그의 매력에 사로잡혔고 그 팔에 매달려서 떨고 있었다. 청명한 밤이었기 때문에 나나는 마차를 돌려보내고 다그네의 집까지 걸어서 따라갔다. 그리고 서슴없이 방으로 올라갔다. 두 시간쯤 후에 그녀는 옷을 다시 입으며 말했다.

"이봐요, 미미, 꼭 결혼할래?"

"물론!…… 그것이 최선의 방법일 것 같아…… 알다시피 난 무일푼이란 말야."

나나는 그에게 구두 단추를 채우게 했다. 그리고 긴 침묵 후 말했다.

"그럼 할 수 없지…… 도와줄께…… 에스텔은 나무토막처럼 메말랐는데, 그래도 그런 것이 좋다면야…… 어때요, 나 참 친절하죠? 잘 처리해줄께요."

그러고는 아직껏 풀어 헤친 가슴을 가리지도 않은 채 웃었다.

"하지만 예물은 무엇을 주실래요?"

다그네는 나나를 얼싸안고 감사에 넘쳐 양쪽 어깨에 입술을 비벼댔다. 그녀는 몸을 떨면서 즐거운 기성을 지르며 몸부림쳤다.

"아! 됐어!" 하고 까불어대고 있는 사이에 흥분한 그녀가 외쳤다. "사례는 말예요…… 결혼식 날 당신의 첫 순결을 나에게 주어요. 색시한테보다도 먼저 말예요, 알았죠!"

"그것 좋아! 그것 좋아!" 하고 그는 나나보다도 더 소리 높이 웃어댔다.

두 사람은 이 흥정을 재미있게 생각했다. 굉장히 멋있는 착상이라고 생각한 것이다.

바로 그 이튿날 나나의 집에서 만찬회가 있었다. 만찬회라고는 하지만 목요일마다 언제나 있는 모임으로 손님은 뮈파, 방되브르, 위공 형제, 사탱 그뿐이었다. 뮈파는 일찌감치 와 있었다. 그는 나나의 외상값을 두서너 건 물어주어야 했고 무척이나 그녀가 갖고 싶어하는 사파이어 목걸이를 사주기 위해 8만 프랑이나 되는 돈이 필요했다. 그러나 최근, 재산을 상당히 축냈을 뿐더러 그렇다고 아직 토지를 팔고 싶지는 않았다. 그래서 누구고 돈을 꾸어줄 사람을 찾고 있던 중 당사자인 나나에게 권고를 받아 라보르데트에게 부탁해보았다. 그러나 라보르데트도 액수가 너무 크기 때문에 미용사 프랑시스에게 그 얘기를 했다. 평소부터 이 남자는 자진해서 단골들의 편의를 도모하고 있었던 것이다. 백작이 이런 사람들에게 부탁을 한 것은 절대로 표면화시키고 싶지 않기 때문이었다. 두 사람은 백작이 사인한 10만 프랑의 차용증을 서류 상자 속에 깊숙이 넣어두고, 절대로 사람들에게 보이지 않겠다고 약속했다. 그리고 이자로 2만 프랑을 떼놓고 그것 때문에 여러 차례 변명을 했다. 자기들도 고리대금업자를 몇 사람 찾아봐야 했지만 그 사람들은 굉장한 욕심쟁이여서 어쩌고저쩌고 했다. 뮈파가 왔다는 말이 전해졌을 때는 프랑시스가 나나의 머리 손질을 거의 끝낼 무렵이었다. 라보르데트도 허물없는 친구로서 화장실에 와 있었다. 백작을 보자 그는 분이랑 포마드 사이에 큼직한 돈 뭉치를 살그머니 놓았다. 백작은 대리석의 경대 위에서 차용증에 사인했다. 라보르데트는 나나가 식사를 하고 가라고 붙잡았지만 사양했다. 지금 돈 많은 외국인에게 파리 안내를 하고 있는 중이라고 했다. 그러나 뮈파가 그를 불러 보석상 베케르에게 달려가서 사파이어 목걸이를 사달라고 하며, 사실은 오늘 밤에 나나를 놀래주고 싶다고 부탁했다. 라보르데트는 기

분 좋게 승낙했다. 반 시간 후에 줄리앙이 슬그머니 보석 상자
를 백작에게 전했다.

식사를 하면서 나나는 들떠 있었다. 8만 프랑의 돈뭉치를 보
고서 흥분한 것이었다. 이 돈이 모두 장사치 손에 넘어가다니!
이렇게 생각하니 기분이 나빴다. 그래서 수프가 나오자마자
은이랑 수정 식기들이 번쩍이는 호화로운 식당에 있는 것도 잊
고서, 나나는 말할 수 없이 감상적인 표정으로 가난한 사람들
의 행복을 찬양하기 시작했다. 남자들은 예복 차림이었고, 그
녀 자신도 자수를 한 하얀 공단 의복을 입고 있었다. 사텡만은
한결 검소하게 검은 비단 옷을 입고 나나에게 받은 하트 모양
의 황금 펜던트를 가슴에 달고 있을 뿐이었다. 손님들 뒤에선
줄리앙과 프랑수아가 조에의 도움을 받으며 심부름을 하고 있
었다. 세 사람 다 아주 새침하기만 했다.

"정말예요, 나도 빈털터리 시절엔 더 즐거웠다고요" 하고 나
나가 또다시 같은 소리를 했다.

나나의 오른편엔 뮈파, 왼편엔 방되브르가 자리 잡고 있었지
만 그녀는 그편은 거들떠보지도 않은 채 건너편 필립과 조르주
사이에 끼어 있는 사텡만을 넋을 잃고 바라보았다.

"안그래, 얘야?" 하고 나나는 말끝마다 되풀이했다. "그때는
걸핏하면 플롱소 거리의 조스 아주머니한테 가선 웃었지!"

구운 고기가 나왔다. 두 여자는 과거의 추억에 잠겼다. 그러
자 무작정 지껄여보고 싶어졌다. 갑자기 소녀 시절의 그 시궁
창 같은 생활을 휘젓고 싶었다. 남자가 곁에 있으면 언제나 이
런 기분이 된다. 자기들을 길러준 두엄을 남자들의 코앞에 들
이대고 싶은 그런 충동에 사로잡히는 것이었다. 남자들은 낯
빛이 변하여 난처한 기색을 띠었다. 위공 형제는 건성 웃고 방
되브르는 안타까움에 수염을 비틀고, 뮈파는 점점 더 근엄한

표정을 지었다.

"빅토르 생각 나니? 왜 그 계집애들을 지하실로 데리고 가던 그 불량배 말야" 하고 나나가 말했다.

"그래, 그래" 하고 사텡이 대답했다. "너희 집 넓은 안마당도 생각나. 빗자루를 든 수위 아주머니가 있고……."

"보슈 아주머니 말이지, 죽었어."

"그리고 너희 가게 모양이 보이는 듯해…… 엄마는 뚱뚱한 분이었지. 어느날 밤인가 우리들이 놀고 있자니까 아버지가 곤드레가 되어가지고 돌아오신 일이 있었지."

그때 방되브르가 화제를 바꾸려고 여자들의 추억담을 가로막았다.

"이봐, 알버섯을 좀 더 줘요…… 굉장히 맛이 있는데. 어제 코르브뢰즈 공작댁에서 먹었는데 여기 것만 못하던데."

"쥘리아, 알버섯!" 하고 나나가 퉁명스러운 소리로 일렀다.

그러고는 다시 먼저 얘기로 되돌아갔다.

"정말이지 아빠는 주책이 없었어…… 그러니까 그 꼴로 멸망했지 뭐야. 보여주고 싶지 뭐야, 그 밑바닥 생활이란 거지나 마찬가지였으니까…… 나도 이미 고생이란 고생은 다했지만, 아빠나 엄마 모양으로 뻗어 버리지 않은 것이 기적이라구."

뮈파는 안절부절을 못하며 나이프를 만지작거리고 있다가 말했다.

"암만 해도 얘기가 밝지를 못한 걸."

"예? 뭐라고요? 밝지 않다고요! 그야 밝지 않을 수 밖에요…… 빵을 구걸받다시피 했으니까요…… 보셔요, 난 말예요, 정직한 여자니까 뭐든지 사실대로 얘기를 한단 말예요. 엄마는 세탁부였고 아빠는 주정뱅이로 그 때문에 죽었어요. 어때요? 이것이 마음에 안 들고 우리 집 내력이 창피스럽거든……."

모두들 그런 뜻이 아니라고들 했다. 그런 소리 하는 것이 아니라고 하며 누구도 그녀 집안을 경멸하지 않는다고 했다. 그러나 나나는 다시 계속했다.

"우리 집안이 창피하면, 나도 상대하지를 말아요, 나는 자기 부모를 숨기고 하는 따위의 여자가 아니니까요…… 나하고 부모들을 별개로 떼어서 생각지 말란 말예요."

모두들 그녀가 원하는 대로 그녀의 아버지며 어머니며 과거며 모든 것을 다 그녀가 얘기하는 대로 받아들였다. 지금, 나나는 마구 심술을 부리며 과거에 구트도르 거리를 질질 끌고다니던 흙투성이의 헌 구두로 다른 네 사람을 짓밟고 있는 것이다. 그동안 그들은 테이블 위를 내려다보며 옴쭉을 못하고 있었다. 그래도 나나의 기분은 가라앉질 않았다. 아무리 재산을 주고, 궁궐을 지어 준다 할지라도 사과를 씹으며 다니던 시절이 그립다는 것이었다. 돈 같은 것이 뭐냐! 그까짓 것은 장사꾼한테나 주면 된다면서, 갑자기 감상에 빠져 친절한 사람들에게 둘러싸여 서로들 숨김없는 소박한 생활이 하고 싶다고 하더니 겨우 흥분이 가라앉았다.

그러자 줄리앙이 팔을 늘이고 우두커니 서 있는 것을 보고 소리쳤다.

"뭣을 하고 있는 거야. 샴페인을 가져오지 못해. 어쩌라고 그 따위 멍청이 같은 상을 하고서 나를 쳐다보고 있는 거야."

이 분란 중에 하인들은 웃음 하나 비치지 않았다. 아무것도 귀에 들리지 않는 시늉을 하며, 나나가 흥분하면 할수록 심각한 표정을 했다. 줄리앙이 눈하나 깜짝 않고 샴페인을 따르기 시작했다. 그런데 서투르게도 프랑수아가 과일을 권하려고 과일 그릇을 잘못 기울이는 바람에 사과와 배와 포도 등이 테이블 위로 굴러떨어졌다.

"저런, 밥통 같으니라구!" 하고 나나가 외쳤다.

가만히 있었으면 좋을 것을 프랑수아는 변명을 했다. 과일이 반듯하게 놓여 있지 않았기 때문이라고 했다. 조에가 오렌지를 꺼낼 때 건드렸다고 했다.

"그럼 조에가 숙맥이로군."

"하지만 아씨……" 하고 조에가 불평을 늘어놓았다.

그 순간 나나는 벌떡 일어서며 사뭇 위엄을 세우며 고래고래 소리쳤다.

"다 됐어…… 모두들 나가라구…… 이제 너희들은 필요없으니까!"

그러자 갑자기 나나의 마음은 가라앉으며 순식간에 상냥해졌다. 화기애애한 가운데 디저트로 바뀌고 남자들은 직접 과일을 집으며 즐거워했다. 사탱은 배를 깎아 들고 나나 뒤로 와서 어깨에 기댄 채 먹었다. 그 동안에 나나의 귓전에다 무엇인가 속삭이고선 둘이서 웃어댔다. 그러다가 마지막 한 입을 나나와 함께 먹자고 하며 입에 문 채 내밀었다. 두 사람은 입을 마주 물고 키스를 하며 그것을 먹었다. 당장에 남성들이 빈정댔다. 필립이 아무 염려 마시라고 소리치자, 방되브르는 자리를 비켜 드릴까요, 하고 물었다. 조르주는 사탱의 허리를 끌어안고 제자리로 데리고 왔다.

"모두들 이상한데!" 하고 나나가 말했다. "애가 부끄러워하잖아요…… 자, 사탱, 놀려 먹으면 어떠니, 이런 것 아무렇지도 않은데."

그러고는 웃음 하나 띠지 않고 쳐다보고 있는 뮈파 쪽을 향하고 말했다.

"그렇지 않아요?"

"암" 하고 뮈파는 서서히 끄덕이며 낮은 소리로 말했다.

403

이젠 빈정거리는 사람도 없었다. 그래서 두 여자들은 이 명문가의 신사들이 보고 있는 앞에서 마주 서서 애정 어린 눈으로 마주 보았다. 조금도 수줍은 기색 없이 요염을 떨면서, 완전히 남자들을 무시하고 저희 멋대로 놀았다. 남자들은 박수갈채를 보냈다.

커피는 2층의 작은 살롱에서 먹었다. 두 개의 램프가 장밋빛 벽포와 래커 색과 낡은 금빛 골동품 위에 부드러운 빛을 던지고 있었다. 한밤중 이런 시각에 작은 상자며 청동이며 도자기 사이에서 은근하게 불타고 있는 불빛은 은과 상아를 박은 그 장식 위에서 반짝이며, 또한 조각된 지팡이에 광택을 더하며, 비단 같은 무늬를 그려내고 있었다. 오후 중 피워 놓은 난롯불은 사위어가고, 커튼과 포장에 둘러싸인 방 안은 몹시 더웠다. 늘어질 정도였다. 그리고 이 방에는 장갑과 손수건이 내던져져 있는가 하면, 책은 펴놓은 채로, 마치 허드레옷을 입은 나나를 보는 것과 같았다. 그리고 오랑캐꽃 냄새랑 순한 계집애처럼 마구 구는 그녀의 모습으로 주위의 호화로운 장식과는 달리 매력적인 결과를 풍겼다. 그리고 침대처럼 널찍한 팔걸이 의자와 알코브(침대를 놓는 움푹 파인 방 구석 자리 — 역주) 모양의 깊숙한 소파가, 때 없는 졸음과 또 구석진 그늘에서 주고받는 사랑의 속삭임과 은밀한 웃음 속으로 남자들의 마음을 유혹했다.

사탱은 난로 곁 소파에 깊숙이 몸을 뉘고는 담배에 불을 붙였다. 그러나 방되브르는 일부러 질투하는 체하며 만약에 더 이상 나나를 독점한다면, 당신에게 불리한 증인을 몇 사람이라도 데리고 오겠노라고 위협했다. 필립과 조르주도 거기 가담하여 사탱을 놀려대고 꼬집고 했다. 그래서 마침내는 사탱이 비명을 질렀다.

"이봐요! 이봐! 이 사람을 좀 야단치라구요! 또 장난질이야."

"가만히 좀 놔두셔요" 하고 나나가 정색을 하고 말했다. "사탱을 못살게 굴지 말라고 하잖아요…… 너도 참 딱하다. 어쩌자고 그런 사람들 틈에 끼어서 그러니."

사탱은 새빨개지며 혀를 내밀고 화장실로 도망쳤다. 그 열어젖힌 문으로 불투명한 유리 갓을 쓴 가스등의 뽀얀 불빛을 받고 경대의 대리석이 파릇하게 보였다. 사탱이 없어지자 나나는 상냥스러운 여주인격이 되어 네 사람의 남자들과 재재거리기 시작했다. 그녀는 현재 대호평 중의 소설을 읽은 것이다. 한 창부의 얘긴데, 자기는 그런 것은 싫다고 하며 써 있는 것이 모두 거짓말이라고 했다. 또한 자연을 있는 대로 묘사한다는 지저분한 경향의 문학에 대하여 분개했다. "그 사람들은 아무것이나 쓰면 되는 것으로 생각하고 있단 말야! 하지만 소설이란 즐거운 시간을 보내기 위해 쓰여져야 할 것 아녀요?" 소설이나 드라마에 대해서 나나는 뚜렷한 의견을 갖고 있었다. 은근하고 고상한 작품, 몽상을 유발시키고 영혼을 드높여 주는 것이 좋다고 했다. 이윽고 화제는 파리를 떠들썩하게 한 일련의 사건으로 바뀌었다. 그것은 선동적인 기사와 매일 밤마다 시민들의 집회에서 일어나는 무기를 들라는 부르짖음과 거기에 호응하여 나타난 폭동의 징조 등이었다. 그러자 나나는 공화주의자들을 호되게 공박했다. "대체 어떻게 하라는 것야. 한 번도 목욕을 한 일이 없는 그 더러운 작자들은? 우리들이 행복하지 못하다는 것인가? 황제께서 민중을 위하여 모든 것을 다 해주셨는데. 정말이지 더럽다 민중이란!" 그녀는 민중에 대한 일이라면 잘 알고 있으니까 얘기할 자격이 있다는 것이었다. 그러고는 조금 전에 식탁에서 구트도르 거리의 가난한 가족들을 경멸하지 말라고 한 것도 잊고, 나나는 빈민굴에서 빠져나온 사람의 그 혐오와 공포를 다하여 가족들을 마구 깎아내렸다. 마침 오늘 오후에 〈피가로〉지에서 시민 집회의 기사를 읽었지만 그것은 오히려 우스꽝스러운 일이라고 했다. 천박한 결말이며, 끌려나와 내쫓기게 된 주정뱅이의 볼품없는 얼굴이며, 생각하면 지금도 웃음이 터져 나온다고 했다.

"어유! 그 주정뱅이들이라니" 하며 보기도 싫다는 표정으로 그녀는 말했다. "그래요. 그 녀석들이 말하는 공화제란 많은 사람들에게 아주 불행한 거예요…… 원컨대 하느님이시여, 황제를 언제까지나 지켜주시옵소서!"

"틀림없이 하느님은 당신 소원을 이룩해주실 것이요. 안심하오, 황제께선 태안하시니" 하고 뮈파가 엄숙하게 말했다.

나나가 이와 같은 건전한 생각을 하는 것이 뮈파는 기뻤다. 정치 문제에 있어선 두 사람의 의견이 일치하고 있었다. 방되브르와 위공 중위도 그 '불한당'들을 연방 비꼬아대고 있었다. 그 녀석들은 입으로는 용감한 체하고 지껄이지만 총검을 보기만 해도 도망친다고 했다. 그런데 그날 밤 조르주는 안색이 시원치 않고 침울한 표정이었다.

"왜 그래, 이 애기?" 하고 그 침울한 얼굴을 보고서 나나가 물었다.

"아무것도 아냐, 나 얘기 듣고 있는 거야."

그러나 그는 괴로워하고 있었다. 식후에 필립이 나나와 농을 지껄이는 것을 들었다. 그리고 지금도 또 나나 곁에 있는 것은 자기가 아니라 필립이었다. 어쩐지 모르게 가슴이 터질 것만 같았다. 두 사람이 사이좋게 하고 있는 꼴이 참을 수 없었다. 견딜 수 없는 상상이 연달아 떠오르고 숨이 막힐 것만 같았다. 그래서 고민을 하면서도 그런 것을 상상하는 자신이 부끄러워 견딜 수가 없었다. 사탱에 관해선 대수롭게 생각지 않았고 또 스테이네르나 뮈파를 위시하여 나나의 남자들은 모두 묵인해

왔다. 그런데 언젠가는 이 형이 나나의 몸에 손을 댈는지도 모른다고 생각하자 기분이 나쁘고 머리 속이 확 달아올랐다.

"잠깐 비주 좀 맡아요" 하고 나나가 그를 위로하려고 스커트 위에서 자고 있는 강아지를 넘겨주었다.

그 순간 조르주는 힘이 났다. 나나의 무릎 체온으로 따뜻해진 이 강아지, 그것은 이를테면 나나의 몸의 일부였다.

얘기는 다시 어젯밤 제국 클럽에서 방되브르가 잃은 막대한 돈 얘기로 바뀌었다. 뮈파는 도박을 안 하기 때문에 깜짝 놀라며 눈을 휘둥그레졌다. 그러나 방되브르는 미소지으며 머지않아 파산할 것 같다고 비쳤다. 그것은 이미 파리 장안에 소문난 얘기였다. 어떻게 죽느냐는 것은 문제가 아니다. 중요한 것은 죽음에 당하여 허둥지둥하지 않는다는 일이다. 얼마 전부터 나나는 방되브르가 초조해하고 있는 것을 알았다. 입가에 깊이 파인 주름, 맑은 눈동자 속에 흔들리는 광채. 그는 아직도 귀족적인 기풍에, 몰락한 명문 귀족다운 섬세한 우아성을 지니고 있었다. 죽음조차도, 현재의 그에게는 도박과 여자로 비어버린 머리 속을 간간이 스쳐가는 현기증과 같은 것에 불과했다. 어느날 밤, 나나와 자면서 무서운 얘기를 들려주어 그녀를 떨게 한 적이 있었다. 재산을 탕진한 후엔 마구간에 틀어박혀 불을 지르고, 말과 함께 타죽을 작정이라고 했다. 현재의 유일한 희망은 파리 대상 레이스에 내보내려고 하는 뤼지냥이란 말이었다. 이 말만이 희망이었다. 흔들리기 시작한 그의 신용을 버텨줄 것이 이 말뿐이었다. 나나가 무엇이고 보챌 때마다, 언제나 그는 6월에 뤼지냥이 이기면 하고 대답했다.

"피!" 하고 나나는 농담조로 말했다. "질는지 누가 알아요. 경마에선 슬그머니 빼앗기기가 일쑤니까."

방되브르는 묘한 웃음을 지었을 뿐이었다. 그러고는 가볍게 말했다.

"그런데 참, 이 놈은 내 아웃사이더(승산이 없는 말—역주)인데 어린 암말에게 당신 이름을 붙였소…… 나나, 나나 어감이 좋아. 골내지 않겠지?"

"골을 내다니요, 왜요?" 하고 그녀는 속으로 몹시 좋아했다.

이 얘기는 다시 또 계속되고 화제는 곧 집행될 예정인 사형 얘기로 바뀌었다. 나나는 꼭 구경을 가고 싶다고 했다. 그러자 그때 사탱이 화장실 문에서 얼굴을 내밀고 부탁이니 좀 오라고 했다. 나나는 금방 일어났다. 거기 남은 네 사람은 축 늘어져서 담배를 피우며 알코올중독자가 살인을 범했을 때 어느 정도의 책임이 있느냐는 문제를 논했다. 한편 화장실에서는 조에가 의자에 털썩 주저앉아 흑흑 느껴 울고 있었고, 그것을 달래노라고 사탱이 허되이 노력하고 있었다.

"왜 그러지?" 하고 나나가 놀라 물었다.

"아이 참, 네가 얘기를 좀 해주라구. 내가 벌써 20분이나 달래고 있잖아…… 이 사람 말야, 네가 숙맥이라고 했대서 우는 거야."

"그렇구말구요, 아씨도…… 너무하셔요…… 너무하셔……" 하고 흐느낌에 목이 메 가지고 조에가 중얼거렸다.

순간 나나는 가엾어져서 다정한 말을 걸었다. 그래도 그치질 않자 그 앞에 쭈그리고 앉아서 정답게 몸을 끼어 안았다.

"바보 같으니, 숙맥이라고 했지만, 별로 의미가 있어서 그런 것도 아니란 말야. 입에서 나오는 대로 홧김에 한 소리를 가지고…… 자아, 내가 잘못했어, 울지 마."

"저는 이렇게 아씨를 사랑하고 있는데…… 아씨를 위하여 모든 것을 바치고 있는데……."

나나는 하녀를 얼싸안고 키스해 주며, 화난 것이 아니라는 표시로 세 번밖에 안 입은 옷을 주었다. 이 두 사람의 다툼은 언제나 무엇이고 물건을 줌으로써 해결이 났다. 조에는 손수건으로 가볍게 눈을 씻으며 얻은 옷을 팔에 걸치고 나가면서 이런 소리를 했다. "부엌에선 모두들 시무룩해 있어요. 줄리앙과 프랑수아는 밥도 못 먹을 정도요. 아씨에게 꾸지람을 받고 식욕이 없어졌단 말예요." 그래서 나나는 화해의 표시로 그들에게 1루이의 돈을 주었다. 주위 사람들이 슬퍼하고 있는 것을 그대로 보고 있을 순 없는 것이다.

이 투정이 내일까지 끌게 되는 것이 아닌가 하고 은근히 걱정을 하고 있었던 만큼 해결이 되어 잘됐다고 생각하며 나나는 살롱으로 돌아가려 했다. 그러자 사탱이 귓전에 대고 푸념을 했다. 남자들 욕을 하며 이 이상 놀려대면 난 나가 버리겠다고 위협했다. 오늘 밤은 저 사람들을 쫓아 보내라는 것이었다. 그러면 조금은 반성할 거라고 하며 자기도 나나하고 단둘이만 있고 싶다고 했다. 나나는 또다시 근심을 하며, 그런 짓을 할 수는 없다고 물리쳤다. 그러자 사탱은 거칠게 나나를 몰아세우며 고자세로 나왔다.

"부탁을 못 듣겠단 말이지!…… 그 녀석들을 내쫓지 못하겠다면야 내가 나가야지!"

그러고는 살롱으로 돌아가서 창가에 따로 놔둔 긴 의자에 누웠다. 그리고 죽은 것처럼 말도 없이 커다란 눈으로 나나를 뚫어지게 쳐다보며 기다리고 있었다.

남자들은 형법의 새 학설에 반대하는 중이었다. 병자의 경우 범죄를 저질러도 책임이 없다는 식의 기이한 학설로, 따지자면 범죄자는 없어지고, 병자만 남을 것이 아니냔 것이었다. 나나는 끄떡이며 듣고 있는 시늉을 하면서 마음속으론 어떻게 하면 뮈파를 쫓아 보낼 수 있을까 궁리하고 있었다. 다른 사람들은 좀 있으면 돌아가겠지. 하지만 저 사람은 분명히 끝까지 버틸 것이다. 아니나 다를까 필립이 돌아가려고 일어서자 조르주도 곧 따라 일어났다. 그가 무엇보다도 두려워한 것은 형을 뒤에 남겨 놓고 가는 일이었다. 방되브르는 얼마 동안 우물쭈물하고 있었다. 사태를 살펴 기회를 노리고 있는 것이다. 어쩌면 무슨 사정으로 뮈파가 가면 그 뒷자리를 차지하게 되는지도 모를 일이다. 그러나 오늘 밤엔 뮈파가 돌아갈 것 같지 않았다. 그래서 그는 그 이상 더 우물쭈물 않고 깨끗하게 작별 인사를 했다. 그러나 문간으로 가다가, 사탱이 꼼짝을 않고 한 곳만을 바라보고 있는 것을 보고선 이유를 알아차린 것처럼 잠깐 장난조로 그녀의 손을 잡았다.

"이봐, 골낸 것 아니지. 미안해…… 당신은 참 멋이 있어, 정말이야" 하고 그는 속삭였다.

사탱은 대답도 안 하고, 뒤에 남은 나나와 뮈파로부터 시선을 비키지 않았다. 뮈파는 이제 거침없이 나나 곁으로 다가앉으며 그 손에 키스를 했다. 나나는 얘기를 돌리기 위하여, 그 후의 에스텔은 어떠냐고 물었다. 어제 백작이 딸의 우울증을 걱정했기 때문이다. 아내는 계속 집을 비우고 있고, 딸은 냉랭하니 침묵에 잠겨 있다. 이래가지고는 집안이 도무지 재미없다, 운운했다. 이런 가정 문제에 관해서 나나는 언제나 적절한 의견을 말했다. 그래서 지금도 뮈파가 완전히 긴장이 풀리며 언제나 마찬가지로 근심 걱정을 말하자, 다그네와의 약속을 생각해 냈다.

"시집을 보내시죠?"

그러고는 곧바로 다그네 얘기를 시작했다. 다그네 소리를 듣자 백작은 아주 불쾌하게 얼굴을 찡그렸다. 나나한테 그런 얘기를 들은 이상엔 절대로 안 된다!

나나는 놀란 체했지만, 이윽고 갑작스러운 웃음을 터뜨렸다. 그리고 백작의 목을 안고 매달렸다.

"어머, 질투하고 계셔요, 우스워라!…… 생각해 보셔요. 그야 험담을 듣고서야 나도 골을 냈지만요…… 하지만 역시 불쌍하지 뭐예요, 만약에……."

그러나 뮈파의 어깨 너머로 그녀는 사탱의 시선과 부딪쳤다. 불안해져서 그녀는 백작의 목에서 손을 풀며 신중한 목소리로 말했다.

"이보셔요. 이 혼인은 성사를 시키는 것이 좋을 거예요. 저는 따님의 행복을 방해하고 싶지 않다구요. 그인 참 좋은 청년예요. 그보다 더 좋은 사람은 없을 거예요."

그녀는 다그네를 마구 추켜올리며 칭찬했다. 백작은 또다시 나나의 두 손을 잡았다. 그리고 이번엔 더 반대하지 않고 생각해보자고 하며 다시 의논하겠노라고 했다. 그러고는 이제 그만 자자고 했다. 나나는 목소리를 낮추며 여러 가지 이유를 늘어놨다. 기분이 좋지 않아 안 되겠다느니 조금이라도 자기를 사랑해 준다면 무리한 말씀을 말아 달라느니 했다. 그러나 뮈파는 고집을 피우며 간다는 소리를 하지 않았고, 그녀도 마음이 흔들리기 시작했으나 다시 또 사탱의 시선과 부딪치자 이번엔 완강하게 버텼다. 절대로 안 된다고 했다. 백작은 불쾌한 표정으로 신경을 곤두세우고 일어서며, 모자를 집으러 갔다. 문간까지 가서, 문득 사파이어 목걸이 생각이 났다. 주머니 속의 작은 상자가 손에 닿았던 것이다. '이 목걸이를 침대 속에 감추어 두자. 그녀가 먼저 침대에 들어갈 때 발에 걸리게 되겠지.' 이런 어린애 같은 장난을 저녁 식사 때부터 생각했다. 그런데 이처럼 내쫓기게 되다니. 그는 우물쭈물하다가 불쑥 그 상자를 나나에게 주었다.

"뭐예요 이거. 어머, 사파이어…… 그 목걸이로군요. 좋아라!…… 이것 정말 그 목걸이예요? 쇼윈도우에서 보았을 때가 더 훌륭하게 보였는데."

감사하다는 소리라곤 다만 그것뿐으로 백작을 붙잡으려고도 안 했다. 소파에는 사탱이 누운 채 말없이 기다리고 있었다. 그것을 눈치채자 그는 두 여자를 쳐다보고는 더 이상 지체하지 않고 점잖게 내려갔다. 현관문이 미처 닫히기도 전에 사탱이 나나의 몸을 얼싸안으며 춤을 추고 노래를 하고 있었다. 그러고는 갑자기 창가로 달려갔다.

"그이가 어떤 표정을 하고 있는지 보자!"

커튼 뒤에서 두 여자들은 쇠난간에 팔꿈치를 괴었다. 한 시가 울렸다. 인기척이 그친 빌리에 거리에 점점이 늘어선 가스등 불빛. 비 오는 3월의 밤. 축축한 바람이 휙 하고 불어쳤다. 군데군데 컴컴한 구멍처럼 보이는 공터. 어두운 밤하늘에 치솟은 건축중인 저택들의 발판들. 횅하니 싸늘한 이 파리의 신개지에 그림자를 떨어뜨리고, 뒤파가 쓸쓸하게 돌아간다. 그 동그란 등을 보고는 여자들은 요란스레 웃어댔다. 그러나 갑자기 나나가 사탱의 입을 틀어막았다.

"조심해, 순경이야!"

두 사람은 웃음을 참고, 두려움에 가득 차서 건너편을 바라보았다. 천천히 걷고 있는 두 개의 검은 그림자. 영화를 한껏 누린 나나도 경찰만은 아직도 무섭고 경찰이라면 죽기만큼이나 싫어했다. 지금도 그 한 사람이 저택 쪽을 올려다보았을 때 기분이 나빴다. 저 사람들은 무슨 짓을 할지 모른다. 이런 시간에 웃는 소리를 들으면 틀림없이 우리들을 매춘부로 생각할 거야. 사탱은 나나에게 착 들러붙어 바르르 떨고 있었다. 그러나 그때 물구덩이 있는 길 한복판을 춤추듯하며 램프 불빛이 다가

왔다. 두 사람은 그것에 정신이 팔렸다. 시궁창 속을 후비고 다니는 넝마주이 할멈이었다. 사탱은 그 여자를 알고 있었다.

"어머, 포마레의 여왕이로구나. 광주리를 짊어지고 있고!"

바람이, 몰아치는 가랑비를 얼굴에 맞으며 사탱은 나나에게 그 포마레 여왕의 얘기를 들려주었다. 그전엔 기막힌 창부였었다! 그 미모로 파리 장안을 떠들썩하게 만들었다는 것이다. 게다가 요염하고 뻔뻔스럽고 남자들을 개돼지 취급하며, 그집 계단에선 높으신 나리님들이 울기까지 했다는 것이다. 하지만 지금은 완전히 주정뱅이가 돼가지고, 동네 여자들이 장난 삼아 압상트 술을 먹인다는 것이다. 밖에 나오면 개구쟁이들이 돌을 던져댔다. 결국, 완전히 몰락해 버린, 시궁창에 떨어진 여왕 꼴이라고 했다. 나나는 냉랭하니 듣고 있었다.

"보라구" 하고 사탱은 말을 이었다.

그러고는 사내처럼 휘파람을 불었다. 마침 창 밑에 와 있던 넝마주이 할멈은 고개를 처들었다. 램프의 노란 불빛 속에 그 모습이 떠올랐다. 누더기 옷과 해진 머플러. 깊은 주름이 진 창백한 얼굴. 구멍처럼 빠진 이. 흠집 같은 두 눈 속에 번득이는 눈동자. 술에 절은 창부의 늙어빠진 모습을 보며, 나나는 문득 한 기억이 살아났다. 어둠 속에 샹몽의 광경이 떠오른 것이다. 이르마 당글라르. 왕년의 창부였던 이 고령의 여자가 영예에 가득하니, 허리를 굽힌 마을 사람들에게 전송을 받으며 성곽의 계단을 올라간다. 그때, 사탱이 또다시 휘파람을 불며 이편을 못 알아보고 두리번거리는 노파를 비웃어댔다.

"그만해라, 순경이 온다!" 하고 나나는 들뜬 목소리로 중얼거렸다. "빨리 안으로 가자, 요 깍쟁아."

뚜벅거리는 구두 소리가 다시 들려왔다. 두 여인은 창을 닫았다. 머리를 적시고 추위에 떨면서 창에서 돌아서자, 나나는 한

순간 그곳이 자기 집 살롱이란 것을 잊고, 낯선 어떤 장소에 직
면한 것 같은 착각에 빠져 깜짝 놀라 버렸다. 그러나 방에는 향
기롭고 따사한 공기가 감돌고 있었다. 나나는 훅하고 가슴을
내리 쓰다듬었다. 장밋빛 램프 불 밑에 잠들고 있는 산더미 같
은 재물, 고풍 어린 가구, 황금빛 비단, 상아, 청동. 또한 괴괴하
니 고요하기만 한 집안 전체에서는 말할 수 없이 호화로운 기
운이 감돌았다. 장엄한 응접실, 무게 있는 편안한 식당, 조용하
고 넓은 계단, 폭신한 융단과 의자들. 나나는 갑자기 자기 자신
이 확대되어 가는 것 같았다. 지배욕과 향락욕, 모든 것을 파괴
하기 위하여, 그 모든 것을 소유하고 싶은 생각이 치밀었다. 자
신의 여자로서의 매력을 이전에 이만큼 절실히 느껴본 일이 없
었다. 그녀는 서서히 실내를 둘러보며 깊은 생각에 잠긴 듯이
말했다.

"그렇지! 모든 것은 다 젊어서 이루어놓고 볼 일이야!"

그러나 사탱은 벌써 침실 곰가죽 위에 비스듬히 누워서 나나
를 부르고 있었다.

"어서, 오너라! 어서 와!"

그녀는 화장실에서 옷을 벗었다. 급히 가려고 두 손으로 풍성
한 금발을 잡고 은대야 위에 대고 머리를 털었다. 기다란 머리
핀이 우수수 떨어지며 쟁그랑쟁그랑 소리를 냈다.

Gnes Nocturnes

  그 일요일, 브로뉴 숲에서는 파리 대상 경마가 있었다. 차츰 더워지기 시작하는 6월, 날씨가 바뀌기 쉬운 계절이다. 아침나절엔 태양이 발그레하게 안개에 가려져 있었다. 그러나 롱샹 경마장에 연달아 마차가 밀어닥치기 시작한 열한 시경이 되자 구름은 남풍에 흩어지고 말았다. 회색빛 안개가 길게 찢기어지고 그 사이로 엿보이는 산뜻한 푸른빛이 삽시간에 하늘 가득히 퍼져 갔다. 구름 사이로는 태양이 엿보였다. 근처가 환히 밝아왔다. 잔디밭은 마차와 기마와 도보의 구경군들로 차츰 혼잡해져 가고 경기장은 아직 텅 빈 채 심판석과 결승점을 표시하는 말뚝과 게시판의 기둥이 보였다. 정면 중량측정소 울타리 한가운데에는 좌우 대칭으로 벽돌과 나무로 엮은 다섯 층의 특별석이 만들어져 있었다. 그 건너편엔 한낮의 햇빛을 가득 받으며 멀리 평야가 퍼지고 작은 나무숲이 그것을 빙 둘러싸고 있었다. 생 클루와 쉬레네의 우거진 언덕은 서편을 가로막고 그 건너편에는 위엄 있게 솟아있는 몽발레리앙 산이 보였다.

나나는 마치 이 파리 대상에 자신의 운명이 걸려 있기나 한 것처럼 흥분하여 결승점 곁 울타리 옆에 자리를 잡으려고 했다. 그래서 일찌감치 은장식이 달린 랑도 마차로 재빨리 달려왔다. 그 훌륭한 네 마리의 백마는 뮈파로부터 받은 것이었다. 왼쪽 두 마리에는 두 사람의 마부가 타고 마차 뒤에는 두 사람의 하인이 부동자세로 모시고 선 나나가 잔디밭 입구에 모습을 나타내자 군중들은 마치 여왕이나 지나가듯이 혼잡을 일으켰다. 나나는 방되브르의 마구간 빛깔인 청백의 기묘한 복장을 입고 있었다. 파란 비단 블라우스와 튜닉으로 몸을 꼭 죄고, 그것을 허리 뒤에서 졸라매어 커다랗게 둥근 모양으로 만들었다. 그래서 넓적다리의 선이 뚜렷하게 나타났는데, 이것은 치마를 부풀게 하는 것이 유행하고 있던 그 당시로는 대담한 모양이었다. 옷도 소매도 목에 두른 숄도 모두 하얀 비단이었고, 전체가 은실의 레이스로 장식되어 있어서 그것들이 햇빛을 받고 반짝였다. 게다가 또 기술을 본따 대담하게도, 틀어 올린 머리에 흰 깃이 달린 파란 기수 모자를 쓰고 있었다. 등으로 늘어뜨린 누런 머리숱이 갈색의 커다란 꼬리와 같았다.

정오가 울렸다. 대상 경기가 시작되기까진 아직 세 시간 이상이나 남았다. 랑도 마차가 목책 옆에 도착하자 나나는 자기 집에서처럼 유유히 행동했다. 그녀는 변덕이 나서 비주와 루이를 데리고 왔다. 무릎 위에서 자고 있는 개는 이 더위에 추운 것처럼 떨고 있었다. 어린애는 리본과 레이스가 달린 옷을 입혔지만, 백납처럼 하얗게 야윈 얼굴은 바깥바람에 파래져서 뚱해 있었다. 한편 나나는 조르주와 필립을 상대로 남들이 보건 말건 상관없이 떠들어댔다. 두 사람은 나나와 마주 앉아 있었지만, 백장미와 물망초의 푸른 꽃다발에 파묻혀 어깨까지 가려져 있었다.

"그래서 말이죠, 그이가 너무나 귀찮게 굴길래 문간을 가리켰
단 말예요…… 그랬더니 이틀 동안이나 부어 있더라니까요."

화제가 되고 있는 것은 뮈파였다. 그러나 나나는 싸움의 진짜
원인에 대해선 말이 없었다. 어느날 밤, 뮈파에게 방에서 남자
의 모자를 발각당한 것이다. 그것은 심심풀이로 지나가는 남
자를 끌어들인 데 불과한 대단치 않은 장난이었다.

"그인 정말 우습다구요" 하고 나나는 자기 자신의 얘기에 흥
이 나서 말을 이었다. "실은 말이지, 광신자라구요…… 매일 밤
기도를 한다구요. 정말예요. 그런데 내가 모르는 줄 안다구요.
방해가 되면 안 되겠어서 내가 먼저 자리에 눕지 않겠어요. 하
지만 곁눈질로 꼴을 살피노라면, 중얼중얼 기도를 하며 십자를
긋고 하는 거예요. 그리고 내 몸을 건너딛고서 침대 안쪽으로
가선……."

"흥, 빈틈이 없군. 그럼, 눕기 전과, 누운 후에 하는 것 아냐"
하고 필립이 중얼거렸다.

"그래요, 전과 후에. 내가 잠이 들었을 때에도 아직 중얼거리
고 있다구요…… 그건 좋지만 싸움이 시작되면 금방 고리타분
한 소리만 하는 거예요. 못 당한다니까. 그야 나도 옛날부터 신
앙은 가지고 있죠. 이런 소리하면 웃을지도 모르지만 상관없
어요. 그만 정도로 신앙이 없어지는 것도 아니겠고…… 하지
만 그인 너무 귀찮아서, 눈물을 흘리기도 하고, 회개를 해야 하
느니 한다구요. 그저께도 싸움 끝에 그이가 갑자기 신앙을 논
하기 시작했을 땐 기분이 나빠서……."

그러다가 나나는 그 얘기를 끊고 말했다.

"저것 좀 봐요, 미뇽이 왔네요. 어머 어린애들까지 데리고! 저
어린애 꼴은 저게 뭐람!"

미뇽에 식구들은 점잖은 빛깔의 랑도 마차를 타고 왔다. 부르

주아적인 벼락부자식 취미라고나 할는지. 로즈는 불룩한 붉은 마디 있는 회색의 비단 옷을 입고, 앙리와 샤를의 좋아하는 모습을 바라보며 행복한 모습으로 웃음 짓고 있었다. 어린애들은 앞자리에 앉아 있었는데 몸에 맞지 않게 큰 학생복이 괴상했다. 마차가 목책 옆에 멈춰서자, 로즈는 꽃다발 속에 묻혀서 의기양양한 나나를 보았다. 네 마리의 말, 제복 차림의 하인, 그런 것을 보자 로즈는 갑자기 표정이 굳어지며 입을 악물고서 외면을 했고 미뇽은 밝은 표정으로 눈웃음을 치며 손짓으로 인사를 했다. 그는 여자들 싸움에는 관여하지 않는 것을 신조로 삼았다.

"그런데 당신들, 이는 나쁘지만 깔끔한 몸차림의 조그마한 영감을 알아요?…… 브노 씨라고 하든가 하는 사람…… 오늘 아침에 나를 만나러 왔었어요."

"브노 씨? 설마하니! 그이는 예수회 신자인데" 하며 조르주가 놀라서 말했다.

"어쩐지 그런 냄새가 나더라니, 무슨 얘길 했는지 맞추면 용치. 결작이지 뭐야!…… 백작 얘기랑, 가정의 불화 얘기를 하고선 가정에 행복을 돌려주라는 부탁이야…… 그게 또 굉장히 정중하고 웃음을 지닌 태도더라니까…… 그래서 나는, '그것보다 더한 일이 어디 있겠습니까' 하고 대답하고 백작과 부인을 화해시키겠다고 약속했어요…… 농담이 아니라구요. 그분들이 행복해진다면 나 역시 기쁘니까요. 우선 편안해질 거예요. 이즈음은 귀찮아 못 배기겠다니까요!"

뜻하지 않게 지껄인 이 부르짖음에는 수개월째의 권태가 사무쳐 있었다. 더군다나 백작은 말할 수 없이 돈이 궁색한 모양이었다. 라보르데트에게 이자로 빌린 돈도 못 갚을 것 같아 속을 태우고 있었다.

"백작 부인이 마침 저기 왔군" 하고 특별석을 둘러보며 조르 주가 말했다.

"어디? 눈이 밝군 그래 우리 아기는!…… 잠깐 이 우산을 좀 들어줘요, 필립."

그러나 형보다 먼저 조르주가 덥석 손을 내밀어 기꺼이 은방 울 술이 달린 푸른빛 비단 양산을 나나에게 받쳐 주었다. 나나 는 커다란 망원경을 들여다보며 말했다.

"어머, 정말 있네요. 오른쪽 좌석 기둥 곁이지. 엷은 보랏빛 옷을 입었는데. 따님이 하얀 옷을 입고 곁에 앉아 있는데…… 어머, 다그네가 인사를 드리러 왔네."

그러자 필립이 곧 닥쳐올 다그네와 말라깽이 에스텔과의 혼 인 얘기를 시작했다. 그것은 이미 결정되었고 결혼식 날짜도 발표되었다. 처음엔 부인이 반대했지만, 백작이 자기 의사를 고집했다고 한다. 나나는 씽긋 웃으며 말했다.

"나도 알고 있어요. 폴을 위해선 잘된 일예요. 그인 얌전한 청 년이라구요. 그만한 가치는 있다구요."

그리고 루이에게 몸을 기울이며 말했다.

"어때, 재미있지?…… 뭐야 그 시무룩한 얼굴은!"

어린애는 벙긋하지도 않고, 마치 늙은이 같은 표정으로 둘레 의 사람들을 바라보고 있었다. 눈에 보이는 전부가 도무지 재 미없다는 표정이었다. 강아지 비주는 나나가 너무나 몸을 흔 들어댔기 때문에 무릎에서 미끄러져서 루이에게 기대어 떨고 있었다.

잔디밭은 차츰 사람으로 가득 차 갔다. 끊임없이 카스카드 문 으로부터 들어오는 마차의 행렬. 이탈리앙 거리를 출발한 대 형 승합차가 50명의 손님을 태우고 특별석 오른쪽에 와 섰다. 경장 이륜마차, 무개 사륜마차, 훌륭한 랑도 마차, 그런 것에 섞여 조랑말에 흔들리는 초라한 역마차, 말 네 필이 끄는 1인승 마차, 주인은 바깥 좌석에 타고, 하인은 안에서 샴페인 광주리를 지키고 있는 사두마차, 커다란 쇠바퀴를 번쩍이고 있는 바기 마차, 방울 소리를 경쾌하게 울리며 달려오는, 큰 시계처럼 구조가 교묘한 2인승 마차 등등이 늘어섰다. 가끔씩 말 탄 남자가 지나가게 되면 놀란 보행자의 떼가 마차 사이를 우왕자왕했다. 멀리 보로뉴 숲의 산책길을 달려온 마차가 이 잔디밭에 이르면, 요란스레 덜커덩거리던 소리는 갑자기 바퀴 스치는 조용한 소리로 변했다. 그 대신 점점 불어나는 군중들이 떠들고 외쳐대고 불러대는 소리와 채찍 소리만이 넓은 벌판에 울려 퍼졌다. 간간이 구름이 바람에 밀려 태양이 나타나면, 그 찬연한 햇빛에 마구며 니스 칠을 한 마차가 반짝이고 각가지 빛깔의 옷들이 눈부시게 빛났다. 그리고 내리쬐는 햇빛 아래, 높다란 마부 좌석에서 커다란 채찍을 열심히 휘두르는 마부들의 모습이 보였다.

라보르데트가 사륜마차에서 내렸다. 가가, 클라리스, 블랑슈 드 시브리와 같은 여자들이 함께 타고 왔다. 그는 부지런히 경기장을 가로질러 중량측정소의 울타리 속으로 들어가려고 했다. 그러나 나나가 조르주에게 그를 불러오게 했다. 라보르데트가 오자, 나나가 웃으며 물었다.

"내 시세가 얼마나 돼 있죠?"

나나라고 이름 붙인 그 어린 암말 얘기를 하고 있는 것이었다. 그 나나는 디아나 상 경마에서 참패를 당했고, 금년 4월과 5월에 데카르 상 경마와 그랑 풀르 데 프로뒤 상 경마에도 출전은 했지만 등수에 들지 못했다. 그 경기에서 승리한 것은 같은 방되브르의 마구간에서 나온 뤼지냥으로, 그 말은 순식간에 굉장한 인기를 차지했다. 어제부터 뤼지냥의 승률은 2분의 1

이었다.

"여전히 50분의 1 정도야" 하고 라보르데트는 대답했다.

"어머, 내 값이 형편없네" 하며 나나는 이 우스갯소리에 흥겨워했다. "그렇다면 나는 나를 사지 않을래요…… 어리석게 1루이라도 걸게 뭐야."

라보르데트는 굉장히 급한 모양이었다. 다시 또 가려고 했다. 그러자 나나가 불러 세우며 의논 좀 하자고 했다. 그는 조련사와 기수들과 친분이 있어서 여기저기 마구간에 대하여 특별한 정보를 갖고 있었다. 이제까지도 여러 차례 그의 예상이 적중했다. 사람들은 그를 경마왕이라고들 했다.

"어떤 말로 하면 좋을까? 영국 말은 얼마지?

"스피리트? 3분의 1…… 발레리오 2세 역시 3분의 1…… 그밖의 말은 코지뉘스가 25분의 1, 아자르가 40분의 1, 붐이 30분의 1, 피슈네트가 35분의 1, 프랑지판느가 10분의……."

"그만둬요. 영국 말 따위에다 걸 줄 알고. 나는 애국자니까…… 발레리오 2세는 어떨는지. 아까 코르브뢰즈 공작이 즐거운 표정을 하고 있던데…… 역시 그만두겠어요. 뤼지냥에서 50루이쯤 하면 어때요?"

라보르데트는 우물쭈물하며 그녀를 바라보았다. 나나는 몸을 굽히며 어떻게 된 셈이냐고 낮은 소리로 물었다. 실은 나나도 아는 일이지만, 방되브르는 노름을 이 라보르데트에게 일임하고 있었다. 그렇게 하는 편이 그로서도 속 편하게 걸 수 있기 때문이었다. 그래서 만약에 라보르데트가 무엇이고 정보를 가졌다면 가르쳐줄 것이라고 나나는 생각했다. 그러나 그는 설명은 빼고 어쨌든 자기의 육감을 믿어 달라고 했다. 당신의 50루이는 내 마음대로 걸게 하라고 하며 절대로 후회하게는 하지 않을 것이라고 했다.

"아무 말이나 좋은 대로 정하라구요!" 하고 그를 보내면서 나나는 들뜬 목소리로 외쳤다. "하지만 나나는 안 돼요, 바람난 말이니까!"

마차 안의 청년들은 나나의 재담을 재미있게 여기며 웃어댔다. 단지 루이만은 영문을 모르고 엄마의 드높은 목소리에 놀라 가냘픈 눈으로 그녀를 쳐다보았다. 라보르데트는 아직도 도망 못 가고 있었다. 로즈 미뇽이 손짓을 하며 불러 세운 것이었다. 그는 그녀의 부탁을 받으며 수첩에 숫자를 기입하고 있었다. 그것이 끝나자 이번엔 클라리스와 가가가 불러세웠다. 먼저 것은 번호를 변경해 달라고 했다. 사람들의 예상을 듣고 발레리오 2세에서 뤼지냥으로 바꾸겠다는 것이었다. 라보르데트는 무표정한 태도로 그것을 기입했다. 그러고는 겨우 도망을 쳐서 경기장 건너편 특별석으로 사라졌다.

마차는 아직도 계속 몰려들었다. 이제는 다섯 줄이나 늘어서서 목책을 따라 꽉 차 있었다. 그 중에 백마가 점점이 섞이고 있어 그 건너편에는 다른 마차들이 무질서하게 서 있었다. 그것은 마치 풀밭 위에 좌초된 것 같은 형국이었다. 뒤섞인 차바퀴며 제멋대로 향하고 있는 말들이 어느 것은 줄지어 있고, 어느 것은 비스듬히 서 있고, 어느 것은 엇갈려 있고, 어느 것은 마주 보고 있었다. 아직 비어 있는 잔디밭 위로 기마객들이 달려가고 도보의 사람들이 한 떼로 몰려서 웅기중기 움직였다. 장날처럼 가지각색의 옷을 입은 사람들이 뒤끓고 있는 이 벌판 위편에는 간이식당의 회색 천막들이 늘어섰고, 그것이 햇빛에 희게 빛났다. 그러나 특히 혼잡이 심한 곳은 마권업자 주위였다. 사람의 물결, 모자들의 소용돌이, 마권업자는 포장을 친 마차 위에서 승률표 따위를 써붙인 높은 널빤지를 곁에 놓고서 치과의사처럼 연방 손짓 몸짓을 하며 지껄여댔다.

"어느 말에 걸어야 할지 모르다니, 아무래도 보람이 없는데" 하고 나나가 말했다. "내 맘대로 얼마 쯤 걸어봐야지."

나나는 호인 풍의 마권업자를 찾으려고 일어섰다. 그러나 아는 사람들이 많이 와 있었기 때문에, 그편에 정신이 팔렸다. 미농 부부, 가가 클라리스, 블랑슈 이외에도 자기 주위의 수많은 마차들 속에 전후좌우로 낯익은 사람들이 눈에 띄었다. 마리아 블롱과 함께 무개 마차를 타고 있는 타탕 네네. 두 사람의 신사와 함께 사륜마차에 앉아 있는 카롤린 에케와 그 어머니. 루이즈 비오렌느는 혼자서, 메생 마구간을 상징하는 오렌지색과 녹색의 리본으로 단장한 조그만 이륜마차를 손수 몰고 왔다. 레아 드 오른은 크게 떠들어대는 청년들 틈에 끼어 사두마차의 높은 좌석에 앉아 있었다. 저 멀리 용수철이 여덟 개나 달린 귀족적인 마차에는 산뜻한 검은 비단 드레스를 입은 뤼시 스튜와가 새침하게 앉아 있었고, 그 옆자리에는 해군 사관후보생의 제복을 입은 큼직한 청년이 나란히 앉아 있었다. 그러나 무엇보다도 나나를 놀라게 한 것은 스테이네르가 모는 쌍두마차를 타고서 시몬과 온 일이었다. 마차 뒤에는 하인이 팔짱을 끼고 부동자세로 서 있었다. 시몬은 노란 줄이 간 하얀 비단으로 몸을 휘감고 띠에서 모자까지 다이아몬드를 번쩍이며 눈부실 지경이었다. 은행가는 커다란 채찍을 휘두르며 길이로 연결한 두 마리의 말을 몰고 있었다. 앞장선 황금빛을 띤 조그만 갈색 말은 잔걸음으로 달리고, 뒤의 커다란 검정갈색 말은 발을 높이 들고 뛰었다.

"빌어먹을! 스테이네르란 도둑놈 또 증권으로 휩쓴 모양이지!…… 시몬이 멋에 넘치는데. 지나칠 정도야. 저 정도라면 또 누군가가 덮치겠는 걸."

그러면서도 나나는 멀리서 시몬과 인사를 교환했다. 그리고 손을 흔들며 미소를 짓고, 사방을 둘러보며 하나도 빼놓지 않고 누구에게나 보이려 했다. 그리고 다시 얘기로 돌아갔다.

"뤼시가 데리고 온 것은 자기 아들이라구요. 제복 차림이 희한하죠…… 뤼시가 새침하고 있는 것은 그 때문이죠. 아들이 무서워서 자기를 배우라고 자칭하고 있다나요…… 딱해서! 저 애는 아무것도 모르는 모양이에요."

"흥! 그럴 생각만 있다면 그 여자는 아들을 위하여 시골에서 유산 있는 처녀를 구할 수도 있을 거요" 하고 필립은 웃으면서 말했다.

갑자기 나나가 말을 멈추었다. 혼잡한 마차 속에 트리콩을 발견했다. 그녀는 역마차로 왔으나 아무것도 안 보이기 때문에 유유히 마부 자리로 올라갔다. 그러고는 커다란 몸을 쭉 펴고 기다란 곱슬머리를 좌우로 늘어뜨린 채 품위있는 얼굴로 군중들을 훑어보았다. 마치 여자들의 무리 속에 군림하는 양했다. 여자들이 모두 살그머니 웃음을 보냈다. 그러나 트리콩은 시치미를 떼고 모르는 체하고 있었다. 직업으로 나온 것이 아니라 경마를 즐기러 나온 것이다. 그녀는 도박에 열중하는 성미로 특히 경마를 좋아했다.

"어렵쇼! 라 팔르와즈의 바보가 왔는데!" 하고 갑자기 조르주가 외쳤다.

굉장한 변모였다! 나나에겐 라 팔르와즈가 완전히 딴사람처럼 느껴졌다. 유산을 상속받고 나서부터 그는 제1급의 멋쟁이가 되었다. 꺾어 접은 칼라와 야윈 어깨에 착 붙는 엷은 빛 양복을 입고 머리는 한복판에서 가르마를 탔다. 그리고 피로한 것처럼 일부러 상체를 좌우로 흔들고 있었다. 귀찮은 듯한 어조로 은어를 섞어서 이야기하며, 말도 어미를 얼버무리며 끝까지 말하지 않았다.

"제법 괜찮은데!" 하고 나나가 정신을 빼앗긴 듯 외쳤다.

가가와 클라리스가 라 팔르와즈를 부르고 목에 매달리며, 다시 한 번 후려 보려고 했다. 그러나 그는 금방 그 곁을 떠나며 상대하지도 않고 엉덩이를 약간 흔들며 사라졌다. 그러나 나나를 보자 눈이 휘둥그레져서 달려들어 마차의 층계로 올라섰다. 나나가 가가 얘기를 하며 놀려대자 그는 중얼거렸다.

"아니, 그따위 늙은이, 이제 끝났어! 다신 걸려들지 않을 테니까! 자, 이번엔 당신이라구, 나의 줄리에트는……."

그러면서 가슴에 손을 얹었다. 나나는 남의 이목을 꺼리지 않는 이 갑작스러운 고백이 재미있어 웃었다.

"난 그런게 문제가 아니라구요. 당신 때문에 마권 사는 것을 잊을 뻔했어요…… 조르주, 저기 마권업자 있지, 곱슬머리에다 얼굴이 붉은 뚱뚱이. 저 악당 같은 상판이 마음에 들었는데…… 그 사람한테 가서 걸고 와요…… 그런데 어떤 것으로 할까."

라 팔르와즈는 말했다.

"나는 결코 애국자가 아니니까. 나는 있는 돈을 모두 영국 말에 걸었어……영국 말이 이기면 근사할 텐데. 프랑스 말 따위는 멋대로 하라지."

나나는 분개했다. 그래서 말의 우열에 관한 논쟁이 벌어졌다. 라 팔르와즈가 제법 권위자인 체하고 모두 다 신통치 않은 말뿐이라고 했다. 베르디에 남작의 프랑지판느는 더 트루스와 루노르의 혈통을 받았다. 늠름한 갈색 말로 만약 조련할 때 발굽을 다치지 않았던들 유망했으리라. 코르브뢰즈의 마구간에 있는 발레리오 2세는 4월에 심한 설사를 해서 완전하질 못하다. 이것은 공표되지 않았지만 틀림없는 사실이다. 결국 그는 아자르를 권했다. 메생 마구간의 말인데, 출전하는 말들 중에

서 제일 결점이 많고, 돈을 거는 사람도 없다. 하지만 아자르의
그 멋있는 스타일과 그 동작! 그것이야말로 사람들을 깜짝 놀
라게 할 말이다!

"아니, 난 뤼지냥에게 10루이, 붐에게 5루이를 걸을래" 하고
나나가 말했다.

순간 라 팔르와즈가 외쳤다.

"썩었단 말이야, 붐은! 그건 그만두는 편이 좋을 거야! 소유주
인 가스크조차 기대하지 않을 정도인데…… 뤼지냥도 소용없
어요. 농담이겠죠! 램과 프린세스의 혈통이니까. 알겠소, 램과
프린세스란 말이요. 이 혈통은 모두 다리가 짧단 말예요!"

라 팔르와즈는 한껏 큰소리로 외쳐댔다. 그때 필립이 참견을
했다. 뤼지냥은 데 카르 상과 그랑드 풀 데 프로뒤 상을 획
득했다고. 그러나 상대방은 맞섰다. "그것이 무슨 증거가 되는
가? 넌센스다. 오히려 경계하는 것이 좋다. 더군다나 뤼지냥의
기수는 그레샹이다. 이건 문제가 안 된다! 그레샹은 재수가 없
는 사람이고, 절대로 못 이긴다."

잔디밭 도처에서 나나의 마차에서와 같은 논쟁이 되풀이되
고 있는 모양이었다. 드높은 목소리. 도박 열에 홍조가 된 얼
굴. 미친 듯한 몸짓. 마권업자들은 마차 위에서 연방, 걸어논
승률표를 외치며 금액을 적어 넣었다. 그러나 거기서 하는 것
은 조그만 도박뿐이고, 큰 것은 중량측정소의 울타리 안에서
이루어지고 있었다. 겨우 백 수를 거는 쩨쩨한 돈주머니. 몇 루
이의 이익을 노리는 치사한 마음. 결국 스피리트와 뤼지냥의
싸움이 될 것 같았다. 겉보기에도 나타나는 영국 사람들이 얼
굴을 붉히고 벌써 승리에 들뜬 표정으로 뽐내면서 사람들 틈을
활보했다. 작년에는 리이딩 경의 말 브라마가 대상을 획득했
다. 그 원한을 프랑스인들은 아직껏 잊지 않고 있다.

만약에 금년에도 프랑스가 진다면 큰일이다. 그래서 여자들은 모두 애국 열에 들떠 있었다. 방되브르의 마구간은 프랑스의 명예에 방벽이 되어 누구나가 뤼지냥을 밀고 변호하며 칭찬했다. 가가, 블랑슈, 카롤린 등도 모두 뤼지냥에게 걸었다. 뤼시 스튜와는 어린애 앞이라 체면을 생각하여 돈 거는 것을 삼갔다. 로즈 미뇽이 라보르 데트에게 2백 루이를 맡겼다는 소문이 떠돌았다. 다만 트리콩만은 마부와 나란히 앉아서 마지막 순간을 기다리고 있었다. 야단법석에도 냉정을 잃지 않고 높아 가는 군중들의 흥분을 굽어보고 있었다. 파리 사람들의 성급한 얘기, 영국 사람들의 목구멍에서 나오는 것 같은 외침 소리. 거기 섞여서 되풀되는 말 이름들. 트리콩은 태연하게 그런 것들을 들으면서 메모를 하곤 했다.

"나나는? 나나에게 거는 사람은 없나?" 하고 조르주가 물었다.

아닌게 아니라 나나에게 거는 사람은 없었다. 얘깃거리조차 되어 있지 않았다. 이 방되브르의 마구간의 아웃사이더는 뤼지냥의 인기에 눌려서 빛을 잃고 말았다. 그러자 그때 라 팔르와즈가 두 손을 치켜들고 외쳤다.

"영감이 떠올랐다…… 나나에게 1루이 걸었다."

"좋아! 나는 2루이" 하고 조르주가 말했다.

"나는 3루이" 하고 필립이 덧붙였다.

그러면서 그들은 값을 올렸다. 나나의 비위를 맞추려는 것처럼 점점 높은 숫자를 댔다. 마치 진짜 나나를 경매하려고나 하는 것 같았다. 라 팔르와즈는 나나를 황금으로 감싸겠노라고 했다. 그러나 모두들 걸지 않으면 재미가 없다고 하며 돈을 걸 사람을 찾으러 가자고 했다. 세 사람의 청년이 그런 선전을 하려고 달려가려고 하자 나나가 외쳤다.

"난 싫어요, 절대로!…… 조르주, 뤼지냥에게 10루이와 발레리오 2세에게 5루이야."

그러나 그들은 벌써 뛰어나갔다. 차륜 사이를 빠져나가며 말 머리 밑을 빠져서, 잔디밭 속을 뛰어다녔다. 그 꼴을 나나는 들뜬 기분으로 보고 있었다. 마차 속에서 누구고 아는 사람을 발견하면 그들은 달려가서 나나를 권했다. 때때로 손가락으로 금액을 가리키며 의기양양하게 주위를 둘러보면 군중들의 머리 위로 와 하고 웃음이 터졌다. 그럴 때면, 나나가 일어서서 양산을 흔들어 보였다. 그러나 성과는 신통치 않았다. 몇 사람인가의 남자들은 설득되었다. 이를테면 스테이네르는 나나의 모습에 마음이 동하여 3루이를 걸었다. 그러나 여자들은 딱 거절을 했다. 손해 볼 것은 뻔하지 않은가! 그뿐인가 그따위 갈보의 성공을 북돋아줄 필요도 없다. 저 네 마리의 백마와 마부, 게다가 안하무인격으로 뽐내는 꼴이라니. 가가와 클라리스는 뾰로통해가지고, 사람을 무시할 셈이냐고 라 팔르와즈에게 대들었다. 조르주가 대담하게 미뇽 부부의 랑 도마차 곁으로 가자 로즈는 대답도 않고, 화를 내며 외면을 했다. '말한테 자기 이름을 붙이다니 정말이지 치사해서!' 그러나 미뇽은 재미있어할 뿐 아니라 조르주가 하자는 대로 하며, 항상 여자는 행복을 가져오는 것이라고 했다.

"그래 어떻게 됐어?" 하고 나나는 세 사람의 청년들이 한참 후에 마권업자들로부터 되돌아오자 외쳤다.

"당신은 40분의 1이야" 하고 라 팔르와즈가 대답했다.

"뭐 40분의 1?" 하고 나나는 놀라 소리쳤다. "아까는 50분의 1이었는데…… 어떻게 된 것이지?"

거기에 마침 라보르데트가 다시 나타났다. 경기장의 문이 닫히고, 첫 번째 시합의 개시를 알리는 종이 울렸다. 흥분된 소요 속에 나나는 승률이 갑자기 높아진 이유를 그에게 물었다. 라보르데트는 아마도 돈을 건 사람들이 늘어서 그럴 거라고 하며 얘기를 흐려 버렸다. 그녀는 그 이상 더 자세히 물어보려고 하지 않았다. 그는 굉장히 바쁜 듯이 만약에 빠져나올 수 있으면 방되브르가 여기에 들를 것이라고 했다.

관중들의 관심은 대상 시합에만 집중되어 있었기 때문에 첫 경기가 어느 사이에 끝났건만 다른 데 여념이 없었다. 그때 경마장 상공에 비가 내리기 시작했다. 조금 전부터 태양이 들어가고 흐린 빛이 사람들의 마음을 어둡게 하고 있었다. 휙 하니 바람이 불었다. 그러자 갑자기 커다란 빗줄기가 쫙 내리쏟아졌다. 삽시간에 대혼란이 일었다. 아우성 소리와 농담과 욕설. 도보로 온 사람들은 서로 다투어 달려가며 간이식당 천막 밑으로 피했다. 마차에선 여자들이 비를 피하려고 두 손으로 양산을 움켜잡고, 하인들은 포장을 치느라고 허둥댔다. 그러나 비는 어느새 그치고 아직껏 어쩌다 떨어지는 안개비 속에 햇빛이 반짝였다. 브로뉴 숲 상공을 흐르는 구름 뒤로 삽시간에 푸른 하늘이 펼쳐졌다. 맑게 갠 하늘, 거기에 안심한 여자들의 웃음 소리가 일었다. 말 코에서 새나오는 숨소리가 공기를 진동하고, 흩어졌던 군중이 젖은 몸을 털었다. 거기 태양이 좌악 비치자 잔디밭이 반짝였다. 마치 수정알을 뿌린 것 같았다.

"어머, 루이 좀 봐, 가엾어라! 흠뻑 젖었네!"

어린애는 아무 말없이 손을 문질러 주는 대로 내맡기고 있었다. 나나는 손수건으로 루이보다도 떨고 있는 비주의 몸을 가볍게 두들겨주었다. 새하얀 비단옷에도 얼룩이 몇 군데 졌지만 아무것도 아니라고 상관치 않았다. 꽃다발은 비를 맞고 생기를 띠어 눈처럼 반짝였다. 나나는 황홀하니 그 냄새를 맡았다. 빗방울로 입술이 이슬에 젖은 듯했다.

소나기로 특별석은 갑자기 가득해졌다. 나나는 쌍안경을 들여다보았다. 여기선 거리가 멀어서 스탠드를 메우는 사람들의 떼밖엔 안 보였다. 검은 바탕 위에 점점이 빛나는 하얀 얼굴. 지붕 가에서 햇빛이 비쳐들고 관람석을 빛과 그늘의 두 부분으로 갈라놓고 있었다. 광선이 비치고 있는 부분은 여자들의 의복도 이상하게 하얗게 보였다. 나나는 스탠드 앞에 늘어놓은 의자에서 비에 쫓기고 있는 여자들을 바라보며 재미있어했다. 중량측정소의 울타리 안에는 창부들의 출입을 엄금하고 있었다. 그래서 그 화풀이로 나나는 비에 젖은 상류 부인들의 헝클어진 머리와 어지러진 의복을 험담했다. 갑자기 주위가 떠들썩했다. 황후께서 중앙의 귀빈석에 도착했다. 귀빈석은 산장 모양으로 꾸민 별동으로 그 넓은 발코니에는 붉은빛 팔걸이 의자가 늘어놔 있었다.

"저거, 백작 아냐! 금주가 당번일 줄은 몰랐네" 하고 조르주가 외쳤다.

황후 뒤편에 엿보이는 뮈파의 엄숙한 얼굴. 그것을 보고 청년들은 농담을 지껄이며, 사탕이 있었으면 저 사람의 배를 두들겨줄 것을 유감이라고 했다. 나나는 쌍안경을 들여다보다가 귀빈석에 스코틀랜드 황태자의 얼굴을 발견했다.

"어머! 찰스 왕자!" 하고 그녀는 외쳤다.

그는 전보다 몸이 난 것 같았다. 1년 반 사이에 몸 전체가 불었다. 나나는 그에 관하여 세세히 얘기했다. 굉장히 단단한 신체의 소유자라고 했다.

주위의 마차에서 여자들은 나나가 백작에게 버림을 받은 것이라고 소곤거렸다. 자세히 얘기하자면 한이 없지만, 요컨대 이런 얘기였다. 시종과 나나와의 관계가 공공연해지자 그의 행실이 튀일르리 궁의 빈축을 샀다. 그래서 백작은 지위를 지키기 위하여 나나와의 관계를 끊었다는 것이었다. 이 얘기를 라 팔르와즈가 곧이곧대로 나나에게 전하며, '나의 줄리에트'라고 새삼스레 그녀의 환심을 사려 하자, 나나는 깔깔대고 웃었다.

"바보 같은 소리…… 당신은 그이를 몰라요. 내가 한 마디만 하면, 모든 걸 다 내동댕이치고 달려올 사람이라구요."

얼마 전부터 나나는 백작 부인 사빈느와 에스텔의 모습을 살피고 있었다. 두 사람 곁에는 아직껏 다그네가 달라붙어 있었다. 그곳에 사람들을 밀어젖히고 포슈리도 찾아와서 인사를 했다. 그는 싱글싱글하면서 그대로 그곳에 머물러 있었다. 그러자 나나는 경멸하는 태도로 특별석 스탠드 쪽을 가리키며 말을 이었다.

"저 사람들에겐 이제 놀랄 것도 없지! 샅샅이 다 알고 있으니까 껍질을 벗겨보라지!…… 이미 존경 따위는 있을 수도 없는 노릇이고! 상하를 막론코 세상은 지저분한 인간들뿐이라니까…… 그러니까 나도 남에게 이러쿵 저러쿵 간섭받을 필요는 없는 거야."

그러면서 경기장에서 말을 끌고 있는 마부로부터 찰스와 얘기하고 있는 황후까지 죽 가리키며, 찰스는 황태자지만 역시 오입쟁이라는 것은 똑같다고 덧붙였다.

"브라보, 나나…… 근사하다, 나나!……" 하고 열중해 버린 라 팔르와즈가 외쳤다.

바람결에 흩어지는 종소리에 따라 시합은 자꾸자꾸 진행되었다. 지금 끝난 것은 이스파앙 상이 걸린 경기로, 이것은 메생 마구간의 베르랭고라는 말이 우승을 했다. 나나가 라보르데트를 불러서 자기가 맡긴 백 루이는 어떻게 되었느냐고 묻자, 그는 웃으면서 행운을 방해하면 안 된다고 하며 어떤 말에 걸었다는 것을 말하지 않았다. 당신 돈은 잘 걸어놨으니까 이제 곧 알게 될 것이라고만 했다. 나나가 뤼지냥에게 10루이, 발레리오 2세에게 5루이를 걸었다고 얘기하자, 역시 여자는 어리석은 짓을 하는 것이라는 투로 어깨를 들먹 했다. 나나는 놀랐다. 영문을 도무지 몰랐다.

잔디밭이 한결 활기를 띠기 시작했다. 대상 경기를 기다리는 동안, 야외에서 점심 식사가 시작되었다. 여기저기서 사람들은 식사를 하며 마셔댔다. 잔디밭 위에서도 1인승 마차, 사륜마차, 무지 사륜마차, 2인승 마차, 랑도 마차 등 가지각색 마차의 높다란 좌석 위에서도. 하인들이 식힌 고기과 샴페인의 광주리를 마차의 짐칸에서 꺼내어 늘어놓았다. 바람결을 타고 샴페인 마개를 뽑는 소리가 뿅 하고 들려왔다. 오가는 농담 소리와 예리하게 울리는 유리잔 깨지는 소리가 들뜬 기분 속에서 들려왔다. 가가와 클라리스는 블랑슈와 함께 얌전하게 식사를 했다. 무릎 위에 담요를 펼치고, 그 위에서 샌드위치를 먹었다. 루이즈 비오렌느는 이륜마차에서 내려서, 카롤린 에케와 함께 있었다. 발밑 잔디밭에는 남자들이 즉석 스탠드바를 마련했고, 그곳으로 타탕, 마리아, 시몬, 그밖의 여자들이 마시러 왔다. 건너다보니 레아 드 오른의 마차 위에서 샴페인을 터뜨리는 한 떼의 사람들이 있었다. 그들은 군중을 내려다보며 건방진 태도로 햇빛을 쬐며 취해 있었다. 이윽고 사람들은 나나의 랑도 마차 주위로 밀려들었다. 나나는 일어서서 인사를 온 남자들에게 샴페인을 따라 주었다. 하인인 프랑수아가 술병을 날라다 주고, 라 팔르와즈가 일부러 상스러운 목소리로 변사처럼 떠들어댔다.

"자, 어서 옵쇼!…… 공짭니다…… 어느 분에게나 올립니다!"

"그만두라구요. 꼭 서커스판같이 그게 뭐예요" 하고 마침내 나나가 말했다.

그러면서도 굉장한 익살꾼이라고 감탄하며 나나는 아주 즐거운 빛이었다. 그러자 조르주를 시켜서 로즈 미뇽에게 샴페인을 한 잔 보내려고 생각했다. 로즈는 술 같은 건 안 마시는 체했다. 앙리와 샤를은 지루해서 어쩔 줄을 모르는 것 같았다. 저 아이들 역시 샴페인이 먹고 싶을 것이다. 그러나 조르주는 그 샴페인을 자기가 마셔 버렸다. 싸움이 되면 안 되겠다고 판단한 것이다. 그러자 나나는 자기 뒤에 내버려둔 루이가 생각났다. 그 아이도 목이 마를 것이다. 그래서 억지로 포도주를 먹였다. 루이는 심하게 손사래를 했다.

"자, 어서 옵쇼. 어서 옵쇼!" 하고 라 팔르와즈는 되풀이했다.

"2수도 1수도 아닙니다…… 공짭니다."

그것을 나나가 가로막았다.

"어머! 저기 보르드나브가 있네요!…… 불러줘요. 응, 어서 빨리!"

과연 그건 보르드나브였다. 뒷짐을 지고서 서성거리고 있었다. 태양에 그을은 모자, 실자리가 하얗게 된 기름때 묻은 프록코트. 파산으로 추레하긴 했지만 억센 기질만은 잃지 않은 채, 상류사회의 눈초리 앞에 감히 패잔의 모습을 드러내고 있는 보르드나브였다. 그는 기회만 있으면 한몫 보고야 말리라고 항시 기회를 노리고 있는 굳건한 남자였다.

"여, 대단하군!" 하고 보르드나브는 나나가 상냥하게 손을 내밀자 말했다.

그러고는 샴페인 잔을 죽 들이켜고서 사뭇 분통이 터진다는 투로 말했다.

"아아, 내가 여자라면!…… 하지만 썅! 그까짓 것은 아무래도 좋고! 무대로 돌아갈 생각은 없나? 나는 근사한 생각을 갖고 있다구. 게테 극장을 빌어가지고, 우리 둘이 파리 장안을 깜짝 놀라게 해보자구……응, 나를 위해 그 정도는 해줘도 괜찮을 것 아닌가."

그리고도 또 무엇인가 중얼거리며 그는 그 자리에 머물렀다. 어떻게 됐든 나나를 다시 만나 기뻤다. 그의 말을 빌자면, 이 나나란 놈이 눈앞에 살고 있다는 그것만 보고도 그의 마음은 위로를 받으며 나나는 자기의 딸이고 자기의 혈육이라는 것이었다.

나나를 둘러싼 사람들이 점점 늘어갔다. 이젠 라 팔르와즈가 샴페인을 따르고 필립과 조르주는 손님들을 부르러 다녔다. 잔디밭의 사람들이 웅기중기 모여들었다. 나나는 그 모든 사람들에게 웃음을 보내며 농담을 지껄였다. 여기저기 모여 앉아서 마시고 있던 사람들도 모여들었다. 사방으로 흩어져 있던 샴페인이 모두 나나 주위로 모여들었다. 마침내 마차 주위에는 오로지 한 덩어리를 이룬 군중과 거기서 이는 소요로 법석을 이뤘다. 내미는 잔에 둘러싸여 여왕인 양 서 있는 나나. 바람에 펄럭이는 금발, 태양을 받고서 눈처럼 빛나는 하얀 얼굴. 득의양양해진 그녀는 분해 어쩔 줄 모르는 다른 여자들의 약을 올려 주려고 했다. 그래서 저 승리에 도취한 베누스의 포즈를 취하면서 가득히 따른 술잔을 높이 쳐들었다.

그때 누군가가 뒤에서 건드리기에 돌아다보곤 놀라 버렸다. 마차 안에 미뇽이 와 있었다. 잠시 동안, 그녀는 마차 안으로 들어가서 미뇽과 나란히 앉았다. 그는 중대한 일을 알려주려고 온 것이다. 미뇽은 평소부터 아내가 나나를 원망하고 있는 것은 우스꽝스러운 일이라고 했다. 사실 어리석은 일일 뿐 아니라 아무 소용도 없는 일이라고 생각했다.

"조심해요. 너무 로즈를 약 오르게 하면 안 되니까…… 주의를 주려고 온 것이요…… 사실은 로즈가 무기를 가지고 있소. 아직도 그 〈귀여운 공작 부인〉 사건을 원망하고 있단 말이요……."

"무기요. 무기가 어쨌다는 거예요!" 하고 나나가 말했다.

"잘 들어봐요. 무기란 것은 편지 한 통인데, 포슈리 주머니에서 발견한 모양이요. 뮈파 백작 부인이 그 건달패 녀석 포슈리에게 보낸 것인데, 그 내용이란 것이 조금도 의심의 여지가 없다구…… 그래서 로즈는 그 편지를 백작에게 보내서 당신과 백작에게 복수하려고 하고 있단 말이요."

"그게 어쨌단 말예요. 우스워라…… 아아, 그래요, 포슈리가 상대란 말이죠. 재미있게 되었네요. 백작 부인인가 그 사람 기분 나쁜 여자라고 생각했었는데 실컷 웃어주죠 뭐."

"안 될 소리" 하고 미뇽은 극력 반대했다. "지독한 스캔들이 된다구요. 뿐만 아니라 무슨 소득이 된단 말이요……."

자칫 잘못 입을 놀리다간 안 되겠다 싶어 미뇽은 입을 다물었다. 그러자 그녀는 여염집 여자를 도와주어서 무엇하겠느냐고 외쳤다. 미뇽이 끈덕지게 말리자 나나는 상대편 얼굴을 물끄러미 쳐다보았다. 알았다, 이 남자는 포슈리가 백작 부인과 끊어지면 다시 또 자기 가정으로 되돌아오지 않을까 싶어 그것을 근심하고 있는 것이다. 그러나 로즈의 심산은 복수에만 있는 것이 아니라 사실은 거기에 목적이 있었다. 그 여자는 아직껏 포슈리에게 미련이 있는 것이다. 나나는 브노가 찾아왔던 일을 생각하고 한 계획을 생각해 냈다. 미뇽은 다시 또 그녀를 설득시키려고 열을 올렸다.

"가령 로즈가 그 편지를 보낸다고 합시다. 대소동이 벌어질 것이요. 당신도 말려들어 항간에선 모든 일의 근원이 당신이라고 생각한단 말이요…… 무엇보다 먼저 백작이 부인과 헤어져서……."

"어째서요? 도리어……."

이번엔 나나가 입을 다물었다. 생각을 입 밖에 쏟아놓을 필요는 없다. 이윽고 그녀는 미뇽을 쫓아 버리기 위하여 그의 의견대로 따르는 시늉을 했다. 그러고는 로즈와 맞서지 말고, 그녀를 달래는 셈치고 경마장의 여러 사람들이 보는 데서 잠간 찾아가는 정도 쯤 좋지 않으냐고 미뇽이 권하자, 나나는 생각해 보자고 대답했다.

장내의 아우성 속에 나나는 다시 일어섰다. 경기장에선 말들이 질풍처럼 결승점으로 뛰어드는 중이었다. 그것은 파리 시의 상을 건 경기로 우승은 콘느 뮈즈였다. 드디어 다음이 대상 경기. 장내는 흥분의 도가니로 변했다. 관중은 조급한 마음을 어쩔 줄 모르고 발을 동동 구르며 물결처럼 움직였다. 그런데 이 마지막 순간에 내기돈을 건 사람들은 갈피를 분간할 수 없게 되고 말았다. 방되브르의 마구간의 아웃사이더인 나나의 승률이 상승해 오는 것이었다. 남자들이 연방 돌아와선 시시각각 달라지는 새로운 승을 보고했다. 나나의 승률은 30분의 1, 25분의 1, 20분의 1, 15분의 1 하는 식으로 올라갔다. 아무도 그 이유를 몰랐다. 어느 경마에서나 지기만 하던 어린 암말, 점심 때까지만 해도 50분의 1로 누구 하나 돈을 걸려고 들지 않던 말이었다! 이 갑작스러운 광적인 인기는 무엇을 뜻하는 것인지. 어떤 사람은 콧방귀를 뀌며 웃었다. 이따위 농담을 정말로 여기다가는 빈털터리가 되어가지고 후회할 따름이라고. 어떤 사람은 진심으로 근심하며 아무래도 수상하다고 경계했다. 분명히 무슨 내막이 있다. 사기가 아니냐는 얘기조차 있었다. 즉 경마장에선 흔히 있는 일종의 도적 행위이다. 그러나 이번만은 방되브르의 이름으로 보더라도 그런 일은 없을 것이라고 하여 그 의심은 풀렸다. 그래서 처음부터 콧방귀를 뀌던 사람들의 예언이, 즉 나나는 틀림없이 꼴찌를 할 것이라고 한 예언이 결국 지배적이었다.

"나나를 타는 사람은 누구요?" 하고 라 팔르와즈가 물었다.

거기에 마침 진짜 나나가 나타났다. 그러자 남자들은 라 팔르와즈의 말에 외설스런 의미를 덧붙이고 허풍스럽게 웃었다. 나나가 사람들에게 목례를 하며 대답했다.

"프라이스예요."

그래서 논의가 들끓었다. 프라이스는 프랑스에선 알려져 있지 않지만 영국의 명기수였다. 평소에 나나를 타는 것은 그레샹으로 정해져 있었는데, 어째서 방되브르는 이 기수를 불러온 것인지. 뿐만 아니라, 놀라운 일은 라 팔르와즈의 말에 의하면 한 번도 우승한 일이 없는 이 그레샹을 뤼지냥에게 태운다는 것이다. 그러나 이와 같은 의문도, 농담과 부정과 갖가지 의견이 뒤섞여서 지워져 버렸다. 사람들은 시간을 보내기 위하여 다시 또 샴페인을 마시기 시작했다. 이윽고 수군거리는 소리가 일고, 사람들은 흩어져 갔다. 방되브르가 왔다. 나나는 볼멘 소리를 했다.

"친절하신데요, 이제야 오시다니!…… 나 중량측정소 안이 보고 싶어서 몸살이 날 지경이었다구요."

"그럼, 오라구. 아직 시간은 넉넉하니까. 한 바퀴 돌 수 있다구, 마침 부인 입장권이 한 장 있으니까."

그는 나나의 팔을 낀 채 그녀를 데리고 갔다. 뤼시, 카롤린 그 밖의 여자들이 퍼붓는 선망의 눈길이 나나에겐 기뻤다. 뒤에 남은 위공 형제와 라 팔르와즈는 마차 속에서 연방 샴페인 잔을 기울이고 있었다. 그들을 향하여 나나는 곧 돌아오마고 외쳤다.

그때 방되브르는 라보르데트를 발견하고 불러댔다. 두 서너 마디 짧은 얘기가 오갔다.

"모두 모았나?"

"예."

"얼마야?"

"천오백 루이, 사방에서."

나나가 엿듣자 두 사람은 얘기를 멈추었다. 방되브르는 굉장히 흥분한 것 같았다. 맑은 눈이 이상하게 빛나고 있었다. 어느날 밤인가 말과 함께 타죽겠다고 얘기하던 때, 나나가 겁에 질리던 그 눈이다. 경기장을 건너지르며 나나는 목소리를 낮추어 다정한 말투로 말했다.

"얘기해 줘요, 응…… 어째서 나나의 승률이 올라갔죠? 모두들 야단예요."

그는 깜짝 놀라며 무심코 입을 열었다.

"무엇, 벌써들 떠들고 있다고…… 도박을 하는 인간이란 참할 수 없다니까! 내가 인기 있는 말을 가지고 있으면 모두들 거기로 달려들어서 내 벌이는 없어진단 말야. 그런데 또 아웃사이더에 인기가 집중되면 마치 내가 껍데기나 벗기는 줄 알고 야단들이니."

"왜, 가르쳐주질 않았죠? 나 벌써 걸었단 말예요. 그 말 승산이 있을까?"

별안간 방되브르가 이유도 없이 화를 냈다.

"뭐? 귀찮게 굴지 말라구…… 어느 말이고 승산은 다 있는 거야. 승률이 올라간다는 건 사람들이 그 말에 돈을 걸었기 때문이야. 누가 그런 짓을 하는지는 나도 알 수 없잖아?…… 그따위 어리석은 질문이나 자꾸 하려면 쫓아오지 말라구!"

이런 말투는 그의 기질과는 어울리지 않을 뿐더러 또한 평소의 습관에도 없었던 일이었다. 나나는 골이 난다기보다는 놀라 버렸다. 그 역시 미안한 모양이었다. 나나가 뚱하여 좀더 친절하게 얘기할 수 없냐고 하자, 그는 사과했다. 이즈음 그는 이와같이 기분이 변하기가 일쑤였다. 오늘, 그가 흥망을 결정짓는 큰 도박을 한다는 것은 파리의 사교계에서 모르는 사람은 없었다. 만약에 그의 말이 패하여, 거기다가 건 막대한 돈을 잃는다면 그건 파산이요 몰락이었다. 그는 방탕과 채무로 생활의 토대는 흔들리면서도 신용과 체면만은 겨우 유지해 왔다. 그러나 그것도 와르르 소리를 내고 무너지리라. 그리고 이 역시 누구 하나 모르는 사람이 없지만 이 기울어 가는 재산에 마지막으로 덤벼들어 모든 것을 먹어치우고 그의 숨통을 눌러 버린 여자야말로 나나였다. 그녀의 지나친 변덕은 세간의 얘깃거리였다. 금화를 뿌렸다는둥 바덴에서 도박을 하여 호텔비도 못 치를 정도로 잃게 했다는둥, 술에 만취가 되던 날 밤, 석탄처럼 타나 안 타나 시험해 본다면서 다이아몬드를 한 움큼 불속에 내던져 보았다는둥 별의별 소리가 다 있었다. 나나는 그 탐스러운 몸집과 서민다운 천박한 웃음으로, 쇠약해져 버린 신경과민의 이 명문 귀족을 서서히 짓누르고 있었던 것이다. 이제 그 어리석은 짓에 깊이 빠져버린 백작은 세상만사에 회의를 가져볼 힘마저 잃고, 모든 재산을 도박에 걸었다. 1주일쯤 전에 그는 아브르와 트루비유 사이 노르망디 해안에다 별장을 사주마고 나나에게 약속을 했다. 그런데 그 나나가 오늘은 이상하게 걸리적거렸다. 너무나 어리석어서 한 대 갈겨 주고 싶을 정도였다.

수위가 두 사람을 중량측정소 울타리 안으로 들여보냈다. 백작의 팔을 잡고 있는 이상 이 여자를 막을 수는 없었다. 나나는 이 금지 구역에 들어오게 된 것에 우쭐하여 특별석 스탠드 아래 의자에 앉아 있는 상류 부인들 앞을 새침스레 천천히 걸었다. 그 자리에는 의자가 열 줄 있고 가지각색 의상들이 모여 있어 주위를 환하게 물들이고 있었다. 의자는 각각 멋대로 향하고 공원의 나무 그늘에서처럼, 우연하게 만난 다정한 사람들끼리의 모임이 되어 있었다. 부모들의 눈을 피하여 이 클럽에서 저 클럽으로 뛰어다니고 있는 아이들. 의자석 뒤편에는 관객으로 가득 찬 스탠드가 치솟고, 하얀 의복 빛깔이 얽어매 놓은 울타리의 엷은 그늘 속에 묻혀 있었다. 나나는 상류 부인들을 흘긋흘긋 쳐다보았다. 특히 사빈느 부인을 뚫어지게 바라보는 체했다. 마침내 귀빈석 앞을 지나가자 황후 곁에 엄숙한 표정으로 서 있는 뮈파의 모습을 보고 그만 웃음을 터뜨렸다.

"어머, 저 얼빠진 꼴 좀 봐요!" 하고 큰 소리로 방되브르에게 말했다.

그녀는 모조리 다 보고 싶었다. 그러나 잔디와 나무가 우거진 한 귀퉁이는 과히 재미없었다. 목책 옆에는 아이스크림 장수의 큼직한 좌판이 있고 마권업자들의 대기소인 버섯 모양의 지붕을 한 판잣집 안엔 사람들이 득실거리고 몸짓을 섞어가며 떠들어대고 있었다. 그 곁에 빈 마구간이 있었다. 나나는 실망했다. 겨우 헌병의 말이 한 필 있을 뿐이었다. 그러고는 말을 걸려 보는 운동장이 있었다. 둘레 백 미터의 조련장이 마련되어 있고 마구간의 젊은이가 두건을 씌운 발레리오 2세를 끌고 다니고 있었다. 언뜻 보자니, 단춧구멍에 오렌지빛 입장권을 낀 한 떼의 남자들이 자갈길 위에 있고, 또한 특별석의 통로에도 사람들이 어슬렁거리고 있었다. 나나는 잠시간 그 광경에 흥미를 느꼈다. 그러나 결국, 특별석에는 출입이 금지되어 있기 때문에, 그 울안에 들어가지 못한다고 해서 별로 서운할 것은 없었다.

다그네와 포슈리가 지나가며 나나에게 목례를 했다. 그녀가 손짓을 하자 두 사람이 곁으로 왔다. 나나는 중량측정소를 대단치 않다고 하다가 갑자기 말을 끊었다.

"어머 슈아르 후작이네. 어쩌면 저렇게 늙었을까! 형편없는데, 저 영감! 여전히 안달을 떠시는 게지?"

그러자 다그네가 이건 그저께 있었던 일로 아직 아무도 모르는 일이라고 전제해 놓고는 그 노인의 결심을 얘기했다. 몇 달 동안이나 주저하던 끝에 노인이 가가의 딸 아멜리를 샀다는 것이다. 소문에 의하면 3만 프랑을 냈다고 했다.

"어머, 기가 막혀라!" 하며 나나는 분개했다. "딸자식을 가지고 있으면 호강을 하는군요!…… 나도 그런 생각이 들더라니! 저 봐요, 저기 잔디밭에 어떤 부인하고 함께 마차에 타고 있는 것, 저거 틀림없이 릴리예요. 어쩐지 낯익은 얼굴이라고 생각했지…… 영감님이 데리고 나왔군."

방되브르는 듣고 있지 않았다. 한시 바삐 나나를 쫓아버리고 싶어서 조마조마하고 있었다. 그러나 작별할 때쯤 해서 포슈리가 나나에게 향하여 마권업자들을 구경하지 않고는 여기에 온 보람이 없다고 했다. 그래서 방되브르는 하는 수 없이 또 안내를 해주게 되었다. 나나는 금방 좋아 날뛰며 참으로 신기하다고 했다.

마로니에의 어린 나무로 둘러싸인 잔디밭 사이에는 둥근 지붕의 집이 있었고, 신록의 나무 그늘에 마권업자들이 한 줄로 커다란 동그라미를 만들고 시장의 장사치처럼 손님을 기다리고 있었다. 그들은 군중을 내려다볼 수 있도록, 나무 벤치 위에서 발돋움을 하고 있었고 옆의 나무에 승률표를 세워 놓고 있었다. 그들은 쉴 새 없이 주위를 살피면서, 바스락거리는 몸짓

하나, 깜박하는 눈짓 하나 놓치지 않고 주의하며 건 돈의 액수를 기입했다. 그 재빠른 솜씨에 구경꾼들은 영문을 모르고 어안이 벙벙했다. 난장판이었다. 외치는 숫자, 뜻하지 않은 승률 변화에 치솟는 아우성. 때때로 연락계가 인파를 헤치고 입구에 와서 출발과 승패를 알리는 소리를 외쳐대면, 그들 사이에선 요란한 아우성이 일었다. 그것은 태양 아래 도박 열을 한결 더 북돋았다.

"별난 사람들이네요!" 하고 나나는 재미있어 하며 중얼거렸다. "험상궂은 얼굴…… 어머, 저기 있는 저 큰 사람, 아무도 없는 산에서 저런 남자를 만나면 무섭겠네."

방되브르가 한 마권업자를 가리켰다. 포목점 점원으로 2년 동안에 3백만 프랑을 벌었다는 것이었다. 가냘픈 몸집의 금발 남자로 여러 사람들로부터 대우를 받는 것 같았다. 사람들이 미소를 지으며 얘기를 걸고 있었다. 멈추어 서서 바라보는 사람조차 있었다.

두 사람이 그곳을 떠나려고 하자, 다른 마권업자가 방되브르를 불렀기 때문에 그는 가볍게 끄덕여 보였다. 예전에 방되브르의 마부 노릇을 하던 사내로 큼직한 몸집에 황소 같은 어깨와 불그레한 얼굴 모양의 사람이었다. 최근 출처가 수상한 자금을 써서, 경마로 일확천금을 꿈꾸고 있기 때문에, 백작은 되도록 뒷받침을 해주면서, 역시 한편으론 심복 하인처럼 취급하며, 그 남자에게 비밀로 돈을 걸어 주고 있었다. 그러나 아무리 뒷받침을 해주어도 이 남자는 막대한 돈을 계속 잃으며, 그날은 백작과 마찬가지로 마지막 판가름을 하러 온 것이었다. 눈은 충혈이 되고 당장 졸도하여 쓰러질 것만 같았다.

"여보게 마레샬, 대체 얼마나 걸었나?" 하고 방되브르가 가만히 물었다.

"5천 루이요. 백작 나리, 어떻습니까, 대단하죠?…… 실은 승률을 낮추어서 3분의 1로 했습죠" 하고 그도 역시 낮은 목소리로 대답했다.

방되브르는 씁쓸한 얼굴을 했다.

"아니, 안 되지, 그럴 거 없어, 당장 2분의 1로 고쳐놓게…… 더 이상은 아무 소리도 안 할 테니 말야, 마레샬."

"아니올시다. 이제 와서 그런 건 백작 나리하곤 아무 관계 없지 않습니까?" 하는 그는 공범자다운 비굴한 웃음을 지으며 되풀이했다. "맡기신 2천 루이를 걸기 위하여 인기를 돋우어야 했기 때문입죠."

방되브르는 그의 말을 멈추게 했다. 그러나 백작이 떠난 뒤 마레샬은 갑자기 한 생각이 떠올랐다. 백작에게 그 암말의 인기가 갑작스럽게 상승한 이유를 안 물어 본 것을 후회했다. 그 말에 50분의 1로 2백 루이를 걸었으니까 만약에 우승하면 횡재다.

나나는 방되브르가 속삭인 말을 전혀 이해할 수 없었지만, 다시 또 물어볼 수도 없었다. 그는 먼저보다도 더 조바심을 하면서 중량측정소 앞에서 라보르데트를 만나자 갑자기 나나를 그에게 맡겼다.

"이 사람을 부탁하네. 나는 잠깐 볼일이 있어서…… 그럼 다시 보자구."

그러고는 측정소로 들어갔다. 그곳은 천장이 얕은 좁은 방으로 커다란 저울이 놓여 있었다. 시골 정거장의 수하물 보관소 같은 느낌이었다. 나나는 그곳이 넓은 곳으로 말의 중량을 재는 큼직한 기계쯤 놓여 있거니 상상하고 있었던 만큼, 또 한 번 실망했다. 뭐냐, 기수의 중량 만을 다는 거라니! 이런 정도라면 법석을 피우면서 구경을 하려고 애쓸 것도 없는 것을 그랬다.

저울 위에선 천치 같은 얼굴의 기수가 무릎 위에 마구를 놓고 서 프록코트를 입은 뚱뚱한 남자가 저울이 가리킨 눈금을 알려 주길 기다리고 있었다. 문간에는 마구간의 심부름꾼이 말고삐를 잡고 서 있었다. 말은 코지뉘스로, 둘레에는 사람들이 모여 들어 열심히 구경하고 있었다.

경기장이 닫히려고 했다. 라보르데트는 나나를 재촉했다. 그러나 그는 잠간 되돌아서며, 사람들하고 동떨어져 방되브르와 얘기하고 있는 자그마한 사람을 가리키며 말했다.

"저봐, 저게 프라이스야."

"아, 그래, 저 사람이 나를 탈 사람이로군요" 하고 나나가 웃었다.

지독히 못생긴 남자라고 생각했다. 그녀에겐 어느 기수나 꼽추 병에라도 걸린 것만 같았다. 분명히 자라는 것을 억누르기 때문일 것이라고 그녀는 말했다. 그 남자는 마흔가량이었으나 시들고 늙은 아이 같았다. 깡마른 긴 얼굴은 주름살투성이고 까칠하니 생기가 없었다. 몸은 뼈마디와 가죽뿐으로 마치 나무 토막에 하얀 소매 달린 푸른 재킷을 입혀 놓은 것 같았다.

"안 되겠네요, 저래가지곤 나를 행복하게 해줄 것 같지 않은 데요" 하고 나나는 그 자리를 떠나가며 말했다.

경기장은 다시 또 법석이 일었다. 풀밭은 비에 젖고 짓밟혀서 거무스레했다. 쇠기둥 위에 높다랗게 걸린 두 개의 게시판 앞에서 군중들은 밀치락거리며 올려다보고 중량측정소와 연결되는 전선으로 말의 번호가 나타날 때마다 환성을 올렸다. 남자들은 출마표에 체크를 했다. 배유네트를 주인이 취소시켰다는 통보에 군중들은 소란을 피웠다. 그러나 나나는 라보르데트의 팔을 끼고 재빨리 지나갔다. 사람들을 경기장으로부터 내보내기 위하여 장대에 매달린 종이 연방 울려대고 있었다.

"아! 말도 말아요" 하고 마차에 돌아오자 나나가 말했다. "중량측정소란 것 정말 아무것도 아니던데!"

남자들이 나나를 둘러싸고 박수로 맞이했다. '브라보! 나나!…… 나나가 돌아왔다!……' 어리석은 수작들도 하고 있다! 그녀가 뭐 도망간 줄이라고 알았단 말인가? 그녀는 알맞게 잘 돌아왔다. 자, 이제 시작이다! 샴페인 소동도 잊고 이젠 아무도 마시는 사람도 없었다.

그때 나나는 놀랐다. 가가가 마차 속에서 비주와 루이를 무릎 위에 안고 있었다. 가가가 그곳에 올 결심을 한 것은 라 팔르와즈에게 접근하기 위해서였지만 아가에게 뽀뽀를 해주고 싶어서 왔노라는 구실을 내세웠다. 그녀는 어린애라면 사족을 못 쓴다고 했다.

"그런데 릴리는?" 하고 나나가 물었다. "저기 저 영감님 마차에 있는 것 릴리 아녜요?…… 나 조금 전에 이상한 얘길 들었어요."

가가는 울상이 되어서는 아주 맥없는 소리로 말했다.

"그 일로 나는 병이 날 지경이라우. 어제는 너무 울어서, 자리에 누워 있었어요. 오늘도 도저히 올 수가 없는 것을…… 내 마음을 잘 알겠지만, 나는 반대였어요. 진실된 결혼을 시키려고 그애를 수도원에서 교육시키지 않았소. 야단을 쳐가며 감독을 해왔는데…… 그런데 말이요, 그애가 암만 해도 가고 싶다는 구료. 그래서 난리가 났다우. 울고, 욕설을 퍼붓고, 나중엔 그애 뺨따귀를 때렸다우. 그애는 너무나 지루하다 보니까 그런 짓이 하고 싶어진 게 분명하지 뭐유. 심지어는 '엄마는 날 방해할 권리는 없다' 고까지 하지 뭐유. 그래서 나도 해주었다니까. '이 못된 화냥년아, 우리집 망신이다. 나가라!' 하고 말야. 결국 그대로 되어서 얘기를 결정짓고 말았다우…… 이제 내 마지막

445

희망도 허사가 되었지 뭐유. 이것저것 즐거운 꿈을 꾸고 있었는데!"

그때 싸움이라도 벌어진 것같이 떠들썩하여 두 사람은 일어섰다. 사람들 사이에 유포되고 있는 수상쩍은 소문에 대하여 조르주가 방되브르를 변호하고 있었다.

"그이가 자기 말을 포기할 린 없어요. 어제만 해도 경마 클럽에서 그이는 뤼지냥에게 천 루이를 걸었다구."

"암, 나도 거기 있었는데" 하고 필립이 맞장구를 쳤다. "그이는 나나에겐 1루이도 걸지 않았다구…… 나나가 10분의 1이 되었다고 그이가 무슨 책임이야. 사람을 그렇게 타산적으로 생각하면 안 돼요. 무엇보다도 그래봐야 아무 이익도 없는 일이고 말야."

라보르데트는 태연하게 듣고 있더니 어깨를 으쓱했다.

"마음대로들 지껄이라지…… 백작은 아까도 또 뤼지냥에게 적어도 5백 루이는 겁니다. 나나에게도 백 루이쯤 걸었지만, 그건 주인이니만큼 언제나 자기 말을 신용하고 있는 체해야 하기 때문이란 말야."

"시끄럽다! 우리가 알 게 뭐냐!" 하고 팔을 휘두르며 라 팔라와즈가 소리쳤다. "우승은 스피리트가 뻔한데…… 프랑스 망해라! 영국 만세!"

출마를 알리는 종이 울리고 군중 사이에 전율이 감돌았다. 나나는 잘 보려고 물망초와 장미의 꽃다발을 밟고 좌석 위에 일어서서 널찍한 장내를 한바탕 둘러보았다. 흥분이 절정에 도달한 지금, 우선 눈에 보이는 것이라고는 회색의 목책으로 둘러친 넓은 경기장이었다. 말뚝 하나 걸러 순경이 서 있었다. 그 다음이 풀밭으로 앞쪽은 흙투성이지만 멀어질수록 초록빛이 짙어지며 아주 먼 곳은 보드라운 초록빛 양탄자와 같았다. 중앙 잔디밭을 보니 군중들이 움직이는 게 보였다. 발돋움을 하는 사람, 마차에 매달리는 사람, 흥분에 사로잡혀 부딪히는 사람, 울어대는 말, 바람에 펄럭이는 천막. 목책에 매달려 보려고 달려가는 사람들 틈을 기마객이 앞질렀다. 또한 반대편 특별석의 스탠드 쪽을 보니, 관객들의 얼굴이 조그마하니 보였다. 통로도 스탠드도 테라스도 사람들로 꽉 차서 가지각색으로 색칠된 것만 같았다. 여기저기 겹쳐진 사람들 모습이 공중에 거무스름하게 떠 있었다. 그 건너편 경마장 주변은 널디넓은 벌판이었다. 오른편, 덩굴로 덮인 방앗간 뒤편은 군데군데 나무숲이 커다란 그림자를 깃들이고 있는 풀밭이었다. 정면, 언덕 밑을 흐르는 세느 강까지는 공원의 산책길이 엇갈리고, 그곳에 마차의 줄이 꼼짝 않고 기다리고 있었다. 왼편 브로뉴 쪽으론, 다시 넓은 땅이 펼쳐지고, 멀리 파랗게 어리는 뫼동 근처까지 건너다보였다. 그 속을 가로지르는 오동나무 길. 이파리 하나 달리지 않은 가지가 선명한 장밋빛 무늬를 그려내고 있었다. 사람들은 아직도 계속 몰려오고 있었다. 그것은 전답 사이로 달리는 가느다란 리본과 같은 길을 따르는 개미의 행렬과 같았다. 한편, 저 멀리 파리 쪽을 바라보니, 그곳엔 공짜 구경꾼들이 커다란 나무숲 속에 가축 떼처럼 뭉쳐 서서 브로뉴 숲과 비슷한 높이까지 점점이 검은 줄을 이루며 움직이고 있었다.

  광막한 하늘 아래, 허둥거리는 벌레처럼 장내를 왔다갔다 하고 있는 10만 관중의 얼굴이, 갑자기 그때 환히 빛났다. 15분쯤 전부터 구름에 묻혀 있던 태양이 다시 또 나타나고, 밝은 빛을 비치기 시작한 것이다. 만물이 다시 또 환하게 빛났다. 군중들 머리 위에 펼쳐진 무수한 양산들이 황금의 방패와 같았다. 사람들은 태양을 예찬하며 태양을 맞이하여 웃음 짓고 구름을 몰아 치우려는 것처럼 팔을 추켜올렸다.

마침내 순경 한 사람이 경기장 한가운데로 걸어나왔다. 왼편 저 멀리서 붉은 기를 손에 든 남자가 나타났다.

"저것이 출발 신호를 할 모리악 남작이야" 하고 라보르데트가 나나의 질문에 대답했다.

나나의 주위에선 마차의 발판에까지 남자들이 밀려들고 있었다. 고함 소리가 일고, 생각나는 대로 한없는 대화가 계속되었다. 필립, 조르주, 보르드나브, 라 팔르와즈 등은 잠시도 가만히 있질 못했다.

"밀지 마!…… 나도 좀 보자구…… 여어, 심판이 자리에 앉는다…… 저것이 수비니 씨인가?…… 허, 저런 방법으론 턱밑에서 순위를 정하기란 굉장히 눈이 좋아야 할 것 아냐…… 조용히들 해! 깃발이 올라갔어…… 저봐 잘 보라구!…… 제일 앞에 오고 있는 것이 코지뉘스야."

깃대 끝에 붉은빛과 누런 깃발이 휘날렸다. 마구간 젊은이들에게 끌려 말들이 계속 들어왔다. 팔을 척 늘어뜨린 마상의 기수가 햇빛을 받고 환하게 돋보였다. 코지뉘스에 이어서 아자르와 붐이 나타났다. 이윽고 소요 속에 스피리트가 흑갈색의 늠름한 모습을 나타냈다. 레몬과 검정빛이 섞인 그 짙은 빛깔에는 그야말로 영국다운 어두운 느낌이 있었다. 발레리오 2세의 입장은 굉장한 박수가 터지게 했다. 굉장히 발랄한 작은 말로, 장밋빛 무늬가 든 엷은 녹색이었다. 방되브르의 두 마리 말은 도무지 나타나질 않았다. 겨우 프랑지판느 뒤에서 청백의 말이 엿보였다. 그러나 더할 나위 없이 멋있는 스타일의 흑갈색 뤼지냐도, 나나에게 집중된 경이 때문에 빛을 잃었다. 이제까지 누구도 나나의 이런 모습을 본 일이 없었다. 태양이 이 갈색의 암말을 붉은 머리의 여자처럼 황금빛으로 물들이고 있었다. 햇빛을 받고, 새로 나온 루이 금화처럼 빛났다. 가슴이 깊고 머리와 목이 경쾌해 보이고 등줄기가 곧게 뻗은 것이 섬세한 느낌이었다.

"어머, 저 말 털빛이 내 머리하고 똑같네요" 하며 나나는 무척 좋아했다. "저봐요, 내가 굉장히 우쭐대는데요!"

모두들 나나의 마차로 기어올랐다. 보르드나브는 엄마도 잊고 내버려두었던 루이를 하마터면 밟을 뻔했다. 그는 아버지처럼 잔소리를 하면서 어린애를 안아서 어깨 위에 올려놓으며 말했다.

"가엾어라, 아가도 구경을 시켜줘야지…… 가만있어라, 이제 너의 엄마를 보여주마…… 저, 저기 저 말을 보아라."

비주가 발을 비비적거려 그것도 안아주었다. 나나는 자기 이름을 붙인 그 말이 자랑스러워서 다른 여자들이 어떤 표정을 하고 있나 보고 싶어 잠깐 둘러보았다. 모두들 화가 잔뜩 나 있었다. 그때, 역마차 위에 가만히 앉아 있던 트리콩이 손짓을 하며 군중들 건너편으로 마권업자에게 지시했다. 육감이 통한 것이다. 나나에게 걸었다.

라 팔르와즈는 여전히 법석을 떨고 있었다. 프랑지판느에게 열중해 있었다.

"영감이 떠올랐다니까. 프랑지판느를 좀 보라구. 어때 저 동작은!…… 나는 8분의 1로 프랑지판느에게 걸 테야. 누구도 또 걸 사람 없나?"

"조용히 하라구. 후회하지 말고" 하고 참다 못하여 라보르데트가 말했다.

"못 쓰겠네, 프랑지판느는" 하고 필립이 곁에서 말을 붙였다.

"벌써 땀을 흠뻑 흘렸는데…… 저 발구르는 꼴 좀 보게나."

말은 오른쪽으로 갔다. 마침내 흩어지자 특별석 앞에서 발을 구르며 구보 연습을 했다. 흥분과 물결이 다시 높아 가며 모두들 한꺼번에 지껄이기 시작했다.

"뤼지냥은 허리가 너무 길지만 상태는 좋은데."

"나는 발레리오 2세에겐 한 푼도 안 걸었네. 저건 신경질인데
다 고개를 추키고 뛴단 말야. 좋지 않은 징조야…… 어럽소!
스피리트를 타는 것은 뷔르느로군…… 저놈은 어깨가 없다구.
튼튼한 어깨, 무엇보다도 그것이 중요하단 말야…… 안 돼, 스
피리트는 너무 순해…… 흥, 나는 나나를 그랑드 풀르 데 프로
뒤 상 경기 후에 봤단 말야. 땀에 흠뻑 젖어가지고, 털은 축 늘
어지고, 배는 터질 것처럼 물결치고 있더라니. 걸린 돈이라야
겨우 20루이도 안 됐고…… 대강 해두게! 저 사람은 프랑지판
느 타령만 하는군그래! 이젠 벌써 시간이 없네. 이제 곧 출발이
라구."

라 팔르와즈는 울상이 되어서는 마권업자를 찾으려고 쩔쩔
매고 있었다. 사람들이 그를 달래야만 했다. 모두들 목을 빼고
있었다. 그러나 1회째 스타트는 실패였다. 멀리 가느다란 검은
선처럼 보이는 출발 신호자가 붉은 기를 내리지 않았다. 말이
잠깐 질주하다가 되돌아왔다. 다시 또 두 번 실패했다. 간신히
출발 신호자가 말을 모아가지고 묘하게 출발을 시켰다. 그 솜
씨에 감탄의 부르짖음 소리가 일었다.

"멋있다!…… 아니 우연이야!…… 아무려면 어떤가, 하여간
훌륭하이!"

관중은 불안으로 가슴을 죄면서 조용해졌다. 이제야, 돈을 거
는 일도 중단되고 승부는 경마장으로 옮아갔다. 처음 잠시 동
안, 장내는 고요하기만 했다. 마치 숨이 끊어진 양했다. 모두들
고개를 내뽑는다, 긴장에 떨리는 창백한 얼굴. 스타트 직후엔
아자르와 코쥐니스가 앞을 다투었다. 바로 다음을 빌레리오 2
세가 뒤따랐다. 다른 말들은 뒤섞인 채 한 떼가 되었다. 바람처

럼 달리며 땅을 울리고 특별석 앞을 달려갈 쯤에는 그 한 떼의 길이는 벌써 약 40미터 길이로 뻗고 있었다. 꼴찌는 프랑지판느. 나나는 뤼지냥과 스피리트로부터 조금 처져 있었다.

"썅! 저놈의 영국말 천연스레 달리는 걸!" 하고 라보르데트가 중얼거렸다.

나나의 마차에 있던 사람들은 겨우 입이 떨어져서 연방 지껄여댔다. 누구나 다 발돋움을 하고, 햇빛 속에 반짝이는 점과 같이 질주하는 기수를 눈으로 뒤쫓고 있었다. 오르막길이 되자 발레리오 2세가 앞장을 섰다. 코지뉘스와 아자르가 차츰 떨어졌다. 뤼지냥과 스피리트는 코를 나란히 하고, 여전히 나나를 앞지르고 있었다.

"제기랄, 영국 말이 이겼어. 뻔하지 뭐, 뤼지냥은 피로했고, 발레리오 2세 역시 더 이상 못 견디겠는 걸" 하고 보르드나브가 말했다.

"젠장, 시시하게 영국 말이 이기다니!" 애국적인 고충에 견디다 못하며 필립도 외쳤다.

고뇌와 같은 기분이 관중의 가슴을 죄었다. 또 진단 말이냐! 사람들은 기도하듯이 뤼지냥의 승리를 빌었다. 한편에선 장의사 집 인부처럼 법석이며 스피리트와 기수를 야유하는 사람들도 있었다. 풀밭 속에 흩어진 군중 틈엔 속상한 김에 일어서서 발길질을 하고 있는 사람들도 있었다. 말을 탄 사람들이 잔디밭으로 맹렬히 가로질러 갔다. 나나는 서서히 몸을 돌리며, 발 밑에 물결치듯 넘실거리는 말과 사람들의 떼를 보았다. 경마라는 선풍에 휩쓸려 경마장 목책에 밀려온 바다의 물결은 같은 군중의 머리. 아득하니 달음질치는 기수들의 모습은 수평선상에 번쩍이는 번개였다. 그 번개 같은 기수들의 뒷모습을 나나는 뒤쫓았다. 삽시간에 멀어지는 말 꽁무니, 죽 뻗은 그 다리.

그나마 잠깐 사이에 머리카락처럼 가느다래지며 보이지 않았다. 말들은 지금 제일 먼 곳을 일렬로 달리고 있었다. 그 모습이 아득하니 브로뉴 숲의 초록빛을 배경으로 까마득히 보였다. 그러다가 갑자기 보이질 않았다. 경마장 중앙에 심겨진 수풀 뒤에 가려진 것이다.

"아직 멀었어! 끝나지 않았으니까…… 영국 말을 따라잡고 있다!" 하고 조르주는 아직 희망을 잃지 않았다.

그러나 라 팔르와즈는 또다시 프랑스를 우롱하며 스피리트에게 갈채를 보내며 주위를 분개시켰다. 만세! 꼴좋다! 스리피트가 1등에, 프랑지판느가 2등! 그렇게 되면 아마 프랑스는 분하겠지! 그러자 라보르데트가 머리 끝까지 화가 치밀어서는 마차에서 내동댕이치겠다고 정색을 하고 협박했다.

"몇 분이나 걸릴까" 하고 보르드나브는 조용히 말하며 루이를 안은 채 시계를 꺼냈다.

덤불 뒤에서 연달아 말들이 나타났다. 관중들은 열중하고 장내는 웅성댔다. 발레리오 2세가 여전히 선두였다. 그러자 스리피트가 죽죽 나왔다. 뤼지냥은 상당히 처지고, 대신 다른 말이 나오고 있었다. 언뜻 보아서는 어느 말인지 알 수 없었다. 기수의 재킷 색깔 분별이 안 되었다. 갑자기 사방에서 고함 소리가 났다.

"아, 나나!…… 잘한다 나나! 뤼지냥은 뭘 하는거냐!…… 정말 나나로구나! 저 황금빛으로 금방 알 수 있지!…… 보라구 불과 같지!…… 브라보, 나나!…… 멋있다 나나!…… 뭘 아무것도 아니지. 뤼지냥의 힘을 돋우어 주려는 것이지."

얼마 동안은 모두들 그렇게 생각했다. 그러나 나나의 속력은 떨어지지 않고 차츰차츰 치달려가기만 했다. 장내는 흥분의 도가니로 화했다. 뒤따르는 말은 이제 거들떠보지도 않았다.

스피리트, 나나, 뤼지냥, 발레리오 2세 사이에 최후의 경쟁이 벌어지고 있었다. 관중들은 저마다 말의 이름을 외치며, 들뜬 목소리로 '저기 앞섰다', '저것 떨어졌다' 하고 고함을 쳤다. 나나는 자기도 모르는 힘에 밀린 듯이 마부석으로 올라갔다. 창백하니 떨고 있었다. 흥분에 넘쳐 말도 못했다. 그 곁에선 라보르데트가 겨우 평소의 미소를 되찾고 있었다.

"여어, 영국 말 신통치 않구나, 속력이 떨어졌다." 필립이 기쁨을 참지 못하고 말했다.

"어쨌든 뤼지냥은 틀렸다구" 하고 라 팔르와즈가 외쳤다. "발레리오 2세가 내달렸다…… 저것 좀 봐, 네 마리가 몰렸구나!"

"굉장한 속력이군! 응, 굉장해!" 모두들 이구동성으로 외쳤다. 이제 한 덩어리가 된 선두의 말들이 정면을 향하여 달려오고 있었다. 그 접근해 오는 느낌이 몸으로 느껴졌다. 말의 콧김이 얼굴까지 닥쳐오는 것만 같았다. 일각일각 드높아 가는 발굽소리. 군중들이 왈칵 목책 쪽으로 밀려갔다. 아직 말도 오기 전에, 절규가 그들의 가슴으로부터 터져 나오고 사방으로 퍼지며 부서지는 파도처럼 소란스러웠다. 대경주 마지막 장면의 열광. 수백만 프랑이 걸려 있는 말의 다리 뒤에서 10만 관중은 이미 다른 일엔 정신도 없이 오로지 요행에만 의존하고 있었다. 주먹을 움켜쥐고 입을 헤벌리고 짜부러진 것처럼 눌린 채, 누구나 다 자기 일에만 정신을 쓸 뿐, 소리와 몸짓으로 자기 말을 채찍질하고 있었다. 마침내 전체 관중의 고함 소리가, 프록코트 밑에 숨겨두었던 야수의 신음 소리가 차츰 뚜렷해지기 시작했다.

"왔다! 왔다!…… 왔어!"

나나가 계속 내닫고 있었다. 발레리오 2세는 떨어져 나가 스피리트를 바싹 뒤따라오고 있었다. 이제 겨우 두서너 치. 발굽 소리가 대지를 진동하며 가까워졌다. 나나의 마차 속에선 모두들 일제히 고함을 질렀다.

"달려라, 뤼지냥, 창피하다, 뭐냐!…… 잘한다, 영국 말! 좀 더, 좀 더!…… 발레리오, 뭐냐 그 꼴이!…… 쌍, 빌어먹을 놈아! 내 10루이를 어떻게 할래!…… 과연 나나로구나! 멋있다 나나! 근사하다!"

마부석에서 나나는 자기도 모르는 사이에 엉덩이와 허리를 흔들었다. 자기가 달리는 것 같았다. 배를 쑥 내밀면 말에도 힘이 붙는 것 같았다. 그 동작을 할 때마다 그녀는 피로한 것처럼 한숨을 쉬며, 괴로운 양 중얼거렸다.

"달려라…… 달려라…… 달려라……."

그러자 기이한 일이 생겼다. 프라이스가 안장의 등자를 밟고 일어서더니 나나에게 마구 채찍질을 했다. 저 시들어빠진 애늙은이의 해골 같은 긴 얼굴이 불을 내뿜었다. 용맹무쌍, 타오르는 투지로, 그는 말과 일심동체가 되어, 거품을 뿜으며 혈안이 되어 말을 몰았다. 말의 열이 후다닥 지나갔다. 바람이 스치며 관중들은 숨이 딱 멎어 버렸다. 결승점에서 냉정하게 판정 장치를 들여다보며 기다리는 심판. 와 하고 함성이 일었다. 최후의 힘을 있는 대로 다하여 프라이스가 스피리트를 누르고 목하나 차이로 나나를 골인시켰다.

밀물같이 고조되는 소요. 나나! 나나! 나나! 그 부르짖음은 폭풍처럼 울려 퍼지고 부풀어 올라 마침내 지평선 위로 퍼져 갔다. 브로뉴 숲속에서 몽 발레리앙의 언덕으로. 롱샹 벌판에서 브로뉴 벌판으로. 잔디밭은 미쳐 날뛰는 감격으로 뒤덮였다. 나나 만세! 프랑스 만세! 영국이 다 뭐냐! 여자들은 양산을 흔들었다. 남자들은 지껄이며 껑충껑충 뛰어다녔다. 히스테릭하게 웃으며 모자를 공중으로 내던지는 사람도 있었다. 경마장 저편에 있는 중량측정소 울타리 속이 잔디밭 환호성에 호응했다. 들끓는 특별석. 하기야 여기서 확인되는 것이라곤 보이지 않는 숯불의 불꽃처럼 이글거리는 공기의 동요뿐이었다. 그 아래, 조그맣게 일그러져 가는 얼굴의 무더기, 비틀린 팔과 검은 점 같은 눈과, 헤벌린 입, 열광은 그칠 줄 모르고 부풀어오르며, 멀리 산책길 나무 그늘 밑에 자리 잡은 사람들한테까지 전해져갔다. 귀빈석까지 흥분에 휩쓸려서, 황후 스스로 박수를 보냈을 정도였다. 나나! 나나! 나나! 찬란한 양광 속에 울려퍼지는 절규. 퍼붓는 햇빛이 군중들의 열광을 한껏 돋우기만 했다.

마부석에 쑥 일어선 나나는 갈채를 받고 있는 것이 자기로 착각했다. 승리에 얼굴을 화끈거리며 잠시 몸짓 하나 안 하며 경기장을 바라보고 있었다. 인파에 넘쳐서, 검은 모자에 덮여 풀도 안 보였다. 마침내, 군중은 출구까지 울타리를 이루고 환성을 울리며 나나를 전송했다. 프라이스는 허탈 상태로 축 늘어져서 나나의 목에 매달려 있었다. 그러자 나나는 정신없이 허벅다리를 치면서 승리에 도취된 양 소리쳤다.

"아! 저게 나란 말야, 아 멋있다!"

기쁨을 어떻게 표현해야 좋을지 그녀는 몰랐다. 그러자 보르드나브가 안고 있는 루이를 보고서 그녀는 어린애를 안고 키스를 했다.

"3분 14초다" 하고 시계를 주머니에 넣으며 보르드나브가 말했다.

나나는 언제까지나 자기 이름에 황홀해 있었다. 들판 전체가 메아리쳤다. 시민들이 자기에게 갈채를 보내고 있는 것이다. 금발을 휘날리며, 하늘빛 같은 청백의 옷을 입고 나나는 여왕인 양 군림하고 있다. 라보르데트가 떠나면서 2천 루이를 땄다고 알렸다. 그녀에게서 맡은 50루이를 40분의 1의 비율로 나나에게 걸어 놓은 것이다. 그러나 그 금액도 이 생각지 않은 승리만큼은 그녀의 마음을 흔들지 못했다. 그녀는 일약 파리의 여왕이 된 것이다. 다른 여자들은 모두 손해를 보았다. 로즈 미뇽은 홧김에 양산을 망가뜨려 버렸다. 그리고 카롤린 에케, 클라리스, 시몬, 심지어는 아들 앞의 체면도 불구하고 뤼시 스튜와까지도 나나의 행운에 화를 내며 욕설로 투덜거렸다. 한편 트리콩은 스타트와 골인 때에 십자를 긋고 하더니, 이젠 육감의 적중을 기뻐하며, 나나를 축복하고, 여자들을 굽어보듯 큼직한 몸집을 뒤로 젖히고 있었다. 그야말로 세상만사에 노련한 할멈다웠다.

나나의 마차 주위로 속속 사내들이 밀려왔다. 마차 안의 사람들은 마구 떠들어댔다. 조르주가 숨이 막히도록 소리를 지르고 있었다. 샴페인이 모자라서 필립이 하인을 데리고 매점으로 달려갔다. 나나를 둘러싸는 사람의 떼는 계속 늘어갔다. 처음엔 들르려고 하지 않던 사람들도 나나의 승리 소식을 듣고 달려왔다. 그 마차를 중심으로 잔디밭에 소용돌이치던 군중은 마침내는 나나를 우러러 칭송했다. 열광하는 신하들에게 둘러싸인 여왕 베누스와 같았다. 그 뒤에는 보르드나브가 서서 아버지 같은 감동의 빛을 띠며, 무엇인지 중얼거리고 있었다. 스테이네르도 나나의 인기에 눌려 시몬을 내버려두고 나나의 마차 계단을 기어올랐다. 샴페인이 왔다. 나나가 가득 따른 잔을 치켜들었다. 순간 폭발하는 우레 같은 환성이 나나! 나나! 나나! 하고 외쳤다. 군중들은 놀라서 그 암말이 다시 또 나타난 것인가 하며 두리번거렸다. 그리고 스스로의 마음을 차지하고 있는 것이 말인지 여자인지 이미 알 수 없어지고 말았다.

그러자 미뇽이 로즈의 무서운 눈초리에 아랑곳없이 달려왔다. 이 멋있는 계집에게 제정신을 잃고 키스해 주고 싶었던 것이다. 그래서 아버지같이 양볼에 입술을 비벼 주었다.

"큰일났네. 이렇게 되면 분명히 로즈가 그 편지를 보낼 텐데…… 머리끝까지 화가 치밀었으니 말야."

"그랬으면 좋겠어요! 나도 결말이 나고" 나나는 그만 무심코 얘기를 하고 말았다.

그러나 상대방이 놀라는 것을 보고는 당황해 버렸다.

"아녜요! 지금 뭐라고 했더라?…… 자기가 뭘 얘기했는지 도무지 모르겠어요…… 취해서요."

사실, 취해 있었다. 환희에 취하고, 태양에 취하여 끊임없이 술잔을 치켜들고, 나나는 자신을 위해 건배했다.

"나나를 위하여! 나나를 위하여!" 하고 사람들은 웃으며 외치고 그 소요는 부풀어서 온 경마장 안에 퍼져 갔다.

경주는 끝나고 있었다. 지금 하고 있는 것은 보블랑 상이 걸린 경기였다. 마차는 하나씩 돌아갔다. 한편 여기저기서 옥신각신하며 방되브르의 이름이 연방 오고갔다. 이제야 모든 일이 확실해졌다. 방되브르는 2년 전부터 그레샹에게 나나의 인기를 억제해 놓고 일대 도박 준비를 해온 것이다. 뤼지냥을 인기 말로 만든 것은 나나를 드러나게 하지 않기 위한 술책이었다. 손해를 본 사람은 화를 냈지만, 이익을 본 사람은 어깨를 으쓱하면서 대꾸했다. 그게 어쨌단 말인가. 허용된 일이 아닌가. 말의 임자가 자기 말을 마음대로 하는 것은 이제까지도 얼마든지 있지 않았나! 대부분의 사람들이 방되브르의 솜씨에 감탄하며 그가 친구에게 부탁하여 최대한의 돈을 나나에게 걸게 한 것을 깨달았다. 나나의 승률이 갑자기 오른 것도 그 때문이었다. 소문에 의하면 평균 30분의 1의 비율로 2천 루이를 걸었으니까 120만 프랑을 벌었다는 것이었다. 그 막대한 숫자에 사람들은 기가 죽어 일체를 허용하고 말았다.

그러나 중대한 다른 소문이 중량측정소 울타리 안에서 흘러나왔다. 그곳에서 돌아온 사람들이 상세한 보고를 했다. 여기저기서 목소리가 커지며 굉장한 스캔들이 높은 음성으로 지껄여졌다. 불쌍하지만 방되브르는 이제 틀렸다. 어리석은 실수 때문에, 이를테면 서투른 도둑질로 일확천금의 기회를 날려 버린 것이다. 다름이 아니라 그는 마레샬이란 엉터리 마권업자에게 자기 몫으로 2천 루이를 주고, 그것을 걸게 했다. 그것도 표면상 뤼지냥에게 걸어논 천 루 남짓한 돈을 찾기 위한 것이었다. 이런 얼마 되지 않는 돈에 미련을 갖는 것도 또한 재산이 기울고 있는 증거였다. 그런데 마레샬은 인기마 뤼지냥은 승산이 없다고 미리부터 알고 있었기 때문에 이 말로 약 6만 프랑을 벌었다. 그런데 라보르데트는 방되브르에게 상세하고 정확한 지시를 받지 못했기 때문에 마침 이 마레샬한테 와서 나나에게 2백 루이를 걸었다. 그러나 마레샬은 사태의 진상을 잘 모르고 나나의 확률을 50분의 1로 해 놓았다. 그래서 나나에게 10만 프랑을 빼앗기고 결국 4만 프랑의 손해를 보았다. 발밑이 한꺼번에 무너지는 것 같은 느낌이었다. 그러자 경주가 끝난 후에 라보르데트와 방되브르가 중량측정소 앞에서 무엇인지 얘기하고 있는 것을 보자마자 일의 진상을 깨달았다. 그리고 마부 출신의 이 남자는 손해를 본 화풀이도 곁들여 앞뒤 생각없이 발광을 하며, 마구 욕설을 퍼붓고 사건 내용을 지껄이며 사람들을 선동했다. 경마 심의회가 열릴 것이라는 소문도 있었다.

나나는 필립과 조르주로부터 사건 내용을 듣고는 여전히 웃고 마시고 하며 자기 의견을 말했다. 있을 법한 얘기라고. 그러고 보니 짐작이 간다고. 그뿐 아니라, 그 마레샬이란 사람 인상이 고약하더라고 했다. 그러나 그녀는 아직도 반신반의였다. 거기에 라보르데트가 나타났다. 새파랗게 질려 있었다.

"어찌 됐죠?" 하고 나나가 낮은 소리로 물었다.

"글렀어!" 하고 그는 다만 한 마디 대답을 했을 뿐이었다.

그러고는 어깨를 들먹 하면서 '어린애야, 그 방되브르란 사람!' 했다. 나나는 실망한 표정이었다.

그날 밤, 마비유에서 나나는 대성공을 거두었다. 열 시경 그녀가 나타났을 땐 이미 말도 못할 정도의 소동이었다. 이 다름 없는 광란 속엔 파리의 멋쟁이들이 모두 참가하여 상류 인사들이 체면 불구하며 떠들어댔다. 꽃 모양으로 본뜬 가스등 밑에 득실거리는 사람들의 떼. 연미복이랑 어마어마한 옷차림과 가슴을 크게 판, 더럽혀져도 좋은 헌 옷 차림의 여자들, 그것들이 술기운에 빙빙 돌며 떠들어댔다. 30보쯤 떨어지면, 벌써 오케스트라의 나팔 소리도 안 들렸다. 춤추고 있는 사람은 하나도 없었다. 의미 없는 말들이 되풀이되며 클럽에서 클럽으로 전해져갔다. 아무리 해괴한 짓을 하여도, 별로 이상하게 여기는 사람도 없었다. 의복 보관실에 갇혀 버린 일곱 사람의 여자들이 문을 열어 달라고 울고 있었다. 때마침 눈에 띤 양파가 경매에 붙여지자 2루이까지 올라갔다. 거기에 바로 나나가 온 것이다. 경마장에서의 청백의 옷차림 그대로였다. 양파가 나나에게 바쳐지자 환성이 올랐다. 남자들이 나나를 강제로 붙잡고, 세 사람의 신사가 위로 쳐들어서 뜰로 나가자, 짓밟힌 잔디와 초록빛 덤불 속을 누비고 다녔다. 오케스트라석이 거치적거리면 덤벼들어 의자와 보면대 등을 부숴 버렸다. 한 경비원이 아버지 같은 태도로 이 소동을 단속하고 있었다.

나나가 승리의 흥분에서 깨어난 것은 화요일이 되고 나서였다. 오전 중, 그녀는 르라 고모와 잡담을 하고 있었다. 르라는 바깥 바람을 쐬어 병이 난 루이의 상태를 알리기 위해서 와 있었다. 그녀는 지금 파리 장안을 떠들썩하게 하고 있는 사건에 관하여 얘기하는 중이었다. 방되브르는 경마장에서 내쫓기고, 그날 밤 제국 클럽에서 처분을 받고, 이튿날 마구간에서 말들과 함께 타죽었다는 것이었다.

"그 얘긴 그 전에 나에게도 했었어요" 하고 나나는 되풀이했다.

"정말이지 그 사람, 미쳤어요!…… 어젯밤, 난 그 얘기를 듣고 무서워서 죽을 뻔했어요! 어느날 밤인가도 하마터면 나를 죽일 뻔했다구요. 그렇지만 어째서 그 경마 얘기를 미리 알려주지 않았을까요? 그랬으면 나도 한밑천 장만하는 것이었는데!…… 그이는 라보르데트에게 그랬다지 뭐예요. 만약 나에게 알려주면 금방, 미용사랑 그밖의 많은 사람들에게 알릴 것이라고요. 깔보고 있지 뭐예요!…… 그렇구말구요. 난 별로 불쌍하다는 생각도 안 들어요."

생각을 하다 보니 나나는 부아가 났다. 마침 그러고 있는데 라보르데트가 왔다. 나나의 몫을 계산하여 약 4만 프랑을 가지고 온 것이다. 그러자 나나는 점점 더 약이 올랐다. 잘했으면 백만은 벌 수 있었을 텐데. 라보르데트는 자기는 이 사건과는 전혀 관계가 없다는 표정으로, 숫제 방되브르를 무시하고 있었다. 그와 같은 명문의 후예들은 재산을 들어먹고 어리석은 끝장을 내는 게 일쑤라고 했다.

"천만의 말씀!" 하고 나나가 말했다. "어리석기는커녕, 그렇게 마구간에서 타죽는 것은 용감하다고 생각해요…… 물론 마레샬과의 관계까지 변호하려는 것은 아녜요. 그건 어리석었어요. 블랑슈 좀 보죠. 그게 내 탓이라고 하는 거예요. 어이가 없어서! 그래서 내가 대꾸해 줬어요. '그이한테 내가 도둑질

460

을 하라고 권할 것 같아요!' 라고. 그렇지 뭐예요? 아무리 남자에게 돈을 달라고 졸랐다 해도 죄를 짓게 하는 일은 아니니까요!…… 그이가 '이제 한 푼도 없소' 했다면 나는 '그래요, 그럼 헤어집시다' 했을 거예요. 그리고 그것이 마지막이 되고 말았을 거예요."

"그렇고말고" 하고 아주머니가 점잖게 얘기했다. "남자가 고집을 피우면 자기 손해니까."

"하지만 그 끝장만은 정말 멋있어요!" 하고 나나는 되풀이했다. "그것을 본 사람은 무서워서 소름이 끼쳤다지 뭐예요. 사람들을 모두 물리치고 석유를 들고서 마구간으로 들어갔다는 거예요…… 얼마나 잘 탔겠어요. 보고 싶었어요! 생각해 보세요, 커다란 목조 건물에 짚과 건초가 가득 차 있고…… 불길이 탑처럼 올라갔대요…… 제일 무서웠던 것은 타죽지 않으려고 하는 말들이 날뛰며 문에 가 부딪치고, 사람 같은 비명을 올리는 소리가 들렸다는 거예요…… 그 자리에 있었던 사람들은 아직까지 몸서리가 난다는 거예요."

라보르데트는 의심스럽다는 투로 콧방귀를 뀌었다. 그는 방되브르의 죽음을 믿지 않는다고 했다. 창문으로 도망치는 것을 보았다고 단언하는 사람이 있다고 했다. 잠깐 정신착란으로 마구간에 불을 지르긴 했지만, 뜨거워지자마자 제정신이 들었다는 것이다. 그렇게 여자에게 빠져 있던 썩어빠진 남자가 그와 같이 용감하게 죽을 수가 있겠느냐고 했다.

나나는 얘기를 들으면서 환멸을 느꼈지만 그냥 이렇게 중얼거렸다.

"불쌍해요! 참 멋이 있었는데!"

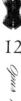

12

새벽 한 시경, 나나와 뮈파는 베네치아 레이스가 걸린 커다란 침대에서 아직 잠들지 않고 있었다. 뮈파는 사흘간이나 실쭉하고 있다가, 그날 밤 다시 또 온 것이다. 방 안은 한 개의 램프로 어슴푸레하게 밝혀져 후텁지근하고 축축하니 사랑의 훈기와 향기로 가득 차 있었다. 은을 박은 하얀 래커 칠의 가구들이 어슴푸레 보인다. 침대 속은 늘여 놓은 커튼 때문에 캄캄했다. 한숨 소리가 나고 이어 키스 소리가 침묵을 깨뜨렸다. 나나는 이불 속에서 빠져나와 다리를 드러낸 채 잠시 동안 침대 가에 앉아 있었다. 백작은 다시 또 베개에 머리를 묻고 어둠 속에 가만히 있었다.

"당신 하느님을 믿고 계셔요?" 하고 남자의 품에서 빠져나와 잠시 생각한 끝에 나나가 물었다. 그 심각한 얼굴에서 신에 대한 두려움이 깃들여 있었다.

밤도 새기 전부터, 나나는 기분이 좋지 않다고 투정을 했다. 평소에 그녀는 죽음이니 지옥이니 하는 것을 우습게 알고 있었지만, 실은 그런 것들에 은근히 번뇌하고 있었던 것이다. 나나에겐 간간이 이런 밤이, 눈을 뜨고 있어도 어린애 같은 공포와 무서운 환상에 짓눌리는 밤이 있었다.

"어때요? 나 같은 사람도 천당에 갈 수 있을까요?"

그녀는 떨고 있었다. 한편 가톨릭 신자인 백작은, 이런 곳에서 갑자기 신에 대한 질문을 당하자 회한이 닥쳐왔다. 나나는 슈미즈를 어깨에서 미끄러뜨리곤 머리를 산발한 채 그의 가슴 속으로 파고들며 흐느끼기 시작했다.

"죽기 싫어요…… 나는 죽는 게 무서워요……."

백작은 간신히 몸을 빼냈다. 이 여자가 찰싹 몸을 대고 달라붙어 있으면, 보이지 않는 것에 대한 공포에 전염되어 자기까지 그만 이상한 기분이 될 것 같았다. 그래서 나나를 달랬다. 당신은 더할 나위 없이 건강하니까 품행만 잘 가지면 장차 틀림없이 하느님의 용서를 받을 것이라고 했다. 그러나 그녀는 고개를 저었다. 물론 그녀는 아무에게도 나쁜 짓을 한 일이 없고, 그뿐만 아니라 언제나 성모 마리아의 메달을 달고 있다고 하며 붉은 끈으로 젖가슴 사이에 매단 메달을 보였다. 그렇지만 벌써 정해져 있다는 것이었다. 결혼하지 않고 남자와 자는 여자는 모두 지옥에 가는 것으로. 어린 시절에 들은 교리문답이 어렴풋이 기억 속에 떠올랐다. 아아, 죽고 난 뒤의 일을 확실하게 알 수 있다면 좋으련만! 하지만 아무도 알 수 없는 것이라고 했다. 저 세상 소식을 전해준 사람은 없었으니까. 그러니까 신부들의 터무니없는 얘기를 일일이 걱정할 것도 없다고 했다. 그러면서도 나나는 몸의 기운이 남은 메달에 경건하게 입술을 비볐다. 그것은 이를테면 죽음에 대한 액막이였다. 죽음의 생각을 하면 전신이 오싹했다.

화장실엘 가는 데도 뮈파가 데리고 가야 했다. 문을 열어 놓고도 잠시를 혼자 있지 못했다. 백작이 다시 침대에 눕고 나서까지 나나는 바스락 소리에도 겁을 내며 방 안을 구석구석 조사하고 다녔다. 그러자 거울 앞에 서서 예전처럼 넋을 잃고 자기의 벌거벗은 몸을 들여다보았다. 그러나 가슴, 허리, 허벅지를 바라보면서 더욱 더 공포가 커졌다. 이윽고 그녀는 두 손으로 얼굴의 뼈를 만져 보며 조용한 소리로 말했다.

"죽으면 흉하게 되겠지."

그러고는 볼을 오므리기도 하고 눈을 부릅뜨기도 하고 턱을 내려보기도 하며 자기 얼굴이 어떻게 변하나 시험해 보았다. 그러고는 그 이상한 얼굴을 백작에게 돌려댔다.

"이것 좀 보셔요, 내 얼굴이 이렇게 작아져요."

백작은 화를 냈다.

"미쳤군, 어서 와서 잡시다."

그의 눈에는 죽음의 긴 잠이 끝나고 살이 뭉그러져서 무덤 속에 누워 있는 나나의 모습이 떠올랐다. 그는 손을 모으고 기도문을 입속으로 중얼거렸다. 조금 전부터 다시 또 신앙에 사로잡혀 있었다. 그 언젠가 경험한 신앙의 발작이 이즈음엔 날마다 중풍처럼 심하게 밀려와서 그를 괴롭혔다. 손가락을 딱딱 꺾으며 그는 다만 한 마디만을 언제까지나 되풀이했다. "하느님…… 하느님…… 하느님." 그것은 그 자신의 무력한 외침이며, 죄의 외침이었다. 그는 지옥에 떨어질 것을 알면서도 질질 죄를 범하고 마는 것이었다. 나나가 돌아오니, 뮈파는 이불 속에서 무서운 형상을 하고 가슴을 쥐어뜯으며 눈은 마치 하늘을 찾는 양 치켜뜬 채 허공을 쏘아보고 있었다. 그녀는 또다시 울기 시작했다. 그러고는 두 사람은 마주 끌어안고, 이유도 모른 채 이를 맞부딪치며, 똑같은 망상에 사로잡혀 허우적거리는 것이었다. 전에도 이와같은 한밤을 지낸 일이 있었다. 다만 오늘 밤엔 공포가 사라진 후에, 나나가 말한 것처럼 너무나 어리석었다. 갑자기 생각이 나서 나나는 조심스레 백작에게 물어 봤다. 어쩌면 로즈 미뇽이 그 편지를 보낸 것이 아닌지? 그러나 그렇지는 않은 것 같았다. 다만 공포에 사로잡혔을 뿐이었다. 그 증거로 이 사람은, 아직 아내의 간통을 모르고 있었다.

뮈파는 그후로 또다시 나타나지 않더니 이틀 뒤, 여느 때는 절대로 오지 않는 오전 시간에 나타났다. 얼굴은 창백하니 눈은 빨갛고, 심한 자극으로 아직 정신을 못 차리고 있는 듯했다. 그러나 조에 쪽도 당황해 있었기 때문에 백작의 그런 모양을 눈치채지 못했다. 그녀는 허둥지둥 맞이하며 소리쳤다.

"오! 나리마님, 어서 오십쇼! 아씨께서 어젯밤에 돌아가실 뻔했어요."

백작이 자세한 사정을 물었다.

"도무지 믿을 수가 없군요, 유산을 하셨어요, 나리!"

나나는 임신 3개월이었다. 오래도록 그녀는 몸이 불편한 정도로 생각해 왔다. 의사 부타렐도 이상하게 생각했다. 그러나 마침내 그가 확실한 진단을 내리자, 나나는 난감해가지고, 어떻게든 임신 사실을 감추려고 했다. 그 발작적인 공포와 어두운 기분도, 얼마간은 그것이 원인이었다. 그러나 그녀는 아비 없는 자식을 밴 처녀가 무거워진 몸을 감추듯이 부끄러움으로 말을 못하고 있었다. 이처럼 우스꽝스러운 사실이 드러나면 체면이 말이 아니고 웃음거리가 되리라고 생각했다. 별꼴이지! 재수 없게! 이젠 끝났으려니 생각하고 있었는데, 또 이런 꼴을 당하다니. 아무리 생각해도 이상하기만 했다. 여자로서의 기능이 잘못된 것이 아닌지. 어린애 같은 것은 원하지도 않았고 또 섹스를 다른 목적으로 사용했을 때조차도 역시 어린애는 생기는 것일까. 나나에겐 자연법칙이 원망스러웠다. 왜냐하면 자기가 쾌락에 잠겨 있는 동안에 자연은 자기를 어머니로 만들고, 자기 주위의 뭇 사람을 파멸로 빠뜨리고 있을 때 자연은 한 생명을 싹트게 했기 때문이었다. 제멋대로 좋은 짓을 하다간 이런 귀찮은 결과가 되는가 보다. 그런데, 어디서 떨어진 것일까, 이 아기는? 나나에겐 짐작조차 안 갔다. 아아, 이 아이를 만든 사람이 맡아 주면 좋으련만. 이 아이는 아무도 받을 사람이 없고, 사람들의 천덕꾸러기가 될 것이며, 이대로는 살아 있어도 별로 행복한 꼴도 못 볼 것이다.

조에는 사건 경위를 뮈파에게 얘기했다.

"아씨는 네 시경에 배가 아프다고 하시지 뭡니까. 영 돌아오시질 않기에 변소로 가보니 정신을 잃고 마룻바닥에 쓰러져 계시지 뭐예요. 예, 마룻바닥에요. 주변은 피 바다고. 살해된 줄 알았어요……그야 물론 당장에 알았지만. 하지만, 저한테 미리 말씀해 주셨던들 얼마나 좋았을까 하고 화가 나더라니까요…… 마침 조르주 씨가 와 계셨기 때문에 부축을 받으며 안아 일으켰는데, 유산이라고 듣자 이번에는 조르주 씨가 병이 나가지고…… 정말이지, 어제부터는 근심투성이지 뭡니까!"

사실 집안은 온통 야단법석이었다. 하인들이 모두 계단과 방 안을 절절매며 달음질치고 있었다. 조르주는 응접실 팔걸이 의자에서 밤을 새웠다. 어젯밤, 언제나 나나가 손님을 맞이하는 시간에 친구들에게 사건을 알린 것도 그였다. 그는 아직껏 창백하니 놀람과 흥분에 떨면서 경위를 얘기했다. 스테이네르, 라 팔르와즈, 필립 그밖의 사람들도 왔다. 얘기를 듣자마자 그들은 모두 다 외쳤다. 설마하니! 농담이겠지. 그러나 곧 정색을 하고서 거북한 것처럼, 나나의 방을 기웃거리며 귀찮아졌다는 식으로 고개를 꼬았다. 한밤중까지 열두 사람가량의 남자들이 난로 앞에서 수군거리고 있었다. 모두들 나나와는 친숙한 사이고 보니, 자기가 아버지가 아닐까 하는 생각에 사로잡했다. 그러나 그 두려운 표정은 하나같이 나는 모른다는 표정이었다. 마침내 그들은 등을 움츠리고 말았다. 내가 알게 뭐야. 그 여자가 저지른 일인데. 정말 놀랐어, 나나란 여자는! 설마하니 그따위 엉뚱한 일을 저지를 줄이야! 그러고는 그들은 웃어선 안 되는 초상난 방에서처럼 소리 안 나게 발끝으로 걸으면서 차례차례 돌아갔다.

"어서 올라오셔요" 하고 조에는 뮈파에게 말했다. "아씨께선 훨씬 차도가 계시니까, 만나실 수 있어요. 의사 선생님이 아침에 오시겠다고 했기 때문에 기다리고 있는 중예요."

조르주는 조에가 가서 자라고 하여 돌아갔고, 2층 작은 응접실에 남아 있는 것은 사탱뿐이었다. 사탱은 소파에 누워서 허공을 바라보며 담배를 피우고 있었다. 일이 벌어지고 나서부터 집안이 모두 허둥대는 것도 모른 체하고, 그녀는 골난 사람처럼 어깨를 들먹이며 험한 소리를 씨부렁거리기도 했다. 딱하게도 아씨께선 무척 괴로워하셨다고 뮈파에게 되풀이하며 조에가 사탱 앞을 지나가자, 그녀는 내뱉듯이 말했다.

"고소하지 뭐, 이젠 정신이 들었겠지!"

두 사람은 아연해서 돌아다보았다. 사탱은 까딱 않고, 신경질적으로 담배를 입에 문 채 천장만 노려보고 있었다.

"어머, 그게 무슨 소리유!" 하고 조에가 말했다.

그러자 사탱은 벌떡 일어나 앉으며, 백작을 노려보고는 먼저한 말과 똑같은 소리를 면상에 대고 쏴붙였다.

"고소하지 뭐, 이젠 정신을 차리겠지!"

그러고는 다시 쓰러져서 담배 연기를 훅 하니 가늘게 내뿜었다. 알게 뭐람. 멋대로 하라지. 흥, 병신 같으니!

조에는 뮈파를 나나의 방으로 안내했다. 조용하기만 한 방 안은 혼곤한 채 에테르 냄새가 감돌고 있었다. 간혹 빌리에 로를 지나가는 마차 소리가 어렴풋이 들려올 뿐이었다. 나나는 창백한 얼굴을 베개에 묻고서, 눈을 크게 뜨고 생각에 잠겨 있는 듯했다. 그녀는 인기척에 그대로 미소 지으며 그것이 백작인 줄 알고는 나지막한 목소리로 중얼거렸다.

"어머, 당신이셔요. 다신 못 뵙는 줄 알았어요."

백작이 몸을 구부리고 머리에 키스하자, 그녀는 울먹해서는 진정어린 말로 어린애 얘기를 했다. 마치 백작이 그 아이의 아버지이기나 한 것처럼.

"나는 얘기할 수가 없었어요…… 하지만 말할 수 없이 행복했어요! 갖가지 꿈을 그렸어요. 당신을 닮은 훌륭한 아이였으면 좋겠다고 생각했어요. 하지만 이제 다 끝났어요!…… 오히려 이 편이 좋았는지도 모르죠. 당신께 폐를 끼치고 싶지 않았으니까요."

자기가 아버지라는 바람에 그는 놀라면서 무엇인지 중얼거렸다. 그는 의자를 침대 곁으로 당겨놓고, 앉으며 한쪽 팔을 이불 위에 놓았다. 그래서 나나는 상대방의 뒤틀린 얼굴, 충혈된 눈, 열에 들떠 떨리는 입술을 보았다.

"웬일이셔요? 당신도 몸이 편치 않으셔요?"

"아니" 하고 괴로운 듯이 그는 대답했다.

그녀는 뚫어지게 그를 바라보았다. 그러고는 방에 남아 약병을 치우고 있는 조에게 눈짓을 하여 내보냈다. 단둘이 되자 백작을 끌어당기며 되풀이했다.

"어찌된 거예요?…… 당신 눈물까지 글썽해가지고 말예요, 알았어요. 자, 얘기해보셔요. 무슨 얘기를 하려고 오셨죠?"

"아니, 아냐, 정말이야" 하고 그는 더듬거렸다.

그러나 괴로움에 가슴이 막히고, 겸하여 갑자기 뛰어든 이 병실 분위기에 울컥하여, 갑자기 그는 눈물을 흘리며, 고뇌의 폭발을 억제하려고, 이불 위에 얼굴을 묻었다. 나나는 알아차렸다. 분명히 로즈 미뇽이 편지를 보낸 것이다. 그녀는 한참 동안 울게 내버려두었다. 백작은 세차게 흐느꼈다. 그 진동으로 침대 속의 나나까지도 흔들렸다. 마침내 나나는 상냥하게 위로하듯이 말했다.

"댁에서 무슨 좋지 않은 일이 있었군요?"

그는 아무 말없이 끄덕였다. 그녀는 다시 또 간격을 두고 속삭이듯이 말했다.

"그럼, 이젠 모두 다 알고 계시군요?"

그가 또다시 끄덕였다. 그리고 또다시 침묵이 흘렀다. 비통한 생각에 잠긴 방 안은 더욱 더 답답해갔다. 간밤에 황후의 야회에서 돌아왔을 때, 그는 포슈리에게 보낸 아내의 편지를 받은 것이다. 복수의 방법을 생각하며 참혹한 하룻밤을 보낸 후, 아내를 죽이고 싶은 충동을 가라앉히기 위해, 아침 일찍부터 집을 튀어나온 것이다. 그러나 상쾌한 6월의 아침 바람을 쐬자, 그런 생각은 사라지고, 지금까지도 괴로운 일이 있을 때마다 하던 식으로 나나에게로 달려온 것이다. 여기서라면, 아무리 괴로움을 털어놔도 따사하게 위로받을 수 있다는 그런 느슨한 기분이었다.

"자, 그만 진정하셔요" 하고 나나는 위로하듯이 말했다. "나는 오래 전부터 알고 있었어요. 하지만 물론 그것을 깨닫게 해 드린 것은 내가 아녔죠. 기억하시겠지만 작년에 당신이 부인을 의심하신 적이 있었죠. 그때도 내가 신중하게 일을 처리했기 때문에 잘 처리됐다구요. 결국, 증거가 없었으니까요…… 하지만 이번엔 증거가 있으니 굉장히 괴로우시겠죠. 그렇지만 참으셔야지. 그만 일로 명예가 손상될 것도 아니고."

그는 울음을 멈추었다. 모르는 사이에 집안일을 모두 다 털어놓긴 했지만, 그래도 역시 창피해서 얼마간 망설였다. 그러자 나나는 모두 다 털어놓도록 격려해 주며 자기는 여자니까 무슨 얘길 해도 관계 없다고 했다. 그러자 백작은 힘없이 말했다.

"당신은 몸이 불편한데, 피로하면 안 돼요…… 내가 오길 잘 못했지. 이제 가야겠소."

"아녜요, 가지 마셔요." 그녀는 굳이 만류했다. "무엇이고 좋은 생각이 떠오르는지 알아요. 그렇지만 나한테 너무 얘기 시키지 마셔요. 의사가 금했어요."

이윽고 그는 일어나서 방 안을 걷기 시작했다. 나나가 물었다.

"앞으로 어떻게 하시겠어요?"

"그 녀석 귀싸대기를 갈겨줘야지."

그녀는 찬성치 못하겠다는 투로 상을 찡그렸다.

"그건 석연치 않은 일예요……그리고 부인은요?"

"고소를 해야지, 증거가 있으니 까."

"전혀 안 될 일이죠. 어리석은 짓이에요……그런 짓은 아예 마셔요."

그녀는 가냘픈 목소리로 누누이 결투나 재판이 스캔들을 일으킬 뿐이지 절대 무익한 짓이라고 설명했다. 일주일간은 신문이 떠들어댈 것이고, 조용한 생활도, 궁정에서의 높은 지위도, 명예 있는 문벌도, 생활 전부가 위협을 받을 것이라고 했다. 그런 짓을 해서 무슨 소용이냐? 단지 웃음거리가 될 뿐이라고 했다.

"상관없어! 복수만 하면 되니까."

"하지만, 이런 사건은, 그 당시 즉시 복수하여야 했어요. 그렇지 않은 이상 복수가 안 되는 거예요."

그는 멈추어 서며, 무엇인가 중얼거렸다. 물론 자신이 겁쟁이는 아니지만 나나의 말에도 일리가 있는 듯했다. 그리고 어색한 마음이 차츰 커갔다. 맥이 풀리고, 쑥스러워지며, 분노의 충동이 어디론가 사라져 가는 것만 같았다. 그러자 나나가 모든 것을 털어놓는 바람에 새로운 타격을 주었다.

"얘기가 나온 김에 싫은 소리까지 해드릴까요…… 당신 역시 부인을 배반하고 계신 것 아녀요. 당신이 외박을 하시는 것은 시간을 보내시기 위한 것은 아니겠죠. 부인도 다 알고 계시단 말예요. 그렇다면 뭐라고 하시며 부인을 나무라시겠어요? 당신이 모범을 보여주었다고 부인은 말씀하실 거예요. 그러면 한 마디도 못하시겠죠…… 그러니까 당신은 두 사람을 죽이러 가질 못하고 이런 곳에서 우물쭈물하고 있는 것이란 말예요."

뮈파는 이 가차 없는 소리에 아무 말도 못하고, 다시 또 의자에 주저앉고 말았다. 나나는 입을 오므리고, 한숨을 돌린 후에 작은 소리로 계속했다.

"아아, 기운 없어. 나 좀 끌어올려 주셔요. 자꾸 미끄러져 내려가서 머리가 얕아졌어요."

백작이 부축하여 자리를 고쳐 주자, 나나는 편안하게 누우며 한숨을 내뿜었다. 그리고는 다시 또 얘기를 이혼 재판의 볼품 사나운 장면으로 옮겼다. 백작 부인의 변호사가 나나에 관하여 파리 장안의 웃음거리가 될 소리를 만들어댈 것을 상상해 보라고 했다. 바리에테 극장의 실패, 이 집, 그리고 이 생활, 모든 것이 드러나고 말 것이다. "싫어요, 그런 짓! 창피하단 말예요! 나쁜 여자 같으면, 당신에게 그런 짓도 시키고, 떠들썩하게 해서 자기 선전을 할지도 모르지만, 나는 무엇보다도 당신의 행복을 제일로 생각하니까요" 하면서 나나는 백작을 잡아당겨 한편 팔을 목에 감고, 머리를 베개 끝에 뉘었다. 그리고는 조용히 속삭였다.

"부인하고 화해를 하셔요."

백작은 펄쩍 뛰었다. 어림없는 소리! 가슴이 찢어지는 것 같았다. 그건 오욕의 극한이다. 그러나 나나는 다정하게 타일렀다.

"부인과 화해를 하시라구요…… 내가 당신을 가정에서 끌어냈다고 소문이 나면 좋겠어요? 그러면 내 평판은 말이 아니죠. 사람들이 어떻게 생각하겠어요…… 다만 맹세만 해주셔요, 언제까지나 나를 사랑한다고요. 당신이 다른 여자에게 가시는 바에야……."

그녀는 눈물로 목이 메었다. 백작은 키스로 상대방의 말을 틀어막으며 되풀이했다.

"당치 않은 소리, 그게 될 법이나 해!"

"아니, 아니, 그래야 되죠…… 나는 견뎌보겠어요. 그 사람은 당신의 부인이 아녜요. 누군지도 모르는 여자하고 들러붙어서, 나를 배반하는 것과는 사정이 다르죠."

나나는 이런 식으로 훌륭한 조언을 주었다. 하느님까지 끌어댔다. 백작은 브노 씨가 그를 죄로부터 건져내기 위하여 설교하는 것을 듣는 것 같은 느낌이었다. 그러나 나나는 결코 헤어지자고는 안 했다. 그녀는 한 남자를 아내와 애인이 공유하며 어느 편에도 폐가 되지 않도록 평온하게 사는 일을, 즉 인생의 피할 수 없는 추한 모습 속에서 그대로 기분좋게 잠자는 일을, 멋대로 편리하게 지껄여대는 것이었다. 그렇게 되면 지금까지의 생활은 조금도 변함이 없고, 백작은 언제까지나 자기의 그리운 사람으로 머무를 수 있으리라는 것이었다. 다만, 지금보다 오는 횟수를 줄여서, 그 몫을 부인과 함께 지내며 밤을 보내는 것이라고 했다. 거기까지 지껄이고 나서 나나는 축 늘어져

할딱거리며 마지막으로 이렇게 말했다.

"이렇게 하면 내 양심도 가책을 받지 않을 것이고…… 당신도 보다 더 나를 사랑하게 될 거예요."

두 사람은 얼마 동안 말이 없었다. 나나는 눈을 감고 있었다. 베개 위의 얼굴은 한결 더 창백해진 듯했다. 백작은 이젠 나나를 피로하게 만들고 싶지 않다는 구실로 가만히 얘기만 듣고 있었다. 한참 만에 나나는 눈을 뜨고 속삭였다.

"그리고 돈에 대한 문제도 있죠. 만약에 당신이 화를 내면 돈은 어디서 받겠어요?…… 어제도 라보르데트가 그 빚진 돈 때문에 왔었어요…… 나, 지금 굉장히 궁지에 몰려 있단 말예요. 입을 것도 없을 정도라구요."

그러고는 눈을 감고 죽은 듯이 움직이지 않았다. 뮈파 얼굴에 깊은 고뇌의 빛이 흘러갔다. 간밤의 자극으로 돈 걱정을 잊고 있었는데 어떻게 난관을 헤쳐갈 것인가 마련이 없었다. 절대로 밖으로 내보내지 않는다는 약속에도 불구하고, 한 번 고쳐 쓴 10만 프랑짜리 수표가 근자에 유통되기 시작했다. 라보르데트는 난처한 체하면서 모든 책임을 프랑시스에게 돌리며 교육이 없는 인간을 상대로 한 위험한 거래는 이후 절대로 안 하겠노라고 했다. 어쨌든 지불은 해야 했다. 백작은 자기 사인의 신용을 추락시키는 따위의 일은 절대로 못한다. 게다가 나나는 새로운 요구를 내세우고, 그 밖에도 집에선 이상한 지출이 밀려 있었다. 퐁데트로부터 돌아오자 백작 부인은 갑자기 사치스러워졌다고나 할까, 세속적인 향락욕을 보이기 시작하며, 그 때문에 재산은 삽시간에 없어져갔다. 부인의 허황된 낭비는 벌써 항간의 소문거리가 되었고, 생활 방법이 화려해졌다느니 미로메닐로의 고옥을 개조하는 데 50만 프랑이나 썼다느니 하는 얘기가 퍼졌다. 그리고 화장이 짙어졌다느니, 상당한 액수의 금액이, 아마도 누군가에게 주었겠지만, 녹은 것처럼 없어졌는데도 예사로 그냥 놔두었다느니 하는 소리까지 떠돌았다. 뮈파는 내막을 조사하려고, 두 차례에 걸쳐 잔소리를 했다. 그러나 부인이 기분 나쁜 미소를 띠고 뚫어지게 바라보았기 때문에 그 이상은 물어볼 생각도 안 했다. 너무 명확한 대답을 들을 일이 두려웠다. 그가 나나의 의견을 받아들여, 다그네를 사위로 맞이한 것은 무엇보다도 에스텔의 지참금을 20만 프랑으로 깎을 수 있다고 생각했기 때문이었다. 그밖의 일은 이뜻하지 않은 결혼을 좋아하고 있는 청년이니만큼, 적당히 해결이 될 것이다.

그러나 일주일쯤 전부터 라보르데트에게 갚을 10만 프랑을 당장 주선해야 될 형편이었기 때문에 뮈파는 유일한 수단을 생각하고 있었다. 그러나 차마 그것만은 주저되었다. 그것은 어떤 아저씨가 남겨준 유산으로 아내의 것이 된 보르데를 파는 일이었다. 그것은 훌륭한 토지로 50만 프랑은 간다고 했다. 다만 매도하려면 아내의 서명이 필요했다. 물론 부인 쪽에서도 계약에 의하여, 남편의 허락 없이는 그 토지를 타인에게 양도할 수 없게 되어 있다. 간밤에 그는 마침내 이 서명 얘기를 아내에게 얘기하려고 결심했던 것이다. 그러나 모든 일이 허물어진 지금에 와선, 도저히 그와 같은 타협을 할 수는 없는 일이었다. 그런 일까지 생각하니 아내의 간통 사실이 한결 더 분하기만 했다. 나나가 무엇을 바라고 있는지는 충분히 알 수 있다. 모든 것을 나나에게 털어놓게 되고부터 그는 자기 처지를 슬퍼하고, 아내의 서명에 관한 얘기까지도 하고 말았다.

그러나 나나는 끈덕지게 조르는 기색은 없었다. 여전히 눈을 감은 채였다. 완전히 창백해진 나나의 얼굴을 보고 있자니 백작은 근심이 되어서 소량의 에테르 냄새를 맡게 했다. 그러자 그녀는 한숨을 내쉬며 다그네의 이름은 말하지 않고, 이렇게 물었다.

"결혼식은 언제죠?"

"5일 후, 화요일에 결혼계약서에 서명하기로 되어 있어."

그러자, 마치 어두운 생각 속에서 얘기하듯이 눈을 감은 채 말했다.

"어쨌든, 당신이 하지 않으면 안 될 일을 잘 생각해두세요…… 내 생각으론 누구나 다 만족하게 하고 싶어요."

그는 나나의 손을 잡고 달랬다. "알았어, 생각해 보기로 하지, 중요한 것은 당신이 마음 놓고 휴양하는 일이니까." 그는 이미 반발할 힘을 잃고 있었다. 에테르 냄새가 서려 있는, 조는 것 같은 따뜻한 이 병실에 있는 사이에 마음이 가라앉고, 오로지 평온만이 그리워졌다. 침대의 기운에 잠기며, 이 병든 여자 곁에서 흥분에 사로잡히며, 애욕의 추억에 잠겨 병구완을 하고 있자니 모욕으로 날뛰던 남자의 고집도 사그라지고 말았다. 그는 몸을 굽히고 나나를 꼭 끌어안았다. 그녀는 눈 하나 까딱 않고 입가에 어렴풋한 승리의 미소를 띠었다. 그때 의사 브타렐이 나타났다.

"어떻습니까? 큰애기는?" 하며 그는 뮈파를 남편 취급을 하면서 스스럼 없이 얘기했다. "저런! 환자에게 얘기를 시켰군요."

의사는 아직 젊고 미남으로, 창부들 사이에 괜찮은 단골들이 있었다. 굉장히 쾌활하고, 이런 여자들과 친숙하게 농담을 하며 지내는 형편이었지만, 절대로 그녀들과 동침하는 일은 없었다. 그는 호된 치료비를 아주 틀림없이 받아냈다. 그러나 부르기만 하면 당장에 달려오기 때문에, 언제나 죽음에 대한 위협에 사로잡혀 있는 나나는 한 주에 두서너 번씩 그를 부르러 보내고, 아무것도 아닌 아픔까지 엄살을 떨었다. 그러면 의사는 잡담과 꾸민 얘기들로 그녀를 즐겁게 해줌으로써 치료해 주었다. 여자들은 모두 이 의사를 진심으로 사랑했다. 그러나 이번 일은 장난거리가 아니었다.

뮈파는 너무나 감동되어 물러섰다. 쇠약해 버린 나나를 보고 있자면 그저 가엾을 뿐이었다. 방을 나가려고 하자 나나가 눈짓으로 불러놓고 이마를 내밀었다. 그러고는 나직한 목소리로 위협처럼 농담을 했다.

"아셨죠, 나는 당신을 용서해드렸단 말예요…… 부인께 돌아가시라구요. 안 그러면 막판이니까요. 나 골을 낼 테니까요!"

사빈느 백작 부인이 결혼계약서의 사인을 화요일에 하고자 생각한 것은 그 축하를 겸하여 저택의 개축 피로연을 하기 위해서였다. 그렇기 하지만 집은 겨우 칠이 말랐을 뿐이었다. 5백 장의 초대장이 각계로 발송되었다. 그러나 그날 아침이 되어도 그저 실내장식 상인은 벽포를 못으로 꽂아 놓고 있는 형편이었다. 9시경이 되어 샹들리에에 불을 켤 때가 되어도 연방 재촉을 퍼붓고 있는 백작 부인에게 동반되어 건축가가 마지막 지시를 하고 있었다.

그것은 말할 수 없이 고요한 봄날을 연상하는 연회였다. 6월의 무더운 밤이기도 했고, 큰 응접실의 두 개의 문을 열어젖히고 정원의 모래 위에서도 춤을 출 수 있게 해놓았다. 입구에서 백작 부부의 마중을 받으며 첫 손님이 들어오자 그들은 깜짝 놀라며 눈을 둥그렇게 떴다. 지금은 돌아간 뮈파 백작 부인의 냉랭한 추억이 떠도는 예전의 응접실은 흔적도 없이 사라지고, 그 엄숙한 종교적 분위기에 가득 차 있던 고색창연하던 방과 제정시대 풍의 묵직한 마호가니 가구며 노란 벨벳의 벽포며 축축하게 젖어 보이는 푸르스름한 천장이며 그런 것들은 이미 그림자조차 없었다. 그 대신 지금은 한발짝만 현관에 들여놓아도 금박을 한 모자이크가, 높다란 촛대 밑에서 광선의 파문을 그리고, 대리석 계단엔 세밀한 조각을 한 난간이 보였다. 응접실에는 제노바의 벨벳을 둘러치고 천장을 부셰의 커다란 장식화로 꾸며 놓아 휘황찬란하게 빛나도록 했다. 그 부셰의 그림은 당피에르 성에서 나온 것으로, 건축가가 10만 프랑을 내던지고 사온 것이었다. 응접실은 또한 샹들리에와 벽에 설치한 수정 촛대로 거울과 값진 가구들을 화려하게 비쳐주고 있었다. 사빈느의 소파—이것만이 붉은 비단천이고, 그 부드러운 모양이 다른 것들과 부조화를 이루었는데 지금에 와선 그 붉은 소파의 수가 늘었고, 흩어져 관능적인 노곤한 느낌과 격렬한 쾌락의 흔적이 집안에 가득하니, 겨우 눈뜨기 시작한 애욕의 불꽃을 활활 불태우고 있는 것처럼 보였다.

이미 댄스가 시작되고 있었다. 열어 놓은 창을 앞에 두고 정원 뜰에 자리잡은 오케스트라가 왈츠를 연주했다. 허공에 흩어져서 부드럽게 흘러오는 경쾌한 리듬. 정원은 등불에 비쳐져, 투명한 어둠 속으로 퍼져 갔다. 잔디밭 가에 진홍의 천막을 치고, 그 밑에 상을 차려냈다. 바로 거기서 연주되고 있는 것은 그 천박한 웃음과 같은, 〈금발의 베누스〉의 야비한 왈츠였다. 잘 울리는 그 음향과 벽까지 울렁댈 정도의 리듬이 고옥의 구석구석까지 울려퍼졌다. 마치 길거리로부터 욕정의 바람이 불어와서, 이 존귀한 저택 안에서 죽어간 한 시대를 일소하고, 뮈파댁의 과거를, 긴 세월 동안 천장 밑에 잠들고 있던 명예와 신앙을 휘몰아가는가 싶었다.

백작 어머니의 옛 친구들은 눈이 부시고, 어리둥절하여 예전부터 자리잡던 난로 곁의 장소로 몰려들었다. 차츰차츰 방 안을 채우는 인파 속에서 그들은 조그만 클럽을 형성했다. 뒤 종크와 부인은 방을 분간치 못하고, 잘못 들어서 식당을 통하여 왔을 정도였다. 샹트로 부인은 유별나게 넓어 보이는 정원을 어이없다는 표정으로 바라보고 있었다. 이윽고 이 클럽 사이에서 가지각색의 뒷공론이 오고가기 시작했다.

"나 좀 봐요" 하고 샹트로 부인이 소곤거렸다. "만약에 노 백작 부인이 살아서 돌아오신다면…… 이 많은 사람들 틈엘 들어오신다면, 어떤 표정을 하실까. 이 요란한 장식하며 이 북새……기가 막혀서!"

"사빈느가 미쳤어요" 하고 뒤 종크와 부인이 응했다.

"입구에 서 있는 걸 보셨수? 저것 봐요. 여기서도 보이죠…… 다이아몬드로 휘감았습디다."

그녀들은 잠깐 일어서며 멀리 백작 부부의 모양을 바라보았다. 사빈느는 희한한 영국제 레이스의 장식이 달린 하얀 옷을 입고 젊고 생기가 넘치는 얼굴에 계속 황홀한 미소를 띠며, 아름다움을 자랑하는 양했다. 그 곁의 뮈파는 한결 더 늙어 보였다. 얼굴은 약간 창백했고, 여전히 근엄한 태도로, 그도 역시 미소 짓고 있었다.

"전에는 백작이 주인이었고, 그의 허락이 없이는 조그만 걸상 하나 들여놓지 못했건만……" 하고 샹트로 부인이 또 얘기했다. "이제는 사빈느 쪽이 주인이 되어가지고 백작이 기숙을 하고 있는 꼴이니……기억하고 계슈? 저 양반이 응접실의 모양을 바꾸고 싶지 않다고 하던 일을. 그랬는데 집을 완전히 개축해버리다니."

두 사람은 갑자기 입을 다물었다. 세 부인이 한 떼의 청년들을 이끌고 들어와서는 황홀한 듯이 감탄의 소리를 부르짖었기 때문이었다.

"어머, 멋있어라!…… 훌륭하기도 해라!…… 이건 풍취가 있

478

는데!"

  그러고는 두 사람을 향하여 멀리서 말했다.

"내가 뭐라고 해요? 이렇게 낡은 집이라도 손을 대면 딴 집이 된다구요…… 정말 멋있는데. 굉장해…… 이만해야 사람도 청할 수 있지."

  두 사람의 노부인은 다시 자리에 앉으며 사람들을 놀라게 한 이번 결혼 얘기를 소곤거리기 시작했다. 에스텔이 지나갔다. 여전히 깡마른 매력 없는 몸을 핑크빛 비단으로 감고 처녀다운 무표정한 얼굴이었다. 그녀는 부모들 앞에 복종하여 다그네와의 결혼을 받아들였다. 겨울밤, 난로에 장작을 지피던 때와 다름없는 냉랭한 하얀 얼굴, 거기엔 기쁨도 슬픔도 나타나 있지 않았다. 그녀를 축복하기 위하여 열린 연회, 그 광채에도 꽃에도 음악에도 아무런 감동을 느끼지 않고 있었다.

"건달 같은 남자라면서, 아직 한 번도 본 일은 없지만" 하고 뒤 종크와 부인이 말했다.

"조심해요. 저기 이리 오고 있어요" 하고 샹트로 부인이 주의했다.

  다그네는, 아들들을 데리고 들어오는 위공 부인의 모습을 알아차리자, 성급하게 달려가서 팔을 부축했다. 그는 웃음 지닌 얼굴로 할 수 있는 한, 정성을 다하고 있었다. 마치 부인이 이번의 이 생각지 않은 행운을 위하여 한몫 거들어준 것처럼.

"고마워요" 하고 부인은 말하면서 난로 옆에 앉았다.

"여기가 그전부터 내 자리라니까."

"저 사람을 알고 계세요" 하고 다그네가 저편으로 사라져 가자 뒤 종크와 부인이 물었다.

"그럼요. 사랑스러운 청년예요. 조르주가 몹시 좋아하죠…… 집안도 꽤 좋다나봐요."

위공 부인은 다그네에 대하여 못마땅해하는 눈치를 깨닫고
열심히 변호했다. 아버지는 루이 필립의 신임이 두터웠고, 세
상을 떠나기까지 도지사 자리에 있었다. 본인은 다소 방탕을
했는지 모른다. 파산했다는 소문도 있다. 그러나 어쨌든 삼촌
중의 한 사람이 대지주라니까 재산을 남겨줄 것이다. 그러나
상대편에서 고개를 갸우뚱거리기 때문에 위공 부인도 난처해
서 좋은 가문이라는 얘기만 되풀이했다. 그리고 고단하다고
하면서, 다리에 힘이 없다고 투덜거렸다. 그녀는 1개월 전부터
리셜리외 로의 집으로 돌아와 있었다. 일이 산더미 같다고 했
다. 그 인자한 웃음 속엔 어딘가 우수가 깃들여 있었다.

"하여간, 에스텔은 더 훌륭한 남자하고 결혼할 수 있었을 텐
데" 하고 샹트로 부인이 마지막으로 한마디 했다.

악대의 취주가 울려 퍼졌다. 카드리유 무곡이었다. 사람들이
응접실 양쪽으로 물러가고 자리를 넓게 만들었다. 점점이 섞
이는 검은 예복 사이에 하얀 여자 의상이 오가며 엉킨다. 휘황
한 불빛 아래 물결처럼 일렁이는 머리에 보석이 반짝이고, 하
얀 깃털 장식이 흔들리며 백합과 장미가 꽃핀다. 이미 실내는
달아오르는 더위였다. 봉긋한 망사와 주름진 공단과 비단 사
이로 하얀 어깨가 드러나 보이고, 향기로운 냄새가 서린다. 경
쾌하게 울려퍼지는 음악 소리. 열어젖혀 놓은 창 너머로 옆 방
에 나란히 앉은 부인들의 모습이 보인다. 부채질을 하며 정숙
하게 미소 짓기도 하고 눈을 반짝이기도 하고 입을 비쭉거리기
도 했다. 손님들은 계속 몰려들고 있었고, 하인들이 연달아 이
름을 고하고 있었다. 사람들 사이에서는 신사들이, 팔에 매달
려 어색한 표정을 하고 있는 부인들을 어디에고 앉혀 보려고
발돋움을 하며 유유히 먼 곳에서 빈 자리를 찾고 있었다. 그리
하여 저택 안은 차츰 사람들로 가득 차고, 스쳐 가는 치맛자락

소리까지 들릴 정도였다. 그리고 군데군데에는 널브러진 레이스며 리본이며 옷들에 걸려서 지나갈 수조차 없었지만, 여자들은 모두 다 이 눈부신 혼란에 익숙했기 때문에 아주 정숙하니 얌전을 부렸다. 한편 장밋빛 등불 광선에 비쳐진 뜰에선 응접실의 답답한 분위기를 피해나온 남녀 쌍쌍들이 안쪽으로 들어갔다. 잔디밭 귀퉁이로 카드리유의 리듬에 맞추듯이 여자의 모습이 달려가고 나무숲 건너편에선 그 음악 소리도 아득하니 멀어만 갔다.

정원에선 스테이네르가 푸카르몽과 라 팔르와즈를 만난 참이었다. 두 사람은 식탁 앞에서 샴페인을 기울이고 있었다.

"굉장한데" 하고 금칠을 한 기둥으로 뻗혀진 진홍의 천막을 바라보며, 라 팔르와즈가 말했다. "마치 생강빵 시장에 들어온 것 같군…… 정말이지 이건 생강빵 시장과 흡사한걸!(옛날에 생강빵에 금칠을 한 것에 비유—역주)"

그는 이즈음, 모든 것을 비꼬아대며 빈정대기만 하는 청년처럼 굴며 항상 농담을 일삼았다.

"방되브르가 살아 있었던들 틀림없이 놀랐을 거야" 하고 푸카르몽이 중얼거렸다. "기억들 하나, 그가 저기 난로 앞에서 지루해서 죽으려고 하던 일을. 사실 웃을 수도 없는 일이었지."

"방되브르 얘길랑 말도 말게, 그따위 오발탄!" 하고 라 팔르와즈가 경멸의 말투로 말했다. "불고기로 타죽어 우리들을 놀라게 할 셈이었지만 천만의 말씀이지! 이미 아무도 그 친구 얘기를 입에도 담지 않는단 말야. 끝장이지. 방되브르 같은 것 알게 뭐야!"

그러고 있는데 스테이네르가 와서 악수를 한 것이었다.

"지금, 나나가 왔는데 알고 있소…… 그 들어오는 꼴이라니! 아니 참 멋있었소…… 우선 백작 부인에게 키스를 하고, 신랑 신부가 가까이 오자 축복을 해주시고 다그네한테 말하길, '잘 들어두세요, 폴. 만약에 신부를 배반하거나 하면, 그땐 나를 배반한 거나 마찬가지로 혼이 날 테니……' 하더라구요. 응! 당신들은 못 봤지! 정말 기가 막힐 정도야! 멋있더라니까!"

두 사람은 입을 딱 벌리고 듣고 있다가 이윽고 거짓말이라는 것을 알고 웃어댔다. 스테이네르는 신이 나서 계속했다.

"거봐, 당신들은 내 말을 금방 곧이들었지…… 그렇지만 무리도 아니요. 이 혼담을 성립시킨 것은 나나니까 말이요. 나는 이 집의 가족과 하나란 말이요."

위공 형제가 지나가다가, 필립이 그 얘기를 중단시켰다. 그리고 나서 남자들 사이에서 이 결혼에 대한 얘기가 시작되었다. 라 팔르와즈는 조르주의 분개하는 것도 아랑곳없이 그 내막을 털어놓았다. 나나가 예전 애인을 사윗감으로 뮈파에게 떠맡긴 것은 사실이다. 하지만 어젯밤에도 그녀가 다그네와 잤다는 것은 거짓말이라고 했다. 그러자 푸카르몽이 어깨를 으쓱하며, 나나가 누구하고 언제 잤는지 알게 뭐냐고 했다. 그러자 조르주가 빨끈해가지고 "나는 알고 있어요!" 하는 바람에 모두들 웃음을 터뜨렸다. 어쨌든 스테이네르의 얘기처럼 이면에 무슨 곡절이 있는 것 같았다고들 했다.

차츰, 음식상도 혼잡해졌다. 그들은 자리를 양보했지만, 그냥 그대로 그곳을 떠나지 않고 있었다. 라 팔르와즈는 여기를 마비유로 착각했는지, 여자들을 마구 홀끔거리며 바라보고 있었다. 언뜻 조그만 길 안쪽을 보니 놀랍게도 브노가 다그네와 무엇인가 열심히 얘기하고 있는 중이었다. 삽시간에 그들은 가소로운 농담을 지껄이기 시작하며 브노는 참회를 받고 있는 것이라느니, 첫날밤의 주의를 주고 있는 것이라느니 했다. 이윽고 그들은 응접실 문 앞으로 돌아갔다. 몇 쌍의 남녀들이 폴카

곡을 타고서, 선 채로 구경하고 있는 남자들 사이를 쓱쓱 춤추어 갔다. 바깥 바람에 촛불의 불꽃이 활활 타올랐다. 뒤꿈치로 가볍게 박자를 맞추며 드레스 차림의 여자들이 지나가면, 샹들리에에서 발산하는 타는 듯한 열기 속에 펄럭하고 서늘한 바람이 일었다.

"야아! 방 안은 더운데!" 하고 라 팔르와즈가 웅얼거렸다.

컴컴한 정원에서 돌아왔기 때문에 그들은 눈이 부시어 눈을 깜빡거렸다. 그러다가 그들은 넘실대는 드러낸 여자들의 어깨에 둘러싸여 키가 큰 슈아르 후작이 홀로 서 있는 모습을 가리켰다. 엄숙하니 창백한 얼굴, 오만스런 위엄에 넘친 모습, 듬성한 백발. 뮈파 백작의 스캔들에 분개한 그는, 근래로는 공공연히 발을 끊고, 두 번 다시 뮈파 집안에 오지 않겠다는 태도를 견지했다. 오늘 밤에 온 것은 손녀 에스텔이 꼭 와달라고 부탁을 했기 때문이었다. 그렇다고 결혼에 찬성하는 것은 아니었다. 현대의 방종한 사람들과 타협하는 지배계급의 난맥상을 저주하고 있었다.

"이젠 다 틀렸어요" 하고 난로 곁에서 뒤 종크와 부인이 쌍트로 부인의 귓전에 대고 속삭였다. "백작이 그 여자에게 완전히 빠졌어요…… 그전엔 그렇게도 신앙심이 두텁고 훌륭한 분이었는데!"

"파산 지경이래요. 우리집 주인 앞으로 수표가 한 장 와 있데요…… 저 양반은 지금, 빌리에 로의 집에서 살고 있다는군요. 파리 장안의 얘깃거리래요…… 난 사빈느가 나쁘다고 생각해요. 그야 백작이 여러 가지로 속을 썩이겠지만, 그렇다고 사빈느까지 돈을 뿌리고 다니다니……."

"돈뿐이 아녜요" 하고 상대방이 가로막았다. "어쨌든 두 사람이 같이 저러다간 큰 일이죠…… 진창에서 헤어나질 못할 테니 말예요."

그때, 조용한 목소리가 이 대화를 가로막았다. 브노였다. 그
는 사람들의 눈을 피하려는 것처럼 조금 전부터 두 여자들 뒤
에 와서 앉아 있었던 것이다. 그는 앞으로 나서며 중얼거렸다.

"무슨 연유로 비관하십니까? 모든 것을 잃은 듯할 때, 비로소,
하느님은 나타나시는 것입니다."

과거에 자기가 지배하고 있던, 이 집의 몰락을 브노는 조용히
바라보는 것이었다. 퐁데트에 갔을 때부터, 자기의 무력을 완
전히 깨달은 그는, 집안의 광란 상태를 되어가는 대로 내버려
두었다. 그는 모든 것을 내버려둔 것이다. 나나에 대한 백작의
미친 마음도, 백작 부인에 대한 포슈리의 유혹도, 또한 에스텔
과 다그네의 결혼까지도. 이런 일들은 모두 하찮은 일이 아닌
가! 그리고 이전보다도 더 부드럽고 의미 있음직한 태도를 취
하게 되었다. 크나큰 혼란은, 깊은 신앙으로 인도된다는 것을
알고 있기 때문에, 그는 불화에 빠진 백작 부부나 신혼 부부도
결국엔 모두 다 올바른 길로 이끌 수 있다는 생각을 은밀히 가
지고 있었다. 하느님은 종말에 나타나 주실 것이다.

"백작은 지금도 상당히 깊은 종교심을 지니고 계십니다……
그 기쁜 증거를 여러 가지 보여주었습니다" 하고 브노 씨가 작
은 소리로 말했다.

"그러면, 우선 부인하고 화해를 시킬 일 아녜요?" 하고 뒤 종
크와 부인이 말했다.

"지당하신 말씀…… 그것이 쉽게 화해될 것 같은 기색이 보입
니다."

그러자 두 사람의 노부인이 이것 저것 질문했다. 그러나 브노
는 먼저와 같이 다시 겸허한 태도로 돌아가며, 모든 것은 하느
님의 뜻대로 되는 것이라고 했다. 자기로선 백작과 부인을 화

해시켜 세간의 스캔들을 피하는 일만이 소망이라며, 격식만 지켜진다면, 종교는 많은 과실을 용서해 주는 것이라고 했다.

"하여간 그 건달 같은 남자하고의 결혼만은 못하게 하셨어야 됐어요……" 하고 뒤 종크와 부인이 말했다.

자그마한 노인은 깜짝 놀란 체했다.

"그건, 잘못 보셨습니다. 다그네 군은 아주 훌륭한 청년으로…… 나는 그 청년의 생각을 잘 알고 있습니다. 젊은 시절의 과오를 보상하려고 생각하고 있습니다. 에스텔이 잘 이끌어줄 것입니다. 안심하십시오."

"어머! 에스텔이 말이죠!" 하고 샹트로 부인이 아주 무시한 것 같은 태도로 중얼거렸다. "그애한테 그런 의지가 있을 것 같지 않은데요. 저렇게 나약해 보이는데요!"

이 견해에 브노는 웃기만 했다. 그러나 신부에 대한 자기의 생각을 말하려곤 하지 않았다. 그리고 초연한 입장을 취하려고 하는 것처럼, 눈을 감고 부인들의 뒷자리로 다시 물러갔다. 위공 부인은 피곤하여 우두커니 있다가 언뜻 이 얘기를 들었다. 그래서 그녀도 이 문제에 의견을 내세워 관대한 결론을 내리면서 마침 목례를 하는 슈아르 후작을 향하여 얘기했다.

"저 마나님들은 너무 엄격해요. 누구고 살아간다는 일은 정말 큰일이니까요…… 자신도 용서가 필요하거든, 남에게도 되도록 용서를 주어야죠."

후작은 빗대서 말하는 것인가 싶어 잠간 어리둥절했다. 그러나 이 선량한 부인이 서글픈 미소를 지니고 있는 것을 보고선 금방 안심했다.

"아니, 어떤 종류의 과오는 용서할 수 없습니다. 그와 같이 관대하다 보니 사회가 타락하는 것입니다."

댄스는 아직도 한창 계속중이었다. 카드리유가 다시 시작되자, 응접실 마루판이 가볍게 흔들렸다. 마치 이 낡은 건물 전체가 연회의 소요 속에 기울어지는 것 같았다. 간혹 거무스름하게 어리는 머리들 사이로 한 여자의 얼굴이 나타났는가 하다간 확 하니 춤추며 지나갔다. 반짝이는 눈동자, 약간 벌린 입, 샹들리에 불빛을 받아 하얗게 윤기 나는 피부. 뒤 종크와 부인은 모두들 양식이 없다고 규정지어 버렸다. 2백 명밖에 못 들어갈 방에 5백 명이나 처넣다니 미쳐도 분수가 있지. 차라리 카루젤 광장에서 결혼계약 사인을 할 일이 아니냐고 했다. 그러자 상트로 부인이 이것도 유행의 표현이라고 대답했다. 옛날엔 이와 같은 엄숙한 행사는 집안끼리 치렀건만, 이 즈음에 요란하게 해야만 한다. 외부 사람들이 멋대로 들어와서 밀치락거리지 않고는 파티가 쓸쓸하게 느껴지게 마련이다. 누구나 사치를 과시하고 쓰레기 같은 인간들을 집에 끌어들인다. 이렇게 하층계급의 사람들과 왕래하다 보면 결국 집안이 타락하는 것은 당연하다. 이 두 부인은 낯모를 사람이 50명 이상이나 와 있다고 하며 한탄했다. 이 많은 사람들은 어디에서 온 것일까. 목둘레를 크게 판 옷을 입고, 어깨를 그대로 드러낸 계집애들. 어떤 여자는 틀어 올린 머리에 황금 단검을 꽂고 흑옥을 즐비하게 꿰맨 옷을 갑옷처럼 입고 있었다. 또 어떤 여자는 대담한 타이트 스커트가 너무나 기묘하게 보여 모두들 웃으면서 눈길로 뒤따랐다. 여기엔, 겨울이 가버린 이 계절의 각가지 사치가 모여 있었다. 긴장이 없는 향락 세계, 가정주부가 하루뿐인 교제에서 긁어모은 잡다한 사람들의 모임, 거기엔 유서 있는 집안과 파렴치한 사회의 지스러기들이 어울려서, 같은 향락욕에 사로잡혀 허우적거리고 있었다. 실내는 점점 더 무더워지고 초만원을 이룬 응접실 안에선 마주 보고 갈라 서서 카드리유를 추는 사람들의 얼굴이 리듬에 맞추어 움직였다.

"멋있는데, 백작 부인!" 하고 뜰로 향한 문간에서 라 팔라와즈가 말했다. "딸보다 열 살은 젊어 보이는 걸⋯⋯ 그런데 푸카르몽, 방되브르가 저 여자 넓적다리는 볼 것 없으리라고 단언했다면서."

이 빈정대는 말투에 모두들 얼떨떨했다. 푸카르몽이 다만 이렇게 대답했을 뿐이었다.

"자네 사촌에게 물어보게나. 마침 저기 왔네."

"그것 참 기발한 생각이야! 나는 10루이를 걸겠네. 저 여자는 넓적다리가 멋있을 걸세."

과연 포슈리가 도착했다. 이 집을 무시로 드나드는 사람이라 문간의 혼잡을 피하여 식당으로 돌아서 들어왔다. 초겨울부터 다시 로즈에게 붙잡힌 그는 이 가수와 백작 부인 사이에 끼어서, 어느 쪽도 버리질 못하고, 망설이고 있었다. 사빈느는 허영심을 만족시켜 주었다. 그러나 로즈는 그보다 더 즐겁게 해주었다. 뿐만 아니라 그녀는 진정으로 반해가지고, 아내와 같이 살뜰한 애정으로 대해 주었다. 여기엔 미뇽조차 한탄할 정도였다.

"잠깐 좀 물어봅시다" 하고 라 팔르와즈는 사촌 형의 팔을 붙잡았다. "저기 흰 비단옷을 입은 부인이 있지요?"

라 팔르와즈는 유산 상속을 받고 나서 아주 건방져졌다. 그후로 시골에서 왔을 당시에 놀림받던 분풀이를 하려고 걸핏하면 포슈리를 놀려댔다.

"아, 저 레이스 장식을 단 여자."

포슈리는 아직 영문을 짐작하지 못하고서, 어깨를 들먹 하고는 그제야 말했다.

"백작 부인 아냐?"

"바로 맞았소⋯⋯ 난 10루이를 걸었는데, 저 여자 넓적다리가

괜찮습디까?'

그러고서 그는 웃어댔다. 전에 이 사촌 형은 백작 부인은 아무하고도 자지 않았느냐고 질문하여 자기를 놀라게 하지 않았던가. 지금 그 보복을 할 수 있는 것이 즐거웠다. 그러나 포슈리는 조금도 놀라는 기색이 없어 상대방을 노려보다가 내뱉듯이 말하며 어깨를 들먹했다.

"바보 같은 소리 그만해!"

그러더니 포슈리는, 그 자리에 있는 남자들하고 하나하나 악수를 했다. 그러나 라 팔르와즈는 얼떨떨하여 과연 자기가 싱거운 소리를 했는지 어쩐지도 분간치 못했다. 사람들은 잡담을 늘어놓고 경마 이래 스테이네르와 푸카르몽이 빌리에 로에 드나들게 되었다느니, 나나가 많이 회복되었다느니, 뮈파가 매일 밤 병문안을 다닌다느니 했다. 그러나 포슈리는 얘기를 들으면서도 딴 데 정신이 팔려 있었다. 오늘 아침 로즈가 말다툼을 하다가 그 편지를 보냈노라고 그에게 털어놓은 것이다.

"아무리면요. 당신이 소중히 여기는 백작 부인께 가서야죠, 환영받을 겁니다" 했다. 그래서 오래도록 망설이던 끝에, 그는 용기를 내어 온 것이었다. 그러므로 겉으로는 태연한 체하고 있었지만, 라 팔르와즈의 싱거운 농담에도 적잖이 마음이 동요되었다.

"어쩐 일이시오, 안색이 좋지 않으니" 하고 필립이 물었다.

"나요? 별로…… 일이 많아서 그래서 이렇게 늦었지 뭐요."

그러고는 살아가기 위한 자질구레한 비극을 해결하는 그 영웅적인 태도로 냉정하게 말했다.

"그런데 아직 이 댁 주인에게 인사를 안 했어요…… 역시 예의는 있어야죠."

그러면서 라 팔르와즈를 돌아다보고는 농담을 걸었다.

"안 그래? 이 바보야."

그는 인파를 헤치고 들어갔다. 이젠 하인들이 큰소리로 방문객의 이름을 외치지도 않았다. 그래도 입구에선 백작 부부가 들어오는 부인들에게 잡혀 아직 얘기를 주고받고 있었다. 포슈리는 간신히 그들 곁에 도달했다. 그동안 일행 남자들은 뜰로 내려서는 돌계단 위에 발돋움을 하고 서서, 그 광경을 바라보고 있었다. 그들은 나나가 부인의 간통 사실을 백작에게 지껄였을 것으로 알고 있을 것이다.

"백작이 아직 포슈리를 못 본 모양이군." 조르주가 중얼거렸다. "옳지, 돌아다봤다…… 자, 시작이다."

오케스트라가 다시 〈금발의 베누스〉란 왈츠를 연주했다. 포슈리는 우선 백작 부인에게 목례를 했다. 부인은 여전히 밝게 웃고 있었다. 이어 그는 백작의 등 뒤에서 잠시 꼼짝을 않고 가만히 기다렸다. 오늘 밤 백작은 언제까지나 거만하게 엄숙한 태도를 견지하며 고관답게 꼿꼿이 버티고 있었다. 잠시 동안 두 사람은 말없이 마주 보았다. 포슈리가 먼저 손을 내밀었다. 뮈파도 손을 내밀었다. 마주 잡은 두 개의 손. 그 앞에서 사빈느 부인은 눈을 내리뜨고 미소 짓고 있었다. 야비한 웃음과 같은 왈츠의 리듬이 끊임없이 연주되고 있었다.

"생각했던 것보다는 간단하군" 하고 스테이네르가 말했다.

"손이 달라붙은 것 아냐?" 하고 푸카르몽이 악수가 긴 데 놀라며 말했다.

포슈리의 창백한 볼이 붉어졌다. 잊을래야 잊을 수 없는 언젠가의 그 장면이 역력히 눈에 떠오른 것이다. 파릇한 광채가 비치는 소도구실. 먼지투성이의 잡동사니. 거기에 계란 그릇을 손에 들고 있는 뮈파. 그 즈음의 뮈파는 무턱대고 사람을 의심했다. 그러나 지금은 이미 의심하지 않고 있었다. 그것은 무너져가는 위엄의 마지막 한구석이었다. 두려움에 묻혀 있던 포슈리는 부인의 밝은 얼굴을 보고선 마음을 놓았다. 그러자 이번엔 앙천대소하고 싶었다. 이건 정말이지 희극이다.

"아, 이번이야말로 나나다" 하고 라 팔르와즈가 소리쳤다. 재미있다고 생각하면 몇 번이고 되풀이해야 하는 남자였다.

"저기, 저기 나나가 들어오는 것이 보이지?"

"조용하라우, 바보!" 하고 필립이 중얼거렸다.

"거짓말이 아니라구! 나나의 왈츠를 연주하고 있는 참에 마침 왔다니까!…… 응, 안 보인단 말인가? 포슈리와 백작 부부를 내 작은 고양이라고 부르며 끌어안고 있지 뭐야. 도무지 난 저런 꼴은 못 보겠다니까, 저따위 가족적인 정경은."

에스텔이 가까이 왔다. 포슈리가 축하 인사를 하자 그녀는 말 못하는 어린애가 놀랐을 때와 같은 표정으로 부모들을 살펴보며 핑크빛 드레스에 감싸인 몸을 긴장시킨 채 서먹하게 상대방을 처다보았다. 다그네도 역시 포슈리와 힘찬 악수를 나눴다. 이렇게 그들은 한데 뭉쳐서 화기애애한 담소를 나눴다. 그 뒤로부터 브노가 살그머니 다가서서 부드러운 눈초리로 경건스레 그들을 바라보고 있었다. 이와 같은 타락의 극한이야말로, 하느님에게 대한 길을 여는 것이라고 생각하고 즐거워하는 것이었다.

왈츠는 아직도 음탕한 웃음의 리듬을 펼치고 한결 더 세차게 이 구옥을 향락의 물결로 휩쓸었다. 오케스트라가 작은 피리의 가락과 바이올린의 가냘픈 한숨 소리를 한결 더 드높였다. 제노바 벨벳과 황금 장식과 그림들 장식 밑에서 샹들리에가 열기를 발산하며 금가루 같은 불빛을 뿌리고 있었다. 손님들은 거울의 반사로 실제보다 더 수가 많은 것 같고, 소요까지 드높아진 것만 같았다. 응접실 둘레로 허리에 손을 휘감은 몇 쌍의 남녀가, 앉아 있는 부인들의 미소를 받으며 지나가고 마루판이 한층 더 흔들렸다. 뜰에서는 등불에서 비쳐나오는 어슴푸레한 불빛이 먼 곳에서 일어난 불처럼 불그레하게 비치며, 오솔길 안쪽으로 서늘한 곳을 찾아가는 산보객들의 거무스레한 그림자를 물들이고 있었다. 그리고 벽을 뒤흔드는 진동 소리의 불그레한 불빛은 이 저택의 오랜 전통과 명예를 불사르며 마침내 그 구석구석에서 화염을 튀기며 타버리고 있는 양했다. 4월 어느날 밤, 포슈리가 유리 깨지는 소리 같은 것을 들었을 그 당시는 이 집의 야단법석 잔치판도 막 시작되었을 때로, 어딘가 남의 눈을 꺼리는 것 같았다. 그러던 것이 차츰 대담해지며, 요란스러워지고 마침내는 오늘밤과 같은 사치스러운 연회가 된 것이다. 이제는 균열이 퍼져서 온 집안에 미치고, 눈앞에 닥쳐온 붕괴를 알리고 있었다. 변두리에 사는 주정뱅이네 집에선 빵이 떨어지고, 사내는 주머니를 털어 술만 마시고, 마침내는 집안이 비참한 밑바닥으로 떨어지기 마련이다. 헌데 이 집에선 재물을 높게 쌓아올리고 단번에 불을 질러 버리며, 그 불타 떨어지는 속에서 왈츠가 이 유서 깊은 집안의 조종이 되어서 울리고 있는 것이다. 그리고, 보이지 않는 나나가 무도장 위에 날씬한 사지를 벌리고, 천박한 음악의 리듬을 타면서 열기 속에 감도는 그녀의 체취를 이 세계에 침투시키며 부패시켜 가고 있었다.

　교회에서 결혼식이 있던 날 밤, 뮈파 백작은 2년째 발을 들여논 일이 없는 아내의 침실에 나타났다. 처음에 부인은 적잖이 놀라며 뒷걸음질을 쳤다. 그러나 입가에 웃음을 지니고 있었다. 이젠 그 얼굴에서 사라질 줄 모르는 그 무엇엔가 도취된 듯한 그런 웃음이었다. 백작은 어색해하며 중얼거렸다. 부인이 잠깐 힐책했다. 그러나 양편 다 뚜렷한 변명은 안 했다. 이 화해를 명한 것은 종교였다. 그래서 두 사람은 말 없는 양해에 의하여 서로간의 행동의 자유를 보장하기로 했다. 침대에 들어가기 전에, 부인이 아직도 주저하는 눈치였기 때문에 두 사람은 용건을 얘기했다. 백작 쪽에서 보르드의 토지 매각 건을 얘기했다. 부인이 당장에 동의했다. 피차에 돈이 필요한 때였기 때문에 반으로 나누어 쓰기로 합의했다. 그것으로 완전한 화해가 성립된 셈이었다. 뮈파는 회한을 짓씹으면서도 마음속으로 안도의 한숨을 내쉬었다.

바로 그날 낮 두 시경에 나나가 누워 있는 곳에, 조에가 와서 노크를 했다. 커튼이 내려진 어두컴컴한 쓸쓸한 속으로 창 밖의 무더운 바깥공기가 흘러들었다. 나나는 아직 얼마간 쇠약해 있었지만, 이제는 기동할 만했다. 눈을 뜨며 나나가 물었다.

"누구지?"

조에가 대답을 하려는데, 다그네가 서슴없이 들어서며 자기 자신이 이름을 댔다. 그러자 나나는 베개에 기대어 몸을 일으키며 조에를 내보냈다.

"어머, 당신이! 결혼식 날에! 웬일이에요?"

그는 어둠에 익숙치 못하여 방 한가운데 서 있었다. 이윽고 어둠이 눈에 익숙해지자 앞으로 나왔다. 예복 차림에 넥타이도 장갑도 흰빛이었다.

"아무렴, 나지…… 생각나지 않소?"

사실 아무것도 그녀는 기억하지 못하고 있었다. 그래서 그는 익살스레 자기 몸을 드러내 보였다.

"여기 당신의 중매 값을 가져왔소…… 내 첫 순결을 가져왔단 말이요."

그러자 나나는 침대 가에 있는 그를 알몸의 팔로 끌어 안으며, 그 착한 마음씨에 몸을 떨면서 울음이 터져 나올 정도로 세차게 웃어댔다.

"어머, 미미도! 우습다…… 하지만 잘도 기억했어요! 나는 까맣게 잊고 있었는데! 그러니까 교회에서 빠져나왔구료. 정말이네, 향내가 나는 것을 보니…… 자, 키스해 줘요! 아, 더 세게, 미미! 아마 이것이 마지막일 거야."

아직도 어슴푸레하니 에테르 냄새가 남아 있는 어두운 방 안에서, 두 사람의 웃음소리가 멎었다. 창의 커튼은 더운 외기로 부풀고 한길에서 어린애들의 소리가 들려왔다. 이윽고 두 사람은 시간을 따져 보며 시시덕거렸다. 다그네는 가벼운 식사를 마치고 곧 신혼여행 길을 떠났다.

13

9월 말경이었다. 그날 밤, 나나네 집에서 저녁을 먹기로 되어 있던 뮈파 백작은 갑자기 튀일르리 궁에서 들어오라는 분부를 받았기 때문에 그 일을 알리려고 저녁나절에 왔다. 집안은 아직 불이 안 켜진 채 하인들은 부엌에서 깔깔대고 있었다. 백작은 발소리를 죽이고 계단을 올라갔다. 후텁지근한 어둠 속에서 들창 유리가 반짝였다. 2층 응접실 문은 소리 없이 열렸다. 희미한 장밋빛 석양이 천장에 비치고 있었다. 붉은 벽포, 깊은 소파, 래커 칠한 가구, 어수선하게 늘어놓은 자수된 직물, 청동기, 동자기 등은 짙어 오는 어둠에 묻히고, 상아의 광택도 금빛의 광채도 볼 수 없었다. 그러나 그 어둠 속에 거기만 두드러지게 하얗게 돋보이는 것이 있었다. 커다랗게 널브러진 페티코트. 나나는 벌렁 누워서 조르주의 팔에 안겨 있었다. 이제 변명의 여지도 없었다. 뮈파는 신음 소리와 함께 멍하니 서버렸다.

나나는 벌떡 일어서며, 소년에게 도망갈 틈을 주기 위해 뮈파를 자기 방으로 밀어넣고 허둥대며 중얼거렸다.

"들어가요! 다 얘기할 테니요."

그녀는 갑작스레 습격당한 일에 골을 냈다. 자기는 절대로 이렇게 자기 집 응접실에서 문도 잠그지 않고, 남자한테 몸을 내맡기는 여자가 아니다. 이건 이유가 있다. 조르주가 필립에게 질투를 하고 귀찮게 매달려 왔다. 목에 매달려서 너무 울어댔기 때문에 하도 불쌍하여 달래줄 방법이 없어서 하는 대로 놔둔 것이다. 요즘엔 어머니의 감시가 엄격하여 오랑캐꽃다발도 못 사오는 이 소년을 상대로 그만 분수 없는 짓을 했다. 이런 일은 처음이다. 그런 걸 마침 백작에게 들키고 말았다. 정말 재수가 없다! 사람이 좋다 보니 이런 지경을 당했다!

나나가 뒤파를 밀어넣은 방은 캄캄했다. 나나는 더듬더듬 초인종을 찾아 거칠게 흔들고, 램프를 가져오게 했다. 줄리앙 탓이다! 응접실에 불을 켜놓았던들 그런 일은 없었을 것을. 못된 놈의 어둠 때문에 내가 미쳤다.

"이렇게 빌어요. 제발 진정해주세요" 하고 조에가 등불을 갖다 놓자 당장 나나는 말했다.

백작은 두 손을 무릎 위에 놓고, 마룻바닥을 바라보고 있었다. 지금 목격한 광경에 아직도 멍하고 있는 것이다. 성낼 도리조차 없었다. 괘씸한 마음에 몸이 언 것처럼 덜덜 떨렸다. 이 비통한 침묵에 나나는 가엾어진 나머지 위로의 말을 건넸다.

"정말이지 내가 잘못했어요…… 내가 저지른 일은 정말 큰 실수였어요…… 후회하고 있어요. 정말이지 당신께 언짢은 생각을 하시게 해서 슬퍼요!…… 진정하시고 용서해 주세요."

나나는 그의 발치에 쭈그리고 앉아서 순진스레 눈치를 보며, 아직까지 골이 안 풀리고 있나 확인하려 했다. 이윽고 그가 큰 한숨을 쉬며 마음을 가라앉히자 그녀는 한층 더 아양을 부리며 은밀한 투로 말했다.

"여보, 날 좀 이해해주서요…… 나는 돈이 없는 친구를 거절할 수가 없다구요."

결국 백작이 꺾이고 말았다. 다만 조르주하고 손을 끊으라고 했을 뿐이었다. 그러나 모든 환상은 사라지고, 정조에 대한 서약도 믿을 수 없게 되었다. 나나는 내일이라도 또 배반할지 모른다. 그러나 나나 없이 살아갈 생각을 하니 두려움이 앞서고, 사랑에 번뇌하면서도 미련을 버릴 수 없어 관계를 계속하는 것이었다.

그것은 나나의 생애를 통하여 가장 빛나던 시기였다. 악덕의 세계에서도 그녀는 더욱 더 커다란 존재가 되었다. 사치를 일삼고 돈을 뿌리며 오만무도하게 파리 장안에 군림하며, 거리낌없이 남자들의 재산을 먹어치웠다. 그 집은 마치 황금을 녹이는 대장간인 양했다. 지칠 줄 모르는 욕망이 불타고, 입에서 새어 나오는 한숨 하나에도 황금이 재로 화했다. 그것을 끊임없이 바람이 불어쳤다. 이렇게 맹렬한 소비욕은 이전에는 없었다. 집은 심연 위에 서 있는 양, 남자의 재산과 육체와 이름까지 모두 다 삼켜 버리고 티끌 하나 남기지 않았다. 이 여자는 앵무새 같은 식취미로, 홍당무와 프랄린을 아작아작 씹고, 고기를 쪼아먹었다. 그래서 매달 식비가 5천 프랑에 이르렀다. 부엌에선 멋대로 낭비를 하고, 어마어마한 소비 때문에 포도주는 들어오는 즉시 통째로 그냥 없어져 버리고, 계산서는 서너 사람의 손을 거쳐 늘어만 갔다. 부엌에선 빅토린느와 프랑수아가 우쭐거리며, 친구를 초대할 뿐만 아니라, 수많은 먼 친척들에게까지 냉육과 고기 수프를 보냈다. 줄리앙은 출입하는 상인들에게 수수료를 요구했고, 유리 장수가 30수짜리 유리를 한 장 배달할 때마다 어김없이 자기 몫으로 20수씩 가산시켰다. 샤를은 말먹이 겉보리를 두 배나 사들이고, 그것을 뒷문으로 팔아먹고 있었다. 이와 같이 온 집안이 마구 쓰며 마치 맹렬한 도시의 약탈과 같은 상태 속에서 조에가 책략을 부려 용케 면치레를 하여 그들의 도둑질을 덮어 주고 있었다. 그러나 사실은 그녀도 거기 어울려 묘하게 도둑질을 하고 있었다. 낭비는 점점 심해졌다. 전날 음식은 집안의 한구석에 버리고 말았다. 식료품은 하인들이 주체할 수 없을 만큼 넘쳐흐르고 설탕은 유리잔에서 녹았고, 가스는 벽이 날아갈 정도로 활활 피워댔다. 뿐만 아니라, 태만과 심술과 사고까지 고루고루 발생하여, 숱한 사람들이 덤벼들어 뜯어먹고 있는 이 집의 망조를 재촉하고 있었다. 2층 나나의 방에선 파멸의 회오리가 더욱 더 몰아치고 있었다. 만 프랑이나 하는 옷을 두 번밖에는 입지도 않고 계속 조에 손에 의하여 팔려 나갔다. 보석은 서랍 속에서 사라져 버렸다. 일시적인 유행에 끌려서 사들인 하찮은 물건들이 이튿날이면 한편 구석으로 동댕이쳐지고 쓸려 나가 버렸다. 나나는 값진 물건만 보면 빼놓지 않고 탐내기 때문에, 언제나 그녀의 주변엔 꽃다발과 값진 장식품이 널려 있었다. 값진 것일수록 일시적인 호기심을 만족시켰다. 그러면서도 손에 남는 것이라곤 없었다. 모든 것을 망그러뜨렸고 그 하얀 작은 손가락 사이에서, 어떤 것은 시들고, 어떤 것은 더럽혀졌다. 그리고 그녀가 지나가고 난 자리엔, 흔적을 남기고 이름 지을 수 없는 쓰레기와 비틀린 헝겊조각과 흙투성이의 누더기들이 어수선했다. 그러다가 이런 자질구레한 낭비 도중에, 갑자기 큼직한 계산서가 닥쳐오곤 했다. 모자집이 2만 프랑, 내복집이 3만 프랑, 구둣방이 1만 2천 프랑, 말에게도 5만 프랑이나 들었다. 6개월간에 양복집에서 12만 프랑의 계산서가 밀려왔다. 라보르데트에 의하면 그녀의 생활비는 평균 40만 프랑으로 추정되었다. 그러나 특별히 호사를 한 것도 아니건만, 금년의 경비는 백만에 이르렀다. 이 숫자에는 그녀 자신도 어이없어져 그 많은 돈이 어디로 사라져 버린 것인지 짐작이 안 갔다. 남자들로부터 차례차례 큰돈을 빨아내도 사치의 무게로 기우는 이 집의 마루청 밑에는 끊임없이 구멍이 파헤쳐지기 때문에 그것을 메우는 도리는 없었다.

그런데 나나는 게다가 덧붙여 변덕을 부리려고 했다. 그전부터 한 번 더 방 모양을 바꾸고 싶어 좀이 쑤셨는데 마침내 좋은 생각이 떠오른 것이다. 갈색을 띤 장밋빛 벨벳을 조그만 은못으로 박고 천장까지 텐트 모양으로 둘러치고서 그것을 금줄과 레이스로 장식하려는 것이었다. 이것이라면 호화로우면서도 억세질 않고, 발그레한 자기의 살빛에 맞는 배경이 될 것이 틀림없다. 즉 사람들을 놀라게 하고, 황홀케 하려는 심산이었다. 파리 온 장안이 자기의 숭고한 나체를 우러러볼 옥좌라고 할까, 제단이라고 할까, 하여간 견줄 데 없는 침대를 나나는 꿈꾸고 있었던 것이다. 이를테면 은빛 체크무늬에 금빛 장미를 뿌린 것 같은, 몸체에다 금은세공을 한 커다란 보석 같은 침대를 생각했다. 베갯머리에는 한 떼의 쿠피도가 꽃 사이로 웃는 얼굴을 내밀고, 커튼 속의 애욕을 들여다본다. 나나가 라보르데트에게 그 의논을 하자 그는 두 사람의 금은 세공사를 데리고 왔다. 그래서 이젠 도면을 그릴 단계였다. 침대는 5만 프랑이 먹힌다고 했다. 그러나 그것은 뮈파가 선사해줄 것이다.

나나는 황금의 개울에 묻혀 있으면서 언제나 돈이 모자라는 일이 도무지 이상하기만 했다. 때로는 불과 몇 루이의 돈에도 몰리는 일이 있었다. 그런 때면 조에게 꾸거나 다른 수를 써서 스스로 돈을 장만하는 수밖에는 방법이 없었다. 그러나 마지막 수단을 쓰기 전에, 남자에게 부딪쳐 보아 농담조로 가지고 있는 돈을 잔돈까지 긁어냈다. 3개월째, 이렇게 해서 특히 필립의 주머니를 말렸다. 그는 나나가 돈 걱정을 할 때 오면 으레 지갑을 두고 가게 되었다. 그러다가 마침내 나나는 대담해져가지고 수표 지불이랑 귀찮게 재촉당하는 빚쟁이의 외상값 등으로, 고작 2, 3백 프랑 정도였지만, 그에게 돈을 꾸어 달라고 하게 되었다. 필립은 7월에 경리 대위로 임명되었기 때문에 이튿날이면 그 돈을 가지고 와서 주머니 속이 신통치 않다고 변명했다. 이제는 선량한 모친인 위공 부인이 아들들을 각별히 엄격하게 감시하기 때문이었다. 3개월쯤 되니까, 이 얼마 되지 않는 빚도 회수를 거듭하여 1만 프랑 가까이 되었다. 대위는 여전히 껄껄대며 웃고 있었다. 그러나 차츰 야위어 가며, 번민하는 표정으로 멍청하게 있는 수가 있었다. 다만 나나의 눈초리 앞에선 일변하여 버렸다. 이를테면 관능의 기쁨에 황홀해지는 것이었다. 나나는 고양이처럼 해롱거리며, 문 뒤에서 키스를 퍼부어 정신을 빼놓고, 갑자기 몸을 맡겨 그의 마음을 사로잡았다. 그래서, 그는 잠깐이라도 직무를 빠져나올 수 있을 때면 언제나 나나 곁에 달라붙어 있었다.

어느날 밤, 나나가 자기는 테레즈라고도 하며 10월 15일이 축명일이 된다고 하는 바람에 남자들은 모두 선물을 주었다. 필립 대위의 선물은 금을 뿌린 작센 도자기로 만든 고풍 어린 과자 그릇이었다. 그것을 가져왔을 때, 나나는 마침 목욕을 하고 나와 화장실에 혼자 있었다. 빨강과 하양의 커다란 플란넬 가운 하나만 입고 테이블에 늘어논 선물들을 열심히 바라보고 있었다. 어느새 수정의 주전자는 깨져 있었다. 마개를 빼려고 하다가 떨어뜨린 것이다.

"어머, 고마워라! 이게 뭐지? 어디 봐요…… 어린애처럼 이런 것에 돈을 쓰다니!"

그녀가 잔소리를 한 것은 상대가 넉넉지 못했기 때문이지만,

자기를 위하여 돈주머니를 털어준 것을 속으로는 대단히 기뻐했다. 나나를 기쁘게 해주는 유일한 사랑의 표적, 그것은 돈이었다. 그녀는 그 과자 그릇을 매만지며, 어떻게 되었나 확인하려고 열었다 닫았다 했다.

"조심하라구, 부서지기 쉬우니."

그러나 그녀는 어깨를 움찔했다. 자기가 막일꾼 같은 손을 가지고 있는 줄 아느냐는 투였다. 그러자 갑자기 장식이 빠지며 뚜껑이 떨어져서 깨졌다. 그녀는 어처구니없이 조각을 바라보며 말했다.

"어머, 깨졌네!"

그러고는 웃어댔다. 마룻바닥에 구르고 있는 조각이 말할 수 없이 우습게 생각되었던 것이다. 마치 히스테릭한 쾌활성 같았다. 물건을 부수고서 좋아하는 어린애와 같이 심술궂은 너털웃음이었다. 필립은 잠깐동안 시무룩했다. 이 여자는 이 골동품으로 말미암아 그가 얼마나 괴로워하고 있다는 사실을 모르고 있었다. 그가 파랗게 질린 것을 보자 나나는 웃음을 멈추었다.

"하지만, 내 잘못이 아니라구…… 처음부터 금이 가 있었단 말야. 이런 골동품은 신통치가 않은 법이라구…… 그리고 이 뚜껑 말야! 튀어오르는 것 못 봤어?"

그러고는 또 다시 미친 듯이 웃었다. 그러나 상대방이 견디다 못하여 눈물을 머금고 있는 것을 보자 살포시 목을 껴안았다.

"바보! 난 당신을 사랑하고 있다니까. 만약에 아무것도 부수지 않는다면 장사치들은 팔아먹을 수가 없지 않아. 이런 것, 모두 다 부수기 위해 돼 있는 것이에요…… 봐요, 이 부채도 풀로 조금 붙였을 뿐이거든!"

부채를 손에 들어 펴가지고 잡아당기자 비단이 두 갈래로 찢

어졌다. 그것이 그녀를 흥분시킨 모양이었다. 필립의 선물을
부순 바에야, 그밖의 것들이야 아무래도 좋다는 투로 그녀는
열심히 때려부수기 시작하며, 튼튼한 것은 하나도 없다는 증거
로 모든 것을 부서 버렸다. 그 눈은 수상쩍게 빛나고 약간 걷어
말린 입술 사이론 하얀 이가 엿보였다. 이윽고 모든 것이 악살
박살이 되자, 달아오른 얼굴로 다시 웃어대며, 손바닥을 널따
랗게 퍼가지고 책상 위를 치며, 말괄량이 계집애 같은 말투로
말했다.

"다 해치웠다! 아무것도 이젠 없다! 없어!"

필립도 이 열광에 전염되어, 덩달아 떠들어대며, 그녀를 자빠
뜨리고 목줄에다 키스를 했다. 그녀는 축 늘어지며 그의 어깨
에 매달렸다. "오래도록 이렇게 즐거운 재미를 본 일이 없었어
요" 하며 남자에게 안긴 채 애무하듯이 말했다.

"나 좀 봐, 내일 10루이만 갖다 줘…… 약간 곤란해서 그래.
빵집의 외상값 때문에 골치 아파서."

그는 낯빛이 달라졌다. 나나의 이마에 다시 한 번 입술을 비
비며 다만 한 마디를 중얼거렸다.

"그렇게 해보지."

잠시 침묵이 계속되었다. 나나는 옷을 입기 시작했다. 필립은
유리창에 이마를 붙이고 있었다. 그러고는 돌아와선, 느릿한
말로 덧붙였다.

"나나, 나한테 시집와 줘."

순간 그녀는 웃어대노라고 페티코트의 끈조차 맬 수가 없을
정도였다.

"당신도 참 돌았구료!…… 당신이 프로포즈 하는 것은 내가
10루이를 갖다달라고 부탁했기 때문이유? 안 돼요, 나는 훨씬
더 당신을 사랑하고 있으니까. 그따위 바보 같은 짓은 소용도

없어요!"

조에가 구두를 신겨 주려고 들어왔기 때문에, 그 얘기는 더이상 계속되지 않았다. 조에는 들어오자마자, 테이블 위의 악살박살이 된 선물들을 흘긋 곁눈질했다. 그리고 이것들은 모두 치워둘 것이냐고 물었다. 나나가 갖다 버리라고 하자 치마폭에 싸가지고 나갔다. 부엌에서 하인들이 아씨가 내버린 것을 골라가며 분배했다.

그날도 조르주는 나나의 지시를 어기고 집안에 들어섰다. 그가 지나치는 것을 프랑수아는 봤지만, 막으려고도 하지 않았다. 하인들은 안주인의 난처해하는 것을 비웃게 되고 만 것이다. 조르주는 작은 응접실까지 기어들었으나, 멈칫 서버리고 말았다. 형의 목소리가 들렸다! 그는 문 뒤에 못 박힌 듯 서서, 키스하는 소리며 청혼하는 얘기며 모조리 다 듣고 말았다. 그러고는 무서운 생각에 등골이 오싹하여가지고 그 자리를 떠났다. 머리 속이 텅 비어 멍해져 버렸다. 리셜리외 로의 어머니방 위층의 자기 방으로 돌아가서야 비로소 한껏 울기 시작했다. 이번이야말로 의심의 여지가 없었다. 추잡한 영상이 끊임없이 눈앞에 서렸다. 필립의 팔에 안긴 나나. 이것은 마치 근친상간이었다. 간신히 안정이 되었나 하다간 다시 또 생각이 났다. 그러자 또 참을 수 없는 질투의 발작에 사로잡혀 털썩 침대에 엎드려 홑이불을 씹으며, 마구 욕설을 퍼부었다. 그것이 점점 더 그를 미치게 했다. 이렇게 하여 하루가 갔다. 그는 두통이 난다는 이유로 방에 틀어박혀 있었다. 그러나 밤에는 한층 더했다. 계속 악몽에 시달리며, 형을 죽이고 싶은 충동에 번민했다. 형이 집에 있었다면 나가서 한칼에 죽여 버렸을 것이다. 날이 밝자 냉정하게 생각해 보려고 했다. 자신이야말로 죽어야 한다. 승합 마차가 지나가거든 창문에서 뛰어내리자. 그러나 그는 열 시경에 집을 나갔다. 파리 장안을 달려 다니며, 투신을 해보려고 여러 군데 다리 위를 서성거렸다. 그러나 마지막 순간 아무래도 나나를 한 번 더 보고 싶었다. 그 소리를 한마디 들으면 틀림없이 자기는 구제된다. 그가 빌리에 로의 나나네 집에 들어간 것은 마침 세 시가 울리기 시작했을 때였다.

  바로 그날 점심 때쯤, 위공 부인은 무서운 소식을 듣고 정신이 아찔했다. 필립이 간밤에 투옥되었다는 것이었다. 연대의 금고에서 1만 2천 프랑을 훔친 혐의로 고발된 것이었다. 근간 3개월째 그는 곧 돌려놓을 예정으로 조금씩 공금을 유용하고, 그 구멍을 문서 위조로 속이고 있었다. 이 부정은 감사원의 태만으로 언제고 잘 넘어갔던 것이다. 위공 부인은 범죄를 듣고는 아연하여, 나나에 대하여 비로소 분노의 소리를 외쳤다. 부인은 필립과 나나의 관계를 알고 있었던 것이다. 근심스러워 보이던 원인도 이 불행에 있었고, 파리에 머물러 있는 것도 행여나 돌이킬 수 없는 일이 생기지 않을까 근심이 되었기 때문이었다. 그러나 설마 이와 같은 파렴치한 사건이 생길 줄이야. 이렇게 된 것도 아들에게 돈을 안 준 일이 잘못이었다. 자신에게도 책임이 있다. 다리의 힘이 빠져 부인은 소파에 후들부들 주저앉고 말았다. 나는 뛰어다닐 수도 없고, 아무짝에도 소용이 없다. 이 모양으로 여기서 죽을 때까지 앉아 있을 뿐이다. 문득 조르주 생각을 하고 안심을 했다. 조르주가 있다. 그 아이가 뛰어다니며 우리를 건져내겠지. 그래서 사건을 비밀로 해두려고, 부인은 아무도 부르지 않고 천천히 2층으로 올라갔다. 아직 그래도 자기 곁에 다정하게 해주는 사람이 있다는 생각에 매달리듯이. 그러나 2층 방은 비어 있었다. 수위는 조르주 씨는 일찍 외출했다고 했다. 그리고 조르주의 방에도 불행이 회오리치고 있었다. 썹어논 홑이불 자락이 고뇌의 모습을 여실히 얘기하고 있었다. 널브러진 의복 사이에 죽은 것처럼 나자 빠진 의자. 조르주는 그 여자한테 갔음이 분명했다. 위공 부인은 눈물도 마른 채 다리에 힘을 주어 계단을 내려갔다. 아들들이 필요했다. 부인은 되찾으려고 나섰다.

한데, 그날은 아침부터, 나나에게 귀찮은 일들이 계속됐다. 우선 아직 아홉 시밖에 안 됐는데, 빵 장수가 133프랑의 청구서를 가지고 나타났다. 호화로운 살림을 하고 있음에도 불구하고 나나에겐 그 얼마 되지 않는 돈이 없었다. 빵 장수는 외상을 거절한 날부터 나나가 다른 집으로 거래를 옮긴 것을 못마땅히 여겨 수없이 돈을 받으러 왔었다. 하인들도 그에게 동정하고 있었다. 프랑수아는 한바탕 난리를 벌이지 않는 한 받지 못할 것이라고 했고, 샤를은, 아무말 없는 훨씬 전의 짚 값을 청구하기 위하여 자기도 같이 가자고 했다. 그런가 하면 빅토린느는 누구고 남자가 와 있는 기회를 이용하여, 얘기를 하고 있을 때 뛰어들어 지불케 하라고 훈수했다. 부엌 사람들은 열중한 나머지 출입하는 장사치들까지 한데 어울려 서너너덧 시간씩 지껄여댔다. 안주인을 들추어 헐뜯고 험담을 늘어놓는 것이다. 한가하고 보니 끝이 없었다. 다만 주방잘 줄리앙만은 주인을 감싸는 시늉을 했다. 어쨌든 아씨는 굉장하다. 다른 친구들이 아씨하고 잤구나 하고 놀려대자 그는 아주 무근한 사실도 아닌 듯 싱글거렸다. 그러자 식모가 발칵 화를 냈다. "만약에 내가 남자라면 그따위 여자는 엉덩이에다 침이나 뱉어주는 것인데. 정말이지 메스껍다!" 하고 말했다. 한편 프랑수아는 짓궂게도 빵 장수를 현관에 기다리게 해놓고 아씨에게 알리질 않았다. 그래서 아침 식사 때 나나가 아래층으로 내려오자 정면을 빵 장수와 마주치고 말았다. 그녀는 청구서를 받고는, 세 시경에 다시 한 번 와달라고 했다. 그러자 빵 장수는 마구 욕설을 퍼부으면서, 딱 그 시간에 와서 무슨 일이 있어도 받아 가고야 말 테니 그런 줄 알라고 하며 돌아갔다.

이 사건 때문에 불쾌하여 나나는 식사도 제대로 못했다. 이번 이야말로 빵 장수 녀석을 다시 오지 못하도록 해야겠다. 지금까지도 나나는 여러 차례 그 자에게 지불할 돈을 마련해 놨었건만 번번이 꽃값이니 늙은 헌병을 위한 모금이니 하는 데 빼앗기고 말았다. 그래서 나나는 필립에게 기대를 걸고, 그 2백 프랑을 가지고 그가 와주지 않는 것을 괴이하게 여기고 있었다. 정말이지 재수가 없었다. 그저께만 해도 사탱에게 옷 한 벌을 사줄 수가 있었다. 거의 1천 2백 프랑 가까운 액수의 옷과 내복을 사주었으니 말이다. 그런데 오늘은 한 푼도 수중에 없었다.

두 시경에 나나가 좀이 쑤셔 어쩔 줄 모르고 있는 판에 라보르데트가 나타났다. 예의 침대 도면을 가지고 온 것이다. 그것이 울적한 마음을 풀어 주는 계기가 되어, 나나는 반색을 하며 모든 것을 잊어버렸다. 손뼉을 치고 춤을 추었다. 그리고 호기심에 가슴을 두근거리며 응접실 테이블에 구부려 도면을 조사하기 시작했다. 라보르데트가 설명했다.

"보라구, 이것은 배 모양으로 만들었어. 한가운데 장미 덩굴이 꽃피었고, 그 주위를 꽃과 봉오리로 둘러싸고 있어. 잎은 녹색 금이고, 꽃은 붉은빛 금이란 말야…… 그리고 머리맡의 장식으로는 은빛 나는 체크무늬 격자에 쿠피도가 윤무를 추는 모습을 넣었고."

나나는 어쩔 줄 모르고 좋아하다가 그 말을 가로막았다.

"어머, 요것 참 귀엽네, 이 귀퉁이에 있는 꼬마는 꼬리를 치켜올리고…… 그렇죠? 이 심술궂어 뵈는 웃음이라니! 모두 능청맞은 눈초리네!…… 이런 친구들 앞에서 어디 마구 놀 수 있겠다구요!"

나나는 신이 났다. 금은 세공사 얘기에 의하면 여왕일지라도 이만한 침대에선 자지 못한다고 했다. 단지 약간의 문젯거리가 있었다. 라보르데트가 침대 다리 부분의 장식이라고 하며 두 장의 도면을 보였다. 하나는 배의 모티프를 살린 것이고, 또 하나는 완전히 다른 것으로 목양신이 밤의 여신의 베일을 벗겨서, 그 눈부신 나체를 엿보고 있는 것이라고 했다. 만약에 나나가 후자를 택한다면 금은 세공사는 밤의 여신을 그녀로 본따서 만들 의향이라고 라보르데트가 설명을 보충했다. 이 착상은 아주 기발하여, 나나는 기쁨을 이기지 못하여 파랗게 질렸을 정도였다. 은제의 조그만 상이 된 자신의 모양이 완연했다. 그것은 이를테면 어둠 속에서 물씬하는 쾌락의 상징이었다.

"물론, 머리와 어깨만 모델이 되어주면 될 거야."

나나는 침착하게 그를 돌아다보았다.

"왜요?…… 예술품을 제작하는 바에야, 조각가 앞에서 옷을 벗는 것쯤 아무것도 아니라구요!"

물론 이 주제를 선택하기로 했다. 그러나 라보르데트가 가로막았다.

"잠깐…… 이쪽이 6천 프랑 더 비싸게 먹는 거야."

"상관없다구요! 어차피 마찬가진데 뭐! 우리 뮈프(못난이−역주)가 부자니까!" 그러고는 그녀는 웃어댔다.

이즈음 나나는 친숙한 사람들에게 뮈파 백작을 '뮈프'라고 불렀다. 그래서 그들도 그 이름을 사용하게 되었다. '어젯밤, 뮈프를 만났나?' 한다든지, '허, 뮈프께서 와계신 줄 알았더니' 했다. 그러나 이 단순한 애칭도 나나는 아직 본인 앞에서는 사용하는 것을 피하고 있었다.

라보르데트는 도면을 말아 치우며 또 한번 다짐했다. 세공사는 두 달 후인 12월 25일에 침대를 넘길 약속을 했다. 내주 초, 조각가가 밤의 여신의 본을 뜨러 올 것이다. 그를 배웅하고 나가다가 나나는 빵 장수 생각이 났다. 그래서 갑작스레 말했다.

"그런데 참, 당신 혹시 10루이 가지고 있어요?"

라보르데트가 철칙으로 삼으며 지키는 일 중에는 여자에겐 절대로 돈을 꾸어 주지 않는다는 것이 있었다. 그래서 이런 경우엔 언제나 똑같은 대답을 하기로 했다.

"빈털터리야…… 뭣하면 내가 뮈프 씨한테 갔다 올까?"

나나는 거절했다. 가보아야 헛일이 뻔했다. 이틀 전에 5천 프랑을 우려냈으니까 말이다. 그러나 그녀는 거절한 것을 후회했다. 아직 두 시 반밖에 안 됐는데 라보라데트와 엇갈려서 빵 장수가 왔다. 현관 벤치에 아무렇게나 앉아서 큰소리로 욕설을 퍼붓기 시작했다. 나나는 2층에서 파랗게 질려가지고 그 소리를 듣고 있었다. 하인들이 은근히 좋아하고 있는 기척이 들려와서 그것이 무엇보다도 더 괴로웠다. 사실 부엌에서는 모두들 허리를 잡고 웃어대고 있었다. 마부가 안마당에서 기웃거렸다. 프랑수아가 볼일도 없이 현관을 지나가며 빵 장수에게 부채질을 하듯이 웃어 보이고는 다시 또 소식을 알려주려고 돌아갔다. 벽에 울리는 웃음소리. 그들은 나나의 기색을 살핀 다음 상스러운 농담을 내뱉고 있었다. 하인들에게까지 업신여김을 받고 있다고 생각하니 그녀는 외로워졌다. 조에한테 133프랑만 꿀까. 아니 그만두자. 이미 얼마의 빚이 있고, 거절을 당할 일이 두려웠다. 아직 그 정도의 긍지는 있다. 흥분한 나머지 나나는 자기 방으로 돌아와서 소리를 내어 말했다.

"자, 나나, 자기 자신만이 힘이라구…… 네 몸뚱이는 네 것이야. 모욕을 견딜 바에야 몸뚱이를 부려먹는 편이 낫지."

조에를 부를 것도 없이, 정신없이 옷을 갈아입자 트리콩네 집으로 달렸다. 그건 속수무책일 때의 마지막 수단이었다. 이제까지도 이 노파에게 항상 귀찮은 부탁을 받아 왔지만, 돈주머니 사정에 따라 거절도 하고 할 수 없이 받아들이기도 했다. 그런데 받아들이는 날이 점차 많아갔다. 호사스러운 생활에 자꾸자꾸 구멍이 뚫려 가기 때문이었다. 그리고 나나는 트리콩한테만 가면, 반드시 25루이를 벌게 되는 것을 알고 있었다. 나나는 예사스레 트리콩네 집으로 발길을 옮겼다. 마치 가난한 사람이 전당포에 가듯이.

그러나 방을 나가자마자, 그녀는 정면으로 조르주와 마주쳤다. 응접실 중앙에 서 있었다. 백랍처럼 창백하니, 부릅뜬 눈에 어두운 불꽃이 불타고 있었다. 그런 줄도 모르고 나나는 훅 하니 한숨을 내쉬며 말했다.

"어머! 형님 심부름을 왔군그래?"

"아니요" 하면서 조르주는 점점 더 창백해졌다.

나나는 낙담한 표정이었다. 그럼 무슨 일로 왔단 말인가? 왜 길을 막고 섰는가? 자, 비켜라. 나는 급한 사람이다. 그러나 돌이켜 생각하며 물어보았다.

"돈 가지고 있는 것 없어?"

"없어."

"그랬지, 내 정신 좀 봐! 한 푼도, 승합 마차를 탈 6수도 없지…… 엄마가 안 주니까 말야. 가엾은 사람들 같으니!"

나나가 가려고 하자 조르주가 붙잡았다. 할 얘기가 있다는 것이었다. 나나는 발끈하여 그럴 여유가 없다고 되풀이했다. 그러나 다음 한 마디에 멈추고 말았다.

"홍, 나도 다 알고 있다구. 우리 형하고 결혼하는 거지."

별 우스운 소리 다 듣겠군! 나나는 의자 위에 몸을 내던지며 마음껏 웃었다.

"그렇지만, 나는 반대야…… 나하고 결혼해줘…… 그래서 온 거야."

"뭐? 뭐라고? 당신도야! 그것 당신 집의 유전이로군…… 안 돼! 별난 취미 다 봤군! 언제 내가 그런 부탁을 했지? 둘 다 그 만둬요. 절대로 안 될 소리니!"

조르주의 얼굴이 밝아졌다. 어쩌면 착각이었나 보다.

"그럼, 형하곤 안 자겠다고 맹세해줘!"

"귀찮게 구는군!" 하며 나나는 또다시 조바심이 나서 일어섰 다. "이만저만이라면 몰라도 몇 번째 얘기지만 나는 급하단 말 야…… 자고 싶으면 형하고도 자는 거야. 당신이 뭔데 이래. 내 생활비를 댔단 말야? 이 살림을 댔단 말야?…… 암 자고말고, 형하고도 자야지……."

조르주는 나나의 팔을 움켜잡고 부러져라 눌러댔다.

"그런 소리 하지 마…… 그런 소리 닥치지 못해……."

그녀는 따귀를 찰싹 갈기며 팔을 뿌리쳤다.

"이젠 나를 때리려는 게로군! 뭐야 그 깡패 같은 모양!…… 나 가라구 당장…… 지금까지 귀여워해준 것만도 고맙게 알라구. 알았어? 뭐야 눈을 흘기고!…… 설마하니 죽을 때까지 나를 엄 마로 삼을 작정이야 안 했겠지? 나는 어린애나 기르고 있을 사 람이 아니란 말야."

조르주는 고뇌로 몸이 뻣뻣해진 채, 조용히 듣고 있었다. 한 마디 한 마디가 가슴을 죄며 죽어 넘어질 것만 같았다. 그녀는 상대방의 고통 같은 것은 아랑곳없이 마침 잘 됐다는 투로 아 침부터의 울분을 털어놨다.

"당신 형도 마찬가지야. 그것도 역시 별수 없는 못난이지…… 2백 프랑을 가져오마고 해놓고, 기다리는 내가 어리석지…… 무어 내가 그까짓 돈 때문에 그러는 건 아니야! 하지만 포마드

값조차 없으니…… 나를 이렇게 낭패스럽게 해놓고 말야! 일러줄까? 온다고 해놓고 안 오는 당신의 형 덕분에 말야, 나는 지금 다른 남자한테 25루이를 벌러 나가는 길이란 말야."

그는 정신없이 문간을 막았다. 그러고는 눈물을 흘리며 손을 모으고 애원했다.

"안 돼요, 오! 안 돼요!"

"하지만 그렇게 해야 되겠는걸 어쩌지, 당신 돈 있어?"

돈이라곤 없다. 돈을 얻기 위해서라면 목숨을 내던져도 좋다. 조르주는 자신을 이렇게 비참하고 쓸모없고, 어린애처럼 느낀 일은 없었다. 흐느끼고 있는 그 모습이 그야말로 비통하여 나나도 나중엔 불쌍한 생각이 들었다. 부드럽게 그를 밀어젖히며 말했다.

"자, 가게 해줘요. 아무래도 가야 하니까…… 사리를 판단할 줄 알아야지. 당신은 아기란 말야. 그때 일주일은 즐거웠어. 하지만 오늘은 볼일이 있다구. 잘 생각해봐…… 형은 그래도 어엿한 남자란 말야. 그렇다고 그이가 상대란 것은 아니야…… 부탁이니 이런 소리 형한텐 얘기하지 마. 내가 어딜 가는지 알 필요 없으니까. 난 화가 나면, 언제고 그만 쓸데없는 얘기까지 지껄여서 곤란하다니까."

그녀는 웃어댔다. 그러고는 조르주를 끌어당겨 이마에 키스를 했다.

"안녕, 아가야. 이것으로 끝이야. 정말로 끝이라고. 알았지…… 그럼 다녀올게."

나나는 가버렸다. 조르주는 응접실 한가운데 그냥 서 있었다. 마지막 얘기가, 급히 치는 종소리처럼 귓전에 울렸다. 끝이 났다. 정말로 끝이 났다. 발밑의 마루판이 갈라지며 벌어지는 것 같았다. 텅 빈 머리 속에는 나나를 기다리는 남자의 모습이 사라지고, 오직 나나의 알몸 팔 안에 안겨진 필립의 모습만이 계속 떠올랐다. 그녀는 분명하게 부정하지 않았다. 사랑하고 있는 것이다. 그에게 부실의 아픔을 주고 싶지 않다고까지 했다. 끝이다. 정말 끝장이다. 숨이 막힐 것 같아서, 그는 커다랗게 호흡하며 방 안을 둘러봤다. 추억이 뒤를 이어 떠올랐다. 미뇨트에서 웃으며 보낸 밤, 나나의 어린애만 같던 애무의 시간. 그리고 이 방에서 몰래 맛본 쾌락. 이젠 없을 것이다. 다시는 없을 것이다! 자신이 너무 어렸다. 언제까지 그냥 어린애 같았으니까. 형이 대신 들어앉은 것이다. 형은 수염까지 기르고 있으니까. 이젠 끝장이다. 더 이상 살 수 없다. 끝없는 애정, 미칠 듯한 애욕에 흠뻑 젖었던 자신이었다. 어찌 그것을 잊을 수 있으랴. 형이 그 여자 곁에 머물러 있는데, 혈육을 나눈, 말하자면 자기의 분신인 형이, 그 쾌락을 생각하면 질투로 미칠 것만 같았다. 이제 마지막이다. 살아서 무엇하랴.

문은 모두 활짝 열려 있었다. 주인이 마차도 안 타고 외출하는 것을 보고, 하인들은 멋대로들 떠들어댔다. 아래층 현관 벤치에선 빵 장수가 샤를과 프랑수아와 웃음판을 벌이고 있었다. 조에가 응접실을 달음질쳐 지나가려니 조르주가 있었다. 그녀는 놀란 시늉을 하면서 아씨를 기다리는 것이냐고 물었다. "그렇소, 기다리는 거요. 할 얘기를 잊었기 때문에." 혼자만 남자 그는 주위를 살폈다. 아무것도 눈에 띌질 않아서 화장실에서 아주 뾰족한 가위를 집었다. 나나가 살을 밀고, 털을 깎고 하며 몸치장을 하는 데 사용하는 물건이었다. 그로부터 약 한 시간, 그는 가위를 움켜쥐고, 손을 주머니에 찌르고 끈기 있게 기다렸다.

"아씨가 오셨네요" 하고 조에가 다시 들어와서 말했다. 창문에서 망을 보았던 모양이다.

집안을 달음질치는 소리가 들렸다. 웃음소리가 멈춘다. 문이 닫힌다. 무뚝뚝한 소리로 나나가 빵 장수에게 외상값을 치르는 것이 조르주에게도 들렸다. 이윽고 나나가 올라왔다.

"어머나! 아직도 여기에 있다니!" 하고 그를 보자 나나가 말했다. "싸움을 하자는 거요?"

나나가 방으로 가자니 조르주는 그녀를 뒤따르며 말했다.

"나나, 나하고 결혼해줘!"

그녀는 어깨를 들먹 했다. 어리석어서 대답을 할 생각조차 없었다. 얼굴에다 문짝을 쾅 닫아 주고 싶었다.

"나나, 나하고 결혼해줘!"

그녀는 문을 쾅 닫아 버렸다. 그러자 조르주는 한쪽 손으로 문을 열고, 가위를 잡은 또 한쪽 손을 주머니에서 꺼냈다. 그러고는 아무 말없이 제 가슴을 가위로 힘껏 찔렀다.

나나는 이상한 예감에 사로잡혀 돌아다보았다. 그리고 그가 가슴을 찌르는 것을 보자 그만 화가 치밀었다.

"저런 바보 봤나! 저런 바보! 게다가 내 가위를 가지고!⋯⋯ 아서요, 이 못된 아이야!⋯⋯ 아이구! 맙소사! 하느님 맙소사!"

나나는 겁이 났다. 조르주는 무릎을 꿇으며 다시 한 번 찔렀다. 그리고 융단 위에 쓰러졌다. 방 문턱을 가로막고 말았다. 나나는 허둥지둥 소리를 질렀다. 조르주의 몸을 넘어 딛고 갈 용기도 없고, 방에 갇혀 버려서 구원을 청하러 달려갈 수도 없었다.

"조에! 조에! 빨리 좀 와봐⋯⋯ 못하게 해줘! 이게 무슨 짓이람, 어린애 주제에!⋯⋯ 이보라구 자살을 하려고 하잖아! 우리 집에서 말야! 어처구니없어서!"

나나는 무서워졌다. 그는 새파란 낯빛이 되어 눈을 감고 있었다. 피는 거의 흐르지 않았다. 조끼 밑에 그저 조금 밸 정도였다. 그녀는 마음을 단단히 먹고 몸을 건너 넘어서려고 했다. 그러자 인기척이 나는 바람에 멈칫하고 뒤로 물러섰다. 열어젖힌 맞은편 응접실 문으로 노부인 한 사람이 들어온 것이다. 위공 부인이었다. 헌데 어째서 거기에 있는 것일까, 나나는 겁에 질려 마냥 뒷걸음질을 쳤다. 아직 장갑도 모자도 벗지 못한 채, 공포만이 더하며, 마침내 그녀는 중얼거리듯 변명을 했다.

"마님, 제가 한 일이 아닙니다. 맹세합니다. 이 사람이 결혼하자고 하는 것을 거절했더니 자살을 기도했습니다."

위공 부인이 서서히 다가왔다. 검은 옷에 창백한 얼굴로 백발이었다. 마차를 타고 오며 조르주 생각은 잊어버리고 그저 필립에 대해서만 생각하고 있었다. 그 여자라면 틀림없이 재판관의 마음을 움직일 수 있는 변명이 가능하겠지. 아들에게 유리한 진술을 해달라고 나나에게 부탁할 예정이었다. 나나의 집에 도착하니 아래층은 문이 모두 열려 있었다. 다리가 불편해서 계단 앞에서 우물쭈물하자니, 갑자기 겁에 질린 소리가 들려와서 그쪽으로 걸어왔다. 2층에 올라오니 내복에 피가 밴 한 남자가 쓰러져 있었다. 작은 아들 조르주가 아닌가!

나나가 얼빠진 소리로 되풀이했다.

"이 사람이 결혼하자고 하는 것을 거절했더니, 자살을 기도했습니다."

소리 하나 없이 위공 부인은 몸을 굽혔다. 틀림없는 작은아들 조르주였다. 하나는 모욕을 당하고 또 하나는 살해되었다. 그러나 전 인생이 한꺼번에 허물어진 지금에 와선 이미 부인은 놀라지 않았다. 자기가 어디 있는지도 모르고, 또한 아무도 보이질 않았다. 융단 위에 무릎을 꿇고 조르주의 얼굴을 뚫어지게 바라보다가 그 가슴에 손을 대고 가만히 귀를 기울였다. 이

욱고 가만히 한숨지었다. 됐다, 심장은 아직 뛰고 있었다. 다음
엔 고개를 들고 방과 여자를 물끄러미 바라보고, 무엇인가 생
각해 낸 모양이었다. 퀭한 눈이 불타듯 번득였다. 그 말 없는
태도가 말할 수 없이 위엄에 넘치고, 무서워, 나나는 떨면서 두
사람 사이에 가로놓인 조르주 너머로 변명을 계속했다.

"맹세합니다. 마님…… 만약에 형님이 계셨으면 얘기해 주실
수 있을 것입니다……."

"얘 형은 도둑질을 했소. 그래서 영창에 들어가 있소" 하고 위
공 부인은 엄격하게 말했다.

나나는 숨이 막혔다. 대체 이게 어떻게 된 영문이냐? 또 하나
는 도둑질을 했다니! 이집 식구들은 모조리 미쳤구나! 나나는
더 이상 떠들지 않고, 여기가 제 집이란 것도 잊은 양 위공 부
인에게 일체의 처리를 맡겼다. 그제서야 하인들이 달려왔다.
부인은 정신을 잃은 조르주를 기어이 마차에 실어 달라고 했
다. 가령 죽는 한이 있어도 이 집에서 데리고 나가고 싶었다.
나나는 멍청하니 하인들이 조르주의 어깨와 다리를 들고 날라
가는 것을 바라보고 있었다. 그 뒤로 부인이 어깨를 축 늘어뜨
리고, 가구들을 잡으며, 비칠비칠 따라갔다. 마치 모든 사랑하
는 것으로부터 허무 속으로 내던져진 것처럼. 계단의 중간까
지 오자 갑자기 부인이 울음을 터뜨리며, 돌아다보고 두 번 되
풀이했다.

"아! 당신은 우리에게 몹쓸 짓을 했소!…… 아! 당신은 우리에
게 몹쓸 짓을 했소!"

그것뿐이었다. 나나는 아직 장갑도 모자도 벗지 않은 채 우두
커니 의자에 앉아 있었다. 집안은 다시 무거운 침묵에 잠겼다.
마차는 가버렸다. 나나는 꼼짝을 않고 있었다. 이 사건으로 머
리가 지끈지끈하고, 아무것도 생각할 여지가 없었다. 15분쯤

뮈파 백작이 왔을 때도, 그녀는 그 자리에 가만히 있었다. 그러나 뮈파를 보자마자 보가 터진 것처럼 지껄이기 시작했다. 사건을 얘기해 들려주며, 상세한 점을 몇 차례씩 되풀이하고, 피묻은 가위를 주워 들고서 지지가 가슴을 찌르던 시늉을 해보였다. 그러나 무엇보다도 먼저, 자기에게 죄가 없음을 증명하려고 열을 띠었다.

"그러니 말예요, 그것이 내 탓일까요? 당신이 재판관이라면 나를 유죄로 하겠어요?…… 나는 필립에게 공금을 집어먹으라고 한 일도 없고, 그애를 자살로 몰아넣은 일도 없으니까요…… 누구보다도 제일 불행한 것은 나죠. 내 집에서 어리석은 짓을 당하고, 근심 걱정을 시키고 게다가 나쁜 인간 취급을 당했으니……."

그녀는 울기 시작했다. 긴장이 풀리며, 축 늘어지는 바람에 크나큰 마음의 아픔으로 눈물에 여려진 것이다.

"당신까지 못마땅하신 눈치로군요…… 조에에게 물어보셔요. 나에게 책임이 있는지 어쩐지…… 조에, 얘기 좀 해드려요……."

조금 전부터 조에는 화장실에서 타월과 세숫대야를 가지고 와서 마르기 전에 핏자국을 닦아 내려고 융단을 문지르고 있었다.

"정말이지, 나리, 아씨가 딱해서 못 견디겠어요!"

뮈파는 이 사건으로 전신이 얼어붙는 것 같고, 자식을 위하여 울고 있는 어머니를 마냥 생각했다. 그는 부인의 착하고 드높은 마음을 알고 있었다. 과부의 상복을 입고 퐁데트에서 홀로 외롭게 사는 모습이 눈에 선했다. 그러나 나나의 슬픔은 더 컸다. 셔츠에 시뻘건 구멍을 내고 마룻바닥에 쓰러져 있는 지지의 모습. 그녀는 앞뒤를 헤아리지 않고 외쳤다.

"귀여운 애였어요, 착하고 순하고…… 당신께는 미안하지만, 난 사랑하고 있었어요, 그애를! 안 된다고 생각하면서도 그만…… 하지만 이렇게 되면 안심이에요. 그애는 이제 없으니까요. 당신 소원대로 된 셈예요. 내가 그애와 단둘이 있지 않나하고 근심하실 필요가 없어졌으니까……."

그러고는 사뭇 비장한 듯이 숨을 몰아쉬었다. 백작은 달래주었다. "자, 기운을 내라구. 그렇구말구, 당신 탓이 아니지." 이윽고 그녀는 마음을 수습하고 말했다.

"이보세요. 그애 소식을 좀 알아다주서요…… 당장! 부탁이에요!"

그는 모자를 들고 조르주의 경과를 알아보려고 나섰다. 45분가량하여 돌아오니 나나는 근심스레 창에서 내다보고 있었다. 길에서 그애는 아직 죽지 않았다. 살아날 가망이 있다고 소리치자 그녀는 팔딱팔딱 뛰며 기쁨을 이기지 못했다. 그리고 인생은 아름다운 것이라며 노래하고 춤을 추고 했다. 그러나 조에는 융단 처리에 기분이 나빴다. 언제까지 자국을 바라보며 되풀이했다.

"아씨, 아무리 해도 안 지워져요."

사실, 핏자국은 수없이 문질러도 융단의 하얀 꽃무늬 위에 어렴풋이 빨간 자리를 나타내고 있었다. 그 핏자국은 마치 출입금지의 표시와도 같았다.

"놔둬요. 밟고 다니면 없어지겠지 뭐."

이튿날이 되자 뮈파 백작도 이 사건을 잊어버렸다. 조르주를 보러 가는 마차 안에서 한순간 다시는 그 여자에게 돌아가지 않으리라고 맹세한 그였다. 이것은 하느님의 계시라고 생각하며, 필립과 조르주의 비극을, 자신의 파멸의 전조라고 느꼈다. 그러나 눈물에 젖어 있는 위공 부인의 모습도 고열에 들뜬 소년의 얼굴도 맹세를 지키게 하기에는 무력했다. 이 사건에 몸서리친 것도 순식간이고, 지금은 다만 그 젊음을 밉살스럽게 여겨 오던 라이벌을 겨우 물리쳤다는 은근한 기쁨이 있을 뿐이었다. 그 기분은 이윽고 젊음을 잃은 남성 특유의 심한 독점욕으로 변해갔다. 그가 나나를 사랑하는 기분에는, 그녀가 자기만의 것임을 확인하고 싶은 기분, 그 목소리를 들으며, 몸을 만지고, 숨결에 휩싸이고 싶은 욕구가 섞여 있었다. 그것은 육욕을 초월한 순수한 감정으로 화한 애정이며 과거의 질투하는 불안한 사랑이었다. 아버지이신 하느님 앞에 나란히 무릎을 꿇고 속죄하며 사면을 받고자 꿈꾸는 일도 있었다. 뮈파는 날이 갈수록 깊이 종교에 되끌려갔다. 재차 성당에 나가며, 참회도 하고 성체배수도 했다. 그리고 그럴 때마다 자신의 죄의 깊이를 느끼며 양심의 고뇌로, 죄와 회개의 기쁨을 한층 더 크게 했다. 이윽고, 영혼의 교화자 브노가 그의 방탕을 보고도 모른 체하게 되어 그의 죄과는 매일같이 버릇이 되었다. 그래도 때로는 생각난 듯이 신앙에 사로잡혀, 경건한 마음으로 속죄를 하는 일도 있었다. 그러고는 천진스레 이 무서운 사랑의 고뇌를, 속조의 괴로움으로서 그대로 하늘에 바쳤다. 그러나 사랑의 번뇌는 더해만 가고, 그는 일개 창부에게 쏠리는 간절한 애정에 빠져든 무거운 마음을 지니고서 고난의 길을 기어올라갔다. 최대의 고뇌는 이 여자의 그칠 줄 모르는 화냥기였다. 딴 남자와 공유하는 일도 견딜 수 없는 일이고, 여자의 어리석은 변덕을 이해할 수도 없는 노릇이었다. 그의 소원은 언제나 변함없는 영원한 사랑이었다. 그녀는 맹세하고, 그는 돈을 내준다. 그러나 거짓말을 한다는 것은 느낌으로 알 수 있었다. 저여자는 몸을 지킬 줄 모르고, 그의 친구며 길 가는 행인이며 가릴 것 없이 몸을 내맡긴다. 마치 속옷 없이 살게끔 타고난 짐승 같은 여자였다.

어느날 아침, 이상한 시간에 푸카르몽이 나나의 집에서 나오는 것을 보고서 뮈파가 힐책했다. 순간, 그녀는 발끈했다. 질투에 넌더리가 난 것이다. 이런 경우 지금까지 그녀는 곧잘 온순한 방법을 썼다. 이를테면 조르주와의 현장을 들키던 날 밤 같은 땐, 자기쪽에서 꺾이며 잘못을 자인하며, 애무랑 따뜻한 말로써 상대방을 기쁘게 해주어 모든 것을 눈감게 했다. 그러나 결국 그는 언제까지 가도 여자의 마음을 이해하려고 하지 않았다. 그런 태도에 넌더리를 내고 있던 참이라, 나나는 서슴없이 내뱉었다.

"그래요, 예, 푸카르몽하고 잤어요. 그게 어쨌단 말이에요? 실망했죠? 뮈프 씨."

맞대고 뮈프라고 하기는 처음이었다. 노골적인 고백에 뮈파는 숨이 막혔다. 주먹을 불끈 쥐었다. 그러자 그녀 쪽에서 다가오며 정면으로 대드는 것이었다.

"이만하면 됐죠?…… 비위에 거슬리거든 썩 나가면 되잖아요…… 우리 집에서 떠들지 말고요…… 잘 알아두시라구요, 나는 자유롭고 싶다구요. 좋은 사람이라면 누구하고나 잔다구요. 이렇다구요…… 자 어서 결정을 하시라구요. 가타든지 부타든지. 안 된다면 나가시면 되는 거라구요."

나나는 문을 열러 갔다. 그는 나가지 않았다. 이즈음엔 그녀가 이 방법으로 그를 묶어놓게 되었다. 조그만 일, 사소한 다툼에도 욕설을 퍼부으며, 가부간에 선택을 강요했다. "좋아요! 더 좋은 남자가 쌓였으니까. 골라잡기 힘들 정도라구요. 밖에만 나가면 남자들은 마음대로 주울 수가 있다구요. 당신보다 훨씬 낫고 싱싱한 것을 말예요."

뮈파는 고개를 숙이고, 상대가 돈이 아쉬워서 조용해질 때를 기다렸다. 그렇게 되면 나나는 아주 상냥해지고, 그는 지난 일들을 모조리 잊게 된다. 사랑의 하룻밤에 일주일의 괴로움을 메워 주었다. 아내와 화해하고 나서 집안에 붙어 있기가 더 어려워졌다. 백작 부인은, 다시 또 로즈에게 붙잡힌 포슈리에게서 버림을 받고부터 또다른 사랑을 찾아 헤맸다. 40대 여자의 세찬 욕정에 들떠서 끊임없이 신경을 돋워가지고는 집안의 공기까지 흐려놓고 있었다. 에스텔은 결혼 후로 아버지를 만나지 않았다. 평범하기만 하고 눈에도 안 띄던 이 처녀 안에 갑자기 무쇠 같은 의지의 여인이 엿보이며, 그 엄격한 태도 앞에 다 그녀는 벌벌 기게 되었다. 이즈음은 그녀와 함께 미사도 갔다. 개심을 하고는, 신통치 않은 여자와 붙어서 자기들을 파산지경을 몰아넣고 있는 장인을 못마땅하게 여기고 있는 형편이었다. 다만 브노만은 백작에게 대하여 부드럽게 하며, 시기를 엿보고 있었다. 브노는 이즈음 와서는 나나의 집에까지 끼어들게 되었다. 양쪽 집으로 출입하기 때문에 어느 집 문 뒤에서나 그 웃음 지닌 낯을 볼 수 있었다. 뮈파는 집에선 기분이 언짢고, 지루해지며 오욕감으로 견딜 수가 없어서, 아무리 욕설을 퍼부어도, 그래도 나나 곁에 있는 편이 좋다고 생각하는 것이었다.

이윽고 나나와 백작 사이에 남은 것이라곤 다만 한 가지, 즉 돈 문제뿐이었다. 어느날, 백작은 1만 프랑을 가져오마고 굳게 약속을 해놓고서 정한 시간에 어슬렁어슬렁 빈손으로 왔다. 나나는 이틀 전부터 그를 애무로 추켜올리고 있었다. 그렇게 서비스해 줬는데 약속을 안 지키다니. 그녀는 낯빛을 바꾸어가지고 욕설을 퍼부었다.

"돈을 안 가지고 왔다구?…… 그렇다면 가줘요, 뮈프 씨, 어서 빨리요! 뻔뻔스럽게! 그러고도 나를 껴안을 작정예요?…… 돈

떨어지는 날이 매사가 끝나는 날이라구요! 알았어요?"

그는 이것저것 변명하며, 모레는 돈이 될 것이라고 했다. 그러나 그녀는 단호히 거절했다.

"외상값은 어쩌고? 나리께서 빈손으로 어슬렁거리고 오는 사이에 나는 차압을 당한다구요…… 뭐예요, 그 얼굴이나 잘 좀 보시구료! 당신 얼굴에 반한 줄 아슈? 그런 상판 가지곤 여자들한테 돈이나 치러줘야 봐줄 일이 당연하지……알겠수, 오늘 밤에 1만 프랑을 가져오지 않으면, 손가락 하나 까딱 못하게 할테니…… 썩 물러가 당신 마누라한테나 가보슈!"

그날 밤 뮈파는 1만 프랑을 가져왔다. 나나가 입술을 내밀자, 그는 오래오래 입술을 비비며, 하루의 괴로움이 달래지는 것을 느꼈다. 그런데 나나의 고민은 항상 그가 붙어 다니는 것이었다. 그것을 브노에게 호소하여 뮈파를 부인에게 데려가 달라고 부탁했다. 이럴 바에야 무엇 때문에 두 사람이 화해를 했는지 모를 일이라고 했다. 여전히 그이를 떠맡아야 할 형편이었다면, 쓸데없는 걱정을 할 필요도 없었다는 것이다. 울컥하고 이해관계를 잊어버릴 때면, 그녀는 뮈파에게 무엇이고 터무니없는 엉뚱한 짓을 하여 두 번 다시 집안에 발을 들여놓지 못하게 하리라고 맹세했다. 그러나 자신이 무릎을 치며 분해할 만큼 그 사람은 설사 얼굴에 침을 뱉는다 해도, 고맙다고 하며 머물러 있을 사람이었다. 그래서 언제나 돈 문제로 싸움이 벌어졌다. 그녀는 인정사정없이 돈을 요구했다. 하찮은 금액으로 욕질을 하고, 계속 치사한 심보를 보였다. 그리고 맞대 놓고 잔인한 소리를 되풀이했다. "내가 당신하고 자는 것은 다만 돈 때문이에요. 조금도 즐겁지 않단 말예요. 나에겐 따로 좋은 사람이 있는데 당신 같은 얼간이하고 헤어질 수 없다니 정말 불행이죠! 궁내에서도 당신의 평판이 좋지 않고, 사직 권고의 소문이 돌고 있다구요. 황후께서 말씀하셨다고 합디다. '그 사람 참 비위에 거슬리는군' 하고." 그것은 사실이었다. 그래서 나나는 싸움을 할 때마다 맺음말로 그 소리를 했다. "정말 참 당신은 비위에 거슬린다구요!"

이미 나나는 거리낌 없이 마구 굴었다. 완전한 자유를 되찾은 것이다. 매일처럼 브로뉴 숲의 연못을 한 바퀴 돌고 여기저기서 남자들을 주웠다 버렸다 했다. 그것은 이를테면 백주의 성대한 매춘 행위였다. 사치를 극한 파리 한구석에 묵인의 미소로 감싸인 화류계 꽃들이 함께 모여 길가는 남자들의 소맷자락을 잡는다. 귀부인들은 눈짓을 하며 나나를 가리키고, 벼락부자가 된 아낙네들은 나나의 모자 모양을 본떴다. 나나의 랑도 마차를 통과시키기 위하여 마차의 행렬이 멈추어 서는 수도 있었다. 그 속에 앉아 있는 것은 전 유럽을 자기 금고 안에 휩쓰는 재벌가들과 굵은 손가락으로 프랑스의 목줄을 누르고 있는 장관과 같은 유력자들이었다. 나나는 이 브로뉴 족의 일환이 되며 중요한 지위를 차지했다. 그 이름은 세계 각국의 수도로 알려지고, 외국인은 모두 나나를 동경했다. 나나의 존재는 브로뉴 족의 화려한 풍속에 변덕스러운 방종을 덧붙였다. 나나는 말하자면 한 나라의 영예요, 예리한 쾌락의 상징이었다. 그 밖에도 하룻밤이 새고 나면 잊어버리고 마는 가지가지 뜬사랑으로 엮어진 밤의 놀이가 계속되었다. 그리하여 나나는 이름난 요리집을 여기저기 돌아다니며 날씨가 좋을 때면 종종 마드리드(브로뉴 숲속의 유명한 레스토랑—역주)까지 설쳤다. 각국 대사관 친구들이 줄을 대어 찾아왔다. 나나는 뤼시 스튜와, 카롤린 에케, 마리아 블롱들과 더불어 프랑스 말은 서투르지만 노는 데는 돈을 아끼지 않는 신사들과 함께 식사를 했다. 그들은 크게 즐긴답시고 여자들을 파티로 끌고가지만, 노는 데 지치고 허전해져 버린 그들은 그녀들에게 아무 감동도 주지 못했다. 그녀들은 이것을 '장난 간다'고 했고, 그 친구들을 비웃으며 집으로 돌아와선 누구고 마음에 드는 좋은 남자 품에 안겨 밤을 새우는 것이었다.

뮈파 백작은 나나가 드러내놓고 딴 남자들을 맞부딪치게 하지 않는 한, 모르는 체하고 있었다. 그러나 매일의 생활 속에서 사소한 일에도 굉장한 치욕을 느끼고 있었다. 빌리에 로의 집은, 지옥이나 정신병원처럼 되었고, 엉뚱한 인간들이 끊임없이 괴상한 짓을 했다. 이즈음은 나나가 하인들 하고도 옥신각신을 벌이는 형편이었다. 한때는 마부 샤를에게 굉장히 친절하게 굴고, 요리집에 들렀을 경우 갔으면 보이에게 시켜서 맥주 한 잔을 보내기도 했다. 또 혼잡한 마차 사이를 누비며 그가 (다른 마부놈들을 해치울) 때면 아주 만족한 표정으로 재미있는 남자라고 하며 마차 안에서 얘기를 붙이기도 했다. 그런가 하면 아무 이유 없이 못난이 취급을 했다. 언제나 짚과 겨와 보리 따위 때문에 싸움을 했다. 가축을 사랑하면서도 자기 말이 너무 먹는다고 말이 많았다. 어느날 계산을 하면서, 속여 먹고 있는 것이 아니냐고 나무라자 샤를은 분통이 터져가지고 갈보년이라고 내뱉었다. 말만도 못하다고 하며 말이야 아무하고나 자겠냐고 했다. 나나도 마주 서서 대꾸했다. 백작이 중간에 들어서서 마부를 내쫓게 되는 형편이었다. 그러나 이것이 계기로 하인들은 자꾸만 도망쳐나갔다. 다이아를 도둑맞은 후, 빅토린느와 프랑수아가 나갔다. 줄리앙까지 없어졌다. 그러자 소문이 떠돌았다. 그놈은 아씨하고 자다가 들켰기 때문에 주인 나리께서 큰 돈을 쥐어 주며 나가 달라고 사정을 했다는 것이었다. 일주일만큼씩 하인 방에 새 사람이 나타나게 되었다. 엉망이었다. 집안은 직업소개소의 쓰레기들이 휩쓸고 지나가는 통로가 되었다. 다만 조에만이 새침스럽게 머물러 있었다. 그녀의 목적은 다만 한 가지, 즉 이 난맥상을 조종하며 독립할 수 있는 자금을 장만하는 것이었다. 조에는 전부터 이 계획을 꾸미고 있었던 것이다.

그러나, 이런 것들은 또 아무것도 아니었다. 백작은 마담 말르와르의 못난 짓을 견디고 그 악취를 참으며 베지크 놀이의 상대를 해줘야 됐고, 잡담을 좋아하는 마담 르라며, 또 누군지도 모를 아비로부터 좋지 않은 병이라도 받은 것 같은, 허약하고 홀쭉대는 루이란 놈까지 상대해 줘야 했다. 그러나 그것보다도 더 괴로운 시간이 있었다. 이를테면, 어느날 저녁인가, 나나가 골이 난 말투로 조에에게 지껄이는 소리를 문 뒤에서 들은 따위다. 그것은 부자라고 자칭하는 남자에게 당한 얘기였다. 잘 생긴 미국인이라고 하는 남자였는데, 고향에 금광이 있다느니 하며 자랑을 해놓고 자기가 잠든 사이에 한 푼도 남겨놓지 않고 담배 마는 종이까지 가지고 도망을 쳤다는 것이었다. 정말 지독한 녀석이라고 분개했다. 백작은 그 소리를 듣자 파랗게 질려가지고 계단을 발 끝으로 디디며 살그머니 되돌아 왔다. 자세한 얘기를 듣고 싶지 않았던 것이다. 또 어느 때는 모든 것을 알게 되고 말았다. 나나가 카페 콘서트의 바리톤 가수에게 반해가지고 그에게 차이자 비탄한 나머지 자살을 기도한 것이었다. 컵의 물에 한 움큼의 성냥을 잠기게 넣고 그것을 들이켰다. 굉장히 괴로워했지만 죽지는 않았다. 백작은 병구완을 하며 그 사랑의 경위를 듣게 되는 벌을 당했다. 나나는 눈물을 흘리며, 두 번 다시 남자에게 반하지 않겠노라고 맹세했다. 그러나 남자를 돼지라고 욕하면서도 사랑하지 않고는 못배기며 언제나 누군가에게 반해 있었고, 이해할 수 없는 바람기를 피우며, 일부러 몸을 망치는 따위의 수상쩍은 정사를 일삼았다. 조에가 자기 계획 때문에 남자들의 감시를 소홀히 하자, 집안은 엉망이 되고 말았다. 마침내 뮈파도 함부로 문을 열거나 커튼을 젖히거나 또는 다락방 문을 여는 것을 삼가게 되었다. 이미 백작에게 거리낌없이 뭇 남자들이 집안에 뒹굴며 끊임없이 맞부딪치는 형편이었다. 어느날 저녁 미용사 프란시스가 나나의 머리에 마지막 손질을 하고 있을 때, 뮈파가 마차의 준비를 시키려고 잠깐 화장실을 떠났다가 돌아오자, 나나가 미용사의 목에 매달려 있는 것과 하마터면 부딪칠 뻔하기까지 했다. 그 후부터, 그는 방에 들어가기 전에 기침을 하기로 했다. 그가 잠깐 돌아선 사이에 그녀는 다른 남자에게 몸을 맡긴다. 내복바람이건 정장이건 도처에서 상대를 가리지 않고 쾌락을 누렸다. 그리고 이런 성욕의 주전부리에 희희낙락하며 얼굴이 상기된 채 뮈파에게 돌아왔다. 그러나 상대가 뮈파가 되고 보면 짜증이 났고 염증이 나서 견딜 수 없지만 할 수 없다는 식이었다.

질투를 짓씹으며, 뮈파는 나나가 사탱과 함께 있을 때면 그나마 안심을 하게 되었다. 남자들을 멀리하기 위해선 이 고약한 취미를 장려하고 싶을 정도였다. 그러나 이 방면에서도 만사가 순조롭지는 못했다. 나나는 백작이나 마찬가지로 사탱까지도 배반하고, 길모퉁이에서 수상쩍은 여자를 끌고 들어와선 고약한 정사에 묻히기 일쑤였다. 마차로 돌아오는 도중 길거리에서 지저분한 모양을 한 계집을 발견하여 욕정에 치닫고 상상을 마음대로 하는 일도 있었다. 그러면 집으로 데리고 와서, 돈을 주어 돌려 보냈다. 또는 남장을 하고 수상쩍은 장소로 드나들며 남자들의 방탕을 구경하며 권태를 풀었다. 사탱은 언제나 건사하지 않고 내버려두는 데 부아가 치밀어 집안을 뒤집어 엎고 대소동을 벌였다. 마침내 그녀는 나나를 완전히 지배하고 나나도 사탱에겐 견디지 못하게 되었다. 그래서 뮈파는 사탱과 결탁하려고까지 했다. 자기로서 할 수 없는 일이 있으면 사탱을 충동했다. 이미 두 차례나 사탱은 나나를 뮈파와 화해시킨 일이 있었다. 그도 그것을 고맙게 여겨, 이것저것 사탱에게 알려주었고, 또 조그만 눈짓만 해도 그녀 앞에서 사라지는 형편이었다. 그러나 이 동맹도 오래가지 못했다. 사탱도 약간은 정상이 아닌 것 같았다. 때로는 분노와 애정의 발작으로 함부로 때려부수다가 가사 상태에 빠지는 수가 있었다. 그런 때도 제법 귀여웠는데 아마 조에가 사탱을 충동하는 것 같았다. 간혹 그녀가 사탱을 한모퉁이로 불러놓고 수군거리는 적이 있었다. 그것은 마치 예의 그 대사업으로 그녀를 유인하려는 것 같았다. 물론 조에는 아직 이 계획을 아무에게도 얘기하지 않고 있었다.

한편, 뮈파는 다시 또 이상하게 신경이 날카로워졌다. 수개월째 사탱을 용서해 왔고 또한 나나의 침실로 드나드는 알지 못할 뭇 남자들까지도 마침내는 묵인하여 온 그였건만 나나의 바람기의 상대가, 자기 친구거나 혹은 안면 있는 사람이기만 해도 울컥해져 버렸다. 푸카르몽과의 관계를 털어놓았을 때도 굉장히 고민하고, 그 청년의 배반을 증오하며 결투를 신청하려고 했을 정도였다. 그러나 이런 사건에 누구를 입회인으로 부탁해야 좋을지 몰라서 라보르데트에게 의논해 보았더니 그는 어이가 없어 그만 웃음보를 터뜨리고 말았다.

"나나 때문에 결투를 하신다구요…… 백작, 파리 장안의 웃음거리가 됩니다. 나나를 위하여 결투할 사람이 어디 있습니까, 그건 넌센스입니다."

백작은 파랗게 질려가지고, 때리는 시늉을 하며 말했다.

"그러면 거리 한복판에서 갈겨주지."

라보르데트는 한 시간 가까이 백작을 타일러 주었다. 폭력을 쓰면 사건이 한층 더 까다로와질 것이다. 그날 저녁엔 싸움의 진짜 원인이 항간에 퍼지고, 신문의 웃음거리 기사로 화할 것이다. 그리고 라보르데트는 몇 번씩 다음 얘기를 되풀이했다.

"안 될 얘깁니다, 그건 넌센스입니다."

그 소리가 되풀이될 때마다 뮈파는 비수로 가슴을 에는 듯했다. 사랑하는 여자를 위하여 결투조차 못하다니. 그런 짓을 하면 웃다니! 자신의 사랑이 이처럼 비참하고, 방탕에 빠진 무거운 마음이 이다지 아플 줄은 정말 몰랐다. 이것이 마지막 저항이었다. 그는 설복당했다. 그후로는 친구들과 그리고 또 집안에서 살다시피하는 뭇 남자들이 연달아 나나와 사귀는 것을 그냥 보고만 있었다.

나나는 수개월 동안에 남자들을 닥치는 대로 털어먹었다. 사치스러운 욕구가 늘어감에 따라 식욕도 더해가고, 한 남자를 한입에 삼켜 버렸다. 처음에 걸린 것이 푸카르몽이었는데 그는 며칠도 안 갔다. 그는 전부터 해군을 그만두려고 생각하고 10년간의 해상근무에서 저축한 3만 프랑 정도의 돈을 미국에 투자할 예정이었다. 그러나 이 빈틈없는 구두쇠 같은 근성도 사라져 버리고 그는 모든 것을 내던지고 장래를 저당으로 한 융통 수표에까지 사인을 해버렸다. 나나에게 내쫓겼을 때는 완전히 빈털터리였다. 그러나 그녀는 상냥하게 대하며 배로 돌아가라고 권했다. 이 이상 버텨 봐야 소용이 없다며 돈떨어지는 날이 끝장나는 날이라고 했다. 그는 체념하고 물러났다. 파산한 남자는 나나의 손에서 떨어지는 것이다. 마치 무르익은 과일이 저절로 땅에 떨어지듯이.

다음은 스테이네르였다. 나나는 이 남자를 싫어하진 않았지만, 사랑하고 있지도 않았다. 지저분한 유태인 취급을 하며 마치 자신도 잘 모르는 묵은 원한을 풀려는 것 같았다. 그는 뚱뚱 보이고 얼간이었다. 그녀는 이 프로이센인을 마구 몰아세우며 빨리 해치우려고, 한꺼번에 두 입씩 삼켜 버렸다. 그는 이미 시몬하고는 관계를 끊고 있었다. 보스포러스 해협의 터널 계획도 의심스러웠다. 나나의 터무니없는 요구가 그의 실패를 재촉했다. 그래도 그는 한 달쯤은 몸부림을 치면서 기적적으로 그 자리를 모면했다. 광고와 보고서와 취지서 등으로써 전 유럽 내에 대대적인 선전을 펼치며, 상당히 먼 나라로부터도 돈을 긁어 들였다. 그러나 이렇게 하여 모은 돈은 투기꾼의 대금이든 가난뱅이의 잔돈푼이든 모두 다 빌리에 로의 나나네 집으로 빨려들어가고 말았다. 또 한편으로 그는 알자스 지방의 철공소 주인과 결탁하고 있었다. 그 시골구석에서 석탄으로 시꺼멓게 된 노동자가 땀을 뻘뻘 흘리며, 밤낮으로 뼛골이 닳도록 일하고 있었다. 그것도 모두 나나의 쾌락을 채우기 위한 것이었다. 나나는 커다란 용광로처럼 투기에서 번 돈도, 노동의 보수도 모두 다 삼켜 버렸다. 그리하여 스테이네르도 파 먹히고 팽개쳐 버려졌다. 뼛골까지 빨리고, 빈털터리가 되어가지고 더 이상 새로운 수작을 꾸밀 힘도 없었다. 자기 은행이 쓰러진 것을 보고, 그는 허둥대며 경찰 신세가 될 것을 생각하며 떨어대고 있었다. 파산이 선고되었다. 그리고 한때는 몇 백만이라는 큰 돈을 움직이고 있던 그가, 이젠 돈이라는 말만 들어도 놀라 자빠지며 어린애처럼 허둥대는 것이었다. 어느날 밤, 그는 나나네 집에서 울어대며 하녀의 월급을 주어야겠으니 백 프랑만 꾸어 달라고 부탁했다. 나나는 20년래 파리의 시장을 설치고 다니던 이 엄청난 사나이의 말로에, 연민의 정과 함께 유쾌감을 느끼고 백 프랑을 갖다주었다.

"꾸어드린다는 것도 우습고 이거 그냥 드리겠어요…… 당신은 아직 나한테 부양을 받을 정도의 나이도 아니겠으니, 다른 일을 찾아보세요."

이어, 나나는 이번엔 라 팔르와즈를 해치우기로 했다. 그전부터 그는 멋쟁이가 되기 위해 나나에 의하여 파산되기를 원하고 있었다. 그것은 명성이었다. 그에겐 그 명성이 결핍되어 있었다. 어쨌든 여자 일로 이름을 떨칠 일이라고 생각했다. 그렇게 되면 두 달 안에 그는 파리 장안에서 유명하게 되고 신문에 이름이 실리게 될 것이었다. 사실 6주로 충분했다. 그의 유산은 토지, 목장, 임야, 농장 등 모두 부동산이었다. 그것을 눈 깜짝할 사이에 계속 팔아치우게 되었다. 나나의 한입마다 1아르팡의 토지가 사라졌다. 태양 아래 나부끼는 초록의 나무숲, 여물어가는 광대한 보리밭, 9월의 황금빛 찬란한 포도밭, 소의 배허리까지 묻히는 장한 목초, 모든 것이 깊은 구렁으로 삼켜지듯 나나의 입으로 들어갔다. 운하도, 석고의 채석장도, 세 개의 물방앗간도 사라져 버렸다. 나나는 밀려든 침략군이 일개 지방을 전멸시켜 버리는 메뚜기 떼와 같이 지나가는 것이었다. 나나의 그 조그만 발이 들어서기만 하면, 그 땅은 순식간에 초토가 되어 버리고 말았다. 농장에서 농장으로, 목장에서 목장으로 대수롭잖게 귀여운 표정을 하고 유산을 깨물어 먹었다. 그 표정이 마치 간식 시간에 프랄린 봉지를 무릎 위에 놓고 오도독거리는 모양으로 별것도 아니라는 투였고 고작 과자가 아니냐는 식이었다. 그러나 어느날 밤, 마침내 조그만 임야밖에 남지 않았다는 것을 알게 되었다. 그러나 그것도 단숨에 삼켜 버리고 말았다. 입을 벌릴 정도의 것도 안 되었다. 라 팔르와즈는 지팡이 손잡이를 빨면서 용렬하게 웃고 있었다. 그는 빚에 짓눌린 채 백 프랑의 연금조차 없었다. 시골로 내려가서 괴벽한 삼촌 집에 얹혀 살 수밖에 없었지만 그런 것쯤 아무것도 아니었다. 나는 멋쟁이다.

〈피가로〉에 두 번이나 이름이 나지 않았는가. 빳빳한 칼라가 접힌 사이로 가느다란 목을 내밀고, 지나치게 짧은 웃옷으로 감싸인 빈약한 상체를 일부러 좌우로 흔들면서 앵무새 같은 소리로 웃었다. 그 꼴은 아직 한 번도 감동해본 일이 없는 목각인형과 같았다. 나나는 신경질이 나서 끝에 가선 그의 뺨을 후려치고 말았다.

그건 그렇고, 포슈리가 사촌 동생 라 팔르와즈에게 이끌려서 다시 돌아왔다. 따분하게 포슈리도 이젠 가정을 가지고 있었다. 백작 부인과 손을 끊은 후 로즈에게 잡힌 것이다. 로즈는 그를 주인처럼 대접했다. 미뇽은 마나님의 심부름꾼에 불과했다. 그리고 남편으로 낙착되고부터 포슈리는 로즈를 속이지 않으면 안 되었고, 그녀를 속이려면 조심에 조심을 거듭하며, 성실한 생활을 하려고 하는 선량한 남편인 양 여러 가지로 마음을 죄었다. 여기서도 나나는 승리를 차지했다. 포슈리를 손아귀에 넣고, 그가 친구의 돈으로 시작한 신문사를 먹어치웠다. 그러나 그와의 관계를 공공연하게 드러내지 않고, 오히려 남의 눈을 피하는 은근한 정부처럼 취급하며 좋아했다. 로즈의 얘기를 할 때도 '그 가엾은 로즈'라고 말했다. 그의 신문은 두 달에 걸쳐 나나를 칭송했다. 시골까지 구독자가 생겼고 나나는 뉴스란으로부터 연예란에 이르기까지 지면 전부를 차지했다. 이윽고 편집도 막히고 경영도 흔들리기 시작했을 즈음 그녀는 엉뚱한 변덕을 일으켰다. 즉 집안 한 모퉁이에 온실을 만들었다. 그리고 이것 때문에 인쇄소가 올라가고 말았다. 그러나 이 정도쯤이야 그녀로 볼 때 장난에 불과했다. 이 사건을 알게 된 미뇽은 좋아하고, 포슈리를 완전히 나에게 떠맡겨 버렸으면 하고 내용을 살피러 달려왔다. 그러자 나나는 깔보지 말라고 대들었다. 동전 한 푼 없이 신문기사와 각본료로 사는 대견찮은 남자 따위는 천만의 말씀이다! 그따위 어리석은 짓은 가엾은 로즈와 같은 재주 있는 여자에게나 안성맞춤일 것이다. 그러나 나나는 근심했다. 비겁한 미뇽이고 보면 자기네들 얘기를 로즈에게 고해바칠는지도 모른다. 그래서 그녀는 포슈리를 내쫓고 말았다. 이젠 광고료 정도의 돈밖에는 보내지 않고 있었던 것이다.

그러나 나나에겐 그가 여러 가지고 정다웠다. 바로 같은 라 팔르와즈를 둘이서 마구 놀려먹은 추억이 있기 때문이었다. 두 사람이 다시 만나기로 한 것은 라 팔르와즈를 놀림감으로 하는 재미에 충동되었기 때문이었다. 그와 같이 재미있는 일은 없었다. 그의 면전에서 포옹을 했고 그의 돈으로 진탕 때려먹었다. 자기네들끼리만 남기 위해 그를 파리 장안 끝까지 심부름을 보내고, 돌아오면 놀려대며 면박을 주곤 했다. 어느날, 나나는 포슈리에게 충동질을 받고, 라 팔르와즈의 따귀를 때리기로 약속했다. 그래서 그날 저녁으로 당장에 따귀를 한 대 갈겼을 뿐만이 아니라, 재미가 나서 계속적으로 갈겨대며 남자들이 얼마나 못났다는 것을 실증으로 좋아했다. 그리고 '나의 맷집'이라고 부르며 뺨을 내밀게 했고, 서툰 솜씨에 손이 빨개지도록 때려댔다. 라 팔르와즈는 눈에 눈물이 글썽해가지고도 싱글거렸다. 나나에게 이처럼 허물없이 대접받는 것이 기분 좋았던 것이다.

어느날 밤, 진탕 두들겨맞은 후, 그는 흥분해가지고, "이봐, 당신 나하고 결혼하면 어때…… 함께 살면 굉장히 재미있는 부부가 될 텐데!" 하고 말했다.

그것은 허튼소리가 아니었다. 파리 장안을 놀라게 해주고 싶어서 그전부터 은밀히 나나와의 결혼을 계획했던 것이다. 나나의 남편, 이건 걸작이다! 희한한 일이다. 그러나 나나에게 대수롭잖게 일축당하고 말았다.

"당신하고 결혼을 하자구?…… 원 참! 만약에 결혼할 생각이 있었다면 벌써 옛날에 영감을 얻었지, 훨씬 좋은 남자하고 말야…… 벌써 산더미만큼 신청이 있었다구요. 같이 세어보겠어요. 필립, 조르주, 푸카르몽, 스테이네르, 그것만도 네 사람, 그 밖에도 당신이 모를 사람이 몇이라고…… 어느 놈 할 것 없이 모두 판에 박은 것처럼 말한다구. 내가 조금만 상냥하게 대하면, 노래들이라니까, 나하고 결혼합시다, 나하고 결혼합시다 하고……."

그녀는 차츰 흥분하며 마침내는 신경질까지 터졌다.

"어림도 없지……나를 겨우 그런 여자로 보았던 말야? 잘 좀 보라구. 내가 남자를 업어 들일 정도라며 나나가 아니지…… 무엇보다도 우선 치사스러워서……."

그녀는 침을 뱉으며 왝 하고 욕지기를 했다. 마치 발밑에 이 세상의 모든 오물들이 펼쳐진 것을 본 것처럼.

어느날 저녁, 라 팔르와즈가 종적을 감추었다. 일주일쯤 지나서야 시골의 식물 채집광인 삼촌 집으로 돌아간 것을 알았다. 삼촌의 식물 채집 표본을 붙여주며 독실한 신자며 지독히 못생긴 사촌 누이와의 결혼 기회를 노리고 있다고 했다. 나나는 별로 섭섭한 기색 없이 다만 백작에게 이렇게 말했을 뿐이었다.

"어쩌세요. 뮈프 씨, 라이벌이 또 하나 줄었죠. 기분 좋죠?…… 하지만 그이는 심각했단 말예요. 나에게 결혼해 달라고 했단 말예요."

백작이 낯빛을 바꾸자, 그녀는 웃음을 터뜨리고, 목에 매달려 애무를 섞어 가며 무자비한 말을 퍼부었다.

"이런 얘기 싫죠, 당신은 이미 나나와 결혼할 수 없으니까…… 그 사람들이 모두 나에게 결혼 신청을 하고 있는데 당신 혼자 구석에서 화를 내고 있으니…… 안 돼요, 부인이 돌아갈 때까지 보류해 두시라구요…… 부인이 돌아가면, 당신은 당장에 달려와서 땅바닥에 엎드려 애걸복걸하겠죠. 허풍을 떨며, 한숨을 쉬고, 눈물을 짜고 맹세를 하면서! 어때요? 그랬으면 좋겠죠?"

그녀의 목소리는 상냥했다. 백작을 장난감으로 주무르고 있는 것이다. 그는 흥분하여, 얼굴을 붉히면서 여러 번 키스를 했다. 그때 그녀가 외쳤다.

"맙소사! 알았어요! 이 양반은 그런 생각을 하며, 부인이 죽기를 기다렸군그래…… 너무해요, 다른 사람들보다 더 나쁜 사람인데!"

뮈파는 다른 남자들의 출입을 묵인하고 있었다. 이젠 다만 체면상 하인이나 단골 손님들에게 '주인 나리'의 위치만을 지키려고 했다. 제일 많이 돈을 내고 있으니까 정식 애인인 셈이다. 그의 사랑은 점점 더해갔다. 금력으로 지위를 지키며, 웃음 하나에도 비싼 대가를 지불하고 있었다. 헛돈이 될 때도 있었다. 하기야 상당한 보답을 받은 일은 한 번도 없었다. 그러나 이건 고질처럼 되어 있어 그 괴로움에서 헤어날 수도 없었다. 나나의 방에 들어가면 그는 말없이 창을 열었다. 잠겨 있는 다른 남자들의 냄새, 금발 놈팡이며 갈색머리 녀석의 체취, 목이 칼칼해지는 담배 연기, 그런 것을 내보내는 것이었다. 이 방은 네거리와 같이 끊임없이 장화가 문턱을 넘나들었다. 그러나 입구를 가로막는 핏자국 때문에 걸음을 멈추는 사람은 하나도 없었다. 개정한 조에는 영 그 핏자국에 신경이 쓰여, 지워지지 않는 것을 투덜거렸다. 언제나 그것이 눈에 거슬렸다. 그래서 방에 들어갈 때마다 이런 소리를 했다.

"이상해요, 지워지질 않아요…… 여러분들이 드나드시는데
요."

그 즈음, 조르주는 어머니와 퐁데트에서 정양 중이었으나, 쾌
차해가고 있다 하여 나도 별로 대수롭잖게 여기고 언제나 똑
같은 대답을 했다.

"시간이 지나야지…… 밟고 다니면 지워지겠지."

사실 푸카르몽, 스테이네르, 라 팔르와즈, 포슈리와 같은 남
자들이 조금씩 그 핏자국을 구두 바닥에 묻혀 갔다. 그러나 뮈
파는 역시 조에와 마찬가지로 그 핏자국에 마음이 쏠리고 안
보려고 하면서도 보게 되었다. 점점 흐려지는 그 빛깔에 출입
하는 남자의 수를 헤아릴 수 있었다. 말로는 아무 소리 안 했지
만 그 핏자국이 무서웠다. 무슨 산 물건, 마룻바닥에 구르고 있
는 손목이나 발목을 밟는 것 같아 언제나 그 위를 건너뛰었다.

그러나 일단 방 안에 들어서면, 그는 취해 버리고 말았다. 그
곳을 통과하는 남자들의 무리도, 입구를 가로막고 있는 핏자국
도 모두 다 잊게 되었다. 더러는 나나의 집을 나와 한길 바람을
쐬면 오욕과 분노로 갑자기 울음이 복받쳐 두 번 다시 안 가리
라고 맹세하는 일도 있었다. 그러나 한 번만 방 안에 들어서면,
다시 또 사로잡히게 마련이었다. 온기에 몸이 녹고, 육체 안으
로 향기가 스며드는 것 같아서, 욕정에 떨며 이대로 죽어 버렸
으면 했다. 신앙심이 두텁고 항상 장엄한 예배당의 황홀경에
젖어 있는 뮈파는 이 방 안에서도 예배당에서나 똑같은 감각에
잠기는 것이었다. 신자로서 색유리 밑에 무릎을 꿇고, 풍금 소
리와 향 냄새에 취하는 그 감각이었다. 나나는 노하기 쉽고 시
샘이 많은 신처럼 그를 잡아놓고 놔주지 않았다. 두려움에 떨
게 하며, 예리한 쾌감의 한 순간을 주었다간, 지옥과 영원한 형
벌의 이미지로서 몇 시간씩 괴롭혔다. 그것은 어느 편이고 똑

같은 중얼거림이었으며 똑같은 기도였고, 똑같은 절망이었다. 여기서나 저기서나 그는 먼저 자기 자신이 비참하다는 것을 느꼈다. 그것은 원죄의 진창 속에서 헤매는 저주 받은 존재의 슬픔이었다. 남자의 욕망과 영혼의 희구가 한데 얽혀 그의 존재의 어두운 밑바닥으로부터 솟아올라 생명의 줄기에 한 개의 꽃이 되어 개화했다. 그는 이 세상을 버티고 있는 두 개의 지렛대인 사랑과 신앙의 힘에 의지하고 있었다. 아무리 이성으로 반항해도 나나의 방에만 들어서면 언제나 사랑에 미치고, 전능한 섹스에 빠져 헤어나질 못했다. 마치 광대한 하늘의 미지 속에서 정신을 잃고 실신하듯이.

백작이 이와 같이 순종하는 태도를 보고, 나나는 폭군과 같은 승리감을 느끼며, 본능적으로 보다 더 학대하려 들었다. 물건을 부수는 것만으론 만족하지 못해 아무것이고 더럽혔다. 그 화사한 손은 더러운 흔적을 남겼고, 그 손으로 망가뜨린 것은 모두 저절로 썩어 갔다. 백작도 역시 바보처럼 되어, 이에 뜯기도 똥오줌을 먹으며 고행했다는 성자를 어렴풋이 생각하며, 나나의 변덕스러운 상대를 해주었다. 나나는 그와 둘이서 문을 걸고 방 안에 처박혀, 각가지 어리석은 짓을 시키며 좋아했다. 처음엔 농담으로 했다. 이를테면 가볍게 때리거나 이상스러운 짓을 시키거나 어린애처럼 혀 짧은 소리를 되풀이하게 하는 등등이었다.

"나처럼 말해봐요. '애개개! 까짓것 무운제 없다이!'"

그는 시키는 대로 말투까지 흉내내며 되풀이했다.

"애개개! 까짓것 무운제 없다이!"

또 나나는 곰이 되어 속옷바람으로 모피 위를 기어다니며 백작을 잡아먹으려는 시늉으로 으르렁거리기도 했다. 사실 장난조로 장딴지를 물기도 했다. 그러다간 일어나며 말했다.

"자, 당신 차례예요…… 나만큼은 익숙하게 곰 시늉을 못할 걸."

이것은 그래도 즐거웠다. 흰 살에 발그스레한 머리를 산발한 나나의 곰은 뮈파를 즐겁게 했다. 그는 웃으며 자기도 네 발로 기며 으르렁거리고 나나의 장딴지를 물었다. 그녀는 겁에 질린 표정을 하고 도망쳤다.

"하여간 우리들도 어리석군요. 당신이 얼마나 우스운 얼굴을 하고 있는지 모르시죠? 정말이지 튀일르리 궁 사람들에게 보여주고 싶어요!"

그러나 이와 같은 장난은 마침내 장난이 아니고 말았다. 나나가 무자비하다는 것이 아니다. 그녀는 여전히 순한 타입의 여자였다. 다만 이 잠가 버린 방 안으로 광기가 흘러들었고 차츰 더해 간 듯싶었다. 음란한 기분이 두 사람을 탈선시키고 착란 상태로 빠뜨린 것이었다. 그전엔 잠을 못 이루는 밤에 신의 모습에 두려워하던 두 사람이었건만 지금은 짐승처럼 목말라, 미친 듯 네 발로 기어다니며 으르렁대고 서로 물어대는 것이었다. 어느날, 그가 곰이 되어 있는데, 나나가 거칠게 떠밀었기 때문에 가구에 부딪쳤다. 이마에 혹이 난 것을 보고 그녀는 그만 웃음을 터뜨렸다. 그후로 나나는 라 팔르와즈에게서 맛들인 경험으로 백작을 동물 취급하며 채찍으로 때리기도 하고 발로 차가며 몰기도 했다.

"이랴, 쯔쯧! 이랴 쯔쯧! 당신 말예요…… 이랴! 이놈의 말, 빨리 가라!"

어느 때는 개가 되었다. 나나는 방구석에 향수 뿌린 손수건을 내던지고 가서 물어오라고 명령했다.

"가져와, 세자르!…… 기다려, 돌아오면 좋은 것 주지…… 좋아 세자르…… 자, 얌전하게…… 예쁘게 하고!"

뮈파도 이 상스러운 짓이 좋아서 짐승 시늉에 재미를 느꼈다. 아니 오히려 한층 더 처신을 떨어뜨리기 위하여 이런 소리를 외치기도 했다.

"더 세게 때려라…… 우우웅! 우우웅! 미친개다, 자 때려라!"

나나는 또 다른 변덕을 부리기 시작하며, 어느날 밤엔 백작에게 시종의 정장을 차리고 오라고 했다. 그리고 백작이 화려한 차림으로, 검에 모자며 하얀 반바지와 또 금으로 장식한 붉은 나사의 연미복을 입고 그 왼편 깃에 열쇠 모양의 장식을 달고 나타나자 마구 웃어댔다. 그녀는 무엇보다도 이 열쇠 장식을 재미있게 여기며 열쇠를 두고 여러 가지로 상스러운 의미를 덧붙여댔다. 웃음이 멎지 않았다. 화려한 정장을 한 백작을 조롱하며, 권위를 짓밟아 주는 것이 기뻤다. 백작을 흔들어대고, 꼬집어대고 또 '여보게 시종!' 하며 엉덩이를 걷어찼다. 나나는 진짜로 걷어차고 있는 것이었다. 장엄한 튀일리 궁에서, 황송스러워하고 있는 신하들 일동을 옥좌의 자리같이 높은 곳에서 내려다보고 있는 것이었다. 이것이야말로 나나가 사회에 대하여 지니고 있는 견해였다. 나나의 복수라고 할까, 혈통과 함께 전하여진 일족의 원한이었다. 이윽고 백작이 옷을 벗자 그것을 마룻바닥에 펼쳐 놓게 하한 다음에 침을 뱉으라고 한다. 침을 뱉는다. 금실 장식과, 독수리표 문장과 훈장을 짓밟으라고 한다. 짓밟는다. 쾅! 쾅! 더 이상 아무것도 남지 않고 모든 것이 엉망이 된다. 나나는 물주전자나 과자 그릇을 부수듯이 시종을 부숴 버리고 그것을 거리의 오물이나 흙탕처럼 만들어 버렸다.

한편, 금은 세공사는 약속을 어기고 1월 중순경이 되어서야 겨우 침대를 가져왔다. 뮈파는 때마침 노르망디로 떠나고 파리에 없었다. 마지막 땅을 팔려고 간 것이었다. 나나가 당장에

4천 프랑이 필요하다고 했기 때문이었다. 그는 다음 다음 날에나 돌아올 예정이었으나 볼일이 끝났기 때문에 귀경을 서둘러 미로메닐로의 자택에는 들르지도 않고, 빌리에 로로 직행했다. 열 시가 울렸다. 카르디네 로 쪽으로 향한 뒷문 열쇠를 가지고 있기 때문에 마음대로 들어갈 수 있었다. 2층 응접실에는 조에가 청동 그릇을 닦고 있었는데, 백작 모습을 보자 그만 깜짝 놀라가지고, 그를 어떻게 만류할 것인지 짐작이 안 가서 여러 말을 늘어놓았다. 사실인즉 어제부터 브노 씨가 굉장히 당황한 모습으로 나리를 찾고 계셨다고 하며, 두 번씩이나 오셔서 만약에 여기로 먼저 들르시거든, 곧 댁으로 돌아오시도록 전해 달라는 부탁이었다고 했다. 뮈파는 듣고 있으면서도 무슨 소리인지 도무지 영문을 몰랐다. 이윽고 조에의 허둥대는 모습을 눈치채자 갑자기 심한 질투에 사로잡혔다. 이런 질투의 감정을 다시 또 느낄 수 있으리라곤 생각도 못했다. 그는 웃음소리가 새어 나오는 방문으로 몸뚱이를 내던졌다. 양쪽으로 열리게 된 문이 활짝 열렸다. 조에는 어깨를 들먹 하며, '할 수 없지! 아씨가 저지른 짓이니까, 자기 혼자서 처리를 하라지' 하는 식으로 물러섰다.

뮈파는 문턱 위에 우뚝 서서 눈앞의 광경을 보고 소스라치고 말았다.

"하느님!…… 하느님!……"

새로운 방은 호화로운 궁전처럼 찬연히 빛나고 있었다. 은빛의 비단 단추가 진분홍빛으로 벨벳 벽포 위에 별처럼 반짝이고 있었다. 그 진분홍빛도 맑은 저녁 하늘에 금성이 반짝이기 시작할 무렵의 그 빛깔이었다. 네 귀퉁이에서 늘어뜨린 금줄이며 침대 벽면의 테두리를 장식한 금빛 레이스, 그것은 엷게 불타는 불꽃이나 풀어 헤친 금발 머리와 같았다. 그것이 쓸쓸한 방 안을 절반이나 감싸서 육감적인 느낌을 더하고 있었다. 그리고 정면에, 조각의 광채도 새로 찬연히 빛나는 금과 은으로 된 침대. 나나가 그 당당한 나체를 누이기에 족한 옥좌 그 섹스의 전능한 힘에 알맞은, 비잔틴식 호화로운 제단. 지금 나나는 가공할 만한 우상과 같이 거리낌 없이 그 나체를 누이고 있었다. 그리고 여신인 양 득의양양한 나나의 곁에, 백설처럼 흰 그 눈부신 젖가슴에 어슴푸레 비쳐져 한 개의 오욕이며 노쇠이며 가소로운 파멸이 자빠져 있었다. 내복바람의 슈아르 후작이었다! 뮈파는 두 손을 맞잡고 부들부들 떨며 되풀이했다.

"하느님!…… 하느님!……."

황금 이파리 덩굴에 피는 금장 꽃술의 배 모양 침대도 은빛 철망 위에 윤무를 추는 쿠피도나, 또는 그 호색스런 장난기 섞인 웃음도 모두 다 슈아르 후작을 위한 것이었다. 또한 발치에서 목양신이 쾌락에 지치어 잠든 님프의 옷을 주워 입고 있는 것도 그를 위한 것이었다. 이 밤의 여신은 나나의 나체를 그대로 본뜬 것으로, 그 탐스러운 넓적다리를 보면 누구나 다 그것이 나나인 것을 알았다. 60년에 걸친 방탕으로 등신만 남고 넝마처럼 거기에 내던져진 늙은 후작의 모습은 환히 빛나는 나나의 육체 곁에서 그곳만이 무슨 무덤 구멍이거나 한 것 같은 인상을 주었다. 문이 열리자 그는 노망 난 늙은이처럼 움찔하며 일어났다. 이 마지막 사랑의 밤으로, 그는 벌써 천치 상태에 빠지고 어린애로 되돌아가고 있었다. 몸은 마비되었고, 무슨 말을 해야 좋을지 더듬거리고 떨어대며 그저 당장에라도 도망치려는 기세였다. 걷어 말린 내복 밑으로 뼈와 가죽뿐인 몸뚱이가 엿보였고, 흰 털이 섞여 텁수룩하고 희끄무레하게 빈약한 한쪽 다리가 담요 밖으로 삐져나와 있었다. 나나는 당황했지만 자기도 모르는 사이에 웃음이 터져 나왔다.

"누워 있어요. 이불 속으로 쑤시고 들어가 있으라고요" 하며 그를 쓰러뜨리고 이불 밑으로 밀어넣었다. 사람에게 보일 수 없는 추한 물건이기나 한 것처럼.

그리고 문을 닫기 위해 침대에서 뛰어내렸다. 정말이지 운도 나쁘지. 뮈프는 언제나 꼭 나쁜 때만 골라서 온다니까! 그건 그렇고 무엇 때문에 노르망디까지 돈을 구하러 간단 말인가? 영감이 4천 프랑을 갖다줬는데. 그래서 몸을 내맡긴 것이고. 나나는 쾅 하고 힘껏 문을 닫으며 소리쳤다.

"할 수 없죠 뭐! 당신의 실수예요. 그렇게 들어와도 좋아요? 이제 넌더리가 났다구요. 어서 가보세요!"

뮈파는 지금 목격한 광경에 정신을 못 차리고, 닫혀진 문 앞에 장승처럼 서버렸다. 마구 떨린다. 다리로부터 가슴, 가슴으로부터 머리로 옮아가며 마구 떨었다. 그러다가 큰 바람에 흔들리는 나무처럼 비칠거리나 싶더니 전신을 뒤흔들며 무릎을 꿇고 덜컥 주저앉았다. 그리고 절망에 넘쳐 두 손을 치켜들고 중얼거렸다.

"너무하다, 아아! 너무해!"

지금까지는 모든 것을 못본 체해 왔지만 이젠 할 수 없다. 인간이 이성을 지니며 떨어져가는 이 암흑 속에서 그는 기진해가는 것을 느꼈다. 이상한 흥분에 사로잡혀 두 손을 점점 더 높이 치켜올리며 그는 하늘을 우러러 신을 불렀다.

"아아, 싫습니다. 이것만은!…… 하느님, 이 몸을 구해 주시옵소서! 아니 죽여주시옵소서! 아아 싫습니다. 저 남자만은. 하느님, 마지막이옵니다. 이 몸을 거두시고 데려가 주시옵소서. 더 이상 보고 싶지 아니 하옵니다. 더 이상 느끼고 싶지 아니 하옵니다. 오! 이 몸은 당신의 것이옵니다. 하느님이시여! 하늘에 계시는 우리의 아버지시여……."

신앙심에 몸부림치며 그는 계속했다. 열렬한 기도의 구절이 입에서 튀어나왔다. 그러나 누군가 어깨를 쳤다. 올려다보니 그것은 브노 씨였다. 그는 백작이 닫혀진 문 앞에서 기도하고 있는 것을 보고서 놀라 있었다. 그러자 신께서 호소에 응해 주시기나 한 것처럼, 백작은 자그마한 노인의 목에 매달리고 말았다. 겨우 울 수 있었던 것이다. 그는 흐느끼며 되뇌었다.

"내 형제여…… 내 형제여……."

이 부르짖음에 그의 인간으로서의 고뇌가 그대로 내포되어 있었다. 그는 브노의 볼을 눈물로 적시며 거기에 키스를 하면서 더듬더듬 되뇌었다.

"오오, 내 형제여, 나는 괴롭습니다!…… 남은 것이라곤 당신뿐, 형제여…… 영원히 나를 데려가 주시오, 오! 부탁입니다, 나를 제발 데려가주시오……."

브노는 그를 가슴에 끌어안고 역시 형제라고 불렀다. 그러나 그는 다시 더 일격을 가해야만 했다. 어제부터 그가 백작을 찾고 있는 것은 사빈느 부인이 사랑에 미친 나머지, 어느 백화점의 판매주임과 도망쳤다는 것을 알리기 위해서였다. 이 무서운 스캔들은 벌써 파리 장안의 화제가 되어 있었다. 백작이 지금, 야릇한 종교 감정에 사로잡혀 있는 것을 목격하자 브노는 좋은 기회라 생각하고 당장에 그 사건을, 즉 그의 일가가 도달한 흔해빠진 비극의 결말을 얘기해 주었다. 백작은 놀라지도 않았다. 아내가 도망쳤다, 그것이 무슨 상관이냐. 천천히 생각하면 된다. 그는 다시 고뇌에 사로잡혀 문과 벽과 천장을 두려운 눈초리로 둘러보며 연방 부탁했다.

"데리고 가주시오…… 더 이상 견딜 수 없습니다, 나를 데리고 가주시오."

브노 씨는 그를 어린애처럼 데리고 갔다. 그후로 백작은 완전히 그의 지배를 받으며 엄격한 종교의 계율을 다시 지키기 시작했다. 그의 생활은 일변했다. 튀일르리 궁에선 비난의 대상이 되어 있었으므로 시종직을 사퇴했다. 딸 에스텔까지도 소송을 제기하고 있었다. 아주머니의 유산으로 결혼할 때 받기로 된 6만 프랑을 갚으라는 것이었다. 그는 파멸의 구렁에서 그 막대한 재산의 찌꺼기로 근근히 살아가는 지경이었는데 그나마 부인의 손에 의해 죄여 가고 있었다. 나나가 거들떠보지도 않던 하찮은 재산의 나머지를 지금은 부인이 좀먹고 있었다. 사빈느는 나나의 본을 따서 완전히 타락해가지고 가정의 숨통을 막는 부식균이 되어 있었다. 난봉질을 거듭한 끝에 집으로 돌아온 부인을 뮈파는 기독교 신자다운 체념으로 받아들였다. 아내를 보면, 그 속에 자신의 치욕이 숨쉬고 있는 양하여 얼굴이 붉어졌다. 그러나 차츰 그는 무관심해지며, 이런 것도 마음에 걸리질 않았다. 하늘이 그를 여자의 손으로부터 빼앗아 신의 품으로 내던진 것이었다. 나나에게 지니던 애욕이 그대로 종교로 옮아가고, 원죄의 추행으로 신음하는 저주 받은 존재의 웅얼거림이, 그리고 기도와 절망과 비참한 모습이 고스란히 옮아갔다. 교회의 차가운 간돌 위에 무릎을 꿇을 때, 뮈파는 예전과 같은 환희를 느꼈다. 근육의 경련이며 감미로운 지성의 마비며, 존재로서의 어두운 욕망이 채워져 가는 것을 느꼈다.

그 일이 있던 날 밤, 미뇽이 빌리에 로 집에 나타났다. 그는 포슈리에게 익숙해져서 나중엔 아내 옆에 주인 같은 남자가 붙어 있는 것을 대단히 편리하게 생각했다. 그리고 집안의 소소한 일과 아내의 행동의 감시 같은 것은 포슈리에게 맡기고, 자기는 그가 각본으로 벌어오는 돈으로 지냈다. 한편 포슈리 역시 싹싹한 태도로, 어리석게 시기하지 않고, 어쩌다 로즈가 돈 있는 남자를 붙잡아도 미뇽처럼 못 본 체하게 되었다. 그래서 두 남자들은 여러 가지로 편리한 이 협력을 즐기며, 더욱 더 의기 상통했다. 즉 한 집안에서 나란히 자기들의 구멍을 파고, 서로 방해하지 않게 되었다. 그렇게 되자 만사가 순조롭고, 두 사람은 공동의 행복을 위하여 서로서로 서두르기에 이르렀다. 바로 그날 밤에 미뇽이 찾아온 것도, 포슈리의 의견에 따라 나나의 집에서 하녀를 빼올 수 있을까 타진해 보려고 온 것이었다. 포슈리는 조에의 뛰어난 재능을 높이 평가하고 있었다. 게다가 한 달 전부터, 로즈가 계속적으로 서툰 하녀들 때문에 시달림을 받고 골치를 앓고 있었다. 그래서 조에가 그를 맞아들이자, 미뇽은 당장에 그녀를 식당으로 밀고 갔다. 그러나 얘기를 듣자, 조에는 웃음을 띠었다. "안돼요, 나는 여기서 나가면 독립하기로 했어요." 그렇게 거절해 놓고는, 자랑하는 시늉을 엿보이며 매일같이 여기저기서 말이 있다고 했다. 아씨들이 서로들 끌어가려 한다는 것이었다. 블랑슈 아씨 같은 이는 돈은 소원대로 줄 테니 오라고 하고 있다 했다. 조에는 트리콩의 가게를 사려고 했다. 이 계획은 오랜 세월을 두고 가슴속에 꾸며온 일로 한밑천 장만해 보려고 꿈꾸면서 저축을 그곳에 기울일 예정이었다. 원대한 계획 밑에 상업을 확대시키자. 어디고 저택을 빌어가지고, 모든 설비를 갖추어 보자. 사탱을 매수하려고 한 것도 그 때문이었다. 그러나 이 주책없는 여자는 너무 육체를 싸구려로 굴렸기 때문에 지금은 자선 병원에서 죽어가고 있었다.

미뇽이 사업은 위험하다고 하면서 끈질기게 매달리자, 조에는 어떤 사업을 한다는 것은 밝히지 않고, 마치 제과점이라도 할 것처럼 입가에 가벼운 미소를 지니면서 이렇게 말했을 뿐이었다.

"어머, 화려한 장사란, 언제나 잘 되는 법이에요…… 난 너무, 남에게만 고용돼 왔으니까, 이번엔 자기가 고용하는 쪽이 돼보고 싶어요."

조에의 입술은 잔인한 기쁨으로 말려 올라갔다. 자기도 이제야 '마님'이 되어, 15년간이나 시중만 하던 그 여자들을 몇 루이의 돈으로 짓밟아 줄 수 있는 것이다.

미뇽이 아씨를 만나게 해달라고 하자, 조에는 아씨는 온종일 기분이 나빴다고 하며 안으로 들어갔다. 미뇽은 전에 한 번밖에 온 일이 없기 때문에 집안을 잘 몰랐다. 그는 식당의 고블랑 직물, 식기장, 은그릇 등에 눈이 휘둥그레졌다. 멋대로 사방 문을 열어 보고, 응접실과 온실을 들여다보고는 다시 현관에 나왔다. 번쩍이는 가구, 비단과 벨벳, 엄청난 사치를 바라보고 그는 마침내 감탄한 나머지 가슴까지 두근거릴 정도였다. 조에가 내려오더니 자기 스스로 화장실과 침대 등 다른 방까지 안내하며 구경시켜 주었다. 침실에 들어가자 미뇽의 심장은 심한 감동으로 물결치며 터질 것만 같았다. 제아무리 미뇽도 나나라는 엄청난 여자에겐 감탄을 금치 못했다. 낭비를 거듭하고, 하인들에게 짓밟혀, 쓰러지기 직전에 놓인 이 집이건만 아직 이렇게 많은 재보가 남아 있어, 구멍을 메우고 오히려 황폐 위에 넘치고 있다니. 미뇽은 장엄한 침실을 보고는 위대한 토목공사를 연상했다. 예전에 마르세유 근에서 돌로 만든 아치로 깊은 계곡을 가로지른 수도관을 본 일이 있었다. 몇 백만의 돈과 10년간의 노력을 퍼부은 거대한 사업이었다. 또 쉘부르에선 새로운 축항 공사를 보았다. 대규모의 작업장, 뙤약볕에서 땀을 흘리는 수백 명의 노동자, 암석으로 바다를 메우고 암벽을 쌓아올리는 기계. 암벽에선 간혹 노동자가 짓눌려 피의 반죽을 이루었다. 그러나 그런 것들도 나나에게 경탄해 버린 미뇽에겐 하찮은 것으로밖엔 생각되지 않았다. 그는 어느 연회 날 밤에 느낀 경이의 염을 재차 느꼈다. 그 별장이라는 것은 어느 제당업자가 건축한 것으로서, 전체가 설탕으로 되어 있고, 궁전처럼 찬연하게 빛났다. 그러나 나나의 경우는 다르다. 세상의 웃음거리가 된 어리석은 행동, 만실만실한 나체의 일부, 파렴치하고 그러면서도 세계를 들어올릴 만큼 강력한 화냥기, 이런 것을 재료로 그녀는 노동자도 쓰지 않고, 기술자가 발명한 기계의 힘에도 의존하지 않고, 혼자의 힘으로 파리 장안을 뒤흔들고, 수많은 송장들이 잠자는 이 재산을 쌓아올린 것이다.

"하, 참! 굉장한 솜씨로군!" 하고 미뇽은 장한 일을 했다고 생각하며 황홀지경에 빠져서 웅얼거렸다.

나나는 차츰, 깊은 우울에 잠겨 갔다. 처음엔 후작과 백작이 맞부딪친 일로 히스테릭한 흥분에 사로잡혔으며 그러면서도 우습기까지 했다. 그러나 마침내 반죽음이 되어가지고 역마차로 돌아간 노인과, 불쌍한 뮈파를 생각하니 어쩐지 서글퍼졌다. 그렇게 역겹게 했으니 두 번 다시 볼 수도 없으리라. 그러자 사탱이 병중이라는 소식에 부아가 났다. 보름쯤 전부터 자취를 감추고 있던 사탱은 지금 라리 브와지에르의 자선 병원에서 죽어가고 있다는 것이다. 마담 로베르에게 못된 꼴을 당한 것이었다. 이 타락한 여자를 잠깐 보고 싶어진 바람에 마차 준비를 시키고 있노라니, 조에가 시치미를 떼고 와서 자기에게 말미를 주고 그만두게 해달라는 것이었다. 순간 나나는 맥이 떨어졌다. 식구를 하나 잃는 것 같은 느낌이었다. 아, 나는 어떻게 하란 말야, 단지 혼자서! 나나는 제발 그냥 있어 달라고 부탁했다. 조에는 아씨의 비탄하는 모습에 흡족해서는 키스를 해주며 무슨 불만이 있어서 그만두는 것이 아니라는 것을 표시했다. 할 수 없다. 장사를 하려면 감정을 억눌러야 한다. 그날은 나나에게 재난의 연속이었다. 기분이 언짢아서 외출을 그만두려고 생각하고 작은 응접실에서 우물쭈물하고 있자니 라보르데트가 왔다. 희한한 레이스가 나왔다는 얘기를 하다가, 그만 조르주가 죽었다는 얘기를 하고 말았다. 그녀는 소스라치고 말았다.

"지지가 죽어?"

눈이 그만, 융단 위의 핏자국으로 향했다. 그러나 그것은 마침내 지워져 있었다. 발자국에 뭉개진 것이다. 라보르데트가 자세한 내용을 얘기했다. 정확한 것은 모른다. 상처가 도졌다고도 하고, 퐁데트의 연못에 빠져 자살했다고도 한다. 나나는 되풀이했다.

"죽어! 조르주가 죽다니!"

아침부터 벅차기만 하던 가슴속이 그대로 눈물이 되어 터져나와 그녀는 실컷 울고 말았다. 그 슬픔에는 한이 없었다. 그무슨 깊고 큰 것에 짓눌리는 것 같은 느낌이었다. 라보르데트가 조르주 생각을 단념시키려고 하자 나나는 손짓으로 제지하며 더듬더듬 말했다.

"그 사람만이 아니에요. 누구나 다예요. 누구나 다…… 나는 정말이지 불행이에요…… 다 알고 있어요, 나더러 나쁜 년이라고들 그러겠지만…… 시골에서 슬퍼하고 있을 그 어머니도, 오늘 아침 문 앞에서 신음하던 그 불쌍한 사람도, 그리고 또 나와 함께 마지막 한 푼까지 날려버리고 파산해 버린 다른 사람들도…… 좋아요, 나나의 욕을 하라지 뭐. 이 병신 같은 년의 욕을! 난 아무렇지도 않다구요. 난 다 듣고 있다구요. 그 개 같은 년은 아무하고나 잔다느니, 파산을 시키고 죽게 하고, 수많은 사람을 괴롭힌다느니……."

눈물에 숨이 막혀 말이 끊어지고, 슬픔에 넘쳐 소파에 쓰러지며 머리를 방석에 묻었다. 신변에 느끼는 불행, 자기 때문에 생긴 각가지 비참한 일을 생각하니 슬픔이 치솟아 가슴이 뭉클해왔다. 그녀의 목소리는 차츰 힘을 잃고 소녀의 가냘픈 탄식으로 변했다.

"아, 괴로워! 아, 괴로워!…… 어떻게 할까, 숨이 막히네…… 정말 괴로워, 알아주는 이도 없고, 모두 원수가 되다니. 원수쪽이 강할 것은 정한 이치지 뭐…… 하지만 자기에게 아무 잘못이 없고 양심만 있다면…… 그렇구말구, 절대로……."

분노 속에서 반항심이 치솟았다. 나나는 몸을 일으켜 눈물을 닦으며 초조한 듯이 서성댔다.

"그래요! 남이야 뭐라든 간에 내 탓이 아니죠! 내가 무엇이 잘못이란 말예요. 나야, 가지고 있는 것은 무엇이고 다 주었고, 파리 한 마리 못 죽이는 여자라구요…… 그자들이에요, 나쁜 것은 그자들이라니까요! 나는 다만 그자들이 하자는 대로 했을 뿐이죠. 상대편에서 귀찮게 나에게 매달렸죠. 그러고는 이제 와서 누구나 할 것 없이 뒈져 버리고, 알거지가 되고, 절망한 체하고……."

그러고는 라보르데트 앞에 와 서서 어깨를 툭툭 치며 말했다.

"당신은 보고 있었으니까, 사실을 얘기해 줘요…… 그 사람들을 그렇게 만든 것이 나예요? 그 사람들이죠, 언제나 떼를 지어 열심히 추잡한 짓을 생각해낸 것은 말예요. 짜증이 났다구요. 끌려들지 않기 위해 자기 자신에게 매달려 있던 거예요. 두려웠어요. 좋은 예가 있죠! 그자들은 나하고 결혼하려고 했다구요. 어때요? 걸작이죠? 그러마 했으면 몇 번이라도 백작 부인이고 남작 부인이고 될 수 있었다구요. 하지만 거절했다구요, 그 정도나마 분별을 차렸으니까…… 말하자면, 그자들에게 불순한 짓이나 범죄를 피하게 해주었단 말이죠!…… 나하고 결혼을 하기 위해서라면 예사로 도둑질이나 살인을 할 수 있는 사람들이었으니까요. 아비 어미도 죽일 것 같던데 뭐. 나는 다만 한 마디만 했으면 됐을 것을 안 했죠…… 그 대가가 이 모양이에요…… 내가 결혼시켜준 저 다그네 좀 보라구요. 룸펜 꼴이 된 것을 수주일씩 거저 먹여주기도 하고 게다가 직업까지 얻어주었다구요. 어제도 우연히 만났더니 외면을 하잖아요. 돼지 같은 녀석! 난 녀석처럼 치사한 인간이 아니라구요!"

그녀는 다시 또 서성대기 시작했다. 그녀는 조그만 둥근 탁자를 주먹으로 탕 후려쳤다.

"정말, 불공평해요! 세상이 나쁘다고요. 못된 짓을 요구하는 것은 남자들인데, 여자만 책망하니…… 당신 앞이니까 얘기지만 나는 그자들하고 사귀었지만 조금도 즐겁지 않았다구요. 정말이지 귀찮기만 했죠!…… 그래도 내가 나쁘단 말예요?…… 정말이지 못 견딜 지경이었죠! 그자들한테 이런 꼴을 당하지 않았던들 난 수도원에서 하느님께 기도나 하고 있었을 거예요. 언제나 신앙을 가지고 있었으니까…… 어쨌든 그자들이 돈을 버렸건, 곤두박질을 했건 저희들 탓이죠! 내 탓은 아니라구요!"

"그렇긴 하지" 하고 라보르데트도 동의하듯 말했다.

거기에 조에게 안내되어 미뇽이 들어온 것이다. 나나가 상냥스레 맞이했다. 실컷 울었기 때문에 마음이 후련했다. 미뇽은 아직도 열광이 여운이 가시지 않은 채, 집 칭찬을 했다. 그러나 나나는 이 집에는 진저리가 나서 이제는 다른 생활을 생각 중이며 머지않아 모든 것을 팔아치울 생각이라고 했다. 이윽고 미뇽이 찾아온 이유로 노배우 보스크를 위한 자선 흥행 얘기를 했다. 보스크는 중풍에 걸려 의자에서 꼼짝을 못했다.

나나는 굉장히 동정하여 좌석 둘을 예약했다. 그러자 조에가 와서 마차가 기다리고 있다고 알렸다. 나나는 모자를 가져오게 하여 쓰고 끈을 매며 불쌍한 사탱의 사건을 얘기했다. 그러고는 마지막으로 이렇게 덧붙였다.

"이제부터 그 병원으로 가는 거예요…… 그애만큼 나를 사랑해준 사람은 없어요. 흔히들 남자들은 박정하다고 하지만 정말 그래요…… 어쩌면 그애를 못 만날지도 몰라요. 하지만 어쨌든 면회 신청을 해보아야지. 키스해 주고 싶어요."

라보르데트와 미뇽은 빙긋이 웃었다. 나나는 이젠 슬퍼하고 있질 않고 함께 웃었다. 이 두 사람은 다르다. 이해해 준다. 나나가 장갑 단추를 끼는 동안 두 사람은 조용해진 속에서 나나의 모습을 홀린 듯이 바라보고 있었다. 지금 나나는 쌓아 올린 재물 속에 홀로 서 있다. 발 밑에 쓰러져 있는 수많은 남자들. 그 무서운 영토를 해골로 메웠다는 고대의 괴물과 같이, 나나도 촉루를 밟고 서 있었다. 그 주위에 펼쳐진 각가지 비극. 방되브르를 감싼 불길, 중국 바다로 떠나간 푸카르몽의 우울, 하는 수 없이 성실한 생활로 돌아간 스테이네르의 몰락, 라 팔르와즈의 용렬스러운 만족, 뮈파 집안의 비참한 몰락, 푸르뎅뎅한 조르주의 시체, 그 곁에 전날 출옥하여 밤샘을 하고 있는 필립. 나나의 파멸과 죽음의 사업은 완수되었다. 외곽 지대의 오물로부터 날아온 파리가 사회를 부패시키는 균을 묻혀 오고, 잠시 머무르기만 했는데 이 남자들에게 해독을 끼친 것이다. 그것은 잘한 일이며 정당한 일이었다. 그녀가 거지랑 버림받은 사람들인 자기 동류들을 위하여 복수한 것이다. 후광으로 감싸인 나나의 섹스가 상승하여, 첩첩이 쌓인 희생을 비췄다. 마치 살육의 벌판을 비치는 아침 해처럼. 나나는 아름다운 짐승처럼 자기가 저지른 일을 느끼지 못했다. 지금도 천진스레

순한 소녀 그대로였다. 여전히 통통하고 기름져 있었다. 넘치
는 건강과 쾌활. 그러나 그런 것은 새삼스레 문젯거리가 아니
었다. 그녀는 이 집을 우스꽝스럽고 좁다고 생각했다. 거치적
거리는 가구가 너무 많다. 뭐냐, 이따위들. 다시 또 새 출발을
하면 되는 것이다. 난 더 근사한 것을 생각하고 있다. 그러고서
그녀는 사탱에게 마지막 키스를 해주기 위해 치장을 하고 나갔
다. 정결하고 단단한 육체가 아직 한 번도 써먹지 않은 숫처녀
처럼 아주 새롭게 보였다.

14

Ques Messdames

　　나나가 갑자기 자취를 감췄다. 또다시 새로운 잠적. 이상한 나라를 향하여 도망친 것이었다. 떠나기에 앞서, 그녀는 열띤 감정으로 집과 가구류, 보석은 물론, 옷과 속옷들까지 있는 대로 모조리 다 팔아치웠다. 액수가 여러 가지로 추산되었다. 다섯 차례에 걸친 감정으로 60만 프랑 이상이 되었다고들 했다. 파리가 나나를 마지막으로 본 것은, 게테 극장에서의 몽환극 〈멜뤼진느〉의 무대였다. 이것은 빈털터리가 된 보르드나브가 시도한 도박이었다. 나나는 그 무대에 프륄리에르와 퐁탕들과 같이 나왔다. 잠깐 나타나는 것에 불과했지만, 그것이 '인기거리'가 되었다. 말 하나 없이 매력적인 선녀가 되어 조각처럼 세 차례 우뚝 서 있을 뿐이었다. 이 연극은 대성공이었다. 그러나 보르드나브가 선전에 열중하여 대대적인 광고로 파리 장안을 들끓게 하고 있는 판에 나나가 간밤에 카이로로 떠난 것 같다는 소문이 퍼졌다. 원인은 조금 기분 나쁜 소리를 들었다고 하여, 지배인과 다툰 데 있는 듯했다. 어쨌든 돈이 있고 보니 아니꼬운 소리를 듣고야 그냥 있을 리 없었다. 무엇보다도 카이로는 나나가 동경해 오던 고장이었다. 오래 전부터 터키는 그녀의 꿈의 나라였다.

여러 달이 지났다. 나나는 잊혀졌다. 친숙하던 사람들 사이에서 그 이름이 오르내리면 괴상한 소문이 떠돌고, 저마다 상반된 터무니없는 얘기를 전했다. 나나는 터키의 부왕을 사로잡고, 궁전에서 2백 명의 노예를 지배하며, 장난 삼아 그들의 목을 베어버린다는 둥, 그녀는 흑인 추장과 추잡한 사랑에 빠진 끝에 몸을 망치고 알몸이 되어 카이로에서 음탕한 생활을 하고 있다는 둥, 그런가 하면 한 보름쯤 뒤에는 러시아에서 나나와 마주친 사람이 있다는 소문이 떠돌아 사람들을 놀라게 했다. 얘기가 꾸며졌다. 나나가 한 왕자의 첩이 되었다는 것이었다. 그녀의 다이아 얘기가 그럴 듯하게 얘기됐다. 이윽고 확실한 근거도 없이 그 소문을 바탕으로 모든 여자들이 그 다이아를 본 것처럼 생각했다. 한가운데 엄지손가락만한 커다란 다이아를 단 여왕의 왕관 등등. 먼 이국에 놓고 보는 나나는 보석으로 수놓은 우상인 양 괴이한 광채를 띠었다. 이제 와선 모두들 진지한 기분으로 나나의 이름을 외웠다. 미개의 나라에서 쌓아 올린 그 재산에 어렴풋한 존경을 느끼면서.

7월 어느날 저녁 여덟 시경, 뤼시가 포부르 케 토노레 거리를 마차로 달리다가, 카롤린 에케가 걸어가고 있는 것을 보았다. 근처 상점으로 무슨 주문을 가는 모양이었다. 뤼시는 카롤린 에케를 부르자마자 말했다.

"저녁 먹었지? 할 일 없어?…… 그럼 같이 가요…… 나나가 돌아왔대."

상대방은 당장에 마차로 올라탔다. 뤼시가 계속했다.

"이렇게 우리가 얘기하고 있는 동안에 나나는 죽었는지도 몰라."

"죽다니? 무슨 소리야! 어디서? 왜?" 하고 카롤린이 놀라서 물었다.

"그랑 호텔에서…… 천연두래…… 큰일이야!"

뤼시는 마부에게 급히 가라고 지시했다. 르와얄 거리랑 다른 큰길을 말이 달리는 동안 그녀는 숨쉴 새도 없이 토막토막 나나의 사건을 얘기해 주었다.

"상상도 못할 거야…… 나나가 러시아로부터 돌아온 거야. 이유는 모르지만, 아무래도 왕자하고 싸운 모양이야…… 짐은 정거장에 놔둔 채, 아주머니 있잖아, 그 마나님 집으로 달려갔대. 그런데 마침 어린애가 천연두에 걸려서 말야 이튿날 죽었대. 나나는 돈을 부친 모양인데, 아주머니는 한 푼도 못 받았다는 거야. 그 일로 싸움이 벌어지고…… 아마 어린애가 죽은 것도 돈 때문인 모양이야. 그러니까 내버려두고 치료도 안 한 모양이지…… 그런 이유로 나나는 거기서 뛰어나와가지고 어느 호텔로 갔대. 도중에서 마침 짐 생각을 했는데 마침 우연하게도 미뇽을 만났대…… 그런데, 기분이 언짢아지며, 오한이 나고 구토증이 생겼다는 거야. 그래서 미뇽이 짐일랑 맡아주마고 하고 호텔로 데리고 갔다는 거야…… 얘기가 재미있지? 그런데 더 재미있는 일이 있다구. 나나가 앓고 있는 것을 알자, 로즈가 싸구려 호텔에 나나를 외톨이로 놔두다니 될 말이냐고 병구완을 해주러 달려가서는 울었다는 거야…… 그렇게 앙숙 지간이었는데 말야! 그러고는 이왕이면 화려한 곳에서 죽게 하여주고 싶다면 나나를 그랑 호텔로 옮기고, 사흘째 밤샘이래. 그러다간 자기가 곯겠지…… 라보르데트한테 들은 얘기야. 그래서 나도 만나보고 싶어서……."

"그래, 그래" 하며 카롤린도 흥분하여 말참견을 했다. "함께 가자!"

목적지에 도착했다. 큰길에서는 들끓는 마차와 인파 속에서 마부가 말을 세워야만 할 정도였다. 그날 의회는 선전포고를 가결했다. 군중들이 거리거리에서 밀려들어, 보도에 물결치고 차도에까지 넘쳤다. 마드렌느 사원 쪽을 보니, 태양은 핏빛으로 물든 구름 뒤로 지고, 그 잔광을 받으며 높다란 창이 불타는 듯 빛나고 있었다. 황혼이 퍼지기 시작했다. 무겁고 서글픈 저녁나절의 한때. 산책길은 벌써 어두웠다. 그러나 군데군데 잇는 가스등의 불빛은 아직 보이지 않았다. 그리고 이 이동하는 군중 사이에서 먼 소요 소리가 차츰 부풀어갔다. 창백한 얼굴에 눈을 반짝이며 불안에 사로잡힌 채 건성 밀려가고 있는 사람들의 무리였다.

"저기 미뇽이 있는데 틀림없이 무슨 얘기고 알게 될 거야" 하고 뤼시가 말했다.

미뇽은 그랑 호텔의 넓은 포치 밑에 서서 초조한 표정으로 군중들을 바라보고 있었다. 뤼시에게 질문을 당하자 그는 분통이 터진다는 투로 소리쳤다.

"알게 뭐야! 벌써 이틀째 로즈는 거기 틀어박혀 있다니까…… 미쳤지, 글쎄 그런 위험한 짓을 하다니! 병이 전염되어 곰보가 되면 좋을 거야! 그편이 피차 마음도 편할 테니까."

로즈가 보기 싫어질지도 모른다고 생각하니 부아가 났다. 나나를 아예 거들떠보지도 않던 그로선, 여자들의 어리석은 희생정신을 도무지 이해할 수 없었다. 그때 포슈리가 큰길을 건너왔다. 곁에까지 오자, 그도 역시 근심스레 형편을 묻는다. 두 사람은 서로들 상대편을 충동질하여 올려보내려고 했다. 이제는 서로들 허물없이 얘기하는 사이가 되었다.

"여전히 매한가지야, 자네가 가서 끌고 내려오게나" 하고 미뇽이 내뱉듯이 말했다.

"그만두겠네! 자네야말로 좀 올라가 보지 그래?"

그러자 뤼시가 방 번호를 물었기 때문에 두 사람은 꼭 좀 로즈를 데리고 나와달라고 부탁했다. 내려오지 않거든 정말로 성을 낸다고 하더라고 일러 달라 했다. 그러나 뤼시와 카롤린은 곧바로는 올라가지 않았다. 퐁탕이 주머니에 손을 넣은 채, 군중들의 얼굴을 흥미롭게 바라보며 어슬렁거리고 있는 것을 보았기 때문이었다. 퐁탕은 나나가 병들어 위층에 있다고 듣자 동정하는 것처럼 말했다.

"가엾어라!…… 손이라도 좀 잡아주고 와야겠군…… 그래, 병명은?"

"천연두" 하고 미뇽이 대답했다.

퐁탕은 호텔 안마당으로 가다가 갑자기 되돌아오더니 몸서리를 치며 말했다.

"뭐! 안 될 말이지!"

천연두란 과연 무서운 병이다. 퐁탕도 다섯 살 때 그 병에 걸리다 말았다. 미뇽이 천연두로 죽은 조카 얘기를 했다. 그러자 포슈리가 나는 실제로 걸린 일이 있다, 이봐, 아직 자리가 있지 하며 코 옆의 세 개의 곰보를 보였다. 그러자 미뇽이 그건 두 번 다시 걸리지 않는 것이라고 충동했다. 포슈리는 그 얘기를 반박하며 실례를 여러 개 들어 의사들을 멍청이라고 욕했다. 그때 뤼시와 카롤린이 가로막았다.

"저것 좀 봐요! 저 많은 사람들 좀."

어둠이 차츰 깊어갔다. 멀리서 가스등이 하나둘 켜지기 시작했다. 그러나 창가에는 아직도 구경 좋아하는 사람들의 모습이 그대로 보였다. 한편 가로수 밑에선 인파가 시시각각으로 늘어나 마드렌느 사원으로부터 바스티유 광장에 걸쳐 커다란 흐름을 이루며 움직이고 있었다. 마차는 천천히밖에는 가지를 못했다. 묵묵히 들어찬 군중 속에서 마침내 둔한 소요가 일기 시작했다. 그들은 한자리에 모이고 싶은 충동에 몰려, 똑같은 열광에 흥분하면서 서성거리고 있는 것이었다. 그때 군중이 왈칵 되밀려왔다. 욕설이 터지면서 인파가 좌우로 갈라졌다. 그러자 그 사이로 캡을 쓰고 흰 작업복을 입은 일단의 남자들이 나타나며, 철판을 때리는 해머 소리 같은 리듬으로 외쳤다.

"베를린으로! 베를린으로! 베를린으로!"

군중들은 의아하게 지켜보았다. 그러나 그들도 이미 용맹스러운 기분에 전염되어 가슴이 두근거렸다. 마치 군악대가 지나가는 것을 보았을 때와 같았다.

"그래, 그래, 얻어터지러 가려무나" 하며 갑자기 미농이 달관한 것처럼 중얼거렸다.

그러나 풍탕은 감격하여 군대에 지원하겠다고 했다. 적이 국경에 나타났을 때 모든 시민들은 조국 방위에 나설 일이다. 그러고서 그는 아우스테를리츠 전투에서의 승리한 보나파르트와 같은 포즈를 취했다.

"이봐요, 당신 우리하고 같이 갈 거죠?" 하고 뤼시가 물었다.

"아니, 천만에! 병이나 옮으라구!"

그랑 호텔 앞 벤치에는 한 남자가 손수건으로 얼굴을 가리고 앉아 있었다. 포슈리는 도착하자마자 눈짓으로 그 남자에 대하여 미농에게 물었다. 저 남자는 계속 저곳에 있었느냐고. 그렇다, 계속 저 자리에 있었다. 그러자 포슈리는 이번엔 두 여자들을 붙잡으며 그 남자를 가리켰다. 그가 얼굴을 들었을 때, 그녀들은 그것이 누구란 것을 알고 깜짝 놀라며 소리를 쳤다. 뮈파 백작이었다. 눈을 들어 창들을 바라보았다.

"오늘 아침부터 저 모양이야" 하고 미농이 얘기했다. "내가 처음에 발견한 것은 여섯 시경이었는데, 그후 전혀 움직이질 않는다구…… 라보르데트에게서 소식을 듣고 당장 달려와서 손수건으로 낯을 가리고 있는 거야…… 30분 정도, 여기까지 느릿느릿 와서는 윗사람이 조금 차도가 있느냐고 묻고는, 다시 벤치로 돌아가서 주저앉는다니까…… 사실 그 방은 위험하니까 말야. 아무리 사랑했어도 누구나 생명은 아까운 법이지."

백작은 창을 올려다보며, 주위의 일은 전혀 눈치채지 못하고 있는 것 같았다. 아마도 선전포고도 모르는 모양이었다. 군중들의 소요도 못 알아차리고, 귀에도 들리지 않는 것이었다.

"저보게! 이리로 오고 있네" 하고 포슈리가 말했다. 과연, 뮈파 백작은 벤치를 떠나, 높다란 포치 밑으로 갔다. 그러나 수위는 이미 얼굴을 기억하고, 묻기도 전에, 이쪽에서 무뚝뚝하게 말했다.

"그 사람 죽었습니다. 지금 방금요."

나나가 죽었다! 누구에게나 충격적이었다. 뮈파는 말없이 벤치로 되돌아가서 다시 손수건으로 얼굴을 가렸다. 다른 사람들은 떠들어댔다. 그러나 그것도 지워졌다. 새로운 한 떼가 지나가고 있다.

"베를린으로! 베를린으로! 베를린으로!"

나나가 죽었다! 정말일까, 그렇게 예쁜 여자가! 미뇽이 훅 하고 큰 한숨을 쉬었다. 이제야 로즈도 내려오겠지. 어쩐지 섬뜩한 느낌이었다. 한 번쯤 비극에도 나가 보고 싶어하는 희극배우 퐁탕은 입을 꽉 다물고 눈을 치뜬 채 비통한 표정으로 하늘을 우러러보았다. 한편, 포슈리는 악취미적인 신문기자다운 농담을 하면서도, 울적하니 마구 담배를 씹고 있었다. 두 여자들은 여전히 비탄하는 소리를 외쳐댔다. 뤼시가 마지막으로 나나를 만난 것은 게테 극장이었다. 블랑슈도 마찬가지로 〈멜뤼진느〉의 무대가 마지막이었다. 정말 멋있었다! 수정의 동굴 속에서 나타났을 때는! 남자들도 그것을 잘 기억하고 있다. 퐁탕이 코코리오 왕을 맡아 했다. 기억이 되살아나며 그들은 한없이 세세한 추억을 얘기했다. 수정 동굴 속에 있던 나나의 풍만한 육체라니 기가 막혔다! 한 마디도 안 하는 것이었다. 처음엔 대사가 하나 있었는데 작가가 없애 버렸다, 역효과 난다고. 아니, 그렇지 않다. 더 희한했다. 모습을 보이기만 해도 관중들이 나자빠질 정도였으니까. 다시는 그런 육체를 볼 수 없겠지. 그 어깨, 다리, 몸통! 나나가 죽었다니 거짓말 같다. 그녀는 타이즈 위에 다만 황금띠 하나를 둘러서 겨우 앞뒤를 가렸었다. 그 주위를 둘러싸고 찬연히 빛나는 수정 동굴. 다이아의 폭포가 흘러내리고, 종유동 속을 새하얀 진주의 목걸이가 흘렀다. 그리고 전깃불에 꿰뚫린 이 투명한 동굴, 그 샘 속에서 나나는 불타는 것과 같은 피부와 머리로 마치 태양과 같았다. 파리는 그와 같은 나나의 모습을 언제까지나 잊지 않을 것이다. 수정에 둘러싸여 신선처럼 공중에서 빛나던 나나를! 그 나나가 이렇게 죽다니! 지금쯤은 분명히 저세상에서 아름답게 다시 태어났겠지!

"즐거움을 위해서도 큰 손실이야!" 하고 미뇽이 침통한 목소리로 말했다. 쓸모 있는 것을 잃는다는 게 실로 안타깝다는 투였다.

그는 뤼시와 카롤린이 금방 올라갈 것인지 여부를 타진했다. 그녀들은 물론 가다뿐이냐고 대답했다. 그녀들은 호기심에 부풀어 있었다. 거기에 블랑슈가 보도를 가로막는 사람들 떼에 화를 내며 헐레벌떡 달려왔다. 죽었다는 소식을 듣자, 또 한 차례 비탄의 소리가 일었다. 그러고서 여자들은 치마를 버석거리며 계단으로 향했다. 미뇽이 그 뒤에다 대고 소리쳤다.

"로즈에게 기다리고 있다고 전해줘요…… 곧바로요."

"전염의 염려가 있는 것이 초기인지 후기인지 아직 확실치 않다는 거야" 하고 퐁탕이 포슈리에게 설명했다. "인턴인 내 친구의 말로는 사후의 몇 시간이 특히 위험하다고 단언하지만……즉 독기를 발산하기 때문에 말야…… 아 갑자기 이렇게 되다니. 마지막으로 손이나 잡아주었더라면 좋았을 것을."

"이제 어쩌겠나?' 하고 신문기자가 말했다.

"그렇지, 어쩌겠나?' 다른 두 사람도 말했다.

군중의 수는 점점 불어갔다. 상점의 불빛과 가물대는 가스등 불빛 속에 양측 보도를 흘러가는 모자의 물결이 보였다. 이제, 열기는 번지고 또 번져 그 작업복 차림의 무리를 뒤따라가는 사람들까지 있었다. 쉴 새 없는 사람들의 물결이 차도를 훑고 갔다. 열광적인 고함 소리가 누구나의 가슴속에서 북받쳐 올랐다.

"베를린으로! 베를린으로! 베를린으로!"

5층의 그 방은 하루 12프랑이었다. 로즈가 조금은 나은 방으로 달라고 한 것이었다. 그러나 사치스럽진 않았다. 괴로워하는 데 사치는 필요 없었다. 큼직한 꽃무늬의 루이 13세식 벽포로 둘러진 방에는 어느 호텔에나 있는 마호가니 가구류가 놓여 있고, 검은 잎이 있는 빨간 융단이 깔려 있었다. 무거운 침묵속에 간간이 소곤거리는 소리가 들렸다. 그때 복도에서 목소리가 들려왔다.

"분명히 잘못 들었다구. 보이가 오른쪽으로 돌라고 했지……군대 막사 속 같지 뭐야!"

"잠깐 기다려. 보고 올께…… 401호, 401호라…….."

"어머, 여기야…… 405, 403,…… 이 근처야…… 여기야, 401호…… 이리들 와, 쉬! 쉬!'

애깃소리가 그쳤다. 기침 소리가 들리고, 잠시 동안 조용해졌다. 마침내 문이 가만히 열리며 뤼시가 들어오고 계속해서 카롤린과 블랑슈가 들어왔다. 그러나 그녀들은 그대로 서버리고 말았다. 방 안에는 이미 다섯 사람의 여자들이 있었다. 가가는 하나밖에 없는 붉은 벨벳 소파에 걸터앉아 있었고, 난로 앞에는 시몬과 클라리스가 서서 의자에 앉아 있는 레아 드 온과 얘기하고 있었다. 한편 문간 왼쪽 침대 앞에는 로즈 미뇽이 장작을 넣어두는 상자 가에 앉아 커튼 그늘에 가려진 시체를 물끄러미 바라보고 있었다. 다른 여자들은 모두 정식 방문객처럼 모자를 쓰고 장갑을 끼고 있었다. 로즈만이 모자도 장갑도 벗고 사흘밤에 걸친 밤샘의 피로로 창백하니, 이 갑작스러운 죽음을 앞에 하고, 슬픔으로 멍하고 있었다. 옷장 가에 놓아둔 갓 달린 램프가 환한 빛을 가가에게 비치고 있었다.

"참! 불쌍하게 됐지 뭐야" 하고 뤼시가 로즈의 손을 잡으며 속삭였다. "작별을 나누고 싶었어."

그러고는 고개를 돌려, 나나의 얼굴을 보려고 했지만 램프 불이 멀었다. 일부러 가까이 갖다대기도 꺼림칙했다. 침대에 누운 회색의 뭉치. 겨우 분별되는 것은 붉은 머리와 얼굴인 듯 싶은 창백한 부분뿐이었다. 뤼시는 말을 이었다.

"게테 극장 이후 못 만나봤지 뭐야. 그 동굴 속에서 말야……."

로즈가 문득 방심 상태에서 깨어나, 잠깐 미소 지으며 되풀이했다.

"아! 못 알아보게 변했어, 변했어……."

그러고는 다시 또 시체를 바라보며, 몸짓 하나 안 하고 말 한마디 안 했다. 아마 금방 또 나나의 얼굴을 볼 수 있을 것이다. 세 여자들은 난로 앞의 여자들 곁으로 모였다. 시몬과 클라리스가 고인의 다이아에 대하여 얘기하고 있었다. 정말 그 다이아가 있는 것일까? 본 사람이 없다니까 분명히 허튼소리야. 그러나 레아 드 온이 그것을 보았다는 사람을 알고 있다고 했다. 진짜야, 굉장한 보석이래! 그뿐이 아니라고 했다. 나나는 러시아에서 그밖에도 별것을 다 가지고 왔다는 것이다. 수예품이며 값진 골동품이며 금제 식기 세트며 겸하여 가구 따위까지. 그렇다, 짐짝이 52개에 큼직한 궤짝이 몇 개, 화차로 세 대라고 했다. 그것이 정거장에 있다는 것이다. 운이 없지 뭔가. 짐도 풀기 전에 죽어 버리다니. 뿐만 아니라 돈도 있다는 얘기다. 백만이라든가. 누가 상속하느냐고 뤼시가 물었다. 먼 친척 아주머니겠지 틀림없이. 그 할멈은 생각지 않은 횡재를 만났다. 그 할멈은 아직 아무것도 모르고 있다. 나나가 끝까지 그이한텐 알리지 말라고 부탁했다는 것이다. 아들이 죽은 것을 원망하고 있었다. 모두들 경마장에서 잠깐 본 그애를 생각하며 연방 불쌍하게 여겼다. 그애는 앓기만 하고, 늙은이처럼 침울한 표정이었다. 결국 태어나지 않았더니만도 못하다.

"땅 속에 있는 편이 더 행복할 거야." 블랑슈가 말했다.

"나나 역시 마찬가지지!" 하고 카롤린이 덧붙였다. "인생이란 것이 그리 재미있는 것도 아니고."

이 엄숙한 방 안에서 그녀들은 차츰 어두운 생각에 사로잡혔다. 무서워졌다. 여기서 이렇게 긴 얘기를 하는 것은 불손하다. 그러나 한번 보고 싶은 생각에서 그녀들은 융단에 못 박혀 있는 것이었다. 굉장히 더웠다. 방 안에 가득 찬 어둠 속에서 램프의 등피가 천장으로 달과 같이 둥근 빛을 던지고 있었다. 침대 밑에 있는 석탄산이 가득 담긴 그릇에선 김빠진 것 같은 냄새가 풍겼다. 가끔 큰길로 향한 창의 커튼이 바람에 부풀며 둔한 소요 소리가 들려왔다.

"많이 괴로워했어?" 하며 뤼시는 그때까지 미의 세 여신이 발

가벗은 채 댄서처럼 미소 짓고 있는 벽시계의 디자인을 멍하니 바라보고 있다가 갑자기 물었다.

가가가 잠에서 깨어난 것처럼 말했다.

"말함 뭐해…… 숨을 거둘 때, 옆에 있었지만 볼 수가 없었어요…… 마구 떨어대는데 말야……."

그러나 설명을 계속할 수 없었다. 또다시 치솟는 절규가 들려왔다.

"베를린으로! 베를린으로! 베를린으로!"

숨이 막힐 것만 같아서 뤼시는 창을 활짝 열고 팔을 괴었다. 그곳은 기분이 좋았다. 별이 반짝이는 밤하늘에서 서늘한 기운이 내렸다. 환히 빛나는 건너편 창들. 간판 금색 글자에 반사되는 가스등 불빛. 아래편 광경은 재미있었다. 보도, 차도 할 것 없이 물결처럼 넘쳐흐르는 인파. 법석거리는 마차들. 흔들리는 커다란 어둠에 반짝이는 칸델라와 가스등의 불빛. 그러나 그때, 절규와 함께 밀려온 일단들은 횃불을 들고 있었다. 마드렌느 사원 쪽으로부터 훤하게 비쳐오는 붉은빛이 군중들을 한 줄기 불빛으로 차단해 놓았고, 먼 곳에 보이는 인파들의 머리를 화재처럼 훤히 물들이고 있었다. 뤼시는 분별없이 블랑슈와 카롤린을 불렀다.

"이리 좀 와봐요…… 이 창에서 보니 아주 장관인데."

세 사람은 아주 재미있다는 듯이 몸을 내밀었다. 나무가 앞을 가렸다. 간혹 횃불이 나뭇잎에 가려지기도 했다. 밑에 있는 남자들을 찾아보려고 했으나, 내뻗은 발코니에 가려서 입구 쪽은 안보였다. 뮈파백작만은 여전히 있었다. 손수건으로 얼굴을 가리고 벤치에 내던져진 검은 보따리처럼. 마차 한 대가 멈추었다. 뤼시는 마리아 블롱인 것을 알아차렸다. 또 한 사람이 달려온 것이다. 마리아는 혼자가 아니었다. 뒤에서 뚱뚱한 남자가 내렸다.

"그 도둑놈 스테이네르야. 어쩌면 아직도 쾰른으로 쫓겨가지 않고 있지…… 들어오거든 낯짝 좀 봐줘야지" 하고 카롤린이 말했다.

그녀들은 문간 쪽을 돌아봤다. 그러나 마리아 블롱이 나타난 것은 10분이나 지난 후였다. 두 차례나 계단을 잘못 올라갔다는 것이다. 혼자였다. 의외로 여겨 뤼시가 물어보았다.

"그 사람? 그 사람이 올라올 것 같아요?…… 문간까지 나를 데려다준 것만도 대단했는데…… 그런 사람들 몇몇이 밑에서 담배를 피우고 있더라구요" 하고 블롱은 말했다.

사실 아래엔 남자들이 모두 모여 있었다. 큰길 모양을 잠깐 살펴보려고 나왔다가 그들은 서로들 이름을 불러대며 나나가 죽었다는 얘기에 크게 놀라서 소리를 쳤다. 이윽고 얘기가 정치와 전쟁으로 옮겨졌다. 보르드나브, 다그네, 라보르데트, 프룰리에르, 그밖의 사람들이 무리를 이뤘다. 그들은 퐁탕의 얘기를 듣고 있었다. 그는 5일간에 베를린을 함락시킬 전략을 설명하는 중이었다.

한편 마리아 블롱은 침대 앞에서 측은한 태도로 다른 여자들과 같은 소리를 중얼거렸다.

"불쌍해라…… 내가 마지막 본 것은 게테 극장의 그 동굴 장면이었는데……."

"아! 못 알아보게 변했어! 변했어!" 하고 로즈 미뇽은 처량한 미소를 지으며 되풀이했다.

다시 또 두 사람이 왔다. 타탕 네네와 루이즈 비오렌느. 그녀들은 보이들이 저리 가라 이리 가라 하는 바람에 20분간이나 호텔 안을 찾아헤맸다. 전쟁과 큰길의 흥분으로 공포에 사로잡혀서, 허둥대며 이 파리를 떠나려고 하는 여행자들이 붐비는 속을 30회 이상이나 계단을 오르내렸다는 것이다. 그래서 들어오자마자 고인의 일은 차치하고 의자에 주저앉았다. 그러자 옆 방에서 떠들썩하는 소리가 들려왔다. 트렁크를 굴리는 소리. 세간을 두들기는 소리. 그런 것에 섞이어 무엇인가 야만스러운 소리를 외쳐대고 있는 목소리. 오스트리아인 젊은 부부였다. 가가의 얘기로는 나나가 임종의 고통을 겪는 동안 그 두 사람은 계속 달음질을 쳐가며 놀아댔다는 것이었다. 양쪽 방이 닫혀진 문짝 하나로 막혀져 있기 때문에 저희끼리 잡힐 때마다 킬킬대며 키스하는 소리가 들렸다.

"자, 그만 갑시다" 하고 클라리스가 말했다. "있어 봐야 살아나는 것도 아니고…… 시몬 안 갈래?"

모두들 꼼짝 않고, 힐끔 침대 쪽을 바라봤다. 그녀들은 그러다가 갈 준비를 시작하며, 치마폭을 가볍게 털었다. 뤼시는 창가에서 홀로 다시 또 팔을 괴었다. 슬픔이 가슴 안에 북받쳐 올랐다. 마치 그것은 이 절규하는 군중에게서 깊은 비애가 솟아오르거나 하는 것 같았다. 불똥을 튀기며 다시 또 횃불의 행렬이 지나갔다. 먼 어둠 속엔 긴 대열이 하얗게 흔들리고 있었다. 밤에 도살장으로 끌려가는 양 떼와 같았다. 그리고 이 눈부신 움직임과 물결에 휩쓸리는 어두선한 군중 속에서, 바야흐로 닥쳐오려고 하는 살육의 공포와 깊은 연민의 정이 떠올랐다. 그들은 다만 열광에 사로잡혀, 목청껏 외치며 어두운 지평선의 장벽 뒤에 숨어 있는 미지의 것을 향해 돌진해 갔다.

"베를린으로! 베를린으로! 베를린으로!"

뤼시는 창에 기대선 채 돌아다보면서 파랗게 질려가지고 말했다.

"아아, 우리는 어떻게 되는 것일까?"

여자들이 모두 고개를 끄덕였다. 전쟁이 두려워서 심각한 표정이었다. 카롤린 에케가 태연하게 말했다.

"나는 모레 런던으로 출발해…… 엄마가 먼저 가서 호텔 준비를 해놓았어…… 이대로 파리에서 죽음을 당할 필요는 없잖아."

그녀의 어머니는 약삭빠르게도 카롤린의 전 재산을 국외로 옮겨논 것이었다. 전쟁의 결과가 어떻게 될지는 아무도 모르는 일이다. 마리아 블롱은 분개했다. 나는 애국자라고 하며 군대를 따라간다고 했다.

"별 겁쟁이가 다 보겠군!…… 암, 난 만약에 허락해 준다면 남장을 하고, 프로이센의 돼지새끼들 배때기에 구멍을 뚫어 주러 갈래!……우리가 모두 다 죽은들 어떻겠어? 어차피 이런 몸인걸!"

블랑슈 드 시브리가 분개했다.

"프로이센 사람이라고 욕하지 말라구!…… 그것들도 인간이란 말야. 그리고 프랑스 사람들처럼 여자한테 업혀 살기만 하진 않는단 말야…… 나하고 같이 있던 그 조그만 프로이센인 말야, 추방당했지 뭐야. 부자고 친절하고 누구에게도 악한 짓을 할 사람이 아니었는데 말야. 정말 너무하단 말야. 내 생활은 망쳤어…… 나를 가지고 너무들 귀찮게 굴질 말아야지. 나도 그이를 따라서 독일로 가버릴래!"

그녀들이 맞서고 있는 판에 가가가 처량한 목소리로 중얼거렸다.

"다 틀렸어, 나같이 재수가 없을까…… 바로 일주일쯤 전에 쥐비지의 작은 집 값을 겨우 다 물었는데. 얼마나 고생을 했다고! 릴리에게까지 거들게 했는데…… 그런데 전쟁이라니. 프로이센군이 몰려와서 모든 것을 불질러 버릴 거야…… 이 나이로야 새 출발도 안 될 테고."

"까짓것, 대수야! 언제고 무슨 수가 있겠지" 하고 클라리스가 말했다.

"그렇고 말고, 재미있을 거야…… 오히려 잘될지도 모르지" 하고 시몬이 받았다.

그러고는 뜻있는 웃음을 웃었다. 타탕 네네와 루이즈 비오렌느도 동감이었다. 타탕이 군인 상대로 난장판을 벌인 얘길 했다. 군인들은 친절하고, 여자를 위해서라면 무슨 짓이라고 불사한다는 것이었다. 그러나 여자들이 너무 떠들었기 때문에, 계속 침대 앞 장작 궤짝에 앉아 있던 로즈가 가볍게 쉿, 하며 막았다. 여자들은 선뜩하며 두려운 눈으로 시체 쪽을 바라보았다. 마치 정숙하라는 소리가 커튼 속 어둠 속에서 들려오기나 한 것처럼. 갑자기 고요해졌다. 곁에 있는 뻣뻣한 시체의 냉기가 스며오는 공허한 정숙, 그 속에 갑자기 군중의 고함소리가 퍼져왔다.

"베를린으로! 베를린으로! 베를린으로!"

이윽고 그녀들은 다시 지껄이기 시작했다. 레아 드 온의 집에는 정객들이 자주 모여 한담들을 했다. 그곳엔 루이 필립 시대의 장관들 중 생존자들이 자주 왔고, 그들은 멋진 농담을 연발했다. 레아가 낮은 목소리로 어깨를 들먹 하며 말했다.

"큰 실수예요, 이번 전쟁은! 피를 흘리다니 어리석은 짓이죠!"

그러자 뤼시가 제국 정부의 변호를 시작했다. 그녀는 황족의 한 사람과 동침한 일이 있다. 그러니까 이번 전쟁은 남의 일이 아니었다.

"무슨 소리야. 우리가 이 이상 모욕을 견딜 수 있단 말야? 이번 전쟁은 프랑스의 명예를 위한 것이에요…… 그렇다고 오해하진 말아요. 뭐, 그 황족과의 관계가 있어서 하는 소리는 아니니까. 그 사람은 말도 못할 구두쇠였어. 밤에 잘 때면 장화 속에다 루이 금화를 감추는가 하면, 베지크 놀이를 할 때는 돈 대신 콩을 놓고 한다니까. 언젠가 내가 장난으로 판돈에 덤벼들었더니 그후부터 그러는 거야…… 하지만 그 정도 가지고 주장을 굽힐 수는 없는 일 아냐. 황제는 옳으시다구."

레아는 유명한 사람의 얘기를 되옮기는 사람들이 흔히 하듯, 거만한 얼굴로 끄떡이며 듣고 있다가 이윽고 큰소리로 말했다.

"이젠 마지막이에요. 튀일르리 궁의 친구들은 미쳤다니까. 어째서 프랑스가 진작 그따위 친구들을 몰아내지 않았는지 몰라요……."

모두들 맹렬하게 항의했다. 그게 무슨 소리냐. 미쳤느냐? 황제가 안계시면 어떻게 하겠느냐. 세상이 어수선했거나 사업이라도 잘 안 됐단 말이냐? 파리가 이처럼 즐거웠던 일은 다시 없었다.

그때까지 잠자코 있던 가가가 분연히 외쳐댔다.

"말 말아! 어리석은 소리는. 알지도 못하면서!…… 나는 루이 필립 시대에 살아 본 일이 있지만, 가난뱅이와 인색한 사람들의 시대였다구. 그러다가 48년의 혁명이 왔단 말야. 정말 볼 만했어요. 메스꺼울 지경이었다니까. 그 공화국이란 것 말야! 이렇게 지껄이고 있는 나 역시 혁명 후엔 굶어죽을 뻔했다구!……그런 꼴을 한 번 당해봐야 누구나 황제님 앞에 꿇어엎드릴 거야. 황제는 우리들의 아버지시지. 암 아버지시지……."

모두들 가가를 진정시켰다. 그러자 가가는 이번엔 종교적인 흥분에 사로잡혔다.

"오, 하느님, 황제께 승리를 주시옵소서. 우리의 제국을 지켜

주시옵소서!"

모두들 이 기도를 되풀이했다. 블랑슈는 황제를 위하여 등촉을 올리며 정성을 드리고 있다고 고백했다. 또 카롤린은 그전에 황제에게 반해서 황제가 다니시는 길을 두 달 동안이나 배회했지만 주목을 끌게 하지 못했노라고 했다. 그러자 다른 여자들이 일제히 공화주의자들을 욕했다. 적을 물리친 후에 나폴레옹 3세가 전 국민을 행복하게 마음 놓고 다스릴 수 있도록 일선에서 그들 공화주의자들을 남김없이 죽여버렸으면 좋겠다고들 지껄였다.

"그 나쁜 놈의 비스마르크, 그놈도 역시 악당이야!" 하고 마리아 블롱이 주의를 환기시켰다.

"나 그 녀석을 알고 있었어!" 하고 시몬이 외쳤다. "이럴 줄 알았던들 그 녀석 술잔에 독이나 타줄 걸."

그러나 블랑슈는 여전히 프로이센인 애인의 추방을 원망하며 비스마르크의 변호를 했다. 그 사람 역시 그다지 나쁜 사람이 아닐거라고 하며 누구나 자기 사업이 있는 것이라고 하면서 덧붙였다.

"그리고, 그 사람은 대단한 여성 숭배자야."

"그것이 우리하고 무슨 상관이람! 그까짓 녀석하고 누가 자고 싶다나!" 하고 클라리스가 말했다.

"그따위는 언제든지 수두룩하다구" 하며 루이스 비오렌느도 내뱉듯이 말했다. "그따위 괴물하고 관계를 할 바엔 사내 없이 지내는 편이 낫지."

논의가 분분했다. 여자들은 비스마르크를 벗겨놓고 발길질을 하며 모두 다 보나파르트 숭배열에 사로잡혀 그를 마구 공박했다. 타탕 네네가 되풀이하여 말했다.

"비스마르크! 듣기만 해도 화가 난다니까! 이젠 듣기도 싫어!…… 난 비스마르크란 남자 알지도 못하는 일이고! 하긴 세상 사람들을 다 알 수도 없는 일이지만."

"하여간 그 비스마르크한테 우리가 혼이 날 거야……" 하고 레아 드 오른이 결말을 맺었다.

그녀는 다음을 이을 수 없었다. 여자들이 한꺼번에 덤벼든 것이다. "뭐라고? 혼이 난다고? 총 개머리로 등판을 얻어맞으며 달아날 놈이 바로 비스마르크란 말야. 닥치고 있으라구, 이 비국민아!"

"쉬!" 하고 이 소요에 분개하여 로즈 미뇽이 주의했다.

시체의 냉기에 스친 듯 그녀들은 뚝 멈추고 말았다. 그러자 다시 죽음을 묵도하며, 병이 전염되지나 않을까 두려워했다. 큰길에선 목쉰 소리를 쥐어짜며 군중들이 지나가고 있었다.

"베를린으로! 베를린으로! 베를린으로!"

여자들이 겨우 돌아가려고 하는데, 복도에서 목소리가 들려왔다.

"로즈! 로즈!"

깜짝 놀라 가가가 문을 열고, 잠깐 나갔다가 돌아오더니 말했다.

"이봐, 포슈리가 저기 와 있어요…… 가까이 오러 들지 않고 막 화를 내고 있어요. 당신이 언제까지나 시체 옆에 있다고 말야."

미뇽이 마침내 포슈리를 여기까지 올려보낸 것이다. 창가에서 떠나지 않고 있던 뤼시가 내려다보니, 보도에 남자들이 서 있는 것이 보였다. 올려다보며 과장된 신호를 하고 있었다. 분통이 터져 주먹을 휘두르는 미뇽, 스테이네르, 퐁탕, 보르드나브, 그밖의 사람들은 비난 섞인 표정으로 팔을 벌리고 있었다. 다그네만은 연류되지 않으려고 뒷짐을 진 채 태연히 담배를 피우고 있었다.

"정말 내 정신 좀 봐, 당신을 아래로 내려보내마고 약속하고서…… 모두 우리를 부르고 있어요."

로즈는 간신히 장작 상자에서 일어서며 중얼거렸다.

"내려가요, 내려가…… 사실 이젠 내가 있어야 소용도 없으니까…… 수녀가 곧 오겠지 뭐……."

모자와 숄이 눈에 띄지 않아 그녀는 방 안을 두리번거렸다. 그러고는 멍하니 화장대 앞 대야에 물을 따라놓고 손을 씻고 세수를 하며 말을 이었다.

"말할 수 없는 충격이었어…… 지금까지야 우리가 서로간에 사이도 좋지 않았지만. 나도 정말 바보였지…… 별별 생각을 다 했어. 나도 죽고 싶기도 했고, 이 세상이 끝난 것 같기도 했고…… 그렇지 바깥공기를 쐬어야지."

방 안에 시체 냄새가 풍겼다. 여자들은 여태까지 태연했건만 갑자기 공포에 사로잡혔다.

"자, 나가자구, 나가. 건강에 해로워요" 하고 가가가 되풀이해 말했다.

침대 쪽을 흘긋 바라보며 그녀들은 허둥지둥 방을 나갔다. 그러나 뤼시와 블랑슈와 칼로린이 아직 남아 있었다. 로즈는 마지막 정돈을 하려고 다시 한 번 방 안을 살펴보았다. 창의 커튼을 쳤다. 램프가 격에 맞지 않는다고 생각했다. 초를 켜놔야지. 그래서 난로의 구리 촛대 한 개에 불을 켜가지고 그것을 시체 곁 나이트 테이블 위에 놓았다. 밝은 빛이 환하게 죽은 이의 얼굴을 비췄다. 섬뜩한 광경이었다. 여자들은 모두 몸서리를 치며 도망쳤다.

"아! 못 알아보게 변했어, 변했어" 하고 마지막으로 남은 로즈가 중얼거렸다.

로즈는 방을 나와 문을 닫았다. 뒤에는 나나만이 홀로 남았다. 촛불에 비치어 위를 바라다본 채. 피와 고름으로 범벅이 되어 자리 위에 내던져진 썩은 살덩이. 이미 얼굴 전체에 고름집이 퍼져서 문드러져갔다. 터져서 푸석한 곳은 진흙같이 뿌옇고, 뭉그러진 얼굴 위에서 벌써 땅속의 곰팡이같이 보였다. 이미 얼굴 흔적도 찾을 길 없었다. 왼쪽 눈은 곪아서 부풀어 오른 피부 속에 완전히 묻혀 버렸고, 오른편 눈은 약간 뜬 채 패서 시꺼멓게 썩은 구멍 같았다. 코로는 아직도 고름이 흐르고 있었다. 한편 볼에서 입에 걸쳐 불그스레한 딱지가 널브러져서 입가가 씰그러지고, 그것이 흉측한 웃음처럼 보였다. 그리고, 이 무섭고 그로테스크한 허무의 얼굴 위로 그 머리칼, 아름다운 머리칼만이 찬란한 광채를 지니고 황금의 시냇물처럼 흘러내리고 있었다. 베누스는 썩고 있다. 마치 시궁창이랑 길거리에 내버려진 썩은 고기에서 묻혀 온 세균들이, 그리고 숱한 사람들을 해치고 만 독소가 마침내 스스로의 얼굴을 범하고 썩어 버리게 한 것만 같았다.

방 안은 텅 비어 있었다. 큰길로부터 비통한 절규가 노도와 같이 치솟아 커튼을 부풀게 했다.

"베를린으로! 베를린으로! 베를린으로!"

옮긴이
후기

Opus Mortimus

　　　에밀 졸라는 실험실의 방법을 문학에 적용하고, 외과 영역의 방법을 인간의 영혼에 적용시킨 최초의 사람이다.

　그는 한 직업 작가로서 '한 줄도 쓰지 않고 보낸 날은 하루도 없다'는 라틴어를 좌우명으로 놓고 평생을 통하여 오로지 글쓰는 일에만 종사했으며, 60여 권의 책을 써낸 가장 정력적인 작가였다. 그는 1840년 4월 2일, 파리에서 외아들로 태어났다. 아버지는 이탈리아인 토목기사였으며, 어머니는 프랑스인이었다. 7세에 아버지를 여의고부터, 그는 경제적인 곤란을 당하며, 20세에는 벌써 봉급 생활을 시작했고, 22세가 되던 1862년 2월에는 아세트 서점의 발송부원으로 입사했으며, 곧이어 그 서점의 선전부 주임이 되었다. 여기서 그는 서점 주인의 권고로 그때까지 해오던 시작을 그만두고 산문으로 작품을 쓰기 시작했는데, 어떤 평자는 졸라의 아세트 서점 선전부 근무를 졸라를 이해하는 데 빼놓을 수 없는 일이라고 하고 있다. 즉 직업 작가로서의 그가 문학도 상품이며, 상품으로서의 문학을 여하히 팔 것인가 하는 일을 배운 곳이 바로 이 아세트 서점의 선전부였다는 것이다.

사실 그는 종래에 보아온 천재 작가의 유형이라든지 또는 영감을 더듬어, 마음 내키는 대로 살아온, 보헤미안적인 시인의 유형을 벗어나, 그야말로 노동하는 사람의 자세로 한결같이 규칙적인 생활을 해가며, '직업으로서의 문학'을 위해 살았다.

특히 '루공 마카르' 시리즈 전 20권에 착수하면서부터 졸라는 기계 같은 규칙 생활을 했다. 아침 8시에 일어나서 9시부터 오후 1시까지는 일정한 매수의 원고를 썼고, 오후에는 작품을 위한 조사와 편지 및 신문 원고 등을 썼다. 밤에는 일을 안 하고 대강 10시나 11시에는 잠자리에 들어 밤 1시경 잠이 들기까지는 누워서 책을 보았다. 그러니까 졸라는 매일 일정한 시간을 정해 놓고 원고를 썼으며, 한참 써나가다가도 시간이 되면 중단을 하는 정도로 문학과 창작을 완전히 생활화했다. 따라서 그는 문학을 위하여 산다는 종래 작가들과는 달리, 그 생활방법에 있어서 가장 먼저 사람으로서의 직업 작가적인 전형을 보이며 날마다의 생활을 틀에 박은 것처럼 되풀이했다.

이렇게 하여 졸라는 서점 아세트에 입사한 해이면서, 또 동시에 그가 프랑스로 귀화한 해이기도 한 1862년에 내디딘 산문 작가로서의 생활을 평생토록 철저히 계속하여 1902년 9월 2일, 가스 중독이라는 불의의 사고로 목숨을 잃기까지 하루도 쉬지 않았다.

그동안 졸라는 창작과 이론을 통하여 끈질긴 문학 활동을 하며 자연주의 문학의 지도자로, 혹은 구 사조를 무찌르고, 혹은 반대 이론의 공격을 막아내며 끊임없는 작업으로 스스로를 무장하는 한편 보다 강한 힘을 가다듬어야만 했다. 가령 한창 자연주의 문학이 융성하던 시기만 하더라도, 마치 그것이 졸라 한 사람의 영광이거나 한 것처럼 그의 눈부신 결작들이 속출했고, 겸하여 평론집까지 써내는 문학 정열을 엿보이며 《실험소설론》(1880), 《문학기록》(1881), 《연극에 있어서의 자연주의》(1881), 《우리나라의 극작가》(1881), 《자연주의 작가론》(1881), 《논전》(1882) 등을 세상에 내놓았다. 그러나 그만큼 졸라에 대한 반박도 격렬했고, 심지어는 그의 젊은 제자들로 된 〈5인의 선언〉(1887)과 같은 반자연주의 목소리가 나오는 등 졸라에 대한 부인과 비판 또한 컸다.

그러나 이와 같은 비난 속에서도 그의 소설은 계속 읽혀 갔고, 1891년에는 문예가협회의 회장으로 선출되기도 했다.

졸라는 또한 남달리 정의감에 불타던 사람으로, 저 유명한 드레퓌스 사건에도 관여하여 대통령에게 '나는 탄핵한다'는 문장으로 시작되는 공개장을 〈로로르〉 지상에 발표함으로써 신랄하게 부정을 공격했다. 그 때문에 졸라는 동년인 1898년 7월에는 영국에 망명까지 하게 되었으니 이 역시 그를 이해하는 중요 사건이라 아니 할 수 없다.

생각건대 졸라의 자연주의는 문학의 유파로서 한 시대를 금그은 19세기 낭만주의와 대결하여 기존 사상, 기존 주의를 타도하는 일로써 목적을 삼았으며, 1870년대에 널리 이름을 떨친 이른바 '메당의 유파'로서 빛나지 않았는가 싶다. 그러나 벌써 1851년부터 모이기 시작한 이 졸라의 목요회는 팡틴 로의 아파트와 생 조르주 로의 자택을 거쳐, 1877년에 졸라가 파리 교외 메당에 장만한 별장에 모여들 즈음하여서는 젊은 문학 동호자들인 모파상, 위스망스, 앙리 세아르, 레옹 에닉, 폴 알렉시스 등의 쟁쟁한 이름을 남겨 놓았을 뿐, 졸라만이 홀로 모든 공격의 화살을 받았다. 어쨌든 졸라는 환멸 어린 피로감으로 과학에 이끌려 가고 있던 당시 사람들에게 문학에 대한 실험실의 문을 활짝 열어 줌으로 하여 자연주의 문학을 이룩했다. 그리하여 거짓 없는 인간성을 그려 보려고 노력했고, 성실과 인간을 대하는 사랑과 건강으로써 그의 작품의 바탕을 삼았다. 특히 졸라는 자연주의의 이론가 이폴리트 테느와 《실험의학서설》을 쓴 생리학자 클로드 베르나르의 영향을 받았으며, 스스로 학자임을 자부했다. 그래서 소설을 다만 인생의 우발적인 결합을 그리는 관찰로 삼지 않았을 뿐더러, 인위적인 여러 가지 사실을 만들어 그곳에서 확실하고도 필연적인 법칙을 귀납하는 실험으로 삼았다. 따라서 자기는 실험 소설을 쓰고 있다고 단언하여, 항상 기록주의에 의한 조사로 시종했으며, 유전, 환경, 시대의 3대 원칙에 따라 개개인을 유추하고, 그 개개인으로 구성된 사회를 단정했다.

여기에 그의 필생을 건 대작 '루공 마카르' 시리즈 전 20권이 출현하기에 이른 것이다. 루공 마카르는, 일찍이 발자크의 '인간희극' 총서에 자극되고 마음 쏠린 나머지 계획된 것으로, 각 계각층을 총망라, 프랑스 제2제정 시대를 그린 커다란 사회풍속서라 하겠다.

그러니까 이 20권의 시리즈로 된 소설 내용은 '제2제정 시대에 있어서의 한 가족의 자연적, 사회적 역사'라는 부제를 붙인 5대, 즉 백 년에 걸친 얘기로, 등장인물만 하더라도 3천 2백 명, 이 작품의 연구를 위하여 《등장인물편람》이란 것이 간행되었다니 짐작할 만하다. 즉 여기에는 군인, 상인, 노동자, 농부, 성직자, 예술가, 학자, 배우, 창녀, 공장 직공 등등 모든 계층의 사람들이 각기의 삶을 영위하여 활동하는 모습이 그려져 있다. 좀더 자세히 말하자면 '루공 마카르'는 티드 아주머니로 불리는 아델라르드 후크라는 여인의 두 남편, 루공과 마카르의 자손들 얘기이다. 즉 1786년에 그녀와 결혼한 정원사 루공의 자손들과 1788년에 루공이 사망하므로 1789년에 다시 맞이하게 된 밀수업자이며 변질적인 술꾼인 애인 마카르의 자손들을 취급한 일가족의 얘기이다. 이 한 여인에 의한 두 남편의 자손들은 상류사회며 중산계층이며 하층 서민계급에 이르기까지 갖가지 환경에서, 작가 졸라가 의도한 형태로 변형되어 각자가 지닌 유전 때문에 무서운 운명을 짊어진다.

그러므로 졸라의 '루공 마카르' 시리즈 전 20권은 각권이 완전히 독립되어 있는 형태의 총서인 발자크의 '인간희극' 보다 훨씬 조직적이고 문학사에 남는 거작으로, 특히 자연주의 문학을 대표할 수 있다.

《나나》는 성욕에 의한 파멸의 소설이라 하겠다. 이 책은 '루공 마카르' 제9권으로서 제7권 《목로주점》을 뒤따르는 성공작이며, 1879년 10월 16일부터 이듬해 2월 5일까지 90회에 걸쳐 일간신문 〈볼테르〉에 연재했던 것이다. 그후 동년 3월에 단행본으로 출판되자 발행 당일에 5만 5천 부의 초판이 매진되었다니 또한 놀라지 않을 수 없다.

이 소설의 주인공 나나는 《목로주점》의 주인공 제르베즈의 딸로 함석쟁이 쿠포가 그 아버지다. 오페라 무대에 가수로 등장하여 휘황하게 밝혀진 라이트 앞에 그 육체를 드러냄으로써 뭇 남자들의 시선을 끌게 된 이래 나나는 자기를 둘러싸는 모든 남자들을 하나하나 파멸의 구렁 속으로 몰아넣고 만다. 그러니까 소설 《나나》는 다름 아닌 이 성욕에 의한 뭇 남자들의 파멸의 얘기이다. 이 작품이 비난, 공격의 대상이 된 이유도 바로 여기에 있었다. 그러나 졸라는 악덕을 묘사하여 사회풍속을 교정하는 일이 이 소설을 쓰게 된 의도였다고 설명함으로써 교훈성을 가지고 응수했다. 어느 사회, 어느 시대를 막론하고 성 문제에 얽힌 악덕과 패륜이야 다 있기 마련이지만, 《나나》 속에 그려진 여러 가지 남녀관계와 바람기 역시 우리 생활과 별로 동떨어진 내용 같지 않은 것이 또한 흥미롭다.

특히 이 작품에서는 변태적인 성욕 행위 장면이 여러 가지로 그려져 있어 소위 말하는 어떤 부류의 현대 소설을 능가하는 양 하기까지 하다. 가령 동성애를 그린 장면이라든지, 마조히즘적인 피학대 음란 행위와 사디즘적인 학대 음란 행위 등의 묘사 장면은 여간 볼 만하지 않다. 그러나 이것은 단순한 성의 도착 행위가 아니라 어떤 열광적인 욕망에서 생기는 행위인 것이 역력하여 자연스럽고 공감이 짙다.

더욱이 신앙 생활에 의한 도덕적 갈등과 공적 지위로 말미암은 처신 문제로 고민하면서 억제할 길 없는 성의 욕망에 빠져드는 백작 뮈파의 모습은 동정을 넘어 안타깝기까지 하고 참혹하리만큼 딱하다. 뿐만 아니라 부인 사빈느의 배반에 실신 지경이 되어 파리의 밤거리를 헤매며 눈물에 젖는 뮈파 백작의 모습은 참으로 처절하기만 하다.

졸라는 이 소설을 위해서도 역시 많은 준비 조사 기간을 가졌으며 1년 반의 시간이 소요됐다는 얘기다. 그러나 궁극적으로 이 소설이 뜻하는 졸라의 작품 의도는 다름 아닌 인간의 욕망이며, 그 중에서도 성의 욕망이었음이 분명하다. 여기 그의 창작 노트에 적힌 철학적인 테마를 옮겨 놓음으로써 이 책의 해설을 마치겠다.

"한 사회 전체가 꽁무니 위로 덤벼들고 있다는 일. 수캐 떼가 한 마리의 암캐를 뒤쫓는다. 그러나 암컷은 암내가 나 있지 않고 뒤쫓아 오는 수컷들을 비웃는다. – 수컷의 욕망의 시"

1972년 3월 譯者識